DIM
FAHEENA
DIE SILBERFESTE
DER WANDERNDE WALD
DER EWIGE FLUSS

Cassardim
Jenseits der Goldenen Brücke

Weitere Titel von Julia Dippel:

Izara
Bd. 1: Das ewige Feuer

Izara
Bd. 2: Stille Wasser

Izara
Bd. 3: Sturmluft

Izara
Bd. 4: Verbrannte Erde

JULIA
DIPPEL

CASSARDIM

JENSEITS DER GOLDENEN BRÜCKE

PLANET!

AUFZÜGE SIND NICHT SICHER

Die pulsierende grüne Linie und ihr regelmäßiges Piepen brachten mich dem Tod näher, als ich es in meinem ganzen Leben gewesen war. Ich hatte noch nie einen Menschen sterben sehen – geschweige denn erlebt, wie jemand quälend langsam seinem Ende entgegenkroch.

»Versuch wenigstens, deinen Schock zu verbergen«, murmelte Zoey. »Mir ist klar, dass ich grade weißer bin als du.«

Der Anblick meiner Freundin schockierte mich tatsächlich. Wobei das noch untertrieben war. Ich fühlte mich, als hätte mir jemand den Boden unter den Füßen weggezogen. Dieses zerbrechliche Etwas unter den Krankenhauslaken hatte kaum noch was mit meiner Zoey gemeinsam. Dem energiegeladenen Mädchen, das jede gute Note mit ein paar Dance-Moves feierte und laut auf dem Fahrrad sang, wenn sie nach Hause fuhr – egal, ob sie jemand dabei hörte oder nicht. Zwei Jahre hatte ich meine Freundin nicht mehr gesehen. Zwei Jahre, die Zoey schwer gezeichnet hatten. Ihr strahlendes Lächeln fehlte, genau wie der temperamentvolle Glanz in ihren Augen. Auch ihr perfekter Karamell-Teint und der innig geliebte Afro waren der Chemo zum Opfer gefallen.

»Warum hast du es mir nicht früher gesagt?« Nur mit Mühe schaffte ich es, meine Stimme unter Kontrolle zu halten. Zoeys Mundwinkel hoben sich ein paar Millimeter. Es brach mir das Herz, sie so zu sehen. Wir hatten uns in einem Jazz-Tanzkurs in Zürich kennengelernt, in dem Zoey alle mit ihren temperamentvollen Bewegungen begeistern konnte. Jetzt fehlte ihr selbst die

Kraft für die kleinste Geste. Als sie mich zu sich winkte, erinnerte sie mich eher an eine alte Frau als an ein junges Mädchen.

»Eine Drama-Queen zu sein macht nur Spaß, wenn man dabei blendend aussieht«, versuchte Zoey zu scherzen. Auch das war nur ein Bruchstück der Schlagfertigkeit, die sie mir früher um die Ohren gehauen hätte.

Zögerlich löste ich mich vom Türrahmen und setzte mich auf den Stuhl, der neben dem Bett stand. Ich griff nach Zoeys Hand und drückte sie. Das allein reichte, um die Fassade meiner Freundin ins Wanken zu bringen und ihr die Tränen in die Augen zu treiben.

»Schön, dass du gekommen bist«, hörte ich sie flüstern.

»Ist doch selbstverständlich!«

Nachdem Zoey mir endlich gestanden hatte, was mit ihr los war und warum sie nur noch sporadisch auf meine Nachrichten antwortete, hatte ich alles stehen und liegen gelassen, um mir sofort ein Zugticket nach Genf zu kaufen. Dort gab es wohl eine Spezialklinik für Leukämie-Patienten und wie es der Zufall so wollte, lebten wir zurzeit nur drei Zugstunden entfernt. Die verbliebenen Tage bis zum Wochenende waren eine Tortur gewesen. Wenigstens konnte ich mir so noch ein ausführliches Alibi zurechtlegen, warum ich den ganzen Samstag unterwegs sein würde.

»Wissen deine Eltern, dass du hier bist?«, erkundigte sich Zoey, als hätte sie meine Gedanken gelesen.

Ich antwortete mit einem vielsagenden Schnauben. Sie hätten mich niemals gehen lassen. Wahrscheinlich bekäme ich für die nächsten zwanzig Jahre Hausarrest, wenn sie erfahren würden, dass ich Kontakt zu einem meiner alten ›Leben‹ hielt.

Das war gegen die Regeln und in all den Jahrzehnten hatte ich sie nur für Zoey gebrochen. Die einzige Freundin, die sich nicht daran gestört hatte, wie verkorkst, verschlossen und abweisend ich zu ihr gewesen war.

»Dad ist gerade etwas empfindlich, weil wir wieder umziehen mussten«, erklärte ich. Das entsprach der Wahrheit. »Solange sie hinter uns her sind, bleibt uns nichts anderes übrig.« Wieder die Wahrheit – zumindest ein Teil davon. Irgendwas hatte ich Zoey ja schließlich erzählen müssen, als wir damals von einem Tag auf den anderen weggegangen waren. Eine hübsch ausgeschmückte Geschichte über unsere Familie im Zeugenschutzprogramm schien mir am glaubwürdigsten – mit dem großartigen Nebeneffekt, dass Zoey niemandem verraten würde, was aus uns geworden war.

»Schätze, du wirst ziemlichen Ärger kriegen.«

Ich grinste. »Wäre nicht das erste Mal.«

Tatsächlich hatte ich noch nie so viel Hausarrest bekommen wie in meiner Zeit mit Zoey – und ihn noch nie so gern in Kauf genommen. Früher war selten jemand daran interessiert gewesen, mich zu sich nach Hause einzuladen. Geschweige denn, mich zu einer Party mitzunehmen. Nur dank Zoey hatte ich zum ersten Mal so etwas wie ein Sozialleben gehabt.

»Tja, aber das hier«, murrte meine Freundin und sah sich in ihrem Krankenzimmer um, »ist kein Schulball. Hier laufen auch keine Leons oder Wills oder Alexanders rum, die eine elterliche Standpauke wert wären.« Sie zog eine schwache Grimasse. »Sieht aus, als wäre dein Leben inzwischen ziemlich traurig geworden, MaiMai.«

Wohl wahr, aber das war nichts im Vergleich zu dem Albtraum, den Zoey gerade durchmachen musste. Sie hatte in ihren letzten Voicemails alles über ihre Leukämie erzählt. Man hatte angeblich bereits einen Stammzellenspender gefunden, trotzdem musste sie zuerst die Chemotherapie hinter sich bringen.

»Du bist es wert!«, versicherte ich ihr. »Und du wirst es durchstehen.«

Eine dicke Träne kullerte über Zoeys eingefallene Wange.

»Wenn du es sagst.«

Ich hatte sie noch nie weinen sehen. Es schnürte mir die Kehle zu. Zoey war so tapfer und dennoch hatte sie schon fast aufgegeben. Das fühlte ich. Genau in diesem Moment traf ich eine Entscheidung. Das Risiko war überschaubar. Wir befanden uns zwar an einem denkbar schlechten Ort, aber Zoey würde das ohne Hoffnung nicht durchstehen.

»Ich sage es nicht nur, ich weiß es! Du wirst das schaffen!« Ich sah meiner Freundin fest in die Augen und legte meine ganze Überzeugungskraft in die nächsten zwei Worte.

»Glaub mir!«

Ein trüber Nebel wirbelte durch Zoeys dunkle Augen, bevor der so vertraute Glanz zurückkehrte. Sie lächelte mich an. Dankbar und voller Zuversicht.

Selbstverständlich ahnte sie nicht, was ich mit ihr gemacht hatte. Technisch gesehen wusste ich es selbst nicht genau. Ich nannte es heimlich die *Macht der Worte*. Wenn man es richtig anstellte, konnten ich und meine Familie andere damit beeinflussen. Aber wir redeten nur wenig darüber. Niemand hatte mir je erklärt, wie diese Fähigkeit funktionierte oder wie man sie einsetzte. Ich hegte sogar den Verdacht, dass meine Eltern mich und meine Geschwister manipulierten, damit wir nicht weiter nachforschten. Das Einzige, das ich mit Sicherheit wusste, war, dass ich mich auf diese Gabe nicht verlassen konnte. Manchmal klappte es und manchmal nicht. Diesmal hatte ich Glück gehabt. Wie auf Knopfdruck wurde Zoey lebendiger. Sie fing an zu plappern und versorgte mich mit dem neuesten Klatsch aus meiner alten Klasse und fragte mich über meine Geschwister aus. Genauer gesagt nur über meinen älteren Bruder Nick, den Zoey mit seiner dunklen Mähne schon immer ›hotter als hot‹ fand. Wie sehr ich sie doch vermisst hatte ...

Wir quatschten fast eine Stunde lang, bevor eine stämmige Krankenschwester ins Zimmer marschiert kam und uns unterbrach.

»Du meine Güte, was machst du denn noch hier, junge Dame?« Sie bedachte mich mit einem kritischen Blick. »Die Besuchszeit ist vorbei! Bist du allein hier? Wo sind deine Eltern?«

»Maia ist eine Freundin aus dem Tanzkurs«, antwortete Zoey für mich. »Sie ist vor einer Weile weggezogen und jetzt sehr weit gefahren, um mich zu sehen. Vielleicht könnten Sie ja mal eine Ausnahme machen, Schwester Agnes?« Der energische Unterton in Zoeys Stimme erinnerte mich an früher. Ich lächelte. Wie hieß es doch so schön: Der Glaube versetzt Berge.

»Noch eine Tänzerin also. Wie schön«, trällerte die Krankenschwester begeistert, während sie Geräte und Schläuche kontrollierte. »Ich finde es sehr lobenswert, dass du Zoey unterstützt, aber ich muss dich trotzdem hinausbitten. Wenn du möchtest, kannst du deine Eltern vom Schwesternzimmer aus anrufen, damit sie dich abholen.«

»Nicht nötig, ihre Eltern warten unten im Wagen«, log Zoey ohne mit der Wimper zu zucken und fügte mit einem Zwinkern in meine Richtung hinzu: »Geh schon, wir schreiben. Und grüß Nick von mir!«

Schwester Agnes scheuchte mich aus dem Zimmer und warf mir die Tür vor der Nase zu.

Ein kurzes Vergnügen. Trotzdem hatte es sich gelohnt.

Ich sah auf die Uhr. Wenn ich mich beeilte, konnte ich sogar einen früheren Zug als geplant zurück nach Lyon nehmen. Ich fühlte mich hier ohnehin nicht sehr wohl. Krankenhäuser standen ganz oben auf der Liste der Orte, von denen wir uns unter allen Umständen fernhalten sollten. Ich hatte nicht die geringste Ahnung, warum das so war, aber ich wollte es lieber nicht herausfinden.

Während ich auf den Fahrstuhl wartete, kramte ich mein Handy aus meiner übervollen Umhängetasche. Zoey hatte sie ›MaiMais Bermuda-Dreieck‹ getauft, weil dort drinnen Dinge verschwanden und erst Jahre später wieder auftauchten.

Als ich es endlich gefunden hatte, fand ich auf dem Display – wie erwartet – eine Nachricht von Zoey.

Schwester Agnes hört gar nicht mehr auf, von dir zu reden. Sie sagt, du erinnerst sie an die Lieblingspuppe ihrer Tochter. Ziemlich creepy, wenn du mich fragst!

Ich seufzte und verkniff mir ein Augenrollen. Inzwischen hatte ich mich an die ewigen Puppenvergleiche gewöhnt. Die Krankenschwester war nicht die Erste, die sich von meiner fehlenden Körpergröße, der blassen Haut und den widerspenstigen dunklen Korkenziehern auf meinem Kopf beeindrucken ließ. So ziemlich jeder fand das ›süß‹. Jeder, der keine Ahnung hatte, wie kompliziert es war, damit nicht wie eine minderjährige, erkältete Vogelscheuche auszusehen.

Solange ihre Tochter nicht erfunden ist und sie mich zu ihren anderen ›Puppen‹ in den Keller sperrt …, tippte ich ein, woraufhin ich eine Flut von entsetzten und grinsenden Emoticons von Zoey zurückbekam.

Ein dumpfer Schlag ließ mich aufblicken. Am Ende des Ganges stritten zwei Männer miteinander. Der eine hatte den anderen gegen die Wand gedrückt und redete leise auf ihn ein. Da die Lichter in den Gängen schon auf Nachtruhe gedimmt worden waren, konnte ich sie nicht gut erkennen. Aber sie trugen Wintermäntel und schwere Stiefel, also waren sie wohl keine Patienten. Etwas in mir sträubte sich, drängte an die Oberfläche und versuchte, durch meine Haut nach draußen zu gelangen. Durch meine Jacke hindurch rieb ich mir die Arme. Ich kannte dieses Gefühl und ich hasste es. Es war, als krabbelten winzige Insekten in Zeitlupe unter meiner Haut. Allerdings passierte das normalerweise nur zu Hause, wenn meine Eltern ...

Der Aufzug kam mit einem ›Ping‹ an. Ich schlüpfte hastig hinein und drückte gleich mehrmals auf den Knopf für das Erdgeschoss. Als der Fahrstuhl sich schloss, klang das unangenehme Gefühl ab. Ich atmete auf ... bis sich in letzter Sekunde ein schwarzer Lederhandschuh zwischen die Türen schob. Darin steckte eine wuchtige Hand, die zu einem grau melierten Kerl in mittleren Jahren gehörte. Er musterte mich eindringlich aus seinen schlammfarbenen Augen, bevor er die Kabine betrat und sie durch seine schiere Größe und seine bedrohliche Präsenz fast völlig ausfüllte. Ich drückte mich in eine Ecke und fühlte mich noch kleiner, als ich ohnehin schon war. Das musste einer der beiden Männer sein, die sich eben gestritten hatten. Sonst hatte ich niemanden in den Gängen gesehen.

Die Fahrstuhltüren schlossen sich wieder und sperrten mich für die nächsten vierzehn Stockwerke mit dem seltsamen Typen ein. Inzwischen hatte er seinen durchdringenden Blick von mir abgewandt, sodass ich ihn verstohlen betrachten konnte. Sein Gesicht war kantig und vernarbt, aber trotzdem auf eine ungewöhnliche Art schön. Die langen Haare hatte er im Nacken zusammengebunden, was perfekt zu seinem rauen und dennoch gepflegten Äußeren passte. Er wirkte ein bisschen wie der Bodyguard eines russischen Gangsterbosses, der seinen Chef sowohl in die Oper begleiten als auch Leute in dunklen Gassen verprügeln konnte. Ob er etwas mit dem unangenehmen Gefühl zu tun hatte, das mir eben unter die Haut gekrochen war? Während ich so darüber nachdachte, bemerkte ich aus den Augenwinkeln, wie sich der Boden in der gegenüberliegenden Ecke aufzulösen begann. Das graue Linoleum kräuselte sich und Schatten schlängelten daraus hervor wie tastende Finger, die aus einer anderen Welt zu uns vordringen wollten. Oh, bitte nicht. Ich hatte meine Gabe doch nur ganz kurz eingesetzt.

Die dunklen Finger verbanden sich und wurden zu Tentakeln, in denen violette und grüne Schlieren aufblitzten. Es war ein Chaoswirbel, der keinem Muster folgte, keinem geraden Weg. Unberechenbare nervige Dinger ... und sie waren mir auf der Spur. Panisch sah ich auf die Anzeige des Fahrstuhls. Wir befanden uns erst im achten Stock. Mist. Ganz gleich, wie langsam sich das Chaos hier ausbreitete, bis wir im Erdgeschoss angekommen waren, würde es mich erreicht und verschlungen haben.

Ich ging einen Schritt zur Seite, um den sich windenden Tentakeln auszuweichen, die bereits über meine Schuhspitzen strichen. Dabei stieß ich beinahe gegen den großen Mann, der mich nun wieder mit zusammengezogenen Brauen beobachtete. Als ich ihm versichern wollte, dass ich nicht verrückt war, setzte mein Herz einen Schlag aus. Auch hinter ihm wucherte ein großer Chaoswirbel, der gierig seine dunklen Klauen ausstreckte. Oh mein Gott! Ich musste etwas tun, ihn warnen! Ich holte Luft ... aber mir fehlten die Worte. Was sollte ich ihm denn sagen? Dass eine für ihn unsichtbare Gefahr ihn zu verschlucken drohte?! Wieder spürte ich ein leichtes Tasten an meinen Zehen. Die Schatten am Boden hatten mich erneut gefunden und eingekreist. Mir blieb nur ein großer rettender Schritt in Richtung der Fahrstuhlanzeige. Im selben Moment, als ich dem Mann eine erfundene Geschichte präsentieren wollte, warum wir dringend aussteigen sollten, griff er über meine Schulter hinweg und drückte einen der Knöpfe. Beinahe sofort bremste der Fahrstuhl und öffnete sich. Ich sprang hinaus, gerade rechtzeitig, bevor die Schatten sich um meine Knöchel schlingen und mich festhalten konnten.

»Sie sollten vielleicht auch die Treppe nehmen«, stammelte ich. »Aufzüge ... sind nicht ... sicher.«

Aufzüge sind nicht sicher?! Etwas Dümmeres war mir wohl nicht eingefallen! Am liebsten hätte ich mir mit der flachen Hand auf die Stirn geschlagen. Wenn ich damit meine Glaubwürdigkeit nur nicht noch mehr untergraben hätte. Doch der Mann schien sich an meiner Aussage nicht zu stören. Er grinste mich schief an. Dabei erinnerte er mich eher an ein wildes Tier als an einen Menschen.

»Sei besser vorsichtig, Treppen sind es auch nicht«, brummte er und trat dann mit seinem schweren Stiefel auf die kriechenden Chaoswirbel, die mir aus dem Aufzug folgen wollten. Die Schatten zerstoben. »Lauf!« Im selben Augenblick schlossen sich die Türen und ich glaubte noch, etwas kupferfarben blitzen zu sehen.

Ein paar Sekunden stand ich fassungslos da, doch dann erreichte die Warnung des seltsamen Mannes mein Gehirn und ich rannte los. Seine Worte hallten immer und immer wieder in meinen Ohren nach. Besonders als die ersten dunklen Tentakel aus den Wänden des Treppenhauses krochen und versuchten, nach mir zu greifen. Aber sie waren träge, tasteten blind umher. Ohne die Enge des Fahrstuhls konnte ich ihnen mühelos ausweichen. Im Erdgeschoss stürmte ich durch den Haupteingang und lief durch die hereinbrechende Nacht in Richtung Bahnhof. Den Bus wollte ich nicht nehmen. Noch war ich nicht weit genug vom Ausgangsort weg. Und allein die Vorstellung, wieder in einem geschlossenen Raum oder Fahrzeug eingesperrt zu sein, falls das Chaos wiederkehren sollte, war alles andere als verlockend.

Erst am Bahnsteig erlaubte ich mir durchzuatmen. Der Sprint durch die kalte Herbstluft hatte mir geholfen, meinen anfänglichen Schock zu verdauen. Ich stützte mich auf den Knien ab und sortierte meine Gedanken. Es war in den letzten Jahrzehnten natürlich ab und an vorgekommen, dass sich kleinere Chaoswirbel gezeigt hatten. Meistens wenn ich verbotenerweise jemanden beeinflusste. Doch heute waren die Wirbel viel lebhafter und aggressiver gewesen. Vielleicht lag das tatsächlich am Krankenhaus? Oder hatte dieser fremde Mann etwas damit zu tun? Immerhin war da dieses widerliche kriechende Gefühl gewesen, das ich immer nur dann bekam, wenn jemand in meiner Nähe die *Macht der Worte* benutzte. War er wie wir? Hatte er im Aufzug das Chaos sehen können ... oder bildete ich mir das nur ein? Jetzt – mit genügend Abstand – verfluchte ich mich dafür, weggerannt zu sein. Der Typ hätte Antworten haben können auf all die Fragen, die mir schon so lange auf der Seele brannten. Am liebsten wäre ich direkt umgekehrt, aber ich wusste, dass er längst weg sein würde. Und damit auch meine Chance auf die Wahrheit ...

Frustriert ließ ich mich auf eine Bank fallen. Ich hatte mich heute so frei gefühlt wie noch nie. Es war mein persönliches Abenteuer gewesen, zum ersten Mal alleine in die weite Welt aufzubrechen. Natürlich war ich mit diesem Ausflug auch ein Risiko eingegangen. Ein zu großes, wie mir jetzt bewusst wurde. Die ganze Sache hätte für mich richtig übel enden können. Ich hatte keine Angst. Okay, vielleicht ein bisschen. Aber vor allem rumorte in mir ein unangenehm schlechtes Gewissen. Und ich musste – nicht ohne Zähneknirschen – zugeben, dass das Verbot meiner Eltern, was derartige Alleingänge betraf, offenbar einen guten Grund hatte.

Eine halbe Stunde später saß ich im Zug nach Lyon. Mit etwas Glück würde ich schon gegen neun zurück sein und konnte mein Alibi vom Shoppingtrip aufrechterhalten.

»Den Fahrschein bitte«, forderte mich eine Frauenstimme auf. Sie gehörte einer älteren Zugbegleiterin mit einer übergroßen Hakennase. In ihrem Französisch klang ein starker Dialekt mit, aber ich verstand sie trotzdem. Das war für unsere Familie noch nie ein Problem gewesen. Wir beherrschten alle Sprachen, ohne sie lange lernen zu müssen. Warum das so war, gehörte zu den vielen Fragen, auf die mir meine Eltern eine Antwort schuldeten. Als Kind hatte ich meinen Vater einmal darauf angesprochen. Er meinte damals nur, das läge uns im Blut.

Mit einem herzlichen Lächeln zeigte ich der Kontrolleurin die App mit meinem Fahrschein. Sie scannte den Strichcode und musterte mich skeptisch. »Wie alt bist du, Mädchen?«

»Ich bin neulich sechzehn geworden, Madame.« Zum achten Mal, um genau zu sein. Davor war ich fünfzehn Jahre lang fünfzehn gewesen. Und davor vierzehn Jahre lang vierzehn. Tja, was sollte ich sagen ... es war die Hölle gewesen, eine gefühlte Ewigkeit in der Pubertät festzustecken.

Der skeptische Blick der Zugbegleiterin blieb und mir war klar, was gleich kommen würde. Also zog ich einen Umschlag aus meiner Bermuda-Dreieck-Tasche und hielt ihn ihr unter die Nase. Wenn man sich als Dauer-Sechzehnjährige auch nur halbwegs frei bewegen wollte, dann war man auf derartige Hilfsmittel dringend angewiesen.

»Hier ist die schriftliche Erlaubnis meiner Eltern«, erklärte ich ihr in fließendem Französisch. »Ich habe in Genf eine Tante von mir besucht. Sie müssen sich keine Sorgen machen. Es hat alles seine Richtigkeit.«

Die Kontrolleurin studierte das Papier, das selbstverständlich gefälscht war. In diesem Moment klingelte mein Handy. Es war meine Mutter. Ich deutete mit einem entschuldigenden Schulterzucken auf das Display und räumte damit auch die letzten Zweifel der Zugbegleiterin aus.

»Hi, Mom!«, ging ich ran, während die Kontrolleurin weiterzog.

Die Stimme meiner Mutter klang scharf. »Wer ist bei dir?« Das war zu erwarten gewesen. Ich nannte sie nur Mom, wenn ich signalisieren wollte, dass ich nicht frei sprechen konnte.

»Ich hab zufällig ein paar Freunde getroffen«, log ich. Gleichzeitig schickte ich ein stilles Gebet ans Universum, dass ich das Telefonat abwürgen konnte, bevor eine Durchsage im Zug mich verriet.

Das Schweigen am anderen Ende der Leitung war kein gutes Zeichen. Meine Mutter zögerte ausschließlich dann, wenn sie eine strittige Entscheidung zu fällen hatte.

»Komm sofort nach Hause!«

»Was?! Warum?« Jetzt saß ich wirklich in der Klemme. Von Lyon brauchte ich fast eine Stunde zu unserem Haus. Noch war ich aber etwa zwei Stunden von Lyon entfernt.

»Eine der Fallen wurde ausgelöst. Dein Vater ist mit deinen Brüdern auf die Jagd gegangen.«

Ach du Scheiße! Wie konnte das denn passieren? Normalerweise dauerte es doch mindestens ein Jahr, bevor uns die Chaoswandler fanden. Im Vergleich zu diesen menschenähnlichen Kreaturen, in deren Augen der Wahnsinn brannte, waren die Chaoswirbel aus dem Krankenhaus geradezu niedlich. Kein Wunder, dass meine Mutter sich Sorgen machte und uns alle nach Hause beorderte.

Trotzdem konnte ich weder fliegen noch den Zug schneller fahren lassen …

»Wäre es nicht besser, zu warten, bis Dad das Problem beseitigt hat?«, versuchte ich mir etwas mehr Zeit zu erkaufen. Mein Argument war nicht einmal aus der Luft gegriffen. Immerhin stand unser neues Zuhause inmitten eines riesigen bewaldeten Anwesens. Alleine durch die unbewohnte Dunkelheit zu fahren, solange ein Chaoswandler dort sein Unwesen trieb, erschien mir tatsächlich als keine gute Idee.

Meine Mutter seufzte und ich fühlte mich schlecht, weil ich ihre Angst noch schürte.

»In Ordnung. Bleib in Bewegung, meide Menschenmassen und schreib mir alle fünf Minuten. Wenn dein Vater Entwarnung gibt, fährst du sofort los!«

»Alles klar!«, sagte ich, aber meine Mutter hatte schon aufgelegt.

Zumindest kein Vampir

Ich hatte heute Abend wirklich mehr Glück als Verstand. Die Nachricht von meinem Vater kam genau in dem Moment, als ich in Lyon das Auto aufsperrte. Und auch auf der Heimfahrt hielt mich niemand an, obwohl ein minderjähriges Mädchen am Steuer durchaus ein Grund dazu gewesen wäre. Für diesen Fall besaß ich einen gefälschten Führerschein, den ich letztes Weihnachten von meinem Vater geschenkt bekommen hatte. Das gehörte zu den wenigen Zugeständnissen, die uns älteren Geschwistern eingeräumt wurden. Schließlich konnten wir alle schon seit Jahrzehnten gut und sicher Auto fahren – wir sahen eben nur nicht danach aus ...

Ich parkte den Volvo in der Einfahrt und holte meine Alibi-Einkaufstüten aus dem Kofferraum. Ein Shoppingtrip ohne die entsprechende Ausbeute wäre alles andere als glaubhaft. Schließlich spielten die Details die Hauptrolle in jedem guten Schwindel.

Meine Mutter erwartete mich bereits am Eingang. Sie hatte ihre Finger ungeduldig in ihre Strickjacke gekrallt. Der Kleidungsstil war allerdings das Einzige an ihr, das im klassischen Sinn mütterlich wirkte. Ansonsten war sie groß, kühl und das genaue Gegenteil von feminin. Sie stemmte Gewichte, ging jeden Tag zwei Stunden Joggen und lächelte so gut wie nie. Ich konnte mich beim besten Willen nicht daran erinnern, sie jemals unbeschwert erlebt zu haben. Auch jetzt nickte sie mir nur knapp zu. Eine Umarmung oder etwas in der Art gab es nicht. Stattdessen behielt sie die nächtliche Auffahrt im Blick und verriegelte die Tür, als ich im Haus war.

»Maaaia!« Meine jüngere Schwester Annie polterte die Treppe hinunter und bremste nur ein paar Zentimeter vor mir. »Hast du mir was mitgebracht?«

Erwartungsvoll sah sie mich mit ihren großen hellbraunen Augen an, als wäre ich eine Märchenfee, die ihr alle Wünsche erfüllen konnte. Ich verkniff mir ein Grinsen. Annie wurde zwar in zehn Tagen hundertfünf, aber sie hatte es trotzdem geschafft, sich ihre Unbeschwertheit zu bewahren. Eigentlich sollte sie aussehen wie dreizehn, durch ihre kindliche Art wirkte sie jedoch eher wie elf.

»Vielleicht«, sagte ich in verschwörerischem Tonfall und zog an ihrem karamellbraunen Zopf. »Vielleicht aber auch nicht. Ich schätze, da wirst du dich gedulden müssen.«

Annie schnitt eine Grimasse und verschränkte schmollend ihre schmächtigen Arme vor der Brust.

»Ich rede nicht von meinem Geburtstagsgeschenk. Du bringst mir doch sonst auch immer was mit, wenn du in der Stadt warst«, meinte sie, während sich nach und nach Enttäuschung auf ihrem zuckersüßen Gesicht ausbreitete. Das reichte, um mich um den Finger zu wickeln. Besonders da ich wusste, dass Annie ihre Niedlichkeit nicht aus Kalkül einsetzte. Deshalb liebte ich sie auch so heiß und innig.

»Könnte sein, dass ich da tatsächlich eine Kleinigkeit für dich habe.« Ich kramte in einer meiner Tüten und beförderte die neueste Ausgabe von Annies Lieblings-Pferdemagazin zutage. Danach hörte ich nur ein Quietschen, spürte eine feste Umarmung und sah Annie, wie sie samt Magazin die Treppe hinaufstürmte.

»Es wäre besser, wenn du sie nicht so verwöhnst«, kritisierte mich meine Mutter. Sie klang nicht verärgert, sondern sachlich. Wie immer. Ich ignorierte sie. Wie immer.

»Ist Jenny schon zurück?«, erkundigte ich mich stattdessen. Meine ältere Schwester hatte heute eigentlich bei einer Freundin übernachten wollen. Nach der ganzen Sache mit der ausgelösten Falle war sie aber bestimmt ebenfalls zurückzitiert worden.

»Nein. Sie ist nicht an ihr Handy gegangen.«

Das wunderte mich kaum. Anders als meine Mutter wusste ich nämlich, dass ihre neue Freundin Paul hieß und in Wirklichkeit ein heißer Skater war, den Jenny an ihrem ersten Schultag in Lyon aufgerissen hatte.

»Ihr geht es bestimmt gut«, versuchte ich, sie in Schutz zu nehmen. Meine Mutter nickte kalt und zog sich ihren weißblonden Pferdeschwanz fest.

»Ja, sie hat zumindest geschrieben. Trotzdem wird das nicht ohne Konsequenzen bleiben.«

Ich unterdrückte ein Stöhnen. Nicht nur, weil ich eine Strafe für übertrieben hielt, sondern auch, weil das bedeutete, dass ich in den nächsten Wochen rund um die Uhr eine schlecht gelaunte Jenny ertragen musste.

»Wir warten mit dem Essen auf die anderen«, wechselte meine Mutter mehr oder weniger geschmeidig das Thema. »Bring deine Sachen nach oben und räum sie auf, bevor die Tüten wieder tagelang rumstehen.«

Seufzend tat ich, was meine Mutter von mir verlangte. Theoretisch hatte sie recht. Praktisch wünschte ich mir manchmal ein bisschen weniger Kontrolle und ein bisschen mehr Herzlichkeit. Aber das ließ sich wohl nicht ändern.

Mein Zimmer lag im zweiten Stock des Herrenhauses. Früher war es mal der Landsitz eines Barons gewesen – zumindest laut Google. Jetzt wurde von hier aus ein Weingut verwaltet. Das ganze Anwesen versprühte einen gewissen heimeligen Charme, aber ich hatte mir längst abgewöhnt, mich irgendwo zu Hause zu fühlen. Genauso wie ich aufgegeben hatte, Fragen zu stellen, auf die ich ohnehin keine Antworten bekam. Auch das gehörte zu den Dingen, die ich nicht ändern konnte.

In meinem Zimmer angekommen, stellte ich die Tüten unausgepackt in den Wandschrank, kickte meine Stiefel in die ›Schuh-Ecke‹ und verriegelte die Tür. Dann startete ich meine Gib-niemals-auf-Playlist und warf mich zu meinem Laptop aufs Bett. Nachdem ich mein Passwort eingegeben hatte, leuchteten direkt die Ergebnisse meiner Leukämie-Recherchen auf. Ich schloss sie schweren Herzens und stieß auf einen Artikel über hethitische Mythologie, mit dem ich mich beschäftigt hatte, bevor Zoeys Krankheit wichtiger geworden war. Daneben kam ein YouTube-Video zum Vorschein: ›Das Geheimnis der Kaffeebohne!‹ Und darunter tauchte mein mit Dateien übersäter Desktop auf, auf dem eine Ballerina mit Kopfhörern zu sehen war.

Das alles beschrieb mein Leben relativ gut. a) Ich war musiksüchtig und b) leider ziemlich unordentlich. c) Ich liebte Bibliotheken und seit den letzten dreißig Jahren auch das Internet, weil ich dort mit meinen Fragen nie aneckte. d) Man brauchte nur genügend Freizeit, Langeweile und fehlende Sozialkontakte, damit auch die absurdesten Hobbys an Attraktivität gewannen. Im Moment war Kaffeerösten dran, aber ich hatte mich auch schon durch unzählige andere durchprobiert. Manche bereute ich, wie die Bienenzucht. An anderen verlor ich recht schnell wieder das Interesse, wie bei meinem Kräutergarten oder dem Töpfern. In manche verliebte ich mich aber. Und damit waren wir auch schon bei e): Ich tanzte für mein Leben gern. Ballett, Jazz, Hip-Hop ... ganz egal.

Plötzlich hörte ich ein Poltern. Jemand rief etwas. Es war die Stimme meines Vaters. Sie waren zurück! Ich sprang auf und rannte die Treppe runter. Was auch immer sie zu berichten hatten, würde darüber entscheiden, ob wir bald schon wieder umziehen mussten. Das konnte mir, ehrlich gesagt, nicht gleichgültiger sein. Was mich aber sehr wohl interessierte, waren alle Fakten, die mit uns, dem langsamen Altern, der *Macht der Worte* und dem Chaos zu tun hatten. Nichts wollte ich mehr, als endlich zu erfahren, was ich war.

Doch im Erdgeschoss erwartete mich etwas, das mir einen kalten Schauer über den Rücken jagte. Nick und Adam, meine beiden älteren Brüder, sahen aus, als hätten sie sich eine heftige Prügelei geliefert. Geschwollene Wangenknochen, Veilchen, blutige Nasen, geplatzte Lippen. Zwischen den beiden hing ein großer Mann mit dunkler Kleidung. Wenn meine Brüder sich nicht wieder mal gegenseitig in die Haare gekriegt hatten, musste er der Grund für ihren Zustand sein. Die Arme hatten sie ihm hinter dem Rücken gefesselt. Über seinem Kopf trug er einen groben Leinensack, sodass ich sein Gesicht nicht sehen konnte. Aber ich zweifelte keine Sekunde daran, dass seine Augen aus bodenlosen Strudeln voller Wahnsinn bestehen würden.

»Ihr habt einen Chaoswandler hierher gebracht?!«, keuchte ich entsetzt.

»Er ist kein Wandler«, grunzte Nick in meine Richtung. Sein sonst immer gestylter Pferdeschwanz war ein einziges Durcheinander aus rabenschwarzen Strähnen. Ich warf ihm einen ungläubigen Blick zu. »Was?! Aber –«

»Genug!«, rief mein Vater. Seine Stimme schnitt wie eine Peitsche durch den Raum. Ein widerliches krabbelndes Gefühl kroch mir unter die Haut. »Bringt den Gefangenen in den Keller. Und dann will ich, dass ihr keine Fragen mehr stellt. Vergesst ihn.

Wir haben im Wald einen Chaoswandler gefunden und getötet. Sonst gibt es nichts zu wissen.«

Ich spürte, wie meine Gedanken sich unter dem Druck seiner Worte beugten und diese neue Realität annehmen wollten. Das durfte ich nicht zulassen! Das hier war zu wichtig. Wir hatten noch nie einen Gefangenen gehabt. Zumindest konnte ich mich nicht daran erinnern.

Ohne es zu wollen, bewegten sich meine Füße und trugen mich die Treppe hoch. Nein, nein, nein!

Follow ... the silver lane ... through ...

Ich begann in meinem Kopf eine Melodie zu summen. Sie hatte mir schon immer dabei geholfen, mich auf das zu konzentrieren, was mir wichtig war.

Nicht vergessen! Ein Gefangener! In unserem Keller!

... mist and moonlight ... it's just ... a little step into ...

Als ich elf war, hatte ich zu diesem Kinderlied getanzt. Mein erster und einziger Auftritt als Ballerina. Und ich hatte mein Schneeflockenkostüm so geliebt.

... a starry midnight ...

Meine Eltern hatten mir den Auftritt ausreden wollen. Damals war ich zum ersten Mal der *Macht der Worte* entkommen.

... ride on a falling star ... right to where your wishes are ...

Seitdem erinnerte mich das Lied daran, dass ich ihnen widerstehen konnte.

... cause all your dreams come true ...

Ich durfte es nicht vergessen, durfte mich nicht abbringen lassen. Wir hatten einen Gefangenen!

... if you only want to.

Meine Füße stoppten. Ich war wieder Herr über sie.

Trotzdem setzte ich meinen Zombie-Gang in die oberen Stockwerke fort. Wenn meine Eltern mitbekämen, dass ich ihrem Zwang entkommen war, würden sie andere Mittel und Wege finden, mich von meiner Suche nach der Wahrheit abzuhalten.

Außer Sichtweite ging ich in die Hocke und quetschte mein Ohr an das Treppengeländer. Ich musste einfach wissen, warum alle so aufgebracht waren. Hier passierte etwas ganz Großes und ich hatte keine Lust mehr, das unmündige gehirngewaschene Anhängsel zu sein.

Die schwere Tür zu den Weinkellern quietschte. Meine Brüder brachten den Gefangenen hinunter. Danach würden sie sich an nichts erinnern. Adam und Nick waren leider schon immer viel zu leicht zu beeinflussen gewesen.

»Wieso ist er hier?«, hörte ich meine Mutter zischen.

»Ich weiß es nicht, aber bei seinen Fähigkeiten ist er sicher kein Niemand.« Mein Vater seufzte, als hätte er Schmerzen. Kein Wunder, auch er war verletzt gewesen. »Wir haben ihn zu dritt kaum unter Kontrolle bekommen.«

»Ein Krieger?«, wollte meine Mutter wissen. Offenbar sprach die Mimik meines Vaters Bände, denn meine Mutter fauchte, gefolgt von einem Rumpeln, als hätte sie gegen etwas getreten. Zu gerne hätte ich mich näher ans Erdgeschoss gewagt, um sie zu beobachten. Aber das traute ich mich nicht. »Hat er seinen Willen eingesetzt?«, fragte meine Mutter weiter.

»Nein«, lautete die finstere Antwort. »Wahrscheinlich wollte er das Chaos nicht anlocken. Allerdings weiß er vermutlich, dass das Haus von Barrieren geschützt ist. Wir müssen also sehr vorsichtig sein.«

Wieder quietschte die Kellertür. Ich hörte die Schritte meiner Brüder und hastete die Treppe weiter hinauf. Adam und Nick würden direkt auf ihre Zimmer im ersten Stock gehen und mich mit etwas Glück nicht entdecken.

»Jungs, ihr hab mit diesem Wandler einen großartigen Job gemacht«, rief meine Mutter ihnen nach. »Wir essen in einer Dreiviertelstunde. Duscht euch vorher!«

»Alles klar!«, brummte Adam. Und wieder einmal konnte ich nur den Kopf schütteln über all die Lügen, die meine Eltern uns auftischten. Sicher, sie liebten uns, aber trotzdem war diese ganze Manipulationssache einfach nur verkorkst. Als meine Brüder ihre Zimmertüren schlossen, senkte meine Mutter erneut ihre Stimme.

»Können wir das Risiko eingehen, ihn zu befragen?«

»Wir müssen es tun«, entschied mein Vater. »Am besten sofort. Ich gehe rein, und du überwachst jedes Wort. Zur Not weißt du, was du zu tun hast.«

»Also gut.«

Sie setzten sich in Bewegung und ließen mich aufgewühlt im Treppenhaus zurück. Was zum Teufel passierte hier gerade? Mein Vater und meine Brüder waren keine einfachen Gegner. Wir waren zwar keine Superhelden, aber unsere Anatomie hatte der menschlichen einiges voraus. Außerdem trainierten die Jungs fast jeden Tag. Was für ein Mensch konnte es bitte mit allen dreien gleichzeitig aufnehmen? ›Ein Krieger‹ wie meine Mutter vermutete? Was bedeutete das?

Resigniert wanderte ich in mein Zimmer zurück. Am liebsten wäre ich meinen Eltern in den Keller gefolgt, doch ich wollte mein Glück für heute nicht überstrapazieren. Ich verriegelte meine Tür und kniete mich vor mein Bett, um einen alten Koffer darunter hervorzuziehen. Das war mein ganz persönlicher Schatz. Bei all den Umzügen gingen so viele Dinge verloren und irgendetwas mussten wir immer zurücklassen. Dieser Koffer jedoch kam stets mit. Außerdem gab mir das kleine Schloss daran das Gefühl von Privatsphäre. An einer Kette um meinen Hals baumelte der dazugehörige Messingschlüssel. Ich sperrte den Koffer damit auf und klappte den Deckel hoch. Alles, was mir wichtig war, fand hier seinen Platz. Meine ersten Spitzenschuhe, die inzwischen viel zu klein und zu kaputt waren, um sie zu benutzen. Eine alte Schneekugel aus Moskau. Eine Spieluhr aus Dublin mit der Silver-Lane-Melodie. Ein paar meiner Lieblingsbücher. Der Stoffhase, den Adam mir geschenkt hatte, als wir das erste Mal umziehen mussten. Zwei Kinokarten von meinem ersten und von meinem liebsten Date. Eine winzige Buddha-Statue aus Bangkok, die mich daran erinnerte, alles gelassen zu sehen. Und natürlich ein paar alte Fotografien meiner Familie, die ich geklaut hatte, bevor mein Vater sie verbrennen konnte. So viele Erinnerungen der letzten hundert Jahre. Aber jetzt ging es mir um mein in Leder gebundenes Notizbuch. Darin hatte ich alles aufgeschrieben, was ich über mich in Erfahrung gebracht hatte, inklusive diverser Experimente. Inzwischen konnte ich nur noch darüber schmunzeln. Zum Beispiel meine Vollmondstudie, oder der Versuch, Blut zu trinken, um festzustellen, ob meine Familie und ich vielleicht Vampire waren. Wir vermochten auch keine Wünsche zu erfüllen, konnten mit unseren Stimmen keine Seefahrer bezirzen und hatten keine Vorliebe für Dinge, die funkelten. Wobei ich mir da bei meiner Schwester Jenny manchmal nicht so sicher war. Als ich alle mir bekannten Fabelwesen ausgeschlossen hatte, war ich auf die Suche nach neuen gegangen. Ich studierte fremde Mythologien und altertümliche Dokumente. Alles ohne Erfolg, wie die zahlreichen roten Kreuze in den oberen Ecken der Seiten bewiesen.

Ich blätterte bis ganz nach hinten. Dort stand alles, was ich mehr oder weniger heimlich von oder durch meine Eltern erfahren hatte.

- Nicht zu lange in Chaoswirbel schauen!
- Meiden: Schlägereien, Unfälle, Überfälle, Duelle, Schlachtfelder, Friedhöfe, Krankenhäuser, Lazarette, Altenheime
- Das Chaos folgt uns, wenn wir uns zu erkennen geben.
  Nur zu Hause nicht. Warum? Wegen der Barrieren? Was ist das?
- Chaoswandler sind der Tod!!!
- Wir altern mit der Zeit immer langsamer.
- Sprachen liegen uns im Blut.
- Ich soll nicht öffentlich tanzen, weil wir nicht auffallen dürfen.
- Meine Eltern beeinflussen mich und meine Geschwister!
- Die **Macht der Worte** löst ekliges Gefühl aus. Meistens.
  Nachtrag: Manchmal mehr, manchmal weniger.
  Nachtrag 2: Manchmal gar nicht. Glaub ich. Beweis fehlt.
- Ich bin stärker als normale Jungs in meiner Klasse.
  Nachtrag: Und schneller.
- Keiner von uns war je krank. Wie das wohl ist?
- Wir sehen uns nicht ähnlich. Sind wir wirklich verwandt?
- Ich soll aufhören, Fragen zu stellen.
- Die Nebel werden schwächer, sagt mein Vater. (Sollte ich eigentlich vergessen.)
- Meine Eltern bekommen Botschaften. Vom wem? (Hab ich heimlich gesehen.)
- Die Rebellion ist schuld, sagt meine Mutter. (Sollte ich eigentlich vergessen.)
- Meine Eltern wollen nach Hause. Wo ist das? (Hab sie belauscht.)

Mit einem Seufzer nahm ich meinen Füller aus dem Koffer und schrieb darunter:

- Wir haben einen Gefangenen, der kein Wandler ist. (Sollte ich eigentlich vergessen.)
- Meine Eltern denken, er ist ›ein Krieger‹ (Hab sie belauscht.)

Ich überlegte gerade, ob ich noch etwas zu dem Mann im Krankenhaus schreiben sollte, als ich ein leises Rascheln hörte. Ich schaute auf und bekam einen halben Herzinfarkt, weil trotz abgesperrter Tür ein kleiner blonder Junge in meiner Zimmerecke stand.

»Moe!« Ich presste mir die Hand auf die Brust, um meinen rasenden Puls zu beruhigen. »Du kannst mich doch nicht so erschrecken.«

Mein kleiner Bruder hatte ein Talent dafür, sich lautlos zu bewegen. Dass er aber durch Wände gehen konnte, war mir neu. »Wie bist du hier reingekommen?«

Während er schuldbewusst auf seiner Unterlippe herumkaute, packte ich das Notizbuch wieder in den Koffer und schob ihn zurück unters Bett. Als ich fertig war, zögerte Moe noch immer mit seiner Antwort. Er klammerte sich an seinem Zeichenblock fest, der in seinen kleinen Händen ziemlich überdimensioniert aussah.

»Da ist wer«, piepste er so leise, dass ich es kaum hören konnte. Ich runzelte überrascht die Stirn. Normalerweise redete Moe nicht und wenn, dann nur weil ihm etwas sehr wichtig war. Jetzt wirkte er geradezu verstört. Und das wiederum beunruhigte mich. Ich ging zu ihm und hockte mich hin, damit wir auf einer Augenhöhe waren.

»*Wo* ist jemand?«, fragte ich und sah ihm dabei fest in seine riesigen moosgrünen Augen. Moe war das Sorgenkind meiner Eltern. Egal, in welcher Stadt wir lebten, sie schickten ihn regelmäßig zu einem neuen Psychologen, den sie selbstverständlich vorher manipuliert hatten. Sie verstanden nicht, dass mit ihrem jüngsten Sohn alles in bester Ordnung war. Er sprach einfach nur nicht gerne und sah die Welt mit anderen Augen als wir. Für Moe bestand das Leben aus Farben und Formen und nicht aus Worten. Das hieß aber nicht, dass sein Verstand zurückgeblieben war.

Moe deutete mit seinem Zeigefinger auf den Boden. Jetzt kapierte ich, was er mir sagen wollte.

»Du meinst den fremden Mann bei Mom und Dad im Keller?«

Er nickte und klammerte sich erneut an seinen Zeichenblock. Moe hatte ihn also auch gesehen. Kein Wunder, dass er so aufgelöst war. Veränderungen in seiner gewohnten Umgebung machten ihm immer schwer zu schaffen. Deswegen war auch jeder Umzug für ihn eine Tortur.

»Er jagt mir auch Angst ein«, versicherte ich ihm. »Aber er kann uns nichts tun.« Wie so oft hätte ich ihn gerne in den Arm genommen, doch ich wusste, dass Moe das nicht ausstehen konnte. Stattdessen versuchte ich, ihn mit seinen Zeichnungen abzulenken. Mein kleiner Bruder zeigte sie nicht jedem. Eigentlich nur mir. Ich wollte ihn gerade danach fragen, als mir auffiel, dass etwas an ihm fehlte.

»Wo ist deine Stiftebox?« Ohne seinen Block und die Box ging er nirgendwohin.

Moe kaute auf seiner Unterlippe herum. Dabei wirkte er fast schon verzweifelt.

»Er hat mich gesehen«, flüsterte er. Die Worte schienen nur widerwillig aus seinem Mund kommen zu wollen. »Da bin ich weggerannt.«

»Wer hat dich gesehen?«, fragte ich immer besorgter. »Der fremde Mann?«

Moe nickte und versetzte mich damit in Aufregung. Eigentlich war ich davon ausgegangen, dass Moe die Ankunft des Fremden mitbekommen hatte. Mein kleiner Bruder saß oft still in einer Ecke, sodass man ihn nicht wahrnahm oder irgendwann vergaß. Aber der Gefangene hatte einen Sack über dem Kopf getragen. Der einzige Ort, an dem der Fremde meinen Bruder gesehen haben könnte, war ... »Im Keller?«

Wieder ein Nicken. Oh mein Gott. Was hatte Moe im Keller zu suchen gehabt? Und vor allem, wie war er dort hinein- und wieder rausgekommen, ohne dass unsere Eltern ihn gesehen hatten?

Und dann fiel es mir wie Schuppen von den Augen.

»Ist dein Fuchsbau da unten?«

So nannte Moe seinen Rückzugsort. Ein Versteck, das er sich in jedem neuen Zuhause suchte und einrichtete. Dort störte ihn niemand und er konnte in Ruhe zeichnen. Manchmal war es nur eine Abstellkammer, manchmal auch der Dachboden oder ein Kleiderschrank.

Ich spürte, wie mein Herz immer schneller schlug, als mein Bruder noch ein weiteres Mal nickte und sehr unglücklich dreinsah. Seine Not eröffnete mir eine perfekte Gelegenheit. Ich sollte mich eigentlich schlecht fühlen, aber im Moment konnte ich an nichts anderes denken, als an die Antworten, die dort unten im Keller auf mich warteten.

Ich lächelte Moe an und verkaufte es meinem Gewissen als eine Win-win-Situation.

»Soll ich dir deine Stifte holen? Du musst mir nur zeigen, wie ich in deinen Fuchsbau komme.«

Hinter Moes Brille – die er nicht brauchte, aber trotzdem liebte – erhellte sich sein kindliches Gesicht. Er packte meine Hand und zog mich zu meinem Wandschrank. Nein, er zog mich hinein. Zwischen meinen Klamotten und den Einkaufstüten wühlte er sich zur Rückwand, die wie der Rest des Einbauschrankes aus einer alten Holzvertäfelung bestand. Ich begann zu ahnen, worauf das hinauslief und wie mein Bruder sich in unserem neuen Haus fortbewegte. Diese Ahnung bestätigte sich, als Moe auf eine geschnitzte Rose drückte und ein Teil der Vertäfelung aufschwang.

Oh, wow. Das war gruselig. Extrem gruselig. Wäre meine Neugier nicht so überwältigend gewesen, hätten mich keine zehn Pferde in die dunkle Leere zerren können. Abgesehen davon wusste ich nicht, ob ich jemals wieder in meinem Zimmer schlafen wollte. Hatte ich schon erwähnt, dass das gruselig war?

Moe schlüpfte durch die enge Öffnung und trotz meiner mäßigen Körpergröße musste ich mich ducken, um ihm folgen zu können. Die Schatten rochen trocken und nach uraltem Staub. Ich richtete mich vorsichtig auf, aber das bereute ich sofort wieder, als ich mich in einem ganzen Teppich von Spinnweben verfing. Nur mit eiserner Beherrschung unterdrückte ich einen Schrei. Ich hasse Spinnen und die Vorstellung, wie viele davon sich hier im Dunkeln tummelten, war ekelerregend.

Moe zog mich weiter. Wenn ich meinem Orientierungssinn glauben durfte, befanden wir uns direkt hinter den Wänden des Flurs und des Treppenhauses. Durch die Fugen der Holzverkleidung fiel gerade genug Licht, um die kleine Silhouette meines Bruders nicht aus den Augen zu verlieren. Er bewegte sich völlig lautlos. Keine Ahnung, wie er das anstellte. Ich selbst hatte das Gefühl, bei jedem meiner Schritte ein Knarzen auszulösen.

Moe stoppte und ließ meine Hand los. Einen Augenblick später krabbelte er nach unten in einen senkrechten Schacht, der definitiv nicht für Menschen gemacht war. Ein alter Kamin? Ein Wäscheschacht? Oder ein ehemaliger Speiseaufzug? Ich biss die Zähne zusammen und kletterte Moe hinterher. Meine Finger trafen auf widerliches Zeug. Was genau sich alles an der Ziegelwand abgelagert hatte, wollte ich mir lieber nicht vorstellen. Zwei Stockwerke tiefer baumelten meine Füße plötzlich in der Luft. Panisch klammerte ich mich an ein paar herausstehenden Ziegeln fest. Der Schacht endete im Nichts.

»Leiter«, hörte ich Moe flüstern.

Eine Leiter? Ich tastete mit meinen Füßen durch den leeren

Raum unter mir. Und tatsächlich, ich stieß auf etwas Hartes. Meine Güte! *Das* hatte mein kleiner Bruder alles allein ausgekundschaftet?!

Die hölzerne Klappleiter wackelte beunruhigend, aber ich schaffte es, daran herunterzuklettern. Jetzt stand ich in einem langen, schmalen Kellerraum. Hier unten war es kalt und roch modrig. Durch Glasbausteine knapp unter der Decke fiel etwas Licht herein. Ich sah Moe an, der stocksteif in die Dunkelheit am anderen Ende des Kellers schaute, ohne sich vom Fleck zu rühren.

»Ist es dort?«, erkundigte ich mich mit gedämpfter Stimme.

Moe reagierte nicht und starrte weiter in die Schatten. Ich kannte ihn gut genug, um zu erkennen, dass er Angst hatte.

»Weißt du was?«, sagte ich leise. »Ab hier finde ich mich schon zurecht. Wie wäre es, wenn du in meinem Zimmer auf mich wartest?«

Das musste ich meinem Bruder nicht zweimal sagen. Ich hatte ihn selten so erleichtert und dankbar erlebt. Flink wie ein Wiesel stieg er die Leiter hoch und verschwand in dem Ziegelschacht.

Für einen Moment spielte ich mit dem Gedanken, ihm zu folgen. Aber irgendwo dort in der Dunkelheit warteten vielleicht Antworten auf mich. Also schluckte ich meinen Widerwillen runter und marschierte los.

Es wurde immer finsterer. Ich streckte meine Hände vor mir aus, um nicht versehentlich gegen etwas zu stoßen. Irgendwann trafen sie auf rauen Stein. Eine Ecke. Langsam tastete ich mich an der Wand entlang weiter. Der schmale Raum bog noch zweimal ab, bevor ich Stimmen und seltsame Geräusche hörte. Dann sah ich ein gedämpftes Licht. Stein wurde wieder zu Holz. Aber diesmal nicht geschliffen und verziert. Es waren raue Bretter – schlampig zusammengezimmert, mit fingerbreiten Spalten dazwischen. Die Rückwand eines Weinregals. Im Glas der gelagerten

Flaschen brach sich das warme Licht und tauchte den versteckten Gang in einen grüngoldenen Schimmer. Ein Kissen lag auf dem Boden und überall hingen Skizzen an den Wänden – von Landschaften, Menschen und Gegenständen. Mir stockte der Atem, als mir wieder einmal bewusst wurde, wie unglaublich viel Talent mein kleiner Bruder besaß. Das war also sein Fuchsbau. Kein Wunder, dass er hier gerne zeichnete. Abgesehen von dem vielen Staub war es echt gemütlich.

»Fangen wir noch mal von vorne an«, drang die Stimme meines Vaters zu mir. Ich zuckte zusammen, weil sie so sehr vor Abscheu triefte, dass ich seinen Hass beinahe körperlich spürte. »Und diesmal kannst du dir deine Arroganz sparen! Also: Wer hat dich geschickt?«

Ich lugte durch eine der Spalten und entdeckte den hellbraunen Haarschopf meines Vaters. Zumindest kurz, denn seine spärlich beleuchtete Gestalt tigerte gereizt umher und verschwand immer wieder aus meinem Sichtfeld. Er wirkte wütend. So wütend hatte ich ihn nur ein einziges Mal erlebt, als mein ältester Bruder Adam ihm gestanden hatte, dass er verliebt wäre und ausziehen wollte.

Ein weiches Lachen ließ die staubige Luft vibrieren. Es war ein Furcht einflößendes Geräusch. Tief, abgeklärt und alles andere als besorgt. Definitiv nicht das, was ich von einem Gefangenen erwartet hätte.

Möglichst leise versuchte ich, eine bessere Position zu finden. Ich musste wissen, wie der Mann aussah, zu dem dieses Lachen gehörte. Aber wie sehr ich mich auch verrenkte, ich bekam keine freie Sicht auf den Fremden. Weinfässer, Flaschen und selbst das spröde Holz der Regale, das mir diverse eingezogene Splitter bescherte, schienen sich gegen mich und meine Neugier verschworen zu haben. Ich konnte lediglich erkennen, dass der Gefangene kniete – mit dem Rücken zu mir. Seine Handgelenke hingen in schweren Ketten, die straff um zwei wuchtige Säulen gespannt waren. Ein bisschen fester und sie hätten ihm vermutlich die Arme aus den Gelenken gerissen.

Plötzlich keuchte der Gefangene auf und krümmte sich in seinen Fesseln. Ich presste mir entsetzt die Hand vor den Mund, als mein Vater immer und immer wieder zutrat. Es war nicht das erste Mal, dass ich ihn gewaltbereit erlebte. Schließlich hatte ich oft genug beobachtet, dass er meine Brüder beim Training nicht schonte. Aber das war anders. Es war brutal, grausam und nur darauf ausgelegt, möglichst viele Schmerzen zu bereiten. Nach einer Weile packte er seinen Gefangenen an dessen rotbraunen Haaren und zwang ihm den Kopf in den Nacken. Ich war zutiefst erschüttert von dem eisigen Triumph in seiner Stimme.

»Was glaubst du, wie lange du durchhältst?«

Da erklang wieder dieses unheimliche Lachen – diesmal schwächer und unterlegt von rasselndem Atem.

»Ich hatte ganz vergessen, wie wenig ich euch Goldkrieger leiden kann.«

Die Worte des Fremden ließen meinen Vater erstarren. Sein Gesicht verwandelte sich in eine zornige Fratze. Er schlug zu. So heftig, dass sein sonst so ordentlicher Scheitel durcheinandergeriet.

»Wer hat dich geschickt?«, schrie er, während seine Fäuste weiter auf den Fremden eindroschen. Blut spritzte auf sein helles Hemd. Ich musste die Augen schließen, weil ich den Anblick nicht ertrug. Wie konnte mein Vater nur derart die Kontrolle verlieren?

Zwischen zwei Schlägen schnitt plötzlich die Stimme des Fremden durch den Keller. »Verschwinde!«

Der Klang dieses einen Wortes kroch mit einer Gewalt unter meine Haut, wie ich sie noch nie erlebt hatte. Das kriechende krabbelnde Gefühl war so übermächtig, dass ich mich am liebsten sofort auf dem Boden gewälzt hätte.

Nebenan wurde es ruhig.

»Verschwinde«, wiederholte der Fremde, »und komm erst wieder, wenn du bereit bist, mir zuzuhören!«

Zwischen den Holzlatten sah ich, wie mein Vater umdrehte und den Raum verließ. Die Erkenntnis traf mich wie Blitz und Donner gleichzeitig. Dieser Mann war wie wir. Und er benutzte die *Macht der Worte* mit einer Präzision, die mir mein Innerstes nach außen kehrte. Selbst ich musste gegen das Bedürfnis ankämpfen, seinem Befehl zu gehorchen – obwohl er eigentlich jemand anderem gegolten hatte.

Nun, da mein Vater fort war, legte sich eine beklemmende Stille über den Keller. Es war die Art von Stille, die nur das Alleinsein kreieren konnte. Dummerweise war der Fremde aber nicht allein. Auf einmal kam mir mein Atem unglaublich laut vor. Ich war hier der Eindringling und sollte eigentlich abhauen – so schnell es ging. Trotzdem konnte ich den Blick nicht von dem Mann abwenden, der die fleischgewordene Antwort auf all meine Fragen zu sein schien. Er hing reglos in seinen Ketten. Sein Kopf ruhte auf seiner Brust und nur das leichte Heben und Senken seines breiten Rückens verrieten, dass er am Leben war. Und dann stockte diese sanfte Bewegung für einen Moment. Er hob seinen Kopf, drehte ihn etwas, lauschte. Jetzt konnte ich einen kleinen Teil seines Gesichts sehen. Eine energisch geschwungene Braue, an der Blut klebte. Lange Wimpern an geschlossenen Augenlidern. Ein scharf geschnittener Kiefer und … ein halbes Lächeln.

»Ich weiß, dass du da bist«, sagte er leise. Unvermittelt öffnete er seine dunklen, fast schwarzen Augen. Darin funkelten goldene Flecken, als würden sie aus einem Stück glühender Kohle bestehen.

Das war nicht möglich! Ich befand mich im Schatten, verborgen hinter Fässern, Flaschen und Regalen. Und ich hatte keinen

Laut von mir gegeben. Wie also konnte er mich sehen?! Oder bluffte er?

»Zeig dich!«, befahl er und wie von allein legten sich meine Hände an die Holzbretter, als würden sie das Regal umstoßen wollen. Ich spürte die Macht, die in seinen Worten lag, und fühlte das eklige Krabbeln unter meiner Haut. Nein, nein, nein ...

Follow the silver lane through mist and moonlight ...

Panisch klammerte ich mich an die Melodie, die mich so oft gerettet hatte, und gewann zumindest teilweise die Kontrolle zurück. Unter größter Anstrengung schaffte ich es, meine Hände in die Hosentaschen zu stecken. Ich sang in Gedanken tapfer weiter und bewerkstelligte es tatsächlich, einen Schritt rückwärts zu machen. Dummerweise trat ich auf das Kissen, verlor mein Gleichgewicht und fiel. Mein Kopf knallte gegen etwas und ein Scheppern verriet endgültig meine Anwesenheit. Es war Moes Stiftebox. Mit einem unterdrückten Fluchen schnappte ich sie mir und rannte.

POLIERTES MAHAGONI UND FEURIGE ABGRÜNDE

Das Abendessen wurde zur Qual. Moe malte neben seinem Teller. Er war überglücklich gewesen, als ich ihm seine Stifte zurückgebracht hatte. Annie saß neben ihm. Mit bester Laune quasselte sie ununterbrochen und löcherte Nick und Adam mit Fragen über die Jagd nach dem Chaoswandler. Mein Vater hatte sein Hemd gewechselt und tat, als wäre nichts gewesen. Allerdings wirkte er ungewöhnlich bleich und kraftlos.

Die darauffolgende Nacht war schlimmer als das Abendessen, denn ich brauchte Ewigkeiten, um einzuschlafen. Stundenlang starrte ich auf die Tür meines Wandschranks, die ich mit einem Stuhl verrammelt hatte. Ich redete mir ein, dass ich das nur getan hatte, damit nichts aus den gruseligen Geheimgängen *in* mein Zimmer kommen konnte, während ich schlief. Wenn ich aber ehrlich mit mir war, hörte ich noch immer die Stimme des Fremden in meinem Kopf, der mir befahl, mich zu zeigen.

Irgendwann klingelte mein Wecker und ich stellte fest, dass ich tatsächlich geschlafen hatte. Ich fühlte mich nur nicht danach. Wie so oft verfluchte ich unser obligatorisches sonntägliches Familienfrühstück. Wer wollte am Wochenende schon um halb neun aufstehen?!

Überraschenderweise traf ich nicht meine Eltern in der Küche, sondern Adam, der gerade Eier für Omeletts aufschlug. Wie üblich war er von einer melancholischen Wolke umgeben, die ihm die Ausstrahlung eines tragischen Helden verlieh. Er hatte noch nie wirklich zur fröhlichen Sorte Jungs gehört, aber seit er das

Mädchen zurücklassen musste, in das er verliebt war, schien er unablässig zu leiden. Dieser Zustand hatte sich auch in den letzten sieben Jahren nicht geändert.

»Morgen, Maia«, begrüßte er mich stoisch.

»Guten Morgen«, trällerte Jenny, die beschwingt den Tisch deckte. Offenbar war sie in aller Frühe von ihrer ›Freundin‹ zurückgekehrt.

»Guten Morgen, Jen.« Ich holte das Besteck aus der Schublade und begann ihr zu helfen. »Na, wie war euer *Mädelsabend*?«

Meine Schwester rammte mir ihren Ellbogen in die Rippen, was ich mit einem Grinsen quittierte. Jenny war einfach zu selbstverliebt, als dass es keinen Spaß gemacht hätte, sie ab und an aufzuziehen. Sie entsprach dem typisch blonden Klischee-Mädchen, stand auf Pastelltöne, Lockenstäbe, Hautcremes und Perlenohrringe. Alles nicht wirklich mein Ding. Vielleicht verstanden wir uns deshalb nur sehr selten. Meistens dann, wenn es darum ging, das Alibi für den jeweils anderen zu sein.

»Es war lustig«, verkündete Jenny laut, während sie eine warnende Grimasse schnitt. »Wir haben ein paar Filme geschaut und Pizza und Popcorn gegessen.«

»Spart euch euer kleines Schauspiel für jemanden, der darauf reinfällt.« Adam klang genervt. Es wunderte mich wenig, dass er über Jennys amouröse Abenteuer Bescheid wusste. Als ältester Bruder hielt er es für seine Aufgabe, uns alle im Auge zu behalten.

»Nur, weil *du* dir keinen Spaß gönnst, heißt das ja noch lange nicht, dass ich wie eine Nonne leben muss«, fauchte Jenny ihn an.

»Wer muss hier wie eine Nonne leben?«, erkundigte sich Nick, der ahnungslos in die Küche geschlendert kam.

Jenny stöhnte auf. »Das geht dich überhaupt nichts an!«

Mit seinem so typischen WTF-Blick hob Nick abwehrend die Hände und entschied sich, nicht weiter nachzufragen. Kurz darauf kamen Annie und Moe hereingestürmt. Sie waren in eine hitzige Diskussion über die Mona Lisa vertieft, was bei den beiden bedeutete, dass Annie redete und Moe versuchte zu entkommen.

»Ich würde auch ganz still dasitzen!«, beteuerte meine kleine Schwester. »Biiiiitte!«

Moe verdrehte die Augen. Er zog sich auf einen der Küchenstühle und setzte sein neustes Werk fort. Ich runzelte überrascht die Stirn. Es war eine Kohlezeichnung von mir.

»Maiaaa, sag ihm, er soll mich auch mal malen!«, quengelte Annie. »Ich hab sogar geübt, zu lächeln wie die Mona Lisa.«

Adam stellte lautstark einen Teller mit Omeletts in die Mitte des Tischs. »Hör auf, ihn zu nerven, Annie. Moe kann selbst entscheiden, wen er zeichnet und wen nicht.«

Wow, heute war Adam sogar noch schlechter drauf als sonst.

Wir setzten uns alle und dann ... sahen wir uns ratlos an. Unsere Eltern waren noch nie zu spät zum Sonntagsfrühstück erschienen.

»Haben Mom und Dad verschlafen?«, fragte Annie in die Runde.

Nick zuckte mit den Schultern. »Keine Ahnung. Der Kampf gegen den Chaoswandler war ziemlich anstrengend. Vielleicht –«

»Ihr habt gegen einen Chaoswandler gekämpft?!«, fiel ihm Jenny ins Wort.

»Was denkst du denn, warum Mutter wollte, dass du heimkommst«, knurrte Adam sie an. »Fangt an zu essen. Sie werden schon noch kommen.«

Tja, unser Ersatz-Papa hatte gesprochen und da niemandem etwas Besseres einfiel, taten wir, was er gesagt hatte.

Während sich die anderen an Toast, Omeletts und in Moes Fall an Cornflakes bedienten, fragte ich mich, ob es an dem Gefangenen lag, dass unsere Eltern noch nicht hier waren. Für einen Augenblick war ich versucht, meine Geschwister einzuweihen. Sie hatten ein Recht darauf zu erfahren, was für eine Gefahr in unserem Keller lauerte. Aber dann hörte ich Nick über einen Witz von Annie lachen. Ich sah, wie Jenny heimlich ihren Teller ein Stück zur Seite schob, damit Moe mehr Platz zum Zeichnen hatte. Und Adam drängte mir einen Extra-Toast auf, weil ihm aufgefallen war, dass ich seit Zoeys Krankheit weniger aß. Nur ihm.

So unterschiedlich wir sechs auch waren, wir gehörten zusammen. Und solange ich nichts Konkretes wusste, würde ich diesen Zusammenhalt nicht auf die Probe stellen.

»WAS hat dieser Junge aus deiner Klasse gesagt?!«

Nicks aufgebrachter Tonfall ließ mich aufschauen. Er fixierte Annie mit einem strengen Blick.

»Bitte mach keine große Sache draus«, flehte unsere kleine Schwester und zog eine Schnute, die selbst das Herz des grimmigsten Verbrechers zum Schmelzen gebracht hätte. »Es ist doch schon vielen aufgefallen, dass wir uns nicht ähnlich sehen.«

»Trotzdem darf niemand unsere Mutter als Flittchen bezeichnen«, polterte Nick.

Ich seufzte. Das war ein Thema, das an jedem neuen Wohnort aufkam: Keiner aus der Außenwelt wollte glauben, dass wir verwandt waren. Zugegeben, der blond gelockte Moe mit seinen Pausbacken hatte nicht viel gemeinsam mit der spindeldürren Annie und ihrer quirligen Art. Jenny erinnerte an eine modelgleiche Barbie, während Nick mit seiner sonnengebräunten Haut und dem schwarz glänzenden Haarschopf eher einem Latino glich. Er war zwar muskelbepackt, dafür aber nicht groß – ganz anders als Adam, unser schlaksiger Riese mit den traurigen Augen und den kurzen hellbraunen Haaren. Und dann gab es da natürlich noch mich, die Porzellan-Puppe mit dem dunklen Locken-Wischmopp auf dem Kopf.

Wir ähnelten uns wirklich kein bisschen – weder untereinander noch unseren Eltern. Und doch wollte keiner von uns diesem Rätsel auf die Spur gehen. Eine Tatsache, die wir vermutlich einer weiteren Manipulation unserer Eltern zu verdanken hatten.

Ein vertrautes Quietschen lenkte die gesammelte Aufmerksamkeit zur offenen Küchentür. Dahinter lag das Wohnzimmer und dort tauchte unser Vater auf. Er trug einen leblosen Körper.

»Mom!«, schrie Annie ängstlich und wollte aufspringen. Aber unser Vater stoppte sie, stoppte uns alle.

»Bleibt sitzen und beachtet uns gar nicht!«

Ich plumpste zurück auf meinen Stuhl.

Follow the silver lane ...

Während meine Geschwister wieder in die alte Diskussion fielen, konzentrierte ich mich darauf, dem Befehl meines Vaters zu widerstehen. Da ich mich nicht auf mehrere Sachen gleichzeitig konzentrieren konnte, nahm ich das Sitzenbleiben in Kauf und bemühte mich, das Gesehene nicht zu vergessen. Überraschenderweise fiel es mir diesmal nicht sonderlich schwer, mich gegen die Manipulation zu wehren.

Aus den Augenwinkeln beobachtete ich, wie mein Vater meine Mutter auf das Sofa im Wohnzimmer legte. Er wirkte besorgt und flößte ihr irgendeine Flüssigkeit aus einem hellen Fläschchen ein. Daraufhin wachte sie sofort auf, schrie und wand sich, als wäre sie vergiftet worden. Mein Vater brauchte seine ganze Kraft, um sie auf den Polstern zu halten. Es war bizarr. Ein dramatischer Thriller im Wohnzimmer und hier in der Küche: Happy Family. Keiner reagierte auf das Geschrei meiner Mutter. Es kam mir vor, als würde ich in zwei verschiedenen Realitäten gleichzeitig leben.

Und es wurde nicht besser. Nicht nach dem Frühstück und auch nicht den Rest der Woche. Meine Mutter hatte sich an jenem Morgen schnell wieder erholt, aber von nun an ging jeden Tag das Schauspiel von vorne los. Meine Eltern kamen irgendwann aus dem Keller – voller Blutspritzer. Entweder war einer der beiden bewusstlos oder stand komplett neben sich. Dann gab es einen Schluck aus dem hellen Fläschchen. Derjenige drehte durch und keiner außer mir bekam den Wahnsinn mit. Wegen der akuten Gefahr durften wir noch nicht einmal in die Schule gehen. Meine Mutter hatte uns offiziell befreit. Ein angeblicher familiärer Notfall. Das führte dazu, dass mir irgendwann die Decke auf den Kopf fiel. Besonders weil Moe mein Zimmer übergangsweise zu seinem neuen Fuchsbau bestimmt hatte und tagsüber bei mir malte. Deshalb zog ich mich immer öfter auf den Dachboden zurück. Ich musste den Kopf freikriegen, und das konnte ich nur beim Tanzen. Dort auf dem Speicher befand sich der wichtigste Raum für unsere Familie. Nach jedem Umzug machten es sich Nick und Adam zu ihrer persönlichen Aufgabe, ihn einzurichten. Meistens war er noch vor unserem Wohnzimmer nutzbar: Unsere private kleine Sporthalle. Hier gab es einen Boxring für meine Brüder, Yogamatten für Jenny und natürlich Annies Trampolin. An den Wänden standen Waffenschränke, daneben hingen Zielscheiben und in der hintersten Ecke warteten Dummys auf ihren Einsatz im Kampftraining.

Letzteres war etwas, auf das meine Eltern schon früh bei uns allen bestanden hatten: Wir sollten uns im Ernstfall zumindest ansatzweise selbst verteidigen können. Ein notwendiges Übel, das ich durchaus einsah, auch wenn ich es nicht mochte.

Ausnahmsweise ging es aber jetzt nicht darum. Ich warf mein Handtuch auf den Boden und stellte meine Boombox darauf. Wer brauchte schon Waffen, Gegner oder Hilfsmittel, wenn man genügend Platz und Musik hatte? Zielsicher wählte ich meine Dance-The-Day-Away-Playlist aus und drehte die Lautstärke auf Anschlag. Zu den ersten Songs wärmte ich mich auf und dann existierten nur noch die Musik und ich. Ich vergaß meine Sorgen um Zoey. Ich vergaß die Wut auf meine Eltern und sogar meine Neugier, die mich fast täglich verlockte, durch die gruseligen Gänge in den Keller zu gehen. Ich tanzte mir den Frust von der Seele, wirbelte durch den Raum, drehte mich, sprang. Ich mischte Pirouetten mit Hip-Hop-Moves, Flamencofiguren mit Arabesques. Irgendwann schnappte ich mir das Tuch, mit dem der Spiegel abgehängt war. Es wallte, wogte, folgte meinen Bewegungen ...

Plötzlich war die Musik weg. Nick stand über mein Handy gebeugt. Er trug Trainingsklamotten. Seine Hände waren bereits bandagiert, ebenso wie die von Adam, der gerade in den Ring stieg.

»Hey, was soll das? Ich war noch nicht fertig!«, motzte ich sie schwer atmend an. Wir hatten die simple Regel, wer zuerst kam, mahlte zuerst.

Nick zuckte mit den Schultern und zog seinen Haargummi fest. »Vater will dich im Büro sehen. Sofort.« Mehr sagte er nicht, sondern sprang zu Adam in den Ring, wo die beiden sofort aufeinander losgingen.

Das verpasste meiner Stimmung einen ordentlichen Dämpfer. Nicht nur die Unterbrechung nervte mich, sondern auch die Selbstverständlichkeit, mit der mein Vater selbst zu Hause über mich bestimmte. Mürrisch suchte ich meine Sachen zusammen. Ich ertrug viel, aber wenn man mir das Tanzen nahm, war eine Grenze erreicht. Mein Vater wusste das, also zog ich mich nicht erst um. Sollte er doch sehen, wobei er mich gestört hatte. Barfuß stapfte ich ins Erdgeschoss und hämmerte an seine Bürotür. Er hatte mich schon früher hin und wieder zu sich zitiert. Dabei war es fast immer um Belanglosigkeiten gegangen – wie Schulgerüchte, Benimmregeln im Wandel der Jahrzehnte oder meine Vorbildfunktion für Moe und Annie.

»Komm rein«, rief überraschenderweise die Stimme meiner Mutter. Das war neu und konnte nur bedeuten, dass es sich diesmal um etwas Ernstes handeln musste.

»Mach die Tür zu«, wies mich mein Vater an. »Und setz dich!«

Mit einem unruhigen Flattern im Magen folgte ich seinen Anweisungen. Meine Mutter stand am Fenster und ließ mich nicht aus den Augen. Ebenso wenig wie mein Vater, der mit verschränkten Fingern hinter seinem Schreibtisch darauf wartete, dass ich mich auf dem Stuhl ihm gegenüber niederließ.

»Ich werde nicht lange um den heißen Brei herumreden, Maia. Wir brauchen deine Hilfe.«

Auf seinem Gesicht lag ein ernster Ausdruck. Die Situation schien ihm ganz und gar nicht zu gefallen.

»Bei was?«, fragte ich vorsichtig.

Mein Vater strich ein verirrtes Staubkorn von seinem überordentlichen Schreibtisch. Egal wie sein Büro über die Jahrzehnte hinweg geschnitten oder eingerichtet gewesen war, es strotzte immer nur so vor innenarchitektonischer Disziplin.

»Wir brauchen deine Hilfe bei unserem Gast im Keller.«

Ich blinzelte ein paar Mal verblüfft. Hatte mein Vater mir gerade freiwillig von seinem Gefangenen erzählt?! Wie sollte ich denn bitte darauf reagieren?! Oder hieß das, dass er mich durchschaut hatte?

»Ääääh ...«, war das Einzige, was ich herausbrachte.

Meine Mutter seufzte. »Spar dir, es zu leugnen. Uns ist klar, dass du über ihn Bescheid weißt.«

Okay, jetzt war ich platt. Würden die beiden sich eine Clownsnase aufsetzen und zusammen den Ententanz hinlegen, hätte mich das nicht mehr verstören können.

»Wir wissen schon lange, dass du dich unserem Willen widersetzen kannst«, erklärte mir mein Vater. »Dementsprechend war es nur eine Frage der Zeit, bis wir dir die Wahrheit würden sagen müssen.«

»Ich bin ganz Ohr.« Stockstarr saß ich auf meinem Stuhl. Gleich würde ich Antworten auf all meine Fragen erhalten. Doch mein Vater zerschlug meine Hoffnung sofort.

»Zuerst musst du uns helfen. Im Moment schweben wir alle in großer Gefahr. Wir werden dir die Wahrheit sagen, allerdings erst wenn sich unsere äußerst ungünstige Lage geklärt hat.«

Das klang zwar verdächtig nach Hinhaltetaktik, aber ich nickte. »Was muss ich tun?«

»Dem Willen des Gefangenen widerstehen, so wie du uns widerstanden hast. Wir müssen erfahren, warum er hier ist, und du wirst ihm dieses Wissen entlocken.«

Seinem Willen? War es das, worum es bei der *Macht der Worte* ging? Um den Willen? Dieses Puzzlestück, das mir einfach so in den Schoß fiel, versetzte mich in helle Aufregung. Ich stand derart unter Storm, dass ich erst ein paar Augenblicke später verstand, was meine Eltern da von mir verlangten.

»Ich ... soll ihn verhören?«

Mein Entsetzen musste mir anzusehen sein, denn auf einmal spürte ich die Hand meiner Mutter auf der Schulter.

»Du brauchst keine Angst haben. Wir werden bei dir sein.«

Wow. Das war mehr mütterliche Fürsorge, als ich jemals von ihr bekommen hatte. Und doch klangen die Worte falsch aus ihrem Mund, als müsste sie sich dazu zwingen. Was war hier nur los? Sie stellten mir die Wahrheit in Aussicht ... und sie wussten genau, dass ich dafür alles tun würde. Ich hatte ein ungutes Gefühl bei der Sache. Aber blieb mir denn eine Wahl?

»Wann?«, wollte ich wissen.

»Am besten sofort«, verkündete mein Vater und erhob sich. »Nur solltest du dich vorher umziehen.« Er deutete auf mein

Tanz-Top und die enge Leggins. Ich rollte mit den Augen. Natürlich würde ich so nicht in den Keller gehen. Mal abgesehen davon, dass es da unten schweinekalt war, würde ich dem Fremden sicher nicht verschwitzt und bauchfrei entgegentreten.

Eine Dusche und etliche Anweisungen später stand ich in Jeans und einem übergroßen Wollpulli vor der Kellertür, die zu dem Raum mit den alten Weinfässern führte. Meine Hände zitterten, was nichts mit der Kälte zu tun hatte. Wieso war ich so nervös? Hinter dieser Tür befand sich lediglich ein gefesselter Mann, dem ich ein paar Fragen stellen sollte. Danach würde ich endlich die Wahrheit erfahren. War das nicht das, was ich immer gewollt hatte?

»Geh rein!«, hörte ich die Stimme meines Vaters im Ohr. Der Kontakt über den Funksender klappte einwandfrei und beruhigte mich so weit, dass ich nach dem Türknauf griff und sie öffnete.

Der Weinkeller war durch ein paar schwache Glühbirnen in ein dramatisches goldenes Licht getunkt. Unter anderen Umständen hätte man es auch als romantisch bezeichnen können, aber im Moment strahlten die alten gelben Glühbirnen mehr ein Fackeln-im-Kerker-Flair aus. Der Gefangene kniete noch immer zwischen den beiden Säulen. Bei seinem Anblick musste ich die Zähne zusammenbeißen, um nicht vor Schreck laut aufzukeuchen. Er sah entsetzlich aus. Sein Hemd – oder was auch immer das mal gewesen war – bestand nur noch aus blutigen Fetzen. Darunter prangten unzählige Striemen, Stichwunden und Hämatome in verschiedenen Heilungsstadien. Wie konnte er noch immer bei Bewusstsein sein? Immer noch aufrecht knien? Ja, der Fremde war jung und kräftig, aber eine ganze Woche Folter in einem eisigen Keller hätte ihn doch zumindest ein wenig zermürben müssen.

Langsam hob er seinen Kopf. Ein paar Strähnen seiner dunklen rotbraunen Haare fielen ihm in die Stirn. Sie sahen aus wie sanfte Wellen aus poliertem Mahagoni. Ich hatte eigentlich nicht gedacht, dass so eine Haarfarbe tatsächlich existierte – also abseits von L'Oréal, Syoss, Garnier und Co. Und da ich mir diesen Kerl beim besten Willen nicht beim Shoppen von Haartönungen vorstellen konnte, musste das wohl seine Naturfarbe sein.

Darunter kam ein Gesicht zum Vorschein, das ich guten Gewissens als das schönste bezeichnen konnte, das mir je untergekommen war. Damit meinte ich nicht Symmetrie und Proportionen – obwohl es daran nichts auszusetzen gab. Nein, ich meinte die Härte seiner Züge, die sich mit weichen Linien mischte und zu etwas Lebendigem wurde, das jede Oberflächlichkeit Lügen strafte. Selbst die Verletzungen und der Bart, der ihm über die Woche gewachsen war, konnten seinem Gesicht nicht die Attraktivität nehmen. Im Gegenteil, sie machten es realer. Ein faszinierender Beweis, dass diese Perfektion nicht bloß meiner Einbildung entsprang. Und trotzdem war all das vergessen, als der Fremde seine Augen öffnete. Vor mir entfalteten sich zwei feurige Abgründe – wie die Tiefen der Hölle. Sie waren schwarz, vielleicht auch braun. In dem schummrigen Licht konnte ich das nicht genau beurteilen. Aber es war etwas anderes, das mir den Atem raubte. In den dunklen Iriden – besonders um die Pupillen herum – glühten goldene Sprenkel wie Sterne aus Bernstein in einer rabenschwarzen Nacht. Oder eben wie Lava, die aus dem Inneren seiner Augen hervorzubrechen drohte. Solche Augen hatte ich noch nie gesehen. Sie glitten über mein Gesicht, meine vom Duschen nassen Locken, den Wollpulli, meine Jeans und die Turnschuhe. Mit jedem Zentimeter, den sie zurücklegten, funkelte darin mehr und mehr der Schalk. Seine weich geschwungenen Lippen teilten sich zu einem gehässigen Lächeln.

»Feiglinge«, sagte er mit mehr Kraft in der Stimme, als ich bei seinem Zustand erwartet hätte. »Glaubt ihr etwa, ich schrecke davor zurück, auch eine von ihnen zu brechen?«

Seine Worte waren in den Raum gerichtet. Er wusste, dass meine Eltern zuhörten. Trotzdem war klar, dass er mit ›eine von ihnen‹ mich gemeint hatte. Zu gerne hätte ich ihn gefragt, was das bedeutete, aber ich musste mich an den Plan halten. Das hieß, die Stimme in meinem Ohr gab die Richtung vor.

»Stell ihm die Fragen!«, wies mich mein Vater an.

Also gut. Dann mal los. Ich bemühte mich, meinem Tonfall einen möglichst entschlossenen Klang zu geben.

»Was suchst du hier?«

Die höllischen Nachthimmel-Augen durchbohrten mich mit neuem Interesse. Der Fremde legte seinen Kopf ein wenig schräg, als wäre er überrascht, dass ich mich zu sprechen traute.

»Du siehst erschrocken aus«, stellte er fest. »Liegt es an all dem Blut oder daran, wer es vergossen hat?«

Okay ... jetzt fühlte ich mich durchschaut.

Ihn als meinen direkten Gesprächspartner zu haben, war sehr viel einschüchternder, als ich es mir ausgemalt hatte. Und abgesehen davon, dass seine Aufmerksamkeit meinen ganzen Körper in Alarmbereitschaft versetzte, schürte seine Frage zielsicher den winzigen Zweifel, den ich seit einer Woche zu verdrängen versuchte. Es war mein Vater gewesen, der ihn so zugerichtet hatte. Das machte es sehr schwer, unsere Familie als das Opfer in dieser Geschichte zu sehen.

»Lass dich nicht manipulieren!«, hörte ich die Stimme meiner Mutter über Funk. Ich schluckte und riss mich zusammen.

»Was suchst du hier?«, wiederholte ich.

Der Fremde lächelte erneut. Diesmal etwas freundlicher, wobei ein Schatten von Erschöpfung über sein Gesicht flog. »Ich suche hier nichts. Ich warte.«

»Worauf?«, hakte ich sofort nach. Das Schweigen meiner Eltern bedeutete wohl, dass sie mit dieser Frage einverstanden waren.

»Du wirst es erkennen, wenn es so weit ist«, entgegnete der Gefangene amüsiert, wobei der unheilvolle Ton in seiner Stimme bei mir eine Gänsehaut auslöste. Die Muskeln seiner Arme spannten sich, ebenso wie die Ketten, als er sich vorbeugte und leise hinzufügte: »Versprochen.«

Unter seinen glühenden Blicken begann sich die Luft zwischen uns aufzuheizen. Das Atmen fiel mir immer schwerer.

»Frag ihn, wie er uns gefunden hat!«, bellte mein Vater über die Funkverbindung. Wie ferngesteuert folgte ich seinen Anweisungen.

»Wie ... wie hast du uns gefunden?«

Der Fremde entspannte sich mit einem Seufzen, das einem frustrierten Knurren recht nahkam. Die Ketten klirrten, als sich der Zug darauf wieder lockerte.

»Finden setzt Suchen voraus. Und wie ich gerade eben feststellte, suche ich hier nichts ...«

Der Sender in meinem Ohr knackte. Ich hörte meine Eltern streiten, dann folgte Stille, dann wieder ein Knacken. Sie waren sich offenbar nicht einig.

»Ist es nicht seltsam«, murmelte der Gefangene. Die Schärfe in seiner Stimme war nun vollständig verschwunden. Jetzt legte sich sein warmer Bariton wie eine verführerische Decke über meine frierenden Sinne. »Diese Ketten sagen deutlich, dass ich hier der Gefangene bin. Und doch ...« Er funkelte mich verschwörerisch an. »... ist es vielleicht genau andersherum.«

Bevor ich darüber nachdenken konnte, meldeten sich meine Eltern zurück.

»Frag ihn, in wessen Auftrag er hier ist.«

Ich versuchte, meinen Vater zu ignorieren. Zuerst musste ich meine wirren Gedanken sortieren. Was genau hatte der Typ damit gemeint, dass es vielleicht andersrum sein könnte. Ja, ich empfand mich als eine Gefangene in dieser Familie. Aber das konnte er unmöglich wissen.

»Frag ihn!« Ich zuckte unter dem gebrüllten Befehl meines Vaters zusammen. Natürlich entging das dem Fremden nicht, was nur dazu führte, dass ich mich noch bloßgestellter fühlte.

»In wessen Auftrag bist du hier?«, krächzte ich mit einem Kloß im Hals.

»Warum sollte ich dir auch nur eine dieser Fragen beantworten?«, erkundigte er sich im Gegenzug.

Mein Herz begann immer heftiger zu pochen. Ich war innerlich zerrissen. Es gab keinen Grund, diesem Fremden zu vertrauen. Eigentlich jagte er mir sogar eine Heidenangst ein. Aber irgendetwas in mir wusste, dass er nicht log. Anders als meine Eltern es jahrzehntelang getan hatten. Also erwiderte ich den Blick des Fremden mit mehr Mut, als ich mir zugetraut hätte, und sagte leise: »Weil *ich* bereit bin, dir zuzuhören.«

Für den Bruchteil einer Sekunde wurden seine dunklen Sternenaugen schmal. Dann entblößte ein breites Grinsen zwei makellose Zahnreihen. Er verstand. Verstand, dass ich auf seinen Befehl an meinen Vater anspielte. Verstand, dass ich diejenige war, die ihn an seinem ersten Tag hier im Keller belauscht hatte.

»Sieh an, sieh an ...«

Jetzt hatte ich seine ungeteilte Aufmerksamkeit und das gefiel mir ganz und gar nicht. Es schien fast, als führte der Gefangene ein Verhör mit mir und nicht umgekehrt. Doch genau in dem Moment, als ich meine Offenheit zu bereuen begann, wurde sein Gesicht wieder ernst – und müde.

»Ich bin hier, weil andere vor mir gescheitert sind. Sie fielen durch die Hand jener, die auch euren Tod wollen.«

Endlich etwas Konkretes. Es klang zwar immer noch wie ein Rätsel für mich, aber damit konnte ich arbeiten.

»Chaoswandler?«, wollte ich wissen.

»Maia, schweig!«, schrie meine Mutter über die Funkverbindung. Laut genug, dass ich mir vor Schmerz ans Ohr greifen musste.

Der Gefangene beobachtete mich verwundert. Seine energischen Brauen schoben sich zusammen.

»Sie haben euch wirklich gar nichts erzählt?« Die Missbilligung in seinem Tonfall war kaum zu überhören.

»Glaub ihm nichts!«, kreischte meine Mutter weiter. Jetzt mischte sich auch mein Vater ein. *»Frag ihn, wer ihn hergeschickt hat!«*

»Wer –«

»Nein! Komm raus!«, donnerte meine Mutter.

Der Fremde unterbrach mein Dilemma.

»Sie sollten dich beschützen und was tun sie? Sie werfen dich mir zum Fraß vor.«

Er schüttelte den Kopf und dann machte sich wieder dieses gefährliche, eiskalte, eingebildete Lächeln auf seinen Zügen breit.

»Geh!«, befahl er. Seine Stimme strömte mir unter die Haut und zwang mir seinen Willen auf. Das kriechende Kratzen fühlte sich nicht so schlimm an wie das letzte Mal, aber dennoch war es mehr als unangenehm. »Geh, Prinzesschen! Du bist längst nicht bereit, mir zuzuhören.«

Ich wollte ihm widersprechen, wollte meiner Neugier nachgeben. Und ich wusste, dass ich in der Lage war, mich seinem Befehl zu widersetzen.

Aber ich tat es nicht.

ZWEI WORTE, DIE ALLES VERÄNDERN

Die Nacht war fürchterlich. Ich wälzte mich hin und her, fand aber keinen Schlaf. Schwarze Augen mit Sternen darin verfolgten mich. Wieso hatte er mich fortgeschickt? Wieso war ich gegangen? Was hatte er damit gemeint, dass ich nicht bereit wäre? Wer trachtete uns nach dem Leben? Warum hatten meine Eltern solche Angst vor ihm? Und wer war dieser Fremde mit den unheimlichen Augen überhaupt? Es erschreckte mich zutiefst, wie kompromisslos sich meine Gedanken inzwischen nur noch um ihn drehten. Gut, es mochte daran liegen, dass mein Leben vor seinem Auftauchen frustrierend langweilig und ergebnislos gewesen war. Nur Zoey und ihre erfrischenden Ansichten hatten mir ein wenig Abwechslung gebracht. Nachdem ich meiner Freundin allerdings schlecht schreiben konnte, dass meine Eltern einen rätselhaften Gefangenen im Keller folterten, blieb ich mit meinen Sorgen allein.

Meine Familie war in Gefahr. Das hatten sowohl mein Vater als auch der Fremde gesagt und ich wurde das Gefühl nicht los, dass ich etwas tun müsste. Nur was? Meine Eltern würden mich nicht einweihen. Zumindest nicht jetzt. Als ich aus dem Keller gekommen war, hatte ich eigentlich erwartet, dass sie sauer auf mich sein würden. Fehlanzeige. Meine Mutter hatte mich sogar in den Arm genommen! Meine Mutter!!! Aber es waren die Worte meines Vaters, die mich nicht losließen: »Mach dir nichts draus, Maia. Noch ein paar Tage ohne Essen und Trinken, und er wird mich anbetteln, mir die Wahrheit sagen zu dürfen.«

Noch ein paar Tage?! Das bedeutete, dass der Fremde seit seiner Gefangennahme weder etwas zu essen noch einen Schluck Wasser bekommen hatte. Wie konnten meine Eltern so etwas nur vertreten? Er hatte uns schließlich nichts getan.

Gegen drei Uhr nachts ertrug ich es nicht länger. Ich schlug die Bettdecke zurück und schlüpfte in Klamotten, um die es nicht schade war, wenn sie dreckig würden. Dann sammelte ich noch ein paar Sachen zusammen und entfernte den Stuhl, mit dem ich meinen Wandschrank verrammelt hatte. Adrenalin pumpte mir durch die Adern. Meine Vernunft sträubte sich gegen die Entscheidung, die ich getroffen hatte, aber ich wusste, dass ich alles andere bereuen würde. Also aktivierte ich die Taschenlampe meines Handys und stieg in den Schrank.

Mitten in der Nacht waren die Geheimgänge noch gruseliger als tagsüber. Zum einen war es im ganzen Haus mucksmäuschenstill, zum anderen konnte ich dank des Lichts nun genau sehen, was sich in den alten Gemäuern befand. Spinnweben und diverse Krabbeltiere waren da noch das geringste Übel. Viel schlimmer fand ich eine mit Staub überzogene Puppe aus dem letzten Jahrhundert, die auf dem Boden lag, oder die Kratzspuren an den Ziegeln im Luftschacht. Ich wollte gar nicht wissen, woher die stammten. Endlich in Moes Fuchsbau angekommen, konnte ich das Handylicht löschen, denn im Weinkeller brannten noch immer die goldgelben Glühbirnen. Was auch sonst? So etwas wie Nachtruhe würden meine Eltern ihm wohl kaum gönnen, wenn sie ihm schon das Essen versagten.

Aber ich stand vor einem neuen Problem. Die Weinregale, die mich vom Rest des Raumes trennten, waren massiv und verschraubt. Falls es hier einen versteckten Mechanismus gab, um eine Geheimtür zu öffnen, fand ich ihn nicht. Folglich musste ich improvisieren. Eines der Bretter an der Rückwand war locker. Ich stemmte mich vorsichtig dagegen und gab irgendwann auf, es geräuschlos zu versuchen. Damit konnte ich meinen dramatischen Überraschungsauftritt zwar knicken, aber immerhin würde ich nicht unverrichteter Dinge wieder abziehen müssen. Nach einer Weile Zerren und Ziehen sahen meine Hände aus wie Kakteen, doch das Brett gab letztlich nach. Rückwärts plumpste ich damit auf den Hintern, während das gesamte Regal erzitterte und die Flaschen darin zum Klirren brachte. Großartig ...

Ich lauschte in den Keller. Kein Mucks war zu hören. Na dann – entweder schlief der Gefangene oder er hielt mich für eine Ratte. Eine sehr große fluchende Ratte ...

Zügig räumte ich nun durch die entstandene Lücke das unterste Regalbrett leer und warf meine Umhängetasche hindurch. Dann quetschte, schob und robbte ich mich in den Weinkeller. Dabei schluckte ich Unmengen an Staub und riss mir mehrere Löcher in meinen Pulli, aber ich schaffte es.

So. Und nun?

Ich konnte selbst kaum glauben, was ich hier tat. In meinem Kopf hatte der Plan irgendwie heldenhafter gewirkt. Jetzt fühlte ich mich einfach nur dämlich. Was sollte ich dem Kerl sagen? Dass ich spontan Mitleid bekommen hatte?

Mit einem Schulterzucken schob ich meine Zweifel beiseite und entschloss mich, es durchzuziehen. Wenn ich aufflog, würde es zweifelsohne zu einem Riesenstreit mit meinen Eltern kommen. Allerdings war der sowieso unvermeidlich – allein schon, wegen dieser ganzen Foltersache. Da konnte ich wenigstens mit einem reinen Gewissen in die Auseinandersetzung gehen. Außerdem war ich nicht nur hier, um meinen moralischen Ansprüchen zu genügen. Ich würde Recherchen betreiben – selbst wenn der Kerl mir nichts sagte. Beobachtung und Schlussfolgerung. Ich war schließlich nicht umsonst ein Sherlock-Fan.

Leise näherte ich mich dem Fremden von hinten. Als Erstes fiel mir die Spannweite seiner Arme auf. Sie waren kräftig und durchtrainiert. Nicht auf die klobige Bodybuilder-Art, sondern eher wie bei einem Athleten. Und auch wenn der Fremde ziemlich selbstverliebt wirkte, schienen seine Muskeln nicht aus Eitelkeit gezüchtet zu sein. Zweifelsohne benutzte er sie regelmäßig – und war dabei wahrscheinlich sehr effektiv. Ein Krieger, hatten meine Eltern vermutet ... Was auch immer das für eine tiefere Bedeutung haben mochte, die Bezeichnung allein war schon mehr als zutreffend.

Im Nacken und an den Schläfen trug er seine dichten Mahagoni-Haare kürzer. Vermutlich aus praktischen Gründen.

Bei seiner Kleidung jedoch geriet ich ins Grübeln. Oder zumindest bei dem, was von seiner Kleidung übrig war. Schwarze Hose, Stiefel und mehrere Lagen zerrissener Stoffe, die einmal zu etwas wie ... einer Tunika gehört hatten. Auffällig retro. Und auch das Material konnte ich beim besten Willen nicht zuordnen. Es schien das Licht förmlich aufzusaugen.

»Wenn du noch länger meine Rückseite begutachtest, könnte der Eindruck entstehen, dass dir gefällt, was du siehst.«

Ich erstarrte. Das Blut schoss mir in die Wangen. Automatisch holte ich Luft für ein Dementi, als mir klar wurde, dass er mich nur provozieren wollte. Ich kannte solche Sprüche eigentlich zur Genüge – von etlichen Jungs an etlichen Schulen über etliche Jahre hinweg. So oft war ich schon angemacht, herausgefordert, beleidigt oder gemobbt worden, dass mich ein derartiges Geschwätz normalerweise nicht mehr aus der Ruhe bringen konnte. Allerdings war das hier weder irgendein bedeutungsloser Junge noch irgendeine bedeutungslose Situation. Ich brach gerade dutzendweise Regeln und befand mich – Fesseln hin oder her – auf dünnem Eis.

Nach einer Schrecksekunde entschied ich mich dazu, trotzdem Kontra zu geben. Er sollte ruhig wissen, dass ich nicht so wehrlos war, wie es heute Nachmittag vielleicht den Anschein erweckt hatte.

»Tja, der Eindruck wäre falsch. Ich weiß ja, dass dieses SM-Zeugs grade in ist. Trotzdem bräuchte es schon ein bisschen weniger Blut und ein bisschen mehr Hygiene, bevor ich überhaupt anfange darüber nachzudenken, ob mir irgendetwas an deiner Rückseite gefällt.«

Mit entschlossenen Schritten ging ich um ihn herum und … stockte. Ich hatte mich gegen seinen durchdringenden Glutblick gewappnet, aber die frische Platzwunde an seiner Stirn brachte mich dann doch aus dem Konzept. Oh nein! Mein Vater – er war offensichtlich noch einmal im Keller gewesen, nachdem ich heute Nachmittag gegangen war. Und diesmal hatte er seiner Wut nicht nur mit Fäusten Ausdruck verliehen. Hellrotes Blut sickerte unaufhörlich aus der Wunde und tropfte auf den Boden – was den Fremden allerdings nicht daran hinderte, sich über meine Antwort zu amüsieren.

»Ich werde es mir merken«, versprach er.

Unsere Blicke verkeilten sich ineinander und mir drängte sich das Gefühl auf, dass er in mir las wie in einem offenen Buch. Er sah meine Nervosität, den Schock über das Verhalten meines Vaters und meine Gewissensbisse deswegen. Und all das schien er zu genießen.

Gänsehaut kroch meinen Rücken und die Arme entlang. Ich versuchte trotzdem, mich auf das Wesentliche zu konzentrieren.

»Ich … habe dir Wasser mitgebracht.« Ungelenk stellte ich meine Tasche auf den kleinen Verkostungstisch und holte meine Thermoskanne heraus. Es war nur Leitungswasser, weil ich es nicht hatte riskieren wollen, jemanden durch den nächtlichen Gang in die Küche zu wecken.

»Und was möchtest du dafür haben?«, erkundigte sich der Fremde, während ich den Deckel abschraubte und ihn bis zum Rand füllte. Der Spott in seiner Stimme war so beißend wie ein sibirischer Winter. Ich konnte sein Misstrauen gut nachvollziehen, immerhin hatten ihm meine Eltern ziemlich übel mitgespielt.

»Nichts«, murmelte ich und balancierte den Becher zu ihm. Gerade wollte ich ihn an seine Lippen legen, doch der Gefangene wich zurück und musterte mich skeptisch.

Ich seufzte. »Es ist nicht richtig, wie meine Eltern dich behandeln.«

Kaum waren die Worte raus, ahnte ich auch schon, dass ich einen Fehler begangen hatte. So wie sich die Brauen des Fremden zusammenschoben, hatte er nicht gewusst, dass ich die Tochter seiner Kerkermeister war. Keine Ahnung, was er mit dieser Information anfangen sollte, aber eines war mir in den letzten Jahrzehnten schmerzlich bewusst geworden: Jedes noch so kleine Detail konnte wichtig sein. Ich verfluchte mich für meine Gedankenlosigkeit und nahm mir vor, ab jetzt vorsichtiger zu sein.

»Deine Eltern also …«, murmelte der Fremde.

»Ja, meine Eltern.« Ich zuckte trotzig mit den Schultern, wobei ich versuchte, nichts von dem Wasser zu verschütten. »Kannst uns ja 'ne Weihnachtskarte schicken, wenn du hier raus bist.«

Meinen Sarkasmus quittierte der Gefangene mit einem abfälligen Schnauben. Aber etwas in der Art, wie er mich ansah, hatte sich geändert. Ich kannte diesen Blick – üblicherweise von Erwachsenen, für die ich nur ein Kind und kein ebenbürtiger Gesprächspartner war. Kaum etwas hatte mehr Potenzial, mich auf die Palme zu bringen. Schließlich war ich um ein Vielfaches älter als die meisten Erwachsenen, denen ich begegnete. Und obwohl ich mich inzwischen daran gewöhnt hatte, störte es mich aus irgendwelchen Gründen, dass dieser fremde Mann in Ketten mich nicht ernst nahm.

»Willst du jetzt was trinken oder nicht?«, pampte ich ihn an. Seine Mundwinkel zuckten, aber in seinen Augen glänzte eine Härte, die mich erschauern ließ.

»Du zuerst«, forderte er mich leise auf.

Ich runzelte die Stirn. »Glaubst du, ich habe es vergiftet?«

Keine Regung. Nur dieses frostige Funkeln in seinem Blick. Es musste ihn eine ungeheure Selbstbeherrschung kosten, sich nach einer Woche ohne Wasser nicht gleich über das kühle Nass herzumachen.

Mit einem Kopfschütteln tat ich, was er verlangte und nahm demonstrativ einen großen Schluck.

»Zufrieden?«

Er lächelte und nickte – und das mit einer so gnädigen Selbstverständlichkeit, als würde er *mir* einen Gefallen tun. Ich widerstand dem Drang, ihm das Wasser einfach ins Gesicht zu kippen, und führte den Becher an seine Lippen. Er trank. Weder hastig noch gierig. Und die ganze Zeit über beobachtete er mich. Mit jedem Schluck fühlte ich mich unwohler. Aber warum nur? Er war gefesselt, hilflos und abhängig von meinem Wohlwollen.

Und doch ist es vielleicht genau andersherum.

Seine Worte ...

Meine Instinkte spielten verrückt und schlugen so laut Alarm, dass ich am liebsten weggerannt wäre.

Als er fertig war, flüchtete ich mich zu meiner Tasche. »Ich habe auch etwas zu essen dabei«, murmelte ich, während ich nach den Kräckern wühlte, die ich vorher eingepackt hatte.

»Nicht nötig. Das Wasser reicht.«

Ich wandte mich verblüfft um. Fast hätte ich schwören können, einen Hauch von Ekel auf seinem Gesicht zu entdecken. Also echt! Ja, es waren nur Kräcker, aber hätte ich tagelang nichts gegessen, würde ich sogar einen Pappkarton verspeisen. Aber bitte, dann sollte er eben verhungern.

»Ganz schön wählerisch für jemanden, der so in der Klemme steckt wie du«, maulte ich den undankbaren Kerl an.

Er lachte. »Woher willst du wissen, dass ich nicht genau da bin, wo ich sein will.«

Ja, bestimmt! Seine Arroganz ärgerte mich tierisch und ich war kurz davor, ihm eine passende Antwort um die Ohren zu hauen. Aber irgendetwas hielt mich zurück. Es war die kleine Stimme in meinem Kopf, die mich davor warnte, dass seine Worte doch nicht nur ein überheblicher Bluff sein könnten. Hatte er sich absichtlich gefangen nehmen lassen? Wohl kaum ... oder?

Gereizt wegen meiner eigenen Unsicherheit knallte ich den Erste-Hilfe-Pack auf den Tisch, den ich aus einer Eingebung heraus ebenfalls in meine Tasche geworfen hatte. Normalerweise benutzte ich ihn für die Wunden meiner Brüder. Dank unserer Eltern kannte jeder von uns die Grundlagen der Erstversorgung, allerdings kamen Adam und Nick fast immer zu mir, wenn sie sich mal wieder gegenseitig die Köpfe eingeschlagen hatten. Angeblich blieben bei mir die unauffälligsten Narben zurück. Wahrscheinlich schätzten sie aber einfach nur, dass ich mich – anders als Jenny oder meine Eltern – nicht über ihre Wehleidigkeit lustig machte.

Der Fremde verfolgte jede meiner Bewegungen. Als ich mich ihm mit einem Desinfektionsspray und ein paar Kompressen näherte, glänzte zum ersten Mal etwas wie ehrliche Verwunderung in seinem Blick.

Ich deutete auf seine Stirn. »Darf ich?«

»Sie würden wissen, dass du hier warst«, bemerkte er.

Ich wusste sofort, wen er meinte. In der Tat wären meine Eltern stinksauer, wenn sie von meinem Samariter-Ausflug erfuhren. Aber ich glaubte kaum, dass ein bisschen Desinfektionsmittel die Sache noch schlimmer machen konnte.

»Das ist mir bewusst«, antwortete ich knapp und wartete nicht länger auf seine Erlaubnis, sondern begann seine Stirn zu untersuchen. Dadurch, dass er kniete, befand er sich ironischerweise auf der perfekten Höhe, um ihn zu behandeln. Behutsam strich ich seine Haare aus der Wunde. Sie hatten fast dieselbe Farbe wie das daran festgetrocknete Blut. Er ließ mich keine Sekunde aus den Augen.

»Dann werden sie auch dein Geheimversteck finden.«

Das klang wie eine nett gemeinte Warnung, obwohl sein Tonfall viel zu sachlich war, um als besorgt gelten zu können.

Diesmal ließ ich mich nicht ködern und behielt die Information für mich, dass es sich dabei gar nicht um *mein* Versteck handelte. Der Fremde kannte bereits Adam und Nick, da wollte ich nicht auch noch Moe in die Sache mit reinziehen. Stattdessen spielte ich die übertrieben Schockierte.

»Oh nein! Das habe ich nicht bedacht. Wie soll ich denn jetzt nur ohne meine täglichen Streifzüge durch staubige Keller weiterleben?!«

Damit brachte ich meinen Patienten zum Lachen.

»Verstehe. Dann bist du also nur zufällig vorbeigestreunt – wie ein kleines Kätzchen auf der Suche nach Abenteuern?«

Ich schnaubte. Ernsthaft?! Was war das denn bitte für ein dämlicher Vergleich?

Mit einem Kopfschütteln machte ich mich daran, das Blut von seiner Stirn zu wischen. Dann desinfizierte ich die Wunde. Sie war relativ lang, aber nicht sehr tief. Trotzdem hätten spätestens jetzt meine Brüder das Jammern angefangen. Der Fremde zuckte nicht einmal mit der Wimper. Wieder ein kleines Detail, das ich meiner Rechercheliste hinzufügen konnte. Genau wie sein sichtbares Alter, das ich auf Mitte zwanzig schätzte. Wenn er wirklich wie wir war und ich richtig rechnete, bedeutete das, er war weit über zweihundert Jahre alt. Auch die schmale Narbe, die ich unter all dem Blut freigelegt hatte, schaffte es auf meine Liste. Sie verlief schräg durch seine Braue und setzte sich ein Stück weit auf seinem Wangenknochen fort. Das musste früher einmal eine schlimme Verletzung gewesen sein, und ich glaubte kaum, dass sie von einem Unfall herrührte ...

Durch meine Finger hindurch sah ich dunkle Augen aufblitzen. Die goldenen Flecken darin waren aus der Nähe noch faszinierender. Es sah wirklich aus, als würden sie aus dem Inneren heraus glühen.

»Hast du einen Namen?«, fragte ich ihn. Es war an der Zeit, in die Offensive zu gehen. Ich konnte schließlich nicht ewig hier unten bleiben.

»Ich habe viele.«

Oh, Wahnsinn. Langsam begann mich seine selbstgefällige Art zu nerven. Wenn er mir nichts erzählen wollte, könnte er ja auch einfach schweigen, oder?

»Ich rede nicht von Schimpfnamen«, murmelte ich patzig, während ich den Schädelknochen um die Wunde nach Brüchen abtastete. Da er sich erneut über mich zu amüsieren schien, beendete ich meine Untersuchung ein wenig ruppiger, als ich es normalerweise getan hätte. Mein Patient reagierte mit einem leisen Zischen. Aha, also empfand er doch so etwas wie Schmerz. Überraschenderweise nahm er es mir nicht übel. Ganz im Gegenteil, es sah so aus, als würde ihm meine Impulsivität sogar gefallen – als fühlte er sich herausgefordert.

»Du darfst mich Noár nennen.«

Noár also …

Halt mal! Ich … *durfte* ihn Noár nennen?! Fassungslos starrte ich ihn an. Selbst gefesselt und verletzt verhielt sich der Typ wie der Herr des Hauses. Das machte mich wütend und gleichzeitig schüchterte es mich auf eine Art ein, die ich noch nie zuvor erlebt hatte. Er schaffte es, dass ich mir in seiner Gegenwart unglaublich naiv vorkam. Und dieses Gefühl mochte ich ganz und gar nicht.

Um mich wieder zu sammeln, konzentrierte ich mich auf meine Aufgabe. Also holte ich aus dem Erste-Hilfe-Pack ein paar Nahtpflaster und begann, die Ränder seiner Wunde damit zu verkleben.

»Also gut, Noár.« Seinen Namen betonte ich mit bissigem Nachdruck, weil ich nicht einmal wusste, ob er wirklich so hieß. »Du bist hier, weil du hier sein willst. Und du wartest auf etwas, das ich schon erkennen werde, wenn es so weit ist. Und all das, weil irgendwer versagt hat und irgendwer anderes hinter uns her ist.«

Eine Kurzzusammenfassung aller Informationsbrocken, die er mir gnädigerweise überlassen hatte.

Noár zeigte keine Regung. »Ganz genau.«

»Aha. Und die Ketten und die Folter gehören auch zu deinem Plan?«, erkundigte ich mich spöttisch.

Er zuckte mit den Schultern – zumindest so weit, wie es seine Fesseln zuließen. »Ein notwendiges Übel, wenn man einen Platz in der ersten Reihe möchte.«

Während ich das letzte Nahtpflaster über seine Wunde klebte, überdachte ich seine Antwort und kam zu dem Schluss, dass er lügen musste. Ich hatte zwar immer noch keine Ahnung, wie genau die *Macht der Worte* oder diese Willenssache funktionierte, aber ich bezweifelte nicht, dass er mich zwingen könnte, ihn freizulassen.

»Warum befiehlst du mir nicht einfach, deine Fesseln zu lösen? Dann könntest du auch meine Eltern manipulieren und entspannt auf dem Sofa warten auf … was auch immer.«

Noár musterte mich lange aus seinen dunklen Sternenaugen. Er ließ sich nicht provozieren oder bei seinem Stolz packen. Stattdessen umspielte ein aalglattes Lächeln seine vollen Lippen.

»Weil du den Schlüssel nicht hast.«

Ich unterdrückte ein frustriertes Stöhnen. Es schien schlicht unmöglich, etwas Nützliches aus ihm herauszubekommen. Na ja, wenigstens hatte er seine Fähigkeiten nicht geleugnet …

Während ich meine Sachen in die Tasche packte, spürte ich, wie meine Entschlossenheit die Oberhand gewann. Ich würde morgen einen hohen Preis für diesen Ausflug in den Keller bezahlen müssen, wenn meine Eltern erst einmal herausfanden, was ich getan hatte. Reue über eine verpasste Gelegenheit sollte mich da nicht auch noch belasten – auch wenn ich mir damit eine riskante Blöße gab. Mit dieser einen Frage würde ich mehr über mich verraten, als ich über ihn wusste.

»Okay, Noár.« Ich verschränkte meine Arme vor der Brust und sah ihn entschlossen an. »Ich weiß, dass es für dich lächerlich klingen muss, aber ich werde dich jetzt etwas fragen, das mir sehr wichtig ist, und ich *bitte* dich inständig, mir zu antworten.«

Ganz langsam wanderten Noárs Augenbrauen in die Höhe.

»Hmm …« Mit diesem nachdenklichen wie genüsslichen Geräusch schien er sich meine Existenz auf der Zunge zergehen zu lassen. Dann folgte ein kaum merkliches Kopfschütteln und anschließend sein Urteil: »Sie werden dich in der Luft zerfetzen.«

Irritiert blinzelte ich ein paar Mal. »Wer?«

Aber Noár hatte das Interesse an dem Gespräch verloren. Er machte dicht, wurde abweisend, kühl.

»Behalte deine Frage für dich und genieße die Zeit, die dir

noch bleibt«, sagte er schroff und senkte seinen Blick, als hätte er mir eben die Erlaubnis entzogen, ihn vernehmen zu dürfen.

»Ich will meine Frage aber nicht für mich behalten«, rief ich aufgebracht. »Ich will endlich eine Antwort!« Panik griff mit eisigen Fingern nach meinem Herz. Ich *wollte* nicht nur eine Antwort, ich brauchte sie. Es war einfach nicht möglich, jetzt in mein Zimmer zurückzukehren und so weiterzumachen wie bisher. »SAG MIR, WAS ICH BIN?!«

Noár riss seine Augen auf. Er öffnete den Mund und schloss ihn gleich wieder. Seine Kiefer arbeiteten, während er versuchte, seine Beherrschung zurückzugewinnen. Und dann war er auf einmal so verschlossen wie zuvor.

»Was du bist?« Seine Stimme klang resigniert. Überhaupt wirkte es, als würde er nur noch mit sich selbst sprechen. »Ein hilfloses Kätzchen in einer Grube rasender Shendai.«

»Wie bitte?«

Ein Schrei hallte durch das Haus. Das klang nach Jenny. Ich hörte Glas splittern. Irgendetwas war da ganz und gar nicht in Ordnung. Ich lief zur Tür, aber sie war von außen verschlossen. Durch das massive Holz drang ein Quietschen. Schnelle Schritte. Schwere Schritte. Weitere Schreie, diesmal von Männern.

»Geh weg von der Tür!«, befahl Noár ruhig.

»Weißt du, was da los ist?«

Sein Gesicht verfinsterte sich.

»Ich hab dir ja gesagt, du würdest es erkennen, wenn es soweit ist.«

Meine Gedanken überschlugen sich. Wir wurden angegriffen.

Etwas krachte von außen gegen die Tür. Jemand schob einen Schlüssel ins Schloss. Für eine Flucht durch die Geheimgänge war es zu spät. Panisch sah ich mich nach etwas um, mit dem ich mich verteidigen konnte. Ich fand nur einen alten Korkenzieher. Wenn ich den Holzgriff in meine Faust nahm, ragte die metallische Spirale zwischen meinen Fingern hervor. Ein etwas anderer Schlagring. Nick wäre stolz auf mich.

»Geh von der Tür weg!«, wiederholte Noár, diesmal eindringlicher. Ich ignorierte ihn und postierte mich gerade neben dem Eingang, als die Tür aufschwang und zwei ineinander verschlungene Gestalten hindurchstürzten. Ich erkannte den weißblonden Pferdeschwanz meiner Mutter, die wie eine Furie um ihr Leben kämpfte. Ohne zu zögern warf ich mich auf den Angreifer. Er war riesig und trug eine dunkle Wollmütze. Ich rammte ihm den Korkenzieher in den Rücken. Doch der Wintermantel des Angreifers war zu dick, um ihn ernsthaft zu verletzen. Mit einem wütenden Knurren schleuderte er mich durch den Raum. Ein altes Fass bremste meinen Sturz. Beim Aufprall wich mir die Luft aus den Lungen. Schmerz zuckte meine Wirbelsäule entlang. Ich hörte meine Mutter schreien. Verschwommen sah ich, wie schmutzige Stiefel auf mich zukamen. Mein Verstand wusste, dass ich aufstehen musste, aber meine Muskeln wollten mir nicht gehorchen. Ich versuchte, mich an dem Fass hochzuziehen, und brauchte zwei Anläufe, bis es endlich klappte. Dann sah ich, wie der Angreifer vornüberkippte. Ein Küchenmesser steckte in seinem Rücken. Über ihm stand meine Mutter. Ihr dunkelblauer Schlafanzug war voller Blut und nicht alles davon gehörte zu dem Mann auf dem Boden.

»Mein Gott …«, hauchte ich und rannte zu ihr. Als ich sie erreichte, gaben ihre Knie nach. Ich legte sie behutsam auf dem Boden ab. Sie hielt sich den Bauch. Durch ihre Finger sprudelte hellrotes Blut. Oh nein! Ich brauchte Kompressen, einen Druckverband … irgendwas! Aber meine Mutter packte meine Arme – so fest, dass es wehtat.

»Sie haben … deinen Vater …«

»Nicht!« Ich entwand mich ihrem Griff und versuchte die Blutung zu stoppen. Doch meine Mutter tastete nach meinem Gesicht, bis ich ihr in die Augen schauen musste. Darin brannte eine Tatsache, die mir die Kehle zuschnürte.

Sie starb.

»Trauer nicht … um mich …« Ihre Stimme war schwach, ihre Worte waren es nicht. Ich spürte ein unangenehmes Kribbeln unter der Haut. Sie zwang mir ihren Willen auf. Warum tat sie das? »… oder … um deinen Vater. Wir sterben … mit Stolz für … euch.«

Was?! Mein Vater war auch …

»Trauer nicht!«

Das eklige Gefühl wurde übermächtig. Ich wusste nicht, wie mir geschah, und bevor ich mich gegen ihren Willen wehren konnte, drückte sie mir etwas Kühles in die Hand. Sie holte mühsam Luft. Ihr Blick wurde flehend. Sie wollte noch etwas sagen, aber ihr fehlte die Kraft. Ich beugte mich zu ihr runter, bis mein Ohr ganz nah an ihrem Mund war. Zwei Worte flüsterte sie. Zwei Worte, die ich nicht glauben konnte. Dann sackte ihr Körper leblos in sich zusammen. Ich sollte weinen, ich sollte schreien, aber die Stimme meiner Mutter klang noch immer in meinem Kopf nach. Sie erlaubte mir nicht zu trauern, weil ich etwas für sie tun sollte. Ich sah in meine Hand. Darin lag ein blutiger Schlüsselbund.

Zwei Worte …

»Befrei ihn!«

NOÁRS LIEBLINGSROLLE

Verzweifelt starrte ich meine tote Mutter an und fühlte nichts. Das konnte doch nicht real sein …?

Mein Puls dröhnte mir in den Ohren. Das Rauschen wurde immer lauter, je größer die Blutlache unter ihrer Leiche wurde.

Eine dumpfe Stimme drang zu mir durch. Ich blinzelte ein paarmal. Die Stimme rief erneut. Es war Noár. Sein Blick war fest auf den Eingang gerichtet. Dort polterten Schritte die Treppe hinunter. Großer Gott! Die Angreifer waren mit uns noch nicht fertig.

Ich schloss die Faust um den Schlüsselbund meiner Mutter und rannte zu Noár. Befrei ihn, hatte sie gesagt. Deshalb war sie überhaupt in den Keller gekommen. Sie hatte nicht wissen können, dass ich hier bin, und ihn selbst befreien wollen. Und das konnte nur bedeuten, dass er unsere letzte Hoffnung war.

Die Schritte auf der Treppe wurden lauter. Meine Hände zitterten. Welcher war der richtige Schlüssel? Mindestens fünf davon konnten zu den Vorhängeschlössern gehören, mit denen die schweren Metallfesseln gesichert waren.

Der Erste wollte nicht passen. Den Zweiten bekam ich erst gar nicht in das Schloss. Dann fiel mir der Schlüsselbund beinahe runter.

»Hey …«

Ruckartig sah ich auf und versank in schwarzen Augen voller Sterne.

»Atme durch«, sagte Noár sanft. Die Ruhe in seiner Stimme

sprang auf mich über. Ich schüttelte die Panik von mir ab und konzentrierte mich auf meine Aufgabe. Der dritte Schlüssel war auch nicht der richtige, aber der vierte glitt ins Schloss. Doch es klemmte. Im selben Moment tauchte ein stämmiger Mann in der Kellertür auf. Ein dunkler Schnurrbart thronte über seinem fiesen Grinsen und in seiner Hand blitzte etwas wie eine Machete. Ich erstarrte.

»Noár …«

Die Sternenaugen ruhten weiterhin auf mir. »Ich weiß. Mach weiter.«

Der Angreifer stürmte los. Ich rüttelte an Schlüssel und Schloss, aber es wollte einfach nicht aufgehen. Gleich war es zu spät. Die Machete sauste auf uns zu und dann … ließ sich Noár in die Ketten fallen. Er trat dem Angreifer die Füße weg. Der knallte auf den Boden. Seine Klinge schlitterte ein paar Meter weiter. Noár nutzte die Chance. Er schlang seine Beine um den Hals des Angreifers und drückte zu. Der Schnurrbart-Mann wand sich wie ein sterbendes Tier, aber Noár blieb unerbittlich, bis der röchelnde Widerstand nach und nach schwächer wurde. Heilige Scheiße! Noch vor wenigen Minuten hatte ich an dieser Stelle gestanden und nicht einmal in meinen schlimmsten Albträumen geahnt, wozu unser Gefangener in der Lage war.

Ich konnte jedoch nicht weiter über Noárs Furcht einflößende Fähigkeiten nachdenken, denn zwei neue Angreifer polterten in den Keller. Jetzt kam es wohl auf mich an. Ich rüttelte erneut an dem Schloss und endlich sprang es auf. Gerade rechtzeitig, um mich unter der wuchtigen Hand hinwegzuducken, die nach mir greifen wollte.

»Schnapp dir das Mädchen!«, brüllte eine schneidende Stimme. Der Angreifer, dem dieser Befehl galt, war ein älterer Mann mit buschigen Augenbrauen und Lederjacke. Sie knarzte bei jeder Bewegung. So wusste ich auch, dass er direkt hinter mir war. Ich versuchte zur Seite auszuweichen, doch er war schneller. Er erwischte mich an meinem Dutt und zerrte mich an seine Brust. Sein Pech, dass ich mit meinen Brüdern genau dieses Szenario trainiert hatte. Ich drehte mich unter seinem Griff hindurch und trat ihm mit meiner ganzen Kraft in die Weichteile. Seine Familienplanung konnte der Typ wohl an den Nagel hängen. Er brüllte vor Schmerzen auf, erholte sich allerdings schneller als erwartet und schlug mir mit dem Handrücken ins Gesicht. Durch die Wucht flog mein Kopf zur Seite und ich verlor das Gleichgewicht. In meinem Kiefer explodierte ein heißer Schmerz. Ich krachte auf den rauen Steinboden. Tränen stiegen mir in die Augen. Einen Augenblick später hörte ich wieder dieses Knarzen. Diesmal über mir. Ich versuchte, vor dem Angreifer wegzukriechen, aber er packte mich am Arm.

»Ich wünschte, ich dürfte dir dein hübsches Gesicht aufschneiden«, grunzte er mir ins Ohr. Die Worte legten bei mir einen Schalter um. Ich ging mit den Fingernägeln auf seine Augen los. Nutze die Schwachstellen deiner Gegner, hatte mein Vater mir immer gepredigt. Unglücklicherweise wusste das mein Gegenüber auch, denn er setzte seine Größe und sein Körpergewicht ein, um mich unschädlich zu machen. Etwas Glänzendes fiel mir ins Auge. Die Machete des Schnurrbart-Manns. Ich griff danach, und bevor mein Angreifer mich daran hindern konnte, rammte ich sie ihm in den Bauch. Wieder und wieder. Warmes Blut ergoss sich über mich. Leder knarzte und der Mann brach mit einem Ächzen über mir zusammen. Er zerquetschte mich förmlich. Tote Augen starrten mich an. Oh mein Gott. Das war so widerwärtig. Ich stemmte mich gegen den massigen Körper, aber ich bekam ihn nicht von mir runter.

Ein Schatten fiel über mich, als sich eine große Gestalt näherte. Plötzlich verschwand das Gewicht, das mich zu Boden drückte. Noár stand über mir. Sein grimmiger Blick wanderte über mein Gesicht und das viele Blut auf meinem Pulli. Mit einem Seufzen kniete er sich zu mir und nahm mir die Klinge aus meinen verkrampften Fingern. Dann zog er mich auf die Beine und ließ mich stehen, um den Eingang zu kontrollieren. Ich starrte auf meine Hände. Hatte ich tatsächlich gerade einen Mann umgebracht?!

Neben der Leiche mit der Lederjacke und meiner Mutter lagen zwei weitere Tote auf dem Kellerboden. Noár hatte auch den dritten Angreifer ausgeschaltet. Einhändig – denn sein anderer Arm war ja noch immer gefesselt gewesen. Danach musste er sich dann selbst befreit haben.

Jetzt sperrte er mit dem Schlüssel meiner Mutter die Kellertür ab und verriegelte sie zusätzlich von innen. Warum? Kamen da noch mehr? Er hatte sich meine Machete in den Gürtel geschoben und bückte sich nach irgendetwas, das neben einem der alten Fässer lag. Es war ein dunkler Mantel oder eine Art knielanger Gehrock. Wenn ich mich recht erinnerte, hatte Noár so etwas bei seiner Gefangennahme getragen. Der Leinensack, den meine Brüder ihm über den Kopf gestülpt hatten, lag ebenfalls dort am Boden – direkt hinter der Leiche meiner Mutter.

So viel Blut …

In wenigen Minuten war mein ganzes Leben zerstört worden. Meine Hände begannen unkontrolliert zu zittern.

Noár tauchte vor mir auf. Seine Lippen bewegten sich, aber ich verstand nicht, was er sagte. Ich musste meinen Kopf in den Nacken legen, um ihm ins Gesicht sehen zu können. Er war groß – fast so groß wie Adam. Adam …! Wo waren meine Geschwister? Lebten sie?

Noár schüttelte mich sanft.

»Hey, kleines Kätzchen. Ich brauche eine Antwort!«

Was? Was hatte er gerade gesagt? Der lächerliche Kosename kombiniert mit dieser abstrusen Situation brachte mich zurück in die Realität.

»Nenn mich nicht so …«, murmelte ich zerstreut und stapfte zu meiner Tasche. Nur mühsam brachte ich meinen Schockzustand unter Kontrolle. Adam, Nick und Jenny konnten sich zur Not selbst verteidigen. Aber Moe und Annie brauchten vielleicht meine Hilfe.

»Wie soll ich dich sonst nennen?«, erkundigte sich Noár mit einem spöttischen Unterton. »Deinen Namen hast du mir ja nicht verraten.«

Richtig. Und eigentlich wollten ich und mein Bauchgefühl es lieber dabei belassen. Immerhin war dieser Kerl nicht nur unheimlich, sondern auch eine eiskalte Tötungsmaschine. Andererseits war so eine Tötungsmaschine genau das, was ich gerade gebrauchen konnte. Und falls er mir tatsächlich helfen sollte, konnte ich gut darauf verzichten, ständig mit niedlichen Tiernamen belegt zu werden.

»Amaia«, sagte ich knapp und sah mich auf dem Schlachtfeld um, das wir hier im Keller hinterlassen hatten. Da Noár mir die Machete abgenommen hatte, brauchte ich eine andere Waffe. Ohne würde ich sicher nicht durch das Haus laufen. Mein Blick fiel auf das Küchenmesser, das noch immer im ersten Angreifer steckte. Ich schluckte meinen Ekel hinunter und steuerte mit energischen Schritten darauf zu. Einen Ruck später hielt ich es in der Hand. Aber das Geräusch, wie Metall über Knochen schabte, brannte sich für immer in meine Erinnerung ein.

Als ich aufschaute, hatte Noár seine Arme vor der Brust verschränkt und musterte mich und mein Messer belustigt. »Was hast du damit vor?«

Ich spürte, wie sich meine Verzweiflung mit Trotz mischte. Ja, ich mochte vielleicht kein so tödlicher Kämpfer wie er sein, aber dennoch würde ich meine Brüder und Schwestern nicht untätig ihrem Schicksal überlassen.

»Da draußen ... ist noch der Rest meiner Familie«, erklärte ich ihm. »Ich werde mich nicht hier verstecken, solange meine Geschwister in Gefahr sind.«

Noár kam auf mich zu. Seine Bewegungen waren lässig, fast schon abgeklärt, als könnte ihm nichts in diesem Haus Angst einjagen. Entweder er war eine Art übermächtiger Superheld oder er hatte gehörig einen an der Waffel. Im Moment tippte ich auf irgendwas dazwischen – mit Tendenz zur Waffel. Ich packte das Messer fester, weil ich befürchtete, dass er es mir abnehmen könnte. Aber Noár interessierte sich nicht mehr dafür.

»Zeig mir, wie du hier reingekommen bist.«

»Und dann?«, fragte ich misstrauisch.

»Dann, Amaia«, antwortete er und sah mir dabei fest in die Augen, »helfe ich dir, deine Geschwister zu retten.«

Da war es, das Angebot, auf das ich gehofft hatte. Eigentlich hätte ich vor Erleichterung aufatmen sollen, aber mich beschlich ein ganz ungutes Gefühl. Jemand wie Noár stürzte sich nicht aus reiner Nächstenliebe in eine riskante Schlacht. Was versprach er sich davon?

Mit dem festen Vorsatz, wachsam zu bleiben und Noár schnellstmöglich wieder loszuwerden, sobald meine Geschwister in Sicherheit waren, nickte ich.

»Gut, wir müssen uns beeilen!« Ich marschierte zu dem Weinregal, durch das ich in den Keller gekrabbelt war. Noár lachte leise, als er die winzige Lücke in der Rückwand sah.

»Ich bin mal so freundlich und erspare dir einen weiteren Kätzchen-Vergleich.«

»Dafür wäre ich dir sehr dankbar«, fauchte ich und begann, ein zusätzliches Regalbrett leer zu räumen. Noár würde mit seinen breiten Schultern wohl kaum durch das schmale Loch passen. Zwei zerbrochene Flaschen und ein paar Flüche später schlüpfte ich in die Kellergänge – mein Handylicht vor mir und Noár in meinem Rücken. Ab und zu musste ich mich umdrehen, um mich zu vergewissern, dass er noch da war. Mein Begleiter bewegte sich nämlich absolut lautlos. An der Leiter zum Ziegelschacht spürte ich plötzlich seine Hand auf meiner Schulter. Als ich mich umsah, legte Noár einen Finger an die Lippen und gebot mir zu schweigen. Eine Weile lauschte er. Dann zog er seine Machete und verschwand irgendwo in den Schatten des Kellers. Kurz darauf hörte ich ein Rascheln, gefolgt von einem leisen Quengeln, das mir sehr vertraut war. Panisch rannte ich Noár hinterher.

»Nicht!«, zischte ich in die Dunkelheit. Hinter einem alten Schrank beleuchtete mein Handy einen tränenverschmierten kleinen Jungen, der im festen Griff meines Begleiters hing.

»Lass ihn los!« Ich drückte Noárs Hände weg und riss Moe in eine erleichterte Umarmung. Mein kleiner Bruder war so glücklich mich zu sehen, dass er sie sogar erwiderte.

»Geht es dir gut?«, fragte ich ihn, während ich ihn nach Verletzungen absuchte.

Moe nickte. Kluger Junge. Er hatte sich wohl gleich versteckt, als die Angreifer gekommen waren.

»Weißt du, wo die anderen sind?«

Diesmal schüttelte er den Kopf und seine Augen füllten sich mit Tränen. Ich zog ihn noch mal in meine Arme, bis ein leises Räuspern mich aufschauen ließ.

»Er kann nicht hierbleiben«, stellte Noár fest. Sein Blick zuckte zurück zu den Gängen, aus denen wir gekommen waren. Richtig.

Irgendwann würden die Angreifer ihre Kumpane vermissen und den Keller stürmen. Es war also nur eine Frage der Zeit, bis sie das Loch im Regal und dann auch Moe finden würden.

»Du musst mir jetzt genau zuhören«, sagte ich zu meinem Bruder, wobei ich versuchte, selbst nicht zu ängstlich zu klingen. »Hier ist es nicht mehr sicher, aber Noár wird uns helfen, die anderen zu finden.«

Moe sah von mir zu meinem Begleiter und dann wieder zurück. Seine Hände verkrallten sich in meinen Ärmeln und er schüttelte erneut den Kopf. Diesmal voller Angst.

Noár kniete sich zu uns. Er lächelte meinen Bruder an. Die Härte und der Spott waren von seinem Gesicht verschwunden.

»Ich bin hier, um euch zu beschützen.« Er klang vertrauenswürdig und beinahe liebevoll. »Deine Eltern haben mich gefangen genommen, weil sie das nicht wussten. Und ich habe mich gefangen nehmen lassen, damit ich in eurer Nähe bin, wenn es so weit ist.«

Okay ... entweder war Noár wirklich Mutter Teresa oder der beste Schauspieler, den ich je erlebt hatte. Aber Moe ließ sich davon nicht beeindrucken und kaute unentschlossen auf seiner kleinen Unterlippe herum.

»Warum?«, flüsterte er schließlich. Es war nur eine simple Frage, trotzdem war ich selten so stolz auf ihn gewesen.

»Das ist eine lange Geschichte und ich werde sie euch erzählen, sobald ihr in Sicherheit seid.«

Überzeugt wirkte mein kleiner Bruder nicht gerade, doch er nickte und marschierte wortlos zu der Leiter.

Noár zwinkerte mir selbstzufrieden zu. »Nach dir.«

Also war doch alles nur Show gewesen ... Oder hatte er seinen Willen benutzt, um Moe zu manipulieren? Gespürt hatte ich jedenfalls nichts.

Oh Mann! Wie ich es auch drehte und wendete, ich wurde das Gefühl nicht los, dass ich mit Noárs Befreiung einen schlimmen Fehler begangen hatte. Ja, ohne ihn wäre ich wahrscheinlich schon tot. Aber alles hatte seinen Preis und ich war mir nicht sicher, ob ich diesen hier bezahlen wollte.

Als wir den Ziegelschacht hinter uns gelassen und die Gänge im Treppenhaus erreicht hatten, war ich jedoch froh, ihn zumindest vorübergehend auf meiner Seite zu wissen. Männerstimmen erfüllten das Haus. Sie kamen aus dem Wohnzimmer. Durch die Ritzen der Holzbretter konnte ich nicht den ganzen Raum überblicken. Es mussten mindestens acht sein. Zwischen den dunklen Gestalten lag Adam auf dem Boden. Er rührte sich nicht. Aber sie hatten ihn gefesselt und das bedeutete hoffentlich, dass er nur bewusstlos war. Daneben lehnte ein blondes Mädchen an der Couch, das ebenfalls gefesselt und geknebelt war. Jenny. Ihren wirren Haaren und der Schwellung an ihrem Kiefer nach hatte sich meine ältere Schwester den Angreifern nicht wehrlos ergeben.

Plötzlich wurde mir die Sicht genommen, als unmittelbar vor uns mehrere Personen die Treppe herunterkamen. Meine Hoffnung sank weiter, denn sie trieben Nick und Annie vor sich her.

»Hier haben wir noch zwei!«, hörte ich einen der Angreifer brummen. Er stieß Nick so hart, dass er die letzten Stufen fallend zurücklegte und stöhnend vor den Füßen eines bärtigen Mannes zum Liegen kam. Der sprach mit dem Befehlston eines Anführers.

»Dann fehlen nur noch Nummer fünf und sechs. Sucht weiter! Stellt alles auf den Kopf. Wir haben nicht mehr viel Zeit. Und seht nach, was die anderen so lange im Keller treiben!«

Mir lief ein Schauer über den Rücken, als mir klar wurde, dass er von Moe und mir redete.

Mehrere Angreifer verschwanden mit einem militärisch knappen »Jawohl«, während sich der Bärtige über Nick beugte.

»Du hast meinen Männern ganz schön zugesetzt.«

»Leck mich!«, röchelte mein Bruder.

Mit einem polternden Lachen trat der Anführer ihm in die Rippen. »Schön brav bleiben, kleiner Edler. Sonst erlaube ich meinen Männern, mit der hübschen Blonden zu spielen.«

Nick krümmte sich vor Schmerzen. Gleichzeitig schrie Jenny durch ihren Knebel, weil ihr ein widerwärtiger Angreifer einen Kuss auf den Hals drückte.

Noár griff nach meinen Schultern.

»Bleib bei deinem Bruder!«, flüsterte er mir ins Ohr und quetschte sich an mir vorbei. Ich bekam gerade noch seinen Ärmel zu fassen.

»Halt, ich komme mit!«

»Nein«, erwiderte er leise, aber entschieden. »Sie suchen euch, schon vergessen?«

Damit ließ er mich stehen und verschwand in der Dunkelheit des Geheimgangs. Ich spielte kurz mit dem Gedanken, ihm hinterherzugehen, verwarf ihn jedoch schnell wieder. Ich war weder dumm noch lebensmüde. Natürlich hätte ich Noár wahrscheinlich nur im Weg gestanden. Trotzdem missfiel es mir, hier festzusitzen und nichts tun zu können. Vielleicht hätte ich doch ein bisschen öfter am Kampftraining teilnehmen sollen.

»Hey, Sabo«, hörte ich einen der Männer rufen. Er klang beunruhigt. »Drei von uns hat es erwischt. Im Keller. Die Wächterin war auch dort unten. Tot.«

Mist. Jetzt wurde es eng. Früher oder später würden sie die Geheimgänge entdecken und damit auch uns. Ich packte mein Messer fester und behielt den Ziegelschacht im Auge. Gleichzeitig speicherte mein Gehirn die sonderbare Information, dass die Angreifer meine Mutter eine Wächterin genannt hatten. In einem weniger lebensbedrohlichen Moment würde ich darüber nachdenken.

Während der Anführer mit dem Namen Sabo zu fluchen begann, spürte ich ein sachtes Zupfen an meinen Fingern. Es war Moe, der seine kleine Hand in meine schob, ohne seinen Blick vom Geschehen im Wohnzimmer abzuwenden. Er hatte Angst. Mir ging es nicht besser.

»Das hier haben wir auch dort unten gefunden.« Der Mann, der im Keller gewesen war, schmiss mit einem lauten Rasseln Noárs Ketten vor den Couchtisch. Die Reaktionen der Angreifer machten ihre unterschiedlichen Intelligenzgrade überdeutlich. Die meisten von ihnen glotzten desinteressiert auf den Haufen Eisen. Ein paar runzelten die Stirn, als würden sie zumindest hinter den Sinn der Ketten kommen wollen. Nur Sabos bärtige Miene verfinsterte sich.

»Wir haben also einen Überraschungsgast«, knurrte er.

Bevor die restlichen Angreifer die Gedankengänge ihres Anführers nachvollziehen konnten, flog die Eingangstür auf und Noár spazierte herein, mit dem Auftreten eines Königs.

»Das, meine Herren«, sagte er beschwingt, »ist in der Tat eine meiner Lieblingsrollen.«

War er jetzt vollkommen durchgedreht?! Die knallten ihn doch direkt ab!

Die Angreifer zogen ihre Waffen. Unglaublicherweise war keine davon eine Schusswaffe. Nur Klingen – lange, kurze, breite, gebogene … Und alle grinsten teuflisch wie ein Haufen Piraten vorm Entern.

Sabo trat einen Schritt vor. Er allein blieb ernst und musterte sein Gegenüber, dessen Kleidung und Wunden aufmerksam.

»Wer hat dich geschickt?«, fragte er schließlich.

Noár setzte ein strahlendes Lächeln auf, als wäre er der Gastgeber einer exklusiven Cocktailparty.

»Nervig, nicht wahr?«, meinte er und vollführte eine elegante Geste, die sein Gesicht umfasste. »Jenseits der Nebel kann alles so … verwirrend sein.«

Spätestens jetzt kam ich nicht mehr mit. Offensichtlich gab es ein oder mehrere Auftraggeber im Hintergrund, um die es hier die ganze Zeit ging. Sonst hätten wohl auch meine Eltern nicht danach gefragt. Was das allerdings mit Noárs Gesicht oder diesen Nebeln zu tun hatte, blieb ein großes Fragezeichen.

Unser ehemaliger Gefangener griff sich einen antiken Stuhl, der dekorativ neben dem Garderobenständer gestanden hatte, und positionierte ihn inmitten der Angreifer. Unter deren wachsamen Blicken setzte er sich und schlug die Beine übereinander.

»Ich habe ein Angebot für euch.«

Sabos Augenbrauen verschwanden förmlich unter seinem verstrubbelten Haaransatz. Er konnte Noárs Verhalten überhaupt nicht einschätzen. Genauso wenig wie ich.

»Da bin ich aber gespannt«, brummte der bärtige Mann.

»Es ist recht simpel, also solltet selbst ihr es verstehen.«

Trotz seines freundlichen Tonfalls konnte nicht einmal der dämlichste Angreifer den blanken Spott in seinem Blick übersehen. »Übergebt mir die Geiseln und ich lasse euch am Leben.«

Verblüffte Stille breitete sich aus, gefolgt von polterndem Gelächter. Sabo war am Ende seiner Geduld angekommen und nickte seinen Männern zu. »Wir nehmen ihn mit. Vielleicht hat er ja nicht nur eine große Fresse, sondern auch ein paar reiche Verwandte.«

Noár nahm Sabos Befehl ungerührt zur Kenntnis. Einige Männer setzten sich in Bewegung. Mein Bruder verkrallte sich in meine Hand und ich hielt den Atem an. Als die Angreifer zupackten, um Noár vom Stuhl zu zerren, reagierte der blitzschnell. Ich konnte seinen Bewegungen kaum folgen. Sie waren kraftvoll, präzise und so geschmeidig, dass es auf mich fast wie ein tödlicher Tanz wirkte. Ein paar Augenblicke später lagen fünf seiner Gegner auch schon am Boden. Über ihren toten Körpern stand Noár und strich sich unbeteiligt durch seine rotbraunen Haare.

Das Schweigen, das nun folgte, spiegelte das Entsetzen im Wohnzimmer wider. Und meines.

»Wer bist du?!«, ergriff schließlich Sabo das Wort. Er nahm Noár noch einmal genauer in Augenschein. »Du siehst aus wie ein Felsenläufer, bist arrogant wie ein Goldener, aber du kämpfst ...« Seine Stimme versagte ihm.

Noár lachte kalt und hielt Sabos Blick mühelos stand.

»Was? Traust du dich etwa nicht, es auszusprechen?«

Sabo schien bestürzt zu sein, was einem seiner Männer jedoch entging. Mit gezogenem Schwert schlich er sich von hinten an Noár an und zielte direkt auf dessen Herz. Ich erstarrte, wollte gerade rufen, gegen das Holz schlagen – aber Noár wirbelte herum. Sein Mantel zog einen perfekten Kreis um ihn. Das Schwert schepperte zu Boden. Kurz darauf hing der Angreifer in Noárs Schwitzkasten.

Ich konnte bis hierher erkennen, wie die goldenen Flecken in seinen schwarzen Augen wild funkelten – nein, brannten.

Der Klang seiner Stimme war jedoch das genaue Gegenteil. Leise, beherrscht, eisig. Er kroch unerbittlich unter meine Haut.

»Geh und töte deine Freunde.«

Voller Schrecken sah ich zu, wie Noár seinen Gegner losließ und der tatsächlich seine Kumpane angriff. Jetzt brach ein Tumult los. Unsere Feinde kämpften gegeneinander und ihr Anführer geriet in Panik, als Noár auf ihn zukam. Er schnappte sich Annie und presste ihr einen Dolch an die Kehle.

»Bleib weg von mir, sonst stirbt die Kleine!«

Noár stoppte. Sein Blick glitt über meine strampelnde weinende Schwester und bohrte sich dann wieder in Sabos panisch aufgerissene Augen.

»Wir wissen beide, dass du ihr nichts tun wirst.«

»Bevor ich ohne sie zurückkehre, schneide ich ihr lieber die Kehle durch.«

»Nein«, sagte Noár bestimmt, »du wirst sie *dir* durchschneiden.«

Ich hörte seinen Befehl mit Grausen, konnte aber nicht mehr sehen, ob Sabo ihn ausführte, denn meine Sicht wurde verstellt. Einer der Männer, die nach uns gesucht hatten, war zurückgekehrt. In seiner Hand lag ein Gewehr, das ich nur zu gut kannte. Es gehörte meinem Vater. Offenbar hatte der Mann die Waffe vom Dachboden mitgenommen. Er schien sich nicht sehr gut damit auszukennen, doch ich wusste, dass das Gewehr immer geladen war.

Gehetzt wandte ich mich an Moe und hoffte, dass mein Flüstern in all den Kampfgeräuschen unterging.

»Wie komme ich hier am schnellsten raus?«

Mein Bruder sah mich einen Moment lang stumm an. Ich wusste, dass er die Situation gerade selbst beurteilte. Dann zog er mich einen Meter weiter und stemmte sich gegen die Vertäfelung. Eine geheime Tür schwang auf. Mein Puls raste, aber jetzt gab es kein Zurück mehr. Der Mann legte das Gewehr an. Ich musste nicht erst ins Wohnzimmer hinunterschauen, um zu wissen, dass er auf Noár zielte. Mir blieben nur Sekunden. Also warf ich mich auf den Schützen und stieß ihm mein Messer in den Rücken. Er schrie. Ein Schuss löste sich. Dann stürzte er über das Treppengeländer und krachte in eine antike Anrichte meiner Mutter.

Als ich aufsah, bot sich mir ein grausiger Anblick. Unser Wohnzimmer hatte sich in ein Schlachtfeld verwandelt. Keiner der Angreifer lebte mehr. Noár hatte sie allesamt umgebracht – oder umbringen lassen … Aus Sabos Halsschlagader sickerte noch immer Blut. Seine tote Hand umklammerte seinen Dolch. Hatte Noár ihn wirklich dazu gezwungen, sich selbst die Kehle aufzuschneiden?!

Genauso schockiert wie ich ins Wohnzimmer starrte, starrten meine Geschwister zu mir hinauf. Da erst wurde mir bewusst, dass ich über und über mit Blut besudelt war und gerade vor ihren Augen einen Mann getötet hatte – mit unserem Küchenmesser.

Nur Noár behielt die Ruhe – wie immer. Mit einer angedeuteten Verbeugung grinste er mich an. Ich war mir nicht ganz sicher, ob das ein Dank dafür war, dass ich gerade sein Leben gerettet hatte, oder ob er mich auf der dunklen Seite willkommen hieß. Ich fühlte mich jedenfalls hundeelend.

Was jetzt? Wie sollten wir das hier irgendjemandem erklären?! Waren wir überhaupt schon in Sicherheit?

»Wir müssen hier weg. Zieht euch an«, fasste Noár meine Sorgen in Worte, während er meine Geschwister von Knebeln und Fesseln befreite. »Und beeilt euch. Wir haben nur wenig Zeit.«

Nick ignorierte ihn und heftete seinen Blick stattdessen auf mich. »Wo ist Mom?«

Ich schluckte und schüttelte unglücklich den Kopf. Annie brach in Tränen aus, während Nick und Jenny fassungslos schwiegen. Ihre Trauer konnte ich nicht teilen, aber den Schmerz meiner Geschwister nahm ich deutlich wahr. Moe tauchte plötzlich im Wohnzimmer auf und rannte zu Adam, der noch immer bewusstlos auf dem Boden lag.

»Was ist mit Vater?«, wollte ich wissen, auch wenn es mir schwerfiel, diese Frage vor Moe und Annie stellen zu müssen.

Nicks Miene verdunkelte sich zusehends. »Im Vorgarten«, war das Einzige, was er herausbrachte.

Das war ... schrecklich. Ich konnte rational begreifen, was das für mich bedeutete. Bedeuten musste. Bedeuten sollte. Aber ich fühlte trotzdem nur ... Leere. Und dann war da noch eine nie da gewesene Ratlosigkeit. Seit hundert Jahren hatten unsere Eltern die Entscheidungen getroffen. Ohne sie waren wir nur ein unorganisierter Haufen Kinder.

»Ihr habt Noár gehört«, wiederholte ich wie ferngesteuert und stapfte die Treppe hinunter. »Wir müssen hier weg.«

»Wieso sollten wir tun, was er sagt? Wer ist er überhaupt?«, fragte Nick barsch. Ich verkniff mir ein Augenrollen. War ja klar, dass er sich jetzt für uns verantwortlich fühlte. Zumindest bis Adam wieder bei Bewusstsein war.

»Nick!«, mischte sich nun auch Jenny ein. »Er hat uns das Leben gerettet.« Ihr war es sichtlich unangenehm, dieses Thema in Noárs Beisein zu erörtern.

Meinem Bruder schien das egal zu sein. »Wir kennen diesen Typen doch gar nicht!«

Noár, der inzwischen die Leichen der Angreifer durchsuchte, war offensichtlich nicht überrascht von dieser Diskussion. Auch wenn ich ihm deutlich ansah, dass seine Geduld litt. Deshalb entschied er sich wohl einzugreifen.

»Es werden noch mehr Leute kommen. Diese *Faheen* waren nur auf Lösegeld aus. Die Nächsten, die kommen, werden nicht so höflich zu euch sein.«

»Es gibt niemanden, der ein Lösegeld für uns zahlt«, stellte Jenny mit einem Schniefen fest.

Noár schnaubte leise. »Ihr würdet euch wundern.«

»Ich will sofort wissen, was hier los ist!« Nick war kurz davor auszurasten. Die Hände hatte er hilflos zu Fäusten geballt, während er Noár böse anstarrte. Das konnte ich ihm nicht verübeln. Auch wenn das ein ganz schlechter Zeitpunkt war, um die Nerven zu verlieren.

Ich überlegte gerade, wie ich Nick besänftigen konnte, als Noár meinen Bruder unvermittelt am Kragen packte.

»Ich respektiere, dass du deine Geschwister beschützen willst, aber wir haben jetzt keine Zeit für Kompetenzgerangel. Wenn ich euch etwas hätte antun wollen, wärt ihr längst tot. Also tu, was ich sage, und freue dich darüber, dass ich dich nicht zwinge«, zischte er mit einer deutlichen Warnung in der Stimme. Einen Augenblick lang schien Nick widersprechen zu wollen, doch dann nickte er.

»Weise Entscheidung. Wir brechen in fünf Minuten auf. Packt warme Kleidung, Waffen und alles ein, was nützlich sein könnte. Aber nur leichtes Gepäck. Wir müssen schnell sein.«

MÄRCHENSTUNDE BEIM CHINESEN

Noár führte uns durch den Wald. Der Morgen graute schon, trotzdem hielt sich die Kälte der Nacht noch unerbittlich in dem verregneten Tal. Obwohl ich mich, Moe und Annie so dick eingepackt hatte, wie ich konnte, froren wir bereits nach den ersten Kilometern. Immer wieder machte Noár halt, damit er unsere Spuren verwischen und den Weg bestimmen konnte. Allerdings glaubte ich, dass er das öfter als nötig tat, um uns Pausen zu gönnen.

Als Adam das Bewusstsein wiedererlangt hatte, war er natürlich nicht begeistert gewesen, dass wir einem Fremden unser Leben anvertrauten. Und wie Nick hatte er sich erst mit Noár anlegen müssen, bevor er ihm widerwillig die Führung überließ. Ich war zwiegespalten, was das betraf. Auch wenn ich Noár für höchst gefährlich hielt, musste ich zugeben, dass wir ohne ihn aufgeschmissen gewesen wären. Zudem hatte er kein einziges Mal seinen Willen gegen uns eingesetzt. Ich wusste das, weil ich ihn seit Stunden nicht aus den Augen ließ. Immerzu starrte ich auf den breiten Rücken, der in diesem ungewöhnlichen Mantel steckte. Im Tageslicht schimmerten seine Haare ein wenig heller – nicht mehr wie getrocknetes Blut, sondern wie Kastanien in der Sonne. Er bewegte sich schnell und sicher. Dabei hatte er etwas Katzenhaftes an sich – allerdings von einer sehr großen Katze. Muskulös und mit scharfen Zähnen. Nichts, womit es ratsam war zu spielen. Oh Mann! In Gedanken kippte ich mir einen Eimer Eiswasser über den Kopf. Ich hatte Noár doch tatsächlich gerade abgecheckt und mit genauso dämlichen Katzen-Vergleichen bebildert wie er mich! Ja, er war attraktiv und ich hatte schon genügend belanglose Erfahrungen mit Jungs gemacht, um diese Art von Anziehung einschätzen zu können. Es war eine simple Formel der Natur.

Frau in Not + starker Beschützer = Hormon-Party.

Theoretisch völlig legitim, nur ging das Leben auch nach der Notsituation weiter und dann wurden die starken Beschützer oft zu geltungssüchtigen Psychos oder hilfsbedürftigen Wracks. Außerdem war das hier ganz sicher die schlechtmöglichste Gelegenheit für eine rosarote Brille. Und Noár trug ein blinkendes Gefahrenhinweisschild um den Hals. Da konnte er auch noch so oft ein heldenhafter Retter sein ... Ich würde nicht den Kopf verlieren!

»Wie weit ist es noch?«, fragte mich Annie leise, als wir unter ein paar Fichten erneut eine Pause einlegten. Ich sah zu unserem selbst ernannten Anführer, der gerade eine Anhöhe erklomm, und seufzte.

»Ich weiß es nicht, aber ich finde es heraus.«

Während Nick ein paar Müsliriegel verteilte, folgte ich Noár den Hang hinauf. Besser gesagt, ich rutschte und krabbelte, denn das nasse Laub und der matschige Boden dort boten wenig Halt. Endlich oben angekommen staunte ich nicht schlecht, wie weit wir schon gekommen waren. Auf der anderen Seite des Hangs schlängelte sich eine Landstraße durch den Wald. Wenn ich die Karte von unserem Grundstück und der Umgebung noch richtig in Erinnerung hatte, mussten bereits über fünfzehn Kilometer hinter uns liegen.

Noárs grimmiger Blick ruhte auf der Straße und den vereinzelten Autos, die vorbeirauschten. Gerade als ich mich bemerkbar machen wollte, sagte er ohne sich umzudrehen: »Du solltest dich ausruhen, Amaia.«

Ich wunderte mich nicht, dass er meinen Anpirschversuch mitgekriegt hatte. Subtil ging anders. Trotzdem brachte er mich aus dem Konzept, weil es schließlich auch jeder andere meiner Geschwister hätte sein können.

»Mir geht's gut«, log ich und versenkte meine nassen Hände in den Jackentaschen. Eigentlich wäre Ausruhen eine gute Idee. Eigentlich. Nur glaubte ich nicht, dass ich mit all den Fragen im Kopf irgendwie zur Ruhe kommen könnte. Ich wollte so viel wissen: Vor wem flohen wir? Hatten wir überhaupt ein Ziel? Was waren *Faheen* und Felsenläufer? Wieso hatte dieser Sabo meine Mutter eine Wächterin und Nick einen Edlen genannt? Wer hätte unser Lösegeld zahlen sollen? Und dann waren da natürlich noch all die Fragen aus meinem Notizbuch, das ich hatte zurücklassen müssen.

Eine Weile sah ich Noár schweigend an. Seit wir das Haus verlassen hatten, war seine Rätselhaftigkeit zu einem ausgewachsenen Mysterium geworden. Er schien seinen Charakter zu ändern wie andere Leute ihre Stimmung. Ich wusste, dass ich behutsam vorgehen musste, wenn ich irgendwelche Antworten aus ihm herausbekommen wollte. In den letzten Stunden waren auch meine Geschwister schon mehrfach an seiner Verschlossenheit gescheitert.

»Warum hilfst du uns?«

Meine Stimme ging fast in den Geräuschen des verregneten Waldes unter. Hatte er mich überhaupt gehört? Er ließ sich jedenfalls nichts anmerken. Unsicher bewegte ich die Zehen in meinen Stiefeln. Meine Füße waren völlig durchgefroren. Wenn das bei mir schon so war, dann würde es Moe und Annie nicht viel besser gehen. Es wurde wirklich Zeit, dass wir aus der Kälte herauskamen.

»Ich helfe euch nicht«, sagte Noár müde, ohne seine dunklen

Augen von der Straße abzuwenden. »Ich rette euch nur das Leben. Das ist nicht dasselbe.«

Enttäuschung machte sich in mir breit. »Meinst du nicht, wir haben nach all dem ein bisschen mehr als kryptische Antworten verdient?«, murmelte ich in meinen Schal.

Eigentlich war das eine rhetorische Frage gewesen, aber Noár überraschte mich, als ein trauriger Schatten über sein markantes Gesicht huschte.

»Doch, das habt ihr.«

Fast glaubte ich, mir seine Worte nur eingebildet zu haben, denn einen Augenblick später schwang er sich über einen umgefallenen Baumstamm und schlitterte den Hang zur Straße hinunter. Was hatte er jetzt schon wieder vor?

Ich hastete ihm hinterher, doch ich kam zu spät. Noár sprang vor ein heranbrausendes Wohnmobil. In letzter Sekunde bremste der Fahrer. Der kleine runde Mann mit Ziegenbart stieg völlig verdattert aus.

»Geht es Ihnen gut, mein Junge? Ich hätte Sie fast nicht gesehen bei dem Mistwetter. Sie sind einfach aus dem Nichts aufgetaucht. Ihr Glück, dass meine Reflexe noch hervorragend funktionieren.« Als er entdeckte, dass Noárs Kleider voller Blut waren, erreichte seine Besorgnis ihren Höhepunkt. »Heiliger Bimbam, Sie sind ja verletzt!« Er wollte Noár untersuchen, doch der ließ es gar nicht erst so weit kommen.

»Gib mir die Schlüssel!«, befahl er schroff. Die Augen des Wohnmobilbesitzers wurden für einen Moment milchig, bevor er tat, was von ihm verlangt wurde.

»Was machst du da, Noár?« Eine überflüssige Frage, denn das kratzende Gefühl unter meiner Haut sagte mir überdeutlich, was er gerade trieb. »Hier draußen findet uns das Chaos, wenn du dieses Willensding durchziehst.«

»Das hat man euch erzählt?«, fragte Noár amüsiert. »Glaub mir, ganz so simpel ist es nicht. Und das Chaos ist im Moment unser geringstes Problem.«

Er nahm dem Mann den Fahrzeugschlüssel ab und fixierte ihn unnachgiebig.

»Geh zurück ins nächste Dorf und vergiss, dass du uns jemals begegnet bist. Übermorgen meldest du das Wohnmobil als gestohlen.«

Der Mann drehte sich um und marschierte davon.

»Bist du verrückt?«, fuhr ich Noár an. »Er wird erfrieren!«

»Wird er nicht. Es sind nur ein paar Kilometer.« Ohne weiter auf meine Einwände einzugehen, öffnete er die Tür zum hinteren Teil des Wohnmobils. »Hol deine Geschwister.«

Oh Mann, er brachte mich wirklich in Gewissenskonflikte. Im Moment konnte ich mir nichts Schöneres vorstellen, als aus dem Regen rauszukommen und unsere Flucht in einem beheizten Wohnmobil fortzusetzen. Andererseits war das Diebstahl, und dieser arme Mann musste wegen uns durch die Kälte laufen.

Noár packte mich an den Schultern. »Moe und Annie werden nicht mehr lange durchhalten. Wenn du einen anderen Vorschlag hast, bin ich ganz Ohr.«

Den hatte ich nicht und so enterten meine Geschwister ein paar Minuten später das Wohnmobil. Noár hielt Adam den Schlüssel unter die Nase. »Du fährst. Adresse ist im Navi. Ich löse dich gleich ab.«

Adam nickte gehorsam. Trotz seiner Schlaksigkeit hatte ich meinen ältesten Bruder mit seinen Einszweiundneunzig immer für eine imposante Erscheinung gehalten, aber neben Noár wirkte er wie ein übergroßer Schuljunge.

Als sich das schwerfällige Gefährt endlich in Bewegung

setzte, war die Erleichterung unter meinen Geschwistern spürbar, genau wie ihre Erschöpfung – und ihre Trauer. Jenny starrte einfach nur aus dem Fenster. Ihre Haare waren von ihrer Mütze total verstrubbelt, doch das kümmerte sie nicht. Ein deutliches Zeichen, dass es ihr ganz und gar nicht gut ging. Moe schlief im Sitzen ein, während Annie mit Tränen in den Augen an ihrem Anorak zupfte. Selbst Nick schien irgendwo unter seinen verbissenen Gesichtszügen seinen Emotionen nachzuhängen.

Da die Sitzplätze im vorderen Teil des Wohnmobils alle besetzt waren, wanderte ich ins Heck, wo es eine kleine Kabine mit zwei getrennten Betten gab.

Auf einmal stand Noár hinter mir.

»Ich muss mit dir sprechen«, sagte er leise. Dabei wirkte er ungewöhnlich zerstreut. Er zog die dünne Schiebewand zu und sperrte meine Geschwister damit aus. Theoretisch hätte ich jetzt Angst haben sollen, aber anscheinend war ich dafür zu müde. Einen Augenblick lang zögerte Noár, bevor er mich mit einer angedeuteten Geste bat, mich hinzusetzen. Er nahm gegenüber von mir Platz und rieb sich über das Gesicht. Sekunden verstrichen. Ich wartete ein wenig verunsichert auf den Moment, in dem er mich mit seinen brennenden Augen durchbohrte, doch der kam nicht. Im Gegenteil, Noár schien meinem Blick regelrecht auszuweichen.

»Du weißt also, dass wir andere mit unserem Willen beeinflussen können …«

Ich nickte verwirrt. Endlich sah er mich an, aber diesmal nicht fordernd oder forschend, sondern mit etwas wie … Anteilnahme?

»Hast du das schon einmal selbst getan?«, fragte er weiter. Wieder brachte ich nur ein Nicken zustande.

»Aber«, murmelte ich verlegen, »ich weiß nicht so wirklich, wie es funktioniert.«

Ein winziges Lächeln hellte sein Gesicht auf. Das war die echteste Reaktion, die ich je an ihm gesehen hatte. Er wirkte zum ersten Mal wie ein normaler junger Mann und wieder einmal fragte ich mich, wie er wohl in diese ganze Sache verstrickt war.

»Es ist ziemlich simpel«, meinte er. »Der Stärkere gewinnt.«

»Okay ...?«

»Schau, wenn ich dich jetzt dazu bringen müsste, hier einzuschlafen, wäre das nicht besonders schwierig. Weil es dem sehr nahekommt, was du selbst willst. Vermutlich würdest du es noch nicht einmal bemerken, wenn ich es täte.«

So freundlich sein Tonfall auch gerade war, ich bekam trotzdem eine Gänsehaut. Die Vorstellung, dass er jederzeit meinen Verstand ausknipsen konnte, war alles andere als angenehm.

»Wenn ich dich allerdings zu etwas zwingen würde, bei dem dein Widerwille größer ist«, fuhr er fort und vollführte eine kleine, aber elegante Geste, mit der er nach dem richtigen Beispiel suchte. »Wie etwa deinen Bruder aus dem fahrenden Wohnmobil zu schubsen ...«

... oder mir selbst die Kehle aufzuschneiden, dachte ich und rief mir Sabos Schicksal ins Gedächtnis.

»... dann würde sich dein Bewusstsein und Unterbewusstsein dagegen sträuben. In solch einem Fall bräuchte es schon viel Übung und einen sehr starken Willen.«

Ich rutschte unbehaglich auf meinem Platz herum.

»Könntest du das denn?«

Noár zuckte mit den Schultern.

»Das kommt darauf an.«

»Worauf?«

Seine Augen blitzten belustigt. »Wie sehr du mir widerstehen *willst.*«

Alles, was er sagte, ergab Sinn. Das erklärte das kratzende Gefühl, das manchmal stärker und manchmal nicht vorhanden war. Und die Tatsache, dass die Manipulation nicht immer funktionierte. Es war jedes Mal ein Duell. Ein Willensduell.

»Warum erzählst du mir das?«

Mein Unbehagen wurde von Misstrauen abgelöst. Was hatte er davon, dass ich Bescheid wusste? Oder ging es darum, mich zu beruhigen, mich mit Info-Häppchen bei Laune zu halten?

Er seufzte und strich sich die feuchten Haare aus der Stirn.

»Jemandem seinen Willen aufzudrängen, hinterlässt immer Spuren. Besonders, wenn man jemanden dazu zwingt, gegen seine Natur zu handeln. Und ganz besonders, wenn man sich in Gefühle einmischt.«

Jetzt kapierte ich, worauf er hinauswollte.

»Du sprichst von meiner Mutter.«

Bei ihrer Erwähnung tauchte eine steile Falte zwischen seinen Augenbrauen auf. Offenbar war er noch immer nicht gut auf meine Eltern zu sprechen.

»Es war nicht fair von ihr, dir das Trauern zu versagen.«

Ja, das war es nicht. Aber nur so hatte meine Mutter sicher sein können, dass ich einen klaren Verstand behielt.

»Es war nötig«, sagte ich leise.

Noár nickte. »So etwas kann einen in den Wahnsinn treiben.«

Es war tatsächlich belastend, sich nicht so zu fühlen, wie man sich fühlen sollte. Und das Schlimmste waren die Gewissensbisse, weil ihr Tod mir nichts bedeutete. Es ließ mich völlig kalt. Ich hatte nicht einmal einen genauen Blick auf meinen Vater geworfen, als wir an seiner Leiche vorbeigegangen waren.

»Kann man es rückgängig machen?«

»Deine Mutter hätte es gekonnt. Außerdem gibt es einen Trank, den man zu sich nehmen kann, wenn man schnell genug ist, und weiß, dass man beeinflusst wurde. Allerdings sind wir dafür ein bisschen spät dran.«

»Oh.« Ich wusste nicht, ob ich mich darüber freuen sollte, oder nicht. Natürlich wäre ich gerne wieder ich selber. Aber Noár sprach ganz eindeutig von diesem fürchterlichen Gebräu, das mein Vater meiner Mutter auf dem Sofa eingeflößt hatte. Ihre Schreie waren mir deutlich im Gedächtnis geblieben. Insofern hatte es auch seine Vorteile, dass die Frist dafür verstrichen war.

»Es gäbe noch einen anderen Weg. Aber nur, weil ich zufällig dabei war und den genauen Wortlaut kenne«, offenbarte Noár. Auf einmal umgab ihn wieder diese unheimliche Aura. »Dass deine Mutter gezwungen war, schlampig zu arbeiten, hilft natürlich auch.«

Er griff über die kurze Distanz zwischen uns nach meinem Gesicht. Ich war so verblüfft, dass ich vergaß, mich zu wehren. Wie ein Reh, das in die Scheinwerfer eines herannahenden Lasters starrte, versank ich in dem dunklen Sternenhimmel seiner Augen. Seine Hände waren warm und behutsam.

»Hab keine Angst.« Was er danach sagte, drang nicht mehr in mein Bewusstsein. Da war nur seine Stimme und dann wurde ich von einer Woge unendlicher Trauer überrollt.

Der Schmerz über den Verlust meiner Eltern packte mich wie ein unsichtbares Monster und verkrallte sich in meinem Inneren. Was um mich herum passierte, nahm ich nur noch sporadisch wahr. Noár ging irgendwann, als wüsste er, dass er in diesen Moment nicht hineinpasste. Er gehörte nur mir und meinem Kummer. Ich weinte und weinte, während die Erinnerungen eines ganzen Jahrhunderts auf mich einprasselten. Stunde um Stunde.

Draußen vor dem Fenster zog die Welt an mir vorbei und mit dem Geschmack meiner Tränen auf der Zunge schlief ich ein.

Erst als das kontinuierliche Rattern und Rumpeln des Wohnmobils aufhörte, schreckte ich auf. Ich fühlte mich erschöpfter als zuvor. Meine Augen waren verquollen und mein Hals rau. Aber es ging mir besser.

Jemand hatte die Vorhänge zugezogen. Die Ränder und Nähte leuchteten hell. Das hieß, es war noch immer Tag draußen. Irgendetwas drückte mir in die Rippen. Ein kleiner Ellbogen. Moe lag halb auf mir drauf und maulte leise, weil ich mich für seinen Geschmack zu viel bewegte. Auf dem anderen Bett kuschelte sich Annie auf eine ähnliche Art und Weise an Jenny. Ich hörte die Tür des Wohnwagens aufgehen. Gedämpfte Stimmen. Schritte. Ich spannte mich an, aber es war nur Adam, der seinen Kopf zu uns hereinsteckte.

»Wir sind da«, brummte er unwillig.

Ich runzelte die Stirn. Ein stetiges Pochen kündigte Kopfschmerzen an. »Wo?«

»Keine Ahnung.« Adam bemühte sich nicht, seine schlechte Laune zu verbergen. Auf seiner linken Gesichtshälfte prangte ein dunkler Bluterguss. »An einem Rasthof irgendwo in den Bergen. Wir haben vor ’ner halben Stunde die italienische Grenze überquert.«

Aha. Das war nicht das, was ich erwartet hatte, aber zumindest ein öffentlicher Ort. Damit sanken die Chancen, in eine Falle zu laufen, auf ein erträgliches Maß.

»Hier bekommen wir angeblich unsere Antworten. Ich bin mal gespannt«, murrte Adam, bevor er seine Stimme senkte. »Aber halte dich bereit. Ich hab so das Gefühl, wir werden uns demnächst alleine durchschlagen.«

Ich nickte. Mein Bruder hatte recht. Solange wir nicht sicher wussten, wer tatsächlich auf unserer Seite stand, sollten wir kein Risiko eingehen.

Ich weckte die anderen und trieb sie aus dem Wohnmobil, das – wie sich herausstellte – auf einem LKW-Parkplatz stand. Neben all den riesigen Trucks kam mir unser Gefährt fast schon winzig vor. Die Luft war klar und eisig. Gewaltige Bergketten umschlossen den Rasthof und verschwanden in der tief hängenden Wolkendecke.

Noár erwartete uns mit ausdrucksloser Miene und verschränkten Armen. Das getrocknete Blut war weg. Offenbar hatte er sich gewaschen. Unter seinem Mantel trug er ein frisches helles Hemd und außerdem lag um seinen Hals ein dunkler Schal, der ihm einen latenten Hipster-Look verpasste. Unsere Blicke trafen sich nur kurz, bevor er wieder die Umgebung sondierte. Für einen winzigen Moment hatte ich den Eindruck, als wäre ihm das, was er mit mir gemacht hatte, unangenehm. Warum? Ich fühlte mich ein bisschen betäubt und bei dem bloßen Gedanken an meine Eltern traten mir Tränen in die Augen, aber alles war besser als diese kalte Gefühlsleere.

Adam schloss das Wohnmobil ab. Den Schlüssel schob er unauffällig ein. Gut, damit hatten wir ein Fluchtfahrzeug, wenn es hart auf hart kommen sollte. Dann folgten wir Noár in eines der Restaurants, die an die Tankstelle angeschlossen waren. Es sah aus wie ein alpines Wirtshaus, war dem Namensschild nach aber ein Chinese: Zum roten Lotos.

Auch im Inneren wirkte das Lokal leicht schizophren. Als hätte man eine Almhütte mit Asia-Deko überhäuft. Es roch nach Curry und Räucherstäbchen. Ein paar Lichterketten und rote Lampions verliehen dem Ganzen eine schummrige Atmosphäre. An Gästeüberfluss litt der Betrieb nicht, trotzdem marschierte Noár an all den leeren Tischen vorbei, bis wir in eine Art Separee kamen.

Ein paar Paravents schirmten den Nebenraum ab und sorgten für den Anschein von Privatsphäre. Dahinter befand sich ein großer runder Tisch, an dem ein älterer Mann saß. Er wollte mit seinem vornehmen Anzug und seiner weltmännischen Ausstrahlung so gar nicht in dieses drittklassige Raststätten-Lokal passen. Er zeigte keinerlei Überraschung angesichts der Horde Jugendlicher, die ihn bei seinem Rotwein störte. Damit war klar, dass er nicht zufällig hier saß.

Wir hatten das Ziel unserer Flucht erreicht.

Noár umrundete den Tisch und beugte sich leicht herunter, um dem Mann etwas ins Ohr zu flüstern. Der verzog keine Miene, während er uns aus wachen, grauen Augen musterte. Ich schätzte ihn auf Anfang fünfzig. Silberne Strähnen durchzogen seine dunklen Haare an den Schläfen und sahen nicht nur sauber frisiert aus, nein, sie wirkten wie von einem Künstler modelliert. Dasselbe galt für seinen Bart, der die Kanten seines Kiefers exakt nachzeichnete. Es hätte mich nicht gewundert, wenn er sich als Bankdirektor oder superreicher Scheich outen würde. Kein Detail unseres Zustands entging ihm und ich begann, mich immer unwohler zu fühlen.

Als Noár seinen Bericht beendet hatte, zog er sich in eine schattige Ecke zurück und lehnte sich dort an die Wand.

»Schön, euch alle wohlauf zu sehen«, meinte der Mann am Tisch mit einer angenehmen Stimme, die es gewohnt war, gehört zu werden. Elegant stellte er sein Weinglas ab und benutzte eine Serviette, um sich die Mundwinkel abzutupfen.

»Wer sind Sie?«, fragte Adam schroff. Er trat einen Schritt vor und machte damit deutlich, dass er unser Sprecher sein würde.

Der Mann überging den unhöflichen Tonfall meines Bruders und schenkte ihm ein breites Lächeln. »Entschuldigt bitte, dass ich mich nicht gleich vorgestellt habe. Ich bin Lazar val Etor.«

Er erhob sich und hieß uns mit einer angedeuteten Verbeugung willkommen. »Ihr müsst völlig verwirrt und hungrig sein. Setzt euch bitte. Ich habe mir erlaubt, euch etwas zu essen zu bestellen.«

Wir wussten nicht, wie uns geschah, da wuselten auch schon drei Kellnerinnen in chinesischen Satin-Kleidchen um uns herum. Sie drängten uns auf unsere Plätze und stellten unzählige dampfende Teller und Schüsseln in die Mitte des Tischs. Es roch unerwartet köstlich. Mein Magen knurrte und ich sah fragend zu Adam. Ich ging nicht davon aus, dass Noár und dieser Lazar die Absicht verfolgten, uns zu vergiften. Das hatten sie sicher nicht nötig. Außerdem sollten wir essen, um bei Kräften zu bleiben. Dennoch überließ ich meinem Bruder die Entscheidung. Meine anderen Geschwister handhabten das ähnlich – selbst Moe. Keiner von uns wollte Adams Autorität untergraben. Als der mit einem kleinen Nicken sein Einverständnis gab, war die Erleichterung dennoch spürbar. Wir bedienten uns an den Speisen und häuften unsere Teller voll.

Lazar beobachtete das mit einem wohlwollenden Lächeln. Er selbst aß nichts. »Noár hat mir erzählt, was geschehen ist. Ihr hattet großes Glück.«

»Unsere Eltern sind tot. Das würde ich nicht unbedingt Glück nennen«, schnaubte Adam.

Für einen Augenblick glaubte ich, Tadel auf Lazars Zügen zu erkennen. Doch dann griff er sich entschuldigend an die Brust. »Ich kann eure Trauer sehr gut verstehen. Unter anderen Umständen hätte ich euch gerne mehr Zeit gegönnt, bevor ich euch mit der Wahrheit konfrontiere. Diese Zeit haben wir jedoch nicht.«

Ich ließ die Frühlingsrolle sinken, in die ich gerade beißen wollte. Als ich aufsah, blickte ich direkt in Lazars schiefergraue

Augen. Trotz seiner Lachfalten lag darin eine Härte, die mir eine Gänsehaut bescherte. Dieser Mann war gefährlich. Vielleicht sogar gefährlicher als Noár.

»Ihr habt sicherlich viele Fragen«, fuhr er fort, wobei er mich weiterhin fixierte. »Fangen wir mit dem Wichtigsten an: Diese beiden Personen, bei denen ihr aufgewachsen seid …« Er löste seinen Blick von mir und griff nach seinem Weinglas. »Sie sind nicht eure leiblichen Eltern.«

Lazars Worte verhallten in dem Lokal. Für eine Weile hörte man nur das gedämpfte Treiben in der Restaurantküche.

»Natürlich fällt es euch schwer, mir zu glauben«, meinte Lazar freundlich. »Auch wenn niemand, der euch ansieht, mir widersprechen würde. Vielleicht sind euch ja selbst schon einmal Zweifel gekommen …«

Wie üblich reagierten meine Geschwister auf diese Behauptung mit feindseliger Ignoranz. So hatten unsere Eltern es uns vorgelebt und eingeimpft. Doch Lazar gehörte nicht zu den Männern, die sich einfach ignorieren ließen. Außerdem standen die Dinge diesmal anders. Die Gegebenheiten hatten sich verändert. Und obwohl sich alles in mir sträubte, hatte ich plötzlich das Gefühl, den Anfang eines verworrenen Knotens aus Lügen gefunden zu haben.

»Sie haben dafür gesorgt, dass wir nicht an ihnen zweifeln«, platzte mein erster Gedanke aus mir heraus.

Alle drehten sich zu mir um. Nick fielen fast die Augen aus dem Kopf. »Maia!«

»Du kannst dich nur nicht daran erinnern!«, verteidigte ich mich gegen seinen vorwurfsvollen Ton. Je länger ich darüber nachdachte, desto sicherer wurde ich mir. »Sie haben uns manipuliert.« Ich schaute meine Geschwister nacheinander an. »Ihr wisst genau, wovon ich rede.«

Lazar lehnte sich in seinem Stuhl zurück und betrachtete mich mit neuem Interesse.

»Wir *alle* wissen, wovon du redest, Amaia.« In seinen Mundwinkeln spielte ein dünnes Lächeln. »Denn wir gehören derselben Spezies an.«

Anders als meine Geschwister überraschte mich diese neuerliche Offenbarung wenig. So etwas in der Art hatte ich schon vermutet. Trotzdem fühlte ich mich, als würde mir jemand den Boden unter den Füßen wegziehen.

»Wir altern sehr langsam, sind stärker und schneller als Menschen und wir können sie mit unserem Willen lenken. Untereinander ist das etwas schwieriger, aber auch das ist möglich«, fasste Lazar zusammen, bevor ihn wieder jemand infrage stellen konnte.

Mein Blick zuckte zu Noár, der noch immer in seiner schattigen Ecke stand. Ich wusste nicht warum. Vielleicht wegen der Erinnerung an das, was er mit mir im Wohnmobil gemacht hatte. Vielleicht war es auch der kleine naive Wunsch nach einem Fels in der Brandung. Aber Noár sah nicht einmal in meine Richtung.

Lazar gab uns Zeit, diese Informationen zu verarbeiten. Als nach einer ganzen Weile immer noch niemand etwas sagte, verfinsterte sich seine Miene. Missbilligend schüttelte er den Kopf.

»Sie haben euch also wirklich komplett im Dunkeln gelassen«, murmelte er mehr zu sich als zu uns. »Eine Schande!«

Nick sprang mit geballten Fäusten auf. Bis jetzt war er zumindest bemüht gewesen, Lazar zuzuhören. Doch der letzte Kommentar triggerte ihn derart, dass er wieder in sein altes Verhaltensmuster verfiel. Ein Muster, das unsere falschen Eltern uns eingetrichtert hatten.

»Das reicht. Wir verschwinden!« Er packte mich am Arm und

riss mich vom Stuhl hoch. Dass er mir dabei wehtat, bemerkte mein Bruder in seiner Wut nicht einmal. »Unsere Eltern haben sich immer um uns gekümmert. Ich lasse nicht zu, dass Sie ihr Andenken in den Schmutz ziehen.«

Er schaute auch Adam und Jenny auffordernd an, doch sie machten keine Anstalten aufzustehen.

»Lass Amaia los und setz dich wieder!«

Noárs Stimme hallte wie ein leises Gewitter durchs Zimmer. Äußerlich wirkte er völlig gelassen, aber in seinen Augen blitzte eine klare Warnung. Allerdings war Nick drauf und dran, diese Warnung in den Wind zu schlagen. Noár stieß sich von der Wand ab, stoppte jedoch, als Lazar eine Hand hob. Diese kleine Geste besaß so viel Autorität, dass alle innehielten. Ich war mir sicher, dass sie eher Noár galt als uns, aber auch mein Bruder wirkte eingeschüchtert. Ich nutzte seine Unsicherheit, um mich aus seinem Griff zu befreien. Dann ließ ich mich zurück auf meinen Stuhl plumpsen und rieb die Stelle, an der Nicks Finger sich in meinen Arm gebohrt hatten. Kurz darauf hatte mein Bruder sich wieder gefangen. Diesmal sprach pure Enttäuschung aus seinem Ton.

»Es ist keinen Tag her, dass unsere Eltern umgebracht wurden, und ihr –«

»Sie waren *nicht* eure Eltern«, unterbrach ihn Lazar mit einem Nachdruck, der mir einen Schauer über den Rücken trieb. »Sie waren eure Wächter. Und ich werde ihr Andenken sicherlich nicht in den Schmutz ziehen, denn sie haben nur ihre Befehle befolgt. Sie haben euch versteckt und beschützt. Einen Auftrag, den sie immer pflichtbewusst erfüllt haben – bis gestern.«

Mein Bruder und mein Arm waren vergessen angesichts dieser Offenbarung.

»Ich weiß, dass es schwer zu begreifen ist«, erklärte Lazar weiter, »aber ihr gehört nicht in diese Welt. Ihr wurdet hergebracht, damit eure echten Eltern euch nicht finden können.«

Plötzlich hämmerte mir mein Herz bis zum Hals. Wir gehörten nicht in diese Welt? In welche dann? Und unsere echten Eltern?! Dieser Gedanke kam mir so fremd vor, dass mein Verstand ihn nicht wirklich zulassen konnte.

Lazar sah uns der Reihe nach tief in die Augen.

»Ihr seid ein Druckmittel, wenn ihr so wollt«, meinte er. »Gefangene. Geiseln.«

Was?!

Eigentlich hatte ich mein bisheriges Leben um ein paar Fakten erweitern wollen. Aber jetzt stellte sich alles, was meine Welt ausmachte, als eine Ansammlung von Lügen heraus. Demzufolge waren meine Geschwister auch nicht meine Geschwister. Sie waren nur Mitgefangene. In ihren Gesichtern konnte ich lesen, dass ihnen das gerade ebenfalls klar wurde.

»Setz dich doch bitte, Nicuna«, bat Lazar. »Es wäre schade, wenn das Essen kalt wird.«

Nicuna? Es war schon so lange her, dass jemand meinen Bruder bei seinem richtigen Namen genannt hatte, dass ich ihn selbst beinahe vergessen hatte. Auch Nick entging das nicht. Er fixierte unseren Gastgeber mit schmalen Augen.

»Woher wissen Sie, wie ich heiße?«

Lazar lächelte ihn charmant an. »Dort, wo ich herkomme, sind eure Namen kein Geheimnis.« Dann korrigierte er sich selbst. »Dort, wo *wir* herkommen.«

Man konnte Nick ansehen, wie sein Hirn ratterte. Er traute Lazar nicht und trotzdem war ihm die Neugier ins Gesicht geschrieben. Er wechselte einen langen Blick mit Adam und die beiden trafen eine stumme Übereinkunft.

»Wir werden Ihnen zuhören, bis wir aufgegessen haben. Danach entscheiden wir, ob wir Ihnen glauben.«

»Ausgezeichnet«, meinte Lazar und rieb sich die Hände. »Dann will ich euch eine kleine Geschichte erzählen.«

Aus den Schatten hinter ihm kam ein leises Schnauben. Ich schaute zu Noár und registrierte den Missmut auf seinem Gesicht. Es wunderte mich, dass er sich seinem Chef gegenüber so abfällig verhalten konnte. Ungestraft. Oder waren die beiden eher so was wie gleichberechtigte Partner? Jedenfalls überging Lazar Noárs Respektlosigkeit und zupfte an der Spitze seines Barts, als würde er die richtigen Worte suchen.

»Einst herrschte ein mächtiger Kaiser über ein großes Reich«, begann er schließlich. »Und weil dieses Reich so groß war, wurde es in acht Gebiete aufgeteilt. Das wichtigste behielt der Kaiser für sich, doch die anderen übergab er seinen Fürsten, die fortan in seinem Sinne regierten. Eine sehr, sehr lange Zeit funktionierte dieses System reibungslos. Alle tausend Jahre dankte der aktuelle Kaiser ab und die Kinder und Kindeskinder bestiegen nach ihm den Thron, ganz wie es die Tradition verlangte. Und ihre Fürsten waren ihnen stets treu ergeben.«

Ich knetete unruhig meine Finger. Natürlich war mir klar, dass diese Geschichte irgendeine Moral und letzten Endes auch einen Bezug zu uns haben würde. Aber im Moment fehlte mir die Geduld für Märchen oder Allegorien.

»Doch eines Tages wurde Zwist unter den Fürsten gesät«, fuhr Lazar fort. »Und wie so oft in der Politik folgte auf Unmut eine Rebellion. Sechs der sieben Fürsten stellten sich gegen ihren Kaiser, der bei der darauffolgenden Revolte sein Leben und seine Familie verlor. Das Reich war nun führungslos, bis der Vater des Kaisers – sein abgedankter Vorgänger – aus seinem Asyl zurückkehrte und mithilfe des *einen* unbeteiligten Fürstenhauses die

Rebellion niederschlug. Er eroberte sich seine alte Krone zurück und stellte die Ordnung wieder her. Nur, wie sollte er herrschen, wo doch das Vertrauen in seine Fürsten verloren war. Schließlich brauchte er sie. Und so verlangte der Kaiser von jedem von ihnen einen Beweis ihrer Treue. Eine Versicherung, dass in Zukunft ein derartiger Ungehorsam nie wieder vorkommt.«

Großer Gott. Ich ahnte, worauf das hinauslief. War das am Ende doch kein Märchen?!

»Er forderte Geiseln von fürstlichem Blut.« Lazar betrachtete den Rest Rotwein in seinem Glas. Für einen Augenblick schien er abwesend zu sein, als würde er seinen Erinnerungen nachhängen. Dann zuckte er mit den Schultern und hob erneut seinen Blick. »Sechs rebellierende Fürstenhäuser – sechs Geiseln.«

AUFS RICHTIGE PFERD GESETZT

»Ich bin eine Prinzessin?«, hauchte Annie ehrfürchtig.

Lazar lachte und deutete eine Verbeugung an. »So ist es, Eure Hoheit.«

Mit einem Kopfschütteln schob Nick seinen leeren Teller von sich. »Das ist doch alles kompletter Bullshit! Eine nette Geschichte. Aber Sie haben vergessen, dass es schon seit Jahrzehnten kein Kaiserreich mehr gibt.«

»Nicht in dieser Welt«, konterte Lazar. Dann seufzte er und trank seinen Wein leer. »Was jetzt kommt, ist weder einfach zu erklären noch einfach zu glauben. Deshalb werde ich mir erlauben, es euch zu zeigen.« Er stand auf, wobei mir auffiel, dass er fast einen Kopf kleiner als Noár war. »Wenn ihr dann fertig seid, folgt mir bitte.«

Ich war die Erste, die seiner Aufforderung nachkam. Von mir aus sollten die anderen mich unvorsichtig nennen, aber ich wollte unbedingt wissen, wovon dieser Lazar sprach.

Auf dem Weg nach draußen spürte ich, wie sich eine kleine Hand in meine schob. Es war Moe.

»Ich will nicht nicht mehr dein Bruder sein«, sagte er leise. Damit brach er mir fast das Herz.

»Du wirst immer mein Bruder sein, ganz egal, was geschieht«, versicherte ich ihm. Das Gleiche galt für die anderen, auch wenn sie mich manchmal nervten.

Lazar führte uns durch die Küche des Restaurants hinaus in die Kälte. Im Anlieferungsbereich standen ein paar Laster, die er zielsicher umrundete. Stehen blieb er erst vor einem karierten Objekt, das auf dem Boden lag. Es war eine Decke, die über etwas ausgebreitet worden war.

»Ist das ... etwa eine Leiche?«, stammelte Annie mit großen Augen. Auch die anderen versammelten sich um das seltsame Gebilde. Es sah tatsächlich wie ein bedeckter toter Körper aus.

»Verzeiht mir, dass ich euch das nicht ersparen kann«, sagte Lazar. »Aber keine Sorge, dieser Mann ist eines natürlichen Todes gestorben.«

»Was soll das?!«

Adam starrte ihn finster an. Dem Beschützer in ihm schien es gar nicht zu gefallen, dass wir schon wieder solchen Brutalitäten ausgesetzt wurden.

Mit einem großen Schritt stieg Lazar über den Toten hinweg. Dann setzte er eine Miene auf, die ihn wie einen Dozenten wirken ließ.

»Ich gehe davon aus, dass eure Wächter euch von Friedhöfen, Krankenhäusern, Altenheimen und so weiter ferngehalten haben.« Wir alle nickten beklommen, woraufhin Lazar mit einer präsentierenden Geste auf die Gestalt unter der Karo-Decke deutete. »Damit wäre das hier wohl der erste tote Mensch, den ihr zu Gesicht bekommt.«

Ich konnte mich dunkel daran erinnern, schon ein oder zwei tote Chaoswandler gesehen zu haben. Sie ähnelten zwar einem Menschen, doch hatten sie mit ihrem schwarzen Blut und den wahnsinnigen Augen nichts mit ihnen gemein.

»Dachte ich mir«, murmelte Lazar, der unser Schweigen richtigerweise als Zustimmung interpretierte. Dann hob er seine Stimme und rief: »Warden!«

Hinter einem der Anhänger kam ein großer Mann hervor. Sein

Anblick traf mich wie ein Schlag. Ich kannte ihn. Es war der Typ aus dem Fahrstuhl.

Nick schob mich und Annie hinter sich. Adam tat dasselbe mit Moe und Jenny. Aber der Riese mit dem silbernen Pferdeschwanz und dem vernarbten Gesicht beachtete uns kaum. Sein Blick fiel auf jemanden hinter uns und verfinsterte sich.

»Ich hab gesagt, ich bring die Kinder durch den Nebel. Von *ihm* war keine Rede.«

Verwirrt drehte ich mich um. Es ging offenbar um Noár, der für den Neuankömmling nur ein müdes Lächeln übrig hatte.

»Wir gehen nirgendwohin«, meldete sich Adam zu Wort. »Erst will ich wissen, was hier los ist!«

Das schien Lazar nicht weiter zu interessieren, denn er wandte sich an Warden. Sein Gesicht blieb freundlich, doch sein Tonfall konnte Eis schneiden.

»Noár wird euch begleiten. Andernfalls ist unsere Abmachung hinfällig. Dann findet sich bestimmt ein anderer Nebelreiter, der mir diesen Gefallen erweisen möchte.«

Wardens selbstsichere Fassade bröckelte. Es war fast schon komisch, wie ein Hüne mit Wrestler-Look sich von einem in die Jahre gekommenen Dandy einschüchtern ließ.

»Von mir aus«, brummte Warden, wobei er ein Gesicht zog, als würde er Lazar am liebsten erwürgen. Der klopfte ihm dafür auf die Schulter. »Wunderbar. Dann an die Arbeit.«

Widerwillig kniete sich Warden zu dem toten Mann und stieß gegen die Decke.

»Komm schon, Kumpel. Steh auf. Wir haben nicht viel Zeit.«

Okay …? Jetzt war es amtlich. Dieser Warden hatte gehörig einen an der Klatsche. Adam wurde immer nervöser und ich verstand ihn gut. »Kann mir jetzt bitte jemand sagen, was das Ganze hier soll?«

Plötzlich begann die karierte Decke zu leuchten. Es war ein bläuliches Licht. Ich traute kaum meinen Augen. Durch die Decke hindurch tastete sich erst eine durchscheinende Hand, dann tauchte ein Kopf auf und schließlich ein ganzer Torso. Fassungslos starrte ich auf den ...

»Ist das ein Geist?!«, flüsterte Annie, ohne jede Spur von Angst. Ich sah meine kleine Schwester perplex an. Manchmal erstaunte mich ihr Mumm. In ihrem Alter hätte ich mir in die Hose gemacht. Denn ja, sie und ihr Intellekt waren hundertvier, aber ihre emotionale Reife blieb trotzdem noch die eines Kindes. Wann zum Teufel war meine kleine Schwester so abgebrüht geworden?

»Allerdings, meine kleine Prinzessin«, sagte Lazar. »Eure Wächter wollten, dass ihr euch von allen Orten fernhaltet, an denen Menschen sterben, damit ihr so etwas wie das hier nicht seht.«

Selbstgefällig deutete er auf den Geist, der sich als ein übergewichtiger Glatzkopf herausstellte. Ein durchsichtiger, blau leuchtender übergewichtiger Glatzkopf.

»Bin ich tot?«, stotterte er mit einer Stimme, die ein bisschen zu viel Hall hatte, dafür dass wir uns im Freien befanden.

»Könnte man so sagen«, antwortete Lazar. »Überspringen wir doch bitte den Teil mit der Überraschung, der Fragen und der Verzweiflung und kommen gleich zum Kern der Sache: deinem Übergang ins Totenreich.«

Er gab Warden ein Zeichen, woraufhin der einen weißlichen Edelstein hervorholte, der ihm an einer Kette um den Hals baumelte. Sofort begann der Stein zu strahlen – immer heller, bis ich nichts mehr sehen konnte. Ich hörte jemanden etwas sagen. So was wie: »Geh ins Licht.«

Fast hätte ich über dieses Klischee gelacht – wenn mein Mund nicht immer noch offen gestanden hätte.

Als das Licht verblasste, war der Geist verschwunden. Stattdessen rollte langsam eine Nebelwand von den Bergen herunter – wie eine Lawine aus wirbelndem grauem Dunst. Viel zu plötzlich, um natürlichen Ursprungs zu sein. Das Restaurant, der Parkplatz, die Laster … alles wurde nach und nach verschluckt.

»Warden gehört zum Volk der Nebelreiter. Ihre Aufgabe ist es, die Seelen der Verstorbenen einzusammeln und sicher auf die andere Seite zu bringen.«

»Auf die andere Seite?«, wiederholte ich völlig überfordert Lazars Worte. Mein Verstand war immer noch damit beschäftigt, die Existenz von Geistern zu verarbeiten.

Auf einmal erklang ein tiefes Schnauben. War das etwa ein Pferd?! Ich schaute mich um und tatsächlich … dort, wo vorher noch ein paar Mülltonnen gestanden hatten, zeichneten sich die Umrisse eines Pferdes ab. Nein, es waren mehrere.

Ich spürte ein Zupfen an meiner Jacke. Es war Adam. Sein Blick sprach Bände. Kaum merklich nickte er Richtung Wohnmobil. Das hieß wohl, dass er den Zeitpunkt gekommen sah, um sich aus dem Staub zu machen. Und zugegeben, er hatte nicht unrecht. Allerdings war das, was wir hier gerade erfuhren, unglaublich. Wie konnte er nicht wissen wollen, was noch alles dahintersteckte?!

»Wie ich bereits erwähnt habe, ist unsere Zeit knapp«, verkündete Lazar. Seine Stimme klang gedämpft, denn auch er begann im Nebel zu verschwinden. Die Schwaden wurden dichter und dichter und schienen ständig in Bewegung zu sein, als gäbe es darin unnatürliche Strömungen und Strudel. »Deshalb sehe ich mich leider zu meinem nächsten Schritt gezwungen.«

Jetzt schrillten bei mir alle Alarmglocken. Er würde doch nicht …?

»Ich will, dass ihr mir genau zuhört: Folgt Noár! Er wird euch sicher an den Kaiserhof bringen. Ihr werdet ihm vertrauen, glauben und auch meine Worte nicht länger infrage stellen!«

Sein Wille kroch mir unter die Haut. Das unangenehme Kratzen hielt sich in Grenzen, als hätte mein Unterbewusstsein nur wenig gegen diese Anweisungen auszusetzen. Trotzdem wollte ich nicht mehr manipuliert werden und konzentrierte mich auf die Silver-Lane-Melodie.

»Steigt auf!«, rief Warden. Er selbst schwang sich auf eines der Rösser, die …

Oh mein Gott. Die Körper dieser Kreaturen waren aus Nebel geformt. Graue Schwaden formten mächtige Flanken, Läufe, Nüstern – Mähne und Schweif dagegen bestanden aus weißen Dunstschleiern.

Ein hoher Schrei ließ mich herumschnellen. Moe lag auf dem Boden. Ein schwarzer Tentakel hatte sich um seinen Knöchel geschlungen und zog ihn zu einem dunklen Abgrund. Ein Chaoswirbel! Und nicht irgendeiner, sondern der größte, den ich jemals zu Gesicht bekommen hatte. Die grünen und violetten Blitze darin wirkten wie ein Gewittersturm. Alles wuchs zu einem ekelhaften Gebilde mit unzähligen Armen, das wie ein Alien-Wesen nach uns allen griff. Ich warf mich auf Moe, bevor er von dem Ding verschluckt werden konnte. Die rohe Gewalt, mit der dieser Wirbel an meinem Bruder zerrte, war beängstigend. Jemand brüllte etwas. Ich versuchte, mich am Kopfsteinpflaster festzukrallen. Vergeblich. Moe und damit auch ich schlitterten immer weiter auf das Chaos-Ungetüm zu. Und dann ließ das Ziehen plötzlich nach. Noár hatte sich zwischen uns und dem Wirbel aufgebaut, seine Arme von sich gestreckt, als könnte er allein mit seinen Handflächen das Chaos in Schach halten.

»Auf die Pferde!«, befahl er.

Hastig sah ich mich um. Warden hatte einen Speer in der Hand und half gerade Jenny auf eines der Nebelrösser, bevor er hinter ihr in den Sattel sprang. Auch Nick stieg auf. Adam hob Annie zu ihm hoch.

»Lauf zu ihnen!«, wies ich Moe an. Er zögerte. Im gleichen Moment tat sich ein zweiter Wirbel zu meiner Rechten auf. Schwarze Tentakel griffen nach mir.

»Adam!« Ich rief meinen Bruder, so laut ich konnte. Er musste Moe in Sicherheit bringen. Ein Speer bohrte sich zischend in den Chaoswirbel. Hufe aus Nebel donnerten darüber hinweg. Dann schlossen sich starke Arme um mich. Ich wurde hochgehoben und landete vor jemandem im Sattel.

»Hätte ich mir denken können, dass das Chaos dich schmackhaft findet«, raunte Noár mir ins Ohr.

Der wilde Galopp des Nebelrosses schüttelte mich derart durch, dass ich mich kaum festhalten konnte. Aber Noár ließ mich nicht los, selbst als ich endlich mein Bein über den Hals des Pferdes gehievt und mich aus Panik an seinem Arm festgekrallt hatte.

»Wo ist Moe?«, war der einzige Gedanke, zu dem ich fähig war.

Wie von allein drosselte das Pferd sein Tempo zu einem entspannten Trab. Plötzlich wurde es gespenstisch still um uns herum. Die ganze Welt schien nur noch aus Nebel zu bestehen.

»Der Kleine?« Noárs Stimme ließ seinen Brustkorb vibrieren. Dafür, dass wir gerade angegriffen worden waren, kam er mir nervtötend gelassen vor. »Wir mussten ihn opfern, damit wir anderen eine Chance hatten zu entkommen.«

»WAS?« Ich wollte herumfahren, abspringen oder sonst etwas tun, aber Noárs Arm hielt mich unerbittlich fest. Selbst eine Stahlklammer um meine Taille wäre nachgiebiger gewesen.

»Entspann dich«, meinte er lachend. »Dein Gezappel macht das Pferd nervös.«

»WO IST MOE?«

»Ich dachte, Sarkasmus ist genau dein Ding?«

»Noár! Wenn du mir nicht sofort –«

»Schau nach links«, unterbrach er mich.

Ich hörte auf zu strampeln und drehte meinen Kopf. Da waren nur dichte Nebelschwaden, genauso wie rechts, über und unter uns. Meine Füße konnte ich schon nicht mehr erkennen. Den Weg vor uns? Keine Chance. Ich konnte nur hoffen, dass Noár oder zumindest das Pferd wussten, was sie da taten. Und dann plötzlich nahm ich einen Umriss wahr. Die Nebeldecke brach einen Moment auf und ich konnte ein weiteres Ross aus Wolken und Dunst neben uns traben sehen. In einem kupferfarbenen Sattel saßen Adam und Moe. Gott sei Dank! Ihnen ging es gut.

Kurz darauf verschluckte sie das graue Nichts und ich war wieder mit Noár und unserem Nebelross allein. In diesem Moment wurde mir bewusst, dass ich mich noch immer an seinen Unterarm klammerte. Jetzt, da ich keinen Grund mehr sah, mich von ihm zu befreien und aus dem Sattel zu springen, kam mir das ein wenig unpassend vor. Also löste ich sorgfältig meine Finger und legte sie auf den kupfernen Sattelknauf vor mir.

Okay, das war unbequem. Noárs Arm war im Weg. Vielleicht lieber vor der Brust verschränken?

Noár lachte leise.

»Was ist so witzig?«, fuhr ich ihn an.

»Ich habe mich gerade gefragt, ob ich es lieber mag, wenn du verlegen bist, oder wenn du deine Krallen zeigst wie ein –«

»Wenn du jetzt sagst, wie ein kleines Kätzchen, zeig ich dir, wofür meine Krallen sonst noch so gut sein können.«

Die Präzision, mit der er mich durchschaute, machte mich leicht aggressiv. Dummerweise brachte ihn das nur noch mehr zum Lachen.

»Führ mich nicht in Versuchung …«, warnte er mich amüsiert. Der sinnliche Unterton in seiner Stimme ärgerte mich. Wir waren gerade nur knapp dem Chaos entkommen und ihm fiel nichts Besseres ein, als zu flirten?! Noch mehr ärgerte es mich allerdings, dass mein Körper ohne meine Einwilligung auf seinen Flirt reagierte. Mit einem Mal wurde mir viel zu bewusst, dass mein Rücken in voller Länge an seinen kräftigen Oberkörper gepresst war. Und Noár dachte nicht einmal daran, die Spannung aus seinen steinharten Armmuskeln zu nehmen, damit ich zumindest ein paar Zentimeter von ihm wegrutschen konnte. Das, zusammen mit den sanften Bewegungen des Pferdes und seinem warmen Atem in meinem Nacken, brachten meine Gedanken dazu, in Gefilde abzudriften, die gerade ganz und gar nicht hilfreich waren. Genervt von mir selbst verpasste ich mir ein paar imaginäre Ohrfeigen, die nur leider wenig halfen. Eine Ablenkung wäre gut. Ähm …

Ja …

Das Pferd! Es war ein atemberaubendes Geschöpf und verschmolz beinahe mit der dunstigen Umgebung. Hätte mir jemand davon erzählt, hätte ich es weder glauben noch mir vorstellen können. Behutsam strich ich mit den Fingerspitzen über sein Fell. Es war kühl und … flauschig – so, wie man sich als Kind vorgestellt hatte, dass sich Wolken anfühlen mussten.

Gut, die Ablenkung funktionierte.

Weiter!

Wir befanden uns also tatsächlich auf dem Weg ins Reich der Toten. Zumindest, wenn man Lazars Worten Glauben schenkte – was ich tat. Ich wusste nur nicht, ob er mich dazu gezwungen hatte …

Das Reich der Toten. In all meinen Recherchen und kühnsten Träumen wäre ich nie auf die Idee gekommen, im ›Jenseits‹

geboren worden zu sein. Natürlich kannte ich alle möglichen Legenden von diversen Unterwelten, angefangen beim griechischen Hades, über die ägyptische Duat, bis hin zum christlichen Paradies, beziehungsweise der Hölle. Aber zu was machte uns das? Zu Halbgöttern? Sensenmännern? Todesengeln? Und wie viele gab es von uns? Dieses Reich musste riesig sein, wenn es einen Kaiser und gleich sieben Fürsten gab. Beim letzten Gedanken bildete sich ein Kloß in meinem Hals. Fürsten ... waren wirklich meine Eltern darunter?! Hatte ich vielleicht sogar Geschwister, Familie, ein Zuhause? Was, wenn es mir dort nicht gefiel? Was, wenn sie mich von Moe, Annie und den anderen trennten?!

»Wie ist es dort, wo wir hingehen?«

Fast glaubte ich, dass der Nebel meine Frage geschluckt und Noár sie nicht gehört hatte. Dann seufzte er leise.

»Cassardim zu beschreiben, ist genauso unmöglich, wie das Sonnenlicht einzufangen oder eine Melodie in Worte zu fassen.«

Wow! So eine poetische Antwort hätte ich von jemandem wie ihm nicht erwartet. Ich verkniff mir ein Grinsen und machte eine geistige Notiz auf meiner heimlichen Infos-über-Noár-Liste. Obwohl ich tatsächlich zu verstehen glaubte, was er meinte. Schließlich ritten wir gerade auf einem Nebelpferd! Wenn in Cassardim *alles* so ... magisch war ...

»Es wird dir gefallen, Amaia«, murmelte Noár.

»Wieso klingt das so, als würde da noch ein großes ›Aber‹ mitschwingen?«

Diesmal zögerte er mit seiner Antwort.

»Weil der Ort, an den ich euch bringen muss, zu den gefährlichsten in ganz Cassardim zählt«, meinte er schließlich. Man merkte ihm deutlich an, dass seine Stimmung mit jeder Frage sank.

»Der Kaiserhof?«

Sein Schweigen sprach Bände. Großartig. Das flaue Gefühl, das ich seit unserem Aufeinandertreffen mit Lazar hatte, steigerte sich zu einem ausgewachsenen Knoten in meinem Magen.

»Was wird dort mit uns geschehen?«, wollte ich wissen.

»Man wird euch dem Hof präsentieren.«

»Und dann?«

Ich spürte, wie Noár mit den Schultern zuckte. »Wer weiß. Seid ihr erst einmal dort, steht ihr unter dem Schutz des Kaisers. Allerdings wollen viele den Goldenen Berg brennen sehen und ihr ... seid der perfekte Zunder.«

Bevor ich darauf reagieren konnte, zügelte Noár unser Pferd.

Und dann, als hätte man einen Vorhang zur Seite geschoben – eröffnete sich vor uns ein weiter Himmel in sanftem Orange. Wobei es kein Himmel war, es waren Wolken, die sich hoch oben auftürmten und weiterzogen, ohne eine wirkliche Richtung zu haben – als hätte man ein Gewitter im Zeitraffer mit einem glühenden Sonnenuntergang gekreuzt. Die Wolken zogen über ein dunkles Gewässer, dessen Oberfläche in allen Regenbogenfarben schillerte. Aber nicht im Ponyhof-Einhorn-Sinne, sondern eher wie die düstere Ölpest-Variante. Dennoch roch die Luft frisch und irgendwie fremdartig.

»Willkommen an der Grenze zu Cassardim«, sagte Noár leise.

Meine Geschwister waren bereits angekommen. Sie standen aufgeregt am Ufer und diskutierten über irgendetwas.

Gekonnt sprang Noár aus dem Sattel und hob mich ohne zu fragen vom Pferd. Ich wollte mich beschweren, doch bevor ich meinem Feminismus Ausdruck verleihen konnte, marschierte er einfach davon, um mit Warden zu reden.

»Maia! Guck dir an, was mit Adam passiert ist.«

Annie zerrte mich zu den anderen und dann ... musste ich nach Luft schnappen. Auf dem sonnengebräunten Kinn von Adam prangten drei gerade Linien. Sie zogen sich senkrecht von seiner Unterlippe bis zu seinem Adamsapfel und waren mit kleinen Schnörkeln und Schriftzeichen verziert.

»Was ist das? Tut es weh? Wann ist das passiert?«, erkundigte ich mich schockiert. Die Linien sahen aus wie eine Tätowierung, nur dass sie rotgolden glänzten.

Adams Antworten waren knapp: »Keine Ahnung. Nein. In den Nebeln.« Er bemühte sich, souverän zu wirken, aber ich kannte ihn gut genug, um die Panik in seinen Augen zu erkennen. Mit seiner Erlaubnis berührte ich die seltsame Tätowierung. Sie fühlte sich kalt an, wie Metall, das in seine Haut eingelassen war.

Hilfe suchend sah ich mich nach Noár um. Er hatte die Veränderung an meinem Bruder ebenfalls bemerkt. Genau wie Warden, dessen gesamte Haltung sich schlagartig änderte. In seinem Blick glänzten Erkenntnis und Ehrfurcht, aber auch Wut. Er verbeugte sich knapp vor Adam, wobei ich verblüfft feststellte, dass Wardens Kinn nun die gleichen metallischen Linien aufwies. Die waren vorher hundertprozentig noch nicht da gewesen!

»Mein Prinz«, brummte der Nebelreiter in Adams Richtung. Der Widerwille, mit dem ihm diese Worte über die Lippen kamen, war so offensichtlich, dass sie beinahe wie eine Beleidigung wirkten. »Verzeiht mir, ich wusste nicht, wer Ihr seid. Sonst hätte ich Euch schon früher meine Aufwartung gemacht.« Auch jetzt ließ sein Tonfall keine Zweifel daran, dass er Adam am liebsten den Kopf abschlagen wollte. Dann wanderte sein Blick mit neuem Interesse über uns andere. Bei mir verengten sich seine Augen.

»Du? Ich kenne dich! Du gehörst zu ihnen?!«

Noár legte warnend seine Hand auf die Schulter des grauhaarigen Hünen. Dann sah er uns an und seufzte tief. Vermutlich, weil er wusste, dass er den Fragezeichen auf unseren Gesichtern Rechenschaft schuldig war.

»Es ist das Symbol der Nebelreiter«, erklärte er. »Kupfer.«

Jenny griff sich entrüstet an ihr Kinn. »Ich krieg auch so was?!«

Meinen vorwurfsvollen Blick ignorierte sie. Feingefühl war noch nie ihre Stärke gewesen.

»In der Menschenwelt verschwinden die Symbole der Völker. Ihr wart so lange fort, dass eure Verbindung zum Land erst wiederhergestellt werden muss. Aber ja, du bekommst *auch so was*«, meinte er in Jennys Richtung. »Sobald du das Land deines Volkes betrittst.«

Meine Schwester sah aus, als würde sie gleich einen hysterischen Anfall bekommen. Und damit war sie nicht allein.

»Mir reicht's«, knurrte Warden. Er strich über seinen Anhänger. Es gab einen kurzen Blitz, woraufhin aus dem Nichts sieben durchsichtige Gestalten erschienen. Einer von ihnen war der übergewichtige Glatzkopf von der Raststätte. Er und die anderen blau schimmernden Geister schauten sich verwundert um.

»Sag Lazar, er soll mich in Zukunft aus seinen Machenschaften raushalten!«, war das Letzte, was Warden sagte, bevor er auf die Nebelwand hinter uns zustapfte und darin mit seinen Rössern verschwand.

Da standen wir nun – auf einem schmalen Streifen aus unbewachsenem Lehmboden. In unseren Rücken die Nebel, vor uns ein endloses Gewässer, dessen dunkle Fluten bis zum Horizont reichten. Gemächlich strömte die ölige Flüssigkeit an uns vorbei, wodurch sie auf den ersten Blick wie ein mächtiger Fluss wirkte. Wenn man aber genauer hinsah, änderte er weiter draußen seine Richtung. Mehrfach. Die Schlieren hatten eine hypnotische Wirkung und ich brauchte meine ganze Konzentration, um meine Augen von dem schimmernden Wasser loszureißen.

»Was jetzt?«, fragte ich Noár.

Wenn wir dort nicht hindurchschwimmen wollten, dann saßen wir hier an der Grenze zum Totenreich fest.

Meine Geschwister sahen Noár mit treuherzigem Hundeblick an. Lazars Gehirnwäsche funktionierte einwandfrei. Sie würden ihm überallhin folgen.

»Jetzt«, meinte er und deutete auf den seltsamen Fluss, »hoffen wir mal, dass ihr nicht seekrank werdet.«

EIN FLUSS UND EINFLUSS

Von einem Augenblick auf den anderen kam ein hölzernes Boot in Sichtweite und pflügte zügig durch die dunklen Fluten. Es war vielmehr eine Barke, die aussah wie ein geschwungenes Blatt von der Größe eines kleinen Ausflugsdampfers. Nur hatte es weder einen Motor noch ein Antriebsrad oder Ruder. Völlig lautlos näherte es sich dem Ufer. Am Heck stand ein einzelner Mann. Er war jung, kaum älter als wir, und wirkte mit seinen hellen Stoppelhaaren und der Leinenkleidung in Erdtönen, als wäre er direkt einem Star-Wars-Film entsprungen. Fehlte nur noch das Laserschwert und er wäre als 1a-Jedi durchgegangen. Allerdings zog sich über seine Wangenknochen ein seltsames ockerfarbenes Muster. Die Symbole ähnelten denen von Adam, nur glänzten sie nicht. Es schien fast eine Art Stammesbemalung aus gelber Tonerde zu sein.

Als die Barke anlegte, ging eine leichte Erschütterung durch die polierten Holzplanken. Dann warf der junge Jedi-Fährmann mit den seltsamen Zeichen im Gesicht uns wortlos mehrere Bündel vor die Füße. Noár deutete darauf und meinte: »Zieht euch um. Kleidung, Schmuck, Brillen, Haargummis – alles aus der Menschenwelt fällt hier zu sehr auf.«

Unsicher schnappte ich mir den Beutel, der vor mir gelandet war. Darin befanden sich eine Kniehose, ein weites Hemd, eine Art lange Weste mit Kapuze, ein Gürtel und weiche Lederstiefel – alles in verschiedenen Brauntönen. Eigentlich erwartete ich lautstarken Protest von Jenny angesichts dieser Mittelalterkostümierung, aber sie war die Erste, die sich mit einem lasziven Blick in Noárs Richtung umzuziehen begann. Natürlich nicht, ohne sich und ihre Unterwäsche dabei möglichst vorteilhaft zu präsentieren.

Ich würde mich ja fragen, ob ich gestorben und in der Hölle gelandet war – wenn ich nicht genau wüsste, dass das der Wahrheit erschreckend nahe kam.

Mit einem Kopfschütteln machte ich mich daran, meine eigenen blutverkrusteten Sachen auszuziehen. Aus purem Trotz zu protestieren, wäre ja doch sinnlos. Zu meiner Überraschung passten die frischen Klamotten wie angegossen. Auch bei meinen Geschwistern. Da hatte jemand ganz genau gewusst, was jeder Einzelne von uns für Kleidergrößen hatte. Zwar fühlte ich mich verkleidet, aber die Stoffe lagen angenehm auf der Haut und so wollte ich mich nicht schon wieder beschweren. Außerdem war ich froh, die dicke Daunenjacke losgeworden zu sein. In Cassardim schien nämlich gerade Frühling zu herrschen. Falls es hier so etwas wie Jahreszeiten gab …

Fertig umgezogen stopfte ich meine alten Sachen in den Beutel. Noár unterhielt sich leise mit unserem Fährmann. Er drückte ihm ein paar Goldmünzen in die Hand. Eine Bezahlung? Oder Bestechung? Jedenfalls stellte der junge Obiwan keine Fragen. Während wir in seine schaukelnde Barke stiegen, schenkte er uns kaum Beachtung. Ganz anders verhielt er sich jedoch bei den blau schimmernden Geistern. Mit jedem von ihnen wechselte er ein paar gedämpfte Worte, bevor er auch sie in seine Barke bat.

Noár behielt die ganze Zeit über den Horizont im Auge. Seine grimmige Miene sorgte nicht gerade dafür, dass ich mich besser fühlte. Dazu kam die dringliche Ahnung, dass es kein Zurück mehr gab, wenn wir erst abgelegt hatten. Durch die Nebel mochten wir ja vielleicht noch den Heimweg finden, aber bei diesem ozeanartigen Fluss war das etwas ganz anderes. Schließlich konnte ich nach all meinen Mythologie-Recherchen eins und eins zusammenzählen: In so vielen Kulturen gab es einen gruseligen Strom, der die Grenze zur Unterwelt beschrieb. In manchen waren es reißende Fluten, in anderen bestand er aus Schatten oder Flammen. Aber alle Legenden waren sich einig, dass das Hineinkommen ins Reich der Toten nicht das Problem war, sondern das Rauskommen.

Trotzdem äußerte ich meine Bedenken nicht. Mir blieb keine Alternative. Ich *wollte* wissen, was auf der anderen Seite dieses Flusses war, und herausfinden, woher wir stammten. Außerdem würden meine Geschwister Noár bis ans Ende der Welt folgen – dank Lazars Manipulation. Und sie mit ihm allein zu lassen käme niemals infrage. Damit war der Mann mit den Sternenaugen und den rotbraunen Haaren unerwartet zum Mittelpunkt meines Lebens geworden. Zumindest für den Moment.

Als Letzter sprang er über die Reling, bevor die Barke wie von Zauberhand ablegte. Die Geister hatten sich am Bug versammelt und starrten ihrem Schicksal entgegen, während wir uns quälend langsam vom Ufer entfernten. Wenn das so weiterging, würden wir Tage brauchen, um auf der anderen Seite anzukommen. Seufzend löste ich meinen Blick von dem lehmigen Stückchen Land. Auf einmal wurde mir schwindlig. Ich sah für einen kurzen Moment alles verschwommen. Und dann … waren wir nicht mehr allein auf dem Fluss.

Was zum Teufel?! Unzählige andere Barken glitten neben uns über das dunkle Wasser. Auf allen schimmerten bläuliche Gestalten – mal mehrere, mal nur eine. Woher waren die alle so plötzlich gekommen?! Ich schaute zum Ufer zurück. Wieder wurde mir schwindlig und dann schnappte ich nach Luft. Die Nebelwand türmte sich weit am Horizont auf und ging hoch oben nahtlos in die rötlichen Wolken über. Wir hatten uns in einem Wimpernschlag etliche Kilometer vom Ufer entfernt.

Großer Gott ...

»In Cassardim folgt alles seinen eigenen Gesetzen«, hörte ich Noár sagen. Mit einem spöttischen Lächeln gesellte er sich zu mir. »Versuche es nicht zu sehr zu hinterfragen, sonst wird es nur noch schlimmer.«

Er hatte gut reden, schließlich war ich diejenige, die sich vorkam, als wäre ich versehentlich in einem surrealistischen Gemälde gelandet, das bei jedem Blick sein Motiv veränderte.

»Leichter gesagt als getan«, murmelte ich. Nicht einmal meinen Sinnen konnte ich mehr vertrauen, ganz zu schweigen von den altbekannten physikalischen Gesetzen. Ich fühlte mich plötzlich völlig verloren und Heimweh überrollte mich wie ein Tsunami. Und das Schlimme daran war, dass ich überhaupt kein Zuhause hatte, nach dem ich mich sehnen konnte.

»Du bist hier geboren, Amaia. Du wirst dich an Cassardim gewöhnen«, hörte ich Noárs Stimme in meine Gedanken dringen.

Er hatte recht. Tief im Inneren wusste ich, dass ich hierher gehörte. Ich musste mich nur einleben und –

Halt, Moment mal! Hatte er mich etwa gerade beeinflusst?!

»Hör sofort auf damit!«, fauchte ich ihn an.

Noár lachte, aber er leugnete es nicht. Stattdessen sah er mir tief in die Augen. Die hellen Flecken in seiner schwarzen Iris schienen noch mehr zu leuchten, seit wir die Nebel hinter uns gelassen hatten.

»Wenn du deinen Ängsten zu viel Raum gibst, übersiehst du vielleicht die Wunder, die dieses Reich dir zu bieten hat.« Er zupfte an einer Locke, die sich in meine Stirn verirrt hatte. Ich spürte, wie mein Herz schneller zu schlagen begann. Und ich verfluchte mich dafür, dass sich mein Verstand in Noárs Gesellschaft immer wieder von alleine abschaltete. Ein sanfter Wind strich ihm durch seine Haare und setzte seine Eitelkeit auch noch perfekt in Szene. Komischerweise schien die Brise aus keiner bestimmten Richtung zu kommen. Fast wie in einem U-Bahnhof, kurz bevor der Zug einfuhr.

»Dabei rede ich übrigens nicht von mir«, fügte er hinzu, während ein breites Grinsen seinem Gesicht etwas Jungenhaftes verlieh. »Zumindest nicht nur.«

Ähm, ja. Und schon war der Zauber des Moments verflogen. Seine Arroganz wirkte besser als eine Eisdusche. Trotzig verschränkte ich meine Arme vor der Brust.

»Echt jetzt? Du hältst dich für ein Wunder?!«

»Ich stelle mich dir jederzeit zur Verfügung, wenn du dir selbst ein Urteil bilden willst – falls du dich traust.«

Ich musste ein paar Mal blinzeln, bis ich die Dreistigkeit seiner Worte begriffen hatte. Und Noár amüsierte sich köstlich über meine Sprachlosigkeit.

»Kein Interesse«, log ich schließlich.

Schlagfertig konnte man das nicht gerade nennen, doch etwas anderes wollte mir beim besten Willen nicht einfallen. Natürlich war mir klar, dass ich Noár damit eine perfekte Vorlage für seinen nächsten Scherz bot.

Aber er ging nicht darauf ein. Im Gegenteil, sein Lächeln schmolz ihm vom Gesicht und ließ nur noch harten Ernst zurück. Er senkte seinen Blick.

»Weise Entscheidung.«

Bevor ich mich mit seiner neuesten Stimmungsschwankung auseinandersetzen konnte, kam eine übermütige Annie angerannt. Meine anderen Geschwister folgten ihr und brachten mit ihren aufgeregten Schritten die Barke gefährlich ins Wanken.

»Maia, Maia, Maia! Guck dir an, was mit mir passiert ist.«

In Sekundenschnelle waren wir umzingelt und meine kleine Schwester sah mich überglücklich an. Mir stockte der Atem. Unter ihren Augen verzierte ein strahlenförmiges Muster ihre Haut. Es hatte denselben warmen Ockerton wie bei unserem Fährmann und zog sich von den Wimpern bis zu ihren Wangenknochen. »Ist es nicht wunderschön?!«

Ich berührte die verschlungenen Zeichnungen vorsichtig. Die Symbole waren kühl, schienen jedoch zu ihrer Haut zu gehören. Wegwischen ließen sie sich jedenfalls nicht.

Stolz hielt Annie sich Jennys kleinen Schminkspiegel vors Gesicht und begutachtete ihre neueste Errungenschaft. »Sieht so aus, als bin ich jetzt eine Flussprinzessin!«

Darauf wusste ich nichts zu erwidern. Ich rang mir für Annie ein etwas gequältes Lächeln ab und sah mich vorsichtshalber nach unserem Fährmann um – nur für den Fall, dass der ähnlich abweisend wie Warden reagieren sollte. Er würdigte uns jedoch keines Blickes. Ganz anders als Noár, der mit einem wütenden Knurren meiner kleinen Schwester den Spiegel aus der Hand riss.

»Setzt euch und schweigt!«, befahl er barsch. Den Spiegel warf er einfach über Bord.

Was war denn jetzt los?!

Annie stiegen Tränen in die Augen, aber sie befolgte Noárs Anweisung. Ihr blieb kaum etwas anderes übrig, schließlich bewies der kriechende Drang, den ich spürte, dass er seinen Willen gegen uns einsetzte. Auch die anderen beugten sich widerspruchslos Noárs Befehl. Nur bei mir war die Wut über sein gefühlskaltes Verhalten groß genug, um ihm zu widerstehen.

»Warum hast du das getan?!«, fuhr ich ihn an. Mit mir mochte er ja so ruppig umgehen, wie er wollte. Ich konnte mich wenigstens wehren – zumindest glaubte ich das. Aber bei Annie war das etwas anderes.

Noár ignorierte mich und begann all unsere Beutel nacheinander in den öligen Fluss zu werfen.

»Hey, ich rede mit dir!«

Meine Geschwister sahen so verzweifelt aus, wie ich mich fühlte. Das war alles, was wir aus unserem alten Leben noch besaßen. Entschlossen stellte ich mich Noár in den Weg. Schwarze Glutaugen bohrten sich in meine.

»Etwas aus eurer Welt zu benutzen, ist der beste Weg, hier das Chaos anzulocken«, zischte er und schob mich grob zur Seite. Dann warf er den letzten Beutel ebenfalls über Bord. Hilflos musste ich zusehen, wie alles in dem schmierigen Fluss versank. Was für eine Verschwendung. Er hätte uns doch einfach nur warnen können.

»Heißt das, hier gibt es auch Chaoswirbel?«

Noár schnaubte humorlos. »Was meinst du, woraus der Ewige Fluss besteht?!«

»Was?!«

»Sieh genau hin!« Er packte meinen Arm mit eisernem Griff und drängte mich an die Reling. Für einen kurzen Augenblick kämpfte ich mit der Vorstellung, dass er mich einfach hineinwerfen könnte. Ein Bad in dieser bunt schillernden Schlacke war bestimmt alles andere als angenehm. Ganz besonders dann nicht, wenn Noár recht hatte. Allerdings hielt er mich nur fest und ließ mich in das dunkle Wasser starren.

Tatsächlich schienen die Strömungen keinem logischen Muster zu folgen. Vielmehr glichen sie einer Ansammlung verschieden großer und verschieden schneller Strudel. Dann stutzte ich. In den Tiefen konnte ich plötzlich ein helles Gesicht mit großen schwarzen Augen erkennen. Es sah mich direkt an. Hilfe suchend. Eine Hand streckte sich in meine Richtung. Ich wollte zurückweichen, aber Noár gab keinen Millimeter nach. Als die

Finger die Wasseroberfläche durchbrachen, verwandelten sie sich plötzlich in schwarze Tentakel aus dichtem Rauch. Panik traf mich wie ein Faustschlag in den Magen, doch der Wind zerstreute den Rauch in alle Richtungen, bevor er mich berühren konnte.

»Was war das denn bitte?«, krächzte ich verstört.

Noár bedachte die dunklen Strudel mit einem düsteren Blick und löste endlich seinen schmerzhaften Griff.

»Cassardim ist eine Bastion der Ordnung inmitten eines Ozeans aus Chaos, das die Welt und alles darin verschlingen will«, sagte er leise. »Was du eben gesehen hast, war eine verlorene Seele.«

Eine Seele?! Das war ein toter Mensch gewesen? Ich dachte, diese blauen Geister wären die Manifestation von menschlichen Seelen?

Es sei denn ...

»Verloren wie in *bis in alle Ewigkeit verdammt* oder verloren wie in *versehentlich über Bord gegangen*?«, wollte ich wissen. Vorsichtshalber trat ich einen Schritt von der Reling zurück.

Noár lachte über meine Frage. »So etwas solltest du nicht zu laut sagen. Das Fährvolk reagiert recht empfindlich, wenn man sie in ihrem Stolz kränkt.« Er nickte in Richtung unseres Fährmanns, der uns zwar gehört hatte, aber die Stichelei nur mit einem Augenrollen abtat.

»Das heißt wohl: Nicht über Bord gegangen?«

»Ja. Es sind Seelen, die sich geweigert haben, nach ihrem Tod mit den Nebelreitern mitzugehen. All jene, die ihr altes Leben nicht loslassen wollten. Damit haben sie die Ordnung gestört, sodass das Chaos sie holen konnte.«

»Und jetzt treiben sie in diesem ... Chaoswasser?!«

»Das Chaos ist weder Wasser noch Luft, weder Rauch noch

Stein, weder Schatten noch Licht. Es ist alles und nichts – und das überall und gleichzeitig.«

Noárs Finger schoben sich unter mein Kinn, als wollte er sichergehen, dass ich ihm auch wirklich zuhörte. Am Rande registrierte ich, dass er inzwischen dunkle Handschuhe trug, die die Fingerspitzen freiließen. Allerdings forderte sein glühender Sternenblick so viel Aufmerksamkeit, dass ich mich kaum darüber wundern konnte.

»Das ist unsere Aufgabe, Amaia. Die Cassarden sind die Hüter der Ordnung, die Wächter der Unterwelt, die Richter der Toten. Wir bestrafen oder belohnen ihre Seelen – oder begleiten sie weiter in ihre neuen Leben.« Ein feierlicher Ausdruck legte sich über seine kantigen Züge. »*Wir* sind die Ordnung, die das Chaos daran hindert, alles zu verzehren.«

Wow …

Eigentlich sollten mir diese Worte eine Heidenangst einjagen, aber das taten sie nicht. Alles ergab plötzlich Sinn: Dass wir so alt wurden. Dass wir alle Sprachen beherrschten. Und dass sie sich unserem Willen beugen mussten. Diese Erkenntnis brachte etwas in mir zum Schwingen, das sich wie Lampenfieber anfühlte. Im positiven Sinne. Es war, als hätte ich nach so langer Zeit endlich ein Ziel gefunden. Eine Wahrheit.

»Und jetzt«, meinte Noár und zog mir meine Kapuze über den Kopf, »setz dich zu den anderen und versuche, nicht aufzufallen.«

Wieder fuhr ihm eine Brise durch die Haare. Über ihm glühten die Wolken in sanftem Orange und verliehen der Situation einen epischen Touch. Ich wollte mich nicht setzen. Ich wollte bei Noár bleiben, ihn mit Fragen löchern und seinen Antworten lauschen. Dumm nur, dass ich nicht gegen ihn ankam, solange er mir jederzeit seinen Willen aufdrängen konnte. Doch da fiel mir auf, dass er genau das nicht tat.

»Wieso zwingst du mich nicht?« Bei meinen Geschwistern hatte er das ohne jeden Skrupel getan.

Aufmerksam behielt ich seine Reaktion im Blick, aber Noár verzog keine Miene. »Möchtest du das denn?«

Der verschmitzte Klang seiner Stimme schickte mir eine Gänsehaut über den Rücken. Nur diesmal ließ ich mich davon nicht ablenken, weil ich eine Vermutung hatte. Eine kühne Vermutung.

»Du kannst es nicht, oder? Und du gehst keinen Kampf ein, den du nicht gewinnen kannst.«

Noárs Augen blitzten angriffslustig, doch er widersprach mir nicht. »Ich schätze, das werden wir früher oder später herausfinden.« Auf sein kleines Lächeln folgte ein Schulterzucken. Dann wandte er sich ab.

»Warte!« Ich erwischte ihn am Ärmel seines schwarzen Mantels, der noch immer alles Licht zu schlucken schien. Noár hielt inne und sah mich mit hochgezogenen Brauen an.

Ähm, ja. Was hatte ich eigentlich sagen wollen? Selten hatte mich jemand so durcheinandergebracht. Und irgendwie konnte ich das Kribbeln in meinem Bauch auch nicht länger ignorieren. Großer Gott! Was sollte das denn?! Schockiert von meinen Gefühlen riss ich meine Hand zurück. Schneller, als unauffällig gewesen wäre. Noár entging das natürlich nicht, genauso wenig wie jedem anderen in der Barke. Sogar Annies verheulte Augen ruhten auf uns.

Ich senkte die Stimme und sagte das Erste, das mir einfiel, um von meinen Gefühlen abzulenken: »Könntest du versuchen, ein bisschen netter zu meinen Geschwistern zu sein? Wenn du normal mit ihnen redest, würden sie deine Gründe sicher verstehen und tun, was du sagst. Du musst ihnen nicht ständig deinen Willen aufdrängen.«

Noárs Augen wurden schmal. Darin schimmerten Überraschung, Belustigung, Trotz, gekränkter Stolz …

»Noár!« Der Tonfall des Fährmanns klang alarmiert und brachte mich zurück in die Realität. Sein Blick ruhte auf etwas am Horizont. Etwas golden Glänzendes. Sofort wurde Noár ernst.

»Setz dich!«, blaffte er mich an. Als er meine zusammengeschobenen Augenbrauen bemerkte, wurden seine Züge für einen Moment weich und er fügte ein kaum hörbares »Bitte!« hinzu. Damit verblüffte er mich so, dass ich mich widerstandlos auf den leeren Platz neben Moe gleiten ließ.

Noár registrierte das mit einem dankbaren Nicken und zog sich seine eigene Kapuze tief ins Gesicht und seinen Schal über Mund und Nase. Jetzt hatte er etwas von einem Assassinen.

»Haltet die Köpfe gesenkt.«

Was auch immer da auf uns zukam, war in der Lage, einen Mann wie Noár nervös zu machen. Und das wiederum machte mich nervös.

Ich spürte, wie sich eine kleine Hand über meine legte. Moe schien diesmal mich beruhigen zu wollen. Erstaunlicherweise nahm mein kleiner Bruder das alles sehr gelassen hin. Er wirkte sogar ausgeglichener als je zuvor. Vielleicht ging es ihm ähnlich wie mir und er ahnte, dass wir hierher gehörten? Dass wir auf dem Weg nach Hause waren …

Auf einmal hallten Rufe über das Wasser. Vorsichtig lugte ich unter meiner Kapuze hervor. Was ich sah, verschlug mir den Atem. Wir steuerten direkt auf ein Bauwerk zu, das auf massiven Pfeilern aus dem dunklen Chaos-Fluss ragte. Es war eine Brücke – länger, höher und breiter als jede andere, die ich je zu Gesicht bekommen hatte. Sie reichte von Horizont zu Horizont. Auf der einen Seite verschwand sie irgendwo in den Nebeln, auf der anderen endete sie in der Ferne an etwas, das einer Pyramide glich. Nein, es war eher ein Berg. Schon von Weitem wirkte er monströs und glänzte, als würde er aus purem Gold bestehen. Genau wie die Brücke auch. Statisch dürfte das gar nicht möglich sein, weil alleine das Eigengewicht alles zum Einsturz bringen müsste. Aber hier in Cassardim war ja offensichtlich alles anders.

Je näher wir der Brücke kamen, desto kleiner fühlte ich mich im Schatten dieses unglaublichen Bauwerks. All die Barken drängten sich immer enger aneinander. Inzwischen hätte man mühelos von einer zur anderen springen können. Ich entdeckte andere Fährmänner mit ockerfarbenen Zeichnungen unter den Augen. Auch ein paar Frauen waren dabei. Sie alle wollten zu den Anlegestellen, von wo aus massive Goldtreppen zur Brücke hinaufführten. Dort verließen die bläulichen Geister die Barken und bildeten einen nicht enden wollenden Strom von Seelen, die sich in Richtung des goldenen Bergs bewegten. Unter ihnen waren Vertreter jeden Alters und jeder Ethnie.

Wieder ertönte dieser donnernde Ruf. Es war die raue Stimme eines Mannes, die einen knappen Befehl bellte. Ich wusste, dass ich meinen Kopf gesenkt halten sollte, aber ich konnte meine Neugier nicht bändigen. Also schob ich meine Kapuze ein Stück zurück. Es war nicht auszumachen, von wem der Ruf gekommen war. Entlang der Brücke bewegte sich eine ganze Reihe goldener Gestalten wie ein einziger Mann. Sie stießen ihre Speere auf den Boden und schickten damit ein dumpfes Dröhnen über den Fluss. Soldaten. Krieger, die mit ihren finsteren Mienen und den bedrohlich aussehenden Waffen mehr als wehrhaft wirkten. In ihren polierten Rüstungen aus Gold spiegelten sich die glühenden Wolken.

Goldkrieger, schoss es mir durch den Kopf. Hatte Noár nicht meinen Vater so genannt?

Ganz offensichtlich waren sie dazu da, die Seelen der Toten zu bewachen. Wovor? Das konnte ich nur raten. Aber nach allem, was ich eben erfahren hatte, würde die Antwort wohl ›das Chaos‹ lauten.

Endlich war unsere Barke an der Reihe. Während der bläuliche Glatzkopf von der Tankstelle gemeinsam mit den anderen Geistern ausstieg, wanderten die Blicke der Goldkrieger in meine Richtung. Ich zog schnell meine Kapuze ins Gesicht.

»Seit wann nimmst du Gäste mit, Yon?«, brummte der eine.

»Das geht dich nichts an!«, erwiderte unser junger Fährmann ruppig, aber der Goldkrieger ließ sich nicht so einfach abwimmeln.

»Sympathisierst du jetzt etwa mit den *Faheen*?«

»Keiner meiner Kunden ist ein *Faheen*. Und solange du mich nicht einen Lügner nennen willst, wäre dir das gesamte Fährvolk dankbar, wenn du uns nicht weiter aufhältst.«

Von den anderen Barken kam gedämpfte Zustimmung. Anscheinend hatten es hier alle ziemlich eilig. Der Goldkrieger zögerte. Dann hörte ich ein Schnauben.

»Irgendwann kriegen wir dich, Yon.«

Ein Ruck ging durch die Barke und wir entfernten uns langsam von der Anlegestelle. Unser Fährmann lachte trocken und murmelte nur für uns hörbar: »Das bezweifle ich.«

Die Erleichterung war spürbar. Gerade als ich dachte, wir hätten das Gröbste überstanden, drang eine Stimme zu mir, die ich hier wirklich nicht erwartet hatte.

»Maaaiaaaa!«

Vor Schreck riss ich den Kopf hoch.

»Maiaaa! Hier drüben! Hey, MaiMai …«

Ich sprang auf und schob meine Kapuze zurück, um eine bessere Sicht auf die Brücke und die zahllosen Barken zu haben. Da!

Unter einer der kolossalen Drachen-Skulpturen, die das obere Ende der Treppe schmückten – dort stand meine Freundin Zoey und versuchte, auf sich aufmerksam zu machen. Sie sah irgendwie verloren aus und … sie schimmerte blau.

Die Erkenntnis traf mich wie ein Tritt in den Magen. Dann geschahen mehrere Dinge gleichzeitig. Yon fluchte und ließ die Barke schneller durch den dunklen Fluss gleiten. Ich hätte das Gleichgewicht verloren, wenn mich nicht sowieso etwas gerammt und zu Boden geworfen hätte. Starke Arme hielten mich fest und ein Lederhandschuh presste sich auf meinen Mund. Mit seinem breiten Oberkörper schirmte Noár mich vor allen neugierigen Blicken ab.

»Willst du unbedingt sterben?!«, zischte er leise. »Jeder wird wissen, dass wir aus der Menschenwelt kommen!«

Ich strampelte, aber sein Griff war zu stark, um auch nur annähernd etwas dagegen ausrichten zu können. Tränen stiegen mir in die Augen. Es ging hier um Zoey. Sie dort zu sehen mit ihrem durchsichtig gewordenen Körper konnte nur eines bedeuten. Sie war gestorben. Und das ganz alleine. Weil ich zu sehr beschäftigt gewesen war mit meinen Fragen und unserem rätselhaften Gefangenen im Keller.

»Sie ist tot«, redete Noár weiter auf mich ein. »Finde dich damit ab!« Sein Tonfall wurde sanft und stand plötzlich in krassem Gegensatz zu der rohen Gewalt, mit der er mich ruhigstellte. »Aber sie ist ein Mensch. Ihr Tod ist nicht das Ende. Ihre Seele wird im Goldenen Berg gerichtet und dann entlässt man sie sehr wahrscheinlich in ein neues Leben. Bei uns sieht das etwas anders aus. Wenn *wir* sterben, gibt es kein Zurück!«

Ich verstand, was Noár mir sagen wollte. Trotzdem konnte ich nur mühsam verhindern, in Noárs Armen zur Furie oder wahlweise zu einem schluchzenden Häufchen Elend zu werden. Zoey hätte noch nicht sterben dürfen. Hatten die Ärzte ihr nicht gute Überlebenschancen ausgerechnet?!

Noár schien zu spüren, dass eine Flut von Emotionen mich zu überrollen drohte. Ohne seinen Griff zu lockern, redete er weiter auf mich ein.

»Willst du wissen, warum der Kaiser euch gerade jetzt zurückholen lässt? Man hat ihm unterstellt, er hätte euch längst umgebracht und würde seinen Fürsten nur vorspielen, dass ihre Kinder in Sicherheit wären. Jetzt muss er beweisen, dass ihr am Leben seid. Sterbt ihr, bevor wir den Goldenen Berg erreichen, wird man ihm die Schuld geben und es würde zu einer neuen Rebellion kommen.«

Ein kalter Wind kam auf. Die Temperatur sank ziemlich abrupt um mehrere Grade. Das orange Glühen der Wolken verwandelte sich in ein leuchtendes Violett, das am Horizont in ein tiefes Königsblau überging. Es dämmerte.

»Und glaub mir, es gibt hier viele, die genau das wollen. Du darfst niemandem vertrauen. Sogar der Kaiser selbst würde euch nur zu gerne loswerden, wenn er die Schuld dafür jemand anderem in die Schuhe schieben könnte.«

Nach und nach verringerte sich der Druck, mit dem Noár mich festhielt.

»Schon *ein* totes Fürstenkind würde einen Krieg lostreten. Stell dir erst einmal vor, was passiert, wenn sechs von euch durch kaiserliche Goldkrieger den Tod finden, weil sie euch versehentlich für Gesetzlose halten, die sich in der Menschenwelt herumgetrieben haben?«

Das brachte mich endgültig zur Vernunft. Ich liebte Zoey von ganzem Herzen, aber wenn ich zwischen ihr und meinen Geschwistern wählen müsste …

Ich entspannte meine verkrampften Muskeln und gab Noár

mit einem kleinen Nicken zu verstehen, dass ich mich wieder unter Kontrolle hatte. Als er mich freigab, staunte ich nicht schlecht über die schnell hereingebrochene Nacht. Binnen kürzester Zeit war es so stockdunkel geworden, dass man die eigene Hand nicht mehr vor Augen sehen konnte. Eigentlich hatte ich erwartet, in die verwirrten, neugierigen oder vorwurfsvollen Gesichter meiner Geschwister zu blicken. Aber in dem spärlichen Licht der einsamen Laterne, die hinter Yon baumelte, erkannte ich lediglich eine Reihe von Rücken. Irgendetwas schien sehr viel interessanter als mein unfreiwilliger Ringkampf mit Noár zu sein.

Ich zog mich auf die Beine und quetschte mich in eine Lücke zwischen Adam und Moe.

Wow! Jetzt verstand ich, was die Aufmerksamkeit meiner Geschwister so fesseln konnte. Hunderte von Laternen an Häusern, Stegen und Booten schwebten über dem Wasser. Vor uns lag eine Stadt, erbaut auf Pfählen über dem Chaos-Fluss, dessen Fluten in der Dunkelheit zu glühen schienen. Es war ein mattes Strahlen, wie die Nordlichter, die ich aus Island kannte, als wir dort für ein paar Jahre gewohnt hatten.

»Das ist die untere Fährstadt«, meinte Yon hinter uns. »Wir werden hier für die Nacht bleiben. In der Dunkelheit ist es zu gefährlich, den ewigen Fluss zu befahren.«

Ich sah zurück. Vielleicht, weil ich erwartete, dort am Horizont die goldene Brücke zu erspähen. Aber hinter uns lag nur ein endloses Meer aus grün-gelb-violettem Licht. Wunderschön und unheimlich zugleich.

SCHLECHT GETROFFEN

Yon lenkte unsere Barke durch die engen Kanäle der Fährstadt. Hier fielen wir kaum noch auf. Trotz der Dunkelheit waren die Stege zwischen den mehrstöckigen Holzbauten rege bevölkert. Alle trugen ähnliche Kleidung wie wir. Manche grüßten Yon, andere warfen uns abfällige Blicke zu, aber niemandem schien unsere Anwesenheit besonders aufzufallen. Genaugenommen war hier alles überraschend normal. In vielen Fenstern brannte Licht. Es gab Wirtshäuser und Geschäfte. Eine kleine Schar Kinder rannte über eine Brücke, gerade als wir darunter hindurchfuhren. Alltag. Nur eben nicht so, wie wir es aus der Menschenwelt kannten. Hier funktionierte alles ohne Elektrizität oder Motoren. Es gab weder Handys noch Jeans noch Plastik. Quasi ein Paradies für alle Klimaschützer.

»Das ist so cool!«, flüsterte Adam.

Jenny schnaubte abfällig. »Nur, weil du dich am Ziel deiner Mittelalter-Rollenspiel-Fantasien siehst, ist das noch lange nicht cool.«

Nach einer Weile steuerte Yon auf ein verlassenes Haus zu. Es lag am Rand der Stadt. Hier trieben sich nur wenige Leute auf den Stegen herum. Trotzdem war es nicht ruhiger, denn ein seltsames Rauschen ersetzte die Geräusche der Stadt. Es klang wie das Dröhnen einer Brandung.

»Im ersten Stock habe ich zwei Zimmer hergerichtet. Es ist kein Palast, aber für heute wird es den Hoheiten wohl genügen müssen«, sagte Yon und machte seine Barke mit einem dicken

Tau an einem Steg fest. Sein spöttischer Unterton war kaum zu überhören. Mich wunderte es nicht, dass der pfiffige Fährmann über uns Bescheid wusste. Er gehörte definitiv nicht zu der Sorte Mann, die nicht eins und eins zusammenzählen konnte.

Besagte Zimmer waren klein, aber sauber. Irgendwie erinnerten sie mich an die Hütte, in der wir mal bei einem Wanderausflug übernachtet hatten. In jedem standen zwei Holzbetten mit Wolldecken und eine Art Kachelofen, in dem ein wärmendes Feuer brannte. Für weitere Möbel war kein Platz mehr.

»Das Bad ist gegenüber. Versucht, ein bisschen zu schlafen. Morgen habt ihr eine lange Reise vor euch«, war das Letzte, das Yon sagte, bevor er die knarzende Treppe ins Erdgeschoss herunterstapfte.

»Was jetzt?«, wollte ich wissen, als wir unter uns waren – zum ersten Mal seit dem Überfall.

Nick zuckte mit den Schultern. »Na, was wohl ... wir hauen uns aufs Ohr. Oder hast du nicht gehört, was Yon gerade gesagt hat?«

Fassungslos starrte ich meinen Bruder an. »Findet ihr nicht, dass wir uns unterhalten sollten über ... das alles?«

Jenny warf sich aufs Bett und testete die Matratze. Ziemlich gleichgültig gab sie Nick recht. »Nur, weil du dich dagegen sträubst, Maia, müssen wir anderen das nicht auch tun.«

»Ich sträube mich?!«

»Wie würdest du es bitte schön sonst nennen, dass du dich die ganze Zeit mit Noár anlegst und uns in Gefahr bringst?«, warf Nick mir vor.

»Ihr folgt ihm blind! Habt ihr euch darüber mal Gedanken gemacht?«

»Er will uns nur helfen«, versuchte Adam zu beschwichtigen.

Meine Brauen verschwanden beinahe unter meinem Haaransatz. Offenbar reichte die Gehirnwäsche meiner Geschwister weiter, als bislang angenommen. Und sosehr es mich auch enttäuschte, es kam mir schmerzhaft vertraut vor. All die Jahrzehnte war es nicht anders gewesen. Wie gerne hätte ich versucht, ihnen die Augen zu öffnen, aber es würde nicht funktionieren. Das hatte es bei unseren Eltern auch nie.

Adam legte mir eine Hand auf die Schulter. »Probier wenigstens, ihm ein bisschen Vertrauen entgegenzubringen.«

Er lächelte mich bittend an und schob dann Nick durch die Tür, um sich im anderen Zimmer schlafen zu legen. Eigentlich wollte er auch Moe mitnehmen, aber mein kleiner Bruder setzte sich auf das noch freie Bett und machte damit klar, dass er bei mir bleiben wollte. Nichts hatte sich geändert.

Angezogen und mit dem Gefühl eines versteinerten Magens kuschelte ich mich mit Moe in die kratzige Wolldecke. Da wir weder wussten, wie lange hier eine Nacht dauerte, noch wann Noár und Yon wieder aufbrechen wollten, war es wohl besser, es sich nicht allzu gemütlich zu machen.

Schlafen konnte ich ohnehin nicht. Dazu war der Aufruhr in meinem Kopf einfach zu groß. Ich dachte an Zoey. Ich weinte um sie. Und ich kam nicht umhin, mir ein paar philosophische Gedanken zur Vergänglichkeit des Lebens zu machen. Zu wissen, dass der Tod nicht das Ende war, beruhigte mich. Allerdings galt das ja ganz offensichtlich nur für Menschen und nicht für mich und meine Geschwister, wodurch ich wieder am Anfang angekommen war. Dann versuchte ich, mir meine wirklichen Eltern vorzustellen, die ihr Kind hatten weggeben müssen. Der Gedanke, auf dem Weg zu dem Mann zu sein, der für all das verantwortlich war, jagte mir einen kalten Schauer über den Rücken.

Auch Moe brauchte ewig, um in den Schlaf zu finden. Er fuhr

mit seinem kleinen Finger die Maserung des Bettrahmens nach. Ich glaubte sogar, ihn schluchzen zu hören.

»Amaia ...«, flüsterte er irgendwann. Er wollte unsere Schwestern nicht wecken, die sofort eingeschlafen waren.

»Hmm?«

»Können wir beide nicht nach Hause gehen?«

Wie immer verblüffte mich Moe. Er hatte es irgendwie geschafft, bei all dem einen klaren Kopf zu behalten. Und er hatte verstanden, dass es Nick und den anderen nicht gelungen war. Aber was sollte ich darauf antworten?

»Willst du nicht deine Eltern treffen? Deine echten?«

Eine ganze Weile schwieg Moe. Als ich schon dachte, er wäre vielleicht eingeschlafen, antwortete er schließlich doch noch. »Nein, aber ich gehe mit dir, wenn du das möchtest.«

Oh Gott! Konnte mein kleiner Bruder noch süßer sein?! Ich schlang meine Arme fester um ihn und ein paar Minuten später wurde sein Atem tief und gleichmäßig. Er war eingeschlafen. Über das ganze Haus legte sich eine gespenstische Stille. Nur das kontinuierliche Rauschen war zu hören, dessen Ursprung ich nicht kannte. Das und das grünliche Licht, das durch das Fenster ins Zimmer drang, ließen mich nicht vergessen, wo wir uns befanden. Wenn ich doch nur meine Musik gehabt hätte! So blieben mir nur meine bedrückenden Gedanken.

Würde ich es bereuen, jetzt nicht umzukehren? Wollte ich das überhaupt? Wäre ich allein gewesen, wäre meine Antwort eindeutig. Aber ich trug nun einmal auch die Verantwortung für Moe und die anderen. Nicht zu wissen, ob wir in eine Falle liefen, nagte an meinem Verstand. Wie war das: Aus großer Macht folgt große Verantwortung? Ich war die Einzige, die die Situation neutral beurteilen konnte.

Keine Ahnung, ob meine Entscheidung von meinen eigenen

Wünschen beeinflusst war, doch nach einer Weile stand für mich fest: Wir mussten zu diesem Goldenen Berg. Ich konnte stundenlang darüber spekulieren, was uns dort erwartete. Letztendlich würden wir es nie erfahren, solange wir nicht selbst dort gewesen waren. Abgesehen davon hatte Noár gesagt, dass wir alle in Gefahr wären, bis wir dem Kaiserhof präsentiert wurden. Vielleicht war das eine Lüge, aber es klang logisch.

Der Plan war also, unter Noárs Schutz zum Kaiserhof zu gelangen, um dort offiziell vorgestellt zu werden, damit wir in Sicherheit wären. Dann herausfinden, ob Cassardim eine neue Heimat werden könnte, und dann ... alles neu bewerten.

Das hieß, ich sollte mir weiterhin den Weg gut einprägen. Auch sollte ich mich mit Yon gut stellen. Ich machte mir keine Illusion darüber, dass wir im Fall der Fälle die Hilfe eines Fährmanns benötigten.

Bis dahin würde ich mich darauf konzentrieren, auf meine Geschwister aufzupassen. Und damit würde ich gleich anfangen. An Schlaf war ohnehin nicht zu denken. Deshalb schlüpfte ich vorsichtig unter der Decke hervor und tapste zur Tür. Sie ließ sich lautlos öffnen. Bei der Treppe hatte ich weniger Glück. Jede zweite Stufe knarzte wie in einem Spukhaus. Die Luft war trocken und staubig, aber nicht abgestanden. Im Gegenteil: Eine kühle Brise wirbelte durch das Erdgeschoss, als hätte jemand vergessen, die Fenster zu schließen. Ich schlich durch einen schmalen Flur und gelangte in einen Raum, der vermutlich die Küche war. Hier gab es einen großen Kamin, in dem die Glut noch nicht erloschen war, und an den Wänden hingen schwere Töpfe und Pfannen. Vor einer offenen Tür tanzten grob gesponnene Vorhänge im Wind. Das grünliche Licht dahinter zog mich magisch an. Die Tür führte auf eine Veranda. Zarte Nebelschwaden zogen über das glühende Chaoswasser. Diese Welt war so anders.

Alles in mir schlug Alarm, als würde ich einer Klapperschlange gegenüberstehen, und trotzdem konnte ich meinen Blick nicht von dieser Schönheit abwenden.

Ein tiefes Seufzen riss mich aus meiner Bewunderung. Erschrocken fuhr ich herum.

»Schade, dass Yon nicht mit mir wetten wollte.«

Aus dem Schatten am Ende der Veranda trat Noár. In seiner Hand glänzte ein Dolch. Für einen Moment spürte ich Angst in mir aufsteigen, bis ich die Frucht bemerkte, die Noár in der anderen Hand hielt.

»Du tust wirklich nicht gerne das, was man dir sagt, oder?« Er schnitt sich ein Stück davon herunter und schob es sich in den Mund. Ich brauchte ein paar Sekunden, um meinen Schock zu verarbeiten. Noár hatte sich umgezogen. Er war von Kopf bis Fuß – oder besser gesagt von Kinn bis Fuß – ganz in Schwarz gehüllt. Darüber trug er einen schweren dunklen Umhang. An seinem Waffengürtel hing ein furchterregendes Schwert. Keine Frage, dass er damit umzugehen wusste. Auch waren seine Verletzungen verschwunden. Und er hatte sich rasiert, wodurch er irgendwie distanzierter wirkte. Ein zweites Stück der unbekannten Frucht wanderte in seinen Mund, als mir klar wurde, dass ich noch immer nichts gesagt hatte.

Etwas gezwungen räusperte ich mich und versuchte es mit der Wahrheit. »Ich habe dich gesucht.«

Sein weißes Lächeln blitzte in der Dunkelheit auf. Gemächlich überwand er die wenigen Schritte zwischen uns, bis er direkt vor mir stand.

»Nun, ich würde sagen, du hast mich gefunden.«

Trotz der Nacht funkelten seine Augen wie die Glut im Kamin, an dem ich vorhin vorbeigegangen war. Zu gerne hätte ich ihn nach der Wette gefragt, die er gerade so beiläufig erwähnt hatte, aber ich wollte nicht den Eindruck erwecken, dass ich zum Small Talk hergekommen war.

»Es geht um Moe«, begann ich stockend. »Mein kleiner Bruder ist … anders, wie dir vielleicht schon aufgefallen ist.« Noár ließ sich nicht anmerken, ob er wusste, wovon ich sprach. Ein bisschen verunsichert redete ich weiter. »Das alles zu verarbeiten ist nicht einfach für ihn. Normalerweise würde er zeichnen, aber … du hast seinen Zeichenblock in den Fluss geworfen. Und da habe ich mich gefragt, ob es hier in Cassardim vielleicht eine Art Ersatz gibt?«

Wenn ich Moe schon nicht in die Menschenwelt zurückbringen konnte, wollte ich es ihm hier so angenehm wie möglich machen.

In Noárs Glutaugen schimmerte Spott. »Für was hältst du uns? Höhlenmenschen, die weder Stift noch Papier kennen?«

Ich unterdrückte nur mit Mühe ein Augenrollen. Machte es ihm Spaß, mich absichtlich falsch zu verstehen?! Bitte! Das Spiel konnte man auch zu zweit spielen.

Ich zuckte mit den Schultern. »Außer dir kenne ich nicht viele Cassarden. Offenbar hast du Eindruck hinterlassen.«

Sein leises Lachen jagte mir eine Gänsehaut über den Rücken. »Wirklich? Dabei habe ich mich so bemüht, dich nicht an den Haaren in meine Höhle zu schleifen.«

Wieder verschwand ein Stück der süßlich riechenden Frucht zwischen seinen weichen Lippen – dicht gefolgt von seinem Daumen, den er sorgfältig von dem gelblichen Saft befreite. Ich zwang meinen Blick in eine andere Richtung, nicht zuletzt, weil ich das Gefühl bekam, dass er genau wusste, was für eine Wirkung auch die kleinste seiner Gesten hatte. Noár schien nichts ohne Absicht zu tun. Und doch wirkte alles so natürlich, dass ich sofort an meiner Schlussfolgerung zu zweifeln begann. Es war zum Verrücktwerden.

»Also?« Meine Stimme klang hilfloser, als mir lieb gewesen wäre. »Könntest du mir verraten, woher ich Stift und Papier bekommen könnte? Bitte?«

Noár warf mit einem Seufzen den Rest der Frucht in den glühenden Fluss. Den Dolch wischte er am Ärmel ab, bevor er ihn an seinem Gürtel verstaute. Dabei bedachte er mich mit einem missbilligenden Kopfschütteln.

»Habe ich was Falsches gesagt? Oder warum schaust du mich an wie einen Welpen, der auf deinen Teppich gepinkelt hat?«

In seinen Mundwinkeln zuckte es kurz, aber er blieb überraschend ernst.

»Bitte in Cassardim niemals um etwas, ohne dafür eine Gegenleistung anzubieten. Hier gilt es als ein Zeichen von Schwäche, Hilfe zu benötigen und es auch noch zuzugeben.«

»Ich wollte doch nur wissen, wie ich an Stift und Papier komme!«, verteidigte ich mich.

»Das tut nichts zur Sache«, lautete die schlichte Antwort.

Großartig. Da hatte ich fast ein halbes Jahrhundert gebraucht, um zu kapieren, dass es okay ist, um Hilfe zu bitten – und jetzt das!

Noár interpretierte meinen Gesichtsausdruck offenbar richtig, denn sein Tonfall wurde weicher. »Ich sage nicht, dass ich es gut finde, sondern nur, dass es hier so Brauch ist.« Er lehnte sich gegen das gedrechselte Geländer der Veranda und starrte in die Nacht. »Du bist eine Prinzessin. Fordere, wenn du etwas wünschst. Erzwinge es dir oder kaufe es. Aber vermeide die Worte ›Bitte‹ oder ›Danke‹. Und nimm niemals einfach so Gefallen oder Geschenke an. Damit gehst du immer eine Verpflichtung ein – ganz besonders am Kaiserhof.«

Der Ratschlag war sicherlich gut gemeint, aber trotzdem hätte ich am liebsten laut aufgeschrien. Wieso musste er mir das gerade jetzt sagen, wo ich eben eine Entscheidung gefällt hatte. Zusätzliche Zweifel konnte ich beim besten Willen nicht gebrauchen, sonst schnappte ich mir doch noch Moe und die Barke, und ruderte zurück zu den Nebeln.

»Wow, ihr scheint ja alle richtige Sonnenscheine zu sein.«

Diesmal war es Noár, der gleichgültig mit den Schultern zuckte.

»Ich wollte dich nur warnen. Nicht, dass du mit der Bitte nach einem Chai-Latte eine handfeste politische Krise auslöst.«

Pfft! Für wen hielt der mich? Ein Hipster-Girl? Abgesehen davon war dieser Trend doch längst überholt. Ich verdrehte theatralisch die Augen und lehnte mich neben ihn an das Geländer.

»Du bist nicht sehr oft in der Menschenwelt, oder?«, sagte ich, während ich mich von den wirbelnden grünen Lichtern des Flusses hypnotisieren ließ.

Noár stieß einen Laut aus, der irgendwo zwischen Schnauben und Lachen lag. »Es lohnt sich nur, die Nebel zu durchqueren, wenn es gefangene Prinzessinnen zu befreien gibt.«

»Verstehe«, spottete ich. »Ein Profi-Held also.«

Aus den Augenwinkeln sah ich Noár grinsen, aber er schien nicht weiter darauf eingehen zu wollen. Und auch mir fehlte die Lust, unsere Stichelei fortzusetzen. Es war ohnehin nur eine Ablenkung von den schwereren Themen. Themen, zu denen ich so viele Fragen hatte, dass ich schon gar nicht mehr wusste, wo ich anfangen sollte.

»Was genau passiert mit Zoey, wenn sie in den Goldenen Berg geht?«

Noár sah mich nicht an, als wüsste er, dass damit das Knistern zurückkehren und jedes seriöse Gespräch zunichtemachen würde.

»Sie muss sich dem Totengericht stellen.«

»Und dann? Wird dort entschieden, ob sie in den Himmel oder die Hölle kommt?«

»Diese Namen sind Erfindungen der Menschen.«

»Aber es ist wahr, oder? Es gibt in Cassardim etwas Vergleichbares?«

Nach einer gewichtigen Pause kam die Antwort, die ich befürchtet hatte. »Ja.«

Noárs Hände umklammerten die Brüstung etwas fester. Die Handschuhe, die seine Fingerkuppen freiließen, waren abgetragen, aber seine Hände wirkten gepflegt. Das wollte irgendwie nicht so recht zusammenpassen – wie alles an dem Typen.

»Jede Tat – ob gut oder schlecht-, wird hier hundertfach vergolten. Ist ihre Zeit noch nicht gekommen oder halten sich die Taten die Waage, werden die Seelen von ihren Erinnerungen befreit und zurück in die Menschenwelt geschickt.«

»Zoey war ein guter Mensch«, platzte es sofort aus mir heraus, als müsste ich sie vor Noár verteidigen. Er lächelte und stieß sich vom Geländer ab.

»Dann hat sie nichts zu befürchten.«

Sein Blick fand meinen und schon spürte ich das erwartete Knistern. Aber ich legte meine Hormone an die kurze Leine. Das war auch etwas, das ich vorhin beschlossen hatte: Ich würde mich NICHT in diesen Mann mit den rotbraunen Haaren und Glutaugen verlieben.

»Danke«, murmelte ich.

Sofort zog Noár eine tadelnde Grimasse, wodurch ich meinen Fehler bemerkte.

»Oder auch nicht danke ...«, korrigierte ich mich schnell. »Jedenfalls sehe ich, dass du versuchst, netter zu sein, und ...«

Super, wie sollte man sich bedanken, wenn man es nicht durfte?

Meine Zwickmühle zauberte ein atemberaubendes Lächeln auf Noárs Gesicht. Es traf mich direkt ins Herz und war so ehrlich, dass meine Seele zu schnurren anfing, wie eine Katze, die sich in der Sonne rekelte.

Herrgott, Amaia! Krieg dich ein!, schalt ich mich selbst. Jetzt fing ich schon wieder mit diesen Katzenvergleichen an!

Ich wurde von den Füßen gerissen und krachte hart auf den Boden. Noár lag über mir. In seinen Augen brannte gleißender Zorn. Über seinen Wangenknochen zog sich eine lange Wunde, aus der Blut auf mich heruntertropfte. Ich hörte entfernte Rufe und nahe Schritte. Jemand kam auf die Veranda gerannt.

»Bring sie rein, Yon!«, befahl Noár mit eisiger Stimme, bevor er sich in einer fließenden Bewegung erhob und auf das Geländer schwang. Von dort aus sprang er aufs Dach, sodass sein wirbelnder Umhang und seine schwarzen Stiefel das Letzte waren, das ich von ihm sah.

Yon rannte zu mir. Auf seinem Gesicht standen Entsetzen und Sorge. Mit seiner Hilfe kam ich deutlich weniger elegant als Noár auf die Beine ... und erstarrte. In der Hauswand direkt hinter dem Platz, an dem ich eben noch gestanden hatte, steckte ein dunkler Pfeil.

Er war für mich bestimmt gewesen.

Der Rest der Nacht war kurz und aufgewühlt. Ich konnte nur noch an den Auftragsmörder denken, der da draußen auf mich lauerte. Dass Noár ihm auf den Fersen war, machte es nicht unbedingt besser. Was wenn es mehrere gab? Würde Yon meine Geschwister und mich im Notfall beschützen können?

Als das tiefe Dunkelblau der Wolkenberge sich langsam golden färbte, hätte ich vor Erleichterung beinahe laut gejubelt. Yon kam kurz darauf in unser Zimmer, um uns zu wecken. Na ja, vielmehr weckte er die anderen, denn ich hatte kein Auge zutun können. Ohne Frühstück scheuchte er uns auf seine Barke.

Im Tageslicht – wenn man dieses diffuse goldgelbe Licht so nennen konnte – sah die Fährstadt nicht weniger eindrucksvoll aus. Sie erinnerte mich ein bisschen an Venedig, wobei es hier kein einziges Gebäude aus Stein gab. Alles war aus dunklem Holz gezimmert. Brücken führten nicht nur über die Kanäle, sondern verbanden auch die höheren Etagen miteinander. Ich entdeckte Leitern, Treppen, Balkone, Wäscheleinen – alles Mystische schien mit den Schatten der Nacht verschwunden zu sein.

»Guten Morgen, Noár!«, begrüßte Jenny die grimmige Gestalt, die bereits an Deck der Barke auf uns wartete. Dem Tonfall meiner Schwester nach zu urteilen, war ihr seine Wandlung vom heruntergekommenen Gefangenen zum glatt rasierten schwarzen Ritter nicht entgangen. Noár nickte uns zu, verlor aber kein Wort – weder über den gestrigen Vorfall noch über den Erfolg seiner Verfolgungsjagd. An seiner düsteren Stimmung störten sich meine Geschwister nicht weiter. Fröhlich quatschten sie miteinander, während Yon die Barke auf dem kürzesten Weg aus der Stadt lenkte. Das seltsame Rauschen wurde immer lauter, aber ich konnte meinen Blick nicht von Noárs Gesicht abwenden. Es wirkte verschlossener denn je. Das war es allerdings nicht, was meine Aufmerksamkeit so fesselte. Es war seine Wunde – oder vielmehr das Fehlen derselbigen. Ich hatte sie mir doch nicht nur eingebildet! Die getrockneten Blutflecken an meinem Kragen bewiesen das. Anscheinend war seine Heilung diesmal noch schneller vonstattengegangen als bei den Verletzungen aus unserem Keller. Hatte Noár etwa Superkräfte? Und wenn das so war, warum hatte er sich damals nicht gleich selbst geheilt? Zu gerne hätte ich ihn darauf angesprochen oder ihn nach dem tödlichen

Pfeil gefragt, der mich hätte treffen sollen, aber ich wollte meine Geschwister nicht beunruhigen. So blieb mir nichts anderes übrig, als mich schweigend neben Yon zu setzen.

Kurz darauf verließen wir die Stadt, nur um unmittelbar auf eine riesige Wand aus rötlichem Sandstein zuzufahren.

»Was ist das denn bitte?!«, rief Nick über das dröhnende Rauschen hinweg, das inzwischen einen Pegel erreicht hatte, den man nur schreiend übertönen konnte. Die Felswand überragte selbst die größten Gebäude der Fährstadt und war von einem eigenartigen Dunst umgeben.

»Es sind die Ausläufer des Trockenen Meers«, beantwortete Yon die Frage meines Bruders.

Annie bekam große Augen. »Ein trockenes Meer?«

»Ja«, bestätigte unser Fährmann. »Eine Wüste.«

Da wurde es mir schlagartig klar: Das war kein Dunst, sondern Staub. Und diese Wand bestand gar nicht aus festem Gestein. Es war ein Wasserfall aus Sand. Damit erklärte sich dann auch der Ursprung des ohrenbetäubenden Rauschens.

Unsere Barke drehte ab und folgte nun einem Kurs parallel zu dem Sandfall. Allerdings in die falsche Richtung.

»Ähm, ich will ja nichts sagen, aber liegt dieser Goldene Berg nicht da lang?«, erkundigte ich mich und zeigte hinter uns. Wenn ich Noár richtig verstanden hatte, befand sich dort der Kaiserhof.

»Der kürzeste Weg ist nicht unbedingt der Beste.« Yon zwinkerte mir zu und ergänzte dann: »Oder der sicherste.«

Ich schluckte schwer und dachte wieder an den Pfeil von letzter Nacht. War der Schütze noch da draußen? Oder hatte Noár ihn erwischt?

Yon bückte sich und holte einen gut gefüllten Korb hervor. Damit setzte er sich neben mich.

»Wenn ich dir einen Rat geben darf: Überlass Noár das Grübeln. Vorerst. Solange sich eure Ziele decken, kannst du dich entspannt zurücklehnen.«

Ich runzelte die Stirn. »Ich soll mich zurücklehnen und nichts tun?«

»Nichts tun ... Schlaf nachholen ... oder frühstücken. Ganz wie du willst.« Er schlug das Leinentuch zurück, das über dem Korb lag, und enthüllte einen Anblick, bei dem mir das Wasser im Mund zusammenlief. Frisch duftendes Brot, Käse und einige der gelben Früchte, die Noár gestern Nacht gegessen hatte. Mein Magen meldete sich lautstark zu Wort.

»Dacht ich's mir doch«, grinste Yon und brach mir ein Stück Brot ab. Auch Käse und eine der Früchte ließ er mir da, bevor er mit dem Korb zu meinen Geschwistern ging, um sie ebenfalls zu versorgen.

Gedankenverloren wischte ich die gelb glänzende Frucht ab. Schon nach kürzester Zeit hatte sich der Staub des Sandfalls darauf abgesetzt. Welche Macht konnte solche Massen an Sand über einen Abgrund schieben und ein so faszinierendes Naturschauspiel in Gang setzen? Wohin verschwand der ganze Sand? Wobei die bessere Frage lautete: Woher kam er?

Ich biss in die Frucht und im gleichen Moment stand meine Welt still. Das war das Köstlichste, das ich je gegessen hatte! Süß und auch ein bisschen sauer, doch diese beiden Worte konnten nicht einmal annähernd beschreiben, was da in meinem Mund stattfand. Meine Sinne spielten verrückt. Ich schmeckte ein Feuerwerk an Farben und verlor mich in dem samtigen Gefühl auf meiner Zunge. Brot und Käse toppten dieses Erlebnis noch und sorgten dafür, dass mich eine Welle tiefer Zufriedenheit überrollte. Großer Gott, wenn jedes Essen in Cassardim so schmeckte, dann konnte ich es Noár nicht mehr verübeln, dass er damals im Keller meine Kräcker verschmäht hatte.

Meinen Geschwistern erging es wohl gerade ähnlich wie mir, denn sie fielen über Yons Korb her wie ein Schwarm Heuschrecken – begleitet von diversen Ausrufen des Staunens. Sie alle waren so abgelenkt, dass ihnen nicht auffiel, wie sich die Haut um Nicks Augen veränderte. Ein Streifen aus tiefroter Farbe kroch von Schläfe zu Schläfe und bedeckte sogar seinen Nasenrücken.

Ich rannte zu ihm und nahm seinen Kopf in beide Hände.

»Was soll das, Maia!«, beschwerte er sich empört, weil ich ihn beim Essen störte. Aber ich brauchte nichts mehr zu erklären, als er meinen verstörten Gesichtsausdruck sah.

»Oh nein! Sag mir nicht, ich hab auch so ein komisches Zeichen bekommen.«

»Und ob du das hast«, rief Adam über das Dröhnen des Sandfalls hinweg.

Trotz der überragenden Qualität unseres Frühstücks war das Essen unwichtig geworden. Wir alle starrten auf das rote Band, das nun Nicks Haut zierte.

»Wie schlimm ist es?«, erkundigte er sich besorgt. Er hatte immer viel zu viel Wert auf sein Äußeres gelegt.

»Wie schlimm kann es schon sein?«, kommentierte Noár von seinem Platz am Bug aus, ohne unseren Bruder näher in Augenschein zu nehmen. »Du bist der Kronprinz des Wüstenvolks. Du hättest es schlechter treffen können.«

SÜSSES UND SCHWERE KOST

Unser schwarz gekleideter Anführer blieb weiterhin ein schweigsames Mysterium. Stoisch blickte er auf den Chaos-Fluss hinaus. Je länger ich ihn betrachtete, desto mehr kam ich zu der Überzeugung, dass er eher auf ein blutiges Schlachtfeld als in diese schwankende Nussschale gehörte. Und trotzdem hatte er immer wieder herzliche Momente, wie mein glücklicher kleiner Bruder bewies. Nachdem der erste Schock über Nicks verändertes Aussehen verflogen war, hatte Noár mir eine Ledermappe in die Hand gedrückt und gemeint: »Ich hoffe, dein Bruder ist so talentiert, wie du sagst. Als Gegenleistung erwarte ich nämlich ein paar hübsche Zeichnungen.« Mit diesen Worten hatte er mich stehen lassen und sich zurückgezogen. Einige perplexe Augenblicke waren verstrichen, bevor ich Noárs seltsames Verhalten durchschaut hatte. Kein Bitte, kein Danke, keine Entschuldigung, keine Geschenke und immer eine Gegenleistung. Er wollte sein Gesicht vor Yon wahren. Ich war so überrascht und dankbar gewesen, dass ich ihm am liebsten nachgerannt wäre, um ihn zu umarmen. Aber ich riss mich zusammen und hielt mich an die Regeln.

Nun, da Moe wieder zeichnen konnte, legte sich eine zufriedene Ruhe über unsere kleine Reisegesellschaft. Das war sicherlich auch unseren gefüllten Mägen zu verdanken – und der Tatsache, dass das Anschreien gegen den rauschenden Sand zu anstrengend war. Mehrere Male verspürte ich diesen seltsamen Schwindel, der mich offenbar immer überfiel, wenn Yon auf die Fahrtgeschwindigkeit einwirkte. Die Fährstadt war schon bald außer Sicht, allerdings schien der sandige Wasserfall endlos zu sein. Moe hatte bereits drei Zeichnungen vollendet, als sich der monotone Anblick endlich änderte.

Jetzt ragten hier und da schwarze Felsen aus dem herabstürzenden Sand hervor. Irgendwann ging die Küste vollständig in schwarzes Gestein über und auch das dröhnende Rauschen verstummte. Die Stille, die nun folgte, war anfangs wie eine Erlösung. Nicht einmal das ölige Wasser des Chaos-Flusses erzeugte ein Geräusch. Doch nach kurzer Zeit wurde das Ganze ziemlich unheimlich. Und schon wieder vermisste ich meine Musik …

Bis zum Himmel türmte sich das steile Gebirge auf. Es bildete skurrile Formen und hatte messerscharfe Kanten. Manche Stellen glänzten wie schwarzes Glas, andere wirkten matt und spröde. Hoch oben, wo die Felswand in den Wolken verschwand, schien sich ein dunkles Gewitter zusammenzubrauen. Schon neben der Goldenen Brücke hatte ich mich klein gefühlt, unter dem monumentalen Sandfall war es nicht besser geworden, aber jetzt erreichte der Zustand ›unbedeutend und winzig‹ einen ganz neuen Level.

»Was für ein Ort ist das hier?« Adam klang ehrfürchtig und trotz seines gedämpften Tonfalls hallte seine Stimme von den mächtigen Felsen wider. Auch Yon schien sich in seiner Haut nicht wohlzufühlen. Er war bemüht, nicht in Richtung des schwarzen Gebirges zu schauen.

»Das Reich der Strafe«, lautete die geflüsterte Antwort.

Okay?! Die Hölle also … Kein Wunder, dass sich alles in mir gegen diesen Ort sträubte. Es war zwar das erste Festland, auf das wir hier in Cassardim stießen, aber mich würden keine zehn Pferde dazu bringen, hier einen Fuß an Land zu setzen. Hier gab es weder Lebewesen noch Pflanzen – nicht mal Moos oder Flechten.

Ein fernes Brüllen zerriss die Stille. Hoch oben schossen mehrere Schatten aus den Gewitterwolken. Den Silhouetten nach waren es große Vögel, aber ... Vögel brüllten nicht wie wütende Löwen.

»Noár?« Yons Haltung veränderte sich schlagartig von angespannt zu zutiefst verängstigt.

Auch Noárs Sternenaugen folgten den fliegenden Schatten. Fast glaubte ich, ein kleines Lächeln auf seinem Gesicht entdeckt zu haben, aber dann wirkte er wieder völlig gleichgültig. »Das ist nur die Grenzpatrouille. Sie interessieren sich nicht für uns.«

Seine Antwort beruhigte mich nicht im Mindesten. Ebenso wenig die Tatsache, dass er offensichtlich besser über diesen dunklen Teil von Cassardim Bescheid wusste als unser Fährmann.

»Grenzpatrouille von was?!«, kam mir Nick mit seiner Frage zuvor.

Neugierig beäugte ich unseren Anführer, doch der zuckte nur mit den Schultern. »Das Schattenvolk.«

»Das was?! Whuuua!« Jenny schüttelte sich wie damals, als sie die große haarige Spinne in unserem Keller entdeckt hatte. Sie fuchtelte in Yons Richtung. »Können wir bitte ein bisschen schneller fahren!«

Yon sah meine Schwester mit hochgezogenen Brauen an, rührte sich allerdings nicht vom Fleck. Auch Noárs dunkler Blick durchbohrte Jenny förmlich.

»Was guckt ihr mich so an?«, fragte sie verunsichert. »Oh, bitte sagt mir nicht, dass ich jetzt an der Reihe bin.« Voller Panik tastete sie ihr Gesicht nach irgendwelchen Symbolen ab. »Ich will nicht Prinzessin der Hölle sein.«

Yon begann zu lachen und auch Noár stieg mit ein. Selbst ich fand Jennys Verhalten komisch, allerdings konnte ich ihre Sorge verstehen. Bis jetzt hatte ich noch nicht darüber nachgedacht, zu welchem der Cassardim-Völker ich wohl gehörte, und die Vorstellung, dieses triste bedrohliche Land meine Heimat nennen zu müssen, war alles andere als angenehm.

»Der Herrscher des Schattenreichs war der *eine* Fürst, der sich der Rebellion nicht angeschlossen hat«, klärte Noár uns auf. »Deshalb musste er keine Geisel stellen, die seine Treue zur Kaiserkrone beweist.«

»Und selbst wenn …«, ergänzte Yon noch immer kichernd. »Dem Schattenfürsten sind seine Kinder scheißegal.«

Noár nickte grinsend. »Vielleicht ticken sie deshalb allesamt nicht ganz richtig.«

Damit brachte er unseren Fährmann erneut zum Lachen. Mich machte er damit aber nur neugieriger. »Du scheinst diesen Schattenfürsten nicht sonderlich zu mögen?«

»Tja, ich hab da diese kleine Meinungsverschiedenheit mit seinem Sohn.« Noárs Augen blitzten amüsiert, aber das täuschte nicht über den großen Berg an Geheimnissen hinweg, die ihn umgaben wie eine düstere Aura.

Die geflügelten Silhouetten der Schattenreich-Patrouille verschwanden irgendwo in den Wolken und schon schwappte wieder diese unheimliche Stille über unsere Barke. Gut zwei Stunden schipperten wir am Rand der Hölle entlang, bevor die Felswand irgendwann kleiner und der Gipfelkamm sichtbar wurde. Darauf thronte ein Steinwall, der der Chinesischen Mauer in nichts nachstand. Allerdings war der Wall so schwarz wie das Gestein darunter. Mich fröstelte es bei dem Gedanken, was sich wohl dahinter befand. Nur Moe schien fasziniert von diesem gruseligen Reich zu sein, denn er zeichnete, was das Zeug hielt. Seine kleinen Hände waren von der Kohle schon ganz verschmiert.

Irgendwann erreichten wir eine Art Kap, von der aus ein schwarzer Turm wie ein mahnender Zeigefinger in den Himmel ragte. Er wirkte wie ein Wachposten an der Spitze einer Landzunge. Dahinter versperrten uns Nebelschwaden die Sicht. Ich dachte schon, dass wir am Ende unserer Bootstour angelangt wären, aber Yon lenkte unsere Barke direkt in den Nebel. Er war weniger dicht als bei unserem Übergang ins Reich der Toten, aber dennoch war das Gefühl das gleiche, als uns der weiche kühle Dunst verschluckte.

Noár erhob sich und behielt die Nebelschwaden im Blick. Nach einer Weile steckte er sich zwei Finger in den Mund und stieß einen Pfiff aus. Ich zuckte zusammen, weil das schrille Geräusch das Lauteste war, das ich seit Langem gehört hatte. Überraschenderweise ertönte ein zweiter Pfiff. Die Richtung, aus der er gekommen war, konnte ich nicht verorten, aber kurz darauf stoppte Yon die Barke und eine Strickleiter entrollte sich über unseren Köpfen.

»Ich hoffe, keiner von euch hat Höhenangst«, scherzte Noár. »Na, wer will als Erstes?«

Wir alle schauten skeptisch nach oben, aber dort gab es nichts außer Nebel. Ich musste es Adam zugutehalten, dass er sich freiwillig meldete, um den Anfang zu machen. Danach folgten Jenny, Moe und Annie. Nick wollte bis zum Schluss warten, also war ich nun an der Reihe. Die Leiter wackelte wie ein Kuhschwanz, als ich mich hinaufhievte. An den glatten Sprossen genügend Halt zu finden, war eine ganz schöne Herausforderung.

»Wir sehen uns bestimmt wieder, Prinzessin«, hörte ich Yon mir nachrufen. Ich sah gerade noch, wie er seine Hand hob, bevor der Nebel mir die Sicht nahm. Jetzt schwebte ich mitten im Nirgendwo. Die Absurdität dieser Situation traf mich wie die Pointe eines schlechten Witzes. In der Menschenwelt hatte ich mich immer wie ein Fremdkörper gefühlt, aber jetzt in dieser unwirklichen Albtraumlandschaft, in die ich zu gehören schien, kam ich mir noch viel mehr wie ein Eindringling vor.

Nach Sprosse siebzehn hörte die Strickleiter auf zu schwanken, weil dahinter fester Stein auftauchte. Weitere zehn Stufen später streckten sich mir zwei Hände entgegen. Eine davon gehörte Adam, die andere einem kräftigen Mann mit wilden blonden Locken. Sie packten mich an den Handgelenken und zogen mich hoch. Ich landete mit den Knien auf etwas Feuchtem und Weichem. Es war saftig grün und das Letzte, was ich hier erwartet hatte: Eine Wiese, die so frisch roch, als hätte man sie eben gemäht.

»Alles klar?«, fragte mich der fremde Mann mit den blonden Haaren. Als ich aufsah, schaute ich direkt in zwei kluge goldbraune Augen, die mich ein bisschen an einen Falken erinnerten. Ich rieb mir die schmerzenden Handflächen und nickte. Aus Gründen, die ich nicht verstand, wollte ich nicht ins Zentrum seiner Aufmerksamkeit geraten.

»Ich bin Rhome.« Er schenkte mir ein schiefes Lächeln, das man wahlweise für freundlich oder für abfällig halten konnte. Danach wandte er mir seinen Rücken zu und kehrte zurück zur Strickleiter. Auch er trug einen dunklen Umhang und einen Schwertgürtel, allerdings war er kleiner und älter als Noár. Trotzdem oder gerade deshalb strahlte er eine solche Autorität aus, dass sogar Adam jeder seiner Anweisungen widerspruchslos folgte.

Ein sanftes Zupfen lenkte mich ab. Es war Moe, der mit großen Augen in Jennys Richtung deutete. Meine Schwester starrte auf ihre Fingerspitzen. Dort entfaltete sich etwas Dunkles. Panik stieg in mir auf, bis ich erkannte, dass es kein Blut, sondern eine dunkelgraue Farbe war, die ihre Fingerkuppen bedeckte. Entsetzt sah Jenny auf. Ihr Mund klappte nach unten und zum ersten Mal im Leben fehlten ihr die Worte.

Mir ging es nicht besser, denn auch an ihren Schläfen breiteten sich die strahlenförmigen Symbole aus – und der obere Ansatz ihrer Ohren war das Zentrum dieser wunderschönen Ornament-Fächer aus ... Eisen?

»Jenny, das ist ...«

»... so cool!«, beendete Annie mein Stammeln. Sie hatte keinerlei Berührungsängste und erkundete die Zeichnungen auf Jennys Haut. »Wieso hab ich so was nicht an den Händen?!«

Annies kindlicher Neid half unserer älteren Schwester über ihren ersten Schock hinweg. Inzwischen hatte auch Nick die Strickleiter erklommen, gefolgt von Noár, der natürlich schneller oben war als alle anderen. Er und Rhome begrüßten sich mit Handschlag und Umarmung, als würden sie sich schon ewig kennen. Wobei es kein wirklicher Handschlag war, sondern eher ein ›Unterarm-Schlag‹, der gut zu ihrer kriegerischen Aufmachung passte.

Danach sondierte Noár die Situation mit einem flüchtigen Blick. An Jennys Symbolen verweilte er ein wenig länger und ich glaubte, Überraschung auf seinen Zügen zu erkennen.

»Prinzessin«, murmelte er mit einem respektvollen Nicken in ihre Richtung. Dann fanden seine Sternenaugen meine. Ich fühlte mich dabei ertappt, ihn angestarrt zu haben. Eine Sekunde später war seine Miene wieder grimmig und verschlossen.

»Wir sind in den Niemandslanden. Dem Reich der Felsenläufer. Sie sehen es nicht gerne, wenn Fremde hier herumstreunen, deshalb werden wir zügig unterwegs sein. Rhome geht voran. Ich bilde die Nachhut. Bleibt zusammen und vermeidet es, euch zu lange in den dichteren Nebelschwaden aufzuhalten.«

Weil sonst *was* passiert?, wollte ich fragen, aber Noár und sein Freund hatten sich schon in Bewegung gesetzt. Und ihre Mienen signalisierten ganz deutlich, dass jetzt keine Fragerunde willkommen war. Damit blieb uns nur der Gänsemarsch über den seltsamen Felsvorsprung. Ha! Fehlte gerade noch, dass eine einsame Geige das Gefährten-Thema aus *Herr der Ringe* einspielte. Zu meiner Stimmung hätte es auf jeden Fall gepasst ...

Alles um uns herum war in wabernde Nebel gehüllt, die jetzt eher weißem Rauch ähnelten. Wir waren wohl auf einer fjordartigen Küstenlandschaft über dem Chaos-Fluss gelandet. Es ging eine Weile bergab und dann wieder bergauf. Nach einer geschätzten Stunde verwandelte sich der weiche Grasboden in Kies und schließlich in blanken grauen Felsen. Und plötzlich ... endete unser Weg vor einem Abgrund. Die schmale Hängebrücke, die darüberführte, war alles andere als vertrauenerweckend – ganz abgesehen davon, dass sie mitten ins weiße Nichts führte.

Rhome stoppte nicht. Er ging auch nicht langsamer und ließ uns somit keine Zeit, uns mit unserer Beklommenheit auseinanderzusetzen. Wenigstens hatte der Nebel den Vorteil, dass wir nicht sahen, was sich unter der schwankenden Brücke befand.

Na ja ... wenn sich das Reich der Felsenläufer nicht in genau diesem Moment dazu entschieden hätte, sich uns in all seiner Pracht zu offenbaren. Kaum hatte ich mich ein paar Schritte auf die Brücke gewagt, rissen die Nebelschwaden auf und gaben etwas so Überwältigendes preis, dass ich sogar die klapprigen Holzplanken unter mir vergaß – obwohl sie das Einzige waren, das zwischen uns und dem sicheren Tod lag.

Mit offenem Mund starrte ich auf die atemberaubende Kulisse der Niemandslande. Ich hatte schon viele große Gebirge und sogar den Mount Everest bestaunen dürfen, aber noch nie hatte ich Berge ... von unten gesehen. Ganze bewaldete Felsmassive und schneebedeckte Bergketten schwebten einfach in der Luft, als wären sie gigantische Heißluftballons. Die Gipfel waren in goldenes Licht getaucht und der Rest von mächtigen Schatten bedeckt.

Für diesen Anblick reichte die einsame Violine definitiv nicht mehr aus. Hierfür brauchte es schon ein episches Symphonieorchester …

»Geh weiter. Ohne die Nebel sind wir leichte Beute«, sagte eine tiefe Stimme hinter mir. Angespannt behielt Noár die schwebenden Berghänge im Auge. Dank seiner Warnung fühlte auch ich mich nun wie auf dem Präsentierteller. Zu gerne hätte ich gewusst, was ihm hier draußen so große Sorgen bereitete. Oder vielleicht doch nicht?!

Erst auf der anderen Seite der Brücke bemerkte ich, dass ich den Atem angehalten hatte. Zeit zum Verschnaufen blieb mir allerdings nicht. Noár und Rhome trieben uns weiter. Ab jetzt führte unser Weg steil nach oben. Der Nebel zog wieder zu, und ich verspürte gleichzeitig Enttäuschung und Erleichterung. Inzwischen war ich aber zu erschöpft, um mich mit diesem Gefühlsdilemma auseinanderzusetzen.

Wir mussten noch drei weitere Brücken überqueren, wovon eine lediglich aus einem dicken Tau und einem Halteseil bestanden hatte. Danach nahm meine Konzentration rapide ab. Mehrfach stolperte ich über lose Steine, riss Löcher in meine neue Hose und schürfte mir Knie und Hände auf. Dennoch hielten wir nicht an. Es war Noár, der mir immer wieder auf die Füße half und mich weiterdrängte. Meinen Geschwistern ging es nicht viel besser und trotzdem beschwerte sich keiner von ihnen. Gerade als ich beschloss, uns eine Pause zu erkämpfen, stoppte Rhome unsere kleine Reisegesellschaft.

»Wir schlagen hier unser Lager auf«, bestimmte er knapp, nachdem er und Noár ein paar Blicke gewechselt hatten. »Ihr könnt Feuerholz sammeln, aber entfernt euch nicht zu weit aus der Senke.«

Sprachlos sah ich zu, wie meine Geschwister sofort loswuselten, als wären sie ein hochmotivierter Pfadfindertrupp. Erst jetzt fiel mir auf, dass es bereits dämmerte. Waren wir etwa den ganzen Tag gelaufen? Und wieso hatten wir keinen Hunger bekommen? Verging die Zeit hier anders oder sättigte die köstliche Nahrung von Cassardim mehr als unser gewohntes Essen? Fragen über Fragen, die ich Noár gerne gestellt hätte, wenn er mir nicht aus dem Weg gegangen wäre – ob vorsätzlich oder unabsichtlich konnte ich nicht sagen. Es kam mir jedenfalls sehr suspekt vor, dass er nach ein paar gedämpften Worten mit Rhome plötzlich in den Nebeln verschwand und nicht mehr zurückkehrte.

»Wohin geht er?«, wollte ich von Rhome wissen.

Der Mann mit den Falkenaugen schaute verwundert auf, bevor er mich von oben bis unten musterte, als würde er mich zum ersten Mal sehen. Dann breitete sich ein Grinsen auf seinem Gesicht aus.

»Eine Fürstentochter macht sich Sorgen um ihren Retter. Na, wenn das nicht mal guter Stoff für eine Romanze ist.«

»Ich mach mir überhaupt keine Sorgen«, konterte ich trotzig. »Ich … ich war nur neugierig.«

Wenigstens Letzteres stimmte. Zu gerne hätte ich Noárs Freund über ihn ausgequetscht, aber Rhomes Anspielung wirkte besser als jeder Maulkorb.

»Selbstverständlich, Hoheit«, lachte der blond gelockte Mann, während er aus ein paar losen Steinen einen Ring fürs Lagerfeuer baute. »Aber wenn ich Euch einen guten Rat geben dürfte: Wir Cassarden verlieren unser Herz nur ein einziges Mal, also überlegt Euch gut, an wen Ihr es verschenken wollt – es könnte für die Ewigkeit sein.«

Nur ein einziges Mal? Für die Ewigkeit?

Wow, falls das keine Redewendung war, klang das ziemlich … endgültig – und nur schwer vorstellbar.

»Wie meinst … ähm … wie meint Ihr das?«

Ich korrigierte mich aus Höflichkeit. Die altertümliche Anrede kam mir nur mühsam über die Lippen, aber ich hielt es für angebracht, ihn ebenso anzusprechen wie er mich.

Jetzt lachte Rhome lauthals. Super, scheinbar unterhielt ihn meine Unbedarftheit bestens.

»Ich will damit sagen, dass Ihr Euch erst das ganze Büfett ansehen solltet, bevor Ihr Eure Wahl trefft. Es gibt Süßes«, meinte er und deutete dabei auf sich, »und schwere Kost, die ganz schnell einen fürstlichen Magen verderben kann.« Er ließ seine Augenbrauen auf und ab hüpfen, was wohl die Anzüglichkeit seiner Worte unterstreichen sollte. Pfft! Damit täuschte er mich nicht. Rhome war so wenig an mir interessiert wie meine Brüder. Er hatte mir nur geschickt zu verstehen gegeben, dass Noár Probleme bedeutete. Eine Warnung, die ich definitiv nicht gebraucht hätte.

»Danke für den Ratschlag«, meinte ich bedächtig. »Aber was dieses Büfett betrifft: Ich bin nicht hungrig.«

Rhomes Spaßvogel-Fassade bekam Risse. Er nickte. In seinem Falkenblick blitzte so etwas wie Anerkennung auf.

»Gute Antwort, Hoheit. Vielleicht überlebt Ihr den Kaiserhof ja doch ...«

Beklommen beobachtete ich, wie sich Rhome wieder der Feuerstelle widmete. Eine Gänsehaut ließ mich frösteln, wobei ich nicht sagen konnte, ob sie von Rhome, seinen Worten, der schnell hereinbrechenden Nacht oder meiner Müdigkeit ausgelöst worden war. Außerdem schüchterte mich irgendwas an Noárs Freund ein. Trotz seines charmanten Humors war da eine kühle Distanz – als wäre ich nicht mehr als ein Päckchen, das rechtzeitig abgeliefert werden sollte. Als mir klar wurde, dass das im Großen und Ganzen den Tatsachen entsprach, musste ich mir Rhome als Paketboten vorstellen und hätte beinahe laut aufgelacht.

»Hey, Maia!«, keifte Jenny mich an. »Kannst du dich mal nützlich machen? Oder soll ich die Einzige sein, die sich die Nägel abbricht?!« Ein Stapel Feuerholz krachte mir vor die Füße. Auch die anderen Pfadfinder kamen zurück und präsentierten Rhome ihre Ausbeute.

»Gibt's hier so was wie Feuerzeuge?«, erkundigte sich Nick, der sofort begann, kleine Äste in der Mitte der Feuerstelle aufeinanderzuschichten.

Jenny schnaubte. »Natürlich gibt es hier keine Feuerzeuge, du Idiot. Die fuchteln hier doch noch mit Schwertern rum …«

»Mach mich nicht so blöd von der Seite an«, murrte Nick. »Feuerzeuge sind kein Hexenwerk und Noár konnte immerhin auch Autofahren.«

»Na und? Hast du hier schon ein Auto gesehen?!« Jenny hockte sich auf einen umgefallenen Baumstamm. Ihre Laune hatte jetzt offensichtlich den Tiefpunkt erreicht. Schmollend beantwortete sie ihre rhetorische Frage selbst. »Natürlich nicht, sonst wären wir nicht den ganzen Tag auf den Beinen.«

Während all meine Geschwister ihre Augen verdrehten angesichts Jennys Stänkereien, fühlte ich Erleichterung in mir aufsteigen. Trotz aller Manipulation waren sie noch immer die Alten.

»Tja …«, meldete sich nun Rhome zu Wort. Seine Stimme quoll vor ironischem Schalk über. »Ihr steckt hier wohl im tiefsten Mittelalter fest, wo man noch nie etwas von Verbrennungsmotoren oder Smartphones gehört hat.«

»Ihr kennt Smartphones?«, fragte Annie, die sich einfach im Schneidersitz auf den Boden gesetzt hatte.

»Ganz bestimmt«, motzte Jenny mit beißendem Zynismus, während Rhome unergründlich lächelte.

»Cassardim hat andere Vorzüge, Prinzessin.«

Er warf einen dickeren Ast auf Nicks Mikado-Meisterwerk und murmelte: »Brenne.«

Sofort leckten gelbgoldene Flammen an dem Holz und breiteten sich zu einem flackernden Lagerfeuer aus.

Nicks Kinnlade klappte nach unten. »Alter Falter.«

»Ihr solltet eure Gesichter sehen«, lachte Rhome.

»Du kannst zaubern?«, quietschte Annie, die sich schon jetzt in Cassardim heimisch zu fühlen schien.

»Das ist keine Zauberei.« Rhome legte noch ein paar Äste nach. »Bei uns beugt sich alles dem Willen. Dem Willen der Natur, dem Willen des Schicksals – dem Willen der Wächter. Es kommt nur darauf an, wer stärker ist.« Er stieg über den Baumstamm, auf dem Jenny und jetzt auch Adam saßen, und griff darunter. Auf einmal hatte er sauber gerollte Decken in den Händen. Jedem von uns warf er eine zu.

»Die paar vertrockneten Zweige wären hier verrottet. Sie anzuzünden ist kein Kunststück. Einen gesunden Baum zum Brennen zu bringen, wäre da schon ein anderes Kaliber«, erklärte er, während die anderen sich in die Decken kuschelten. Ich starrte meine verdutzt an. Hergezaubert hatte er die Dinger sicher nicht, aber das hieß, dass jemand sie vorher hier versteckt hatte. Und das wiederum bedeutete, dass all das – auch unsere Flucht und Reise durch Cassardim – bereits von langer Hand geplant gewesen war.

»Doch wenn man einen schwebenden Berg über Nacht in Richtung des Kaiserhofs lenken möchte, braucht man schon ein ganz besonderes Talent.«

»Wir … reiten auf einem Berg?!«, hauchte Annie begeistert.

Rhome zwinkerte ihr zu. »Autos sind was für Anfänger.«

Damit war das Eis zwischen meinen Geschwistern und Noárs Freund gebrochen. Alle setzten sich um die Feuerstelle, plapperten wild durcheinander und löcherten Rhome mit Fragen. Es ging um das leckere Essen, die Niemandslande und was man mit seinem Willen noch so alles tun konnte. Nacheinander versuchten sie ebenfalls, einen Zweig zu entzünden, aber keinem gelang es.

»Probier du es auch mal, Maia!«, forderte Adam mich auf.

Ich musste ein paar Mal blinzeln, bevor ich mich dem Gespräch anschließen konnte. Meine Gedanken hingen immer noch an der Tatsache fest, dass Rhome oder auch Noár in der Lage waren, einen ganzen Berg in Bewegung zu setzen. Warum hatten sie das dann nicht schon von Anfang an gemacht?! Vielleicht, weil es nun Nacht war? Inzwischen beleuchteten nur noch die Flammen des Lagerfeuers die tanzenden Nebelschwaden.

»Jetzt nicht«, wimmelte ich Adam ab. Mir war etwas anderes aufgefallen. Ein kleines Licht schwebte in etwa zehn Metern Entfernung in der Dunkelheit. Und es bewegte sich. Ein Glühwürmchen?!

»Boah, was ist das denn?«, rief Annie, die meinem Blick gefolgt war. »Und da hinten ist noch eines!«

Immer mehr Lichter tauchten in den Nebeln auf, bis ich mich fühlte, als würden wir inmitten eines Sternenhimmels stehen. Die Lichter zogen mich magisch an. Aus den Augenwinkeln bekam ich mit, dass auch meine Geschwister aufsprangen, um das faszinierende Phänomen zu untersuchen. Doch ich war schon auf meiner eigenen Erkundungstour. Je näher ich den Lichtern kam, desto überzeugter war ich, dass es sich nicht um Lebewesen handelte. Es waren Kugeln von der Größe einer Walnuss, die wie winzige Laternen glühten. Sie schienen von unten gen Himmel aufzusteigen. Irgendwo hinter mir hörte ich meine Geschwister reden, aber ich war so hypnotisiert, dass ich sie nicht weiter beachtete. Stattdessen streckte ich meine Hand in Richtung des Lichts aus. Als meine Finger die glühende Kugel berührten, platzte sie wie ein Wassertropfen auf und überflutete mich mit ihrer Energie. Das Licht floss über meine Hand, drang in meine Haut und erfüllte mich mit einem Glücksgefühl, das ich noch nie erlebt hatte. Wie ein Rausch. Ohne es zu wollen, lachte ich auf. Es war wundervoll. Weltbewegend. Unbeschreiblich.

Schon versuchte ich, das nächste Licht zu fangen, als ein schwarzer Handschuh sich um mein Handgelenk schloss.

»Das würde ich nicht machen«, warnte mich Noár leise.

In meiner Euphorie konnte ich den Inhalt seiner Worte nur schwer begreifen. Dazu waren seine Fingerspitzen zu warm und das Leder des Handschuhs zu weich. Außerdem gab es da noch seine Augen, in denen sich die Szenerie fortsetzte: schwarze Schatten und fliegende Sterne. Augen, in denen man sich verlieren konnte.

»Warum nicht?«, krächzte ich benommen von all diesen unglaublichen Sinneseindrücken.

»Weil du dann am Ende verzückt und nackt durch die Niemandslande tanzen würdest. Und so verlockend ich die Vorstellung auch finde, würdest du dich wahrscheinlich von einer Klippe stürzen und selbst im Ewigen Fluss versenken. Noch wahrscheinlicher ist jedoch, dass eine Horde Felsenläufer auf uns aufmerksam wird und versucht uns zu töten. Dann müsste ich *sie* töten und schon haben wir eine handfeste diplomatische Krise.«

»Oh.«

Oh?! War ich wirklich so berauscht, dass mir nicht mehr einfiel als ein dämlicher Vokal?

»Ähm …«

Okay, so wurde es auch nicht besser. Ich konnte nur noch daran denken, dass Noár die Worte verzückt, nackt und tanzen in einem Satz genannt hatte. Tanzen … wie schön wäre es, jetzt zu tanzen. Ob nackt oder nicht, wäre mir egal.

Stopp! Was zum Teufel war nur mit meinem Hirn los?!

»Was ... was ist das? Sind das irgendwelche Drogen?«

Noár griff nach meinem Kinn und kontrollierte meine Pupillen.

»So etwas in der Art. Die Felsenläufer stellen aus den Varras ein alkoholähnliches Getränk her. Allerdings ist es stark verdünnt, während du dir hier gerade die ganze Dröhnung zu Gemüte geführt hast«, seufzte er. »Wie viele hast du berührt?«

Wie viele? Es fiel mir schwer, mich daran zu erinnern.

»Eine ... glaub ich.«

»Na, wenigstens etwas.«

Er drückte mir einen Trinkschlauch in die Hand und befahl mir, ihn auch zu benutzen. Darin war Wasser. Und zwar eines, für das man in der Menschenwelt viel Geld bezahlen würde. Es schmeckte nach Sonne, Regen und Schnee – gleichzeitig. Erst als ich den Schlauch halb leer getrunken hatte, nahm Noár ihn mir wieder ab. »Besser?«

Ich nickte. Mir ging es tatsächlich besser und ich stellte erleichtert fest, wie sich meine Gedanken ordneten.

»Wo warst du?«, fragte ich ihn. Im Dunkeln konnte ich es nicht genau erkennen, aber auf seinem Rücken hing etwas, das sehr nach einem Köcher mit Pfeilen und einem Langbogen aussah.

»Auf der Jagd.« Weiter schien er sich nicht erklären zu wollen, und während Bilder von pfeilgespickten toten Verfolgern auf mich einstürmten, schob Noár mich zurück zum Lagerfeuer. Meine Geschwister begrüßten ihn überschwänglich. Sie wirkten normal, also hatte keiner von ihnen Kontakt zu diesen Drogen-Lichtern gehabt. Ein bisschen baff war ich allerdings, als ich sah, wie Rhome einen schwarzen Vogel rupfte. Neben ihm auf dem Boden lagen zwei weitere dieser dunklen ... Hühner mit blauen Schnäbeln?

Aha. Das hatte Noár also gejagt. Ich sollte wirklich nicht so voreilig mit meinem Kopfkino sein.

»Habt ihr auch die Erinnerungen der Toten angesehen?«, wollte Annie wissen. »Sie sind wunderschön, oder?«

»Die was?!«, fragte ich verwirrt.

»Na, diese Lichter. Rhome hat uns erzählt, dass der Nebel den Toten ihre Erinnerungen nimmt, wenn sie auf dem Weg durch die Niemandslande in ihr neues Leben sind.«

Oh. Mein. Gott. Das war auf so viele Arten verstörend, dass ich gar nicht mehr wusste, was ich darauf sagen sollte. Ich schaute zu Rhome und Noár, aber die beiden schienen nicht widersprechen zu wollen. Das hieß, ich hatte mich von einer fremden Erinnerung berauschen lassen?! Sollten wir deshalb die Nebel meiden? Und wie eklig war es bitte, dass man in Cassardim ein Getränk daraus herstellte?

Adam machte mir Platz am Lagerfeuer, als Noárs scharfe Stimme mich aufschrecken ließ. »Wo ist der Junge?«

Ich wusste sofort, wen er meinte. Rhome sprang auf. Das Huhn landete achtlos auf dem Boden. Im nächsten Moment hielten er und Noár ihre funkelnden Schwerter in Händen.

»Moe war eben noch bei mir …«, stammelte Jenny.

»Bleibt am Feuer!« Noár verschwand in den Schatten, während Rhome die Umgebung im Auge behielt. Mein Herz schlug mir bis zum Hals. Was, wenn meinem kleinen Bruder etwas passiert war? Wenn er diese Lichter angefasst hatte und die Felsen hinuntergefallen war …

Es dauerte keine Minute, bis Noár zurückkehrte. Bei seinem Gesichtsausdruck bekam ich noch mehr Angst als zuvor.

»Sie haben ihn mitgenommen«, verkündete er grimmig und steckte sein Schwert weg.

Auch Rhomes Miene verfinsterte sich. »Felsenläufer?«

»Nein«, antwortete Noár. »Felsenläufer würden in ihrem eigenen Reich nie so offensichtliche Spuren hinterlassen.«

»Wir müssen ihn zurückholen!«, schaltete sich nun Nick ein. Auch in Adams Augen funkelte wilde Entschlossenheit.

»Ihr werdet gar nichts tun!«, donnerte Noár. »Dem Jungen geht es gut und ihr werdet nicht mehr nach ihm fragen! Folgt Rhome, egal was er sagt!«

Kratzend und kriechend zwängten sich seine Worte unter meine Haut. Das Gefühl war so widerwärtig, dass ich mich beinahe übergeben musste. Aber fast noch schlimmer empfand ich den Anblick meiner Geschwister, die sich wieder ans Lagerfeuer setzten, als wäre nichts geschehen.

»Bring die Fürstenkinder zum Goldenen Berg!«, befahl Noár seinem Freund. »Ich befreie den Jungen und treffe euch im Morgengrauen am Nebeltor.«

Die beiden achteten nicht auf mich, was mich noch wütender machte. Ich war kein Objekt, über das man bestimmen konnte. Und Moe war es auch nicht! Entschlossen schüttelte ich Noárs Willen ab und baute mich vor den beiden Männern auf.

»Ich begleite dich.«

Wie erwartet traf mich Noárs missbilligender Blick, aber darauf war ich vorbereitet. »Versuch gar nicht erst, mich zu zwingen. Ich werde dir widerstehen, egal was du sagst.«

»Ein Grund mehr, dich nicht mitzunehmen.«

»Dann werde ich weglaufen und Moe auf eigene Faust suchen.«

Das war geflunkert, aber ich wusste mir nicht anders zu helfen. Moe war ganz allein da draußen. Wir mussten ihn finden und wenn es so weit war, sollte er wenigstens ein bekanntes Gesicht um sich haben.

»Wenn er dir am Herzen liegt, dann bleibst du hier und hältst die Füße still. Ich kann nicht deinen kleinen Bruder retten und gleichzeitig darauf achten, dass du keinen Blödsinn anstellst.«

»Erstens werde ich keinen Blödsinn anstellen und zweitens«, fauchte ich ihn an, »kannst du sicherlich mehr, als du dir zutraust. Du musst nur fest an dich glauben.«

Mir war klar, dass mein Sarkasmus vielleicht kontraproduktiv sein könnte, aber ich durfte jetzt keine Schwäche zeigen, sonst würde er mich erst recht hierlassen.

Auf Noárs Gesicht braute sich ein Gewitter zusammen. Ich rechnete jeden Augenblick damit, dass er mir an die Gurgel ging. Überraschenderweise war es Rhome, der seinen Freund daran hinderte. Lachend klopfte er ihm auf die Schulter.

»Nimm sie mit«, meinte er. »Und wenn sie eine Klippe runterfällt, kannst du immer noch sagen, dass es ein Unfall war.«

Damit ließ uns der blond gelockte Mann stehen und widmete sich wieder seinem gerupften Huhn.

»Du willst sie doch nur loswerden«, rief Noár ihm frustriert hinterher.

Rhome überhörte ihn geflissentlich, wobei ich mir sicher war, dass er noch etwas wie »worauf du Gift nehmen kannst« murmelte. Danach stand nichts mehr zwischen mir und Noárs gereizter Stimmung.

»Kein Jammern, keine Klagen und keinen Widerspruch?«

Ich nickte eifrig und meinte es auch so. Für Moe würde ich alles tun.

»Gut, dann lass uns auf die Jagd gehen.«

DIE KONSEQUENZ EINES NAMENS

Noár nahm auf mich keine Rücksicht. Er rannte durch die Nacht, als wäre er ein Teil von ihr. Nur mit Mühe konnte ich mit ihm Schritt halten. Das einzige Licht hier draußen kam von den schwebenden Varras. Wenigstens musste ich mich so sehr darauf konzentrieren, ihnen auszuweichen, dass ich ihren gruseligen Ursprung vergaß.

Hin und wieder hielt Noár an und suchte den Boden nach Spuren ab. Wie er in der Dunkelheit etwas sehen, geschweige denn zuordnen konnte, war mir ein Rätsel. Dennoch wusste er stets, in welche Richtung Moes Entführer unterwegs waren. Es ging bergab. Mehrfach überquerten wir Brücken, Schluchten und Spalten. Manchmal mussten wir sogar springen. Es war eine Tortur, aber wann immer meine Muskeln protestierten, dachte ich an meinen kleinen Bruder und zwang meinen Körper vorwärts.

Endlich, nach einer gefühlten Ewigkeit, ging Noár hinter einer Böschung in Deckung. Ich kniete mich neben ihn und folgte seinem Blick. Wir befanden uns nur knapp über dem Ewigen Fluss mit seinem unheimlichen grünen Glühen. Eine Brücke führte darüber. Sie bestand nicht aus Brettern und Seilen, sondern sah aus, als wäre sie aus Lianen und Wurzeln geflochten worden. Am hinteren Ende der Brücke hingen zwei Laternen, die einen Waldrand beleuchteten. Im Wind rauschten die Blätter der mächtigen Bäume. Trotz der Dunkelheit konnte ich sagen, dass ich noch nie etwas Ähnliches zu Gesicht bekommen hatte. Die Bäume waren so groß, dass es mehr als zehn Männer brauchen würde, um ihre

Stämme zu umfassen. Und selbst ihre Wurzeln könnten in der Menschenwelt eigene Bäume sein. Überhaupt bestand der gesamte Boden auf der anderen Seite der Brücke aus Wurzeln.

»Wir werden hier warten«, bestimmte Noár.

»Worauf?«

Die Antwort bestand aus einer simplen Geste. Er deutete in die Nebelschwaden zu meiner Rechten. Dort, noch sehr weit entfernt, bewegten sich zwei helle Lichter. Sie waren zu groß und flackerten zu sehr, um Varras sein zu können. Fackeln.

»Wir haben sie überholt?«

»Sie werden nur nach hinten schauen und damit übersehen, was vor ihnen liegt.«

Noárs Augen glänzten eisig und wie so oft war ich froh, dass er auf unserer Seite stand.

»Bist du dir sicher, dass sie hier entlangkommen?«

Mit einem abfälligen Schnauben gab er zu verstehen, wie überflüssig er meine Frage fand.

»Jeder, der in den Wandernden Wald möchte, muss hier entlang.« Damit wälzte Noár sich herum, verschränkte seine Arme hinter dem Kopf und schloss die Augen.

Ich sah ihn fassungslos an. »Du willst doch nicht etwa schlafen?!«

Ein Lächeln huschte über sein Gesicht, aber er rührte sich keinen Zentimeter.

»Ich nutze nur sinnvoll die Zeit«, murmelte er. »Vielleicht solltest du das auch tun. Und keine Sorge, ich wecke dich rechtzeitig, bevor du etwas verpassen könntest.«

Klang verlockend, aber ... ich glaubte ihm kein Wort.

»Netter Versuch.«

Trotzig zog ich meine schmerzenden Beine im Schneidersitz zusammen und starrte in Richtung der Fackeln, die langsam näher kamen. Ob es Moe wohl gut ging? Dass sie ihn mitgenommen hatten, war zumindest ein gutes Zeichen. Wenn sie ihn hätten tot sehen wollen, hätten sie sich die Mühe nicht machen brauchen, ihn durch halb Cassardim zu schleppen. Aber allein die Vorstellung, dass mein kleiner Bruder in den Händen irgendwelcher Fremder war, versetzte meinem Herzen einen Stich. Er musste schreckliche Angst haben.

Einzelne Varras-Lichter schwebten an mir vorbei und stiegen gen Himmel. Die Erinnerung an das Glücksgefühl war noch immer präsent, doch seit ich wusste, was diese Lichter in Wirklichkeit waren, hatte ich wenig Verlangen, erneut eines zu berühren.

Der kleine Turm aus Steinchen, den ich unbewusst gestapelt hatte, fiel um. Ich fing von vorne an.

Wollten diese Männer Moe in den Wandernden Wald bringen? Allein der Name löste eine düstere Ahnung bei mir aus. In einem Reich, in dem es Nebelpferde, einen Fluss aus Chaos, ein Meer aus Sand und schwebende Berge gab, war die Bezeichnung ›wandernd‹ bestimmt nicht nur poetisch gemeint.

Mein Steinchenturm stürzte erneut in sich zusammen.

Noár stieß ein Geräusch aus, das irgendwo zwischen Stöhnen und Seufzen lag.

»Frag schon!«, brummte er unleidig. Er setzte sich auf und legte seine Arme auf den Knien ab. Um seine Handgelenke wanden sich breite Ledermanschetten.

»Was?«

»Frag mich, was du wissen willst, aber hör endlich auf, mich mit deiner Nervosität verrückt zu machen.«

Er nickte in Richtung der Kiesel in meiner Hand und wieder einmal fühlte ich mich von Noár durchschaut. Schuldbewusst ließ ich sie zu Boden gleiten. Dann durchforstete ich mein Gehirn nach den wichtigsten Fragen, die ich mir gestellt hatte, seit der Mann mit den Sternenaugen in meinem Leben aufgetaucht war.

»Zu welchem Volk gehöre ich?«

»Zum Wolkenvolk aus der Silberfeste jenseits des Wandernden Waldes«, sagte Noár ohne Umschweife. Für ihn war es wohl eine Selbstverständlichkeit, für mich eine Tatsache, die meinem Leben eine neue Bedeutung gab. Das Wolkenvolk ... Silberfeste ... das waren schöne Namen. Nur hatte in Cassardim alles einen schönen Namen.

»Was genau ist die Silberfeste?«

Noár seufzte. »Wenn das Schattenreich der Hölle entspricht, dann ist die Silberfeste das Elysium. Einer der am strengsten bewachten Orte in Cassardim.«

Der Himmel also? Ich war die Prinzessin des Himmels? Ach du liebes bisschen.

»Dort gehen wir aber nicht hin, oder?«

»Nein, ihr seid noch immer Geiseln des goldenen Kaisers und um des Friedens willen müsst ihr es noch eine Weile bleiben.«

Meine Abneigung gegen diesen Kaiser wuchs weiter und brachte mich auf eine andere Frage, die mir wichtig erschien.

»Hat der Kaiser dich beauftragt, uns zu ihm zu bringen?«

Wieder verneinte Noár. »Er hat eine Einheit Goldkrieger geschickt, um euch zu holen. Die wurden allerdings abgefangen.«

»Von wem?«

Er zögerte. »Ich weiß es nicht«, gab er schließlich zu. »Jemand hat sich viel Mühe gegeben, dass es nach den *Faheen* aussieht. Sie sind Gesetzlose, Verbrecher, das verleugnete neunte Volk von Cassardim. Die Unterwelt der Unterwelt, wenn du so willst.«

Aha, somit war dann auch klar, dass Noár glaubte, jemand wollte diesen *Faheen* alles in die Schuhe schieben. Andererseits hatten diese Gesetzlosen meine Eltern auf dem Gewissen. So unschuldig konnten sie also nicht sein.

Ich veränderte meine Position. Die nächste Frage hatte ich Noár bereits im Weinkeller gestellt und ich wollte ihm in die Augen sehen, wenn ich ihn nun erneut damit konfrontierte.

»Für wen arbeitest du? Für Lazar?«

Ein amüsierter Ausdruck huschte über sein Gesicht. Zumindest soweit ich es in der Dunkelheit erkennen konnte. Er schien sich seine Antwort gut zu überlegen.

»Lazar und ich haben hin und wieder gleichgeartete Interessen. Nicht mehr und nicht weniger«, erklärte er, bevor er seufzte. »Amaia, Lazar mag den Eindruck erwecken, euch helfen zu wollen, aber er ist ein gefährlicher Mann. Wahrscheinlich sogar der gefährlichste in ganz Cassardim. Ihm ist nur eine Sache wichtig: sein eigener Vorteil. Und da ist er am Kaiserhof nicht der Einzige. Wohl aber der Beste.«

Ich gab mir keine Mühe, mein zynisches Lachen zu verkneifen. Nicht, dass ich Lazar unbedingt hätte vertrauen wollen, doch die Liste aller potenziellen Bedrohungen war inzwischen länger als mein Unterarm.

»Hast du noch mehr aufmunternde Infos für mich?«, murrte ich.

Das war zwar rhetorisch gemeint gewesen, aber nun setzte sich auch Noár so hin, dass er mir ins Gesicht sehen konnte. Er wirkte entspannt, dennoch erkannte ich eine Spur Mitleid in seinem Blick.

»Ich sage das nicht, um dich zu verunsichern. Ich sage das, weil du stark genug bist, um damit umzugehen.«

Na klar ... bestimmt ... ich war nur stark genug, um diesen ganzen Irrsinn bei vollem Bewusstsein zu erleben, während meine Geschwister ihr Leben als Schachfiguren in seliger Unwissenheit fristen durften. Je näher wir dem Goldenen Berg kamen, desto mehr erschien er mir als Mausefalle. Wenn wir doch nur –

»Hey«, unterbrach er meine Gedankengänge. Warme Finger schoben sich unter mein Kinn und zwangen mich sanft, in Noárs Sternenaugen zu sehen. »Lass mich raten, du denkst gerade darüber nach, wie du mit deinen Geschwistern abhauen kannst, bevor es zu spät ist.«

Oh Mann, ich musste mir dringend ein besseres Pokerface zulegen. Es gefiel mir einfach nicht, so durchschaubar zu sein.

»Lass es!«, riet er mir freundlich, aber entschieden. Sein Daumen begann in kleinen Kreisen meinen Kiefer entlangzustreichen. »Ihr wärt innerhalb von einer Woche tot.« Es fiel mir immer schwerer zu atmen oder mich auf die Bedeutung seiner Worte zu konzentrieren, denn seine Berührung sorgte dafür, dass ich mich wie sechzehn fühlte – im menschlichen Sinne. »Cassardim ist kein Reich für Anfänger.«

Ich wusste, dass er recht hatte. Die Verantwortung, meine Geschwister lebend und unversehrt nach Hause zu bringen, wollte ich nicht tragen müssen. Nicht alleine.

»Kannst du uns nicht helfen?« Es fiel mir schwer, meinen Stolz herunterzuschlucken. Doch mir war klar, dass wir ohne ihn nicht weit kämen.

»Bitte«, fügte ich hinzu, und zwar so bewusst und mit Nachdruck, dass Noár verstehen musste, dass die Benutzung dieses einen Wortes kein Versehen war.

Seine Augen funkelten tadelnd und schließlich gequält. Er schmiegte seine Handfläche an meine Wange. Mein Puls beschleunigte sich unter seinen Fingern.

»Ich kann nicht, Amaia.«

Noárs Blick streifte meinen Mund, als er sich zu mir vorbeugte. In der kühlen Nachtluft war die Wärme seines Atems seltsam tröstlich. »Es ist zu spät. Und ich habe eine Schuld zu begleichen.«

Ich wusste, dass er mich jetzt küssen würde, aber ich konnte mich nicht rühren. Der Teil von mir, der sich ihm gerne entgegengeworfen hätte, und der Teil, der vernünftig und enthaltsam bleiben wollte, neutralisierten sich gegenseitig.

Ganz sacht streiften seine Lippen meine. Ich schloss die Augen und spürte ein paar rasende Herzschläge lang nichts außer meiner Unsicherheit. Ja, es war zu spät … für so vieles.

Zu spät, um umzukehren.

Zu spät, um Noár aufzuhalten.

Zu spät, um mich nicht in ihn zu verlieben …

Er küsste mich mit einer Zärtlichkeit, die mir das Gefühl gab, auf Wolken zu schweben. In mir aber entfaltete sich Glut wie eine fremdartige Blume. So fremd wie das Land, in dem ich mich befand, wie die Intensität der Emotionen, die mich überrollten. Nie zuvor hatte sich ein Kuss so besonders angefühlt.

Noár war nicht zurückhaltend und dennoch beherrscht. Nein, konzentriert – als würde er sich den Geschmack meiner Lippen genau einprägen. Wie von allein fuhren meine Finger in seinen Nacken. Ich wollte ihn berühren, ihn einladen … und ich wollte den Halt nicht verlieren. Sanft strich Noár über meine Hand, die sich eben so kühn vorgewagt hatte. Er umfasste sie und schob sie von sich fort. Seine Lippen lösten sich von meinen. Ich hätte am liebsten aufgeschrien, aber dazu war ich zu benommen. Schwer atmend öffnete ich die Augen und sah in Noárs Gesicht. Seine Brauen waren beunruhigend zusammengeschoben, sein Blick nicht fokussiert. Darin glänzte etwas wie … Reue?

»Sie sind da«, flüsterte er rau.

Großer Gott, ich hatte Moe fast vergessen!

Mühsam überließ ich der Vernunft wieder die Oberhand und nickte zum Zeichen, dass ich verstanden hatte.

Noár zog einen Dolch und drückte ihn mir in die Hand.

»Der ist *nur* für den Notfall. Bleib in Deckung!«, wies er mich leise an und verschwand in den Schatten.

Ich war dankbar und auch ein wenig gekränkt, dass er sich so schnell wieder unter Kontrolle hatte. Dennoch war es genau das, was ich gerade brauchte: einen kühlen Kopf. Selbst wenn dieser Kopf im Moment nicht meiner war.

Darauf bedacht, keine verräterischen Geräusche zu machen, schob ich mich die Böschung hoch. Ich sah drei Männer auf die Wurzelbrücke zugehen. Einer von ihnen trug ein schweres Bündel über der Schulter. Moe. Mein Herz setzte einen Schlag aus. Er bewegte sich nicht. Wie von alleine schlossen sich meine Finger fester um den Dolch. Wenn diese Typen meinem kleinen Bruder auch nur ein Haar gekrümmt hatten …

Sie betraten die Brücke aus Wurzeln, die breit und stark genug war, um mühelos die drei Männer und ihre Ladung zu tragen. Wo war Noár? Wir mussten jetzt zuschlagen, denn mein Gefühl sagte mir, dass Moe verloren war, wenn sie erst einmal den Wald erreicht hatten.

Plötzlich hielten die Männer an. Einer von ihnen spannte seinen Bogen. Der andere zog ein langes dünnes Schwert.

»Wer bist du?«, hallte die Stimme des Ersten durch die Nacht. Im gleichen Moment rissen die Nebel weiter auf und ich sah Noár vor den Entführern auf der Brücke stehen.

Er hatte sein Gesicht verhüllt und seine Kapuze über den Kopf gezogen.

»Gebt mir den Jungen und ihr werdet es nicht herausfinden müssen«, sagte er ruhig.

Der Mann mit dem Bündel auf den Schultern lachte. »Du weißt

wohl nicht, mit wem du es zu tun hast, Streuner. Wir gehören der Leibgarde des Waldfürsten an. Mit welchem Recht hältst du uns an der Grenze unseres Reiches auf?«

»Heißt das, ihr habt die Niemandslande auf die Anordnung eures Fürsten betreten?«, lautete die kühle und wenig beeindruckte Gegenfrage.

Die Männer zögerten. Sie sahen kampferfahren aus mit ihren rasierten und tätowierten Schläfen und den zum Irokesen geflochtenen Haaren. Ein bisschen wie eine Mischung aus Wikinger und Elfen.

»Töte ihn«, befahl der mit dem Schwert. Ein Pfeil schoss auf Noárs Brust zu, doch er drehte sich zur Seite und ließ ihn vorbeizischen.

»Gebt mir den Jungen!«, wiederholte sich Noár. Diesmal konnte ich seinen Willen bis in mein sicheres Versteck spüren. Die Männer hatten keine Chance. Das Bündel wurde auf die Füße gestellt und ausgewickelt. Darunter kam ein verschlafener Moe zum Vorschein. Erleichtert atmete ich auf. Er lebte und war unverletzt. Jetzt rieb er sich die Augen und sah sich um. Für einen Moment schien alles gut zu werden, aber dann erkannte mein kleiner Bruder seinen Retter.

»Noár«, piepste er freudig und rannte auf ihn zu.

»Noár?«, hauchte einer der Männer entsetzt. Der zweite fing Moe rabiat wieder ein, während der dritte seinen Bogen spannte. Ich hörte ein zischendes Geräusch und dann steckte ein schwarzes Messer im Hals des Entführers, der Moe festhielt. Noár stürmte los. Pfeile hagelten auf ihn nieder, aber davon ließ er sich nicht aufhalten. Im Laufen wich er ihnen aus und zog sein Schwert. Jetzt hielt es mich nicht mehr in meinem Versteck. Ich war lange genug brav gewesen. Meinen Dolch umklammernd lief ich los.

Doch ich kam zu spät. Noch bevor ich die Brücke erreicht hatte, sackte der letzte der Entführer in sich zusammen. Über ihnen stand Noár. Von seinem Schwert tropfte Blut. Ich riss meine Augen von dem grausigen Anblick los. Damit musste ich mich später auseinandersetzen. Erst einmal war Moe das Wichtigste. Mein kleiner Bruder stand vor dem Mann, in dessen Hals Noárs Wurfmesser steckte. Entsetzt stellte ich fest, dass er noch nicht tot war. Blut sprudelte aus seinem Mund, während er versuchte, etwas zu sagen. Er griff nach Moe. Ich hob meinen Dolch, bereit, meinen Bruder zu verteidigen ... doch dann sah ich den verzweifelten Ausdruck in den schmerzverzerrten Zügen des Entführers und stockte.

»Lauft ... mein Prinz ... lauft um Euer ... Leben«, krächzte er mit seinem letzten Atemzug.

Dann herrschte Stille. Nur das Rauschen der Blätter und ein paar seltsame Vogellaute waren zu hören. Moe schaute mich traurig an, bevor er seine Arme um mich schlang.

»Es ist meine Schuld«, flüsterte er. »Ich hab Noár verraten.«

Seine Worte schockierten mich zutiefst. »Es ist nicht deine Schuld!«, widersprach ich ihm, obwohl ich mir da nicht so sicher war. Ich ging in die Hocke und nahm sein Gesicht in meine Hände. Zum einen musste ich mich überzeugen, dass er nicht verletzt war, zum anderen wollte ich ihm in die Augen sehen.

»Geht es dir gut?«

Moe nickte.

Und dann entdeckte ich etwas, das mich weniger überraschte, als es sollte. An den Schläfen meines kleinen Bruders glänzten Linien und Symbole. Im Licht der Brückenlaternen schienen die Zeichen förmlich in Flammen zu stehen. Bernstein. Es sah aus wie Bernstein und setzte sich auch unter seinem Haaransatz fort. Auf beiden Seiten seines Kopfes – wie bei den toten Entführern.

Ich brauchte kein Genie zu sein, um zu kombinieren, dass das die Symbole des Waldvolks waren.

Noár tauchte neben uns auf. Ungerührt zog er sein Messer aus dem Hals der Leiche und durchsuchte deren Kleidung.

»Diese Männer wollten Moe nichts antun!«, warf ich ihm vor. »Sie ... wollten ihn nur nach Hause bringen.«

»Ich weiß«, meinte er verärgert und stieß den Toten von der Brücke. Man hörte kein Platschen und keinen Aufschlag, als der Ewige Fluss die Leiche verschluckte.

Fassungslos starrte ich den Mann an, den ich eben noch geküsst hatte. Ihm schien all das hier gleichgültig zu sein.

»Sie haben dich erkannt. Mussten sie deshalb sterben?«

Die Wahrheit, die sich hinter meiner Vermutung versteckte, hinterließ einen bitteren Geschmack in meinem Mund.

Einen Atemzug später hatte Noár mich gepackt und durchbohrte mich mit seinem schwarzen Blick.

»Ich darf damit nicht in Verbindung gebracht werden«, knurrte er. »Du hast keine Ahnung, was auf dem Spiel steht. Und jetzt kommt! Es dämmert bald.«

Mehr als ein Abschiedsgeschenk

Als die Schatten der Nacht sich erst dunkelblau und schließlich purpur färbten, war ich so müde, dass ich mich nur noch wie ferngesteuert voranschleppen konnte. Den größten Teil des Weges hatte ich damit verbracht, Noárs Rücken mit Blicken aufzuspießen. Wieder und wieder war ich den Zwischenfall auf der Brücke durchgegangen. Ja, Moes Entführer hatten zuerst geschossen, aber doch nur, um ihren Prinzen zu schützen. Und ja, Noár hatte anfangs versucht, die Sache gewaltfrei zu lösen. Trotzdem ... Was für ein Mann musste Noár sein, dass er ohne den Hauch eines schlechten Gewissens einen dreifachen Mord beging? Was für ein Geheimnis umgab ihn? Was machte seinen Namen so gefährlich, dass jeder sterben musste, der wusste, wer er war? Und warum konnte ich einfach nicht aufhören, an seinen Kuss zu denken?

Eigentlich hatte ich Noár mit kühler Verachtung strafen wollen. Aber zu sehen, wie mein erschöpfter kleiner Bruder in seinen Armen schlief, während er ihn behutsam durch die raue Landschaft trug, stürzte mich erneut in Zweifel.

Nach und nach verwandelte sich das Purpur der Wolken in den üblichen Sepia-Pfirsich-Farbton, der die Tage in Cassardim prägte. Bislang bekam ich wenig von dem Licht mit, denn wir wanderten gerade unter einem der schwebenden Berge entlang und der Schatten des gewaltigen Felsmassivs hielt die Nacht noch ein wenig länger über uns fest. Doch dann endeten die Niemandslande, genau wie sie begonnen hatten: mit einer Strickleiter in den Nebeln. Diesmal ging es nach unten. Noár weckte Moe, sodass mein Bruder sich beim Abstieg an dessen Hals festklammern konnte. Ich folgte den beiden, wobei es einem Wunder gleichkam, dass ich nicht abstürzte. Und das, obwohl die Strickleiter mitten im Nichts endete und ich auf Noárs Anweisung hin das letzte Stück springen sollte. Ausgelaugt, wie ich war, hinterfragte ich die Aktion nicht. Ich hätte mich ohnehin nicht mehr lange an den Sprossen festhalten, geschweige denn wieder raufklettern können. Also ließ ich los und fiel … in Noárs Arme.

»Keine Diskussionen? Kein Protest?«, begrüßte er mich mit hochgezogenen Brauen und selbstgefälligem Lächeln. »So einfach ist das? Man muss nur deinen Bruder entführen und dich eine Nacht lang durch die Niemandslande hetzen, und schon bist du handzahm und tust, was man dir sagt?! Hätte ich das mal vorher gewusst …«

Ich war zu müde, um seine Stichelei zu kontern. Außerdem hatte ich Angst, dass ich sofort einschlief, wenn er mich noch länger an seine warme Brust drückte. Ich musste in Bewegung bleiben. Also entwand ich mich seinen Armen und entfernte mich sicherheitshalber ein paar Schritte von seiner verlockenden Nähe.

»Probier dein Glück und du findest heraus, wie handzahm ich geworden bin …«, murmelte ich mehr für mich als für ihn. Trotzdem verfolgte mich sein leises Lachen.

»Ich komme darauf zurück, wenn du wieder bei Kräften bist. Es soll ja ein fairer Kampf werden.«

Mein Körper reagierte mit einem heißen Schauer, den ich allerdings tunlichst ignorierte. Ein fairer Kampf? Diesen Gefallen hatte er den Männern gestern Nacht nicht erwiesen.

»Amaia …«, hörte ich Moe meinen Namen rufen. Er klang nicht beunruhigt, weswegen ich mich gemächlich auf die Suche nach ihm begab. Dabei stellte ich fest, dass wir uns auf einem

Steg befanden. Oder eher einem Pier, denn das Holzkonstrukt war so breit, dass mühelos eine vierspurige Autobahn darauf Platz gefunden hätte.

»Amaia ...«, rief Moe erneut. Nach ein paar Schritten entdeckte ich ihn am Rand des Stegs. Er war über und über bedeckt mit ... Schmetterlingen? Zumindest waren es Lebewesen, die Schmetterlingen ähnelten. Großen Schmetterlingen. Elegant klappten sie ihre spitzen weißen Flügel auf und zu. An den Rändern verzierten goldene Punkte die hauchzarten Schwingen. Die Tiere schienen Gefallen an meinem Bruder gefunden zu haben. Vielleicht verwechselten sie ihn mit einer Blume? Doch Moe war das egal. Er grinste mich glücklich an.

»Sie sind so schön«, flüsterte er, um sie nicht aufzuschrecken.

Einen Moment lang fühlte ich mich überfordert. Mein erster Impuls war gewesen, ihn von diesen Tieren zu befreien. Doch sie wirkten so friedlich, dass ich mir nicht mehr sicher war.

»Nebelfalter«, meinte Noár hinter mir.

»Sind sie irgendwie ... gefährlich?«, wollte ich wissen.

»Nur, wenn der Junge ihnen etwas Böses wollen würde. Sie folgen ihrem Instinkt und können Freund von Feind unterscheiden.«

Er trat an meine Seite und bedachte mich mit einem langen Blick, bis ich nicht mehr wusste, ob er von den Faltern sprach oder von etwas anderem.

»Sie sind der Grund, warum der Kaiserhof hier unten keine Wachen benötigt. Ihr Leben ist an den Goldenen Berg gebunden und so beschützen sie ihn vor allem Übel.«

Wow. Das war eine wunderschöne Geschichte. Auch wenn ich mir beim besten Willen nicht vorstellen konnte, wie ein paar Falter etwas gegen die Feinde des Kaisers ausrichten sollten.

»Wie weit ist es noch?«

Noár lächelte mich verschmitzt an und deutete den Steg entlang. »Sieh selbst.«

Wie auf Kommando öffneten sich die Nebelschwaden vor uns und gaben den Blick frei auf etwas, das ich mir in meinen kühnsten Träumen nicht hätte ausdenken können. Vor uns erhob sich ein Koloss aus purem Gold. Ich musste meinen Kopf in den Nacken legen und konnte trotzdem kaum erfassen, wie hoch dieses pyramidenartige Bauwerk wirklich war. Ein Berg und doch wieder nicht. Eher eine Stadt in Bergform. Nichts daran schien natürlichen Ursprungs zu sein. Das Zentrum Cassardims war ein architektonisches Meisterwerk aus Streben, Pfeilern, Säulen, Platten, Quadern und Skulpturen. An manchen Stellen hatten die Erbauer das Gold glatt poliert, an anderen rau und unbearbeitet gelassen. Irgendwo hoch oben umflog ein Schwarm Vögel etwas, das wie Baumwipfel aussah. Wenn diese winzigen, sich bewegenden Punkte überhaupt Vögel waren …

»Willkommen im Herzen von Cassardim«, meinte Noár, der sich köstlich über meinen weit offen stehenden Mund amüsierte.

Moes Kichern ließ mich meine Fassung wiederfinden. Er rannte kreuz und quer über den Steg, verfolgt von seinen neuen besten Freunden, den Nebelfaltern. Überrascht stellte ich fest, dass wir in einem Feld aus seltsamen weißen Pflanzen standen. Sie reichten bis zu den Holzplanken herauf und wanden sich sogar die Geländer hoch. Ich fragte mich gerade, warum jemand einen Steg über ein Feld bauen sollte, als mir klar wurde, dass es Wasserpflanzen waren, die sich aus dem schwarz schimmernden Fluss rankten.

Noár stellte sich hinter mich und beugte sich nah an mein Ohr. »Pass genau auf!«

Er warf etwas in den Fluss, und plötzlich fing das gesamte Feld an, sich zu bewegen. Es flatterte! Tausend Nebelfalter erhoben sich gen Himmel. Mit einem Schlag wurde das weiße Feld blutrot, denn jetzt konnte man die sternförmigen Blüten sehen, von denen sich die Falter ernährt hatten. Moe lachte. Ein wunderschönes glockenklares Lachen, das ich noch nie gehört hatte. Er wirkte wie befreit, drehte sich um die eigene Achse und dann rannte er zu mir.

»Hier, für dich«, sagte er und pflückte eine der roten Blüten, um sie mir unter die Nase zu halten. Doch ein paar Augenblicke später zerfiel die Blume. Goldener Staub rieselte durch Moes kleine Finger.

»Oh«, rief er enttäuscht.

»Blutsterne brauchen ihre Wurzeln, junger Prinz«, erklärte Noár und schenkte meinem Bruder ein so liebenswertes Lächeln, dass sich mein Herz zusammenzog. Wie konnte jemand gleichzeitig so nett und so kaltblütig sein?

Mein kleiner Bruder nahm es gelassen und widmete sich wieder den Nebelfaltern. Ich hätte ihm gerne weiter zugesehen, aber Noárs Brust schob sich in mein Sichtfeld.

»Amaia.« Er kam einen Schritt näher und sah mich beunruhigend ernst an. »Ich hätte heute Nacht nicht so grob zu dir sein dürfen.«

War das eine Entschuldigung? Es klang wie eine. Oder zumindest wie etwas, das einer Entschuldigung am nächsten kam in einem Reich, in dem man sich nicht entschuldigen durfte. Noár kam noch einen Schritt näher. Ich spürte seine Hand an meiner Hüfte. Unvermittelt durchlief mich ein heißer Schauer.

»Ich habe nur getan, was notwendig war«, redete er weiter, während er sanft an einer meiner Locken zupfte. »Du wirst es irgendwann –«

»Oh, bitte!«, seufzte ich. »Sag mir jetzt nicht, dass ich es irgendwann verstehen werde!«

Ich konnte auf beruhigende Floskeln verzichten. Wenn überhaupt, dann brauchte ich Antworten.

Ein Lächeln schlich sich in Noárs Mundwinkel. »Käme mir nie in den Sinn.« Seine dunklen Augen glänzten unergründlich und für einen Moment wirkte er fast wehmütig. Ich wusste nicht, warum es mir gerade jetzt auffiel, aber alle seine Verletzungen waren stets verheilt ohne eine Spur zu hinterlassen. Woher kam also die schmale Narbe an seiner Braue? Mich juckte es in den Fingern, darüberzustreichen.

Gerade wollte ich mir einen Ruck geben und danach fragen, da fasste Noár hinter mich. Als er seine Hand zurückzog, befand sich darin eine einzelne rote Blüte.

Verblüfft und verwirrt starrte ich auf dieses Kunstwerk der Natur. Sie ähnelte einer Lilie, aber die blutroten Blütenblätter waren von goldenen Adern durchzogen.

»Ich dachte, sie brauchen ihre Wurzeln?«

Noárs Mundwinkel zuckten belustigt, während er mir die Blume hinters Ohr steckte.

»Sie verblüht nicht, weil ich es so will«, raunte er. Sein Blick streifte meinen Mund und verharrte dort für einen Augenblick. Aber er küsste mich nicht, sondern seufzte nur. »Komm, die anderen warten schon auf uns.«

Je näher wir dem Goldenen Berg kamen, desto einschüchternder wurde er. Irgendwann hatten uns die Nebelfalter verlassen und die Sicht auf den Kaisersitz wieder ganz freigegeben. Statuen, die aus der Entfernung mannshoch erschienen waren, stellten sich als wahre Kolosse heraus. Einige von ihnen zeigten menschliche Abbildungen, andere Kreaturen, die aus Albträumen stammen könnten. Drachen mit Adlerklauen, fletschende Raubkatzen mit weiten Schwingen, Bären mit Hörnern oder Pferde mit Haizähnen. An manchen Stellen ragten sogar riesige Dornen aus Gold aus den Mauern. Und nirgends konnte ich Schweißnähte oder Bolzen erkennen – als wäre das ganze Bauwerk aus einem Guss.

Alles hier war dazu gedacht abzuschrecken. Die Größe, die Fassade und selbst der Dekor. Bei dem Tor, auf das wir zuhielten, fragte ich mich unweigerlich, ob es lediglich aus repräsentativen Gründen so monumental angelegt worden war, oder ob es in Cassardim wirklich Wesen gab, die hier hindurchpassen mussten.

Rhome und meine anderen Geschwister erwarteten uns an einer kleinen Tür, die in das monströse Tor eingelassen war. Ich musste zwangsläufig an eine Katzenklappe denken und konnte mir trotz meines mulmigen Gefühls ein Schmunzeln nicht verkneifen.

»Da seid ihr ja endlich«, maulte Jenny uns an. »Wir warten schon ewig.«

Ich ignorierte ihre vorwurfsvolle Schnute und unterdrückte das Augenrollen, das mir auf der Seele brannte. Böse sein konnte ich ihr nicht. Sie war noch immer gehirngewaschen und hatte nicht die geringste Ahnung, was eigentlich passiert war.

Dann stand Rhome vor mir. Diesmal hatte er weder einen lockeren Spruch noch ein Lächeln für mich übrig. Stattdessen hatte er seine Arme verschränkt und starrte mich an. Mich und die Blume, die in meinen Haaren steckte.

»Gab es Schwierigkeiten?«, wollte er von Noár wissen. Die Missbilligung, die in seinen Falkenaugen brannte, war so deutlich zu spüren, dass ich die Stirn runzelte. Doch Noár hielt dem Blick seines Freundes ungerührt stand.

»Nichts, das sich nicht regeln ließ.«

Ich hatte nicht die geringste Ahnung, was da zwischen den beiden Männern vor sich ging, aber es bedeutete nichts Gutes. Ohne ein weiteres Wort wandte sich Rhome ab und klopfte mit der Faust und grimmiger Miene gegen die goldene Tür. Ich zuckte zusammen, als ein tiefes Dröhnen durch das Metall lief. Dann hörte ich, wie jemand von innen ein Schloss öffnete. Moe versteckte sich hinter mir und ich konnte es ihm nicht verdenken. Auch meine Hände waren schweißnass.

Lautlos schwang die Tür im Tor auf und heraus trat jemand, den ich hier nun wirklich nicht erwartet hatte. Ehrlich gesagt hatte ich keinen Gedanken daran verschwendet, was aus ihm geworden war, seit wir ihn am Autobahnparkplatz zurückgelassen hatten.

»Freut mich, dass ihr es rechtzeitig geschafft habt«, sagte Lazar und breitete seine Arme aus, als wäre er hier der Hausherr. Er trug einen schwarzen Gehrock, der über und über mit goldenen Ornamenten verziert war. Auch sonst sah er mit seinem gestutzten Bart und den grauen Schläfen wie aus dem Ei gepellt aus. Allerdings prangten nun goldene Linien auf seiner Stirn. Sie begannen an seinem Haaransatz und zogen sich in einem umgedrehten Dreieck fast bis zu seiner Nasenwurzel. »Natürlich habe ich keine Sekunde daran gezweifelt, dass unser lieber Noár euch unversehrt abliefert.«

Lazars graue Augen wanderten über unsere kleine Reisegesellschaft. Als er bei mir angekommen war, verengten sie sich ein wenig und ein charmantes, aber kühles Lächeln erschien auf seinem Gesicht.

»Mmmh, was für eine hübsche Blume«, bemerkte er. »Ein Blutstern. Die einzige Pflanze in Cassardim, die das Chaos nicht nur überlebt, sondern auch noch Kraft daraus schöpft.« Beiläufig wandte er sich an Noár. »Wie passend, findest du nicht?«

Eine Antwort erwartete er nicht. Er trat zur Seite und gab den Weg frei für zwei Goldkrieger. Von Angesicht zu Angesicht sahen sie noch furchterregender aus als an der Goldenen Brücke.

Allerdings wirkten diese beiden Exemplare irgendwie mitgenommen. Ihre Rüstungen hatten Dellen und Kerben und sie bluteten aus mehr als einer Wunde.

»Darf ich euch Alo und Tront vorstellen. Sie sind die letzten beiden Überlebenden der Einheit, die den Auftrag hatte, euch zu finden.« Lazars Stimme nahm einen schneidenden Tonfall an. »Was das betrifft: Sie haben euch gefunden und hergebracht.« Zielsicher krochen seine Worte unter meine Haut. Diesmal mit einer Gewalt, gegen die ich kaum etwas auszurichten vermochte. »Ihr seid weder Noár noch mir oder irgendeinem anderen begegnet, dem ihr auf eurer zweifellos aufregenden Reise getroffen habt.«

Lazars Wille drang weiter vor. Er griff tief in mich hinein und legte sich in eisigen Krallen um mein Gehirn.

»Was ... soll das?«, keuchte ich mit dem letzten Rest klaren Verstands, der mir noch blieb.

»Es gibt keinen anderen Weg, Amaia.« Seelenruhig sah mich der angeblich gefährlichste Mann Cassardims an. »Wir kennen uns nicht!«

Damit drehte er sich um und überließ uns seiner falschen Wahrheit und unseren beiden goldgerüsteten Rettern. Panisch flog mein Blick zu Noár, doch dessen Gesicht war kalt und unnahbar wie der Goldene Berg vor uns. Seine Kiefer waren so angespannt, dass ich nicht glaubte, er würde auch nur ein Wort herausbringen. Aber was er dann sagte – was er von mir *wollte*, stieß mich in einen Abgrund, von dem ich eigentlich gedacht hatte, dass er nicht mehr existieren würde.

»Vergiss mich!«

ZUM WOHL DES REICHES

Meine Gedanken befanden sich im freien Fall.

Man brachte uns durch einen gewaltigen Tunnel zu einer Halle. Dort hörte ich jemanden rufen: »Die Fürstenkinder! Sie haben die Fürstenkinder!«

Dutzende Hände zerrten und zupften an mir herum, aber ich konnte ihnen keine Beachtung schenken. Ich musste mich an etwas festklammern. Nur wusste ich nicht mehr, an was. Ich spürte, dass sich mein Wille gegen irgendwas auflehnte. Das Gefühl kannte ich. Ich sollte etwas vergessen. Doch jedes Mal, wenn ich dachte, ich hätte ein Ende der Wahrheit zu fassen bekommen, schlüpfte es mir durch die Finger. Es war, als wollte man sich beim Aufwachen verzweifelt an einen Traum erinnern.

Follow the silver lane through mist and moonlight ...

Ich versuchte alles um mich herum auszublenden, damit neue Eindrücke nicht etwas Wichtiges überspeichern konnten. Stattdessen summte ich leise das Lied, das mich in solchen Momenten immer gerettet hatte.

... it's just a little step into a starry midnight ...

Treppen, Türen, wieder und wieder neue Leute, die aufgeregt diskutierten.

»Nein, wir werden uns nicht trennen lassen«, hörte ich Adam sagen.

»Niemand will euch trennen, Eure Hoheit. Wir finden nur, dass jedem Fürstenkind eigene Gemächer zustehen«, antwortete eine warme Frauenstimme. »Wenn die Hoheiten es wünschen, können sie sich jederzeit besuchen.«

... ride on a falling star right to where your wishes are ...

Erneut wurde ich weitergeschoben. Als ich zum dritten Mal mit meinem Lied von vorne anfing, war ich schließlich in einem hellen Zimmer gelandet.

»Willkommen im Goldenen Berg, Eure Hoheit«, meinte eine neue Stimme zu mir. Es war wieder eine Frau, doch diesmal klang sie deutlich jünger. »Ich heiße Mariz und werde für die Dauer Eures Aufenthalts Eure Kammerzofe sein. Ihr seid bestimmt erschöpft. Ich habe mir erlaubt ein Bad und frische Gewänder vorzubereiten. Seine kaiserliche Majestät möchte Euch so bald wie möglich sehen. Er hat uns aufgetragen, Euch dafür präsentabel zu machen. Danach könnt Ihr Euch sicherlich etwas ausruhen.«

... 'cause all your dreams ...

Die aufgeregte Stimme des Mädchens machte es nahezu unmöglich, sich zu konzentrieren. Was hatte sie gemeint? Seine kaiserliche Majestät wollte uns sehen. Wieso sträubte sich alles in mir? Ich kannte den Kaiser doch gar nicht. Oder doch? Hatte mir jemand von ihm erzählt?

... all your dreams come true ...

»Nach einer so langen Zeit in der Menschenwelt muss Euch Cassardim sicherlich fremd vorkommen, aber seid Euch gewiss, dass ich alles tun werde, damit Ihr Euch hier wohlfühlt. Um ehrlich zu sein, seid Ihr meine erste Herrin. Zuvor habe ich in der Küche ausgeholfen und bei den Empfängen serviert. Das hier ist eine unglaubliche Chance für mich und ich habe vor, sie gut zu nutzen.«

... 'cause all your dreams ...

»Wenn Ihr mir erlaubt, offen zu sprechen: Ihr seht traurig aus.

Ich habe gehört, dass Ihr und die anderen Fürstenkinder überfallen wurdet. Es geht Euch doch gut, oder?«

Überfallen? Ja, wir waren überfallen worden. Und ohne das Eingreifen von Alo und Tront wäre ich nie aus dem Keller herausgekommen. Aber was hatte ich dort unten gemacht?

Und wieso summte ich die Silver-Lane-Melodie?

... 'cause all your dreams ...

Die Erkenntnis traf mich wie ein Blitz. Jemand musste die *Macht der Worte* gegen mich eingesetzt haben! Um meine Gedanken war ein breites Band gewickelt, das mich daran hinderte, auf meine Erinnerungen zuzugreifen.

»Ihr müsst natürlich nicht mit mir reden, wenn Ihr das nicht wollt«, plapperte Mariz weiter. »Nana Plombis sagt auch immer, dass ich lernen sollte, meinen Mund zu halten, weil die Edlen lieber über sich reden, als zuzuhören. Allerdings erweckt Ihr nicht gerade den Eindruck, als wolltet Ihr über Euch reden. Heiliges Rad des Schicksals, ist das etwa Blut auf Eurem Gewand? Wird Zeit, dass Ihr diese Fetzen loswerdet.«

Blut? Das war nicht meines. Oder doch?

... all your dreams come true ...

Mariz drängte mich in ein Badezimmer mit einem großen goldenen Zuber. Heißer Wasserdampf stieg daraus auf. Er erinnerte mich an die Nebel, durch die wir gekommen waren.

... if you only want to.

Geschäftige Hände zogen mir mein Hemd über den Kopf. Dabei fiel mir eine rote Blume aus dem Haar. Als sie den Boden berührte, zerbarst sie in einer Wolke aus Goldstaub.

Und mit ihr zerriss das Band, das meinen Willen gefangen gehalten hatte. Für einen Augenblick überlagerten sich Wahrheit und Lüge, bis schließlich meine Erinnerungen zurückkamen. Alle Erinnerungen.

Diese Mistkerle!!!

»Heiliges Rad des Schicksals! Das wollte ich nicht!«

Mariz war außer sich und rannte wie ein aufgescheuchtes Huhn herum. Zum ersten Mal nahm ich das Mädchen bewusst wahr. Sie hatte ihr dickes blondes Haar zu einem ordentlichen Dutt zusammengesteckt. Ihre runden Backen waren hochrot und ihre rehbraunen Augen füllten sich mit Tränen. Sie konnte nur wenig älter sein als ich. Jetzt warf sie sich auf den Boden und schob mit bloßen Händen den Goldstaub zusammen.

Ich kniete mich zu ihr.

»Mach dir keinen Kopf, es war nur eine Blume.« Zwar die Schönste, die ich je zu Gesicht bekommen hatte, aber trotzdem kein Grund für eine Panikattacke. Ganz besonders weil der Mann, der sie mir geschenkt hatte, schon sehr bald mausetot sein würde.

»Nur eine Blume?!«, rief Mariz mit weit aufgerissenen Augen. »So einen Blutstern kann man mit Geld nicht aufwiegen. Ihr müsst sehr mächtig sein, wenn ihr ihn vor dem Zerfall bewahren konntet.«

Na ja, ich oder eben jemand anderes. Ich entschied mich, Mariz in dem Glauben zu lassen, dass ich den Blutstern selbst gepflückt hatte. Ich musste vorsichtig sein, wenn es um Noárs Namen ging. Er hatte drei Männer getötet und uns die Erinnerung genommen. Das musste einen guten Grund haben. Ich würde diesen Grund herausfinden, ihn dann nehmen, daraus einen Stiefel formen und damit einigen Leuten kräftig in den Arsch treten. Bis dahin aber ... spielte ich besser die Unwissende.

»Bitte erzählt Nana Plombis nichts davon. Ich werde Euch den Schaden ersetzen und ...«

Mariz überschlug sich derart in Entschuldigungen, dass es mich wunderte, dass sie mir nicht die Füße küsste. Für den Fall, dass sie das noch vorhatte, intervenierte ich schnellstmöglich.

»Sieh mich an, Mariz«, forderte ich das weinende Mädchen auf. Sie hielt inne und richtete ihren ängstlichen Blick auf mich. Großer Gott, dachte sie etwa, ich würde ihr jetzt den Kopf abreißen?!

»Erstens: Du hast den Blutstern nicht runtergeworfen. Es war ein Versehen.« Das entsprach der Wahrheit. »Zweitens: Ich werde dieser Nana Plombis gar nichts erzählen.« Wieso auch? Ich kannte sie ja nicht einmal. »Und drittens: Mach dir keine Sorgen wegen der Blume. Ich kann mir ja eine neue holen, wenn ich möchte.« Okay, das war gelogen, aber mir fiel auf die Schnelle nichts Besseres ein, um Mariz zu beruhigen. Als großes Finale schob ich noch mein freundlichstes Lächeln hinterher.

Ich wusste von unseren vielen Umzügen, dass es sinnvoll war, sich an einem neuen Ort Freunde zu machen. Die blonde Kammerzofe schien mir ein guter Anfang zu sein, allerdings brachte ich sie mit meinem kleinen Vortrag nur dazu, noch lauter aufzuschluchzen.

»Ich ... Wie kann ich Euch nur danken, Hoheit?« Sie packte meine Hände und übersäte sie mit Küssen.

Da hatten wir den Salat! Und wenn es stimmte, was Noár über die Benutzung von Dank und Entschuldigungen gesagt hatte, würde mir Mariz gleich noch ihr Erstgeborenes versprechen.

»Du musst mir gar nicht danken, denn ich habe überhaupt nichts gemacht. Und viertens: Ich hab keine Ahnung, wie die Edlen sich hier so benehmen, aber wenn das hier zwischen uns funktionieren soll, dann musst du aufhören, mich wie eine von ihnen zu behandeln. Ich bin ganz normal, werde nicht zur Furie, kann mich selbst umziehen und muss auch nicht bedient werden.«

Mariz' Unterlippe begann zu beben und ich bekam den Eindruck, dass ich etwas Falsches gesagt hatte.

»Ihr dürft mich nicht wegschicken, Hoheit! Ich brauche diese Stelle. Ohne mein Gehalt kann meine Familie –«

»Das wollte ich damit doch gar nicht sagen!«, unterbrach ich sie hastig. »Ich meinte nur, dass du ganz normal mit mir umgehen kannst.«

Erneut probierte ich es mit einem Lächeln. Diesmal erwiderte sie es, obwohl es ein wenig aufgesetzt und ratlos aussah.

Okay, das war's. Ich gab mich geschlagen und erlaubte Mariz, ihren Job zu machen.

Beim Anblick all der Fläschchen, Tuben und Dosen, die neben dem Zuber aufgestellt waren, kam mir diese Entscheidung sogar gelegen. Ich hätte Stunden gebraucht, um herauszufinden, was man davon für was benutzte. Und spätestens als ich vor dem undefinierbaren Kleid stand, das Mariz für mich herausgelegt hatte, war ich heilfroh über ihre Hilfe. Nie im Leben hätte ich es geschafft, mich alleine in die komplizierte Korsage zu schnüren – geschweige denn verstanden, wie man den hauchzarten weißen Stoff über dem Untergewand aus Seide festband. Das Kleid sah atemberaubend aus, aber praktisch war es beim besten Willen nicht. Als Mariz dann auch noch mein Haar zu einem Kunstwerk voller Kristalle flocht, stand fest, dass ich meine neue Zofe nie wieder hergeben würde.

»Es ist nicht perfekt, aber für jetzt wird es reichen müssen«, seufzte das pausbackige Mädchen und schob mich vor einen goldgerahmten Spiegel.

Großer Gott. Ich sah aus wie eine griechische Göttin. Tatsächlich hatte ich nie so viel für Mode und Beauty-Kram übriggehabt wie Jenny, aber das lag vor allem daran, dass ich nicht die Geduld und das Talent hatte, mich mit der Perfektionierung von Äußerlichkeiten aufzuhalten. Allerdings konnte selbst ich nicht leugnen, dass Mariz eine Künstlerin war.

Als jemand gegen die Tür hämmerte, zuckte ich zusammen. Dank meiner Müdigkeit lagen meine Nerven brach. Mariz öffnete und schon standen fünf Goldkrieger in voller Montur in meinen Gemächern. Sie hatten bis eben noch geräumig gewirkt, doch angesichts dieser metallbeschlagenen Hünen schrumpften sie bedenklich.

Die Goldkrieger verbeugten sich vor mir und der Anführer, dessen Helm mit schwarzen Rosshaaren verziert war, brummte: »Hoheit! Der Kaiser verlangt, Euch zu sehen!«

»Wo sind meine Geschwister?«, wollte ich wissen. Ohne sie würde ich nirgendwo hingehen. Und mein Kampf gegen Lazars und Noárs Willen hatte dafür gesorgt, dass ich mich nicht mehr mit ihnen besprechen konnte.

»Verzeiht mir, Hoheit. Wer?«

Der Goldkrieger mit dem schwarzen Helmbusch schien ehrlich verwirrt zu sein.

»Die anderen fürstlichen Geiseln«, sprang Mariz für mich ein. Dafür erntete sie allerdings einen tödlichen Blick von dem Goldkrieger.

»Ich habe nicht dich gefragt, Zofe«, knurrte er, bevor er sich wieder an mich wandte. »Die anderen Fürstenkinder sind bereits auf dem Weg in den Thronsaal. Wir werden sie dort treffen.«

In Ermangelung einer Alternative nickte ich. »Dann nach Euch!«

Die Rüstungen meiner Eskorte schepperten leise. Das Geräusch hallte von den hohen Decken der Gänge wider. Der Goldene Berg war im Inneren genauso beeindruckend wie von außen. Während meine Gemächer noch recht gemütlich und vergleichsweise dezent gewirkt hatten, fand ich mich jetzt in einem Palast wieder, der selbst Göttern zu protzig gewesen wäre. Einen einheitlichen architektonischen Stil konnte ich nicht erkennen. Es gab glatt polierte Wände, kantige Säulen und moderne Pfeiler, aber auch barocken Stuck und Jugendstil-Ornamente – natürlich alles aus Gold. Die einzige Abwechslung boten schwarz gekleidete Palastbewohner mit goldenen Symbolen auf der Stirn. Die meisten verbeugten sich tief und verschwanden hastig in dem Labyrinth aus Gängen. Einige wenige blieben stehen und bedachten mich mit abschätzigen Blicken, als wäre ich eine Zirkusattraktion. Das sorgte dafür, dass meine Zuversicht mit jedem Schritt sank, den ich dem Kaiser der Unterwelt näher kam. Gab es einen Knigge dafür, wie man sich einem Mann gegenüber verhielt, der einem seine Eltern weggenommen und über hundert Jahre lang gefangen gehalten hatte?

Wenigstens hatte mir das heiße Bad geholfen, mich ein wenig zu erholen. Dennoch spürte ich jeden zurückgelegten Meter bis in die Knochen. Aber man sollte ja dankbar für die kleinen Dinge im Leben sein. Dinge, wie das Wissen, dass ich in der Lage war, auch gegen mächtige Männer wie Noár und Lazar zu bestehen. Oder die Tatsache, dass Absätze in Cassardim wohl gerade nicht im Trend lagen. Die hochgeschnürten Sandalen, die ich trug, waren flach und halbwegs bequem. Das konnte man von der Korsage nicht behaupten, aber na ja, wozu auch atmen?

»Wie heißt Ihr?«, erkundigte ich mich bei dem Anführer der Goldkrieger, als mir das endlose Gold der Gänge zu eintönig wurde. Vielleicht konnte ich den langen Weg wenigstens nutzen, um ein paar Informationen zu sammeln.

Völlig entgeistert sah mich der ältere Mann an. Aha, offenbar hatte ich gerade gegen irgendeine Verhaltensregel verstoßen.

»Dürfen wir uns nicht miteinander unterhalten?«, fragte ich ihn kleinlaut.

»Es ist nicht üblich«, lautete die knappe Antwort. »Aber selbstverständlich dürft Ihr tun und lassen, was Ihr wünscht, Hoheit.«

Der Mann fühlte sich in seiner Haut ganz eindeutig unwohl. »Ich bin Askan, Kommandant des fünften Regiments und für Eure Sicherheit verantwortlich, Hoheit.«

»Freut mich, Euch kennenzulernen, Kommandant Askan.«

Erneut huschte Erstaunen über das wettergegerbte Gesicht des Kriegers.

»Es ist mir eine Ehre«, erwiderte er formvollendet und schien es tatsächlich nicht als hohle Floskel zu meinen.

Alles klar. Zumindest was seine Bewohner betraf, unterschied sich Cassardim nicht sonderlich von der Menschenwelt. Auch hier gingen die ›Hochwohlgeborenen‹ mit ihrem Personal wohl oft um wie mit Dreck. Gut, das konnte ich für mich nutzen.

Ich lächelte Askan freundlich an. »Die Ehre ist ganz auf meiner Seite.«

Bingo. Die Augen des Kommandanten glänzten vor Stolz und seine Haltung mir gegenüber schien sich zu verändern. Und als wir schließlich vor einer Tür mit Intarsien aus schwarzem Gestein ankamen, verbeugte er sich voller Ehrerbietung.

»Wir warten hier auf Euch, bis seine kaiserliche Majestät Euch entlassen hat, Hoheit.«

Damit war dann auch klar, was sich auf der anderen Seite der Tür befand. Waren meine Geschwister schon drin? Wie begrüßte man einen Kaiser?

»Hauptmann Askan?«

Der grimmige Krieger hob fragend die Augenbrauen. Ich wusste nicht, ob er die richtige Person für mein Anliegen war. Mariz wäre die bessere Wahl gewesen, aber dafür war es jetzt leider zu spät.

»Muss ich da drinnen einen Knicks oder so was machen?«

Nicht, dass es mir etwas ausgemacht hätte. Durch meinen Ballettunterricht beherrschte ich das sogar ziemlich gut. Aber ich hatte keine Ahnung, ob ich mich damit in ein Fettnäpfchen manövrierte.

Askan verkniff sich nur mit Mühe ein Lächeln. »Seiner kaiserlichen Majestät gegenüber wäre das wohl angemessen. Anderen höhergestellten Edlen gegenüber würde es ausreichen, Euer Haupt zu neigen.«

Ich nickte und entschied spontan, Askan zu mögen. Das ›Danke‹, das mir auf den Lippen lag, schluckte ich jedoch wohlweislich herunter. Stattdessen beschäftigte ich mich mit meinem plötzlich rasenden Puls und den feuchten Händen. Gerade als ich mich fragte, ob von mir erwartet wurde, dass ich die Tür selbst öffnete, schwang sie wie von Geisterhand auf.

Dahinter erstreckte sich ein halbrunder Thronsaal, der dem Rest des Goldenen Bergs alle Ehre machte. Groß wie ein Flugzeughangar, überladen mit Opulenz und zweifellos einschüchternd. Am anderen Ende führte eine Treppe zu einem Thron, hinter dem an einer pechschwarzen Wand ein goldenes Emblem hing. Es erinnerte in seiner Form ein bisschen an zwei gekreuzte Sensen, wobei ich nicht glauben konnte, dass das beabsichtigt war. Das wäre dann doch ein bisschen zu banal gewesen für ein Wappen des Totenreichs ...

Darunter leuchteten die schneeweißen Haare des Kaisers wie eine helle Fackel in einem Meer aus Gold und Schwarz.

»Seine kaiserliche Majestät, Fidrin der Zurückgekehrte, Retter der acht Reiche und Träger des Zepters von Cassardim«, verkündete eine hohe Männerstimme.

Ich schluckte schwer, bevor ich meinen Mut zusammenkratzte und durch die Tür schritt.

Aus den Augenwinkeln bemerkte ich, wie gleichzeitig mit mir fünf Gestalten durch fünf weitere Türen eintraten. Es waren meine Geschwister – obwohl ich zweimal hinsehen musste, um sie wiederzuerkennen. Auch sie hatte man herausgeputzt und damit in Fürstenkinder verwandelt. Jenny trug ein königsblaues Kleid, Annie eines in einem satten Ockerton. Das brachte ihre Völkersymbole perfekt zur Geltung. Die Jungs hatte man in Gehröcke gesteckt – Moe in einem dunklen Grün, Adam in einem tiefen Violett und Nick in Beige. Die Farbwahl schien viel zu offensichtlich, um Zufall zu sein. Es war seltsam, sie in diesen Gewändern zu sehen. Trotzdem wirkten sie diesmal nicht wie verkleidet. Als wäre alles so, wie es sein sollte. Als würden wir tatsächlich hierhergehören.

Meine Geschwister schienen das auch zu spüren, denn trotz aller Nervosität und Erschöpfung machten sie einen befreiten Eindruck. Adam zwinkerte uns sogar zu, bevor er seinen Blick wieder in Richtung des Throns lenkte.

Der Kaiser erhob sich. Mit einem lauten Krachen fielen die Türen hinter uns zu.

»Prinz Toradam von den Tanzenden Nebeln ...«, hallte nun seine feste Stimme durch den Saal. Gemächlich begab er sich die Stufen von seinem Thron herunter.

»Prinzessin Lovanna vom Ewigen Fluss ...«

Eine scharfkantige Krone ruhte auf dem weißen Haupt des Herrschers von Cassardim – aber er hätte keine Krone gebraucht, um deutlich zu machen, wer hier das Sagen hatte. Jeder seiner Schritte strotzte nur so vor Erhabenheit. Sein langes schwarzes Gewand glitt hinter ihm die Treppe hinunter.

»Prinz Nicuna vom Trockenen Meer ...«

Je näher er kam, desto deutlicher wurden die Jahrhunderte, die er bereits hinter sich hatte. Seinem Aussehen nach war er etwa sechzig. Was das in tatsächlichen Jahren ausmachte, überstieg meine Kopfrechenkünste. Mehr als ein Jahrtausend sicherlich ...

»Prinzessin Jenara von den Niemandslanden ...«

Inzwischen hatte er die Treppe hinter sich gelassen. Jetzt erkannte ich auch, dass er kleiner war, als ich gedacht hatte. Die fehlende Körpergröße machte er jedoch mit einer natürlichen Würde wett, die mich irgendwie an einen Löwen erinnerte. Dazu kamen noch die gleichen goldenen Symbole, die mir schon auf Lazars Stirn aufgefallen waren.

»Prinz Zamo vom Wandernden Wald ...«

Dann trafen mich seine wässrig grünen Augen und ich brauchte meine ganze Selbstbeherrschung, um nicht die Flucht zu ergreifen.

»Und Prinzessin Amaia von der Silberfeste ... Willkommen zu Hause!«

Neben mir sackten meine Geschwister in tiefen Verbeugungen und Knicksen zusammen. Okay – scheinbar waren sie gebrieft worden, wie man sich wann zu verhalten hatte. Aber auf ihnen ruhte ja auch nicht der hypnotische kaiserliche Blick, der es mir unmöglich machte, mich zu bewegen.

Jemand hinter dem Cassarden-Herrscher räusperte sich. Es war ein knochiger Mann mit Glatze. Er gab mir unverhohlen zu verstehen, dass ich dem Kaiser meine Aufwartung machen sollte. Endlich schaffte ich es, meinen Muskeln den Befehl für einen eleganten Knicks zu geben.

Als ich mich wieder erhob, lächelte der Kaiser freundlich.

»Ich könnte es euch nicht verdenken, wenn ihr diverse Vorurteile gegen mich hegt. Aber ich kann euch verraten, dass es mein Gewissen hundert Jahre lang belastet hat, euch so lange von euren Familien fernzuhalten. Schließlich vermochtet gerade ihr nichts für die Verfehlungen eurer Eltern.«

Langsam kam er näher und umrundete jeden Einzelnen von uns. Dabei musterte er uns so ausgiebig, als wäre jede Feinheit für seine Politik relevant.

»Darum lag es mir auch am Herzen, euch unbeschwert von all dem aufwachsen zu lassen. Ich hoffe, ihr verzeiht mir die Lügen, zu denen ich eure Wächter gezwungen habe. Ihr Verlust trifft mich schwer. Sie waren treue Gefolgsleute.«

Die Erwähnung unserer Zieheltern hätte mich wütend machen sollen, doch der Kaiser fand genau die richtigen Worte, um diese Wut im Keim zu ersticken. Egal, wie sehr ich mich auch bemühte, an meiner Abscheu gegen ihn festzuhalten, ich kam nicht umhin, seiner Stimme fasziniert zu lauschen.

»Und nun seht euch an. Eine Generation junger Fürsten, die ein geschwisterliches Band eint. Die Hoffnung Cassardims auf einen langen Frieden.«

Ich spürte, dass er sich mir von hinten näherte. Seine Aura war so intensiv, dass all meine Instinkte Alarm schlugen.

»Ihr werdet hier im Goldenen Berg wohnen, bis ihr euch an das Leben in Cassardim gewöhnt habt. Sicherlich wollen eure Familien euch in ihre Reiche zurückholen, doch noch ist ihre Schuld nicht gesühnt und ihre Verbrechen nicht vergessen. Bis dahin soll es euch an nichts fehlen.« Damit schritt er an mir vorbei und kehrte zurück zu seinem Thron. Meine Geschwister starrten ihm selig hinterher, während mir die wahre Bedeutung seiner Worte bewusst wurde.

»Das heißt, Ihr setzt uns auch weiterhin als Druckmittel ein und droht damit, uns zu töten, wenn unsere Eltern Euch nicht gehorchen?«

»Maia!«, zischte Jenny entsetzt.

Aber das war mir gleichgültig. Dieser Mann hatte uns hundert Jahre lang benutzt. Meine Geschwister mochten ja auf seine gut gespielten Gewissensbisse hereinfallen und in ihm ihren neuen Gehirnwäsche-Guru sehen. Doch nicht mit mir.

»Schon in Ordnung«, beschwichtigte der Kaiser meine Schwester, bevor er sich mir zuwandte. »Manchmal muss man für das Wohl seines Reiches Dinge tun, die aus der Perspektive Einzelner nicht fair erscheinen.« Seufzend ließ er sich auf seinem Thron nieder. »Vielleicht könnt ihr irgendwann Verständnis für einen alten Mann und seine schwere Bürde aufbringen. Vergebung wage ich erst gar nicht zu erhoffen.«

Er hob seine Hand und der knochige Glatzkopf trat vor, um uns nun seinerseits in Augenschein zu nehmen.

»Mein Name ist Baron Harràz. Ich bin oberster Minister und Cassardims Seneschall. Die Fürsten wurden bereits über Eure Ankunft informiert und sind auf dem Weg hierher.«

Im Gegensatz zum Kaiser fehlte es dem Seneschall eindeutig an Charisma. Das machte er allerdings mit frostiger Härte wieder wett. »Heute Abend werdet Ihr ihnen präsentiert. Ich schlage vor, dass Ihr die Zeit nutzt, um etwas weniger mitgenommen auszusehen und Euch mit dem Hofprotokoll vertraut zu machen.«

Lautlos schwangen die Türen hinter uns wieder auf.

»Ihr seid entlassen.«

DES KAISERS KLEIDER

»Aufstehen, Hoheit«, trällerte Mariz fröhlich, während sie die schweren Vorhänge zur Seite schob, die das Tageslicht draußen gehalten hatten.

Stöhnend vergrub ich mich zwischen den vielen göttlich weichen Kissen. Es war höchstens ein paar Stunden her, dass ich mich schlafen gelegt hatte. Und die Albträume von einem lachenden Noár, der gemeinsam mit Kaiser Fidrin meine Geschwister fesselte, konnte man definitiv nicht Erholung nennen, geschweige denn Regeneration.

»Ich weiß, Ihr seid noch müde, aber gleich kommt Meister Joto höchstpersönlich, um euch in unserer Hofetikette zu unterweisen. Außerdem ist die Delegation der Silberfeste angekommen und die Wolkenfürstin versetzt den ganzen Palast in Aufruhr. Ach, und die Schneider haben Eure Garderobe aufgestockt und das Kleid für heute Abend vorbeigebracht. Ihr werdet es lieben! Es hat am Rücken –«

»Maaariz«, unterbrach ich ihr viel zu fröhliches Plappern.

»Ja, Hoheit?«

Ich rollte mich an die Bettkante und unterdrückte ein weiteres Stöhnen, als mein Muskelkater brennende Schmerzsignale an mein Hirn sendete. »Gibt es hier so was wie Kaffee?«

»Was ist Kaffee?«, fragte meine Kammerzofe neugierig.

Ich starrte sie entgeistert an. Es gab hier keinen Kaffee?! ES GAB HIER KEINEN KAFFEE?! Wie sollte ich das denn bitte überleben?

»Verzeiht, ich kann einfach in der Küche fragen.« Mariz hatte mein entsetztes Gesicht wohl falsch interpretiert und war nun schon wieder kurz davor, sich in Selbstzweifel zu stürzen. »Die kennen sich bestimmt besser aus. Ja genau. Ich gehe am besten gleich los und frage nach. Irgendwer wird –«

»Es ist ein Getränk, das dabei hilft, wach zu werden ... oder zu bleiben«, unterbrach ich sie erneut, bevor sie wieder in Tränen ausbrechen konnte. Das blonde Mädchen war eigentlich so nett und schlau – ich verstand gar nicht, warum sie sich selbst immer runtermachte.

»Ach so«, rief Mariz erleichtert. »Ja, so was haben wir auch. Es ist ein Tee, den wir Damatih nennen. Er schmeckt ein wenig bitter wegen der Schattenreich-Kräuter, aber mit genügend Honig ist er durchaus genießbar.«

»Perfekt.« Im Moment würde ich sogar Spülwasser trinken, wenn es mir dabei half, den Abend zu überstehen.

»Gut, dann bringe ich Euch eine Tasse.«

Mariz eilte zur Tür, nur um dort abrupt zu bremsen und sich verschämt wieder umzudrehen. »Obwohl es vielleicht doch nicht so gut wäre, wenn ihr davon trinkt ...«

»Warum denn das?«, murrte ich, während meine Laune weiter in den Keller sank.

»Ihr gehört zum Wolkenvolk. Zusammen mit dem Schattenvolk und dem Goldenen Volk genießt ihr den Ruf, zu den willensstärksten Cassarden zu gehören. Kein Edler aus diesen Reichen würde Hilfsmittel wie Damatih verwenden. Das hieße ja, dass ihr Wille nicht stark genug wäre, was wiederum dem Ansehen ihres Volkes schaden würde.«

Moment! Hatte ich das gerade richtig verstanden? »Du meinst, ich soll einfach wach sein *wollen*, weil alles andere schlecht für das Image meiner Familie wäre?!«

Mariz sah mich aus ihren großen braunen Rehaugen an, glücklich, dass ich sie verstanden hatte. Mir dagegen fehlten die Worte – so lange, dass die Zofe unruhig von einem Fuß auf den anderen trat.

»Wisst Ihr was, ich behaupte einfach, es wäre für mich«, schlug sie vor und flitzte davon.

Guter Plan. Hoffentlich war dieses Damatih-Gebräu auch wirklich stark genug, um meinen Kreislauf in Gang zu bringen. Nach einem herzhaften Gähnen fiel mein Blick auf etwas im Nebenzimmer. An einer Kleiderpuppe hing eine atemberaubende Kreation mit tiefem Ausschnitt und Bändern am Rücken. Noch etwas steif von der Nacht schleppte ich mich hinüber und fuhr ehrfürchtig über den kristallbesetzten weißen Stoff. Dieses Kleid musste ein Vermögen gekostet haben. Sollte ich das etwa heute Abend tragen? Vor dem versammelten Hofstaat und meinen Eltern?! Offenherzig war noch die moderateste Beschreibung für das Dekolleté, das ich damit haben würde. Das einzig Gute wäre wohl, dass ich mich dafür nicht in eine Korsage zwängen müsste. Genaugenommen konnte man darunter nämlich nichts tragen.

Ich schüttelte den Kopf und beschloss, mich nicht länger von dem Luxus ablenken zu lassen, mit dem uns Kaiser Fidrin überschüttete. Er hatte sich als weiser Herrscher präsentiert, aber so ganz traute ich der Sache nicht. Um ehrlich zu sein, war ich mir noch nicht einmal sicher, ob er nicht subtil seinen Willen gegen uns eingesetzt hatte.

»Das Kleid ist großartig, nicht wahr? Ihr werdet darin alle Männerherzen höher schlagen lassen«, meinte Mariz, als sie mit dem Tee zurückkam. Er roch so widerlich, dass meine Gedanken unweigerlich von Kaiser Fidrin zu möglichen Kaffee-Import-Plänen abschweiften.

»Ich habe schon bei einigen Banketten aushelfen dürfen.

Manchmal waren sogar Abgesandte der anderen Reiche hier im Goldenen Berg. Aber ein Zusammentreffen aller Fürsten hat es schon ewig nicht mehr gegeben. Das letzte war vor über hundert Jahren, als ...« Mariz stockte und lief rot an.

»... als die Fürsten ihre Kinder dem Kaiser als Geiseln ausliefern mussten?«, half ich ihr aus und ging zu dem Tisch, auf dem mein übel riechender Tee auf mich wartete.

Verlegen nickte die Kammerzofe. »Verzeiht mir, ich wollte Euch nicht kränken. Ich bin nur so aufgeregt, dass ich Euch für diesen Anlass ankleiden darf. Es mag für Euch vielleicht banal klingen, aber ich habe heute zum ersten Mal in meinem Leben einen weißen Stoff anfassen dürfen. Er ist ausschließlich dem Wolkenvolk vorbehalten und hier am Kaiserhof kommt man nur selten in den Genuss von Abwechslung.«

Ich betrachtete Mariz' schwarzes Zofengewand und musste bei der Farbe unweigerlich an den Protagonisten meiner Albträume denken. Noár. Sosehr ich versuchte, ihn aus meinem Kopf zu bekommen, es klappte nicht. Der Kerl war wie ein Splitter, den man sich eingezogen hatte und nun nicht mehr rausbekam.

»Ist Schwarz die Farbe des Goldenen Volkes?«, fragte ich beiläufig, während ich mich an den Tisch setzte und aus einer goldenen Schale Honig in meinen Tee löffelte. Ich musste erst gar nicht kosten, um zu wissen, dass ich viel davon brauchen würde.

»Nein«, lachte meine Kammerzofe unbedarft. Sie huschte zum Schminktisch und sortierte Kämme, Pinsel und Tiegel. »Die Farbe des Goldenen Volks ist – wie sollte es auch anders sein – Gold. Ihr fragt sicher, weil Kaiser Fidrin ein schwarzes Gewand anhatte ...?«

Ganz bestimmt nicht. Mir war ziemlich egal, was der Kaiser trug. Aber mir war aufgefallen, dass, ausgenommen die Goldkrieger, beinahe jeder in diesem Berg schwarz gekleidet war. Wie auch Rhome und Noár. Deshalb dachte ich vielleicht …?

»Schwarz hat viele Bedeutungen in Cassardim. Es ist die Farbe der Trauer. Und der Rache. Und des Todes. Allen voran ist es aber die Farbe der einfachen Leute, weil es schlichtweg das billigste Material ist. Warum Kaiser Fidrin seit der Rebellion Schwarz trägt, weiß niemand so genau. Dazu gibt es die verschiedensten Theorien. Manche meinen, er würde es aus Trauer um seinen verstorbenen Sohn tun. Andere behaupten, er wolle damit seine Nähe zum niederen Volk demonstrieren. Wieder andere sagen, es sei eine Ehrerbietung an die Treue des Schattenfürsten, dessen Armeen ebenso schwarz tragen. Und wieder andere sind der Meinung, es wäre eine Warnung an die ebenfalls schwarz gekleideten *Faheen*, dass die Rache nicht nur den Gesetzlosen gehört.« Mariz zuckte mit den Schultern. »Wie auch immer. Den Hof interessiert es wenig, aus welchen Gründen der Kaiser was trägt. Sie machen es ihm trotzdem nach. Nana Plombis sagt, dass alle Edlen plötzlich pinke Federroben in Auftrag geben würden, wenn der Kaiser sich dazu entschiede, sich mal in eine solche zu kleiden.«

Das war zwar interessant, brachte mich in meinen Nachforschungen aber kein bisschen weiter. Nachdenklich rührte ich meinen Tee um. Der Sherlock in mir war noch längst nicht am Ende. Ich würde Noárs Geheimnis schon auf die Spur kommen. Auf zum nächsten Detail …

»Zu welchem Volk gehörst du?«, wollte ich wissen.

Mir war gleich ins Auge gefallen, dass meine Kammerzofe keines der Völkersymbole im Gesicht trug. Wie Noár auch.

»Zu keinem«, seufzte Mariz. »Mein Vater war ein Felsenläufer und meine Mutter eine Nebelreiterin. Beziehungen über die Völker hinweg sind nicht verboten, aber die Kinder werden ohne Rechte geboren. Das heißt, wir müssen hart und lange arbeiten, um vielleicht irgendwann einmal einem Volk angehören zu dürfen.«

Wow, jetzt war ich wirklich überrascht. Das machte die Sache natürlich viel komplizierter als erwartet.

»Deshalb arbeite ich auch hier im Berg. Wenn ich dem Kaiser beweisen kann, dass ich eine treue Untertanin bin, bekomme ich vielleicht die Gelegenheit, durch Cassardims Zepter mein Schicksal zu erkennen.«

Den letzten Satz sprach sie so ehrfurchtsvoll aus, dass es sich dabei eindeutig um ein Zitat handeln musste.

»Durch Cassardims Zepter?«, hakte ich nach.

»Ja.« Ein sehnsuchtsvoller Ausdruck brachte ihre Augen zum Glänzen. »Es heißt, die verlorenen Kinder finden ihr Volk, wenn sie es berühren.«

»Wie beim Sprechenden Hut in Hogwarts?«, platzte es aus mir heraus, während ich überlegte, ob Noár eines dieser verlorenen Kinder sein könnte.

»Wie was?«

Ach ja ... »Vergiss es«, sagte ich schnell und nahm einen Schluck Tee, um mein Grinsen zu verbergen.

Leider schmeckte das Gebräu genauso scheußlich, wie es roch. Das war das erste Nahrungsmittel in Cassardim, das mich nicht in Verzückung versetzte.

Mariz beäugte mich verwirrt wegen Hogwarts und erwartungsvoll wegen des Tees. Weil ich weder das eine noch das andere erklären wollte, fragte ich: »Also, was musst du tun, um dieses Zepter berühren zu dürfen?«

»Das ist kompliziert. Es ist eine aufwendige Zeremonie vonnöten. Früher hat der Kaiser jede Dekade die verlorenen Kinder des Reiches eingeladen, aber seit der Rebellion gab es keine solche Zeremonie mehr.« Während Mariz fröhlich vor sich hin plapperte, schob sie mich samt Tee zum Schminktisch und begann den Kampf gegen meine Locken. »Man sagt, das Zepter würde ohne das Juwel der Macht nicht funktionieren. Und das Juwel der Macht wurde während der Rebellion gestohlen. Damals starb auch Kaiser Fidrins Sohn, und deswegen musste Fidrin wieder auf den Thron zurückkehren. Eigentlich sollte er gar nicht mehr herrschen. Tja, diese blöde Rebellion hat hier ganz schön viel durcheinandergebracht.«

»Wieso hat es sie überhaupt gegeben?«

»Ich kann mich nicht so gut daran erinnern, weil ich zu jung dafür bin, aber man hört ja dann doch einiges. Offiziell hielten die Fürsten Kaiser Katair – Fidrins Sohn – für zu schwach und wollten ihn stürzen. Sie sagten, er hätte sich vom Chaos infizieren lassen und die Kontrolle verloren. Allerdings habe ich gehört, wie Nana Plombis Mistress Rhana erzählt hat, dass sie gehört hat, wie Baron Harràz meinte, das Chaos wäre absichtlich in den Goldenen Berg eingelassen worden.«

Okay ... Davon hatte ich nur die Hälfte verstanden, aber diese Hälfte klang ziemlich nach einer Verschwörung.

»Der Angriff der Fürsten hat die Ordnung zusätzlich gestört. Viele Cassarden fielen durch das Chaos oder die Schlacht. Auch Kaiser Katair, seine Gemahlin und seine kleine Tochter starben in dieser Nacht. Einen Beweis, dass Katair ein Chaoswandler war, gab's jedoch nicht.«

Mir klappte die Kinnlade hinunter. Das war es also, was Chaoswandler waren? Vom Chaos befallene Cassarden? Wie Zombies? Das erklärte so einiges, was ich in den letzten hundert Jahren nicht verstanden hatte.

»Und dann?«, fragte ich weiter, weil ich schon befürchtete, Mariz würde ausgerechnet an der spannendsten Stelle aufhören zu erzählen oder das Thema wechseln.

»Man besiegte die Chaoswandler unter schweren Verlusten und die Fürstin der Silberfeste – die Willensstärkste unter ihnen – nahm den Thron in Anspruch.«

»Meine Mutter?«

Erneut nickte die blonde Zofe. Wie gebannt hing ich an ihren Lippen. »Doch Fidrin, der wie jeder abgedankte Kaiser ins Exil gegangen war, hatte von dem Angriff auf seinen Sohn gehört, und noch bevor die Wolkenfürstin sich zur Kaiserin ausrufen lassen konnte, eroberte er mit der Hilfe des Schattenreichs den Goldenen Berg zurück. Die Fürsten beteuerten, dass sie Cassardim nur vor dem Chaos hatten retten wollen, aber Fidrin glaubte ihnen nicht.«

... und forderte die Kinder dieser Fürsten als Geiseln.

»Und was glaubst du?«, wollte ich von Mariz wissen. »War es ein Putschversuch oder doch eine ehrenvolle Rettungsmission?«

»Das zu beurteilen«, sagte plötzlich eine Männerstimme, »überlassen wir besser jenen, deren Aufgabe das ist.«

Mariz ließ ihren Kamm fallen und sank in einen tiefen Knicks. Herein kam ein winziger Mann, der ganz ernsthaft aussah wie Mr Miyagi aus dem Film *Karate Kid*. Asiatischer Einschlag, gebräunte Haut und ein Gesicht, das keinerlei Regung zeigte.

»Prinzessin Amaia, darf ich Euch Meister Joto vorstellen«, piepste Mariz, die sich zwar wieder erhoben hatte, aber noch immer den Kopf gesenkt hielt. »Meister Joto – Prinzessin Amaia von der Silberfeste.«

Ich stand auf, um den Mann zu begrüßen. Da fiel mir auf, dass ich nur ein leichtes Nachthemd anhatte. Tja, Mariz und ich hatten wohl die Zeit aus den Augen verloren. Nachdem dieser Joto aber ohne Anklopfen hereingeplatzt war, konnte das kaum meine Schuld sein. Ich ignorierte meinen wenig gesellschaftsfähigen Aufzug und erinnerte mich daran, was Kommandant Askan gesagt hatte: nur den Kopf neigen.

Meister Jotos kleine Augen verfolgten jede meiner Bewegungen, bevor er sich formvollendet verbeugte und anschließend einen schwarzen Fächer aufschlug.

»Ich bin der oberste Zeremonienmeister des Goldenen Bergs. Da Ihr Fürstin Saphamas Tochter seid, verlangte seine kaiserliche Majestät von mir persönlich, Euch auf den heutigen Abend vorzubereiten.«

Saphama – das war also der Name meiner Mutter.

»Geht zur Tür«, verlangte Joto, der anscheinend keine Zeit verlieren wollte.

Ich folgte seiner Anweisung, auch wenn es mir unangenehm war, im Nachthemd einer so intensiven Begutachtung ausgesetzt zu sein.

»Und wieder zurück.«

Joto ließ mich noch dreimal auf und ab gehen, bevor er sein Urteil fällte: »Grader Rücken, elegante Schrittlänge ... das Rad des Schicksals sei gepriesen, dass die Menschenwelt Euch nicht ganz verdorben hat.«

Angesichts dieses zweifelhaften Kompliments verkniff ich mir ein Grinsen. Meister Joto erinnerte mich an meine kasachische Ballett-Lehrerin. Harte Schale, harter Kern, aber trotzdem irgendwie liebenswert.

»Also gut, beschränken wir uns auf das Nötigste, das Ihr wissen müsst, um meinen Ruf nicht zu ruinieren.«

Um *seinen* Ruf nicht zu ruinieren? Ja, er war ganz eindeutig die männliche Version meiner Ballett-Lehrerin.

»Könnt Ihr mit Messer und Gabel essen?«

»Ja ...?«, sagte ich zögerlich. Eigentlich war ich ziemlich vertraut mit Tischmanieren, aber wer wusste schon, ob der Umgang mit Messer und Gabel in Cassardim einen ähnlichen Zweck erfüllte wie in der Menschenwelt.

»Beweist es.« Meister Joto ging zu dem Tisch, auf dem mir der Tee serviert worden war. Erst jetzt fiel mir auf, dass Mariz auch noch einen Teller mit einer goldenen Gloche mitgebracht hatte. Nun hob Joto sie an und präsentierte mir ein dampfendes Rührei mit frischen Kräutern. Unvermittelt begann mein Magen zu knurren, was mir einen tadelnden Blick des Zeremonienmeisters einbrachte. Also bitte! Durften Prinzessinnen hier keinen Hunger haben?

Ich unterdrückte ein Augenrollen und setzte mich vor den Teller. Dann nahm ich das goldene Besteck in die Hände und dachte sogar daran, mir die Serviette auf den Schoß zu legen. Einen Bissen später war der kleine Mr Miyagi, der Kaiser, meine Aufregung und alles andere vergessen. Die Geschmacksnerven in meinem Mund explodierten und ich musste mich beherrschen, um nicht laut aufzustöhnen. Wie konnte ein simples Rührei nur so gut schmecken?! Und wie zum Teufel sollte ich heute Abend auf mein Benehmen achten, wenn zweifellos noch viel köstlichere Speisen serviert würden?

Aber anscheinend stellte ich Meister Joto so weit zufrieden, dass er »Damit kann ich arbeiten« murmelte. Er setzte sich auf den Stuhl mir gegenüber und sah mir zum ersten Mal direkt in die Augen.

»Erzählt mir etwas über die Menschenwelt. Leichte Konversation ist die Krönung guter Etikette.«

»Was möchtet Ihr denn wissen?«, lautete meine Gegenfrage.

Joto tat, als würde er nachdenken, während sein Fächer in stetiger Bewegung war.

»Glaubt Ihr, seine kaiserliche Majestät hat gut daran getan, Euch dort zu verstecken?«

Ich lächelte den Zeremonienmeister kühl an. Diese plumpe Fangfrage erkannte ich sogar, ohne ausgeschlafen zu sein.

»Das zu beurteilen überlasse ich lieber jenen, deren Aufgabe das ist«, säuselte ich mit meinem schönsten Wimpernklimpern.

Frustrierenderweise zeigte Joto keine Reaktion.

»Vermisst Ihr etwas aus Eurem alten Leben?«

Ich schob mir eine weitere Gabel Rührei in den Mund, um Zeit zu haben, den Haken an dieser Frage zu erkennen. Was vermisste ich? Meine Eltern, meine Musik, das Internet – aber diese Antworten waren mir zu privat, deshalb versuchte ich es mit etwas Unverfänglichem.

»Die Sonne.«

Jotos dunkle Augen verengten sich. »Heißt das also, Cassardim kann Euren Bedürfnissen nicht gerecht werden?«

Aha, da war er, der Haken.

Ich tupfte meine Mundwinkel mit der Serviette ab und schluckte die sarkastische Bemerkung runter, die mir auf den Lippen lag. »Ich habe noch nicht viel von Cassardim kennenlernen dürfen, aber ich bin mir sicher, dass es meine Erwartungen übertreffen wird.«

»Hervorragend«, urteilte Joto, klappte seinen Fächer wieder auf und wedelte sich zufrieden Luft zu. »Wenn man Euch reizt, kommt die Prinzessin durch. Haltet sie besser nicht so versteckt. Könnt Ihr tanzen?«

»Ja.« Endlich ein Thema, bei dem ich mich wohlfühlte. Im Moment würde ich viel dafür geben, meine Musik und einen dieser leeren Säle für mich allein zu haben. Zur Not würde es allerdings auch Gesellschaftstanz tun.

Meister Joto entging mein strahlendes Gesicht wohl nicht, denn seine Brauen hoben sich ein paar Millimeter.

»Lasst es sein«, meinte er. »Tanz erfordert Perfektion von einer jungen Dame, andernfalls wird sie schnell zum Gespött des Abends. Als Prinzessin ist es ohnehin schicklich, Aufforderungen unter ihrem Stand abzulehnen. Sollte Euch einer der Prinzen oder gar einer der Fürsten auffordern, sagt Ihr einfach Folgendes: Gerne nehme ich Eure Gunst ein anderes Mal an, doch für heute seid nachsichtig mit meiner Erschöpfung.«

Entgeistert starrte ich den Zeremonienmeister an. Das konnte er nicht von mir verlangen!

Aber ich lag falsch. Er konnte.

»Sagt es«, forderte Joto und klopfte mit seinem Fächer auf den Tisch. Ich seufzte.

»Gerne nehme ich Eure Gunst ein anderes Mal an, doch für heute seid nachsichtig mit meiner Erschöpfung.«

Wieder klopfte er auf den Tisch.

»Und jetzt ein bisschen überzeugter. Ihr seid eine Prinzessin und solltet auch wie eine klingen.«

UND DAS ALLES OHNE KAFFEE?!

Ein weiteres Mal wiederholte ich seine Worte. Je mehr ich mich sträubte, desto länger würde es dauern.

Nach dem vierten Mal war Joto endlich zufrieden. »Kommen wir nun zu den wichtigsten Personen heute Abend ...«

Während er im Zimmer auf und ab schritt, zählte er Namen und Titel auf. Ich hoffte sehr, dass nicht von mir erwartet wurde, mir alles zu merken. Sein Monolog war so ausufernd, dass Mariz mich in der Zwischenzeit frisierte, schminkte und ankleidete. Als Joto mit den seiner Meinung nach relevanten Namen durch war, ging es weiter mit korrekten Anreden, unerwünschten Themen, Bemerkungen zur Sitzordnung und einer Ermahnung, nicht zu viel Varras zu trinken. Letzteres hatte ich definitiv nicht vor.

»Und denkt daran, um nichts zu bitten und Euch bei niemandem zu bedanken. Die einzige Ausnahme von dieser Regel stellt seine kaiserlicher Majestät persönlich dar.«

Plötzlich flog die Tür auf und eine Frau in einer wehenden weißen Robe rauschte herein. Von Anklopfen hielt man hier wohl nicht so viel. Ihr folgte ein großer junger Mann mit schwarzen Haaren und eine ganze Schar Gefolgsleute. Binnen Sekunden waren meine Gemächer bis auf den letzten Zentimeter ausgefüllt. Mariz, die gerade an den Rückenbändern meines Kleides nestelte, keuchte auf und fiel in einen so tiefen Knicks, dass ihre Knie den Boden berühren mussten. Auch Joto verbeugte sich tiefer, als es für einen alten Mann gesund gewesen wäre.

»Alle raus.«

Die Stimme der Dame in Weiß schnitt durch die Luft wie ein heißes Messer durch Butter. Meister Joto erhob sich aus seiner Verbeugung, hielt jedoch seinen Blick gesenkt. »Majestät, der Kaiser hat untersagt –«

Eine feingliedrige Hand schoss in die Höhe und brachte den Zeremonienmeister zum Verstummen.

»Es ist mir gleichgültig, was der Kaiser untersagt hat. Ich möchte mit meiner Tochter sprechen und wünsche dabei keine fremde Gesellschaft zu haben. Wenn Ihr hierin einen Verstoß gegen die Etikette oder das Gesetz seht, hindere ich Euch keineswegs daran, mich beim Kaiser zu denunzieren.«

»Ich denke, das wird nicht nötig sein.« Erneut verbeugte sich Joto und zog sich zurück. Mariz flitzte ihm hinterher, als müsste sie um ihr Leben rennen. Dann fiel die Tür ins Schloss und riss mich aus meinem Schock.

Das war meine Mutter?! Mit klopfendem Herzen starrte ich die wunderschöne, aber unterkühlte Frau an. Ihre Augen funkelten wie zwei Saphire. Hart und unnachgiebig. Entlang ihrer Brauen prangten – wie bei ihren Gefolgsleuten auch – je drei Sterne aus reinstem Silber.

»Du weißt, wer ich bin?«, wollte sie wissen, während sie mich langsam umschritt und meine Aufmachung musterte.

Ich nickte. Allerdings schien das nicht zu genügen, denn mindestens acht Augenpaare sahen mich erwartungsvoll an.

Unsicher schluckte ich den Kloß herunter, der mir im Hals steckte. »Ihr seid Fürstin Saphama. Meine Mutter.«

»So ist es.«

Kein Lächeln, keine Umarmung und auch sonst keinerlei Wärme – nichts Neues, immerhin war meine Ersatzmutter ebenfalls nicht von der herzlichen Sorte gewesen. Trotzdem, oder gerade deswegen, hätte ich es mir anders gewünscht.

Ein zweites Mal umrundete mich die Fürstin, gefolgt von einer Wolke teuren Parfums. Sie war nur wenig größer als ich und trug ihre Haare zu einem strengen Dutt zusammengebunden.

»Das ist Prinz Ifar.« Mit einer beiläufigen Geste deutete sie auf den dunkelhaarigen Mann, der in ein Wams aus kleinen silbernen Platten gekleidet war. Sie sahen aus wie Drachenschuppen. »Dein Bruder.«

Ja, so etwas hatte Meister Joto erwähnt. Er war der Kronprinz der Silberfeste und – neben mir – das einzige Kind von Fürstin Saphama. Unser gemeinsamer Vater war wohl während der Rebellion gestorben.

Prinz Ifar hatte die Augen seiner Mutter. Unserer Mutter. Allerdings wirkten sie nicht ganz so eisig. Er lächelte sogar, als er vortrat und eine Verbeugung andeutete. Die kleinen Silberkugeln, die in seine schulterlangen Haare geflochten waren, klimperten leise.

»Ich bin froh, dass es dir gut geht«, sagte er mit einer angenehm warmen Stimme.

Fast hätte ich zurückgelächelt, wenn nicht das abfällige Schnauben meiner Mutter gewesen wäre. Ihr Blick wanderte an mir herunter.

»Das willst du heute tragen?«

Ihr Tonfall klang, als würde ich einen Kartoffelsack anhaben. Nur mit Mühe widerstand ich dem Drang, mich selbst im Spiegel zu betrachten, um zu kontrollieren, was an meinem Aussehen nicht stimmte.

»Der Kaiser hat mir das Kleid für den heutigen Abend schicken lassen.«

»Der Kaiser hat keinen Geschmack. Du wirst eines meiner Kleider anziehen«, entschied sie. Ein Mädchen mit dunklen Locken trat aus ihrem Gefolge hervor. Über ihren Armen hing ein Gewand aus gesponnenem Silber.

»Ich erwarte«, fuhr die Fürstin fort und packte mein Kinn, »dass der Hof geblendet ist von deinem Liebreiz, damit sie sehen, was ihr Kaiser ihnen genommen hat.« Eisiger Zorn brannte in ihren hellblauen Augen.

»Wirst du das für mich tun?« Kratzend und kriechend spürte ich ihren Willen in mein Bewusstsein dringen.

Nicht. Mit. Mir.

Ich entwand mich ihren Fingern und erwiderte ihren durchdringenden Blick. »Bleibt mir eine andere Wahl?«

Die Mundwinkel meiner Mutter hoben sich, obwohl das Lächeln ihre Augen nicht erreichte.

»Nein«, zischte sie. »Aber wenigstens wird es nicht deine Willensschwäche sein, die uns beschämt.«

Sie schaute von mir zu dem hübschen Mädchen, das noch immer das silbern glitzernde Kleid hielt. Ihre Miene verfinsterte sich. Dann drehte sie sich um und verschwand, gefolgt von ihrem Hofstaat.

Sprachlos starrte ich ihr hinterher.

Nichts.

Ich spürte gar nichts.

Und schließlich regte sich Reue in mir. Ich dachte an die Nacht in der Seestadt zurück. Damals hätte ich noch umkehren können. Moe wäre nicht entführt worden. Noár hätte mich nicht geküsst und hinterher verraten. Und ich hätte nie herausfinden müssen, dass meine Mutter die Eiskönigin höchstpersönlich war.

»Was hat die Fürstin gewollt?«, erkundigte sich Meister Joto, der gemeinsam mit einer völlig verängstigten Mariz in meine Gemächer zurückkehrte. Ich konnte es nicht mit Sicherheit sagen, aber ich glaubte, in seinen beherrschten Zügen etwas wie Sorge zu erkennen.

»Sie möchte, dass ich das trage«, antwortete ich und deutete auf das Silberkleid, das die dunkel gelockte Zofe an den Paravent gehängt hatte.

Mariz schlug die Hände vor dem Mund zusammen.

»Verfluchtes Chaos!«, murmelte Meister Joto.

Das kollektive Entsetzen war so groß, dass sich mein Unbehagen von nagend zu alarmiert steigerte.

Es war Joto, der auf meinen fragenden Blick antwortete. »Silber ist die Farbe der Wolkenarmee. Wenn sie Euch das tragen lässt, sendet sie eine eindeutige Kampfansage an den Kaiser.«

Yay …! Meine Mutter hatte nicht nur nichts für mich übrig, sie benutzte mich auch noch als wandelnde Kriegserklärung.

»Dann werde ich es nicht anziehen«, beschloss ich mit einem Schulterzucken.

»Ganz so einfach ist das leider nicht, Hoheit.« Der Zeremonienmeister fächerte sich aufgeregt Luft zu. »Tragt Ihr das Kleid des Kaisers, verliert Ihr den Rückhalt Eurer Familie. Verliert Ihr den Rückhalt Eurer Familie, verliert Ihr euren Wert als Druckmittel und damit vielleicht Euer Leben. Tragt Ihr das Kleid Eurer Mutter, ist das ein öffentlicher Affront gegen den Kaiser, was Eurer Gesundheit ebenfalls abträglich sein könnte.«

Genervt warf ich meine Arme in die Luft.

»Dann trage ich eben keines der beiden!«

»Das wäre dann wohl eine Sensation. Nackt ist noch keine Prinzessin zu einem derart wichtigen Ereignis erschienen.«

»Ihr wisst genau, was ich meine«, pampte ich den Zeremonienmeister an, allerdings war der mit seinen Gedanken woanders.

»Ich muss etwas klären«, sagte er und wandte sich zum Gehen.

»Aber ...« Er konnte mich doch jetzt nicht allein lassen!

»Denkt wie eine Prinzessin, Hoheit. Ihr werdet schon die richtige Wahl treffen.«

SCHWARZ AUF WEISS

Kommandant Askan und seine Männer erwarteten mich vor der Tür, um mich erneut zu eskortieren. Ich hätte schwören können, dass wir in dieselbe Richtung gingen wie heute Mittag und dennoch wirkten die Gänge, die Abfolge der Räume und Nischen diesmal ganz anders. Ich schob es auf meine Nervosität und konzentrierte mich darauf, wie ich meiner Mutter erklären wollte, weshalb ich nicht ihr Kleid trug. Ich hätte die Entscheidung ja gerne durch meinen Pragmatismus gerechtfertigt – immerhin hatte ich das Kleid des Kaisers schon angehabt – oder mit einer fundierten Analyse der Konsequenzen, aber letztendlich hatte ich mein Bauchgefühl die Wahl treffen lassen. Ich mochte beide nicht, doch wenn man mich zwang, zwischen Kaiser Fidrin und der frostigen Eiskönigin zu entscheiden, dann musste ich nicht lange überlegen.

Und so schritt ich nun ganz in Weiß, mit einem Ausschnitt bis zum Bauchnabel und einem flauen Gefühl im Magen zu einer Veranstaltung, die sich immer mehr wie eine Schlachtbank anfühlte. Unzählige Lagen feinster Seide umspielten meine Beine bei jeder Bewegung und mindestens genauso viele Satinbänder hielten das Kleid am Rücken zusammen. Ich hatte gedacht, ohne Korsage würde ich wenigstens frei atmen können – von wegen! Jetzt musste ich bei jedem Luftholen Angst haben, dass mir die Brüste aus dem Kleid rutschten.

»Es steht mir nicht zu, darüber zu urteilen, aber Ihr seht wunderschön aus, Hoheit«, murmelte Kommandant Askan an meiner Seite. Den Blick hatte er stur geradeaus gerichtet, doch ich verstand auch so, dass er versuchte, mir die Aufregung zu nehmen. Wieder einmal hätte ich mich gerne bei ihm dafür bedankt, wenn da nicht diese dämlichen Verhaltensregeln gewesen wären.

Wir erreichten über eine breite Wendeltreppe einen Saal, der genügend Platz für ein Bankett geboten hätte. Aber er war leer. Das hieß, beinahe. Denn entlang der Wände waren weitere Goldkrieger postiert und neben einer großen doppelflügeligen Tür am anderen Ende des Saals standen meine Geschwister. Allesamt sahen sie aus wie Haute-Couture-Models.

»Wer hat denn da die Braut bestellt!«, scherzte Nick und lief mir entgegen, um mich zu umarmen. So gelöst hatte ich ihn schon Ewigkeiten nicht mehr erlebt. Er wirbelte mich einmal durch die Luft und auch Adam und die anderen begrüßten mich überschwänglich. Sie lachten und erzählten begeistert von ihren Zimmern, den Dienern und Zofen und ihren Eltern. Schien, als hätten wenigstens sie das große Los gezogen.

Kommandant Askan sah uns leicht überfordert zu. Offenbar war es nicht schicklich, wie zwanglos wir miteinander umgingen. Doch als alle meine Geschwister mich einmal umarmt und keiner von ihnen mich erstochen hatte, entspannte sich auch der Goldkrieger.

»Wir ziehen uns nun zurück, sind aber nie weit entfernt, solltet Ihr uns brauchen, Hoheit«, teilte er mir mit und verschwand mit seinen Männern.

Jenny schaute ihnen grinsend hinterher. »Hast du was ausgefressen? Oder warum begleiten dich so viele Krieger?«

Ich runzelte die Stirn. »Habt ihr keine Eskorte bekommen?«

»Eine Eskorte schon, aber keine halbe Armee«, witzelte Nick. »Raus damit, mit wem hast du dich diesmal angelegt?«

Zeit, um mich zu verteidigen, blieb mir nicht, denn im selben

Moment schwangen die goldenen Türflügel auf und eine laute Stimme verkündete der Reihe nach unsere Namen.

Ich spürte, wie mir das Adrenalin durch die Adern schoss. Noch waren wir mehr oder weniger inkognito hier. Nur ein paar Cassarden hatten uns zu Gesicht bekommen. Wenn wir durch diese Tür gingen, würde sich das mit einem Schlag ändern.

Nervös nestelte ich an einem der diamantenbesetzten Haarkämme herum, mit denen Mariz meine Locken hochgesteckt hatte. Plötzlich stand Moe vor mir. Er schnappte sich meine Hand und zog mich zu sich herunter, um mir ein Küsschen auf die Wange zu drücken.

»Du hattest recht. Mit meinen Eltern«, flüsterte er. »Danke, dass du uns hergebracht hast!« Dann wurde sein Name aufgerufen und er flitzte davon. Perplex sah ich ihm hinterher. Vielleicht hatte ich ja doch keinen so großen Fehler begangen?

Als nur noch ich übrig war, checkte ich kurz, ob bei meinem Dekolleté alles dort saß, wo es hingehörte. Ich wischte ein letztes Mal meine schweißnassen Hände ab und holte tief Luft.

Doch mein Name wurde nicht angekündigt. Stattdessen schloss sich die Tür wieder.

Ähm, ja ... Hatten sie mich vergessen? So aufgedonnert wie ich war, konnte man mich wohl kaum übersehen.

Einer der Goldkrieger trat vor und stieß mit seiner Lanze auf den Boden. Auf einmal kam Bewegung in die Wachen. Sie zogen sich schweigend zurück. Hier stimmte irgendetwas ganz und gar nicht. Sollte ich sie aufhalten? Oder warten? Oder jemandem Bescheid geben? Aber wem? Hier war ja niemand mehr außer mir. Zumindest dachte ich das, bis ich hinter mir Schritte hörte. Ich wirbelte herum und sah, wie ein Mann in schwarzen Gewändern auf mich zuhielt. Seine grauen Schläfen waren goldgepudert. Er lächelte nicht, aber seine Augen blitzten vergnügt. Lazar. Ihn hatte ich hier und jetzt wirklich nicht erwartet – wobei es mich eigentlich nicht hätte überraschen dürfen.

»Ihr kennt mich nicht, Hoheit«, sagte er noch im Gehen. »Und leider bleibt uns keine Zeit, das zu ändern.« Wie aufs Stichwort drangen Stimmen durch die Tür. Jemand rüttelte daran. »Aber ich denke, ich habe eine Lösung für Euer Problem.«

Bei mir angekommen, berührte er mich an der Taille und sagte mit gedämpfter Stimme: »Schwarz.«

Völlig sprachlos sah ich von seinen amüsierten Lachfalten zu seiner Hand. Dort, wo er mein Kleid anfasste, begann sich der Stoff zu verfärben. Immer weiter breitete sich das Schwarz aus, bis mein Kleid komplett die Farbe verändert hatte.

»Was zum ...?« Ich schaute auf, doch Lazar war verschwunden. Ich konnte gerade noch sein goldgepudertes Haupt durch einen geheimen Zugang hinter einer Säule verschwinden sehen, als die Tür wieder aufschwang. Mehrere Diener rannten herein und verbeugten sich tief. Auf ihren Gesichtern stand blanke Panik.

»Wir ... wir wissen auch nicht, wie das geschehen konnte, Hoheit«, stammelte einer von ihnen.

Im Türrahmen hinter ihnen tauchte Meister Joto auf. Sein Blick glitt durch den Raum und blieb an mir hängen. Die neue Farbe meines Kleides schien ihn kein bisschen zu überraschen. Zufrieden drehte er sich um und hob seine Stimme.

»Ihre Hoheit, Prinzessin Amaia von der Silberfeste.«

Mir wurde heiß und kalt zugleich. Jetzt gab es kein Zurück mehr. Ganz gleich, was Lazar vorhatte oder was ich mit meinem schwarzen Kleid für ein Statement setzen würde, ich musste da raus.

Langsam näherte ich mich der Tür. Eine kühle Brise wehte mir entgegen. Nur noch ein paar Schritte und dann stand ich unerwarteterweise im Freien. Über mir türmten sich purpurne

Wolkenberge in der Dämmerung und unter mir lag ein Meer aus goldgelbem Licht. Unzählige Laternen beleuchteten eine Terrasse, die bis auf den letzten Platz angefüllt war mit Cassarden in den verschiedensten Farben – wobei Gold und Schwarz überwogen. Um Tafeln, Brunnen und Bäume herum warteten sie darauf, dass ich die lange Treppe zu ihnen hinunterstieg.

Also gut, dann sollte ich jetzt besser nicht stolpern ...

Stufe für Stufe kam ich der Menge und dem Kaiserthron näher. Das anfängliche Schweigen wurde von einem Raunen abgelöst. Ich hätte ja gerne daran geglaubt, dass es an meinem unvergleichlichen ›Liebreiz‹ lag, den meine Mutter so offensiv eingefordert hatte. Aber ich befürchtete, es war nur meine Garderobe, die diese Wirkung auf die Höflinge hatte.

Als ich die Treppe hinter mir gelassen hatte, passierte ich die Delegationen der Fürstenhäuser. Die Nebelreiter in ihren violetten Roben starrten mich finster an. Ihr blonder Fürst wirkte überraschend jung. Er trug eine Kupferkrone, die zu den Symbolen an seinem Kinn passte. Das Fürstenpaar vom Ewigen Fluss war in Gelb und Ocker gekleidet. Beide nickten mir zu, als ich an ihnen vorbeiging. Der Waldfürst mit seinen rasierten Schläfen und den Bernsteinzeichnungen lächelte sogar. Aber das war es dann auch mit den Freundlichkeitsbekundungen. Die blau gekleideten Felsenläufer wirkten so kühl wie ihre Eisensymbole und der Fürst des Wüstenvolks machte erst gar keinen Hehl aus seiner Abneigung. Ich wusste nur nicht, ob sie mir galt oder der Geiselnahme an sich. Er und seine Gefolgsleute sahen mit den rotbraunen Streifen über ihren Augen aus, als hätten sie Kriegsbemalung angelegt.

Und dann kam ich an meiner Mutter vorbei. Sie schien reglos, wie aus Stein gemeißelt. Aber in ihrem Blick loderte eine so beängstigende Wut, dass mir die Luft wegblieb. Prinz Ifar flüsterte ihr etwas zu, doch sie reagierte nicht. Weil ich ihre Feindseligkeit nicht länger ertrug, zwang ich mich wegzugucken. Besser wurde es dadurch allerdings nicht, denn nun lag der Thron vor mir. Kaiser Fidrins Lippen waren zu einem schmalen Strich zusammengepresst. Er war von meiner Kleiderwahl alles andere als amüsiert. Großartig, jetzt hatte ich es mir gleich mit allen beiden verscherzt. Sollte ich Lazar jemals in die Finger bekommen, würde er mir einiges zu erklären haben!

Um es nicht noch schlimmer zu machen, vollführte ich einen tiefen Knicks vor dem Kaiser und reihte mich dann möglichst unauffällig zwischen meinen Geschwistern ein. Auch sie starrten mich und mein schwarzes Kleid ungläubig an.

Unvermittelt stand Fidrin auf. Gleichzeitig sackte der ganze Hofstaat auf die Knie. Mit gemessenen Schritten kam er auf mich zu, bis er nur noch wenige Zentimeter von mir entfernt war. Seine Macht umgab ihn wie ein grausames Strahlen.

»Ich hoffe, du hast deinen Ungehorsam genossen«, zischte er so leise, dass nur ich ihn hören konnte. »Denn es war das letzte Mal.«

Ich schluckte schwer und senkte meinen Blick. Fidrin machte mir Angst. Würde er mich nicht noch brauchen, hätte er sicherlich ohne zu zögern meinen Kopf gefordert.

»Völker von Cassardim!«, rief er plötzlich laut. »Böse Zungen unter euch behaupten, ich hätte meinen Fürsten aus Rache ihre Kinder genommen. Manche sagten sogar, ich hätte sie gequält, gefoltert oder getötet, um ihre Eltern leiden zu lassen. Die Zweifel meiner Untertanen trafen mich hart, und so habe ich beschlossen, euch zu zeigen, was aus dem wertvollsten Besitz geworden ist, den meine Fürsten mir anvertrauten. Und ich frage euch: Sieht so Vergeltung aus? Sehen so Kinder aus, die ihr Leben lang gefoltert wurden?!«

Niemand rührte sich. Es war so still, dass ich sogar das leise Zischeln hörte, mit dem die Insekten an den Laternen verglühten.

»Wenn Eure Güte so endlos ist, dann gebt uns unseren Sohn zurück!«, verlangte der grün gewandete Fürst des Wandernden Waldes. Moes Vater.

Ich hätte nicht gedacht, dass es möglich wäre, aber die Höflinge schienen noch mehr in sich zusammenzufallen und förmlich in den Boden zu sinken. Keiner wollte die Aufmerksamkeit des Kaisers auf sich ziehen. Nur die anderen Fürsten murrten zustimmend, was dem Kaiser natürlich nicht entging. Die Temperatur um ihn herum fiel merklich.

»Vertrauen ist wie Glas«, meinte er. »Einmal zerbrochen kann es zwar wieder zusammengesetzt werden, doch wird es nie wieder so sein wie zuvor.«

Das war eine Drohung. Unmissverständlich. Und in seinen Worten schwang die fürchterliche Strafe mit, die jeder erleiden würde, der es wagte, sich ihm zu widersetzen. Ein paar unendlich lange Augenblicke herrschte angsterfüllte Stille, bevor Fidrin die Arme ausbreitete und sich wieder in den gütigen Herrscher verwandelte, den wir heute Morgen kennengelernt hatten.

»Dennoch ist mir Mitleid nicht fremd. Deshalb gestatte ich den jungen Prinzen und Prinzessinnen, in ihrer Heimat zu bleiben. Sie sollen fortan am Kaiserhof leben und wie meine eigenen Kinder behandelt werden – als Unterpfand für die Treue ihrer Eltern. Als Unterpfand für den Frieden, auf dass Cassardim erblühe und das Chaos unseren Herzen fernbleibt.«

Applaus brandete auf und mit einem Mal änderte sich die Stimmung auf der Terrasse. Musik ertönte und der gesamte Hof schien aufzuatmen. Im Rhythmus schwerer Trommeln füllte sich die Tanzfläche. Jonglierende Artisten unterhielten die Gäste mit ihren Kunststücken, während Diener Getränke auf voll beladenen

Tabletts hereinbalancierten. Der Kaiser war zu seinem Thron zurückgekehrt und hatte uns der Menge überlassen. Beinahe sofort waren wir von allerlei Edlen umringt, die uns kennenlernen wollten. Auch die fürstlichen Delegationen hießen ihre heimgekommenen Prinzen oder Prinzessinnen willkommen. Eltern umarmten ihre Kinder. Lachen erklang. Freudentränen flossen.

Zum ersten Mal in meinem Leben war ich eifersüchtig auf meine Geschwister. Nicht, weil ich ihnen ihr Glück nicht gönnte, sondern weil sie angekommen zu sein schienen.

»Du musst nachsichtig mit unserer Mutter sein«, sagte ein weicher Bariton an meinem Ohr. Ich drehte mich um und sah in Prinz Ifars blaue Augen. »Sie zeigt nur selten ihre Gefühle und ganz sicher nicht hier am Kaiserhof.«

»Ist mir gar nicht aufgefallen«, murmelte ich trocken und brachte Ifar damit zum Lachen.

»Das mit dem Kleid war ein guter Schachzug.« Sein Blick glitt an mir herunter, wobei er länger an meinem Dekolleté hängen blieb, als es für einen Bruder angemessen gewesen wäre. »Wer hat dir dabei geholfen?«

Argwöhnisch beäugte ich ihn. Er erkundigte sich ganz bestimmt nicht danach, um nett Konversation zu betreiben. Blieb nur die Frage, ob er im Auftrag unserer Mutter hier war, oder auf eigene Faust handelte.

»Du vertraust mir nicht, nicht wahr?«

Ich verkniff mir ein Schnauben. »Sollte ich denn?«

Ifar lachte erneut. »Wahrscheinlich nicht.«

Seine Ehrlichkeit brachte ihm Pluspunkte ein und ich nahm mir die Zeit, meinen neuen und echten Bruder genauer unter die Lupe zu nehmen. Er wirkte gelassen, wie jemand, der es gewohnt war, sich nicht rechtfertigen zu müssen. Das lag sicherlich auch daran, dass er eine ziemlich Furcht einflößende Statur mitbrachte.

Sein silbernes Gewand spannte sich über gut trainierte Muskeln und ich ahnte, dass er sie zu gebrauchen wusste. Am beeindruckendsten waren jedoch die strahlend blauen Augen, die durch seine gebräunte Haut und die silbernen Sternsymbole über den Brauen besonders zur Geltung kamen.

»Erlaube mir, dich zu deinem Platz zu geleiten.« Er bot mir seinen Arm an, doch ich zögerte. Wenn mein Platz bei der Delegation der Silberfeste war, dann hieß das ...

»Keine Sorge, ich und noch eine ganze Reihe anderer Edler werden zwischen dir und Mutter sitzen«, sagte er und zwinkerte mir zu. Jetzt konnte auch ich mir ein Lächeln nicht länger verkneifen. Vielleicht musste ich einfach ein bisschen offener an die Sache rangehen. Zumindest schien mein Bruder gar nicht so übel zu sein.

Ifar führte mich an eine üppig dekorierte Tafel zur Linken des Throns. Tatsächlich saß meine Mutter auch dort, aber sie unterhielt sich angeregt mit Cassardims Seneschall, dem klapprigen Baron Harràz, und beachtete mich nicht weiter. Trotzdem fühlte ich mich wie ein Fremdkörper. Kein Wunder, schließlich war ich die Einzige, die Schwarz trug an einem Tisch voller weiß und silbern gekleideter Cassarden.

Ifar tat alles, damit ich meine Anspannung vergaß. Er erzählte mir belanglose Anekdoten über die Musik, die Speisen und die kleinen weißen Vögel mit den goldenen Schnäbeln, die hin und wieder um ein paar Brotkrumen bettelten. Ich war gerade dabei, den unglaublichen Hauptgang zu genießen, als die Musik verstummte.

Ein Raunen ging durch die Menge und alle wandten sich zu der Treppe um, über die ich auf die Terrasse gekommen war.

»Was ist los?«, erkundigte ich mich bei Ifar.

Die Miene meines Bruders verfinsterte sich. »Offenbar hat

sich der Schattenfürst doch noch dazu entschlossen, eine Delegation zu schicken.«

Der Schattenfürst? Die Herrscher der … Hölle? Der, von denen Noár behauptet hatte, dass sie nicht richtig tickten und ihre Kinder nicht liebten? Der, dessen Namen sogar Meister Joto mit ängstlichem Bedacht ausgesprochen hatte?

Die goldene Tür öffnete sich und alle Gespräche verstummten. Drei Silhouetten traten aus dem hell beleuchteten Saal in die Nacht. Die hinteren beiden trugen schwarze Uniformen, doch der Mann in der Mitte …

Der Mann in der Mitte …

Ich wurde zurückgeschleudert in das Gefühl, mit dem ich im Goldenen Berg angekommen war. Freier Fall. Diesmal allerdings spürte ich mit rasender Geschwindigkeit den Boden näher kommen.

Der Mann in der Mitte hatte dunkles Haar mit rötlichen Strähnen, die im Licht der Laternen wie Mahagoni glänzten. Auf seinen Lippen lag ein süffisantes Lächeln, aber seine ganze Haltung strahlte Desinteresse aus. Er rückte den Kragen seines karmesinroten Mantels zurecht, bevor er lässig die Stufen herunterschlenderte.

»In Vertretung seiner Majestäten der Schattenfeste: seine Hoheit, Kronprinz Ardiza Noár, Heerführer der dunklen Armee, sowie General Lerhome val Aavis und Lord Drokor val Fash.«

Und da war er, der Aufprall auf dem steinharten Boden der Realität. All meine Gedanken, Gefühle und Erkenntnisse zersplitterten in winzige Scherben.

Noár war der Kronprinz der Schattenfeste?!

Schwarze Augen, in denen goldene Funken glühten, überflogen die Menge. Als sein Blick bei mir hängen blieb, zog mein Magen sich aufgewühlt zusammen. Ich vergaß zu atmen und wurde von so vielen verschiedenen Emotionen überrollt, dass ich davon überzeugt war, der ganze Hof würde gleich Zeuge einer Panikattacke werden. Aber sein Glutblick verweilte nicht lange auf mir, sondern wanderte weiter zu Prinz Ifar. Als würde er mich nicht kennen. Als hätten wir uns nie geküsst. Als wäre ich nicht mehr als irgendein unbedeutender Höfling. Seine Gleichgültigkeit war wie ein Schlag ins Gesicht.

Ganz anders reagierte er bei meinem neuen Bruder. Jetzt wurde Noárs latentes Dauerlächeln zu einem gehässigen Grinsen. Voller Spott hob er seine Hand zu einem eleganten Gruß. Ich hörte Ifar zischend ausatmen. Die goldene Gabel in seinen Fingern verbog sich unter dem Druck seiner Wut. Allem Anschein nach war ich nicht die Einzige, die auf Noár – oder besser Prinz Ardiza – nicht gut zu sprechen war.

Ich versteckte meine zitternden Hände unter dem Tisch und versuchte, ruhig zu atmen, während der Kronprinz der Schattenfeste überschwänglich vom Kaiser begrüßt wurde. Höchstpersönlich führte er ihn an eine Tafel zur Rechten des Throns. Weit genug weg, damit ich wieder Luft bekam, aber leider genau mir gegenüber, was es äußerst schwer machte, seine Anwesenheit zu ignorieren. Jetzt wusste ich auch, warum er stets hochgeschlossene Kleidung getragen hatte, seit wir in Cassardim waren. Sein ganzer Hals war übersät mit schwarzen Symbolen. Sie begannen direkt an der Unterkante seines Kiefers, bedeckten seine Schlüsselbeine und bildeten dann auf seiner muskulösen Brust eine Spitze, die Richtung Bauchnabel wies. Ja, Richtung Bauchnabel. Denn wie ich gerade feststellte, trug Noár unter seinem blutroten Gehrock kein Hemd.

»Ich warne dich, Schwesterherz«, meinte Ifar leise. »Prinz Ardiza ist niemand, den man ungestraft anstarrt.«

Ertappt riss ich meinen Blick los und griff zur Ablenkung nach meinem Glas, dessen goldgelber Inhalt noch immer unangetastet im Licht der Laternen schimmerte. Es war Varras-Wein, wie Ifar mir erklärt hatte. Auch über seine Herkunft hatte er ein halbes Referat gehalten, ohne zu ahnen, dass ich bereits wusste, womit ich es zu tun hatte.

Jetzt kam mir die goldene Flüssigkeit äußerst verlockend vor und angesichts meiner aktuellen Situation wurde mir ihr unappetitlicher Ursprung immer unwichtiger. Vorsichtig nippte ich dran und spürte sofort, wie sich eine wohltuende Wärme in mir ausbreitete. Der bittersüße Geschmack war gleichzeitig angenehm und unangenehm, wie ein Eiswürfel, mit dem man sich an einem heißen Sommertag über die Haut fährt. Von der berauschenden Wirkung der Varras-Lichter, die ich in den Niemandslanden kennengelernt hatte, war jedoch nur noch ein Bruchteil übrig. Zu schade aber auch.

Ifar schob seinen Teller von sich und stand auf.

»Ich bin gleich zurück«, teilte er mir mit und fügte dann mit einem Zwinkern hinzu: »Versuch in der Zwischenzeit, nicht zu viel Aufsehen zu erregen.«

Ich nickte mechanisch und widmete mich wieder meinem Wein. Über den Rand des Glases hinweg beobachtete ich heimlich, wie die Delegation der Schattenfeste sich setzte. Jetzt fiel mir auf, dass ich nicht nur Noár kannte. Neben ihm saß Rhome und schäkerte fröhlich mit einer jungen Hofdame. Seine blonden Locken hatte er zurückgekämmt, und auch auf seinem Hals prangten die Symbole des Schattenreichs.

Verdammte Lügner!

Allerdings meldete sich nun in meinem Kopf eine kleine Stimme zu Wort, die vorsichtig Partei für die beiden ergriff. Wirklich belogen hatten sie mich ja nicht, oder? Sie hatten nur nicht ganz die Wahrheit gesagt.

Pfft. Ich nahm einen weiteren Schluck Wein und ertränkte diese kleine naive Stimme darin. Aus Uneigennützigkeit hatte Noár uns ja wohl kaum hergebracht. Und so vertraut, wie er eben mit dem Kaiser umgegangen war, bezweifelte ich nicht, dass die beiden unter einer Decke steckten.

Was hatte Noár noch gleich auf dem Ewigen Fluss gesagt? Er hätte eine Meinungsverschiedenheit mit dem Sohn des Schattenfürsten? Ha! Da hielt sich wohl jemand für besonders komisch.

Gott sei Dank nahmen mir in diesem Moment ein paar tanzende Pärchen die Sicht auf die Schattenbewohner. Wie gelähmt saß ich vor meinem halb leer gegessenen Teller. Mir war der Appetit vergangen. Was sollte ich jetzt tun? Ich konnte ja schlecht rüberrennen und Noár zur Rede stellen. Mal abgesehen davon, dass ich mich damit völlig lächerlich machen und man mir wahrscheinlich sowieso nicht glauben würde, hatte ich auch keine Ahnung, was wirklich auf dem Spiel stand. Letzteres waren Noárs Worte gewesen, in jener Nacht an der Grenze zum Wandernden Wald. Drei Männer hatten dort sterben müssen, weil sie offensichtlich den Schattenprinzen erkannt hatten.

Ich legte mein Besteck auf den Teller und entschloss, mich nicht länger in meinem Selbstmitleid zu suhlen. Es war an der Zeit, dass ich herausfand, was hier eigentlich gespielt wurde. Und dazu brauchte ich Informationen.

Ich wandte mich der jungen Edlen zu meiner Rechten zu. Es war das dunkel gelockte Mädchen, das mir das Kleid meiner Mutter übergeben hatte.

»Darf ich Euch eine Frage stellen?«

Sie verschluckte sich vor Überraschung und musste eine ganze Weile husten, bevor sie ihre Stimme wiederfand.

»Ihr seid die Prinzessin der Silberfeste. Ihr könnt tun, was Ihr wollt.«

Das bezweifelte ich stark, hatte aber wenig Lust, das hier und jetzt zu erörtern. Ich war auf einer Mission.

»Es hat vorhin so gewirkt, als würden Prinz Ifar und Prinz Ardiza sich nicht sonderlich leiden können. Kennen sich die beiden?«

Ich war stolz auf meine Frage. Sie schien naheliegend und niemand würde mich verdächtigen herumzuschnüffeln.

»Natürlich kennen sie sich. Ihnen unterstehen die mächtigsten Armeen Cassardims«, antwortete das Mädchen scheu. »Sie teilen sich die Aufgabe, unsere Grenzen zu schützen. Es ist kein Geheimnis, dass sie dabei nicht immer einer Meinung sind.«

Aha, männliches Kompetenzgerangel also. Wobei ich ahnte, dass die Sache sehr viel persönlicher war.

»Und wer sind die beiden Männer, die Prinz Ardiza begleiten?«, fragte ich weiter.

»Der kleinere mit den blonden Haaren ist General Lerhome. Er kommandiert die Kampftruppen. Und der große Dunkelhäutige ist Lord Drokor. Es geht das Gerücht um, dass er ein Bediensteter war, der Prinz Ardiza das Leben gerettet hat.«

Zum ersten Mal nahm ich Noárs anderen Gefährten näher in Augenschein. Er war ein kahl geschorener Riese mit Händen so groß wie Teller, der jeden finster anstarrte, der seinem Herrn zu nahe kam. Ich glaubte zwar nicht, dass Noár einen Bodyguard brauchte, aber das schien Lord Drokor anders zu sehen.

Unweigerlich sah ich zurück zu Noár, und dieses Mal traf mein Blick auf seinen. Ich erstarrte. Wie lange beobachtete er mich schon?

Meine Finger schlossen sich so fest um mein Weinglas, dass ich befürchtete, es würde gleich zerspringen. Ich wollte ja wegschauen, aber ich konnte nicht. Mit einem amüsierten Nicken griff Noár nach seinem Glas und prostete mir zu. Wollte er mich verarschen?! Oder glaubte er noch immer, ich hätte ihn vergessen? Das musste es sein …

Da ich nicht wusste, was ich anderes tun sollte, hob auch ich mein Glas zum Gruß. Jetzt grinste Noár überheblich und trank, ohne mich aus den Augen zu lassen.

»Ihr müsst ebenfalls trinken, Hoheit«, flüsterte mir meine junge Tischnachbarin zu. »Sonst beleidigt Ihr Prinz Ardiza.«

Wirklich? Das machte es umso verlockender, mein Glas einfach wieder abzustellen. Aber ich spürte, wie die Anspannung neben mir wuchs, und ich wollte nicht noch mehr Aufsehen erregen. Nicht heute. Also trank ich. Genaugenommen kippte ich das ganze Glas hinunter, knallte es auf den Tisch und beendete damit meine stumme Konversation mit Ardiza-Noár-Prinz-von-du-kannst-mich-mal.

Glücklicherweise kam im selben Moment Ifar zurück.

»Damit solltest du langsamer machen«, meinte er lachend und deutete auf mein leeres Glas.

»Ich brauch nicht noch jemanden, der mir Vorschriften macht«, brummte ich, während ich mich fragte, wie lange dieser furchtbare Ball denn überhaupt gehen sollte. Um nicht wieder zu Noár zu gucken, konzentrierte ich mich auf die tanzenden Paare und analysierte ihre Schritte. Ich wusste gar nicht, warum Meister Joto sich solche Sorgen gemacht hatte. So schwer war das nun wirklich nicht.

Ifar setzte sich mit einem Seufzen und gab einem Diener zu verstehen, dass er abräumen konnte.

»Du hast recht«, sagte er, als der Diener fort war. »Nach hundert Jahren in der Menschenwelt muss es schwer sein, sich wieder mit unseren Bräuchen zu arrangieren.«

Das klang fast wie eine Entschuldigung. Leider glaubte ich kein bisschen, dass es Ifar leidtat. Je mehr ich darüber nachdachte, desto klarer wurde mir, dass mein Bruder den Auftrag hatte, mich für sich einzunehmen. Damit ich die brave, fügsame Tochter werden konnte …

»War es denn sehr schlimm dort in der Menschenwelt?«, erkundigte sich das Mädchen zu meiner Rechten, deren Namen ich noch immer nicht wusste.

Mann, wieso kam sie denn gerade jetzt auf die Idee, Small Talk machen zu müssen? Ich war viel zu sehr damit beschäftigt, Noárs Blicke zu ignorieren, die ich unentwegt auf mir zu spüren glaubte.

»Ich würde jetzt lieber nicht darüber sprechen«, versuchte ich sie abzuwimmeln, zumal nun eine ganze Schar Diener Kuchen, Gebäck und Pralinen hereintrugen und sie vor unserer Nase abstellten.

Meine Abweisung führte aber nur dazu, dass das Mädchen mir ihre Hand auf den Arm legte und mich mit großen Augen voller Tränen ansah.

»Fahra«, wies Prinz Ifar sie mit strenger Stimme zurecht. »Nicht hier.«

Das Mädchen riss ihre Hand zurück und wirkte erschrocken. Sie versuchte, ihre Tränen zurückzuhalten, doch es wollte ihr nicht gelingen. Also sprang sie auf und rannte fort.

»Was hat sie denn?«, fragte ich meinen Bruder.

Er sah Fahra seufzend hinterher. »Sie … war deine Freundin, bevor der Kaiser dich weggebracht hat.«

Bitte was?! Ich hatte eine Freundin?

Plötzlich wurde mir bewusst, dass ich mir noch keinen einzigen Gedanken darüber gemacht hatte, mit wie vielen Jahren ich aus Cassardim fortgebracht worden war – und was ich bis dahin erlebt hatte.

»Wieso kann ich mich nicht erinnern? Hat mir jemand das Gedächtnis genommen … mit seinem Willen?«

Ifar schüttelte mitleidig den Kopf. »Das ist nicht möglich. Zumindest nicht nachhaltig. Manchmal dauert es Stunden, manchmal Jahre, bei den Willensschwächsten sogar Jahrhunderte, aber die Erinnerungen kehren immer irgendwann zurück«, erklärte er. »Das wollte Kaiser Fidrin bei euch nicht riskieren und so hat er euch in die Nebel geschickt.«

In die Nebel?! Dort, wo die Varras entstanden?

»Ich ... dachte, das funktioniert nur bei Menschen ...«, stammelte ich entsetzt, während ich mich bemühte, die neuen Informationen zu verarbeiten. Ich fühlte mich ... beraubt. Und: Hatte man aus meinen Erinnerungen etwa auch WEIN gemacht?!

Ifar legte seine Hand auf meine und sah mich sanft an. Bevor er jedoch etwas sagen konnte, tauchte eine blutrot gekleidete Gestalt vor uns auf.

»Ich würde ja behaupten, dass ich das innige Geschwisterglück nur ungern störe, aber das wäre gelogen.«

Noárs Augen funkelten hämisch. Natürlich war ihm nicht entgangen, dass Ifars Hand noch immer auf meiner lag.

»Was willst du hier, Ardiza?«, knurrte mein Bruder, ohne aufzuschauen.

Noár lachte. Er schnappte sich eine Praline und schob sie sich in den Mund. »Mmh, wir verzichten also gleich auf das höfliche Geplänkel, Ifar?«, meinte er kauend und setzte sich seitlich auf unseren Tisch.

Immer mehr Leute um uns herum wurden auf uns aufmerksam. Die Höflinge versuchten, es zu verbergen, aber niemand wollte verpassen, was hier gerade geschah.

»Soll mir recht sein, zumal ich nicht deinetwegen hier bin.« Sein Blick fiel auf mich und mein rasendes Herz setzte ein paar Schläge aus. »Ich würde gerne tanzen. Gewährt Ihr mir die Ehre, Prinzessin Amaia?«

Ich starrte ihn so fassungslos an, als hätte er von mir verlangt, mit Kaiser Fidrin und meiner Mutter Strippoker zu spielen. Ohne Meister Jotos Einweisung wäre nur ein gestammeltes »Äh, nein« aus mir herausgekommen, aber der kleine Zeremonienmeister hatte mich gut vorbereitet.

»Gerne nehme ich Eure Gunst ein anderes Mal an, doch für heute seid nachsichtig mit meiner Erschöpfung«, rezitierte ich den Text, den er mich hatte auswendig lernen lassen.

Ich war zufrieden mit mir und auch mein Bruder konnte sich ein triumphierendes Grinsen nicht verkneifen.

Nur gehörte Noár nicht zu den Männern, die schnell aufgaben. Er quittierte meine Antwort mit einem breiten Lächeln, das ihn leider umwerfend aussehen ließ.

»Ihr fordert Nachsicht von einem Schattenprinzen?«, erkundigte er sich belustigt. »Offenbar hat man Euch noch nicht darüber informiert, dass Nachsicht nicht zu den Stärken meines Volkes gehört.«

Auffordernd hielt er mir seine Hand hin. An seinen eleganten Fingern steckten zahllose Ringe aus schwarzem Metall. Er schien sich köstlich über die Klemme zu amüsieren, in die er mich damit brachte. Denn jetzt war ich mit meinem Latein am Ende.

»Ardiza ...« Ifar richtete sich zu seiner vollen Größe auf. Jede Faser seines nicht gerade schmächtigen Körpers war zum Zerreißen gespannt, und auch die Warnung in seiner Stimme war nicht zu überhören. Doch Noár ließ sich davon nicht einschüchtern. So laut, dass ihn die Umstehenden gut hören konnten, fragte er: »Wollt Ihr mir das Recht verwehren, mit Eurer Schwester zu tanzen, Prinz Ifar?«

Ach du meine Güte. Mein Bruder war kurz davor, Noár an die Kehle zu gehen und ich hatte so das Gefühl, dass ein Kampf zwischen den beiden nicht bloß mit einem blauen Auge enden würde.

Hastig stand ich auf und legte meine Hand in Noárs. »Mein Bruder sorgt sich nur um meine Verfassung, was man von Euch nicht behaupten kann. Aber *ich* werde Nachsicht mit Eurer Unhöflichkeit üben. Vielleicht hilft Euch das ja, das Prinzip dahinter zu begreifen.«

GERICHTE UND GERÜCHTE

Noár führte mich unter den Augen aller Höflinge auf die Tanzfläche. Ich konnte ihre Neugier gut verstehen, immerhin waren wir das Skandalpaar des Abends: Die rebellische Silberprinzessin im schwarzen Kleid und der unruhestiftende Kronprinz aus dem Schattenreich.

Als wir in der Mitte angekommen waren, zog Noár mich eng an sich. Durch die Bänder an meinem Rücken konnte ich seine Hand auf meiner bloßen Haut spüren. Mein Körper reagierte mit einem wohligen Kribbeln, das ich tunlichst ignorierte. Auch vermied ich es, Noár ins Gesicht zu schauen. Das Risiko, sich in seinen Augen oder an seinen Lippen zu verlieren, war einfach zu groß. Dummerweise starrte ich so auf den schmalen Streifen seiner nackten Brust, der unter seinem Mantel hervorlugte. Ein Stück höher befand sich sein schwarz gemusterter Hals, wobei sich mir unweigerlich die Frage aufdrängte, wie sich die leicht schimmernden Linien wohl anfühlen würden. Großartig. So ein Riesenkerl und trotzdem kein Fleckchen, an dem man gefahrlos seinen Blick parken konnte.

»Ich habe gehört, Ihr hättet mit Eurem Auftritt einen kleinen Eklat ausgelöst.« Noár begann sich mit mir über das goldene Parkett zu drehen. Die Schritte waren doch komplizierter, als sie ausgesehen hatten, aber Noár ließ gar nicht erst zu, dass ich einen Fehler machte. Was auch immer er vorhatte, es gehörte zumindest nicht zu seinem Plan, mich lächerlich zu machen.

»Ach ja?«, stammelte ich überfordert. Mich gleichzeitig aufs

Tanzen zu konzentrieren, seine Nähe zu ignorieren und herauszufinden, welche Absichten er verfolgte, brachte mich an die Grenze meiner Multi-Tasking-Kompetenz.

»Ich habe es erst nicht glauben wollen«, fuhr er fort. »Aber dann habe ich Euch in diesem Kleid gesehen, und mir ist einiges klar geworden.«

Was zum Teufel hatte er vor? Hätte ich es nicht besser gewusst, wäre ich jede Wette eingegangen, dass er flirtete. Nur warum sollte mich ein Typ erst seinen Kuss vergessen lassen, um mich dann noch einmal aufzureißen?!

»An der Farbe ist nichts Verwerfliches«, erwiderte ich kühl. »Selbst der Kaiser trägt Schwarz.«

Noár drehte mich unter seinem Arm hindurch und fing mich an seiner Brust auf.

»Ich habe nicht von der Farbe gesprochen«, raunte er mir zu. Sein anzüglicher Tonfall schickte mir eine Gänsehaut über den Rücken. Gleichzeitig spürte ich, wie meine Wangen rot wurden. Auch Noár schien das zu bemerken, denn er lachte leise und wechselte abrupt das Thema.

»Ihr tanzt gut. Man könnte meinen, Ihr hättet Euer ganzes Leben auf Bällen verbracht.«

In der Tat fing der fremde Tanz gerade an, mir zu gefallen. Mit einem anderen Partner hätte ich vielleicht sogar Spaß dabei haben können, den wundervollen Rhythmen und Melodien Gestalt zu verleihen. Aber ich hatte nun einmal keinen anderen Partner.

»Solltet gerade Ihr das nicht besser wissen?«, fauchte ich.

Wieder eine Drehung. Wieder drückte Noár mich an sich. Und mit jedem Mal schien der Abstand zwischen uns weiter zu schrumpfen. Wenn das überhaupt möglich war.

»Wie meint Ihr das?«, erkundigte sich Noár. Und, na bitte, endlich hörte ich eine Spur Wachsamkeit in seiner Stimme.

Jetzt nur keinen Fehler machen. Es war zwar überaus verlockend, Noár zur Rede zu stellen, aber noch musste ich meinen Vorteil nutzen, um herauszufinden, was er vorhatte.

»Nun, Ihr tanzt ebenfalls gut, und dennoch bezweifle ich, dass Euer Leben nur aus Tanzveranstaltungen besteht«, gab ich zurück. Vorsichtig wagte ich einen Blick nach oben und sah, dass Noárs Augen mich amüsiert anfunkelten.

»Und woraus besteht mein Leben Eurer Meinung nach, Prinzessin?«

»Ich weiß nicht. Wahrscheinlich aus ... Lügen ... Blut ... und definitiv Eurem Spiegel, in dem Ihr Euch jeden Tag selbst anhimmeln könnt.«

Aus seinem stetigen Dauerlächeln wurde ein breites Grinsen. Er schien mir meine schnippische Antwort ganz und gar nicht übel zu nehmen. Im Gegenteil.

Oh, verdammt. Er war wirklich gut. Wäre ich nicht stinksauer auf ihn gewesen, hätte er mich mit seinem Charme längst wieder um den kleinen Finger gewickelt.

»Und *Euer* Leben?«, wollte er wissen. »Woraus besteht das?«

Das war eine leichte Frage. Diesmal schaute ich ihm fest in die Augen, um meinen Worten besonderen Nachdruck zu verleihen. »Vor allem aus Lügen.«

Unsere Blicke verkeilten sich ineinander. Ich musste an seinen Kuss denken und ich spürte, wie meine Knie weich wurden. Gleichzeitig bildete sich ein eiskalter Knoten aus Zorn in meiner Brust.

»Ihr seid klug«, bemerkte Noár. »Keine gute Eigenschaft für eine Prinzessin.«

Ich schnaubte abfällig. »Wieso? Weil es das schwerer macht, sie ins Bett zu kriegen?«

Noár sah an mir herunter, seufzte genüsslich und beugte sich dann an mein Ohr.

»Das glaube ich kaum.«

Seine Hand schob sich langsam an meiner Wirbelsäule nach unten und schickte mir einen Schauer über den Rücken.

Jetzt reichte es! Für wen hielt sich dieser Aushilfs-Don-Juan?

Ich stieß ihm gegen die Brust und drückte ihn so weit von mir fort, dass ich ihm ins Gesicht sehen konnte.

»Pass auf, wo deine Finger hinwandern, *Noár*! Sonst reiß ich sie dir ab.«

Schlagartig fiel die Temperatur um mehrere Grade. Noch immer spielte dieses kleine Lächeln in seinen Mundwinkeln, aber sein Blick wurde eiskalt. Er schickte mich in eine weitere Drehung, die er nutzte, um sich unauffällig umzusehen, ob uns jemand gehört hatte. Als ich wieder in seinen Armen hing, senkte er die Stimme.

»Wem hast du davon erzählt?«

»Ist das das Einzige, was dir Sorgen bereitet?«, zischte ich ihn an. Sein Griff um meine Hand verstärkte sich, bis meine Finger knackten und Schmerz meinen Arm hochschoss.

»Beantworte meine Frage!«, verlangte er. Sein Wille drang in mein Bewusstsein, und noch bevor ich mich ihm widersetzen konnte, platzte die Antwort aus mir heraus.

»Niemandem.«

Als Noár den Druck auf meine Hand lockerte, traten mir Tränen in die Augen – vor Erleichterung, vor Enttäuschung und vor Wut. Aber Noár kümmerte das nicht.

»Gut. Belasse es dabei.«

»Oder was?«, fuhr ich ihn an.

»Oder es wird dir ergehen wie den Waldkriegern.«

Seine Kaltblütigkeit war wie ein Schlag in die Magengrube.

Noár ließ mich los, verbeugte sich vor mir und kehrte zu seinen Freunden zurück. Für einen kurzen Moment hatte ich freie Sicht auf Rhomes griesgrämiges Gesicht, doch dann schlossen die tanzenden Paare um mich herum wieder ihre Reihen.

Ich musste hier weg. Keine Sekunde länger konnte ich die verlogenen Höflinge an diesem verfluchten Ort ertragen. Ich kämpfte mich von der Tanzfläche bis zu einem Brunnen, dessen Fontänen glitzernde Bögen in der Nachtluft bildeten. Dort sah ich mich nach goldenen Rüstungen um. Kommandant Askan hatte gesagt, er wäre nie weit weg, aber ich konnte ihn zwischen all den ausgelassen feiernden Leuten nirgends entdecken. Ich fragte bei einem Diener nach, doch der konnte mir auch nicht helfen. Stattdessen war es Ifar, der mich fand.

»Da bist du ja. Geht es dir gut?« Er packte mich an den Armen und beugte sich zu mir runter, bis er mir in die Augen sehen konnte. »Was hat Prinz Ardiza getan?«

»Nichts.«

Mein Bruder musterte mich kritisch. »Das sah aber nicht nach Nichts aus.«

»Er hat nur versucht, mich zu verführen, und als ich nicht darauf angesprungen bin, ist er zornig geworden«, sagte ich, weil mir auf die Schnelle nichts Besseres einfiel.

Ifar schnaubte wütend. Wäre Noár in diesem Moment hier gewesen, hätte mein Bruder ihn sich zweifelsohne vorgeknöpft. »Das sieht diesem Bastard ähnlich. Eine Gelegenheit, meine Schwester entehren zu können, würde er sich natürlich nicht entgehen lassen.«

Ob ich ihm wohl sagen sollte, dass die Sache mit der Entehrung schon länger nicht mehr aktuell war? Lieber nicht, sonst käme er ja vielleicht noch auf die Idee, in die Menschenwelt zu reisen, um den armen Leon Hendrickson einen Kopf kürzer zu machen.

»Ich möchte gerne in meine Gemächer zurückkehren«, bat ich und rieb mir meine geschundene Hand. Dieser Ball war ein einziger Albtraum. Von Anfang an. Aber Noár ... Ich wusste auch nicht, was ich von Noár erwartet hatte. Vielleicht ein ehrliches Gespräch oder zumindest ein heimliches Zeichen, dass er noch der Alte und alles andere Show war, doch bestimmt nicht diese Kälte und schon gar keine Todesdrohung. Erst jetzt wurde mir bewusst, dass ich trotz allem die ganze Zeit über das Gefühl gehabt hatte, Noár würde auf meiner Seite stehen. Die Ernüchterung und mein Ärger über mich und meine Dämlichkeit brachten mich dazu, mich unter meiner Bettdecke verkriechen zu wollen.

Ifar nickte nach kurzem Zögern.

»Gut, aber ich möchte dir vorher noch etwas zeigen.«

Fein, wenn ich dafür hier wegkonnte, war mir alles recht.

Mein Bruder nahm mich an der Hand und zog mich durch die Menge in Richtung der Treppe, über die ich gekommen war. In ihrem Schatten lag ein Säulengang, der ins Innere des Goldenen Berges führte. Mit der Zeit wurde es kälter, dunkler und irgendwie unheimlich. Ich fröstelte, doch Ifar zog mich weiter, bis der Gang uns in eine Halle entließ – oder besser eine finstere Höhle. Sanftes blaues Licht schimmerte im Gold der unbearbeiteten Gewölbedecke. Und darunter ging es etliche Stockwerke in die Tiefe. Hier hätte locker die Freiheitsstatue reingepasst – aufrecht.

»Du sollst deinen ersten Tag am Hof nicht mit einer schlechten Erfahrung beenden«, sagte Ifar und führte mich an das Geländer einer Galerie. Seine Stimme hallte von der hohen Kuppel wider und verlieh der ganzen Situation eine gespenstische Atmosphäre. Das bläuliche Licht kam aus der Tiefe. Sein Ursprung war ein großes Kreuz, das sich über den ganzen Boden erstreckte. Erst auf den zweiten Blick verstand ich, woraus es bestand. Es waren die Seelen der Toten, die auf einen goldenen Kreis im Zentrum zuströmten und sich dann in drei Richtungen aufteilten.

»Das Gericht der Toten«, kombinierte ich fasziniert.

Mein Bruder lachte leise und wies mich an, mich umzudrehen. Ich staunte nicht schlecht, als ich an der Wand über mir ein riesiges Relief entdeckte, das die gesamte Halle umspannte. Es war eine Abbildung des Goldenen Bergs und des Totengerichts, umgeben von Chaoswirbeln und Nebel, aus dem Schlachtrösser hervorpreschten. Sie gingen über in die Darstellung eines langen Stegs über einer wogenden Wüste.

»Das ist die Sandbrücke, die durch das Trockene Meer führt, und darüber siehst du die untere Fährstadt.«

Dämonenartige Kreaturen mit Flügeln griffen Barken und Gebäude auf dem Ewigen Fluss an. Andere mit Flossen und Schlangenköpfen tauchten aus dem Trockenen Meer auf und kämpften gegen grimmige Wächter, die alle eine dunkle Linie über den Augen trugen. Die Sandbrücke, wie Ifar sie genannt hatte, endete an einer steilen Treppe, die in ein unheimliches Gebirge führte. Geflügelte schwarze Raubkatzen flogen durch Unwetter und Blitze, aber innerhalb des Gebirges loderten Flammen. Ich sah schreiende Gesichter und gequälte Seelen, bewacht von einer Armee schwarzer Soldaten.

»Die Schattenfeste«, murmelte ich.

Die Künstler, die all das Leid eingefangen und dargestellt hatten, waren wahre Meister. Mit jedem Detail, das ich entdeckte, wuchs meine Ehrfurcht vor der uralten Geschichte Cassardims. Und mein Respekt vor der Bedrohung durch das Chaos. Und meine Beklommenheit gegenüber Noár, der diesen dunklen Ort sein Zuhause nannte.

Inzwischen hatten wir das andere Ende der Gerichtshalle erreicht. Was hier abgebildet war, erkannte ich sofort. Es waren die

Niemandslande. Schwebende Felsen umschlossen von Nebeln. Kleine Gestalten sammelten Varras-Lichter, andere ritten und sprangen auf fletschenden Wölfen über tiefe Schluchten.

Dann folgte die Silberfeste auf dem Gipfel eines mächtigen Gebirges. Lichtstrahlen durchdrangen hohe Wolkenberge und über hellen Türmen flogen Wesen, die wie Flugdinosaurier aussahen. Sie drängten mit ihren Reitern Tentakel wabernder Chaoswirbel zurück. Auch hier gab es eine Treppe. Sie führte zum Wandernden Wald, der wiederum den Kreis an der Abbildung des Goldenen Bergs schloss.

Aber ich konnte meine Augen nicht von dem Teil des Reliefs abwenden, der meine Heimat darstellen sollte. Die Silberfeste. Hier gab es Gärten, Bäche, Vögel und ein Meer von Seelen, die ihre Ruhe gefunden hatten.

»Es ist wunderschön.«

»Ich wusste, dass es dir gefällt.« Ifar trat lächelnd an meine Seite. Ich spürte, wie er mir eine Locke von der Schulter strich. Dabei berührten mich seine Finger so ausgiebig, dass es unangenehm wurde. Beiläufig tat ich einen Schritt nach vorne, um ein wenig Abstand zwischen uns zu bekommen. Das brachte Ifar allerdings nur dazu, dass er hinter mich trat und mit seinen Händen über meine Arme fuhr. Sie wanderten zu meinem Nacken und lösten eine Gänsehaut aus. Keine von der angenehmen Sorte ...

»Es ist noch viel schöner, wenn du es erst mit deinen eigenen Augen siehst«, murmelte er an meinem Ohr.

»Tja, aber wie's aussieht, wird das nicht so bald passieren«, sagte plötzlich eine allzu vertraute Stimme.

Ich fuhr herum und entdeckte Noár, der am Geländer der Galerie lehnte. Er wirkte gelassen, doch die eiskalte Glut, die in seinen Augen brannte, erinnerte mich daran, aus welchem Reich er stammte.

Mit einem Knurren schob Ifar mich hinter sich.

»Was willst du hier?«

»Ach, Ifar. Ich war nur um deine Ehre besorgt, als ich dich mit Prinzessin Amaia habe weggehen sehen. Sie schien ihre Finger nicht von mir lassen zu können und nachdem ich sie abgewiesen hatte, war ich in Sorge, du könntest ihr nächstes Opfer werden.«

Bitte was?! Diese Behauptung war so absurd, dass es mir die Sprache verschlug. Unter anderen Umständen hätte ich es vielleicht sogar lustig gefunden, aber wütend wie ich war, konnte ich den Schattenprinzen und sein überhebliches Grinsen nur fassungslos anstarren.

»Hüte besser deine Zunge«, sagte Ifar. In seiner Stimme schwang mühsam beherrschter Zorn mit. »Du redest hier von meiner Schwester.«

Jetzt musste Noár lachen. »Wirklich?« Er vollführte eine elegante Geste in unsere Richtung. »Das gerade eben sah mir nicht nach geschwisterlicher Zuneigung aus.«

Da hatte er unglücklicherweise recht. Ich wusste auch nicht, was in Ifar gefahren war. Wenn Noár uns nicht unterbrochen hätte, würde mein Bruder sich jetzt wahrscheinlich winselnd die Kronjuwelen halten und ich hätte noch einen Feind mehr in Cassardim.

Ifar ging langsam auf den Schattenprinzen zu. Die Art, wie er sich vor ihm aufbaute, verhieß nichts Gutes. »Ich denke, es ist an der Zeit, dich mal wieder in deine Schranken zu weisen.«

Oh-oh. In meinem Kopf sah ich mich schon in die Tiefe stürzen bei dem Versuch, die beiden auf dieser schmalen Galerie zu trennen. Aber Noár blieb völlig entspannt. Lediglich eine gönnerhafte Augenbraue wanderte in die Höhe.

»Kannst du deinem Stolz denn schon wieder eine Niederlage

zumuten?«, fragte er fast liebenswürdig. »Nach dem letzten Mal wirkte er etwas angeschlagen.«

»Ich komme zurecht«, lautete Ifars aalglatte Antwort. »Die Frage ist nur, ob du diesmal auch so motiviert sein wirst zu gewinnen, wo doch deine damalige Siegesprämie inzwischen das Bett mit deinem Vater teilt.«

Noárs Augen blitzten gefährlich auf, aber sein herablassendes Lächeln blieb.

»Mach dir keine Sorgen um meine Motivation«, meinte er, bevor sein Blick zu mir und dann an mir herunterwanderte. »Ich finde schon was Neues.«

Ifar packte Noár am Kragen seines Mantels. Theoretisch hätte ich mich jetzt zwischen die Fronten werfen sollen, aber ich war noch immer zu perplex von Noárs Dreistigkeit. Trotzdem eskalierte die Situation nicht, denn am Eingang zur Gerichtshalle sammelten sich plötzlich Goldkrieger. Auch Kommandant Askan war unter ihnen, dessen Miene sich verfinsterte, als er uns entdeckte. Entschlossen marschierte er in unsere Richtung. Ifar stieß einen Fluch aus und ließ den Schattenprinzen wieder los.

»Morgen. Nach den Wettkämpfen!«, zischte er.

Noár strich sich unbeeindruckt den Mantel glatt. »Ganz wie du willst.«

Ein letztes Mal tauschten die beiden Männer vernichtende Blicke, bevor mir mein Bruder zum Abschied zunickte und abrauschte. Kommandant Askan machte ihm respektvoll Platz und verbeugte sich dann vor Noár und mir.

»Mir wurde gemeldet, Ihr würdet mich suchen«, meinte er an mich gewandt. »Wünscht Ihr, in Eure Gemächer gebracht zu werden?«

Dankbar lächelte ich den Kommandanten an. »Das wäre großartig.«

Zuvor musste ich aber noch etwas erledigen. Zielstrebig hielt ich auf Noár zu und zwang mich, ihm direkt in die Augen zu sehen.

»Es war mein Fehler, Euch Nachsicht oder Anstand zu unterstellen, *Prinz Ardiza*. Das wird mir kein zweites Mal passieren.«

Eine Chance, darauf zu antworten, bekam er nicht, denn ich drehte mich um und verließ erhobenen Hauptes die Gerichtshalle.

Auch auf dem Weg in meine Gemächer hielt ich die Fassade aufrecht. Ich wollte mir nicht die Blöße geben, verletzlich zu wirken. Zumal ich nicht daran zweifelte, dass alles, was an diesem Hof geschah, schnell die Runde machte.

An der Tür zu meinen Gemächern schien Kommandant Askan sich zurückziehen zu wollen, doch er zögerte.

»Wohl wissend, dass dieser Abend bereits nervenaufreibend genug für Euch war, habe ich dennoch eine äußerst wichtige Frage an Euch. Es geht um Eure Sicherheit und die des Palastes. Wenn Ihr also gestattet?«

»Natürlich, fragt ruhig.« Mir war klar, was jetzt kommen würde, und ich hatte mir unterwegs bereits eine passende Geschichte zurechtgelegt, die nah genug an der Wahrheit lag, um keinen Verdacht auf mich zu lenken.

»Wer hat die Farbe Eures Kleides geändert?«

»Es … war ein Mann, den ich nicht kannte. Er war schon älter und … ich glaube, er war vom Goldenen Volk. An mehr kann ich mich nicht erinnern.« Ich bemühte mich, verwirrt zu klingen, um den Eindruck zu erwecken, dass dieser Unbekannte mich manipuliert haben musste. Offenbar machte ich meinen Job gut, denn Askan nickte.

»Würdet Ihr ihn wiedererkennen?«

»Ich denke schon.«

Wieder ein Nicken, wieder ein Zögern. Es schien, als wollte

er noch etwas sagen, doch dann verbeugte er sich und zog sich mit seinen Männern zurück.

Als die Tür hinter mir ins Schloss fiel, konnte ich endlich durchatmen.

»Gütiges Schicksal! Was habt Ihr nur gemacht?!« Eine aufgeregte Mariz kam aus dem Nebenzimmer gerannt. »Nana Plombis war schon hier und wollte mich schelten, weil sie dachte, *ich* hätte Euch in dieses Desaster gesteckt.« Entsetzt deutete sie auf mein Kleid. »Natürlich wusste ich nicht, was los ist, und zum Glück gab es Zeugen, sonst hätte ich wirklich Ärger bekommen. Also, wer war das?«

»Ich weiß es nicht«, seufzte ich, und weil mir klar war, dass sie andernfalls keine Ruhe geben würde, wiederholte ich die Geschichte, die ich eben Kommandant Askan erzählt hatte.

Mariz bekam große Augen. »Einer vom Goldenen Volk?! Wie sah er genau aus? Ich kenne fast jeden, der –«

»Mariz!«, unterbrach ich sie bestimmt. »Ich bin müde und möchte eigentlich nur noch ins Bett.«

»Oh, natürlich. Wo hab ich nur meine Gedanken. Es war ein langer Tag für Euch.« Sie schob mich hinter den Paravent und half mir aus dem Kleid. »Und dann hat Euch dieser aufdringliche Prinz Ardiza auch noch zu einem Tanz gezwungen. Meister Joto wird ihm dafür sicherlich eine offizielle Rüge zukommen lassen. Ehrlich gesagt habe ich schon befürchtet, dass so was passieren würde, als ich erfahren habe, dass der Schattenprinz ebenfalls zu Gast sein wird. Die Mädchen in der Küche haben bereits Wetten abgeschlossen, welche der neuen Prinzessinnen zum Ziel seiner Avancen werden wird. Da Ihr Ifars Schwester seid, wart Ihr natürlich hoch im Kurs, allerdings hatte ich gehofft, soweit würde es nicht kommen. Versteht mich nicht falsch, ich möchte hier nicht schlecht über seine Hoheit reden, aber eine kleine Warnung wäre trotzdem angebracht, denke ich. Nana Plombis sagt, so unerfahren, wie Ihr seid, verspeist Euch der Schattenprinz zum Frühstück und lässt Euch bis zum Mittag fallen.«

»Unerfahren?«, wiederholte ich mit gerunzelter Stirn, als Mariz eine Pause machte, um Luft zu holen.

Erschrocken sah sie mich an, bevor sie erneut Anlauf nahm und …

»Ich wollte Euch nicht beleidigen. Schließlich ist Euer Wille stark genug, um selbst einen Blutstern zu konservieren. Aber – habt Ihr die Narben gesehen, die der Schattenprinz trägt?« Zeit für eine Antwort ließ sie mir nicht. »Cassarden bekommen keine Narben, es sei denn, sie sind vom Chaos selbst verursacht. Man sagt, ohne Prinz Ardiza wäre der Goldene Berg während der Rebellion im Chaos untergegangen. Er allein soll es zurückgedrängt haben und …«

Mitten im Satz stoppte sie und kaute unsicher auf ihrer Unterlippe herum.

Ausgerechnet jetzt?

»Und?«, half ich ihr auf die Sprünge.

Zögerlich setzte sie mich an den Schminktisch und begann die Haarkämme aus meinen Locken zu lösen.

»Es sind nur Gerüchte und ich weiß, dass man nicht allzu viel darauf geben sollte, aber …« Sie machte eine dramatische Pause und senkte ihre Stimme. »Man sagt, das Chaos hätte ihn mit sich gezogen.«

Aha. »Und was bedeutet das?«

»Aus der Welt des Chaos ist noch nie jemand zurückgekehrt – außer als Chaoswandler, infiziert vom Wahnsinn. Doch Prinz Ardiza ist nicht nur bei vollem Verstand zurückgekommen, sondern hat dem Kaiser sogar noch den Kopf einer Chimäre gebracht. Der Wille, der dazu nötig ist, ist …«

Mit einer ausladenden Geste beschrieb sie, wofür sie keine Worte fand. Offenbar hatte Noár da eine ziemliche Sensation vollbracht.

»Ihr seht also, dass Vorsicht geboten ist, wenn Ihr dem Prinzen wieder begegnen solltet. Man sagt, nur der Kaiser selbst hätte einen stärkeren Willen. Sorgt deshalb dafür, dass immer jemand in der Nähe ist, Hoheit. Das macht es ihm schwerer, Euch zu manipulieren.«

»Mach dir keine Sorgen, Mariz. Ich habe nicht vor, mich Prinz Ardiza weiter zu nähern als unbedingt nötig. Für den Fall der Fälle wäre es aber sicherlich am besten, wenn ich ausgeschlafen wäre, oder?«

»Natürlich, natürlich«, stammelte sie. Sie löschte das Licht, bis nur noch eine kleine Lampe neben dem Bett brannte, und zog sich zurück.

Endlich war ich allein.

Ich kroch völlig entkräftet unter die Bettdecke und versank in den tiefen Kissen.

Das war es also? Mein neues Zuhause ...

Ich war so oft umgezogen, dass der Ort, an dem ich lebte, keine Bedeutung hatte. Wichtig war immer nur meine Familie gewesen. Doch meine Wächter-Eltern waren tot und meine Geschwister hatten nun eigene Familien. Für den Moment schienen sie glücklich zu sein, und ich würde ihnen dabei sicher nicht im Weg stehen. Damit war ich zum ersten Mal in meinem Leben allein.

Ich wünschte, ich hätte meine Musik. Sie half mir immer beim Nachdenken. Und so blieb mir nur die Erinnerung an die Melodie, zu der ich getanzt hatte. Mit Noár.

Mit einem Stöhnen löschte ich das Licht. Darüber würde ich mir morgen Gedanken machen.

»So, so ... Zeugenschutz, hm?«

Sofort saß ich senkrecht im Bett. Es hätte hier stockdunkel sein müssen. War es aber nicht. Ein schwaches bläuliches Leuchten erhellte das Zimmer. In der Ecke stand ein Geist.

»Zoey?!« Meine Freundin sah aus wie in ihren besten Tagen. Gesund, energiegeladen und mit vollem Afro – nur eben durchsichtig und von einem blauen Licht umgeben.

»WAS MACHST DU DENN HIER?!«

»Ich?«, erwiderte sie spöttisch und verschränkte ihre Arme vor der Brust. »*Ich* bin tot. Das ist eine ziemlich gute Erklärung. Die bessere Frage ist, was du hier machst.«

»Nein, ich meine, was machst du *hier*? Bist du etwa abgehauen?«

»Was denkst du denn?! Als ich dich an der Goldenen Brücke gesehen hab, dachte ich erst, du wärst 'ne Halluzination. Postmortaler Stress oder so.« Sie wanderte zu mir und ließ sich aufs Bett fallen. Wie früher. »Aber dann warst du in der Gerichtshalle und da hatte ich *den* Geistesblitz – was lustig ist, weil na ja, ich bin jetzt ein Geist.« Sie lachte über ihren eigenen Witz, bevor sie plötzlich ganz ernst wurde und mich vorwurfsvoll ansah. »Du gehörst zu den Totenwächtern.«

Wie immer schaffte sie es, mir mit ihrer Schnute binnen Sekunden ein schlechtes Gewissen zu machen.

»Ich weiß das auch erst seit ein paar Tagen«, rechtfertigte ich mich. Das stimmte zwar, änderte aber nichts an der Tatsache, dass ich sie dennoch angelogen hatte. Tja, jetzt war die Katze wohl aus dem Sack. Da konnte ich ihr genauso gut auch alles erzählen.

Als ich fertig war, schüttelte sie fassungslos den Kopf.

»Wow, und ich hatte schon gedacht, mich hätte es schlimm erwischt.«

Aber das hatte es doch auch: Sie war tot. Ich redete hier gerade mit einem Geist! Traurigerweise war es trotzdem das Normalste, was ich in den letzten Tagen erlebt hatte.

»Wann bist du gestorben?«, erkundigte ich mich leise.

»Vorgestern.«

»Es tut mir so leid.«

»Muss es nicht.« Sie zuckte unbekümmert mit den Schultern. »Ganz offensichtlich ist der Tod ja nicht das Ende.«

Gutes Stichwort. Das erinnerte mich daran, dass sie eigentlich gar nicht hier sein dürfte.

»Wurde schon über dich geurteilt?«, wollte ich wissen. Es war so schön, sie hier bei mir zu haben, dass die Vorstellung, sie wieder zu verlieren, mir zu schaffen machte.

»Jap. Ich krieg wohl eine Extrarunde spendiert.«

Okay, das hieß wohl so viel wie Wiedergeburt. Sie würden sie durch die Niemandslande schicken. Dann würde sie in den Nebeln ihre Erinnerungen verlieren, und …

Plötzlich hörte ich laute Rufe vor der Tür. Männer rannten den Gang entlang. Suchten sie Zoey?

»Du musst wieder zurück«, flüsterte ich ihr zu.

»Pfft. Einen Dreck muss ich«, flüsterte Zoey zurück. »Du steckst hier in deinem eigenen *Game of Thrones* fest und brauchst definitiv jemanden, dem du vertrauen kannst.«

»Aber sie suchen dich vielleicht schon.«

Zoey beäugte mich skeptisch, bevor sie aufsprang und … durch die Wand ging?! Ach du meine Güte. Ein paar Augenblicke später kam sie zurück. »Nope. Die suchen nicht mich. Dieser Kaiser hat deine Wachen verdoppeln lassen. Wegen so 'nem Typen und 'nem Kleid. Die scheinen jedenfalls ziemlich beschäftigt zu sein. Wie die Wachen am Gericht übrigens auch. Und nachdem ich Gott sei Dank nicht zur streng bewachten Höllenfraktion gehöre, hat bestimmt keiner gesehen, dass ich abgehauen bin.«

»Es ist völlig egal, ob dich jemand gesehen hat, oder nicht«, fuhr ich sie aufgebracht an. »Du gehörst in dein neues Leben. Ich habe keine Ahnung, was mit Seelen passiert, die sich ihrem Urteil nicht beugen – und ehrlich gesagt will ich es auch nicht herausfinden!«

»Aber …«

»Keine Widerrede«, unterbrach ich sie entschieden. »Du musst wieder zurück.« Falls meiner Freundin meinetwegen etwas zustoßen würde, könnte ich mir das nie verzeihen. Außerdem war das hier ja kein Dauerzustand, schließlich konnte sie schlecht für den Rest ihrer Existenz als Hui Buhs kleine Schwester im Reich der Toten herumspuken.

»Okay«, gab Zoey überraschenderweise klein bei. Glücklich sah sie damit nicht aus, aber sie schien zu wissen, dass ich recht hatte. »Reicht morgen früh auch noch?«

Ich lächelte. »Auf alle Fälle!« Und nichts wollte ich lieber machen, als eine Nacht lang meine alte Freundin zurückzuhaben.

Wie Hund und Katze

Solange die Delegationen der anderen Fürstenhäuser hier im Goldenen Berg weilten, sollten jeden Tag Festlichkeiten stattfinden. Zumindest glaubte ich das aus Mariz' Geplapper herausgehört zu haben. Ohne Kaffee war es mir in der Früh kaum möglich, ihren endlosen Erzählungen zu folgen. Nachdem Zoey letzte Nacht nämlich alles – wirklich alles – aus mir herausgequetscht hatte, war mein Schlaf ein weiteres Mal etwas zu kurz gekommen. Aber das war mir gleichgültig, denn die Zeit mit Zoey und die überraschende Möglichkeit, mich doch noch von ihr zu verabschieden, waren mindestens genauso erholsam gewesen. Jetzt war sie vermutlich schon auf dem Weg in ihr neues Leben und niemand hatte das so sehr verdient wie sie.

»Habt Ihr Wünsche für Euer Frühstück, Hoheit? Ich könnte natürlich wieder einen Damatih-Tee organisieren, allerdings wird mir das Nana Plombis nicht auf Dauer abkaufen. Sie weiß, dass ich den Geschmack nicht mag. Allerdings ist sie so erfreut darüber, dass Ihr Euch noch nicht über mich beschwert habt, dass sie mir die Erlaubnis gegeben hat, heute das Rennen mit anzusehen. Das ist DAS Ereignis am Kaiserhof. Obwohl eine Ankündigung momentan alles in den Schatten stellt: Euer Bruder hat Prinz Ardiza zum Duell gefordert. Ihr letztes Duell habe ich als kleines Kind gesehen. Wirklich spektakulär und brutal und spannend. Aber jetzt rede ich schon wieder so viel. Ich renne schnell los, und hole Euer Frühstück, Hoheit.« Die Tür fiel hinter ihr ins Schloss und ich fühlte mich wie von einem Zug überfahren.

Gerade hatte ich einmal tief durchgeatmet, da klopfte es auch schon wieder. Hatte Mariz etwas vergessen? Aber sie würde nicht klopfen, also vielleicht Kommandant Askan?

Vor der Tür stand mein Bruder. Heute trug er kein Silber, sondern Weiß.

»Guten Morgen, Amaia«, sagte er mit einem strahlenden Lächeln. »Darf ich dich als Entschädigung für gestern Abend zum Frühstück in die Palastgärten einladen?«

Oh. Eigentlich hatte ich damit gerechnet, frühestens am Abend wieder gesellschaftsfähig sein zu müssen. Nur, wie sollte ich meinen Bruder abwimmeln, ohne unhöflich zu sein? Zoey hatte gemeint, ich müsste ihm direkt ins Gesicht sagen, dass ich nicht auf Inzest-Kram stehe, aber ich war mir unsicher, ob ich in seine Annäherung nicht einfach zu viel hineininterpretierte – angestachelt von Noárs dreisten Behauptungen. Vielleicht tat ich ihm ja doch unrecht?

»Ähm, meine Zofe ist gerade dabei, mir ein Frühstück zu holen. Ich denke, es –«

»Wenn das der einzige Hinderungsgrund ist? Das lässt sich ändern«, unterbrach er mich und winkte einen Diener heran, der eben vorbeieilte. Er befahl ihm, meine Zofe zu suchen und sie darüber zu unterrichten, dass ich mit meinem Bruder frühstücken und ihn anschließend zum großen Rennen begleiten würde. Als der Diener fort war, hielt er mir seinen Arm hin, sodass mir nichts anderes übrig blieb, als mich vorsichtig einzuhaken.

Wenigstens fühlte ich mich in meinem hochgeschlossenen Kleid einigermaßen gewappnet, falls Ifars Finger sich wieder verselbstständigen sollten. Abgesehen davon war mein heutiges Gewand überraschend bequem. Keine Bänder, keine Korsage, keine komplizierte Schnürung, sondern einfach nur eine Art weißer Frack mit zwei silbernen Knopfreihen über einem weiten Rock.

In meinen Zopf hatte Mariz Blumen eingeflochten, die mich an Gänseblümchen erinnerten.

»Hast du gut geschlafen?«, erkundigte sich mein Bruder, als wir eine Weile schweigend durch die goldenen Gänge gewandert waren.

»Ja.«

»Und sonst ist auch alles zu deiner Zufriedenheit?«

»Ja.«

Großartiges Gespräch – vielleicht hätte ich doch hartnäckiger im Abwimmeln sein sollen. Dafür konnte ich mich umso besser auf meine Umgebung konzentrieren. Diesmal war ich mir sicher, dass die Gänge anders aussahen als gestern. Auch trafen wir viel mehr Höflinge, die sich ihrem Alltag zu widmen schienen.

Irgendwann seufzte Ifar und strich sich durch die dunklen Haare. Heute fielen sie ihm offen auf die Schultern.

»Dieser Streit zwischen Ardiza und mir hat nichts mit dir zu tun. Er hätte dich nicht mit reinziehen dürfen«, sagte er mit gedämpfter Stimme. Seine Worte waren offenbar nur für mich bestimmt. »Ich werde ihn dafür bezahlen lassen, dass er dich beleidigt hat.«

Ich konnte mir ein Kopfschütteln nicht verkneifen. Diese Ichkämpfe-für-deine-Ehre-Nummer mochte ja bei den Hofdamen hier funktionieren, aber ich sprang sicher nicht darauf an.

»Damit macht Ihr mich zum Grund für Euer Duell. Klingt das nicht ein bisschen nach Doppelmoral, Hoheit?«, fragte ich kühl.

Ifar sah mich überrascht von der Seite an. Sicherlich war er es nicht gewohnt, dass seine weiblichen Anhängsel eine Meinung hatten – geschweige denn einen vorwurfsvollen Ton. Aber statt eingeschnappt zu sein, musste er schmunzeln. »Eine höfliche Anrede ist nicht nötig. Du gehörst zur Familie. Nenn mich Ifar.«

Für einen Moment war ich abgelenkt gewesen und hatte nicht

bemerkt, in welche Richtung wir abgebogen waren. Jedenfalls standen wir plötzlich vor hohen Glastüren. Eifrige Diener beeilten sich, sie für uns zu öffnen. Dahinter lag ein wunderschöner Garten voller Pflanzen, die ich noch nie in meinem Leben gesehen hatte. Bäume mit blassblauer Rinde und runden gelben Blättern reihten sich an Rosenbögen, die über und über von dornigen Ranken bewachsen waren. Ihre Blüten sahen aus wie orangene Fächer mit silbernen Spitzen. Und dahinter in einem goldenen Meer aus kugelförmigen Blumen erwartete uns ein gedeckter Tisch. Hauchzarte Musik wehte mir von dort entgegen – gemischt mit dem schweren süßlichen Duft der Blüten.

»Aber du hast recht«, griff mein Bruder das Thema erneut auf, während er mich an den Tisch führte. »Auch ich habe dich in diesen Streit mit hineingezogen. Wie wäre es damit: Ich duelliere mich heute Abend ausschließlich mit Ardiza, um seiner unerträglichen Arroganz einen Dämpfer zu verpassen?«

»Das klingt schon besser«, lachte ich. Allerdings war ich dennoch nicht froh darüber, dass die beiden sich öffentlich die Köpfe einschlagen wollten. »Ist dieses Duell ein Kampf auf Leben und Tod?«

Meine Sorge schien Ifar zu gefallen. Lächelnd schob er mir den Stuhl zurecht. »Nein, auch wenn ich diese Angelegenheit gerne ein für alle Mal geklärt hätte.«

Seine vollendete Höflichkeit gemischt mit seinen skrupellosen Worten irritierte mich fast so sehr wie die Tatsache, dass es hier keine Bediensteten gab. Nicht, dass es mich persönlich gestört hätte. Im Gegenteil, ich fand es erfrischend normal, aber irgendwie hätte ich dann doch lieber Zeugen in der Nähe gehabt.

»Der Kaiser würde es nicht gutheißen, wenn sich seine beiden wichtigsten Heerführer gegenseitig umbringen«, ergänzte mein Bruder.

»Das ist in der Tat richtig«, schaltete sich eine neue Stimme ein. Erschrocken fuhr ich herum und sah, wie Kaiser Fidrin höchstpersönlich durch den Garten spaziert kam.

»Eure kaiserliche Majestät.« Ifar verbeugte sich und ich sank in einen Knicks.

Hier draußen im Tageslicht wirkte der Kaiser lange nicht so einschüchternd wie gestern, dennoch stieg mein Adrenalinspiegel bedenklich. Gute Laune hatte Fidrin nämlich nicht. Mit seinen wässrig grünen Augen durchbohrte er Prinz Ifar und machte deutlich, was er von dem Duell seiner Heerführer hielt. Dann wanderte sein Blick zu mir. Sein Gesichtsausdruck wurde weicher, blieb aber weiterhin undurchschaubar.

»Die kaiserlichen Gärten sind in ganz Cassardim für ihre Pracht bekannt«, meinte er und strich mit der Hand liebevoll über goldene Kugelblüten. »Gefallen sie Euch?«

Ich konnte nur nicken, da ich ein ziemlich ungutes Gefühl bekam. Der Kaiser war bestimmt nicht zufällig in genau dem Teil seiner Gärten, in denen wir frühstücken wollten.

»Ich tat Euch gestern unrecht, Prinzessin Amaia«, fuhr er fort. »Fälschlicherweise hielt ich Eure Kleiderwahl für eine Kritik an meiner Person, um Eure verlorene Zeit zu betrauern und Eure Bereitschaft zur Rache zu verkünden.«

Ich schluckte nervös, als mir klar wurde, welche Bedeutung mein gestriger Auftritt tatsächlich gehabt hatte.

»Inzwischen hat man mich darüber informiert, dass ein fremder Mann Euch in diese unschickliche Lage gebracht hat. Man erzählte mir ferner, Ihr würdet ihn eventuell wiedererkennen?«

Erneut konnte ich nur nicken. Kaiser Fidrin hob seine Hand, woraufhin goldgewandete Diener herbeieilten, die große Rechtecke trugen. Es waren Bilderrahmen, die man mit schwarzen Tüchern bedeckt hatte. Mit einer energischen Bewegung enthüllte der Kaiser nun nacheinander die Rahmen. Zum Vorschein kamen Gemälde. Zweifellos kostspielige Meisterwerke von Persönlichkeiten des Kaiserhofs. Am letzten blieb ich hängen. Es zeigte einen dunkelhaarigen Mann mit silbernen Schläfen und stechenden grauen Augen. Es war Lazar.

»Ist das der Mann?«, wollte der Kaiser wissen. Sein Tonfall wurde frostig.

Ich wägte meine Möglichkeiten ab. Es zu leugnen, wäre zwecklos gewesen. Jeder hier hatte meine Reaktion auf das Bild gesehen, also blieb nur die Wahrheit.

»Ja.«

Ein paar endlose Atemzüge musterte mich der Kaiser, als wäre er sich nicht sicher, ob man mir trauen konnte. Dann setzte er ein künstliches Lächeln auf und ließ die Gemälde wieder verhüllen.

»Ich möchte Euch nicht länger von Eurem Frühstück abhalten. Die kurze gemeinsame Zeit, bevor Prinz Ifar wieder in die Silberfeste aufbrechen muss, will weise genutzt sein.« Er drehte sich um und marschierte mit resoluten Schritten zurück in seinen Palast – einen Spaziergang konnte man das spätestens jetzt nicht mehr nennen.

»Wer ist dieser Mann auf dem Bild?«, erkundigte ich mich bei Ifar, als wir uns gesetzt und endlich mit dem Frühstück begonnen hatten.

»Jemand, über den man besser nicht reden sollte«, murmelte er abwesend und schenkte aus einer Karaffe Saft in unsere Gläser.

Oh Mann! Diese Geheimniskrämerei ging mir langsam, aber sicher auf die Nerven.

»Dann solltest du es mir lieber sagen, sonst laufe ich rum und frage irgendwelche Leute nach ihm, die mir vielleicht nicht so gewogen sind wie du!«

Ifars verwunderten Blick erwiderte ich so kompromisslos, wie ich konnte. Und scheinbar glaubte er mir, denn er lehnte sich in seinem Stuhl zurück und seufzte. »Lazar val Etor, der meistgesuchte Mann in ganz Cassardim.«

»Gesucht?«

»Wegen Hochverrats. Er war der Drahtzieher hinter der Rebellion und ist letztlich dafür verantwortlich, dass du zur Geisel wurdest.«

Schockiert klappte mir der Mund auf. »Und dieser Mann läuft hier frei herum?«

Mein Bruder zuckte mit den Schultern. »In hundert Jahren hat es keiner geschafft, ihn gefangen zu nehmen. Er war Seneschall von Kaiser Katair, Fidrins verstorbenem Sohn, und hat noch immer viele ... Anhänger.«

»Aber ... aber was will er?« Und warum arbeitete er mit dem Kronprinzen des Schattenreichs zusammen?!

»Lazar behauptet, Kaiser Fidrin hätte seinen Sohn töten lassen, um selbst auf den Kaiserthron zurückzukehren. Deshalb will er ihn wohl stürzen.«

Na also! Endlich mal ein Puzzlestück, mit dem etwas anzufangen war. Das Gesamtbild war zwar noch lange nicht zu erkennen, trotzdem ahnte ich, dass diese Information der Schlüssel sein konnte.

»Lass uns nicht mehr davon reden«, forderte Ifar grimmig. Seine Stimmung war mittlerweile im Keller. Offenbar hatte er sich das Frühstück mit mir anders vorgestellt. »Wie Kaiser Fidrin gesagt hat, ist meine Zeit hier im Goldenen Berg begrenzt. In sieben Tagen wird unsere Delegation wieder in die Silberfeste aufbrechen.«

Nur noch sieben Tage. Ich wusste nicht, wie ich dazu stehen sollte. Im Moment fühlte ich nichts – weder Traurigkeit noch Erleichterung. Erwartete Ifar etwa, dass ich emotional wurde?

So gerne hätte ich ihn weiter über Lazar ausgequetscht, doch ich sah Ifar an, dass das keine gute Idee gewesen wäre.

Dann also irgendein anderes Thema? Hm ...

»Woher kommt die Musik?« Es klang nach Streichern, aber ich konnte hier nirgends einen Musiker entdecken. Und ich glaubte kaum, dass man in den kaiserlichen Gärten Boxen installiert hatte, um sie mit Klassik zu beschallen.

Der Themenwechsel brachte meinen Bruder dazu, verschmitzt zu lächeln. Er deutete auf die Mitte des Tisches. Dort stand eine silberne Schatulle – kaum größer als eine Ringschachtel.

»Die hast du als Kind schon immer gemocht.«

Neugierig angelte ich mir die Schatulle und untersuchte sie. In das Silber hatte man kunstvolle Verzierungen eingraviert. Ansonsten war sie leer.

»Schließ den Deckel!«, wies mich mein Bruder an.

Ich tat es und staunte nicht schlecht, dass die Musik verstummte. Als ich sie wieder öffnete, begann die zarte Melodie von Neuem durch die Gärten zu schweben. Sie kam aus dieser Schatulle!

»Du kannst sie behalten. Ich schenke sie dir«, meinte Ifar und lachte, als ich ihn mit großen Augen ansah, als wäre ich fünf und er der Weihnachtsmann.

»Wirklich?« Musik! Er hatte mir Musik geschenkt. Mit nichts hätte er mich glücklicher machen können.

»Wirklich!«, bestätigte er. Gerade spielte ich mit dem Gedanken, mich trotz aller Regeln bei ihm zu bedanken, als ein großes dunkles Etwas auf den Tisch krachte und das Möbelstück in Einzelteile zersprengte. Ich wurde zurückgeschleudert und landete in einem der Blumenbeete. Ein tiefes Grollen erklang. Im nächsten Moment war eine Kreatur über mir, die aussah wie eine verkohlte Hyäne von der Größe eines Bären. Mit ledrigen Flügeln. Doch ihr Gesicht – es schien sich stetig zu verändern. Mal hatte sie struppiges Fell, dann wieder Schuppen. Lange Reißzähne, spitze Giftzähne, Schlangenaugen, Huskyaugen, Insektenaugen … Alles war in ständiger Bewegung. Nur in ihren Pupillen wirbelten beständige dunkle Abgründe. Der faulige Geruch von verwesendem Fleisch stieg mir in die Nase.

Fauchend schnappte die Kreatur nach meinem Hals. Ich schrie und rollte mich zusammen, aber die triefenden Zähne trafen mich nicht. Eine helle Gestalt hatte das Ding gerammt. Ifars Schwert steckte tief in der Brust dieser Kreatur. Nur schien sie das wenig zu interessieren. Sie ging auf meinen Bruder los. Beide rangen miteinander, überschlugen sich. Ein Kreischen am Himmel ließ mich aufschauen. Ich erstarrte. Mindestens zehn weitere dieser schrecklichen Gestalten waren im Sturzflug auf den Garten. Mit rasendem Herz sah ich mich nach etwas um, mit dem ich mich verteidigen konnte. Da ich mit einem Buttermesser wohl nicht weit kommen würde, schnappte ich mir ein zersplittertes Tischbein. Goldkrieger kamen aus dem Berg zu Hilfe.

»Chokaal!«, rief irgendwer.

»Chaoshunde!«, jemand anderes.

Ein Goldkrieger stieß mich zur Seite. Statt meiner wurde er gepackt und durch die Luft geschleudert.

»Lauft in den Berg, Prinzessin!«, brüllte man mich an.

Das ließ ich mir nicht zweimal sagen. So schnell es meine Röcke zuließen, rannte ich los. Das Flattern von Lederschwingen verfolgte mich.

Ich schaffte es nicht. Messerscharfe Klauen gruben sich in meine Schultern. Ich schrie vor Schmerz auf, als mich ein Ruck nach hinten und dann vom Boden riss. Ein triumphierendes Kreischen erklang über mir – aber ich hatte noch immer das Tischbein in der Hand. Instinktiv stieß ich zu. Wieder und wieder. Ich musste diesen Chaoshund erwischen, bevor ich zu hoch war, um den Sturz zu überleben. Ich traf seinen Flügel. Der Hund schlingerte und endlich zog er seine langen Klauen aus meinem Fleisch. Ich fiel und landete hart. Beim Aufprall schoss Feuer durch mein Rückgrat. Jeder Atemzug war wie ein Messerstich zwischen die Rippen. Für ein paar Herzschläge sah ich nur noch Sterne. Dann blutverschmierte Blütenblätter. Sich türmende Wolken am sonnenlosen Himmel von Cassardim. In meinen Ohren rauschte das Blut. Ein knurrender Schatten schob sich über mich. Der Chaoshund war gekommen, um sein Werk zu beenden. Mit letzter Kraft stemmte ich mich gegen seinen Angriff. Mächtige Kiefer schnappten mehrfach vor meinem Gesicht zusammen.

Da blitzte etwas auf. Zähes schwarzes Blut übergoss meine Hände. Der Chaoshund zuckte und plötzlich fiel mir der Kopf der Kreatur entgegen.

Oh Gott, war das widerlich.

Das Blut dieser Dinger stank noch viel schlimmer als sie. Ich drängte meinen Brechreiz zurück und zog mich unter dem Kadaver hervor. Wieder ein Blitzen, gefolgt von einem Kreischen und einem dumpfen Geräusch. Eine schwarz gekleidete Gestalt stand über mir und schützte mich unablässig vor den angreifenden Chaoshunden. Seine rotbraunen Haare hätte ich überall wiedererkannt. Es war der Schattenprinz.

Auch Rhome und Drokor warfen sich in den Kampf. Allerdings wollte der Ansturm der Chaoshunde nicht enden. Noár hatte gerade einen weiteren erledigt, da stürzte sich einer von hinten auf ihn. Ich schrie ihm eine Warnung zu, doch bevor die scharfen Krallen ihm zu nahe kommen konnten, verdunkelte sich der Himmel. Eine noch größere pechschwarze Kreatur riss den Chaoshund mit sich. Ein neues, viel tieferes und Furcht einflößenderes Brüllen überdeckte den Kampflärm und mischte sich mit den Todesschreien der Chaoshunde. Noár lächelte wild und triumphierend. Weitere der großen schwarzen Schatten kamen zu Hilfe und pflückten die restlichen Chaoshunde vom Himmel. Da wusste ich, dass die Gefahr vorüber war. Mein Kopf fiel zurück in das Blumenbeet. Der brennende Schmerz in meinen Schultern meldete sich zurück. Das Adrenalin hatte ihn in den Hintergrund gedrängt. Doch jetzt ...

Ein goldener Helm schob sich in mein Sichtfeld. Kommandant Askans Gesicht war von Sorgen zerfressen. Er untersuchte meine Wunden, fluchte und bellte Befehle. Angst schlich sich unter meine Schmerzen. Offenbar war ich schwerer verletzt, als ich angenommen hatte.

»Tretet zur Seite, Kommandant«, sagte eine ruhige Stimme. In all dem Durcheinander schien sie mir wie ein Anker zu sein. Noár kniete sich neben mich. Seine Frisur war durcheinandergeraten und rostrote Strähnen fielen ihm in die Stirn. Dadurch strahlte das ungezähmte Feuer in seinen dunklen Augen noch heller. Mit ernster Miene besah er sich meine Schultern, bevor er seine Hand auf die Wunden legte und ... ihnen befahl zu heilen.

Ich schnappte nach Luft, als Muskeln, Knochen, Sehnen und Adern seinem Willen zu folgen begannen. Es fühlte sich an, als würden die Krallen mich noch einmal durchbohren. Tränen traten mir in die Augen. Irgendwer hielt mich fest. Ich schrie. Und dann war alles vorbei.

Ich konnte atmen – ohne Schmerzen, ohne das Blubbern von Blut in meinen Lungen.

Langsam öffnete ich die Augen und blickte in das süffisante Grinsen des Schattenprinzen.

»Ich habe Euch gerade das Leben gerettet, Prinzessin. Ihr könnt Euch schon mal überlegen, wie Ihr gedenkt, diese Schuld zu begleichen.«

»Runter von meiner Schwester!«, hörte ich jemanden brüllen.

Noár verdrehte die Augen.

»Du bist zu spät, Ifar«, rief er über die Schulter. »Wie immer.«

Lässig erhob er sich und wanderte zu meinem Bruder, der von Rhome und Drokor zurückgehalten wurde. Andernfalls hätte er sich zweifelsohne direkt auf Noár gestürzt.

»Ist das dein Dank dafür, dass ich gerade deine Schwester geheilt habe?«

»Das hätte ich auch tun können, aber du musstest ihr ja unbedingt eine Lebensschuld aufzwingen, du ehrloser Bastard!« Ifar war außer sich. Tobend versuchte er, sich von Noárs Freunden zu befreien, was der Schattenprinz mit einem leisen Lachen quittierte.

»Gut«, meinte er so frostig wie amüsiert. »Ich hatte schon Angst, du würdest aus Dankbarkeit unser kleines Duell absagen.«

Plötzlich landete hinter meinem Bruder einer der mächtigen schwarzen Schatten, die den Kampf zu unseren Gunsten entschieden hatten. Die überlebenden Goldkrieger stoben ängstlich auseinander, um den gewaltigen Schwingen des katzenartigen Wesens Platz zu machen. Anders als die Chaoshunde wirkte dieses Tier geradezu edel, und dennoch nicht minder gefährlich. Es glich einem riesenhaften Panther, an dem alles schwarz war – selbst die furchterregenden Zähne. Sein Fell schien jedes Licht zu absorbieren, aber seine Flügel glänzten, als würden sie aus dunklem Metall bestehen.

Ohne ein weiteres Wort schwang sich der Schattenprinz auf den Rücken der Kreatur und legte einen Abgang hin, der selbst die erfahrensten Goldkrieger mit offenem Mund zurückließ.

VON SCHULDEN, RAUBTIEREN UND VERRÄTERN

Kommandant Askan ließ mich mit dem Versprechen in meinen Gemächern zurück, nun in Sicherheit zu sein. Außerdem wollte er schnellstmöglich meine Zofe zu mir schicken, damit sie mir aus der blutigen Kleidung helfen konnte.

Ich wartete nicht auf sie. Das widerliche Blut der Chaoshunde stank so erbärmlich, dass ich mir die zerfetzten und verschmierten Klamotten vom Leib riss. Dann ließ ich mir ein Bad ein und stieg ins warme Wasser.

Viel zu viele Eindrücke rasten durch meinen Kopf. Ich wäre beinahe gestorben, zerfetzt von Kreaturen, die so widerwärtig waren, dass ich mich bei der Erinnerung an sie fast übergeben hätte. Aber Noár hatte mich gerettet. Wieder. Und jetzt hatte ich eine Lebensschuld bei ihm? Was bedeutete das? Sicher nichts Gutes, so aufgebracht, wie Ifar gewesen war. Außerdem war da noch die Geschichte um Lazar, der den Kaiser stürzen wollte. Ich konnte einfach nicht begreifen, warum er uns Fürstenkinder dann zurückgebracht hatte. Wäre es nicht sinnvoller gewesen, uns zu töten, um unsere Eltern endgültig gegen den Kaiser aufzubringen?! Nicht, dass ich mich beschweren wollte …

Und was hatte Noár mit Lazar zu schaffen? Er und der Kaiser schienen sich doch bestens zu verstehen.

»Maia!«, ertönte plötzlich Zoeys Geisterstimme von nebenan. Was machte sie denn noch hier?! Sollte sie nicht längst –

»Maia!!!« So aufgeregt hatte ich sie selten erlebt.

Der blaue Körper meiner Freundin glitt durch die Wand und entspannte sich sofort, als sie mich sah. »Oh, Gott sei Dank, da bist du ja! Hör zu, du darfst heute nicht aus dem Zimmer gehen. Man will dich umbringen!«

»Zu spät«, brummte ich und deutete auf den blutigen Kleiderhaufen, den ich eben noch getragen hatte.

Zoey bekam große Augen. »Ach du Scheiße. Geht es dir gut?«

Ich nickte müde. Ja, Noár war tatsächlich sehr gründlich gewesen. Dummerweise hatte er mein Herz dabei vergessen, das langsam aber sicher auszubluten schien. Es zog meine Gedanken mit einer Macht zu diesem eingebildeten Prinzen, der ich nichts entgegenzusetzen hatte. Ich versuchte wirklich, es zu ignorieren, aber immer und immer wieder sah ich sein Gesicht vor mir, versank in seinen Sternenaugen, spürte seinen sanften Kuss auf meinen Lippen. Und dann kam die brutale Realität dazwischen, seine Lügen, seine Skrupellosigkeit ...

Meine Gefühle waren noch nie zerrissener gewesen. Ich wollte ihm seinen Hals umdrehen, ihn bloßstellen und ihm seine Arroganz vom Gesicht kratzen. Gleichzeitig wollte ich ... ja, was eigentlich?

Ich wollte den alten Noár zurück.

»Du weinst, MaiMai. Ich glaube nicht, dass alles okay ist«, meinte Zoey trocken. Sie verschränkte ihre Geisterarme vor der Brust und sah mich streng an.

»Mir geht es gut«, log ich und wischte mir über das Gesicht. Vielleicht nahm mich das alles doch ein bisschen mehr mit, als ich mir eingestehen wollte.

»Mhmm, is' klar.«

»Wirklich«, beteuerte ich noch einmal. »Aber was ist mit dir? Solltest du nicht eigentlich auf dem Weg in dein neues Leben sein?«

»Wäre ich ja gerne gewesen, wenn ich mich nicht verlaufen hätte. Dieser Berg ist nicht weniger verwirrend, nur weil ich durch Wände gehen kann. Wenn du mich fragst, ändert das Ding seinen Grundriss und hat dabei noch einen Mörder-Spaß. Jedenfalls bin ich auf der Suche nach dem Totengericht plötzlich über die fiese Bitch von Wolkenfürstin gestolpert und habe mitbekommen, wie sie einen verlotterten Mann bezahlt hat, damit der dir irgendwelche bösen Bestien auf den Hals hetzt.«

»Bitte was?!« Jetzt saß ich aufrecht im Zuber. Fürstin Saphama wollte mich umbringen lassen? Meine eigene Mutter?!

»Eben!«, rief Zoey wild gestikulierend. »Deshalb bin ich, so schnell es geht, zurückgekommen, um dich zu warnen.«

»Was hat meine Mutter genau gesagt?«

Während Zoey eine nachdenkliche Schnute zog und versuchte, sich an den exakten Wortlaut zu erinnern, sprang ich aus der Wanne und wickelte mich in ein Handtuch.

»Irgendein Soundso würde nicht mehr lange die Füße still halten und sie müsse dich loswerden, bevor es zu spät ist.«

»Ein bisschen was Genaueres wäre gut.« Ich hatte zwar noch keine Ahnung, wie ich am besten vorgehen sollte, aber ich würde schon Beweise brauchen, um meine Mutter mit den Angriffen der Chaoshunde in Verbindung zu bringen.

Meine Freundin zuckte entschuldigend mit den Schultern. »Namen waren noch nie so meins.«

Großartig. Geisterhaftigkeit hin oder her, zur Spionin war Zoey definitiv nicht geboren. Ich tauschte das Handtuch gegen den zarten Morgenmantel und begann, mir die Haare trocken zu reiben. Dabei fielen die Reste der Blumen aus meinen Locken, die Mariz hineingeflochten hatte.

Es hämmerte lautstark an die Tür.

»Verdammt!«, flüsterte meine Freundin panisch und sauste in

die nächstbeste Wand, nur um gleich wieder ihren Kopf herauszustrecken. »Sei vorsichtig! Attentäter und so!«

»Ja, und du schweb endlich zurück zum Gericht der Toten! Nicht, dass man dich doch noch in die Hölle steckt, wenn sie dich erwischen.«

Zoey riss erschrocken die Augen auf, nickte aber, und dann war sie verschwunden.

Ich atmete tief durch, um meinen Puls zu beruhigen. Vor meinen Gemächern schoben haufenweise Goldkrieger Wache. Da würde ein Attentäter sicher nicht anklopfen. Tatsächlich war es Kommandant Askan, der vor mir stand, als ich die Tür öffnete. »General val Aavis wünscht, Euch zu sprechen.«

Mit todernster Miene trat er beiseite und gab die Sicht frei auf einen gut gelaunten Rhome in schwarzer Uniform.

»Eure Hoheit!« Er verbeugte sich grinsend. »Ich bin hier, um Euch die Einladung meines Prinzen zu überbringen, das Rennen heute von seiner Loge aus zu verfolgen.«

»Das ist sehr freundlich, aber ich habe nicht vor –«

Rhome räusperte sich mit Nachdruck. »Darf ich Euch daran erinnern, dass Ihr in der Schuld meines Herrn steht? Ich wollte es aus Höflichkeit nett formulieren, doch scheinbar benötigt Ihr deutlichere Worte: Mein Prinz *erwartet* Euch in seiner Loge und hat mich beauftragt, Euch abzuholen.« Ein eisiger Schauer kroch mir über das Rückgrat. Das war gar nicht gut. Wo steckten Joto und seine Ratschläge, wenn man ihn brauchte?

»Jetzt?«, stammelte ich hilflos.

Rhomes Falkenblick wanderte an mir und meinem Morgenmantel herunter und wieder breitete sich ein Grinsen auf seinem Gesicht aus. »Nun ja, ich werde mich gedulden, bis Eure Zofe Euch beim Ankleiden geholfen hat.«

»Sie ist grade nicht da.«

»Dann werde ich sie für Euch rufen lassen«, erwiderte Rhome, als würde er mein Problem nicht verstehen. Erneut kroch der Schalk in seine Augen. »Es sei denn, Ihr wünscht, dass *ich* Euch helfe. Ich bin durchaus vertraut mit der weiblichen Anatomie und Garderobe. Meine Talente liegen zwar eher beim Entkleiden, aber so schwer kann das andersherum ja auch nicht sein.« Ein paar Goldkrieger lachten, bis ihr Kommandant sie böse anstarrte.

»Das wird nicht nötig sein«, fauchte ich und knallte ihm die Tür vor der Nase zu.

Oh Mann! Hundert Jahre lang hatte ich den Luxus genossen, jeden Mist, in dem ich steckte, auch selbst ausgefressen zu haben. Kaum betrat ich Cassardim, steckte ich völlig unschuldig bis zum Hals in Schwierigkeiten – als würde das Schicksal mit mir Fettnäpfchen-Hopping spielen.

Also gut. Ich brauchte etwas zum Anziehen. Hastig durchwühlte ich meinen Schrank nach Klamotten, die simpel genug waren, um alleine hineinschlüpfen zu können. Meine Wahl fiel auf ein leichtes ärmelloses Kleid mit hoher Taille. Es wirkte schlicht und elegant. Damit konnte man sicher nichts falsch machen. Meine Haare band ich zu einem hohen Dutt zusammen. Die einzige abendtaugliche Frisur, die ich dank meines Ballettunterrichts im Schlaf beherrschte. Gerade als ich unentschlossen vor den Schmuckschatullen stand, kam Mariz herein. Sie war kreidebleich. Aber auch so hätte ich gewusst, dass etwas nicht stimmte, denn sie sagte kein Wort. Erst als sie mir lange silberne Ohrringe angelegt und meinen Lippen einen tiefen Rosé-Ton verpasst hatte, fand sie ihre Sprache wieder.

»Stimmt es, dass Ihr eine Lebensschuld bei Prinz Ardiza habt?«

Ich seufzte schwer. »Hat sich nicht verhindern lassen, als die Chaoshunde entschlossen haben uns anzugreifen.«

»Es geht doch nicht um den Angriff, Hoheit.« Sie sah mich mit großen besorgten Augen an. »Es ist Prinz Ardizas *Pflicht,* die Bewohner Cassardims vor dem Chaos zu beschützen. Nein, es geht darum, dass Ihr ihn Euch habt heilen lassen.«

Okay ...? Das erklärte Ifars Wut, aber ...

»Mir blieb wohl kaum eine andere Wahl.«

»Hoheit, Ihr versteht das nicht. Eine Lebensschuld ist etwas sehr Ernstes. Wenn Ihr sie nicht begleicht, werdet Ihr zu einer Geächteten und die Schuld geht auf Euer Volk über. Das *dürft* Ihr nicht tun!«

Tja, da war der Mordplan meiner lieben Mutter wohl gehörig nach hinten losgegangen. Wenn es nicht ich wäre, die die Suppe würde auslöffeln müssen, hätte ich die Ironie dahinter äußerst komisch gefunden.

»Und wie werde ich diese Schuld wieder los?«

»Das«, meinte Mariz und legte mir noch einen fein gearbeiteten Silberreif um den Oberarm, »wird Prinz Ardiza entscheiden, fürchte ich.«

Natürlich, was auch sonst ...

Wieder klopfte es an der Tür. Rhome wurde ungeduldig.

»Dann wollen wir mal«, flüsterte ich mehr für mich als für Mariz. Erneut öffnete ich die Tür und trat hinaus. Noárs blond gelockter General quittierte meine Verwandlung mit einem schiefen Lächeln, bevor er mir seinen Arm anbot und mich durch die goldenen Gänge führte. In gebührendem Abstand folgten uns einige Goldkrieger. Zweifellos eine Schutzmaßnahme. Immer wieder grüßte Rhome heiter die Passanten. Mit mir redete er nicht, was meiner Laune nicht gerade zuträglich war.

»Verratet mir, ist es üblich, dass ein General Laufbote für seinen Herrn spielt?«, murrte ich. Aber mein kleiner Seitenhieb traf Rhome nicht wie erwartet. Im Gegenteil, er lachte laut auf.

»Nur wenn potenzielle Attentate inbegriffen sind. Was soll ich sagen, Prinz Ardiza fördert meine Talente.«

Unter anderen Umständen hätte ich seinen uneitlen Humor gemocht. Doch momentan war mir nicht nach Späßen zumute.

»Ihr glaubt, dass dieser Angriff kein Zufall war?«

Rhome wusste nicht, was meine Geisterfreundin herausgefunden hatte. Wie also kam er darauf?

»Chaoshunde am Kaiserhof?«, antwortete er offenkundig belustigt von meiner naiven Frage. »Die Chokaal hätten es nie durch die Barrieren geschafft. Es sei denn natürlich, jemand hat sie angelockt und ihnen geholfen.«

Oh. Das klang in der Tat nach einer logischen Schlussfolgerung und bewies wieder einmal, wie wenig ich über alles Bescheid wusste. Na ja, zumindest musste ich so weniger Überzeugungsarbeit leisten, wenn ich in einem wohlüberlegten Moment meine Mutter beschuldigen würde.

»Ihr scheint nicht überrascht zu sein«, stellte Rhome fest. Seine goldbraunen Augen musterten mich misstrauisch. Sollten sie ruhig – ich würde ihm trotzdem nichts von Zoey erzählen.

»Ich habe auch meine Talente«, murmelte ich und brachte den General des Schattenprinzen damit erneut zum Lachen. Irgendwie mochte ich ihn. Vielleicht sollte ich die Gelegenheit nutzen …?

»Rhome?« Das war der Name, den er mir in den Niemandslanden genannt hatte. Ich sprach ihn nur leise aus, damit uns die Goldkrieger nicht hörten, aber der General zuckte mit keiner Wimper. Nicht einmal seine gute Laune verlor er. Ganz offenbar wusste er bereits, dass ich mich an alles erinnern konnte. Ein Grund mehr, weiterzufragen.

»Was will Noár von mir?«

Für ein paar lange Augenblicke dachte ich, er hätte mich absichtlich überhört. Doch dann seufzte Rhome und senkte seine

Stimme. Die unerwartet ernste Antwort schien ihm nicht leichtzufallen.

»Ich weiß es nicht. Aber, um Missverständnisse zu vermeiden, solltet Ihr wissen: Ich habe nicht gelogen, als ich sagte, dass unsere Spezies nur einmal ihr Herz verliert. *Eine* große Liebe, die uns aus heiterem Himmel trifft und nicht mehr loslässt. So sind wir Cassarden nun mal gestrickt.«

»W-was ... hat das mit Noár zu tun?«

»Was auch immer er mit Euch vorhat, seinem Herzen folgt er nicht. Das hat er nämlich schon vor sehr langer Zeit verloren.«

Schlichte Worte und dennoch verstand ich ihre Bedeutung sofort. Sie ließ mir das Blut in den Adern gefrieren.

Noár hatte seine eine große Liebe bereits gefunden ...

Das hieß, dass er zu keiner Sekunde etwas für mich empfunden hatte. Alles war nur Taktik gewesen. Oder Gedankenlosigkeit. Ein Spiel. Vergnügen.

Ich spürte, wie sich ein Eispanzer um mein Inneres legte, und da wusste ich ganz plötzlich noch etwas mit absoluter Sicherheit: Auch ich hatte mein Herz verloren und würde es nie wiederbekommen.

»Ich schätze Eure Ehrlichkeit.« Meine Stimme klang fremd in meinen Ohren. Die brennenden Tränen, die ich gerne vergossen hätte, fielen meiner Vernunft zum Opfer. Wie lange kannte ich Noár? Nicht einmal zwei Wochen. Das war lächerlich. Ich war gut zurechtgekommen, *bevor* ich ihn kannte, und würde es auch *nach* ihm tun. Und ganz sicher würde ich mich nicht zur naiven Zielscheibe seiner Spielchen machen lassen.

Mir war klar, dass Rhome jede meiner Reaktionen genau beobachtete, deshalb wechselte ich das Thema.

»Ich dachte, wir gehen zum Rennen. Führt dieser Weg nicht

in die Gärten?« Rhome schmunzelte über mein schlecht gespieltes Interesse. Dennoch beantwortete er meine Frage.

»Der Goldene Berg hat seinen eigenen Willen. Manchmal muss man ein wenig mit ihm ringen, doch meistens bringt er einen dorthin, wo man hinwill – wenn man denn weiß, wohin man will.«

Ich nickte, ohne wirklich zu verstehen, was er gesagt hatte. Im Moment war ich zu sehr darauf konzentriert, meine Fassade aufrechtzuerhalten. Und nein, Rhome brachte mich nicht in die Gärten, sondern zu einer Tür mit blutroten Intarsien, vor der zwei schwarz gekleidete Krieger Wache standen. Auf ihrer Uniform prangte das Emblem Cassardims. Sie schlugen sich mit der Faust gegen die Brust. Ein Gruß, der eher ihrem General galt als mir. Danach öffneten sie die Tür, die auf eine Terrasse führte. Mir wehten ein heftiger Wind und sanftes Rauschen entgegen.

Sand. So weit das Auge reichte. Unter einem surrealen Wolkenhimmel lag eine majestätische rötliche Wüste. Zweifellos das Trockene Meer. Doch je länger ich auf diese überwältigende Landschaft starrte, desto mehr wurde mir klar, dass etwas nicht stimmte: Die endlosen Dünen schienen sich zu bewegen. Schnell. Wie Wellen in einem Ozean türmten sie sich auf und brandeten unter uns an die massiven Wände des Goldenen Berges. Sandige Gischt schoss in die Höhe und schwappte wieder zurück. Überwältigt begriff ich, dass sich diese Wüste tatsächlich wie ein Meer verhielt und ihren Namen zu Recht trug. Im selben Moment sprang eine gelbe Kreatur mit einer schwarzen Schattierung aus den Sandfluten. Sie erinnerte mich in ihrer Form an eine Robbe, doch die Größe, der stachelige Rückenkamm und die schuppige Haut waren mit nichts vergleichbar, das ich kannte. Scheinbar stolz präsentierte das Tier seine Farbpracht und seine krallenbesetzten Flossen, bevor es mit einem Donnern wieder im Trockenen Meer verschwand. Applaus brandete auf – so laut, als würde ich in einem Stadion stehen. Ich drehte mich um und sah, dass jedes Fenster, jede Terrasse und jeder Balkon des Goldenen Bergs von Cassarden besetzt war. Es mussten Hunderttausende sein, die jubelten und Fahnen schwangen.

»Tut dem Ego nicht gut, wenn ein Sandgleiter mehr Beifall bekommt als wir, oder?« Rhome zwinkerte mir zu und führte mich über eine schmale Treppe von der Terrasse herunter. Unser Ziel war eine Art Empore, über der ein roter Baldachin im Wind flatterte. Sie war schwer bewacht von Schattenkriegern. Wieder geschah etwas auf dem Trockenen Meer, das den Goldenen Berg aufjubeln ließ. Die Geräuschkulisse war ohrenbetäubend, aber ich konnte mich nur auf das konzentrieren, was sich unter dem Baldachin befand. Drokor entdeckte ich als Erstes. Sein Blick war auf die grölende Menge gerichtet und die potenziellen Gefahren, die von ihr ausgehen könnte. Auch mich scannte er mit missbilligendem Gleichmut, bevor er sich wieder seiner Aufgabe widmete.

»Dein Ehrengast ist da«, verkündete Rhome und warf sich auf einen gepolsterten Sessel. Die letzten Schritte um die schattige Sitzgruppe legte ich alleine zurück. Mein Herz hämmerte mir gegen die Brust. Auf einem Diwan flackte Noár wie der verwöhnte Sohn eines Sultans. Er trug einen ärmellosen Mantel aus rotem Samt. Seine Unterarme und Handrücken waren wie sein Hals von schimmernden schwarzen Mustern überzogen. Ansonsten spannte sich gebräunte Haut über seine Muskeln. Er hielt einen Kelch mit Varras-Wein, den er nun an die Lippen setzte. Das lenkte meinen Blick von seinen bedauerlicherweise sehr attraktiven Armen zu seinem Gesicht, das nicht weniger anziehend war. Trotzdem funktionierte der Eispanzer, den ich mir zugelegt hatte.

Zwar schnürte mir meine Enttäuschung noch immer die Kehle zu, aber nach außen zeigte ich nichts als kühle Selbstbeherrschung. Ich mochte ja manchmal zu gutmütig und vielleicht auch ein bisschen naiv sein, doch wenn man mit mir spielte, war eine Grenze überschritten, die ich erbittert verteidigte.

»Prinzessin Amaia«, sagte der Schattenprinz. Es klang fast wie ein Schnurren. Statt sich zu erheben, betrachtete er mich ausgiebig. Wo seine schwarzen Augen mich trafen, fing meine Haut zu kribbeln an.

»Hoheit«, antwortete ich schroff und verzichtete auf das obligatorische Kopfnicken. Wenn Noár sich nicht um Höflichkeiten scherte, würde ich sie ihm auch nicht entgegenbringen.

Ein spöttisches Lächeln teilte seine Lippen. Er nahm seinen Stiefel von den Polstern und schuf so einen weiteren Sitzplatz. Mit einer Hand klopfte er darauf. Eine dreiste Einladung, der ich nur zögernd und mangels einer Alternative folgte.

»Ihr seht mitgenommen aus«, meinte er, als ich mich neben ihn gesetzt hatte. Beiläufig winkte er ein goldgekleidetes Dienstmädchen heran, um auch mir ein Glas Wein einschenken zu lassen. »Machen Euch die Nachwirkungen des Angriffs zu schaffen oder hat mein General Eure Nerven strapaziert?«

Rhome schnaubte grinsend und bediente sich an einer Obstschale. Ich dagegen hielt meinen Blick fest auf die goldgelbe Flüssigkeit in meinem Glas gerichtet. Noárs Nähe war mir genauso unangenehm wie seine scheinheilige Frage nach meinem Befinden. Das musste ein Ende haben und danach wollte ich ihn nie wieder sehen. Also hob ich meinen Kopf und schaute ihm direkt in die Augen.

»Ich würde gerne wissen, womit ich meine Lebensschuld bei Euch begleichen kann«, teilte ich ihm mit. »Ich denke, es wäre für alle Parteien das Beste, wenn diese lästige Verpflichtung uns nicht länger verbindet.«

Noár erwiderte meinen Blick ungerührt. Der Ausdruck darin war nicht zu lesen. Schließlich schenkte er mir ein gefährliches Lächeln.

»Ich weiß nicht«, meinte er. »Mir gefällt es, Euch in meiner Schuld zu wissen.«

Plötzlich stieß er sich von den Kissen ab und beugte sich immer näher zu mir, bis ich gezwungen war, meinen Kopf wegzudrehen. »Doch vielleicht habt Ihr recht, Prinzessin.« Sein Atem streifte meinen Hals und machte jeden vernünftigen Gedanken unmöglich. Mit aller Kraft klammerte ich mich an meinen Stolz. Ich würde ihm nicht die Genugtuung geben, dass er auf mich irgendeine Wirkung hatte. Aber dann spürte ich, wie sein Handrücken meinen Arm entlangstrich. Er senkte seine Stimme. »Ich werde mir heute Abend etwas Passendes überlegen.«

Das war zu viel. Alles in mir schrie nach Flucht. Gerade wollte ich aufstehen, als er meinen Arm packte und mich brutal an Ort und Stelle festhielt.

»Überlegt Euch gut, was Ihr jetzt tut.« Trotz seines Dauerlächelns wurde sein Tonfall plötzlich kalt und glatt wie eine Klinge. »Jeder kann Euch sehen.«

Ohne seinen Griff zu lockern, nickte er hinter mich. Vorsichtig folgte ich seinem Blick und entdeckte sieben weitere Logen mit Baldachinen in den verschiedenen Fürstenfarben. Wie in einer Arena bildeten sie einen Halbkreis um eine Art Plateau – weit genug entfernt, um uns nicht hören, aber sehr wohl sehen zu können. Allen voran Kaiser Fidrin und sein Seneschall, deren Köpfe eindeutig in unsere Richtung gedreht waren. Außerdem erkannte ich Moe. Er saß auf den Schultern seines Vaters und bewunderte die springenden Sandgleiter. Eine lachende Annie spielte mit ein paar Mädchen in ihrem Alter und Nick stand stolz neben seinem kriegerischen Vater. Auch Adam und Jenny genossen die Kulisse im Kreise ihrer Familien. Nur unter dem weißen Baldachin am anderen Ende der Arena schien die Stimmung angespannt. Dort thronte meine Mutter. Ihr frostiger Blick war auf mich gerichtet. Ebenso der von Ifar, der in strahlendes Silber gehüllt am Geländer seiner Loge stand und wirkte, als wollte er sich gleich hier und jetzt auf Noár stürzen.

»Ich schlage vor«, fuhr der Schattenprinz fort, »Ihr lächelt nett und benehmt Euch anständig, dann muss ich Euch nicht dazu zwingen.«

Panik überflutete mich bei der Vorstellung, dass er mir meinen Willen nehmen könnte. Nur mit Mühe hielt ich meine wütenden Tränen zurück. Wie konnte ich nur so dumm gewesen sein, jemals etwas für ihn zu empfinden.

»Und ich schlage vor«, zischte ich bebend vor Zorn, »Ihr nehmt Eure dreckigen Finger von mir und behaltet sie bei Euch, dann muss ich *Euch* nicht dazu zwingen.«

Amüsiert funkelte mich Noár an. Die Luft zwischen uns lud sich knisternd auf. Er schien meine Worte als Herausforderung zu verstehen und war nicht der Typ Mann, der sich davon abschrecken ließ. Vielmehr schien ihn meine Kampfansage zu reizen.

»Noár.« Eine weiche tiefe Stimme mischte sich ein. Der tadelnde Unterton darin war nicht zu überhören. Es war Drokor, dem meine zitternden Hände nicht entgangen waren. Selbst Rhome grinste nicht mehr, sondern beobachtete uns besorgt.

Endlose Sekunden verstrichen. Die schwarzen Augen des Schattenprinzen verloren nichts an Intensität, trotzdem löste er schließlich seinen Griff.

»Immer noch ein waghalsiges Kätzchen«, lachte er leise. Dann lehnte er sich mit einem Kopfschütteln zurück und schenkte dem Geschehen in der Arena seine Aufmerksamkeit.

Auf dem Plateau präsentierte man gerade verschiedene Sandgleiter und ihre Reiter, die offenbar gleich in einem Rennen gegeneinander antreten würden. Lauthals wurden überall Wetten abgeschlossen. Mir war es egal, denn ich versuchte nur, gegen meine Tränen anzukämpfen. Ich hatte nicht die geringste Ahnung, wie ich den Tag überstehen sollte – ganz zu schweigen von dem, was sich Noár danach für mich ausdenken würde. Lebensschuld hin oder her, ich würde ihn nie wieder an mich heranlassen, völlig egal wie wichtig diese blöde Schuld hier in Cassardim zu sein schien. Wenn ich dadurch zur ›Geächteten‹ werden sollte, dann war das eben so – was auch immer das bedeutete.

Mein Blick zuckte zurück zu Ifar und meiner mordlüsternen Mutter. Wäre der Angriff der Chaoshunde nicht gewesen, würde ich jetzt dort bei ihnen sitzen. Keine so verlockende Alternative ...

Der Jubel am Goldenen Berg brandete auf, als die Sandgleiter sich am Rand der Plattform aufreihten. Eine helle Glocke ertönte als Startsignal. Danach gab es für die Cassarden kein Halten mehr. Selbst Rhome sprang auf und feuerte seinen Favoriten an. Die Sandgleiter schwammen in atemberaubendem Tempo durch die offene Wüste, mussten dort diverse Hindernisse passieren und kehrten anschließend zurück. Ein Rennen eben. Und dann noch eines. Und noch eines. Stunde um Stunde. Es fühlte sich an wie Wochen. Selbst unter anderen Umständen hätte ich den Wirbel darum nicht verstanden.

Schlussendlich gewann der alte und jetzt auch neue Champion, und Rhome verlor unter lautem Fluchen seinen Wetteinsatz. Bei der anschließenden Siegerehrung überreichte Kaiser Fidrin den Gewinnern irgendeinen wertvollen Schnickschnack und alle jubelten. Sogar meine Mutter applaudierte.

Es schien in der ganzen Arena nur einen zu geben, den das alles noch weniger interessierte als mich. Und während ich mit kerzengeradem Rücken auf die Siegerehrung starrte, spürte ich immer wieder dessen Blicke auf mir.

»Was bietet Ihr mir an?«, fragte der Schattenprinz unvermittelt. Beim Klang seiner Stimme versteifte sich alles in mir – erst recht, als er sich mit spöttischem Ton näher erklärte: »Was ist Euch die Rettung Eures Lebens wert?«

Ich sah ihn von der Seite an und spürte, wie meine Wut in mir zu brodeln begann.

»Ich habe nicht darum gebeten, dass Ihr mich heilt«, fauchte ich.

Noár schwenkte nachdenklich die goldene Flüssigkeit in seinem Glas.

»Tja, das tut nichts zur Sache«, sagte er, trank seinen Wein leer und stand auf.

In der Arena kündigten nun Trommeln und eine bekannte Stimme den Höhepunkt des Abends an. Es war Meister Joto, der den Völkern irgendetwas von ihren tapferen Heerführern und einem freundschaftlichen Kräftemessen auf die Nase band. Als ob es nicht jeder hier besser wüsste …

Drokor nahm seinem Herrn das Glas ab, während Noár seinen Mantel auszog. Mir stockte der Atem, als ich Noárs breiten Rücken in seiner vollen Pracht sah. Die Muskeln, die unter seiner Haut arbeiteten, schrien laut und deutlich ›Raubtier‹. Eine Gefahr für jede Beute, ganz gleich welcher Art. Jetzt sah ich auch, dass die schwarzen Schattensymbole zwischen seinen Schulterblättern ebenfalls ein Dreieck bildeten. Ich fragte mich gerade, aus welchem Material sie bestanden, als Noár sich umdrehte. Das riss mich aus meiner blinden Bewunderung. Ich zwang mich, nicht auf seine Brust und seinen Bauch zu starren. Der Mistkerl war auch so schon zu eingebildet.

»Ihr werdet nun eine Weile auf mich verzichten müssen, Prinzessin. Ich habe nicht vor, Euren Bruder schnell verlieren zu lassen«, sagte er trocken. Mit einem kaltblütigen Glitzern in den Augen zog er das Schwert, das Drokor ihm hinhielt, und sprang in die Arena. Offenbar waren die Treppen, die von der Loge zum Plateau führten, weder spektakulär noch breit genug für sein Ego.

Auf der anderen Seite der Arena tat mein Bruder es ihm gleich. Auch er war oberkörperfrei. Zwei silberne Sterne glänzten unter seinen Schlüsselbeinen. Vermutlich ein weiteres Merkmal des Wolkenvolks. Ich stand auf und ging ans Geländer, um besser sehen zu können.

Als beide Prinzen die Mitte der Arena erreicht hatten, verstummten die Trommeln und Kaiser Fidrin erhob sich.

»Prinz Ifar, was fordert Ihr als Siegesprämie?«, rief er laut. Der antwortete ohne Umschweife: »Die Lebensschuld meiner Schwester.«

Hoffnung durchflutete mich, bis Rhome fluchend an meine Seite trat. »Dieser verdammte Hundesohn!«

Verärgert fuhr ich den Schattengeneral an: »Was ist falsch daran, für seine Familie einzutreten?«

»Falls es Euch nicht aufgefallen ist, Euer Bruder hat nicht die Tilgung der Schuld verlangt. Er will sie übernehmen.«

Während mich die Wahrheit wie ein Tritt in den Magen traf, zuckte Noár in der Arena mit den Schultern. »Meinetwegen.«

»Und was fordert Ihr, Prinz Ardiza?«, wollte der Kaiser wissen.

Der Schattenprinz grinste lässig. »Mir reicht es völlig, dem Silbersprössling eine Lektion zu erteilen.«

Der Berg johlte, während Ifar angesichts dieser Demütigung vor Zorn kochte. Kaiser Fidrin verschaffte sich mit einer schlichten Geste erneut Aufmerksamkeit. »So soll es sein!«

Damit war der Kampf eröffnet. Sofort begannen beide Prinzen sich zu umkreisen. Als ihre Klingen sich zum ersten Mal kreuzten, tobten die Zuschauer. Wieder wurden überall Wetten abgeschlossen. Soweit ich es mitbekam, schien die Quote recht ausgeglichen. Und tatsächlich war Ifar dem Schattenprinzen absolut gewachsen, was Technik und Kraft betraf. Aber Noár war der Schnellere. Mühelos wich er seinem Gegner aus und konterte mit Angriffen, die selbst den abgebrühtesten Martial-Arts-Experten hätten staunen lassen. Ifar torkelte. Blut rann ihm übers Gesicht. Trotzdem gab er sich noch lange nicht geschlagen und rammte Noár sein Knie in die Flanke. Hätte ich nicht gewusst, dass die beiden sich nicht ausstehen können, wäre es mir spätestens jetzt klar geworden. Die Brutalität, mit der sie ihre Schläge austeilten, hatte nichts mit einem sportlichen Wettstreit zu tun, und scheinbar war Noár selbst das nicht genug. Als sein Gegner eine Lücke in der Deckung ließ, packte er ihn an der Kehle und befahl: »Schmerz!« Mein Bruder schrie auf und brauchte ein paar Augenblicke, um Noárs Willen abzuschütteln. Diese Zeit hätte der Schattenprinz nutzen können, um den Kampf zu beenden. Doch das tat er nicht. Er hatte nicht zu viel versprochen, als er sagte, er wolle meinen Bruder leiden lassen. Immer und immer wieder wiederholte sich dasselbe Spiel. Zwar landete auch Ifar ein paar Treffer, aber gegen Noárs Kaltblütigkeit vermochte er nichts auszurichten.

Normalerweise hätte ich mich von einem derart bestialischen Schauspiel abgewendet, nur konnte ich das nicht. Für mich stand zu viel auf dem Spiel. Bei einem von beiden würde ich meine Schuld begleichen müssen. In mir brodelte immer noch meine Wut auf den Schattenprinzen, allerdings hatten mich Rhomes Worte in Zweifel gestürzt, was Ifars Absichten betraf. Hatte er von den Mordplänen unserer Mutter gewusst? Und war es seine Entscheidung gewesen oder die der Wolkenfürstin, meine Schuld als Siegesprämie zu verlangen?

So leid es mir tat, wie sehr Noár meinen Bruder demütigte, so froh war ich auch, dass der Schattenprinz die Oberhand behielt.

Bevor ich in der Schuld dieser hinterhältigen Frau stand, würde ich tausendmal lieber Noár verpflichtet sein. Vielleicht war es ein irrationales Bauchgefühl, aber wenigstens hatte er mir keine Chaoshunde auf den Hals gehetzt.

Als Kaiser Fidrin sich endlich entschied, dem inzwischen ungleichen Kampf ein Ende zu machen, war der Beifall nur noch verhalten. Alle waren viel zu geschockt von der Grausamkeit des Schattenprinzen.

Plötzlich ging ein Raunen durch die Menge. Irgendetwas passierte draußen auf dem Trockenen Meer. Eine Art Floß, das von Sandgleitern gezogen wurde, näherte sich. Erst als es anlegte, erkannte ich den Mann, der es lenkte. Es war Lazar in einer wallenden schwarzen Robe.

Mit der Gelassenheit eines Königs betrat er das Plateau und versetzte alle in helle Aufregung. Goldkrieger kamen angerannt. Bogenschützen legten Pfeile an, aber Lazar kümmerte das nicht. Er zeigte seine Handflächen, um zu verdeutlichen, dass er keine Gefahr darstellte.

»Volk von Cassardim«, sagte er mit fester Stimme. »Ich bin Lazar val Etor und gekommen, um mich eurem Urteil zu stellen.«

DAS REINE CHAOS

Lazars Stimme war kaum verhallt, da ging der besiegte und blutende Ifar mit erhobenem Schwert auf ihn los.

»Nein!«, brüllte Kaiser Fidrin, doch mein Bruder war blind und taub vor Wut. In letzter Sekunde blockte Noár den tödlichen Schlag. Jetzt brach ein Tumult los. Die Goldkrieger wussten nicht, was sie tun sollten. Irgendwer forderte lautstark: »Tötet ihn!« Pfeile flogen, während der Kaiser sich bemühte, den Lärm in der Arena zu übertönen. »Nein, nehmt ihn fest! Ich will ihn lebend!«

Endlich packte man Lazar, was er widerstandlos geschehen ließ. Doch als man ihn wegbringen wollte, begann er sich zu wehren.

»Willst du nicht wissen, warum ich mich stelle, Fidrin?«, hallte nun seine Stimme über das Plateau. Sofort verstummten die Zuschauer. Niemand wollte verpassen, was der meistgesuchte Mann Cassardims zu sagen hatte.

Fidrin umklammerte zornig das Geländer vor seinem Thron.

»Aus deinem Mund kam nie etwas anderes als Lügen.«

Lazar lächelte kühl. Dann hob er seinen Kopf und richtete seine Worte ans Publikum.

»Ihr alle wisst, wessen ich angeklagt werde. Durch meine Schuld sollen Tausende Cassarden den Tod gefunden haben, einschließlich Kaiser Katair und seiner Familie.«

Ich staunte über die Leichtigkeit, mit der er die Massen in seinen Bann zog. Es war sein bestimmtes Auftreten und ein

Hauch erhabener Demut, die seine Selbstinszenierung perfekt machten.

»Aber das ist nicht die Wahrheit. Nichts war mir je wichtiger, als unsere Traditionen zu ehren und die kaiserliche Familie zu schützen – wenn nötig mit meinem Leben.«

»Und trotzdem ist mein Sohn tot und *er* steht hier! Lebendig!«, erinnerte Fidrin seine Untertanen.

»Ja, Kaiser Katair ist tot«, griff Lazar sofort auf, um das beginnende Tuscheln im Keim zu ersticken, »weil ich im entscheidenden Moment nicht bei ihm war. Doch war es *sein eigener* Befehl, der mich fortgeschickt hatte. Um das Einzige zu schützen, das ihm mehr wert war als sein Leben.« Er machte eine dramatische Pause und genoss, dass ihm das Volk an den Lippen hing. »Das Leben seiner Tochter.«

Jetzt stand Baron Harràz auf und zeigte mit ausgestrecktem Finger auf seinen Vorgänger.

»Und doch habt Ihr auch da versagt. Die kaiserliche Prinzessin ist tot.«

»Ich habe nicht versagt«, konterte Lazar und sorgte damit für aufgeregtes Gemurmel. »Prinzessin Tamee lebt. Um sie vor jenen zu schützen, die ihren Tod wollten, versteckte ich sie dort, wo niemand sie je vermutete.«

Wieder eine dramatische Pause. Lazar lenkte seinen Blick in meine Richtung. Eine ungute Vorahnung beschlich mich. Dann ließ er die Bombe platzen: »Nun ist sie zurückgekehrt.«

Mit einem Schlag spürte ich die gesamte Aufmerksamkeit der Anwesenden auf mir. Der Hof, der Kaiser, Baron Harràz, Noár, die Fürsten, meine Geschwister und sogar Rhome sahen mich fassungslos an.

Nur die Wolkenfürstin sprang auf und kreischte: »Das ist eine Lüge!«

Ihre Stimme verhallte zwischen den entsetzten Gesichtern. Erste Zweifel schlichen sich ein, immerhin musste eine Mutter doch ihr eigenes Kind erkennen.

Lazars Miene wurde frostig.

»Fürstin Saphama ist damals bereitwillig auf mein Angebot eingegangen, ihre wirkliche Tochter mit einem fremden Mädchen zu vertauschen. Ihr glaubt mir nicht? Lasst die Prinzessin in die Silberfeste reisen. Dann wird sich herausstellen, ob sie die Symbole des Wolkenvolks erhält oder nicht.«

Unter dem versammelten Blick der Anwesenden begann die Wolkenfürstin zu zögern. Kaiser Fidrins Augen wurden schmal.

»Ist das wahr?«, wollte er von ihr wissen.

Mit hasszerfressenem Gesicht starrte die Lazar an. Sie wirkte wie ein gehetztes Tier, das in die Ecke gedrängt wurde. Quälend lange Sekunden verstrichen, bevor sie endlich antwortete. »Ich … tat nur, was jede Mutter getan hätte.«

Ihr Geständnis löste einen Sturm der Entrüstung aus. Alle redeten aufgebracht durcheinander. Man forderte ihre Verhaftung. Einzelne Stimmen sprachen sich sogar für eine Hinrichtung aus. Aber all das nahm ich nur noch wie durch einen Schleier wahr. Ich war nicht Saphamas Tochter?! Keine Wolkenprinzessin? Verwirrt sah ich zu Ifar, der schuldbewusst meinen Blicken auswich. Er hatte es also gewusst! Er hatte gewusst, dass ich nicht seine Schwester war!

Seneschall Harràz hob seine Hände und verschaffte sich Ruhe.

»Das beweist nur, dass dieses Mädchen eine Betrügerin ist.«

Mir klappte der Mund auf. Ich sollte eine Betrügerin sein?! Ich war doch vollkommen ahnungslos. Man hatte mir mein Gedächtnis genommen, mich verschleppt und mit Lügen vollgestopft, um mich anschließend zurückzuholen und mir zu erzählen, dass ich eine Wolkenprinzessin sei.

»Wenn ihr mir nicht glaubt«, ergriff Lazar nun wieder das Wort. Sorge klang in seinem Tonfall mit. »Lasst sie die Prüfung der Goldenen Erben machen.«

Ohrenbetäubende Zustimmung brandete auf.

»Darauf ist sie nicht vorbereitet. Sie wird sterben«, rief Noár, doch sein Einwand ging im Getöse unter. Schließlich nickte der Kaiser mit einem kühlen Lächeln und rief: »So soll es sein. Und werft Fürstin Saphama in die Kerker.«

Was danach geschah, bekam ich nur noch wie in Trance mit.

Goldkrieger kamen in unsere Loge gestürmt. Die Männer des Schattenprinzen schienen sich nicht sicher zu sein, was sie tun sollten. Rhome hielt sie mit einem Kopfschütteln zurück. Man führte mich ab. Keine Sekunde wurde ich aus den Augen gelassen. Nicht einmal, als wir meine Gemächer erreicht hatten. Mehrere Goldkrieger postierten sich in den Räumen, an der Tür und den Fenstern. Auf meine Frage, was jetzt geschehen würde, bekam ich keine Antwort. Auch Kommandant Askan war nicht unter meinen Bewachern, sodass ich mich völlig verloren fühlte.

So stand ich da und wartete. Irgendwann setzte ich mich aufs Bett. Dann stand ich wieder auf und wanderte unruhig umher, als plötzlich die Tür aufschwang. Mariz gefolgt von Meister Joto rauschten ins Zimmer.

»Alle raus!«, befahl der Zeremonienmeister.

»Unsere Anweisungen waren –«

»Die Prinzessin soll für die Prüfung umgezogen werden und ich lasse auf gar keinen Fall zu, dass unsere mögliche neue Kaiserin das in Gegenwart von lüsternen Soldaten tun muss«, zischte der kleine Mann. Entschieden scheuchte er die Goldkrieger aus dem Zimmer und verriegelte die Tür von innen.

»Wir haben nicht viel Zeit«, teilte er mir mit gedämpfter

Stimme mit. Sofort begann Mariz mich in teure goldene Gewänder zu kleiden.

»Das Wichtigste zuerst.« Joto tigerte angespannt vor mir auf und ab. »Die Goldenen Erben werden normalerweise jahrzehntelang auf diesen Tag vorbereitet. Es ist eine Prüfung des Willens. Ihr werdet mit dem Chaos konfrontiert und müsst es beherrschen. Danach wird sich der Goldene Berg mit euch verbinden und Ihr erhaltet die Kaisersymbole. Solltet Ihr die Prüfung nicht bestehen, wird das Chaos Euch verschlingen.«

Panik überrollte mich. Das ging mir alles zu schnell. Gerade war ich noch mit meiner Lebensschuld bei Noár beschäftigt gewesen und jetzt war ich plötzlich Erbin des Kaiserthrons und sollte mich vom Chaos verschlingen lassen?! Wo zum Teufel war die Stopptaste in diesem Albtraum?

»Wie wäre es dann, wenn man mir ein bisschen Zeit gibt, um mich auf diese dämliche Prüfung vorzubereiten?« Jahrzehnte zum Beispiel ...

»So lange würdet Ihr nicht überleben«, konterte Joto trocken. »Ihr müsst jetzt zur offiziellen Erbin werden, dann kann Fidrin Euch nichts mehr anhaben.«

»Wieso sollte Kaiser Fidrin mich umbringen wollen?«

Ich verstand ja inzwischen, warum Saphama mich hatte aus dem Weg räumen wollen, schließlich war ich nicht ihre Tochter, sondern ein Fremdkörper in ihrer Familie. Aber Fidrin müsste seine Enkelin doch eigentlich mit offenen Armen willkommen heißen. Falls ich wirklich die war, für die Lazar mich ausgab.

Joto sah mich tadelnd an. »Ihr seid nicht sehr schnell von Begriff, oder?« Mit einem Seufzen zupfte er den hohen Kragen meines neuen Gewandes zurecht, während Mariz mir einen breiten Gürtel umlegte. »Fidrin wird keine Konkurrenz um den Thron zulassen. Das hat er bei seinem Sohn schon nicht und wird es bei seiner Enkelin erst recht nicht tun.«

Fassungslos starrte ich den Zeremonienmeister an. Glaubte er etwa auch, dass Fidrin selbst für die Rebellion der Fürsten gesorgt hat, um seinen Sohn vom Thron zu stoßen?!

»Ich sehe, langsam versteht Ihr, worum es hier geht«, murmelte Joto. »Deshalb hat Lazar Euch dort versteckt, wo Fidrin Euch niemals finden würde. Als eine seiner fürstlichen Geiseln.«

Ach du heilige Scheiße! Es begann tatsächlich alles einen Sinn zu ergeben. Aber ... »Ist das nicht ziemlich viel Aufwand dafür, dass er mich jetzt in eine Prüfung schickt, die ich nicht überleben werde?«

Joto packte mein Kinn. Dabei sah er aus wie eine strenge Gouvernante. »Ihr werdet überleben. Dafür seid Ihr geboren.«

Okay, das klang gut. Mein Selbstbewusstsein hätte fast einen Aufwind erlebt, wenn da nur nicht diese nagenden Zweifel gewesen wären. Was, wenn Lazar log?! Vielleicht war ich ja überhaupt keine Prinzessin, sondern nur irgendwer Unbedeutendes, der zufällig zur falschen Zeit am falschen Ort gewesen war.

»Sollte mich nicht jemand wiedererkennen, wenn ich wirklich die Kaisertochter bin?« Nach meinen Berechnungen musste ich mindestens vierzig gewesen sein, als sie uns fortgebracht hatten – vorausgesetzt Moe war damals noch ein Baby gewesen. Das entsprach etwa einem Aussehen von acht Menschenjahren.

»Und wenn ich zum Goldenen Volk gehöre, warum habe ich dann kein Symbol bekommen, als ich den Berg betreten habe?«

»Die Goldenen Erben sind immer verlorene Kinder«, antwortete mir diesmal Mariz und schenkte mir ihr schönstes Lächeln. »Wie ich.«

Erst jetzt fiel mir auf, dass sich meine Zofe bislang erstaunlich ruhig verhalten hatte. Wusste sie etwa auch über alles Bescheid?

»Es ist üblich, dass die Nachkommen des Kaisers mit Abkömmlingen der anderen Fürstenfamilien vermählt werden. Das garantiert einen starken Willen«, ergänzte Joto und wählte aus meiner Schmuckschatulle breite goldene Armreife aus. »Eure Mutter war Prinzessin der Nebelreiter und Eure Großmutter gehörte zum Waldvolk. Was das Wiedererkennen betrifft: Euer Vater hat Euch von der Außenwelt abgeschirmt aufgezogen. Nur wenigen wurde die Ehre gewährt, Euch zu Gesicht zu bekommen. Und dieser engste Kreis ist bei dem Versuch, Euch zu schützen ums Leben gekommen. Alle außer Lazar.«

Während ich Meister Joto zuhörte, wurde mir bewusst, dass er keine Konjunktive benutzte – kein ›falls‹, ›wenn‹ oder ›im Falle, dass …‹.

»Ihr scheint nicht daran zu zweifeln, dass ich zur Kaiserfamilie gehöre?« Da ging mir ein Licht auf. »Ihr arbeitet für Lazar!« Und gleich noch eine Erkenntnis schob sich hinterher: »Deshalb wusste er auch wegen des Kleides Bescheid.«

Ein feines Lächeln umspielte Jotos schmale Lippen, während er mir die Armreife umlegte. »Tja, mit diesem Geheimnis liegt nun unser Leben in Euren Händen.« Dann holte er aus der Innentasche seines Gehrocks einen vergoldeten Brief hervor. »Und Eures in meinen.«

Mit einer Verbeugung übergab er mir den Brief, auf dem ein verschnörkeltes ›L‹ prangte. L wie Lazar. Mit zittrigen Fingern öffnete ich ihn.

Wenn du nichts willst, wird das Chaos dich willkommen heißen.

Keine Unterschrift. Das wäre vermutlich zu gefährlich gewesen für den Fall, dass man Joto damit erwischt hätte. Ansonsten gaben mir diese Zeilen nur noch mehr Rätsel auf. Was bedeutete,

›wenn ich nichts will‹? Ich wollte nicht nichts! Ich wollte auf gar keinen Fall diese Prüfung antreten. Ich wollte nicht Fidrins Erbin sein. Ich wollte nicht sterben.

Zum Fortführen dieser Liste kam ich nicht, denn im selben Moment platzte eine bläuliche Gestalt aus der Wand.

»Okay, keiner fängt an zu schreien. Ja, ich bin ein Geist, aber wir stehen alle auf derselben Seite.«

Mit ausgestreckten Armen versuchte Zoey, möglichst wenig angsteinflößend zu wirken, wobei sie offensichtlich vergessen hatte, dass auch Joto und Mariz Cassarden und damit durchaus vertraut mit Geistern waren.

Die Einzige, die ihren Schock nicht wirklich verbergen konnte, war ich. »Zoey! Bist du verrückt? Du kannst doch nicht einfach ... Jetzt wissen sie ... Was machst du denn überhaupt noch hier?!«

»Dir schon wieder das Leben retten«, konterte sie schmollend. »Ich konnte nicht länger warten und da der Zeremonien-Bruce-Lee und die kleine Mary Poppins auf deiner Seite zu stehen scheinen, dachte ich mir: Besser sie als die polierten Oscar-Statuen da draußen.«

Joto und Mariz sahen von mir zu Zoey und zurück, als würden sie die Welt nicht mehr verstehen.

»Zoey! Komm zum Punkt!«

»Hör auf, mich anzumaulen! Ich wollte ja wirklich wieder ins Totengericht, aber ich hab mir solche Sorgen um dich gemacht. Also bin ich dir heimlich bis zum Rennen gefolgt und hab da den ganzen Schlamassel mitbekommen. Übrigens: Alter Falter! Du hast vergessen, mir zu erzählen, wie hot diese beiden Prinzen sind! Na ja, nach dem großen Drama bin ich – meiner Genialität sei Dank – dem Kaiser und diesem dürren alten Sack von Seneschall nachgeschlichen und habe sie belauscht.«

Meine Freundin warf ihren Geisterafro zurück und ließ erwartungsvoll ihre Augenbrauen auf und ab hüpfen, als würde sie auf Applaus hoffen.

»Ihr setzt Seelen als Eure Spitzel ein?«, fragte mich Joto beeindruckt. »Ihr überrascht mich, Hoheit.«

»Hey, wieso bekommt sie denn das Lob? *Ich* hab meinen Gespensterarsch riskiert, um herauszufinden, dass sie vorhaben, diese Prüfung zu sabotieren.«

Sofort verfinsterte sich Jotos Miene wieder.

»Wie?«, wollte er wissen.

»Irgendein Band soll gekappt werden.«

Empört schüttelte der Zeremonienmeister den Kopf. »Das sieht ihm ähnlich.«

»Könnte mich mal jemand einweihen?« Immerhin ging es hier um mein Leben.

»Das Band soll dich in unsere Welt zurückbringen«, antwortete Joto gedankenabwesend. »Es –«

Ein Rütteln an der Tür unterbrach ihn und versetzte alle im Zimmer in blanke Panik.

»Kümmer du dich um die Prüfung. Wir kümmern uns um das Band«, flüsterte er mir zu, bevor er mir den Brief aus den Händen riss und ihn mithilfe seines Willens entzündete. Zoey huschte in die nächste Wand und Mariz lief zur Tür, um die Goldkrieger einzulassen.

Diesmal war es Kommandant Askan, der sich knapp vor mir verbeugte. »Bitte folgt mir, Hoheit.«

Das letzte Wort betonte er besonders, womit er mir und seinen Männern deutlich machte, dass er mich nicht für eine Betrügerin hielt. Ich zwang mich zu einem Lächeln, obwohl ich seine Zuversicht nicht teilte. Selbst wenn ich die Tochter von diesem Kaiser Katair war, hieß das ja noch lange nicht, dass ich es schaffte, lebend aus der Nummer rauszukommen.

Askan, seine Krieger und Meister Joto eskortierten mich durch den Goldenen Berg – zum Gericht der Toten. Als ich das Gewölbe betrat und wiedererkannte, hätte ich beinahe aufgelacht. Die Ironie dahinter winkte überdeutlich mit dem Zaunpfahl ... Blieb nur zu hoffen, dass der Name für mich nicht zum Programm wurde.

Mühsam versuchte ich, mein Zittern unter Kontrolle zu kriegen. Es war kalt hier am Fundament der Halle. Man hatte sie räumen lassen, sodass kein bläuliches Licht von den Seelen an den Wänden flackerte. Stattdessen züngelten gelbe Flammen in großen Feuerschalen und verliehen der Szenerie ein beängstigendes Ambiente. Das passte ganz hervorragend zu meiner Stimmung.

Um den goldenen Kreis im Zentrum standen ein paar winzige Gestalten. Als ich näher kam, sah ich, dass es Kaiser Fidrin, sein Seneschall und die Fürsten waren. In Vertretung seiner verhafteten Mutter war Ifar anwesend. Er trug saubere Kleidung und hatte sich geheilt. Auch sonst zeugte nichts an ihm mehr von der Niederlage, die er eben noch erlitten hatte. Ihm gegenüber starrte Noár gelangweilt in die Flammen. Dahinter kniete in schweren Ketten und umringt von Goldkriegern Lazar.

»Trete näher«, verlangte Fidrin. Bei seinem Anblick erschauerte ich. Es war eine Sache, jemanden unsympathisch zu finden, aber eine ganz andere, wenn man von dessen Mordabsichten erfuhr.

Die langen Ärmel meines Gewandes glitten mit leisem Rascheln über den Boden, als ich dem Befehl meines vermeintlichen Großvaters folgte. Der goldene Stoff fühlte sich eiskalt auf meiner Haut an.

Eine tiefe Trommel ertönte – obwohl ich keine entdecken konnte. Es war ein langsamer monotoner Rhythmus, der die Spannung ins Unendliche dehnte.

»Dies sind die Symbole der Goldenen Erben«, erhob Fidrin seine Stimme. Er breitete die Arme aus und zeigte seine Handflächen. Darauf glänzten kreisrunde Ornamente. »Sie alleine berechtigen zur Herrschaft über Cassardim.«

Dann nickte er seinem Seneschall zu, der herbeieilte und dem Kaiser auf die Knie half. Offenbar war Fidrin doch sehr viel älter und gebrechlicher, als ich gedacht hatte.

Mit seinen kaiserlichen Symbolen berührte er die goldene Fläche am Boden, die daraufhin Risse bekam. Stücke brachen heraus und fielen in die Schatten darunter. Als das Letzte fort war, lag vor meinen Füßen ein Becken mit öliger Flüssigkeit, die mich an den ewigen Fluss erinnerte.

Nun trat Meister Joto vor. »Unser Sein beginnt im Chaos und so liegt auch das Herz des Goldenen Bergs verborgen im Chaos«, rezitierte er ehrfürchtig. »Steige hinein und finde das Herz, dann wird es entscheiden, ob du würdig bist.«

Wow, die verloren wirklich keine Zeit. Wo blieb der Moment, an dem man mich fragte, ob ich diese Prüfung überhaupt antreten wollte?!

Die Fürstin des Fährvolks näherte sich mir lächelnd und schnürte ein schmales goldenes Band um meine Taille. Skeptisch sah ich das hauchzarte Gebinde an. Das drohte ja schon zu zerreißen, wenn man es nur zu fest anhauchte.

»Ich«, ächzte Fidrin, während er sich aufhelfen ließ, »werde dein Anker sein.«

Er umrundete das Becken und nahm der Flussfürstin die goldene Spindel ab, um die das andere Ende des Bandes gewickelt war.

»Hast du die Symbole erhalten, werde ich es wissen, und dich herausziehen.«

Ja, bestimmt. Selbst wenn ich nicht gewusst hätte, dass dieses Band sabotiert war, wäre es mir schwergefallen, Fidrin zu vertrauen.

»Und falls ich die Symbole nicht erhalte?«, fragte ich leise.

Fidrins Schweigen und das kompromisslose Blitzen in seinen Augen waren Antwort genug. Super! Ich saß wirklich in der Klemme. Was blieben mir für Optionen? Wegrennen? Ich würde nicht einmal den Ausgang erreichen, geschweige denn an den Goldkriegern vorbeikommen, die ihn bewachten. Mir Aufschub erbitten? Wahrscheinlich nicht sehr aussichtsreich und laut Joto ohnehin mein sicherer Tod. Andererseits schlug ich mich lieber mit Attentaten und Chaoshunden herum, als in dieses Becken zu steigen.

»Eure kaiserliche Majestät.« Der Fürst der Nebelreiter trat vor. »Ich hoffe, Euch mit meiner Offenheit nicht zu verärgern, aber in Anbetracht Eures fortgeschrittenen Alters seid Ihr für diese kräftezehrende Aufgabe vielleicht nicht mehr der Richtige.«

Noch nie hatte ich jemanden so respektlos mit dem Kaiser reden hören – und wenn es nach den Gesichtern der anderen Fürsten ging, sie auch nicht. Fidrin schenkte dem Nebelreiter einen tödlichen Blick.

»Was schlagt Ihr vor, Fürst Onode?« Er hielt ihm die Spindel hin. »Wollt *Ihr* es mit dem Chaos aufnehmen?«

Entsetzen breitete sich auf Fürst Onodes Gesicht aus. »Nein, natürlich nicht, Eure Majestät.«

Was auch immer es bedeutete, ›der Anker‹ zu sein, es verängstigte den Fürsten der Nebelreiter so sehr, dass er sich mit gesenktem Haupt zurückzog.

»Ich werde es tun«, sagte plötzlich eine Stimme, die mir wohl bis ans Ende meines Lebens eine Gänsehaut verursachen würde. Mit etwas Pech also nicht mehr lange.

Der Schattenprinz verbeugte sich vor dem Kaiser. »Mit Eurer Erlaubnis.«

Damit überraschte er alle Anwesenden derart, dass selbst Fidrin die Worte fehlten. Eine Bewegung hinter ihm machte mich stutzig. Dort stand in gebührlicher Entfernung Meister Joto und zwinkerte mir zu. Hatte er Noár um Hilfe gebeten? Aber der Schattenprinz würde sich doch niemals um die Bitte irgendeines Bediensteten scheren?! Es sei denn ...

Und da fiel ein weiteres Puzzlestück an seinen Platz. Noár hatte in den Niemandslanden von einer Schuld gesprochen, die er zu begleichen hatte. Was, wenn er diese Schuld bei Lazar hatte?

»Ich akzeptiere Euer Angebot, Prinz Ardiza«, meinte Fidrin und tauschte einen verschwörerischen Blick mit seinem Seneschall aus.

Natürlich akzeptierte er das Angebot! Damit konnte er wunderbar die Schuld von sich lenken, wenn etwas schiefging!

»Seid Ihr bereit?«, fragte mich der Kaiser, nachdem er Noár die Spindel übergeben hatte.

»Nein«, platze es aus mir heraus. »Stop! Halt! Auszeit! Ich habe nicht die leiseste Ahnung, was ich tun soll!«

Inzwischen raste mein Herz so sehr, dass ich das Gefühl hatte, es würde mir gleich aus der Brust springen.

»Wenn Ihr wirklich eine Goldene Erbin seid, werdet Ihr es wissen«, ließ Baron Harràz verlauten. Sein knochiges Gesicht wirkte im Feuerschein wie ein Totenkopf. »Euer Zögern kostet uns Zeit, also seid Euch gewiss, dass Euch keine andere Wahl bleibt.«

Eine warme Hand berührte meinen Rücken und schob mich sanft vorwärts.

»Geh, sonst töten sie dich«, raunte Noár mir so leise zu, dass nur ich ihn verstehen konnte. Er kontrollierte noch einmal das Band um meine Taille. »Ich hole dich raus, egal, was passiert.«

Etwas in mir wollte ihm vertrauen – doch da gab er mir einen Stoß. Ich verlor das Gleichgewicht. Das Letzte, was ich sah, war Kaiser Fidrins dämonisches Lächeln. Dann verschluckte mich das Chaos.

Schwerelosigkeit bremste meinen Sturz. Der Sturz fühlte sich an, als wäre ich tatsächlich in Wasser gefallen. Das Wasser war schwarzer Rauch, der mich umgab wie eine Umarmung. Die Umarmung ließ mich Luft holen. Die Luft war so heiß, dass es mir beinahe die Lungen verbrannte. Die Lungen füllten sich mit Schatten. Die Schatten kämpften gegen violette und grüne Blitze. Die Blitze zuckten vor meinen Augen. Die Augen verloren sich in Schlieren. Die Schlieren bildeten Muster in den tiefen Schatten. Die Schatten strichen über meinen Körper wie Tentakel. Die Tentakel wichen vor dem goldenen Stoff zurück. Der goldene Stoff ließ den Rauch zischen. Der Rauch wurde wütend und stieß ein Brüllen aus. Das Brüllen ließ mich ins Nichts fallen. Das Nichts bildete eine Oberfläche. Die Oberfläche bremste meinen Sturz. Der Sturz fühlte sich an, als wäre ich in Wasser gefallen. Das Wasser war schwarzer Rauch, der mich umgab wie eine Umarmung. Die Umarmung stahl mir die Luft. Die Luft war so kalt, dass sie in meinen Lungen gefror. Die Lungen füllten sich mit Schmerzen.

Die Schmerzen kämpften gegen meinen Verstand.

Mein Verstand wand sich in Schmerzen.

Die Schmerzen kämpften gegen meinen Verstand.

Mein Verstand wand sich in Schmerzen.

Die Schmerzen kämpften gegen meinen Verstand.

Mein Verstand befreite meine Tränen. Meine Tränen verdunsteten in der sengenden Hitze. Die sengende Hitze strich über meinen Körper wie Tentakel. Die Tentakel wichen vor meiner Angst zurück. Meine Angst gab mir Sicherheit. Die Sicherheit stieß mich tiefer in den Rauch. Der Rauch verwandelte sich in Gold. Das Gold füllte meinen Mund aus. Mein Mund schrie vor Glück. Das Glück zerriss mein Herz. Mein Herz blutete in Strömen. Die Ströme begrüßten das Gold. Das Gold begrüßte mich. Ich rang mit dem Tod. Der Tod nahm mich an den Händen. Die Hände stießen mich in einen Abgrund. Der Abgrund bestand aus Schatten. Die Schatten bildeten Wände. Die Wände bildeten ein Gefängnis. Das Gefängnis lachte.

»Wir haben dich erwartet.«

Das Lachen kam von einer Frau mit leeren Augen. Die Augen waren bodenlose Wirbel, die mich voller Wut anstarrten. Die Wut brach sich an ihrem Lächeln. Ihr Lächeln wurde von Tränen benetzt. Die Tränen flossen zurück in ihre Augen. Die Augen sahen das goldene Band an, das mich hielt.

»Sie werden dich nicht retten.«

Das goldene Band erzitterte, als sie mit ihren Fingern darüberstrich.

»Ich kenne den, der es hält.«

Ihre Finger wurden zu Klauen.

»Er war hier und ist gegangen.«

Die Klauen wollten das Band kappen.

»Nein!«, schrie ich.

Das Band leuchtete auf und verbrannte die Hand der Frau. Die Frau kreischte vor Trauer.

»Warum tust du mir das an? Ich habe so lange auf dich gewartet.«

Ihre Trauer schwappte auf mich über, als mich ihre Finger berührten. »Wer bist du?«, stammelte ich.

Ihre Finger schlossen sich um meinen Hals. Mein Hals erfror unter ihrem Zorn. Ihr Zorn verwandelte ihr Gesicht in eine Fratze.

»Du hast mich vergessen und willst doch den Kaiserthron!«

»Ich will gar nichts«, keuchte ich verwirrt.

Die Fratze wurde zu einer Schönheit voller Milde. Die Milde berührte mein Herz.

»Dann bist du hier willkommen.«

Mein Herz raste bei diesen Worten. Diese Worte erinnerten mich an etwas. Etwas, das wichtig war.

Lazars Brief.

Das legte einen Schalter um. Ich musste etwas wollen, um hier herauszukommen.

»Hör damit auf!«, zischte die Frau.

Sie versuchte, meine Gedanken zurück ins Chaos zu ziehen, aber mein Verstand blieb klar. Ich *wollte* zurück!

»Zurück? Dort erwarten dich nur Lügen. Sieh sie dir an.«

In den Chaoswirbeln, die uns umgaben, entstand ein Bild. Es zeigte das Gericht der Toten. Es zeigte Noár. Seine Muskeln waren zum Zerreißen gespannt. Das goldene Band schnitt ihm tief in die Hände, während rauchige Tentakel versuchten, daran emporzuklettern.

Irritiert prüfte ich das Ende des Bands, das mich hielt. Es war straff, aber ich spürte keinen Zug. Unheimlich! Als würde etwas hier im Chaos versuchen, ihn mit aller Macht auf die andere Seite zu ziehen.

Fidrin trat hinter den Schattenprinzen.

»Lasst los«, sagte er. »Wenn sie jetzt noch nicht zurück ist, hat sie es nicht geschafft.«

Das Bild verschwand. Die Frau lachte erneut. »Das ist es, was du willst?«

Nein.

Ja.

Ich wusste es nicht.

Aber mein Herz hatte etwas gesehen, das es wollte. Mein Herz, das mir nicht mehr gehörte. Es wollte Noár. Es war ein vollkommen irrationaler Wunsch und mein Kopf hätte dem niemals zugestimmt, doch es wollte Noár. Auch wenn ich ihn nie bekommen würde. Auch wenn es den Noár, um den es mir ging, gar nicht gab.

Die Frau verschwand ohne jedes Geräusch und plötzlich spürte ich einen Ruck an meiner Taille. Etwas riss mich nach oben. Schwarze Tentakel wickelten sich um meinen Körper. Mein Körper schrie vor Kälte. Die Kälte zerschnitt meine Gedanken. Meine Gedanken waren jedoch nicht wichtig. Mein Herz trieb mich vorwärts.

Vorwärts durch den Rauch.

Vorwärts durch die violetten und grünen Blitze.

Vorwärts bis an die Oberfläche.

Ich konnte schon das Licht der Feuerschalen sehen, die Gerichtshalle, Fidrins Gesicht, seine Wut. Er murmelte etwas. Ich spürte seinen Willen über meine Haut streichen und plötzlich löste sich das Band von meiner Taille. Panisch versuchte ich, danach zu greifen, doch es rutschte mir durch die Finger und verschwand mit dem Licht. Sofort schlugen die schwarzen Fluten besitzergreifend über mir zusammen. Etwas wand sich um meinen Hals. Ich wollte schreien, aber ich konnte nicht. Ein Kichern drang in meine Ohren, schwarzer Rauch in meinen Mund und Kälte in meine Knochen. Ich wehrte mich, doch das Chaos war unerbittlich.

Und dann packte eine starke Hand meinen Arm.

»Lasst sie los!«, erklang eine gebieterische Stimme. Das Chaos kreischte, weil es sich beugen musste. Es gab mich frei und ich durchbrach mit einem Keuchen die Oberfläche. Noár schlang seinen Arm um meinen Rücken und hob mich aus dem Becken. Ich zitterte am ganzen Körper. Er drückte seinen Mund an mein Ohr und flüsterte kaum hörbar: »Wärme!«

Unvermittelt durchflutete mich eine sanfte Hitze. Ich spürte den kühlen Boden unter mir, als der Schattenprinz mich ablegte.

»Sieh mich an!«, forderte er.

Mir war nicht bewusst gewesen, dass ich bis jetzt meine Augen zusammengekniffen hatte. Ich öffnete sie vorsichtig und blickte in Noárs entschlossenes Gesicht. Nach ein paar Herzschlägen verzog sich sein Mund zu einem kühlen Grinsen.

»Sie ist nicht infiziert.«

Nach dieser Feststellung ließ er mich los, als wäre ich ein Kartoffelsack. Er stand auf und schob den schwarzen Dolch, der eben noch an meinem Hals gelegen hatte, wieder in seinen Gürtel. Er schob den Dolch, der eben noch an meinem Hals gelegen hatte in seinen Gürtel?!

Hatte er mich etwa umbringen wollen?

Die Fürsten drängten sich um mich. »Sind die Zeichen da?«

Es kümmerte mich nicht, denn ich konnte meinen Blick nicht von Noár nehmen, der ohne jedes Interesse die Gerichtshalle verließ.

Ich fing wieder an zu zittern. Irgendwer nahm meine verkrampften Hände und faltete sie behutsam auseinander. Ein Schimmern forderte meine Aufmerksamkeit zurück. Auf meinen Handflächen prangten zarte goldene Symbole.

Wie und wann war das denn passiert?!

Alles begann sich zu drehen. Stimmen redeten aufgeregt durcheinander. Jemand hob mich hoch und dann verlor ich das Bewusstsein.

DER GOLDENE KÄFIG

Vogelzwitschern weckte mich. Ich lag in einem himmlisch weichen Federbett und fühlte mich so erholt wie schon lange nicht mehr. Verwirrt stemmte ich mich aus den Kissen und staunte nicht schlecht, als ich mich in einem lichtdurchfluteten fremden Schlafzimmer wiederfand. Offene Glastüren führten in einen Garten. Blumen und Ifars silberne Musikschatulle standen auf meinem Nachttisch.

Wo zum Teufel war ich?

Ich schlug die Decke zurück und robbte an die Bettkante. Da entdeckte ich neben der Blumenvase eine Zeichnung. Sie war ganz unverkennbar von Moe und zeigte mich, wie ich schlief. Ich lächelte. Mein kleiner Bruder hatte mich besucht! Wahrscheinlich hatte er mich nicht wecken wollen und –

Ich stutzte. Die gezeichnete Version von mir trug auf der Stirn Symbole, die dort eigentlich nicht hingehörten. Automatisch fasste ich mir ins Gesicht und tatsächlich fühlte ich kühles Metall auf meiner Haut – *in* meiner Haut.

Großer Gott, jetzt erinnerte ich mich wieder daran, was passiert war. Die Prüfung. Das Chaos. Die Kaisersymbole. Ich öffnete meine Handflächen und starrte perplex auf die runden Ornamente, die darauf prangten. Ich hatte überlebt. Ich hatte es geschafft. Also stimmte es! Ich war die Tochter von Kaiser Katair. Fidrins Enkelin. Erbin des Throns der Unterwelt. Ich schien endlich dort zu sein, wo ich diesen Zeichen nach hingehörte. Wieso nur kam mir das so falsch vor? Überfordert strich ich mit den

Fingern über die zarten Muster. Es war keine goldene Farbe oder etwas in der Art. Nein, in meine Haut war reines Gold eingelassen, als wäre es ein Teil von mir.

Aus dem Nebenzimmer ertönte das Geräusch von einer sich öffnenden Tür. Herein kam eine ältere Frau mit strenger Frisur und noch strengerer Miene. »Oh, gut, dass Ihr wach seid, Eure kaiserliche Hoheit. Das erspart es mir, Euch zu wecken. Zwei Tage sind ja auch wirklich lang genug.«

Was?! Ich hatte zwei Tage geschlafen? Kein Wunder, dass ich mich so erholt fühlte …

Die strenge Frau warf ein wunderschönes schwarz-goldenes Gewand über einen Stuhl und schob mich ins Badezimmer. »Ich bin Mistress Rhana. Eure persönliche Kammerfrau.«

»Wo ist Mariz?«, wollte ich wissen, als die strenge Frau mir mein Nachthemd über den Kopf zog und mich in das dampfende Wasser steckte.

»Dieses einfache Mädchen ist keine gebührende Zofe für eine Goldene Erbin«, lautete die herrische Antwort.

Während sie mir die Haare wusch und trocknete, wuchs mein Widerwille. Ich brauchte keine Kammerfrau, Gouvernante oder sonst wen. Selbst Mariz hatte ich damals nur nicht weggeschickt, weil ich sie nett fand und ich ihren Traum nicht hatte zerstören wollen. Aber inzwischen war das Mädchen so etwas wie eine Freundin geworden. Und so kindisch es vielleicht klang: Wenn ich Mariz nicht haben konnte, dann wollte ich lieber niemanden.

»Euer Großvater speist gerade mit den Fürstenfamilien, die wegen der Kaiserprüfung ein paar Tage länger als geplant bleiben werden. Er erwartet Eure Anwesenheit, sobald Ihr bereit seid«, teilte mir Mistress Rhana mit. Danach zwängte sie mich in das goldverzierte Korsett, das ich gerade noch bewundert hatte. Jetzt hätte ich es gerne aus dem Fenster geworfen – zusammen mit der alten Zofe, die es so eng schnürte, dass ich kaum atmen konnte. Ganz zu schweigen davon, dass mein Dekolleté hervorquoll wie bei einer barocken Prostituierten. Meine Locken ließ sie offen, wobei sie die Spitzen in flüssiges Gold tunkte. Alles in allem eine ziemlich avantgardistische Mischung, die zugegebenermaßen gut aussah, und trotzdem ...

Als die strenge Zofe sich erkundigte, ob ich noch einen Wunsch hätte, gab es nur eine Antwort.

»Ja«, sagte ich entschlossen. »Das hat nichts mit Euch zu tun, aber ich will Mariz zurück.«

»Das ist ...« Sie sah meinen bestimmten Gesichtsausdruck und korrigierte sich selbst. »Natürlich.«

Nach einem Knicks verließ die Zofe das Zimmer. Ich sah ihr mit einem triumphierenden Lächeln hinterher. Es war nur ein kleiner Sieg, aber er bedeutete mir viel: Ich hatte meinen Willen bekommen.

Nach allem, was bislang geschehen war, schien dieser Moment wie eine kurze Atempause in einer wilden Achterbahnfahrt. Ganz besonders, weil mein unfreiwilliges Bad im Chaos etwas in mir verändert hatte. Schuld war die schockierende Erkenntnis, dass einzig der Gedanke an Noár stark genug gewesen war, mich zu retten. Nichts sonst. Ich hatte kein Ziel, keinen Plan und keinen eigenen Antrieb. Das war armselig. Niemals hatte ich zu den Mädchen gehören wollen, die ihr Leben an einem Typen ausrichteten. Aber scheinbar war ich genau dazu geworden.

Die Quittung hatte ich natürlich postwendend bekommen. Es schien mir, als würde ich noch immer Noárs kaltes Messer an meiner Kehle spüren. Er hätte es ohne Vorwarnung, ohne Zögern, ohne schlechtes Gewissen benutzt, wenn es nötig gewesen wäre ...

Und das war es, was ich *wollte*?! Das konnte doch unmöglich sein! Nein, ich musste mich neu sortieren, herausfinden, was ich wirklich von meinem Leben erwartete.

Ein guter Anfang würde sein, Licht in meine Vergangenheit zu bringen. Lazar, Fidrin, Noár, meine Eltern ... sie alle schienen Teil eines großen Lügengebildes zu sein. Und wenn mein frischgebackener Großvater wirklich für den Tod meiner Eltern verantwortlich war, dann würde ich seinen Machenschaften ein Ende bereiten.

Beflügelt von diesem – zugegeben etwas naiven – Vorhaben betrat ich den Garten und wanderte in die Richtung, die mir Mistress Rhana gewiesen hatte. Lange suchen musste ich nicht, denn die fürstliche Gesellschaft, die im Schatten zweier graublauer Bäume saß, war weder zu überhören noch zu übersehen. Im Wind flatterten goldene Wimpel über einer langen Tafel, die wie ein Hufeisen geformt war. Es roch nach frischem Obst und Brot, während die Klänge eines Lautenspielers der Szenerie eine seltsam idyllische Atmosphäre verlieh. Trotzdem wurde ich immer unruhiger, je näher ich der Tafel kam. Vielleicht hatte ich mein neues Selbstbewusstsein doch überschätzt? Es war eine Sache, sich einen heroischen Auftritt mit passendem Soundtrack vorzustellen, aber eine ganz andere, das in Realität umzusetzen. Ich konnte schlicht nicht leugnen, dass ich Angst vor meinem Großvater hatte.

Um meine spontane Nervosität unter Kontrolle zu bekommen, versteckte ich mich hinter einem Strauch. Ich musste mich wappnen, meinen Mut zusammenkratzen und ... ich brauchte einen besseren Überblick, worauf ich mich einließ. Vorsichtig lugte ich durch die Äste.

An der Tafel saßen tatsächlich alle Delegationen der Fürstenhäuser. Einschließlich Ifar, Noár und meiner Geschwister. Ich ließ meinen Blick über die Gesellschaft wandern und blieb plötzlich an glühenden schwarzen Augen hängen, die mir direkt in die Seele zu schauen schienen.

Großer Gott! Wie hatte er mich entdecken können?!

Ich wäre jede Wette eingegangen, dass Noár wusste, warum ich mich versteckte, denn er grinste provokant.

Okay, das war's dann mit der Gnadenfrist, die ich mir selbst geschenkt hatte. Jede weitere Sekunde würde zu sehr an meinem Stolz kratzen. Ich richtete mich auf, zog mein Korsett zurecht und ging auf die Tafel zu.

Schon nach wenigen Schritten wurde ich entdeckt. Die Lautenmusik verstummte und die komplette Gesellschaft erhob sich, um sich vor mir zu verbeugen. Alle starrten die goldenen Symbole auf meiner Stirn und meinen Händen an. Das war unangenehm, aber wirklich hart traf mich die Ehrfurcht und die Scheu auf den Gesichtern meiner Geschwister. Vielleicht musste ich langsam einsehen, dass unsere Vertrautheit nur noch eine Illusion war, an der ich mich festklammerte. Fast ...

Ein kleiner blonder Junge überrannte mich förmlich mit seiner Umarmung. Moe hatte sich nie um gesellschaftliche Konventionen gekümmert.

»Junger Prinz, das ist nicht angebracht«, schimpfte Baron Harràz und die Waldfürstin kam angerannt, um ihren Sohn von mir fortzuziehen. Ich ignorierte sie alle und kniete mich auf Moes Höhe, um seine Umarmung zu erwidern.

Die Reaktionen auf mein Verhalten reichten von leiser Empörung über gutmütiges Schmunzeln bis hin zu verständnislosem Kopfschütteln. Letzteres kam von Noár.

Das reizte mich derart, dass ich aufstand und ihm fest in die Augen sah. »Habt Ihr ein Problem, Prinz Ardiza?«

Er lächelte und log mir dreist ins Gesicht: »Nicht im Geringsten, Hoheit.«

»Tamee«, begrüßte mich Fidrin. Er hatte sich sogar erhoben und kam mir entgegen. »Wie schön, dass es dir wieder gut geht.«

Seine übertriebene Freundlichkeit kombiniert mit dem mir fremden Namen waren so bizarr, dass sich alles in mir sträubte. Erst recht, als er meine Hand ergriff und mich zu dem leeren Platz an seiner Seite führte. Vor zwei Tagen hatte er mich noch umbringen wollen und jetzt behandelte er mich wie ein liebender Großvater?

»Wir haben soeben von dir gesprochen.«

»Wirklich?«, murmelte ich mit einem mulmigen Gefühl.

Als wir uns gesetzt hatten, ließen sich auch die anderen Fürsten wieder auf ihren gepolsterten Stühlen nieder.

»Ja, zuerst ging es um deinen Namen. Um dir deine Eingewöhnung nicht allzu schwer zu gestalten, haben wir uns entschlossen, dass du den Namen Amaia behalten solltest. Tamee wird dann als dein zweiter Vorname geführt. Eine entsprechende Änderung der Dokumente habe ich bereits in Auftrag gegeben.«

Das waren tatsächlich gute Neuigkeiten, auch wenn ich es befremdlich fand, dass mich niemand nach meiner Meinung gefragt hatte.

»Danach ging es um deine Zukunft. Fürst Onode, vielleicht wollt Ihr für meine Enkelin noch einmal wiederholen, womit Ihr den Anstoß zu diesem Themenwechsel gegeben habt?«

Fürst Onode, der grimmige Nebelreiter, der schon im Gerichtssaal gewagt hatte, das Wort gegen den Kaiser zu erheben, schien sich plötzlich in seiner Haut nicht mehr ganz wohlzufühlen. »Ich sagte, dass – um unseren Gesetzen treu zu bleiben – Euch Eure Enkelin baldmöglichst ablösen muss. Zumal Euer Millennium lange abgelaufen ist.«

Gut, dass ich saß, sonst wäre ich umgekippt.

»Aber … ich …« hatte doch nicht die geringste Ahnung, was ich auf dem Kaiserthron sollte.

Mein hilfloses Gestammel wurde dankenswerterweise von der Waldfürstin unterbrochen. »Natürlich wird Euch diese Aufgabe erst einmal erschreckend vorkommen, doch ganz so schnell kann das ohnehin nicht geschehen.«

Jetzt übernahm der Fürst des Trockenen Meeres mit seiner schneidenden Stimme: »Es ist üblich, dass Ihr erst einen Erben gebären müsst, bevor Ihr selbst den Thron besteigen könnt.«

Okay … STOP! Was?! Hochzeit und Kinder?

Der Kaiser tätschelte meinen Unterarm. »Du siehst also, wir haben soeben darüber diskutiert, welches der Fürstenhäuser deinen Gatten stellen wird.«

Oh nein, nein, nein! Ich hatte sicher nicht vor, zu heiraten und mich zu einer Gebärmaschine machen zu lassen. Ich war doch kein Stück Vieh, das man am gewinnbringendsten verschacherte.

Wieder ergriff der Wüstenfürst das Wort: »Unser Gesetz schreibt eine Abfolge vor, nach der die Fürstenhäuser mit den Goldenen Erben vermählt werden. Nach dieser ist das Wüstenvolk nun an der Reihe. Das bedeutet, mein Sohn Nicuna wird Euer Gemahl.«

Nick?!?! Entsetzt sah ich meinen Ex-Bruder an, der neben seinem Vater saß und so finster dreinsah, wie ich mich fühlte.

»Allerdings greift die Abfolge nur dann, wenn auch tatsächlich ein Kind gezeugt wurde«, warf der Fürst der Niemandslande ein. »Da Kaiser Katair drei kinderlose Ehen führte, bevor er Eure Mutter heiratete, ist das Anrecht des Wüstenvolks nicht legitim.«

Kaiser Fidrin bremste die hitzigen Gemüter seiner Fürsten und wandte sich fast liebevoll an mich.

»Das klingt bestimmt alles sehr kompliziert für dich, heißt

in der Schlussfolgerung aber nur, dass offen ist, wer dein Gemahl wird.«

»Nichtsdestotrotz hält mein Sohn in aller Demut und voll Hoffnung um Eure Hand an«, teilte mir der Wüstenfürst mit.

Allein die Vorstellung erschien so abstoßend, dass ich keine Worte fand. Nick war … Nick. Ich konnte und würde ihn doch niemals heiraten.

Auf einmal stand Ifar auf und verkündete laut: »Spart Euch Euren Antrag, Fürst Samtar. Ich erhebe Anspruch auf die Hand der Prinzessin!«

Empörung machte sich an der Tafel breit, allen voran bei mir. Nach all den Lügen konnte er doch nicht ernsthaft glauben, ich würde ihn heiraten.

»Erklärt Euch, Prinz Ifar. Womit rechtfertigt Ihr Euren Anspruch?«, erkundigte sich der Kaiser, der ebenfalls alles andere als erfreut von Ifars Alleingang schien.

»Meine Werbung um die Prinzessin wurde bereits von ihr akzeptiert. Sie speiste mit mir und hat ein Geschenk angenommen.«

Wo mir vorhin noch die Worte gefehlt hatten, traf mich jetzt das blanke Entsetzen, aber der Wolkenprinz wich meinem vorwurfsvollen Blick geflissentlich aus.

»Weil sie dich für ihren Bruder hielt«, spottete Noár am anderen Ende der Tafel und sorgte damit für verhaltenes Gelächter. Doch Ifar gab sich noch lange nicht geschlagen.

»Nach unserer Tradition muss die Braut die Absicht nicht kennen, solange sie die Brautgaben akzeptiert.«

Diesmal widersprach ihm niemand. Ich fühlte mich, als hätte man mich mit der flachen Hand ins Gesicht geschlagen. Deshalb war er so freundlich gewesen?! Er hatte mir eine Falle gestellt! Dieser Mistkerl war genauso hinterhältig wie seine Mutter.

Mein Großvater schnalzte leise mit der Zunge. »Stimmt es? Hast du ein Geschenk von Prinz Ifar angenommen?«

Jetzt wurde es so still, dass ich beinahe glaubte, man könnte mein Herz schlagen hören. Ich spielte mit dem Gedanken, es abzustreiten, aber die Musikschatulle hatte eben noch für jeden sichtbar in meinem Zimmer gestanden. Leugnen war also keine Option, deshalb nickte ich widerwillig. »Ja.«

»Nun«, brummte der Kaiser verdrießlich, »damit ist die Entscheidung wohl getroffen.«

Ein triumphierender Ausdruck machte sich auf Ifars Gesicht breit. Er stand auf und strich seinen silberbesetzten Mantel glatt.

»Interessiert es hier keinen, dass Prinz Ifar nur um Maia werben konnte, weil er wusste, dass sie *nicht* seine Schwester ist?«, erkundigte sich Adam. Ich hätte ihn dafür küssen können. »Hat er damit nicht Verrat an der Krone begangen, oder so?«

Ifar bedachte Adam mit einem abfälligen Kopfschütteln. »Ich habe nur die Befehle meiner Mutter befolgt, so wie es meine *Pflicht* war.«

Dieses Argument wollte Adam so nicht stehen lassen, aber mein Großvater erhob sich und machte alle Hoffnung zunichte. »Tretet vor, Prinz Ifar. Eure Ansprüche auf die Hand meiner Enkelin sind rechtens –«

Ein penetrantes Geräusch unterbrach den Kaiser und lenkte die Aufmerksamkeit auf den Schattenprinzen. Er hatte lautstark seinen Stuhl zurückgeschoben und stand nun ebenfalls auf.

»Sie wären es, wenn *ich* nicht die älteren Rechte hätte«, behauptete er und spazierte lässig um die Tafel.

Ifar schnaubte und kam ihm mit ausgestrecktem Zeigefinger entgegen. »Ihre Lebensschuld bei dir ist in dem Moment erloschen, als sie zur Goldenen Erbin geworden ist.«

»Das ist mir durchaus bewusst«, konterte Noár. »Davon rede

ich nicht. Es geht darum, dass die Prinzessin auch von mir ein Geschenk angenommen hat. Mein General war damals zugegen und kann das bestätigen.«

Mir wurde gleichzeitig heiß und kalt, als ich verstand, wovon Noár sprach. Der Blutstern. Aber das war doch nur eine Blume ...? Zumindest hatte ich das gedacht. Anders als Noár, der genau gewusst haben musste, was er damit tat.

Kaiser Fidrin schien mit seiner Geduld inzwischen am Ende zu sein. Er sah Rhome an und fragte ihn: »Ist das wahr?«

Noárs General bestätigte die Geschichte seines Herrn mit finsterer Miene. Daraufhin ergriff überraschenderweise Jenny Partei für mich: »In der Menschenwelt sind solche Geschenke nichts Bindendes. Prinzessin Amaia hat sicher nicht gewusst, worauf sie sich einlässt.«

»Das ist nicht wahr!«, hielt der Schattenprinz dagegen. Seine Augen blitzten mich höhnisch an. »Ich persönlich habe sie davon unterrichtet, dass die Annahme eines jeden Geschenks bei uns einer Verpflichtung gleichkommt.«

Ich kämpfte mit meinen Tränen, aber nicht vor Enttäuschung, sondern vor Wut. Beide Prinzen hatten mich von Anfang an hintergangen, und glaubten jetzt, ihre Vorteile ausspielen zu können.

»Ich werde keinen von ihnen heiraten«, platzte es aus mir heraus.

»Dann hättest du mit deiner Gunst ein wenig sparsamer umgehen sollen«, bemerkte mein Großvater missbilligend.

»Das ist mir egal, ich –«

Fidrin schlug mit der Faust auf den Tisch und brüllte: »Das hast nicht du zu entscheiden!«

Niemand wagte, sich zu rühren, nicht einmal zu atmen. Ein paar viel zu lange Augenblicke verstrichen, bis sich der Kaiser wieder unter Kontrolle hatte.

»Also?«, erkundigte er sich schließlich bei mir. »Welcher der Prinzen hat die älteren Rechte?«

Meine Angst und mein Trotz rangen miteinander. Gleichzeitig konnte ich spüren, wie der Wille meines Großvaters in meine Gedanken kroch und eine Antwort forderte.

»Der Schattenprinz.« Meine Stimme war kaum mehr als ein Flüstern und dennoch hatten mich alle gehört.

Fidrin nickte. »Dann ist es entschieden. Ich werde die Verlobung heute Abend bekannt geben. Und jetzt«, er wedelte mit der Hand durch die Luft, »lasst mich allein.«

Stühlerücken. Die Fürsten zogen sich zurück. Auch ich raffte meine Röcke. Ich musste hier weg, bevor irgendwer auf die Idee kam, mich mit Spott oder Mitleid zu überhäufen. Doch kaum hatte ich mich bewegt, fing mich ein harscher Befehl des Kaisers wieder ein. »Du nicht!«

Mein Fluchtinstinkt war so übermächtig, dass ich mit dem Gedanken spielte, trotzdem einfach wegzurennen, aber Angst lähmte jeden meiner Muskeln.

Nach und nach leerte sich die Tafel. Als wir schließlich allein waren, tauchte mein Großvater in meinem Sichtfeld auf. Seine runzlige Hand schob sich unter mein Kinn und zwang mich, ihn anzusehen.

»Meine Enkelin ...«, murmelte er und strich mir über die Wange. Sein wässriger Blick wanderte über mein Gesicht. »Das letzte Mal sah ich dich bei deiner Geburt. Und jetzt ...« Was auch immer er in meinen Zügen suchte, er fand es nicht und ließ seine Hand wieder fallen.

»Ich bin froh, dass deine Unachtsamkeit doch noch ein gutes Ende gefunden hat. Dieser junge Wüstenprinz war wirklich keine Option und Prinz Ifar mag ein brillanter Stratege und hervorragender Kämpfer sein, aber er ist zu gutmütig. Im Schattenprinzen werden wir einen starken Verbündeten haben. Und ... er wird dir Manieren beibringen.«

Seine beiläufig klingenden Überlegungen lösten eine unerträgliche Beklemmung in mir aus. Ich konnte zwar Luft holen, aber ich fühlte keinen Sauerstoff bei mir ankommen. Machtlos. Eingesperrt. Im sprichwörtlichen goldenen Käfig.

»Folge mir!«, befahl er.

Sein Wille drang erneut wie krabbelnde Insekten unter meine Haut. In diesem Moment lernte ich eine neue Lektion. Angst konnte nicht nur den Körper lähmen, sondern auch meinen Willen. Obwohl ich mir des Zwangs vollkommen bewusst war, wollte es mir nicht gelingen, ihn abzuschütteln. Wie von selbst bewegten sich meine Beine und lenkten meine Schritte hinter dem Kaiser her.

Fidrin führte mich durch die Gärten in einen Teil des Goldenen Bergs, der nur ihm vorbehalten zu sein schien. Unsere Schritte verhallten irgendwo in diesen endlosen Räumlichkeiten. Hohe Säulen trugen kunstvoll verzierte Decken. Darunter stand nur erlesenes Mobiliar, während in der Luft ein schwerer würziger Geruch hing – so intensiv, dass es mir die Sinne benebelte.

Als wir an einer verstärkten Tür ankamen, hinter der mich Fidrin eine enge dunkle Treppe in die Tiefe hinabführte, gewann ich langsam die Kontrolle über meinen Körper zurück. Die Angst, meinem Großvater zu widersprechen, wurde nämlich überlagert von meiner Abscheu, mich von ihm an diesen gruseligen Ort bringen zu lassen.

»Wo sind wir hier?«, wagte ich zu fragen.

Fidrin stieß ein gereiztes Geräusch aus. Der Abstieg schien ihm sichtlich Mühe zu bereiten – genau wie meine Neugier.

»Du bist eine Goldene Erbin. Es wird Zeit, die Verantwortung zu übernehmen, die dieser Titel mit sich bringt.«

Mehr als diese kryptische Antwort bekam ich nicht. Trotzdem erübrigte sich meine Frage kurz darauf, denn die Treppe endete in einem finsteren Gewölbe ohne Fenster. Es roch nach Schimmel und rostigem Metall. Ganz so, wie man es bei einem Kerker erwartete. Und nichts anderes war es: ein Kerker.

Zwei Männer hielten sich hier auf. Baron Harràz, der glatzköpfige Seneschall des Kaisers, und in einer einzelnen rundum vergitterten Zelle: Lazar.

Obwohl er sich kaum noch auf den Beinen halten konnte, stand er mit erhobenem Haupt in seinem Gefängnis. Altes und neues Blut mischte sich auf seinem Gesicht. Eines seiner Augen war zugeschwollen, das andere musterte mich grimmig.

Baron Harràz kam mir entgegen. Er begrüßte mich nicht, würdigte mich nicht einmal eines längeren Blickes. Stattdessen stieß er mich in Richtung der Zelle. Völlig überrumpelt ließ ich es geschehen.

»Jetzt hast du, was du wolltest!«, zischte er. »Also rede!«

Seine Worte galten wohl dem Gefangenen, aber Lazar schwieg und betrachtete mich weiterhin, als müsste er sich vergewissern, dass ich keine Halluzination war.

Schuldgefühle mischten sich unter meine Verwirrung und meine Angst. Ich wusste nicht, ob Lazar mich damals wirklich gerettet hatte oder nicht, aber ich wusste, dass er meinetwegen in dieser Zelle saß. War das die Verantwortung, von der mein Großvater gesprochen hatte?

Baron Harràz schlug zornig gegen das Gitter. »Ich bin deine Spielchen endgültig leid! Sag mir, wo es ist!«, spie er förmlich aus. Der Wahnsinn, der in seiner Stimme mitschwang, veränderte das Bild, das ich von dem unterkühlten Seneschall gehabt hatte. Jetzt schien er alles andere als zurechnungsfähig zu sein.

Endlich regte sich Lazar. Mit einer Überheblichkeit, die eigentlich niemand in seiner Situation haben konnte, sah er Baron Harràz an.

»Ich will allein mit ihr reden!«

»Nein.« Diesmal war die Antwort aus den Schatten hinter mir gekommen. Fidrin trat an meine Seite. Der unnachgiebige Ausdruck in seinen wässrigen Augen ließ mich erschauern.

»Dann wirst du das Juwel nie bekommen«, stellte Lazar leise fest.

Ich horchte auf. Ein Juwel? Darum ging es hier?

Schneller, als ich es meinem Großvater zugetraut hatte, packte er mich am Nacken und drückte mein Gesicht gegen die Gitterstäbe. Das kam so unerwartet, dass ich im ersten Moment jede Gegenwehr vergaß.

»Du wolltest sie sehen. Jetzt ist sie hier, also sag mir, wo du es hingebracht hast!«, zischte Fidrin.

Ich stemmte mich gegen seine eiserne Klaue, aber der alte Mann war überraschend stark. So viel Kraft hätte er bei seiner gebrechlichen Statur gar nicht haben dürfen. Die Gitterstäbe pressten sich eisig in meine Haut.

Lazars Überheblichkeit bröckelte. Er schien mir zu Hilfe kommen zu wollen, entschied sich dann jedoch anders.

»Es ist hier«, sagte er. »Im Goldenen Berg.«

Der Kaiser rührte sich nicht. »Das ist eine Lüge.«

»Nein, Fidrin. Aber das müsstest du doch wissen, immerhin bist du mit dem Berg verbunden. Er könnte dir das Versteck verraten …«

Mein Großvater zögerte, was Lazar dazu brachte, sein gesundes Auge spöttisch zusammenzukneifen. »Oder folgt der Berg etwa deinem Willen nicht mehr?« Schadenfreude triefte aus seinem Tonfall. »Er weiß, was du getan hast, und wehrt sich gegen dich, nicht wahr?«

Fidrins andere Hand schnellte vor und krallte sich in meine Kehle. Ich keuchte auf, versuchte mich zu befreien, aber meine Finger konnten gegen den Griff des Kaisers nichts ausrichten. Er drückte immer weiter zu.

»Wo ist das Juwel?« Fidrins Stimme bebte. »Sag es mir oder ich schwöre beim heiligen Rad des Schicksals, ich bringe sie um!«

Vorsicht huschte über Lazars Züge. Doch anders als ich behielt er seine stoische Ruhe. »Das kannst du nicht. Sie ist eine Goldene Erbin.«

»Darauf lasse ich es ankommen!«, brüllte Fidrin rasend vor Zorn. Der Kerker begann vor meinen Augen zu verschwimmen. Etwas Warmes floss mir aus der Nase. Ich schmeckte Blut auf meinen Lippen.

Lazar hob beschwichtigend die Hände.

»Ich weiß es nicht«, sagte er. »Ich weiß nicht, wo das Juwel ist!«

»Du weißt es nicht?!«, mischte sich nun Baron Harràz ein.

Mit jedem meiner rasselnden Atemzüge baute sich mehr unterdrückte Aggression um die Zelle herum auf und ich war mir sicher, dass dieses Treffen in einer Katastrophe enden würde.

»Ganz recht, ich weiß es nicht, aber *sie* weiß es«, fügte Lazar hastig hinzu und deutete auf mich. »Katair hat es ihr vor seinem Tod gegeben, damit sie es vor dir verstecken kann.«

Die Bedeutung dieser Worte sickerte nur langsam in meine gelähmten Gedanken. Fidrin begriff sehr viel schneller und schleuderte mich beiseite. Ich krachte gegen die Kerkerwand. Dabei schlug mein Kopf so heftig auf, dass mir kurzzeitig schwarz vor Augen wurde. Trotzdem pumpte ich gierig Luft in meine Lungen.

Im Hintergrund schrie mein Großvater seinen Frust heraus und brachte mich damit der Wahrheit wieder ein Stück näher.

Ein gefährliches Stück. Er war also tatsächlich verantwortlich für den Tod seines Sohns! Für diese dämliche Rebellion! Für alles!

Durch das Dröhnen in meinen Ohren hörte ich Lazars zufriedenes Lachen. »Hättest du sie nicht durch die Nebel geschickt, Fidrin, könnte sie es dir jetzt sagen.«

»Er lügt«, keifte Baron Harràz.

»Wieso sollte ich lügen?«, fragte Lazar amüsiert. »Schließlich hatte mich nur die Tatsache vor dem Tod bewahrt, dass ihr dachtet, ich wüsste, wo das Juwel der Macht ist.«

Stille kroch durch den Kerker. Mein Puls raste, weil mir soeben klar wurde, dass ich zwischen die Fronten einer sehr alten Auseinandersetzung geraten war. Zwischen zwei mächtige und skrupellose Strategen. Selbst Lazars Gefängnis täuschte nicht darüber hinweg, dass er noch immer ein gefährlicher Mann sein konnte.

»Nein«, murmelte Kaiser Fidrin, während er mit gemächlichen Schritten die Zelle umrundete. »Du führst etwas im Schilde, Lazar. Sonst hättest du dich niemals gestellt.«

Wieder drang ein leises Lachen durch die Gitterstäbe. Natürlich hatte Lazar noch ein Ass im Ärmel. Jemand wie er tat nichts ohne doppelte Absicherung.

Fidrins Augen wurden schmal. »Du hast ihr die Erinnerung genommen, *bevor* sie in die Nebel gegangen ist!«, unterstellte er seinem Gefangenen. Lazar widersprach nicht. »Du könntest sie ihr also zurückgeben.«

Widerwilliger Respekt machte sich auf den Zügen meines Großvaters breit. Jetzt waren ihm die Hände gebunden. Er konnte weder Lazar noch mir etwas anhaben, wenn er dieses Juwel zurückhaben wollte.

»Was willst du?«, erkundigte sich der Kaiser zornig.

»Dass du auf den Thron verzichtest, ist wohl keine Option?«

»Du strapazierst meine Geduld.«

Mit einem beiläufigen Schulterzucken ignorierte Lazar den warnenden Unterton des Kaisers und setzte eine geschäftsmännische Miene auf.

»Ich werde ihr die Erinnerung zurückgeben, wenn du garantierst, dass wir – sobald du das Juwel hast – den Goldenen Berg lebend verlassen dürfen.«

»Was hättest du davon?«, hakte Fidrin misstrauisch nach.

Lazar grinste und sagte: »Du bist zu alt, um das Juwel kontrollieren zu können. Mit etwas Glück bringst du dich damit selbst um.«

Sogar halb erwürgt erkannte ich, dass das nicht Lazars wirkliche Absicht war. Trotzdem schien es Fidrin darauf beruhen lassen zu wollen.

»Einverstanden.«

»Es versteht sich allerdings von selbst, dass ich die blockierten Erinnerungen der Prinzessin nicht auf einmal freigebe. Schließlich steht ihre Unversehrtheit über allem.«

Fidrin nickte mit einem hämischen Lächeln.

»Außerdem will ich während dieser Zeit eine meinem Rang entsprechende Unterbringung. Dass Baron Harràz meine alten Gemächer räumt, wird nicht nötig sein. Etwas Adäquates sollte es auch tun. Durch das hier«, meinte er weiter und tippte sich an den goldenen Ring, der ihm um den Hals lag, »könnt ihr ja schließlich sichergehen, dass ich nicht vorzeitig fliehe.«

Baron Harràz fluchte und beschimpfte den Gefangenen mit Ausdrücken, die ich noch nie in meinem Leben gehört hatte. Doch Fidrin gebot ihm zu schweigen.

»Also gut, Lazar«, sagte er und streckte seine Hand durch das Gitter. »Aber wenn du versuchst, mich zu hintergehen, lasse ich dich zusehen, wie das Mädchen öffentlich als Hochverräterin hingerichtet wird!«

Lazar ergriff die Hand des Kaisers. »Nichts anderes würde ich von dir erwarten.«

»Nicht so schnell«, krächzte ich und schob mich an der Wand nach oben. Mir reichte es! Ich ließ mich doch nicht einfach herumschubsen. »Ihr könnt nicht über mich bestimmen, als hätte ich keinen eigenen Willen. Wenn ihr wollt, dass ich dieses dumme Juwel finde, dann müsst ihr schon mit mir verhandeln!« Zornig funkelte ich Fidrin an. »Aber ich befürchte, der Mörder meines Vaters hat dabei eher schlechte Karten.«

Damit marschierte ich aus dem Kerker, denn glücklicherweise hatte mich mein Sturz in eine Position gebracht, in der mir keiner den Weg versperren konnte. Ich kam mir zwar vor wie ein trotziger Teenager, aber das war mir gleichgültig.

Auf halbem Weg nach oben holte Fidrin mich wie aus dem Nichts ein und stieß mich vor sich auf die Stufen. Seine kalten Augen durchbohrten mich mit blankem Hass.

»Wage nie wieder, mir so etwas zu unterstellen. Ich habe meinen Sohn nicht umgebracht. Ich habe ihn geliebt!«

Er beugte sich über mich. »Du hast keine Vorstellung, wer Lazar überhaupt ist. Du magst glauben, er hätte dich gerettet, doch er war nur auf seinen eigenen Vorteil bedacht. Er ist ein machthungriger Mann ohne moralisches Empfinden. Er wird dich manipulieren, um selbst an das Juwel der Macht zu kommen. Das ist der einzige Grund, aus dem er dich damals am Leben gelassen hat.«

»Und Ihr habt natürlich nur mein Wohl im Sinn«, spottete ich.

»Ich bin der Kaiser. Ich habe das Wohl Cassardims im Sinn. Deshalb wirst du tun, was ich dir sage – gleichgültig, ob du schweigen, lächeln, heiraten oder mir alles berichten sollst, woran du dich erinnern kannst.«

Sein Wille versuchte erneut, mich unter Kontrolle zu bringen, aber ich würde das kein weiteres Mal zulassen! Entschlossen befreite ich meine Gedanken und konterte den feindseligen Blick meines Großvaters.

»Das werde ich nicht!«

Fidrin sah aus, als würde er mich schlagen wollen, doch kurz darauf lächelte er mich frostig an.

»Oh, du *wirst* tun, was ich dir sage, mein Kind«, presste er hervor. »Dein Wille mag stark sein, aber dein Herz ist so weich. Es würde glatt zerbrechen, wenn … zum Beispiel … dem kleinen Waldprinzen etwas zustieße, nicht wahr?«

Seine Drohung traf mich härter, als jeder Schlag es gekonnt hätte. Zielsicher hatte Fidrin meine einzige Schwäche gefunden und setzte sie gnadenlos gegen mich ein.

»Ich sehe, wir verstehen uns«, murmelte er, stieg über mich hinweg und ließ mich liegen.

Nach Lust und Laune

Wie versteinert starrte ich auf das rote Kleid, in das meine Zofen mich zu Ehren meines Verlobten gezwängt hatten. Ja, Mistress Rhana war mit einer rotblonden Schönheit namens Keeza als Verstärkung aufgetaucht. Beide teilten mir mit, dass mein Wunsch, Mariz wieder in meine Dienste aufzunehmen, vom Seneschall persönlich abgelehnt wurde.

Das war eine unmissverständliche Botschaft, wer hier das Sagen hatte. Ich akzeptierte sie klaglos. Aufsehen vermeiden, hieß meine neue Devise.

Aber nicht, weil ich jetzt klein beigeben wollte. Nein. Mein Großvater hatte Moe bedroht! Ich würde ihn und seinen glatzköpfigen Handlanger ihr blaues Wunder erleben lassen. Denn damit hatte Fidrin nämlich einen fatalen Fehler begangen. Unwissentlich hatte er mir etwas gegeben, wofür ich kämpfen konnte. Ich mochte ja wie ein unerfahrenes Kätzchen wirken – um es mit Noárs Worten zu sagen –, aber wenn man die einzigen Personen bedrohte, die mir noch etwas bedeuteten, dann mutierte ich zur Löwin.

Dumm nur, dass besagte Löwin keine Ahnung hatte, wie sie vorgehen sollte.

Aber alles der Reihe nach. Erst würde ich für die Sicherheit meiner Geschwister sorgen, indem ich meinen Großvater unschädlich machte. Dazu reichte unter Umständen schon ein geeignetes Druckmittel – wie das Juwel der Macht. Mit diesem Druckmittel konnte ich dann auch meine Verlobung lösen und danach … keine Ahnung, vielleicht würde ich Fidrin stürzen und stattdessen die Demokratie einführen, oder so.

Doch jetzt hieß es erst einmal die Füße still halten, bis ich meine Erinnerungen zurückhatte.

Und so schwieg ich, als die blauen Flecken an meiner Kehle für Aufregung bei meinen Zofen sorgten und sie sie mit einem schwarzen Spitzenhalsband kaschierten. Ich schwieg, als Rhome mich in der Abenddämmerung abholte und vergnügt mit Komplimenten zur Farbe meines Kleides überhäufte. Ich schwieg bei meiner Ankunft in dem von unzähligen Kerzen beleuchteten Bankettsaal, als ich Noárs süffisantem Lächeln gegenübertreten musste. Ich schwieg, als mein Großvater dem versammelten Hof meine Verlobung mit dem Schattenprinzen verkündete. Und ich schwieg, als der mir selbstgefällig einen schwarzen Ring mit einem einzelnen Rubin an den Finger steckte.

Als er sich aber während des Applauses in meine Richtung beugte und mir etwas zuraunte, bekam meine kühle Maske wütende Risse.

»Ein Kuss wäre in Cassardim nicht nötig, doch wenn du diesen Menschenbrauch gerne für deine Verlobung wünschst, würde ich das meiner zukünftigen Braut natürlich nicht abschlagen.«

Bitterböse starrte ich ihn an. Man sollte meinen, dass der Triumph über seinen Konkurrenten sein Ego schon genug befriedigt hätte. Aber nein, er musste mich auch noch ganz privat demütigen.

»Ich gewöhne mich gerade an Cassardims Bräuche«, fauchte ich. »Warum das jetzt ändern?«

Noárs Augen blitzten amüsiert. »Oh gut, dann wird dir gefallen, was uns heute Abend noch bevorsteht.«

Mit einer Selbstverständlichkeit, als wäre ich sein Haustier, nahm er mich an der Hand und brachte mich zu einem mit Blumen geschmückten Podest in der Mitte des Bankettsaals. Darauf standen ein einzelner Tisch und zwei Stühle.

Oh, bitte nicht! Das konnte ich jetzt wirklich nicht gebrauchen. Wie sollte ich den Kaiser und Harràz im Blick behalten, die nötigen Informationen zusammentragen und meine Umsturzpläne vorantreiben, wenn ich den ganzen Abend gut sichtbar im Zentrum der Aufmerksamkeit saß?

Als wir einander gegenüber Platz genommen hatten, begann das eigentliche Fest. Musik ertönte und der Hof verfiel in feierwütige Laune. Es schien fast, als wäre ihnen der Anlass gleichgültig, solange der Wein in Strömen floss. Trotzdem fühlte sich die gute Stimmung für mich wie Schadenfreude an. Es wurden Brot, Öl, Salz, Käse, Früchte, Honig, geräucherter Schinken und Varras-Wein aufgetragen.

»Ein Gruß der acht Völker an das vermählte Paar«, erklärte mir einer der Diener, bevor er uns wieder allein ließ.

Teller oder Besteck gab es nicht. Erst hielt ich das für einen Fehler, doch Noár streute mit bloßen Fingern eine Prise Salz in das Schälchen voll Öl, dann riss er ein Stück Brot ab und tunkte es hinein. Aha, cassardisches Fingerfood also.

Nur aß der Schattenprinz nicht, sondern hielt mir das Stück Brot vor den Mund.

Verstört sah ich von seiner Hand zu seinem Gesicht und wieder zurück. Noár grinste.

»Es ist üblich, dass sich die frisch Verlobten gegenseitig das Essen reichen, als Sinnbild für die Verantwortung, die man füreinander übernimmt.«

Immer noch verstört sah ich von seiner Hand zu seinem Gesicht und wieder zurück.

Nicht deren Ernst?! Wir sollten uns füttern?

Ich spürte die gespannten Blicke der Menge auf mir. Keiner

wollte sich einen neuen möglichen Skandal entgehen lassen. Mich umzuschauen, wagte ich nicht, aber ich war mir sicher, dass auch mein Großvater sehr genau beobachtete, wie ich mich verhielt. Also schluckte ich Moe zuliebe meinen Trotz herunter. Sie würden ihren Skandal nicht bekommen. Noch nicht.

Ich setzte ein falsches Lächeln auf, beugte mich vor und pflückte mit meinen Zähnen vorsichtig das Stück Brot aus Noárs Fingern, sorgsam darauf bedacht, sie nicht mit meinen Lippen zu berühren.

Verwunderung huschte über die Züge des Schattenprinzen. Offensichtlich hatte er mit mehr Widerstand gerechnet.

»So handzahm kenn ich dich gar nicht«, stichelte er, bevor er mich mit einem Schmunzeln fixierte. »Du bist dran!«

Der Konflikt, in den er mich stürzte, bereitete ihm sichtlich Vergnügen.

Bockig griff ich nach dem Brot, brach ein Stück ab und zog es lieblos durch das Öl. Dann hielt ich es ihm hin und hoffte insgeheim, dass er daran ersticken möge.

Den Gefallen tat er mir nicht. Stattdessen aß er das Brot so genüsslich, als hätte er alle Zeit der Welt. Um nicht länger Zeuge dieses Schauspiels sein zu müssen, lenkte ich meine Augen unauffällig auf die Feierlichkeiten um uns herum. Dabei nahm ich alle Details auf, die mir nützlich sein könnten. Ich speicherte, welcher Fürst mit welchem Edlen sprach, wer miteinander tanzte und wer uns finstere Blicke zuwarf.

»Wurdest du schon darüber unterrichtet, was die Verlobungszeit bei uns bedeutet?«, fragte Noár und bot mir ein Stück Käse an.

»Nein.« Und ich wollte es auch nicht wissen. Diese Verlobung war ohnehin nur ein vorübergehendes Arrangement. Entweder würde ich erfolgreich sein und dem Spuk selbst ein Ende bereiten, oder Fidrin würde mich hinrichten. So oder so käme eine Hochzeit nie zustande. Ich aß den Käse, reichte ihm das obligatorische Gegenstück und widmete mich wieder meiner Spionagetätigkeit. Aber Noár blieb hartnäckig.

»Man erwartet von mir, dass ich um deine Gunst werbe.«

Damit entlockte er mir ein trockenes Lachen. »Und wenn dir das nicht gelingt? Wird die Verlobung dann gelöst?«

Der Schattenprinz zuckte mit den Schultern. Er wählte eine grünliche Frucht aus und tauchte sie in Honig.

»Das werden wir wohl nie herausfinden«, sagte er lächelnd.

Ich konnte nur den Kopf schütteln angesichts seines aberwitzigen Selbstbewusstseins.

Da fiel mir ein schneeweißer Haarschopf auf, der sich seinen Weg durch die Menge bahnte. Fidrin.

»Du scheinst nicht ganz bei der Sache zu sein«, bemerkte Noár. In seiner Stimme schwang dezenter Spott mit. »Muss ich mich gekränkt fühlen?«

Tatsächlich hatte ich die honigüberzogene Frucht vergessen, die noch immer irgendwo vor meinem Gesicht schwebte. Ich erwiderte Noárs Seitenhieb mit einem zuckersüßen Tonfall.

»Ich versuche nur, mich abzulenken, damit mir das Essen nicht wieder hochkommt.«

Begleitet von Noárs sanftem Lachen, verspeiste ich die Frucht und wurde von einer atemberaubenden Geschmacksexplosion überrollt. Die sinnliche Säure gemischt mit der schweren Süße des Honigs fühlte sich an wie ein erster Sonnenstrahl auf frischem Schnee. Am liebsten hätte ich die Augen geschlossen, um das Erlebnis ganz für mich genießen zu können, aber diese Blöße wollte ich mir nicht geben.

Noár leckte sich den überschüssigen Honig von den Fingern und lächelte mich an, als wüsste er ganz genau, was ich gerade dachte. Dummerweise konnte ich nicht leugnen, dass diese Art des gemeinsamen Essens eine unglaubliche Intimität schuf. Mein Herz begann zu klopfen und ich musste mich daran erinnern, dass er nur mit mir spielte – und das sehr gekonnt. Wahrscheinlich hatte er schon Dutzende Mädchen auf dieselbe Art und Weise um den Finger gewickelt. Besonders die eine, der seine Liebe gehörte.

Jetzt nur einen kühlen Kopf bewahren.

»Wenn du es wünschst«, meinte er beiläufig, »könnte ich dir das Ganze ein wenig angenehmer gestalten.«

Ich schnappte mir eine der grünen Früchte und tunkte sie demonstrativ und ausgiebig in das gesalzene Öl.

»Solange du nicht sofort aus meinem Leben verschwinden möchtest, ist das unmöglich«, stellte ich klar und hielt ihm die Frucht provokant unter die Nase.

Statt sie zu essen, griff Noár mit einem gefährlichen Lächeln nach meiner Hand. Sein Blick wurde so intensiv, dass es mir die Kehle zuschnürte.

»Lust!«, flüsterte er, während sein Daumen zärtlich über die Innenseite meines Handgelenks strich. Aus heiterem Himmel durchflutete mich ein warmes Prickeln. Seine Berührung schickte mir zusätzlich heiße Funken über die Haut, die sich in meinem Inneren entzündeten und jeden vernünftigen Gedanken in Brand steckten. Mein Brustkorb hob und senkte sich schwer. Ich hatte das Gefühl in meinem Korsett keine Luft mehr zu bekommen. Die Lichter der Kerzen verschwammen und die Temperatur unter Noárs glühender Aufmerksamkeit stieg kontinuierlich, bis ich die Hitze kaum noch ertrug. Dem Schattenprinzen schien zu gefallen, was er sah. Zufrieden gab er sich jedoch nicht. Er beugte sich bedächtig vor und schloss seinen Mund um die Frucht, die ich noch immer in meiner Hand hielt. Dabei strich seine Zunge sanft über meine Fingerspitzen und löste eine neue Welle der Erregung in mir aus. Ich krallte mich mit der anderen Hand in meinen Röcken fest und unterdrückte mit aller Macht das Stöhnen, das mir auf den Lippen lag.

Er manipuliert dich, rief mir eine kleine Stimme ins Gedächtnis. Es war nur sein Wille, der mir diese überwältigenden Empfindungen aufdrängte. Trotzdem fühlte es sich so gut an, dass ich mehr davon wollte. So sehr, dass die Sehnsucht fast schon wehtat. Mit dem letzten Rest meines klaren Verstandes entriss ich Noár meine Hand. Dennoch verebbte die Lust nur langsam. Mit geschlossenen Augen atmete ich mehrmals tief durch. Erfolglos.

»Ich ... brauche frische Luft«, stammelte ich und zog mich benommen auf die Beine. Dabei umklammerte ich verzweifelt meinen Stuhl, weil meine zittrigen Knie unter mir nachzugeben drohten.

Noár ließ sich geschmeidig gegen seine Lehne sinken und betrachtete sein Werk.

»Ich kann dir jederzeit behilflich sein«, spottete er.

Gelächter folgte auf seine Worte. Es kam von den umstehenden Höflingen, die alles ganz genau mitbekommen hatten. Ich musste hier raus. Weg von den hämischen, wissenden, mitleidigen Gesichtern. Weg von Noár.

Ich wusste nicht mehr wie, aber ich schaffte es, mir einen Weg vom Podest runter und durch die dicht gedrängte Menge zu bahnen. Als ich endlich einen Ausgang erreicht hatte, fand ich mich in einem der Gärten wieder, die den ganzen Goldenen Berg zu umgeben schienen. Ich lief immer weiter, bis eine Balustrade mir den Weg abschnitt. Unter mir lagen zahllose andere Terrassen, während sich in der Ferne eine Nebelwand erhob, in der Millionen von Varras-Lichtern schwebten.

Endlich konnte ich wieder frei atmen. Gleichzeitig wurde mir erst richtig bewusst, was Noár da eben getan hatte. Ich war kurz davor gewesen, vor dem versammelten Hof die Kontrolle zu verlieren und ihn anzubetteln, die Hochzeitsnacht vorzuziehen. Vor Scham und Wut wurde mir schlecht. Am liebsten hätte ich mich an Ort und Stelle übergeben. Stattdessen begnügte ich mich damit, mir trotzig den Ring des Schattenprinzen von der Hand zu reißen. Es war nur ein schwaches Symbol für meinen zu späten Widerstand, trotzdem fühlte ich mich besser. Einen Moment lang verlockte mich die Vorstellung, ihn einfach in die Nacht zu schleudern. Wenn da nur nicht die Angst gewesen wäre, dass ich damit vielleicht Moes Schicksal besiegeln könnte.

Gedämpfte Stimmen ließen mich aufhorchen. Sie kamen von irgendwo unter mir.

»Ihr könnt Euch meiner Dankbarkeit sicher sein, Eure kaiserliche Majestät.«

Erschrocken versteckte ich mich hinter der Balustrade. Das war eindeutig Fürstin Saphama gewesen! Was hatte sie hier zu suchen? Sollte sie nicht im Kerker schmoren, statt hier mit dem Kaiser zu flanieren? Ich verstaute Noárs Ring kurzerhand in meinem Ausschnitt und schlich mich geduckt in Richtung der Stimmen. Der massive Sockel einer goldenen Statue gab mir genügend Deckung, um mich vorsichtig aufzurichten und in den Garten unter mir zu spähen.

»Ihr müsstet schon genauer werden, Fürstin«, sagte Fidrin ohne besonderes Interesse. »Was könntet Ihr mir im Gegenzug anbieten?«

Die beiden standen ein gutes Stück entfernt und bewegten sich in die entgegengesetzte Richtung. Mist! Gleich würde ich sie nicht mehr hören können. Ich überlegte gerade, wie ich ihnen am besten folgen konnte, als mich kalte Hände packten und rückwärts gegen den Sockel der Statue drückten.

»Wen haben wir denn da?«, zischte Baron Harràz. Sein faltiges Gesicht war wutverzerrt. »Ich dachte mir schon, dass deine Folgsamkeit nur Schauspiel ist. Glaub ja nicht, du könntest mich täuschen. Wenn der Kaiser dich nicht noch brauchen würde, wärst du längst tot.« Seine knochigen Finger bohrten sich schmerzhaft in meine Arme. »Aber ich bin geduldig, denn ich weiß, dass du und Lazar etwas vorhabt. Ich lasse mich nicht von euch täuschen. Und wenn der Tag gekommen ist, dann werde ich persönlich und mit dem größten Vergnügen –«

»Baron Harràz!«, unterbrach ihn eine herrische Stimme, die mühelos Metall hätte schneiden können. »Gibt es einen Grund, aus dem Ihr meine Verlobte derart unangemessen berührt?«

Der Seneschall ließ mich so hastig los, als hätte er sich verbrannt. Über seinen anfänglichen Schrecken legte sich jedoch schnell wieder die besonnene Fassade des Seneschalls, den ich bei meiner Ankunft am Kaiserhof kennengelernt hatte.

»Nein, den gibt es nicht, Eure Hoheit«, antwortete er knapp. »Ich war nur besorgt um die Goldene Erbin, als ich sie aus dem Saal stürmen sah. Doch nun, da ich mich vergewissert habe, dass es ihr gut geht, überlasse ich sie gerne wieder Euren … fähigen Händen. Ihr scheint dem störrischen Gemüt der Prinzessin gutzutun.«

Der Hohn, der in seinem Tonfall mitschwang, erinnerte mich daran, weswegen ich eigentlich hier draußen war. Als der Seneschall sich mit einer Verbeugung verabschiedet hatte, wollte auch ich erneut vor Noár fliehen – zurück in den Saal, zurück in die Gesellschaft möglichst vieler Zeugen.

Aber der Schattenprinz versperrte mir den Weg. Die goldenen Flecken in seinen Augen leuchteten in der Dunkelheit so hell, als wären es tatsächlich Sterne. Sein verärgerter Blick ruhte jedoch nicht auf meinem Gesicht, sondern auf meinem

Hals. Hastig bedeckte ich ihn mit meinen Händen und stellte fest, dass das Spitzenhalsband verrutscht war.

»Wer war das?«, wollte Noár wissen und nickte in Richtung der dunkelvioletten Abdrücke, die Fidrins Finger an meiner Kehle hinterlassen hatten.

Ich brachte kein Wort heraus. Was hätte ich auch sagen sollen, ohne das Leben meines kleinen Bruders zu riskieren?

Der Schattenprinz stieß ein Geräusch aus, das irgendwo zwischen Seufzen und Knurren lag. »Du wirst nie wieder zulassen, dass dich jemand derart respektlos behandelt«, sagte er frostig. »Du gehörst jetzt mir und jeder, der die Hand gegen dich erhebt, erhebt sie auch gegen mich. Hast du das verstanden?«

Ich traute meinen Ohren nicht! ER redete von respektlosem Verhalten?! Wütend ballte ich meine Hände zu Fäusten.

»Ich gehöre niemandem!«, fuhr ich ihn an.

Noár betrachtete mich weiterhin völlig ausdruckslos.

Gerade als ich dachte, er würde nichts mehr sagen, kam er auf mich zu. Ich wich zurück, bis ich mit dem Rücken erneut gegen den Sockel der Statue stieß.

»Doch, das tust du«, korrigierte er mich, »aber du wirst feststellen, dass es Schlimmeres gibt als das.«

Er trat noch einen Schritt näher, bis ich zwischen ihm und der kalten Goldwand gefangen war.

»Lass das!«, stammelte ich, sowohl verärgert als auch verunsichert. Noár dachte nicht einmal daran.

»Bring mich dazu!«, befahl er.

Seine Hände fanden meine Taille und schoben sich langsam daran nach oben. Empört über seine Dreistigkeit stemmte ich mich gegen seine Brust und versuchte mich aus seinem Griff zu winden, aber Noár fing meine Handgelenke ein und presste sie über mir gegen die Wand.

»Nicht so!«, forderte er mit rauer Stimme. »Setz deinen Willen ein!«

Seine Nähe warf mich zurück in die Lust, vor der ich geflohen war. Nur war sie jetzt um ein Vielfaches intensiver. Während er mich mit einer Hand festhielt, schlang sich sein anderer Arm um meinen Rücken und presste mich eng an seinen harten Körper.

»Bring mich dazu, aufzuhören … und ich verspreche, deinen Willen nicht zu brechen.«

Ein verlockendes Angebot – aber das, was er gerade tat, war mindestens genauso verlockend.

Seine Lippen strichen über meine Schläfen und bahnten sich Stück für Stück ihren zerstörerischen Weg zu meinem Hals. Verzweifelt kämpfte ich gegen den übermächtigen Wunsch an, von ihm geküsst zu werden. Mit einem leisen Stöhnen bog ich mich ihm entgegen und war gleichzeitig zutiefst schockiert von meiner Schwäche.

»Hör auf …«, flüsterte ich in einem letzten Versuch, meinen Stolz nicht gänzlich über Bord zu werfen.

Der Schattenprinz lachte heiser.

»Nicht gut genug.« Er schaffte gerade so viel Abstand zwischen uns, dass er mir in die Augen sehen konnte. »Du bist eine Goldene Erbin. Dein Wille könnte stark genug sein, um mich auf die Knie zu zwingen. Benutze ihn endlich!«

Sein Blick fiel auf meine Lippen und brachte die Luft zwischen uns zum Glühen. Ein unheilvolles Lächeln spielte in seinem Mundwinkel.

»Es sei denn natürlich, du kannst nicht, weil du nicht *willst*, dass ich aufhöre.«

Um seine These zu testen, gab Noár meine Arme frei. Sie fielen nutzlos auf seine Schultern, weil mir nicht mehr einfiel, wie ich sie benutzte. Außerdem war ich zu abgelenkt, denn nun hinderte den Schattenprinzen nichts mehr daran, mich auch mit seiner anderen Hand zu berühren, zu provozieren, zu verführen.

»Bitte!«, presste ich hilflos hervor, wobei mir selbst nicht klar war, worum ich ihn anflehte. Trotzdem ließ dieses eine Wort Noár innehalten. Hungrig funkelte er mich an. Für ein paar viel zu lange Augenblicke gab es nur uns und unsere mühsam kontrollierten Atemzüge.

Dann löste er sich abrupt von mir und trat einen Schritt zurück. In seiner Hand glänzte ein schwarzer Ring.

Ganz langsam klärte sich mein Verstand und brachte mich zurück in die Realität. Ich fasste mir an die Brust. Hatte er etwa …? Wann war das denn passiert? Fassungslos starrte ich den Schattenprinzen an, der sich plötzlich wieder unter Kontrolle zu haben schien. Oder hatte er sie nie verloren?! Alle Leidenschaft war aus seinem Gesicht verschwunden. Hatte er das alles nur gemacht, um …

Reflexartig verpasste ich ihm eine Ohrfeige. Zumindest wollte ich das, doch Noár fing meine Hand ab. In seinem dunklen Blick flackerten Resignation, Strenge, Enttäuschung und Kälte.

»Dieser Ring wurde aus dem Gestein erschaffen, aus dem mein Reich besteht. Und mein Reich ist unwiderruflich mit mir verbunden.« Er nahm meine Hand und steckte ihn mir erneut an. »Wenn du ihn je wieder abnimmst, werde ich es wissen und dich finden! Und dann … werde ich nicht mehr so viel *Nachsicht* mit dir und deiner Unentschlossenheit haben.«

Eine Drohung, die klar und deutlich bei mir ankam. Genauso klar und deutlich wie die Schamgefühle, die sich in mir festsetzten. Oh Gott, wie hatte ich nur so die Beherrschung verlieren können? Gleichzeitig spürte ich, wie alles in mir vor Wut gefror. Der Ring war an ihn gebunden? Das hieß, er überwachte mich wie einen verdammten Chihuahua, den man gechipt hatte?!

Am liebsten hätte ich ihm das Teil postwendend an den Kopf geschmissen, aber ich zweifelte keine Sekunde daran, dass der Schattenprinz sein Versprechen dann tatsächlich wahr machen würde – was auch immer es bedeutete.

Mit einem abfälligen Kopfschütteln wandte er sich ab und spazierte zurück zu unserer Verlobungsfeier.

»Ach ja«, rief er über die Schulter, »du darfst dich für heute Abend zurückziehen. Ich werde dem Kaiser mitteilen, dass du dich nicht wohl gefühlt hast. Betrachte dieses Entgegenkommen als erstes Geschenk an meine künftige Gemahlin.«

Ich starrte Noár eine ganze Weile hinterher, denn ich wusste, dass das, was ich nun tun würde, über meine Zukunft am Kaiserhof entschied.

Am liebsten hätte ich mich in meinem Bett verkrochen und meine Wunden geleckt, aber dann hörte ich Kichern und Getuschel und sah ein paar Höflinge, die sich ganz offensichtlich über mich und meine Situation lustig machten.

In diesem Moment ging mir ein Licht auf: Genau deshalb hatte mein Großvater der Verlobung mit dem Schattenprinzen zugestimmt. Er benutzte ihn, um mich dem Hof als unerfahrenes willensschwaches Mädchen zu präsentieren, damit das Volk sich nicht auf meine Seite schlug. Er hielt mich an der kurzen Leine, ließ mich meinen alten Namen behalten und stellte mich bei jeder möglichen Gelegenheit bloß. Dazu ein Ehemann mit Noárs unberechenbaren und grausamem Ruf und schon hatte man eine Kombination, die selbst Fidrins ärgste Kritiker nicht auf dem Kaiserthron sehen wollten.

Fragte sich nur, ob der Schattenprinz freiwillig seine Rolle spielte oder lediglich eine Marionette in den Plänen meines Großvaters war.

In jedem Fall konnte er sich sein ›Geschenk‹ sonst wohin

schieben! Entschlossen straffte ich meine Schultern und stapfte zurück auf das Fest. Ja, ich wollte Aufsehen vermeiden, aber trotzdem konnte ich ihnen beweisen, dass ich mich nicht so einfach unterkriegen ließ!

Tatsächlich war man überrascht von meiner Rückkehr – allen voran Adam und Jenny, denen ich als Erstes in die Arme lief.

»Meinen Glückwunsch zu deiner Verlobung!«, lallte meine Schwester, die eindeutig zu viel Varras abbekommen hatte. »Oder besser zu deinem *Verlobten*. Jedes weibliche Wesen hier drinnen ist neidisch auf dich.«

»Und sie schließt sich dabei nicht aus«, ergänzte Adam mit einem leidgeprüften Grinsen. Zweifellos hatte er sich bereits Jennys Klagen diesbezüglich anhören müssen.

»Stimmt«, kicherte sie. »Aber ich werde ebenfalls eine gute Partie machen, hat der Kaiser gesagt. Scheinbar hat er da schon wen im Auge.«

Ich runzelte die Stirn. Fidrin wollte auch meine Schwester verheiraten?

»Was guckst du so? Gönnst du mir mein Glück nicht?«, fuhr Jenny mich so gehässig an, dass es mir die Sprache verschlug. »Hält die große Goldene Erbin sich jetzt für was Besseres?«

»Jenny, das ist Maias Verlobungsfeier. Lass ihr ihre Freude.«

Meine Freude?! Was war nur mit meinen Geschwistern los? Sie hatten doch heute Morgen beide mitbekommen, wie wenig ich von meiner bevorstehenden Hochzeit begeistert war, und zumindest Adam hatte früher immer gewusst, wie es mir ging.

Plötzlich sprengte Nick unsere kleine Runde. Im Schlepptau hatte er mehrere junge Männer aus dem Wüstenvolk. Sie alle konnte man getrost als angetrunken bezeichnen. »Ein Hoch auf die Braut, die mich nicht heiraten wollte und stattdessen lieber den grausamsten Mann in ganz Cassardim gewählt hat. Selber schuld, würde ich sagen.« Seine neuen Freunde lachten hämisch und stießen mit ihm an.

»Sie sieht wohl andere Qualitäten in ihm«, spottete einer von ihnen. »Es konnte ihr vorhin gar nicht schnell genug gehen, mit ihm in den Gärten zu verschwinden.«

Wieder lachten die Umstehenden – inklusive Nick und Jenny. Nur Adam warf ihnen einen missbilligenden Blick zu. Plötzlich verstummten sie alle. Aber das war nicht meinem großen Bruder zu verdanken, sondern jemandem, der wie aus dem Nichts an meine Seite trat. Ein dunkelhäutiger Riese mit kahl geschorenem Schädel und Handtellern so groß wie Frisbees. Lord Drokor.

»Ich kann mich nicht erinnern, gesehen zu haben, wie ihr meiner Herrin Respekt erweist«, sagte er leise. In seiner tiefen Stimme lag weder Tadel noch Vorwurf. Es war eine bloße Feststellung, die in seiner Welt Konsequenzen haben würde. Schneller als ich schauen konnte, verbeugten sich alle, überhäuften mich mit falschen Glückwunschbekundungen und zogen sich zurück.

Drokor sah ihnen finster nach. »Ihr Wille ist schwach.« Mehr sagte er nicht. Mehr musste er auch nicht sagen, denn mir war klar, was er damit meinte.

Den Rest des Abends wich der grimmige Hüne mir nicht mehr von der Seite. Dadurch wurde ich zur meistgemiedenen Person im Saal. Das war allerdings nur ein schales Abbild dessen, wie ich mich im Inneren fühlte. Unendlich einsam.

DIE LÜGEN DER VERGANGENHEIT

Nach einer kurzen Nacht brummte mir der Schädel. Gut, vielleicht hatte ich gestern mit dem Varras-Wein übertrieben. Aber es war ja auch niemand da gewesen, der mich hätte aufhalten können. Weder der Kaiser noch Baron Harràz oder mein *Verlobter* waren mir über den Weg gelaufen. Und Drokor ... Was sollte ich sagen, Drokor war kein Freund vieler Worte. Dadurch hatte ich genug Zeit gehabt, mir über einiges klar zu werden. Ich hatte jetzt einen Plan.

Als meine Zofen die Vorhänge beiseiteschoben, wirkte die rotblonde Keeza aus irgendwelchen Gründen verärgert. Dass ich sie dann auch noch fortschickte, um mir Karten, Bücher und Aufzeichnungen zu Cassardims Geschichte zu holen, ließ ihre Stimmung gegen null sinken. Aber sie fügte sich meinen Wünschen. Schließlich konnte mir ja keiner einen Vorwurf machen, dass ich mich für mein eigenes Reich interessierte. Mit Mistress Rhana über meine heutige Garderobe zu streiten, war da schon schwieriger. Ganz besonders, weil der Kaiser mich zu sich bestellt hat – vermutlich für die erste Such-das-Juwel-Runde. Dagegen konnte ich nichts unternehmen, aber ich würde Fidrin zeigen, dass er mich zwar erpressen, doch nicht brechen konnte. Ich erinnerte Mistress Rhana daran, dass diese Entscheidung nicht bei ihr lag, und freute mich über das schlichte schwarze Kleid, das ich mir ausgesucht hatte. Während sie mich frisierte, fiel mein Blick zum zwanzigsten Mal auf Noárs Verlobungsring. Auch was ihn betraf, hatte ich eine Entscheidung getroffen.

Ich würde die Anziehung, die ich ihm gegenüber verspürte, akzeptieren und sie als meine ganz persönliche Suchtkrankheit betrachten. Gott sei Dank war Noár inzwischen charakterlich so unausstehlich geworden, dass ich mich nur noch um den körperlichen Teil kümmern musste. Das bedeutete, ich setzte mich auf Berührungsentzug. Ich hätte mich ja gerne nach irgendwelchen Regeln erkundigt, die es Noár verboten hätten, sich mir zu nähern. Aber selbst wenn es die gegeben hätte, war der Schattenprinz nicht der Typ Mann, der sich an Regeln hielt. Das hieß wohl, ich musste selbst dafür sorgen, dass er mich nicht mehr anfasste. Meine langen Ärmel und der hochgeschlossene Ausschnitt waren da nur Schritt eins.

»Ihr habt Besuch, Hoheit«, teilte Keeza mir mit, als sie mit Büchern beladen zurückkam. Hinter ihr stand ein Schattenkrieger in schwarzer Uniform. Er grüßte mich respektvoll, obwohl er sich dabei unwohl zu fühlen schien.

»Seine Hoheit Prinz Ardiza trug mir auf, Euch diese Brautgabe zu überreichen. Er hofft, dadurch Eurer Gunst näher zu kommen.«

Der Schattenkrieger öffnete die rote Schmuckkassette, die er mitgebracht hatte, und gab den Blick frei auf ein glitzerndes Armband voller schwarzer Diamanten. Es musste ein Vermögen wert sein.

Ich musterte das Schmuckstück gleichgültig. Keine zehn Pferde würden mich dazu bringen, es zu behalten, geschweige denn es zu tragen. Ich steckte doch überhaupt erst in dieser misslichen Lage, weil ich bereits Geschenke von irgendwelchen Prinzen angenommen hatte. Ganz bestimmt würde ich mich niemandem mehr irgendwie verpflichten.

»Richte deinem Herrn aus, dass meine Gunst nicht käuflich ist und er seine Klunker behalten kann.«

Der Schattenkrieger rührte sich nicht vom Fleck.

»Er sagte, dass Ihr so reagieren würdet, und gab mir den Befehl, die Brautgabe dennoch hierzulassen.«

Nach einer Verbeugung stellte er die offene Kassette auf dem Tisch ab, auf dem Keeza die Bücher stapelte und sortierte. Anschließend wollte er sich zurückziehen.

»Halt!«, rief ich stinksauer und sprang dem Krieger in den Weg. Ein bisschen tat er mir leid, weil er nun die Wut abbekam, die eigentlich seinem Herrn galt, aber mein Mitgefühl hielt sich in Grenzen.

»Nimm das Armband und sag deinem selbstverliebten Prinzen, er kann es ja mal mit einer Entschuldigung probieren! Und falls sein Ego dieses Wort nicht kennt, soll er es nachschlagen!«

Der Mann schnappte erschrocken nach Luft. Dem Schattenprinzen etwas Derartiges ausrichten zu lassen, war scheinbar noch unverschämter, als ich gehofft hatte. Gut so!

»So etwas kann –«

»Nimm das Ding und geh!«, unterbrach ich ihn bestimmt und staunte nicht schlecht, als der Schattenkrieger trotz seiner offensichtlichen Bedenken die Schmuckkassette wieder einpackte und den Rückzug antrat.

»Sehr wohl, Hoheit.«

Mit großen Augen schaute ich ihm hinterher. Hatte ich ihm etwa gerade meinen Willen aufgezwungen?!

Ein glockenklares Lachen riss mich aus meiner Verblüffung. Keeza schien sich köstlich über mich zu amüsieren.

»Daran wird Euer Verlobter eine Weile zu knabbern haben«, stellte sie fest, ohne sich um ihr wenig zofenhaftes Verhalten zu scheren. Das katapultierte sie in meiner Sympathieskala ein gutes Stück nach oben. Immer noch lachend widmete sich die rotblonde Frau wieder meinen Büchern. Ihre Bewegungen wirkten elegant, aber nicht so, als wären sie keine schwere Arbeit gewöhnt. Trotzdem strahlte sie eine Selbstverständlichkeit aus, wie ich sie bislang nur bei Edlen gesehen hatte. Gerne hätte ich ein wenig mit ihr geplaudert, aber die Pflicht rief – in Form von Kommandant Askan, der mich abholte, um mich zum Kaiser zu bringen.

Komischerweise blieb meine Nervosität überschaubar. Ich wusste zwar nicht, was mich erwartete, doch ich wusste, dass ich mich dem Willen des Kaisers widersetzen konnte, wenn es nötig wäre. Das gab mir ein Gefühl von Sicherheit, das ich gegenüber Noár nicht gehabt hätte. Jetzt musste ich nur noch mit der Aufregung klarkommen, dass ich gleich einen Teil meiner Erinnerungen zurückerhalten würde. Vielleicht sah ich darin sogar meine Eltern …

Askan führte mich nicht wie erwartet in die kaiserlichen Privatgemächer, sondern in einen von Mosaiken überzogenen Säulengang. Ich hörte Vogelgezwitscher, Wasserrauschen und … Stimmen.

»Du hast mich belogen, Lazar! Hätte ich gewusst, wer sie ist, hätte ich sie niemals hergebracht.« Diesen arroganten Tonfall kannte ich. Das war der Schattenprinz.

»Deshalb habe ich es dir nicht gesagt«, erwiderte Lazar ungerührt, womit er Noár offenbar zur Weißglut brachte.

»Du gehst zu weit«, knurrte er.

»Nein. Du gehst nicht weit genug! Glaubst du, deine Schuld aus jener Nacht ist damit abgegolten, dass du die Fürstenkinder hergebracht hast? Und jetzt kann wieder alles seinen gewohnten Lauf nehmen?« Lazar lachte bitter. »Nein, Fidrin *muss* aufgehalten werden.«

»Um jeden Preis?«, wollte Noár wissen.

»Wenn es sein muss! Er verliert die Kontrolle. Du weißt doch selbst, wie dünn die Barrieren geworden sind. Er –«

Ich hätte gerne mehr gehört, aber Askan räusperte sich laut und machte so auf unser Kommen aufmerksam. Als wir ein begrüntes Atrium erreichten, saß Lazar alleine auf einer der goldenen Bänke, die um den Springbrunnen im Zentrum angeordnet waren. Er fütterte in aller Seelenruhe ein paar der kleinen weißen Vögel, die hier überall herumflatterten. Seine Wunden waren verheilt und seine Kleidung so erlesen und geschmackvoll, wie ich es von ihm gewohnt war. Nur der goldene Ring um seinen Hals erinnerte daran, dass er noch immer ein Gefangener war. Von Noár war keine Spur zu sehen.

»Eure kaiserliche Hoheit«, hieß der ehemalige Seneschall meines Vaters mich willkommen. »Es ist mir eine Ehre, Eure Gesellschaft genießen zu dürfen. Setzt Euch doch.«

Verwirrt stellte ich fest, dass wir wirklich ganz alleine waren. Außer Askan und seinen Männern gab es auch keine Wache oder sonst irgendeinen Hinweis darauf, dass ich mich gerade mit einem offiziellen Hochverräter traf.

»Wir haben nicht viel Zeit«, erklärte mir Lazar freundlich, wobei er alles andere als gehetzt klang. »Einer kleinen List haben wir es zu verdanken, dass Fidrin und der Mann, der sich für einen Seneschall Cassardims hält, sich ein wenig verspäten werden.«

Mein Blick zuckte überrascht zu Askan, der ihn grimmig erwiderte. Jetzt verstand ich, was hier gespielt wurde. Offenbar standen auch der Kommandant und ein Teil seiner Krieger auf Lazars Lohnliste.

»Ihr wolltet alleine mit mir reden?«, vermutete ich und nahm neben Lazar Platz. Die Vögel zu seinen Füßen flatterten davon. Mit einem kleinen Lächeln sah er ihnen hinterher.

»Als Ihr noch ein Kind wart, habt Ihr diesen Teil des Palastes geliebt.«

Das konnte ich mir gut vorstellen, aber es war keine Antwort auf meine Frage.

»Manchmal habt Ihr Euch aus der Küche ein Stück Brot gestohlen, nur um die Vögel hier zu füttern«, erzählte er weiter. »Und mit euren Murmelspielen habt Ihr oft eine ganze Schar Diener und zuweilen sogar mich in Atem gehalten.« Ein wehmütiger Ausdruck legte sich über sein Gesicht. Dafür dass wir keine Zeit hatten, war er mir eindeutig zu entspannt.

»Ich glaube kaum, dass Ihr für die Verspätung des Kaisers gesorgt habt, um mir das zu erzählen«, stellte ich ungeduldig fest.

Lazar schnalzte mit der Zunge und wandte sich mir abrupt zu. »Da hast du recht.«

Der Wechsel zum ›Du‹ und seine durchdringenden grauen Augen brachten mich kurzfristig aus dem Konzept. Sie schauten mich ebenso verständnisvoll wie unerbittlich an.

»Ich habe gelogen, Amaia«, seufzte er schließlich. »Ich kann dir deine Erinnerungen nicht zurückgeben. Aber unser beider Leben hängt davon ab, dass wir es Kaiser Fidrin weiterhin glauben lassen.«

Ich blinzelte ein paarmal, bevor der Sinn seiner Worte mein Gehirn erreicht hatte.

»WAS?! Warum?«

Lazar zuckte mit den Schultern. »Weil er uns sonst ohne zu zögern hinrichten lässt.«

Das war mir klar, aber darum ging es doch gar nicht. Lazar hätte mich gar nicht erst nach Cassardim bringen müssen, wo er schließlich genau wusste, dass mein Großvater vorhaben würde, mich umzubringen. Dann hätte er sich all die anderen Lügen sparen können und auch meine Geschwister wären meinetwegen nicht in Gefahr.

Als ich Lazar damit konfrontierte, lächelte er mich traurig an. »Ich musste dich herbringen, weil du die rechtmäßige Erbin auf den Kaiserthron bist.«

»Das wird Fidrin egal sein, wenn er sein dummes Juwel nicht bekommt. Du hast unseren Tod nur um ein paar Tage hinausgezögert.« Ich sprang auf und begann herumzutigern.

»Ja, ich habe uns Zeit verschafft«, gab er zu und schien sogar stolz darauf zu sein. »Weil du, Amaia, das Juwel finden wirst.«

Ich warf meine Arme in die Luft. »Klar doch! Hast du nicht eine Aufgabe, die noch ein bisschen unlösbarer ist? Ich fühle mich unterfordert.«

Mein Sarkasmus prallte an Lazars viel zu gelassener Art ab. »Ich habe die Wahrheit gesagt, als ich meinte, das Juwel sei hier im Goldenen Berg. *Du* hast es versteckt und *du* wirst es finden.«

Er erhob sich und überbrückte die Distanz zwischen uns mit wenigen Schritten. »Du magst vergessen haben, wo es ist, aber der Berg weiß es noch. Du musst dich nur mit ihm verbinden. Du bist eine Goldene Erbin. Du trägst die Kaisersymbole. Er muss deinem Willen gehorchen und wird dir antworten.«

»Was?!« Hatte er jetzt endgültig den Verstand verloren?! Ich sollte mich ›mit dem Berg verbinden‹?!

Meine Ungläubigkeit musste mir deutlich anzusehen sein, denn Lazars Geduld kam nun doch langsam ins Wanken.

»Hast du es noch nicht bemerkt? Der Goldene Berg, das Gericht, das Land, die Barrieren, die uns vor dem Chaos schützen, alles ist an den Willen des Kaisers gebunden. Genau wie die anderen Reiche mit den Willen ihrer Fürsten verflochten sind.« Er packte meine Hand und hielt sie mir so vors Gesicht, dass ich direkt auf Noárs Ring starrte. Jetzt verstand ich langsam, worauf Lazar hinauswollte. »Aber Fidrin hat mit seinen Taten den Berg verärgert. Er hat nicht zum Wohle seines Volkes gehandelt. Er versucht, es vor allen zu verbergen, doch lange wird es ihm nicht mehr gelingen. Deshalb will er das Juwel der Macht zurück. Es bündelt den Willen des Kaisers. Glaub mir, das ist das Letzte, was der Goldene Berg möchte. Er wird dir helfen.«

Dass er von dem Berg sprach, als wäre er eine Person, verstörte mich irgendwie. Besonders, weil wir mitten in diesem Bauwerk-Lebewesen-Ding standen. Ich konnte nicht verhindern, dass ich mich unbehaglich umschaute. Aber sei's drum, ich war mit einem Plan hergekommen und ich würde ihn durchziehen.

»Okay. Ich suche das Juwel, allerdings nur unter einer Bedingung!«

Damit überraschte ich Lazar derart, dass er laut zu lachen anfing. »Ganz die Tochter ihres Vaters!« Etwas wie Stolz schimmerte in seinem Blick, bevor er mir gnädig zunickte. »Stell deine Bedingung.«

»Ich will, dass du meine Geschwister in Sicherheit bringst!«

»Das liegt nicht in meiner Macht«, meinte er ohne zu zögern.

Ich schnaubte. »Verkauf mich nicht für dumm. Du hast ganz Cassardim glauben lassen, die Goldene Erbin wäre tot.«

»Damals stand ich noch nicht so unter Beobachtung wie jetzt«, erinnerte er mich und tippte an seinen Halsring.

»Dann lässt du dir besser etwas einfallen, denn sonst kannst du dir deinen Plan in die Haare schmieren.«

»Sie kommen!«, erklang plötzlich Kommandant Askans Warnung im Hintergrund.

»Also gut, ich werde sehen, was sich tun lässt«, brummte Lazar. Jetzt hörte ich in seiner Stimme doch eine Spur Anspannung.

»Noch was, Amaia«, murmelte er, während er mich zurück auf die Bank zog und mir seine Hände an die Schläfen legte. »Nimm dich vor dem Schattenprinzen in Acht. Ich habe mit ihm ein gewisses Arrangement, allerdings war eure Verlobung nicht Teil davon. Ich weiß nicht, was er damit bezweckt, aber sei dir sicher: Er steht *nicht* auf unserer Seite.«

Keine Neuigkeit. Und ja, ich musste mich in Acht nehmen. Auch vor Lazar, denn ›unsere‹ Seite gab es nicht.

Einen Moment später platzten Fidrin und Baron Harràz in das Atrium. Sie fanden uns schweigend vor. Lazars Hände ruhten noch immer auf meinen Schläfen.

»Was geht hier vor sich?«, keifte mein Großvater.

Mit einem dramatischen Seufzen ließ Lazar mich los, als wäre er gerade bei einer schwierigen Aufgabe unterbrochen worden.

»Ach Fidrin, ich dachte mir, dir wäre es lieber, dass ich gleich beginne, anstatt mit deiner Enkelin einen kleinen Plausch über deine Missetaten zu halten.«

Der Kaiser warf Kommandant Askan einen fragenden Blick zu, der Lazars Geschichte ohne mit der Wimper zu zucken bestätigte. Das stellte meinen Großvater zumindest so weit zufrieden, dass er nicht gleich unsere Köpfe forderte.

»Unglücklicherweise«, fuhr Lazar fort, »ist es schwerer als angenommen. Die Erinnerungen sind zu tief vergraben.«

Fidrin kam misstrauisch auf uns zu. Er kannte Lazar gut genug, um zu ahnen, dass hier etwas nicht stimmte.

»Was hast du gesehen?«, wollte er von mir wissen.

Mist, jetzt musste ich wohl oder übel improvisieren. Ich durchsuchte fieberhaft alle Infos, die ich bislang gesammelt hatte, nach etwas Brauchbarem.

»Ich ... ähm, ich glaube, da war eine Frau. In einem Garten. Und ... die Frau hatte die Symbole der Nebelreiter.«

Mein Großvater verengte seine Augen zu schmalen Schlitzen. Mein Herz klopfte mir bis zum Hals. Kurz dachte ich, ich hätte einen Fehler begangen, aber dann nickte er. »Das ist ein Anfang. Morgen werden wir das Ganze wiederholen!«

»Das ist zu früh. Ihr Geist könnte Schaden –«

»Morgen!«, donnerte mein Großvater und rauschte, gefolgt von seiner wehenden Robe, aus dem Atrium.

Baron Harràz rührte sich nicht vom Fleck. Unter seiner strengen Beobachtung brachte mich Kommandant Askan hinaus.

All die neuen Informationen überschlugen sich in meinem Kopf, während ich mich immer weiter vom Atrium entfernte. Meine Erinnerungen waren also endgültig verloren. Stattdessen sollte ich mich jetzt auf Schatzsuche begeben?! In einem ... lebendigen Berg. Und das am besten so, dass der Kaiser und seine Armeen von Spitzeln es nicht mitbekamen.

Erstaunlicherweise war ich nicht so enttäuscht, wie ich es gedacht hätte. Stattdessen verspürte ich neuen Tatendrang. Ich hatte Lazar meine Bedingungen genannt und er hatte sie angenommen. Endlich konnte ich etwas tatsächlich Sinnvolles unternehmen.

Zurück in meinen Gemächern wollte ich mich sofort ans Werk machen, als mir ein Gegenstand ins Auge fiel, der hier nicht hergehörte. Es war eine rot lackierte Kiste. Ich öffnete sie und entdeckte darin ein wunderschön gearbeitetes Stilett aus schwarzem Metall. Darunter klemmte eine Nachricht.

Für meine widerspenstige Verlobte.
Vielleicht fühlst du dich damit beim nächsten Mal sicherer.
Prinz Ardiza Noár val Shaell

Griesgrämig klappte ich die Kiste zu und marschierte damit vor die Tür.

»Hey du!«, rief ich einem der Goldkrieger zu, die mich bewachten. »Bring das dem Schattenprinzen und sag ihm, in seinem Herzen steckend würde ich das Geschenk annehmen.«

Ich drückte ihm die Kiste in die Hand und stockte. Noár hatte mich auf eine Idee gebracht, die gar nicht so schlecht war. Während der eine Krieger davoneilte, um meine Botschaft auszurichten, befahl ich dem nächstbesten, mir seinen Dolch zu geben. Glücklich mit meiner Beute kehrte ich in meine Gemächer zurück und sperrte die Tür ab. Es kostete mich einige Mühe, an meinem Kleid ein Versteck für die Klinge zu finden. Ich verstaute sie schließlich an der Rückseite meiner Korsage, sodass ich sie mit einem Handgriff ziehen konnte. Bequem war das zwar nicht, weil ich das Metall bei jeder Bewegung spürte, aber es gab mir dennoch ein Gefühl von Sicherheit. So gewappnet machte ich mich an meine neue Aufgabe. Es kam nicht oft vor, dass ich allein in meinen Gemächern war, also musste ich die Zeit nutzen. Ich stellte mich vor die Wand neben meinem Bett und musterte sie skeptisch. Hätte man mir noch vor ein paar Wochen gesagt, dass ich irgendwann versuchen würde, mit einem Berg in Kontakt zu treten, wäre ich wahrscheinlich lachend zusammengebrochen.

Tja, die Gegebenheiten hatten sich offensichtlich geändert.

»Na schön«, murmelte ich und legte meine Handflächen an die goldene Wand.

Nichts geschah. Welch Überraschung.

»Hallo?«, sagte ich vorsichtig. Ich fühlte mich ziemlich dämlich dabei, als plötzlich ein heftiger Schmerz durch meine Finger schoss – fast so, als hätte ich in eine Steckdose gefasst.

»Autsch!« Hastig riss ich meine Hände von der Wand. »Das war aber nicht nett.« Außerdem super gruselig. War das wirklich der Berg gewesen, der mir diesen Stromschlag verpasst hatte? Und wenn ja, warum? Hatte ich ihn irgendwie beleidigt? Konnte ein Berg überhaupt so etwas wie ein Ego besitzen? Oder sah er in mir nur eine nervige Mücke, die ihn gestört hatte?

Okay, auf ein Neues. Nun, da ich wusste, dass Lazar die Wahrheit gesagt hatte, würde ich erst recht nicht aufgeben.

Wieder legte ich meine Handflächen an die Wand.

»Ich, Amaia Tamee, Prinzessin des Goldenen Volkes und Erbin des Kaiserthrons, grüße dich voller Respekt, oh du erhabener Berg.«

Das war vielleicht ein bisschen dick aufgetragen, aber ich hoffte, ihn mit meinem vollen Namen und ein paar Schmeicheleien beeindrucken zu können.

Es schien tatsächlich zu funktionieren.

Ein Bild tauchte vor meinem inneren Auge auf. Es war ein wenig verwaschen, ohne Details oder Farben – wie der vage Eindruck von etwas, das man früher einmal erlebt hatte. Trotzdem konnte ich es gut erkennen. Ich sah einen alten Mann, der eine tiefe Verbeugung vollführte. Gleichzeitig durchströmte mich die Gegenwart einer uralten Macht. So gewaltig, dass ich sie bis in die Knochen spürte.

Ehrfürchtig versuchte ich einen Knicks, der mir nicht unbedingt gelang, da ich meine Hände nicht von der Wand nehmen wollte.

Wieder sah ich ein Bild. Diesmal war es eine grauhaarige Frau, die schmunzelte. Vor ihr stand ein kleiner blonder Junge, der kaum laufen konnte und trotzdem schon seine erste Verbeugung übte.

Na, danke auch. Ich verkniff mir eine Grimasse und speicherte die Tatsache ab, dass der Berg sich offensichtlich für lustig hielt.

Aber ich verstand jetzt, wie er zu kommunizieren schien. Er suchte sich aus allem, was seine Mauern je gesehen hatten, die richtigen Erinnerungen heraus und konstruierte bildhafte Antworten. Wenn das stimmte, wusste er vielleicht wirklich, wo ich das Juwel der Macht finden konnte … und er würde noch so vieles mehr wissen …

»Es freut mich, deine Bekanntschaft zu machen«, hofierte ich ihn weiter. »Darf ich davon ausgehen, dass du weißt, weshalb ich dich störe?«

Das Bild eines goldenen Stabs tauchte in meinem Geist auf. An dessen Spitze prangte ein schlichter farbloser Stein. Das war das Juwel der Macht? Ziemlich unspektakulär dafür, dass alle hinter dem Ding her waren.

»Man hat mir gesagt, ich hätte es versteckt. Ist das wahr?«

Jetzt zeigte mir der Berg einen dunkelhaarigen Mann umgeben von Flammen und Chaoswirbeln, der das Juwel aus dem Zepter brach und in ein Stück Stoff wickelte. Sein Gesicht war von Sorgen zerfressen. Er kniete sich nieder und drückte den Stein einem kleinen Mädchen in die Hand, das verblüffende Ähnlichkeit mit mir hatte. »Lauf«, rief der Mann, bevor die Chaoswirbel nach ihm griffen und alles schwarz wurde.

»War ich das? Und Kaiser Katair?«, fragte ich atemlos.

Das Gefühl von seufzender Zustimmung durchflutete mich.

»Und kannst du mir zeigen, wo ich das Juwel hingebracht habe?«

Ein Grollen schien die Wand zu erschüttern. Wieder durchzuckte mich ein schmerzhafter Schlag. Diesmal so fest, dass ich zurückgeschleudert wurde und auf meinem Hintern landete.

»Was sollte das denn?!«, keuchte ich benommen.

Wütende Bilder stürmten auf mich ein. Da war ich, wie ich schreiend auf dem Boden lag. In meinen Händen hielt ich das gleißend hell strahlende Juwel der Macht, das meine Finger bis auf die Knochen verbrannte. Dann sah ich Chaos und Blut. Ein Schlachtfeld. Niedergemetzelte Cassarden in den Gängen des Goldenen Bergs. Und drei Worte nahmen in meinem Geist Form an. Glasklar und gnadenlos.

UNWISSEND! UNWÜRDIG! LÜGNERIN!

Danach war alles still.

Ich schloss die Augen und ließ mich auf den Boden zurückfallen. Den Fluch, der mir auf der Zunge lag, unterdrückte ich vorsichtshalber. Schließlich zweifelte ich nicht daran, dass der Berg mir noch immer zuhörte. Ich konnte nur hoffen, dass er mich mit diesen Horrorbildern lediglich erschrecken wollte und keine prophetische Gabe besaß.

Als sich mein Puls normalisiert hatte, zog ich mich wieder auf die Beine. Also gut, der Berg hielt mich für eine unwissende, unwürdige Lügnerin. Dem konnte ich zu zwei Dritteln zustimmen. Ja, ich hatte keine Ahnung von Cassardim und ja, ich war sicher nicht geeignet für den Thron, aber wieso nannte er mich eine Lügnerin?

»Ich hab dich nicht angelogen«, maulte ich leise.

Der Berg schwieg.

War ich jetzt etwa in Ungnade gefallen?

Schlecht gelaunt stapfte ich ins Nebenzimmer. Dabei blieb mein Blick an dem Stapel Bücher hängen, die Keeza mir gebracht hatte. Neuer Plan. Vielleicht würde der Berg mir ja etwas entgegenkommen, wenn ich ihm bewies, dass Cassardim mir nicht gleichgültig war. Ich schnappte mir das oberste Buch: Chroniken der Fürstenhäuser.

Wow, das klang trocken – aber da musste ich wohl durch.

Gerade hatte ich die erste Seite aufgeschlagen, als ein Klopfen meinen Enthusiasmus bremste. Wahrscheinlich waren es meine Zofen, die sich wunderten, warum ich abgesperrt hatte. Falls sie für meinen Großvater oder seinen Seneschall spionierten, wovon ich ausging, sollte ich mir besser eine gute Ausrede einfallen lassen.

Ich öffnete die Tür und erstarrte. Vor mir stand der Schattenprinz höchstpersönlich.

ES IST NICHT ALLES GOLD, WAS GLÄNZT

Noár trug heute ausnahmsweise kein Rot, sondern die gleiche schwarze Uniform wie seine Schattenkrieger. Nur war seine Version aufwendig verziert.

»Ich wollte dem nächsten Boten ersparen, deinem und meinem Zorn ausgesetzt zu sein, und bringe dir deshalb meine nächste Brautgabe selbst«, teilte er mir mit. Ohne auf eine Einladung zu warten, schob er sich an mir vorbei in meine Gemächer. Hinter ihm kamen zwei Schattenkrieger herein, die eine schwere Truhe trugen.

»Wie rücksichtsvoll von dir«, spottete ich giftig. »Aber ich fürchte, deine Mühe war umsonst. Ich will deine Geschenke nicht!«

Noár überhörte meinen scharfen Tonfall und ließ sich ungebeten auf einem der Sessel nieder.

»Möchtest du es dir gar nicht ansehen?«, erkundigte er sich großspurig.

Mein barsches »Nein« ignorierte er ebenfalls und er gab seinen Kriegern den Befehl, die Truhe zu öffnen. Darin befanden sich dicht gestapelt unzählige kleine Kästchen, die mich in ihrer Form an Ifars Musikschatulle erinnerten. Nur waren diese hier aus schwarzem Metall.

»Ich habe Erkundigungen eingeholt, womit man dir eine Freude machen könnte. Die Antworten deiner ›Geschwister‹ waren diesbezüglich sehr eindeutig.«

Auf sein Nicken hin entnahm einer der Krieger eine Schatulle und klappte sie auf. Die Musik, die daraufhin erklang, hätte ich hier als Allerletztes erwartet. Es war einer meiner Lieblingssongs. Ihn hier und jetzt zu hören, überwältigte mich so sehr, dass mir die Tränen in die Augen stiegen.

»Es ist nicht einfach, Menschenmusik in dieser Form zu konservieren. Du siehst also, ich habe weder Kosten noch Mühen gescheut.«

Ich brauchte ein paar Sekunden, um die Skurrilität der Situation zu verarbeiten. Meine alte Musik als Teil dieser neuen Welt, brachte mich schlichtweg aus dem Konzept. Danach brauchte ich noch ein paar weitere Sekunden, um mit der Versuchung zu ringen, das Geschenk einfach anzunehmen. Würde es nur nicht von Noár kommen …

Anschließend stahl ich mir noch ein paar letzte Sekunden, um die Musik zu genießen, bevor ich die Schatulle schloss und entschieden sagte: »Kein Interesse.«

Der Schattenprinz wirkte weder erstaunt noch gekränkt. Er zuckte nur mit den Schultern. »Gut.« Einen Wink später brachten die Krieger die Truhe wieder hinaus. Ich konnte nicht verhindern, ihr einen letzten sehnsüchtigen Blick hinterherzuwerfen.

»Du kannst sie jederzeit zurückhaben. Ein Wort reicht«, lachte der Schattenprinz, dem meine Wehmut natürlich nicht entgangen war. Wieder genoss er seine Überlegenheit viel zu sehr. Er war noch keine Minute hier und schon hatte er es geschafft, mich erneut auf die Palme zu bringen. Erst recht, wenn ich ihn dort sitzen sah mit seinem unverschämt attraktiven Lächeln und seiner beängstigenden Unverfrorenheit. Ich stapfte zur noch immer offenen Tür und deutete in den Gang hinaus.

»Ich möchte, dass du gehst.«

Schließlich hatte ich Dringlicheres zu tun, als mich mit seiner Arroganz herumzuschlagen.

Noár erhob sich tatsächlich, doch anstatt aus dem Zimmer zu marschieren, stellte er sich ganz nah vor mich.

»Das glaube ich dir sogar«, sagte er kühl und zupfte frech an einer meiner Locken. »Aber *ich* möchte Zeit mit meiner Braut verbringen – so wie es Brauch und mein Recht ist.« Mit ausgebreiteten Armen ging er zurück und begann meine Gemächer zu erkunden. »Wir können dazu gerne hierbleiben«, bot er an. Der provokante Blick in mein Schlafzimmer fehlte dabei natürlich nicht. »Oder wir unternehmen einen kleinen Ausflug. Was dir lieber ist ...«

Ich wusste, dass er mich gerade austrickste, und mir war klar, dass ich ihn nicht so einfach wieder loswurde. Also blieb mir nur die Wahl zwischen Pest und Cholera.

»Gut, dann eben ein Ausflug«, presste ich zwischen meinen Zähnen hervor.

»Wunderbar«, rief er mit einem breiten Grinsen und klatschte in die Hände. »Ich hab da auch schon die richtige Idee.«

Nicht mit mir. Wenn ich schon meine Zeit mit diesem aufgeblasenen Prinzen verbringen musste, dann wollte ich sie wenigstens für etwas Sinnvolles nutzen.

»Ich möchte mir den Goldenen Berg ansehen, und damit meine ich nicht diesen Palast. Ich will sehen, wo das *normale* Volk lebt.«

Noárs Lächeln zerfloss. Zurück blieben nur Argwohn und ein Hauch Besorgnis.

»Das ist kein Ort für eine Prinzessin.«

So etwas in der Art hatte ich mir schon gedacht. Ein Grund mehr, an meinem Vorschlag festzuhalten.

»Ich bin die Goldene Erbin. Sollte ich da nicht mein Volk kennenlernen?«

Mit bedächtigen Schritten kam Noár auf mich zu. Seine Haltung, sein Gang, sein Blick – alles an ihm gab mir das Gefühl, seine Beute zu sein.

»So so, hat das Kätzchen seine Abenteuerlust also doch noch nicht verloren?«

Ich funkelte ihn wütend an und malte mir aus, was meine Faust mit seiner viel zu geraden Nase anrichten könnte.

»Nein, und das Kätzchen weiß außerdem genug, um ein paar Leute in ganz unangenehme Schwierigkeiten zu bringen!« Schließlich wusste mein Großvater nicht, dass sein geliebter Schattenprinz viel tiefer in der Geschichte drinsteckte, als ihm lieb war.

Anders als erwartet versetzte meine Drohung Noár jedoch nicht in Angst und Schrecken. Sie schien ihn eher zu erheitern.

»Wie wäre es stattdessen damit?«, wechselte er elegant das Thema. »Ich bringe dich dahin, wo du hin möchtest, aber danach machen wir, was *ich* will.«

Nervös schluckte ich den Kloß runter, der sich in meiner Kehle bildete. Diesen Vorschlag anzunehmen, war alles andere als ratsam. Aber jetzt wollte ich mehr denn je sehen, was der Goldene Berg in seinen Tiefen verbarg. Alleine würde ich eine derartige Expedition weder unternehmen sollen noch wollen. Ganz abgesehen davon, dass der Kaiser es mir sicher niemals gestatten würde. Der Schattenprinz war somit das perfekte Alibi. Und trotzdem ...

»Und was ist es, das du vorhast? Mich wieder demütigen?«, wollte ich von Noár wissen. Dabei sah ich ihm fest in seine schwarzen Augen.

Für einen Moment schien es, als würde ihm meine Frage missfallen. Die sehnigen Muskeln über seinen Kiefern arbeiteten, während er sich seine Antwort durch den Kopf gehen ließ. Sein Blick zuckte zur offenen Tür.

»Keine Angst, Prinzessin«, meinte er schließlich. »Heute steht mir der Sinn mehr nach … rücksichtsvoller Eroberung. Solltest du dich aber nicht beherrschen können, wasche ich meine Hände in Unschuld.«

Von draußen hallte gedämpftes Gelächter zu uns herein und bestätigte meine Vermutung, dass Noár ein unverbesserliches Schwein war.

»Das wird nicht geschehen!«, stellte ich klar und marschierte mit dem festen Vorsatz aus dem Zimmer, meinen sogenannten Verlobten nicht mal mit dem kleinen Finger anzurühren.

Der Schattenprinz folgte mir und auch die Goldkrieger machten sich bereit, uns zu begleiten. Aber Noár hielt sie auf. »Ich brauche eure Dienste nicht.«

Der Mann, dessen Dolch ich mir vorhin … geliehen hatte, trat vor und verbeugte sich vor uns. Dabei wirkte er alles andere als souverän. »Unser Befehl lautet, die Prinzessin rund um die Uhr zu bewachen.«

Noár bedachte ihn mit einem frostigen Blick. »Willst du damit sagen, *ich* könnte die Sicherheit der Goldenen Erbin nicht gewährleisten?«

So schnell hatte ich noch nie einen Mann erbleichen sehen. Er stammelte irgendetwas von seiner Gedankenlosigkeit und gab seinen Soldaten den Befehl, sich zurückzuziehen.

»Macht es dir Spaß, ihnen solche Angst einzujagen?«, fragte ich Noár vorwurfsvoll, als die Goldkrieger fort waren.

»Es ist nötig«, lautete die knappe Antwort.

Er bot mir seinen Arm an. Pfft, ja genau. Ich ließ ihn stehen und marschierte voraus.

Schon nach wenigen Schritten hatte er mich eingeholt. Schweigend dirigierte er mich durch die Gänge. Zumindest dachte ich das, bis ich nach der nächsten Ecke einen leichten

Schwindel spürte. Nicht so drastisch wie damals auf Yons Barke, aber stark genug, um stutzig zu werden. Vor meinen Augen veränderte sich die Umgebung. Aus den stuckverzierten Wänden wurden Mauern aus Goldziegeln. Einen Torbogen später wiederholte sich alles und der Fußboden einer Kreuzung senkte sich ab, um zu einer geschwungenen Treppe zu werden. Zoey hatte ja schon die Vermutung angestellt, dass der Goldene Berg seinen Grundriss änderte. Aber das hier sprengte jede Vorstellungskraft. Ich fühlte mich wie in einem lebenden Labyrinth und ich war mir sicher, dass Noár mich nicht bloß hindurchführte, sondern es kontrollierte.

»Wieso gehorcht dir der Berg?«, erkundigte ich mich neugierig, während wir die endlose Treppe hinabstiegen. Wenn *er* dazu in der Lage war, konnte ich es als Goldene Erbin vielleicht auch.

»Als die ersten Kaiser den Berg erschufen, haben sie ihn zur *Gastfreundschaft verpflichtet.*« Die letzten Worte sprach er so laut und angriffslustig aus, als würde er mit dem Berg selbst sprechen. »Normalerweise macht er das etwas weniger offensichtlich und nicht so … ruppig, aber er scheint mich nun einmal nicht sonderlich zu mögen.«

Ein Grinsen huschte mir über das Gesicht. Ich versuchte, es zu verbergen, aber es wollte mir einfach nicht gelingen. Es wurde sogar noch schlimmer und zum ersten Mal seit sehr langer Zeit musste ich herzlich und unbeschwert lachen. Die Tatsache, dass dieser Mann, vor dem alle zitterten, sich mit einem bockigen Berg herumschlagen musste, war einfach zu komisch.

»Hast du keine Sorge, dass er dich irgendwo ausspuckt, wo du gar nicht hinwillst?«, kicherte ich.

»Nicht bei meiner Willensstärke«, brummte Noár. Seine Antwort strotzte nur so vor Arroganz, obwohl auch er mit einem Schmunzeln kämpfte, angesichts meines Lachanfalls.

»Und da soll einer verstehen, warum er dich nicht mag …«

Der Schattenprinz zog eine Grimasse, die ihn fast schon sympathisch wirken ließ, bevor die Treppe abrupt endete und sich die Gänge erneut und unter lautem Dröhnen ein letztes Mal verschoben. Jetzt standen wir in einem unbehauenen Schacht, in dem in regelmäßigen Abständen Laternen hingen. Er endete an einer Tür, vor der Lord Drokor auf uns wartete. Die Laune des dunkelhäutigen Hünen konnte man bestenfalls als mürrisch bezeichnen.

»Sieh mich nicht so an«, verteidigte sich der Schattenprinz. »Es war ihre Idee.«

Drokor warf seinem Herrn einen finsteren Blick zu. »Natürlich …« Seine Stimme war wie immer weich und unterwürfig, aber er ließ keinen Zweifel daran, dass er seinem Herrn die Unschuld nicht abkaufte. Das war der Punkt, an dem ich mich entschloss, ihn zu mögen.

Er reichte Noár einen abgetragenen Umhang, der die auffällige Uniform des Prinzen verbarg. Mir hielt er ein Paar Handschuhe hin.

»Zieh die an«, befahl mir Noár. »Es ist besser, wenn man dich nicht gleich als Goldene Erbin erkennt.«

Während ich die Handschuhe überstreifte, wunderte ich mich darüber, wie Drokor von unseren Plänen wissen konnte. Ich hatte mich doch spontan dazu entschieden, wo unser Ausflug hingehen sollte.

»Habt ihr so was wie eine telepathische Verbindung?«, fragte ich die beiden.

Noár warf sich grinsend seine Kapuze über und öffnete die Tür, während Drokor mich ohne jede Regung ansah. »Du bist zu neugierig, Mädchen.«

Es war eine verdrießliche Feststellung, die aber nichts an meiner Meinung zu Drokor änderte. Im Gegenteil, seine unaufgeregte ehrliche Art war an diesem Hof voller Intrigen und Wortspielereien erfrischend angenehm.

»Dreistigkeit siegt«, rechtfertigte ich mich mit einem Schulterzucken und lächelte ihm ins Gesicht. »Euer Prinz ist das beste Beispiel.«

Verfolgt von Drokors tiefem Lachen trat ich hinter Noár durch die Tür. Sofort wurden wir von einer dicht gedrängten Menge verschluckt, die sich durch eine enge Schlucht drängte. So hoch ich sehen konnte, waren Läden, Werkstätten und Wohnräume in den Felsen gehauen. Es roch nach Feuer, gebratenem Fleisch und Fäkalien. Händler priesen lautstark ihre Produkte an. Aber hier unten waren nicht nur Angehörige des Goldenen Volks vertreten. Ein Trödler vom Trockenen Meer feilschte mit einem Nebelreiter. Eine junge Fährfrau versuchte, ihre Kinder beisammenzuhalten, während mich ein bärtiger Felsenreiter anrempelte und fluchte.

»Passt besser auf, wo Ihr hinlauft!«

Aber das konnte ich nicht, denn die Schlucht entließ uns gerade in eine Höhle – groß genug, dass eine ganze Stadt hineinpasste. Luft und Licht strömten durch Tunnel und Öffnungen in der Außenwand des Berges herein.

Jemand packte meinen Arm. Es war ein heruntergekommener Bettler mit nur einem Bein. »Seid gnädig, edle Frau. Meine Kinder sind hungrig.«

Ich starrte ihn entsetzt an, denn über seine Schultern krochen Chaos-Tentakel. Noár riss die Hand des Mannes von mir weg und zog mich weiter.

»Bleib an meiner Seite!«

»Aber das Chaos …«, stammelte ich völlig überfordert.

»Es befällt nur die Willensschwachen. Halte dich von ihnen fern.«

Ein lautes Knallen ließ mich aufschrecken. Ein Mann in goldener Robe trieb mit seiner Peitsche eine Gruppe Gefangener über die Straße. Sie waren mit schweren Ketten aneinandergefesselt und bluteten aus tiefen Striemen. Eine Frau schrie und wollte zu einem der Gefangenen gelangen, aber Goldkrieger stießen sie brutal zu Boden.

Noár beugte sich zu mir. »Das passiert mit jenen, die ihren Tribut an den Kaiser nicht bezahlen können. Sie müssen ihre Schuld abarbeiten.«

Mit frostigem Blick beobachtete er, wie ich erschüttert nach Luft rang.

»Was? Gefällt dir die Welt außerhalb deines glänzenden Palastes etwa nicht, Prinzessin?«

»Das ist barbarisch.«

Noár schnaubte abfällig. »Du hältst das für barbarisch? Komm mit, ich zeige dir etwas Barbarisches!«

Er zerrte mich weiter durch die engen Straßen – vorbei an Schmieden, Schneidern, Stadthäusern und Tempeln. Nach und nach wandelten sich die schmutzigen Gassen in ein vornehmeres Viertel, bis wir schließlich an einem Platz ankamen, über dem sich ein Ausläufer der Goldenen Brücke erstreckte. Hoch über unseren Köpfen zogen Millionen von Seelen vorbei und verschwanden in einem großen Tor, hinter dem sich zweifellos das Gericht der Toten befinden musste.

»Sieh genau hin!«, befahl der Schattenprinz.

Ich schlug mir die Hände vor den Mund, als ich erkannte, was Noár mir zeigen wollte. Unter den massiven Brückenbögen baumelten unzählige leblose Körper. Ihre Gesichter spiegelten den Moment ihres Todes wider. Nur ihre Augen waren leere Höhlen. Vögel hatten sie ihnen herausgepickt.

»Das ist die Strafe für Verräter an der Krone«, flüsterte Noár mir ins Ohr und schickte mir damit einen kalten Schauer über den Rücken. »Aber nur für das gemeine Volk«, fügte er hinzu. »Edle, die deinen Großvater verraten, erwartet etwas anderes.«

Er drehte mich an den Schultern um meine eigene Achse, sodass ich freie Sicht auf eine goldene Säule hatte, die sich wie ein mahnender Finger in der Mitte des Platzes erhob. Daran hing in wuchtigen Ketten ein junges Mädchen. Sie hatte etwas an, das früher einmal ein weißes Kleid gewesen war. Jetzt konnte man es nur noch als blutige Lumpen bezeichnen, denn acht goldene Pfeile ragten aus ihrer Brust und hatten tiefe tödliche Wunden gerissen. Ihre dunklen Locken verdeckten das Gesicht, doch nicht genug, als dass ich sie nicht wiedererkannt hätte. Es war Fahra, die junge Edle, die am Ball neben mir gesessen hatte.

»Was hat sie gemacht?«, krächzte ich benommen.

»Ein Leben gelebt, das ihr nicht zustand – frei und unbeschwert als Adelige am Hof ihrer Mutter.« Noár betrachtete das Mädchen mit ausdrucksloser Miene. »Eigentlich hätte sie an deiner statt in der Menschenwelt sein sollen.«

Oh mein Gott! Fahra war Ifars Schwester?! Sie war die wahre Wolkenprinzessin?

»Aber ... sie ist unschuldig!«

»Das ist deinem Großvater egal«, erwiderte Noár kalt. »Und auch Lazar wusste genau, was man mit diesem Mädchen machen wird, wenn er deine Identität preisgibt. Er hat es in Kauf genommen.«

»Warum?« Meine Stimme war kaum mehr als ein Flüstern.

»Weißt du das noch immer nicht, Amaia?«, lachte Noár bitter. »Macht. Wer das Gericht der Toten kontrolliert, kontrolliert die Seelen. Und wer die Seelen kontrolliert, hat die Macht, alles zu tun. Sogar die eigene Sterblichkeit zu besiegen.«

Darum ging es? Um ewiges Leben?

Ein lautes Keuchen hallte über den Platz und zog die Aufmerksamkeit aller Passanten auf sich. Es kam von Fahra.

»Sie lebt noch!«

»Natürlich«, sagte Noár so gleichgültig, dass mir schlecht wurde. »Ihre Strafe ist nicht der Tod. Der Kaiser hält sie mit seinem Willen am Leben, bis er ihre Schuld für abgegolten betrachtet.«

»Ich muss –«

Erst als Noárs Arm mich aufhielt, bemerkte ich, dass ich losgestürmt war, um Fahra zu helfen.

»Nein, du wirst nichts dergleichen tun!«, zischte er eindringlich und presste mich an sich. »Ist dir denn Moes Leben gar nichts wert?!«

Der Name meines Bruders ließ mich innehalten. Noár hatte recht. So schrecklich es auch war, was mein Großvater dem Mädchen antat, ich wollte nicht meinen kleinen Bruder dort schreien sehen. Aber ...

»Woher weißt du davon?«

Noár schnaubte. »Weil ich es an Fidrins Stelle genauso getan hätte. Du hast ihm dieses Druckmittel damals im Garten ja förmlich auf dem Silbertablett serviert.«

Viel zu spät erkannte ich meinen Fehler. Deshalb hatte der Schattenprinz so abfällig reagiert. Er hatte es gewusst ...

Plötzlich kam Unruhe in die Menge auf dem Platz. Jemand warf etwas in Richtung der Goldkrieger, die Fahra bewachten. Weiter vorne brach ein Handgemenge aus. »Nieder mit dem Kaiser«, wurde gebrüllt. Die Wachen gingen dazwischen und droschen auf ein paar der Männer ein. Es wirkte erschreckend routiniert.

»Wir sollten hier weg«, bemerkte Drokors tiefe Stimme hinter uns. Offenbar gab der Schattenprinz ihm recht, denn kurz darauf hatten wir die Ausschreitungen zurückgelassen und waren auf dem Weg durch eine schmale Passage voller Schaufenster mit erlesenen Handelsgütern. Edle jeden Alters gaben hier Unmengen an Geld aus und ließen sich ihre Einkäufe von Dienern hinterhertragen. Der Kontrast war so bizarr und ungerecht, dass ich am liebsten aufgeschrien hätte.

Aus einem Schneidergeschäft kam eine junge Dienstmagd heraus und rannte direkt in mich hinein. Die roten Backen und großen Augen kannte ich.

»Was macht Ihr denn hier unten?!«, rief Mariz baff. Dann sah sie sich um und senkte ihre Stimme. »Ihr solltet wirklich nicht hier sein, Hoheit. Das ist viel zu gefährlich. Ich meine, natürlich dürft Ihr sein, wo Ihr wollt, aber – habt Ihr denn gar keine Wachen dabei? Nicht alle hier sind Euch wohlgesonnen. Wohl eher die wenigsten. Ganz besonders, seit Ihr mit dem Schattenprinzen verlobt seid. Das tut mir übrigens so unglaublich leid. Als ich davon gehört habe, wusste ich gleich, dass man Euch dazu gezwungen oder irgendwie erpresst hat. Ich meine, niemand mit Verstand würde ein so skrupelloses Monster hei-ra-ten –«

Ihr Blick fiel auf etwas hinter mir. Wie vom Blitz getroffen klappte ihr Mund auf. »Heiliges Rad des Schicksals!«

Ich brauchte mich nicht umzudrehen, um zu wissen, was Mariz so die Sprache verschlagen hatte.

»Wer ist das?«, fragte der Schattenprinz mit mäßigem Interesse.

»Meine Kammerzofe«, seufzte ich. »Das heißt, sie war es, bevor der Kaiser sie entlassen hat.«

Mariz hatte endlich ihren ersten Schock überwunden. Darauf folgte ein zweiter viel größerer. Sie sank auf die Knie und berührte mit der Stirn fast den Boden.

»Bitte tötet mich nicht, Hoheit. Ich wollte Euch nicht beleidigen«, flehte sie.

Großer Gott, sie war so verschreckt, dass sie sogar zu zittern anfing.

»Er wird dich nicht töten, Mariz«, versuchte ich, sie zu beruhigen.

»Wer sagt das?«, erkundigte sich der Schattenprinz. Sein Ton war so erbarmungslos, dass Mariz sich noch tiefer duckte und zu wimmern anfing.

»Ich!« Entschieden schob ich mich zwischen die beiden. »Du wirst ihr kein Haar krümmen!«

Ein beunruhigendes Lächeln huschte über Noárs Züge.

»Bitte mich darum!«

Aus schmalen Augen erwiderte ich seinen selbstgefälligen Blick. Er war genauso schlimm wie Fidrin und Lazar, wenn er mit Mariz' Leben spielte, nur weil ihm gerade danach war. Es wurde langsam Zeit, dass ich auch ihn in seine Schranken wies.

»Ich werde dich um gar nichts bitten, weil ich die Goldene Erbin bin und es *deine* verdammte Aufgabe ist, *mir* zu gefallen.«

Ich spürte, wie mein Wille nach Noár griff. Er hatte es zweifelsfrei ebenso bemerkt, denn sein Lächeln gefror. Ich schluckte nervös. Es hätte den Schattenprinzen kaum Mühe gekostet, meinen Willen zu brechen. Ich sah ihm sogar an, wie er mit dem Gedanken spielte. Ausgiebig. Aber dann schnalzte er mit der Zunge und wandte sich an Mariz.

»Steh auf!«, befahl er barsch.

Mariz beeilte sich, ihm zu gehorchen.

»Du kannst meiner Verlobten dafür danken, dass ich dich am Leben lasse. Melde dich unverzüglich bei General Lerhome. Du schuldest mir dein Leben. Diese Schuld wirst du begleichen.«

Mariz knickste tief. »Natürlich. Ich danke Euch für Eure Gnade«, stammelte sie und spurtete davon.

Ich traute meinen Ohren nicht. Er zwang sie in eine Lebensschuld und wagte auch noch, mich als Grund zu nennen?! Mariz hatte Familie, um die sie sich kümmern musste!

»Sie hat nur die Wahrheit gesagt«, warf ich ihm vor, ohne mich darum zu scheren, dass ich Mariz damit offiziell recht gab. Noár kümmerte es nicht. Wir waren sicher nicht die Ersten, die ihn für ein skrupelloses Monster hielten.

»Die Wahrheit ist manchmal gefährlich, Amaia.« Er funkelte mich spöttisch an. »Wenn du es jedoch möchtest, lasse ich sie ihre Lebensschuld in deinen Diensten abarbeiten – natürlich gegen einen Lohn, mit dem sie ihren Unterhalt bestreiten kann.«

Das wäre großartig, aber ... »Das ist Erpressung!«

»Das«, meinte er belustigt, »ist korrekt.«

Er griff sich meine Hand und legte sie sich auf den Unterarm. »Du kannst bis heute Abend darüber nachdenken. Doch jetzt, nachdem du gesehen hast, wie dein Volk hier in der Unterstadt lebt, musst du deinen Teil unserer Abmachung einhalten.«

DER GIPFEL DER DREISTIGKEIT

Grelles Licht blendete mich. Schützend hielt ich mir die Hand über die Augen. Erst als sie sich an die Helligkeit gewöhnt hatten, realisierte ich die aufgewühlte Wolkendecke, die so tief über unseren Köpfen hing, dass ich sie fast berühren konnte. Und unter mir ... erstreckte sich ganz Cassardim.

Ein eisiger Wind riss an meinen Haaren und meinem Kleid, doch das war mir egal. Dieser Anblick war es eindeutig wert, dafür zu frieren. Ich konnte die schwebenden Berge der Niemandslande sehen. Winzige Barken, die Seelen über den Ewigen Fluss setzten. Die Fährstädte und die Staubwolken der Sandfälle. Und weit am Horizont ein schwarzes Gebirge, über dem Blitze zuckten. Ich sah den Wandernden Wald mit seinem endlosen Blätterdach, das erst an den fernen Ausläufern einer hellen Gebirgskette endete. In jede Richtung führte eine Brücke, über die bläuliche Ströme von Seelen flossen.

Noár hatte mich auf den Gipfel des Goldenen Berges gebracht. Weit weg von den Intrigen des Hofes und dem Leid, das ich in der Unterstadt gesehen hatte.

»Dachte mir schon, dass es dir gefällt.« Aus seiner Stimme war deutlich herauszuhören, wie zufrieden er mit sich war.

Er trat hinter mich an das Geländer und legte mir seinen Umhang um die Schultern. Sein Geruch hing noch darin, aber die Wärme tat so gut, dass ich meinen Stolz herunterschluckte. Wenn ich dafür ein wenig länger ausharren und diese atemberaubende Kulisse betrachten konnte, würde ich das in Kauf nehmen. Noár hatte mal gesagt, dass es unmöglich war, Cassardim zu beschreiben. Er hatte recht gehabt. Seitdem war so viel passiert …

»Warum, Noár?« Der Wind trug meine leisen Worte davon, die eine so große Palette von Fragen in sich vereinten, dass ich selbst nicht wusste, was ich genau damit meinte.

Plötzlich schlangen sich seine Arme um meine Taille. Er zog mich an sich, bis sein Mund mein Ohr berührte.

»Nicht hier«, flüsterte er. Bevor ich auf seine Worte reagieren konnte, wanderten seine Lippen tiefer und drückten sanfte Küsse auf meinen Hals. Ich wollte ihn aufhalten, doch als seine Zunge über die empfindliche Haut an meinem Nacken strich, zerbarsten all meine Gedanken. Das heftige Verlangen, das mich überrollte, war sogar noch viel intensiver als auf der Verlobungsfeier. Lust, hatte er gesagt. Lust, hallte die Erinnerung seiner Stimme in meinen Gedanken wider. Und mein Körper folgte dem Befehl.

Mist! So viel zu meinem Entzug.

»Nimm deinen Willen von mir!«, forderte ich atemlos. Ich war mir sicher, dass ich ihm widerstehen konnte, wenn er nur aufhörte, mich zu manipulieren.

Er unterbrach sein verheerendes Werk nur für eine raue Antwort: »Ich weiß nicht, was du meinst.« Sein Drängen wurde immer rastloser. Ein kleines Stöhnen entwich mir. Angespornt davon drehte er mich zu sich um und fuhr mit seinen Fingern in meine Locken, um mich noch näher an sich zu ziehen. Das war genug.

Ich griff nach meinem Dolch und drückte ihm die Klinge grade fest genug an seine Rippen, dass er meine Warnung verstand. »Halt!«

Ich spürte, wie seine Küsse zu einem leisen Lachen wurden.

Ohne mich loszulassen und ohne die geringste Spur von Eile richtete er sich auf. Unter seinen dichten Wimpern brodelte eine Gier, die mir einen heißen Schauer über den Rücken trieb. Ich drückte die Klinge noch ein wenig fester in seine Flanke, nur für den Fall, dass ich schwach wurde.

»Das, was du auf der Verlobungsfeier getan hast«, forderte ich heiser, »mach es rückgängig!«

Noár sah mich aus schmalen Augen an, bis er begriff, was ich meinte. Dann teilten sich ganz langsam seine viel zu weichen Lippen zu einem verstehenden Lächeln und entblößten dabei zwei makellose Zahnreihen.

»Das?!«, meinte er amüsiert. »Das war nur eine flüchtige Spielerei. Sie hat längst ihre Wirkung verloren.«

Oh, verdammt! Das konnte nicht sein. Wenn der Schattenprinz all diese Empfindungen nicht kontrollierte, bedeutete das, sie kamen von mir selbst. Dann ... dann war ich hoffnungslos verloren. Ausgeliefert. Dumm. Hormongesteuert.

Noár beobachtete, wie mich diese Erkenntnis traf, und lachte erneut. »Und wenn du vorhast, einen Mann zu erstechen, solltest du etwas tiefer ansetzen.« Behutsam legte er seine Hand über meine und schob den Dolch ein kleines Stück nach unten. »Genau hier«, raunte er mir zu, während sein dunkler Blick mir direkt in die Seele sah. »Sonst könnte die Klinge an den Rippen abgleiten und du hättest nur erreicht, dein Gegenüber wütend zu machen.« Er strich mit den Fingern an meinem Arm nach oben und schloss sie ganz sanft um meinen Hals. »Dann hättest du keine Chance mehr, ihm zu entkommen.«

Mit klopfendem Herzen merkte ich, wie er meinen Kopf zu sich drehte. Sein Daumen fuhr zärtlich meinen Kiefer entlang, bevor er sich langsam zu mir beugte, um mich zu küssen. Mein Instinkt sagte mir, dass ich ihn aufhalten musste, weil ich es sonst nicht mehr können würde. Und wenn ich ihn nicht erstechen wollte, blieb mir nur eine Möglichkeit: Ich riss den Dolch hoch und presste ihn gegen Noárs schwarz gemusterten Hals.

Ein wildes Funkeln mischte sich mit dem Verlangen in seinen Augen. Doch er schien nicht im Mindesten beunruhigt von der scharfen Klinge.

»So geht es natürlich auch«, murmelte er amüsiert. »Allerdings braucht es Entschlossenheit, um jemandem die Kehle durchzuschneiden.«

Stück für Stück kam er näher. Stück für Stück gab ich nach. Unser Atem mischte sich.

»Bist du so entschlossen?«, fragte er heiser. Seine Hände fuhren unter den Umhang, fanden bedächtig und mit unerträglicher Präsenz meine Taille, meinen Rücken, meine Hüften. Gegen die Klinge an seinem Hals unternahm er nichts, obwohl er das zweifellos gekonnt hätte. »Ist die Vorstellung, mich zu küssen, so abstoßend?«

Ich begann zu zittern, weil die Antwort auf seine Frage mich in einen tiefen Konflikt stürzte. Ich wollte nichts lieber, als seine Lippen wieder auf meinen zu spüren. Ich wollte mich fallen lassen und endlich dieser schmerzhaften Sehnsucht entkommen. Vielleicht musste ich ihr nur einmal nachgeben? Vielleicht würde das den Hunger stillen und wieder ein paar klare Gedanken ermöglichen?

Noár überwand die letzte Distanz zwischen uns und eroberte meinen Mund. Sein Kuss war ganz anders als das erste Mal. Weder vorsichtig noch zärtlich, sondern leidenschaftlich und besitzergreifend. Ein kläglicher Rest meines Verstands warf sich schützend vor meine Gefühle, doch Noárs Hingabe an meinen Körper fegte ihn davon. Vor Glück schrie mein Herz auf. Es war genau dort, wo es sein wollte. In den Armen des Schattenprinzen. Ich stöhnte leise auf und erwiderte seinen Kuss so verzweifelt, als wäre er das Einzige, das mich am Leben hielt. Ich spürte, wie Noár mir den Dolch abnahm. Gut, so konnte ich mich an ihm festhalten, seine Muskeln erkunden und mich in seinen Haaren verkrallen.

Plötzlich drang ein metallisches Kreischen an mein Ohr. Im nächsten Augenblick drückte mich Noár zu Boden und ein mächtiger silberner Schatten fegte über unseren Köpfen hinweg. Geschuppte Klauen mit furchterregenden Krallen glitten so nah an meinem Gesicht vorbei, dass ich den klirrenden Luftzug spürte.

Ich sah, wie Noár um seine Beherrschung rang. Verlangen, Bedauern, Sorge und Zorn glänzten gleichermaßen in seinen dunklen Augen. Er vergewisserte sich, dass es mir gut ging, und knurrte dann: »Ich werde ihn umbringen.«

Kurz darauf erschütterte ein gewaltiges Brüllen den Himmel. Noár nahm Anlauf und sprang über die Brüstung.

Erschrocken rappelte ich mich hoch und sah ihm hinterher in die Tiefe. Aber statt seinen blutig zerschmetterten Körper zu entdecken, traf mich die Druckwelle riesiger schwarzer Schwingen. Eine geflügelte Raubkatze schoss an mir vorbei, auf deren Rücken der Schattenprinz ritt. In atemberaubender Geschwindigkeit verfolgten sie ... einen Drachen? Wobei es eher aussah wie ein silbriger Flugsaurier mit Vogelklauen. Auf dessen breiten Schultern saß ebenfalls eine menschliche Gestalt.

Beide Kreaturen und ihre Reiter lieferten sich eine spektakuläre Jagd über den Himmel. Noár hatte den Drachen fast eingeholt, da stürzte der sich mit seinen Krallen auf den Hals der Raubkatze. Die legte ihre Flügel an und vollführte eine Rolle, nur um im richtigen Moment von unten ihre Pranken in den Drachen zu schlagen. Fauchend und brüllend rangen die Kreaturen miteinander, verbissen, verkrallten und überschlugen sich, sodass ich nicht mehr wusste, wer gerade die Oberhand hatte. Dabei fielen sie wie ein Stein in die Tiefe. Ich hielt entsetzt den Atem an, doch im letzten Moment ließen sie voneinander ab und breiteten ihre Schwingen aus. Das Schauspiel wiederholte sich noch zweimal, bevor der silberne Drache abdrehte und irgendwo hinter mir im Berg verschwand.

Erleichterung durchflutete mich, als Noárs schwarze Raubkatze zurück in meine Richtung flog. Mit jedem Flügelschlag, den er näher kam, machte mein Herz einen kleinen Satz. Und mit jedem Satz, den mein Herz machte, verfestigte sich ein Gedanke mehr und mehr in meinem Kopf. Ich hatte falschgelegen. Ich hatte dieses unerbittliche Verlangen in mir stillen und dann ein für alle Mal abhaken wollen. Aber der Kuss hatte alles noch schlimmer gemacht.

Nicht hier, hatte er gesagt. Hieß das, er wollte im Goldenen Berg nicht über seine Beweggründe reden? Oder war es nur ein weiterer Trick gewesen, um mich abzulenken?

Der Schattenprinz und sein Reittier landeten ein paar Stockwerke unter mir auf einer Plattform, die genügend Platz für eine so mächtige Kreatur bot. Ich entdeckte eine schmale Treppe, die dort hinunter führte. Zögerlich begann ich den Abstieg. Je näher ich kam, desto größer, furchterregender und faszinierender erschien mir das Tier, dessen Fell alles Licht schluckte. Als ich die Plattform erreichte, ließ Noár sich gerade von dessen Rücken gleiten und kam geschmeidig auf dem Boden auf. Selbst aufrecht stehend war er kleiner als die Schulterhöhe der geflügelten Raubkatze.

»Komm ruhig näher. Er wird dir nichts tun«, rief der Schattenprinz mir zu, während er ein paar Kratzwunden inspizierte, die zweifellos von dem silbernen Echsen-Drachen-Saurier stammten. Ich war mir nicht so sicher, ob Noár recht hatte. Denn als das Tier mich witterte, fletschte es die schwarzen Zähne und stieß ein drohendes Fauchen aus. Sein Schwanz, an dessen Ende metallische Dornen prangten, begann nervös zu zucken. Alles Anzeichen dafür, dass ich mich lieber nicht in seine Reichweite wagen sollte. Trotzdem trieb mich meine Neugier voran. Es war schlichtweg ein wunderschönes Wesen.

»Sein Name ist Nox«, meinte plötzlich eine fremde Stimme hinter mir. »Und ganz gleich, was seine schattige Hoheit sagt, ein Schmusekater is' er nicht gerade.« Ein Mann, der lediglich eine lederne Hose trug, schlenderte barfuß an mir vorbei. Er schleifte ein Stück Fleisch hinter sich her, das die Größe einer halben Kuh hatte. Den Zeichen auf seinem Hals nach gehörte er eindeutig zu Noárs Leuten, obwohl er mit seinen wirren schwarzen Zöpfen und den drahtigen Muskeln irgendwie verwildert aussah.

Das Tier, das den passenden Namen Nox trug, ließ sich nicht zweimal bitten und verschlang den Snack mit wenigen Bissen. Als er fertig war, traute ich mich noch ein Stück näher. Ich zog mir die Handschuhe von den Fingern und streckte Nox meinen Handrücken hin, damit er sich an meinen Geruch gewöhnen konnte. Seine klugen schwarzen Katzenaugen musterten mich argwöhnisch. Ich senkte meinen Blick, um ihn nicht zu reizen, und ging ihm noch ein paar Schritte entgegen. Eine kühle feuchte Nase, die größer war als meine Faust, schnupperte erst an meinen Fingern und dann an meinem Gesicht. Es kitzelte und ich unterdrückte ein Kichern.

»Hey du«, murmelte ich. Nox stupste mich mit seiner Schnauze an und stieß mich dabei fast um. Das war eine deutliche Aufforderung. Lachend kraulte ich ihm das Kinn und staunte nicht schlecht über das samtweiche Fell des geflügelten Raubtiers. Nox schien das so sehr zu gefallen, dass er zu schnurren begann und seinen riesigen Kopf an mir rieb.

»Von wegen kein Schmusekater …«, flüsterte ich ihm zu.

Als ich aufsah, starrte mich der Kerl mit den wirren Haaren sprachlos an. Dann fluchte er, kramte in seinen Hosentaschen nach ein paar Münzen und drückte sie dem Schattenprinzen missmutig in die Hand.

»Amaia, darf ich dir Graf Sepash val Paskes vorstellen?«, sagte Noár grinsend.

Ein Graf?! Jetzt war ich wirklich überrascht. Ich konnte mir den Mann, der eben noch eine halbe Kuh hinter sich hergeschleift hatte, beim besten Willen nicht in einem Bankettsaal vorstellen, geschweige denn in edler Kleidung. Er erinnerte mich eher an die Typen, die ungesichert ein Hochhaus raufklettern, nur um sich einen Kick zu holen.

Der ungewöhnliche Graf kam auf mich zu und streckte mir seine schwielige Hand entgegen.

»Pash reicht«, brummte er, als ich sie ergriff. »Und da Nox Euch mag, werde ich das wohl auch müssen. Er kann unausstehlich sein, wenn man nicht nach seiner Schnauze tanzt. Eine Eigenschaft, die er übrigens mit seinem Herrn gemeinsam hat.« Er nickte in Noárs Richtung und machte sich dann sauertöpfisch daran, Nox' Wunden zu versorgen.

Da fiel mir etwas Glänzendes ins Auge, das am Boden lag. Es war eine einzelne Feder, die wohl von Nox stammen musste. Ich bückte mich und hob sie auf. Verblüfft stellte ich fest, dass sie schwer war und vollständig aus schwarzem Metall bestand. Ehrfürchtig strich ich mit dem Finger darüber. Ein stechender Schmerz fuhr mir durch die Hand. Die Kuppe meines Zeigefingers verfärbte sich rot.

»Damit solltet Ihr besser aufpassen«, riet mir Pash. »Die Federn eines Shendai sind schärfer als so manche Klinge.«

Mit einem Seufzen stellte er fest, dass sein Rat zu spät kam.

Er schüttelte den Kopf, pflückte mir die Feder aus meinen blutigen Fingern und schob sie sich in seine Zöpfe.

Okay, der Typ war wirklich verrückt. Wer steckte sich schon eine Rasierklinge in die Haare?

Während ich an meinem Finger saugte und darauf wartete, dass Pash sich sein Ohr abschnitt, gesellte sich Noár zu mir. Er sagte nichts, sondern sah mich nur unergründlich an. Dann zog er mir den Finger aus dem Mund und begutachtete die Wunde. Er holte Luft und ich wusste, was jetzt kommen würde. Die Erinnerung, was das letzte Mal passiert war, als er mich geheilt hatte, stürmte auf mich ein. Aus Reflex entriss ich ihm meine Hand.

»Ich brauch deine Hilfe nicht«, fauchte ich. »Das heilt von allein.«

Noár starrte mich streitlustig an, bis Pash in lautstarkes Gelächter ausbrach.

»Oh Nox, alter Junge«, prustete er, während er dem Shendai die Flanke klopfte. »Du hattest recht. Ich mag sie.«

Zur Bestätigung stieß Nox ein leises Grollen aus und gab mir einen weiteren Schubs mit seiner Schnauze, der mich direkt in Noárs Arme beförderte.

Der Schattenprinz fing mich mit einem leisen Lachen auf. Das Geräusch allein brachte mein Herz zum Schmelzen. Aber dann war da auch noch dieses Lächeln ... und diese unglaublichen Augen ...

»Nox hat immer recht«, meinte Noár sanft und machte keine Anstalten, mich wieder loszulassen. Stattdessen huschte ein schelmischer Ausdruck über sein Gesicht. »Lust auf einen kleinen Ausflug?«

Ich bekam große Augen. Meinte er einen Aus-*Flug*? Auf Nox?!

JA! Unbedingt, aber ...

Bevor ich meine Zweifel abwägen konnte, kam ein Mann in silberner Rüstung auf die Plattform gestürmt. Es war Ifar.

»Ist alles in Ordnung mit dir, Amaia?«, rief er schon von Weitem. »Ich habe gesehen, was er mit dir gemacht hat, und da habe ich versucht, ihn aufzuhalten.«

Noárs Laune sank so schnell wie die Temperatur um ihn herum. Noch bevor ich richtig begriff, was gerade geschah, schob er mich hinter sich. Nox breitete seine Flügel aus und knurrte Ifar feindselig an.

»Du mischst dich in Dinge ein, die dich nichts angehen. Und *meine Verlobte* fällt eindeutig in diese Kategorie.«

Jetzt verstand ich. Das auf dem Drachen war Ifar gewesen!

Der Wolkenprinz ließ sich weder von Noárs Warnung noch von Nox' Drohgebärden einschüchtern.

»Wenn du ihr wehtust, bring ich dich um«, fuhr er seinen Rivalen an. Der reagierte mit einem gehässigen Schnauben.

»Solltest du dir deinen Beschützerinstinkt nicht besser für deine Schwester aufsparen? Sie hätte es nötiger!«

Entsetzt schnappte ich nach Luft. Wie konnte Noár nur so etwas Fürchterliches sagen? Der Schmerz in Ifars Gesicht traf mich hart, aber der Schattenprinz setzte noch eins drauf.

»Oh, du wusstest also schon, dass deine Mutter Fahra gezwungen hat, ihre Schuld für sie zu übernehmen?«

Wie bitte?! *Darüber* hatte sie mit Fidrin verhandelt? Sie hatte ihre eigene Tochter an diesen grausigen Pranger stellen lassen, um selbst freizukommen?!

Ifar stieß ein bitteres Lachen aus. Das täuschte jedoch nicht darüber hinweg, dass er sich für die Taten seiner Mutter schämte.

»Seine Familie kann man sich nicht aussuchen«, stellte er matt fest. »Das solltest du am besten wissen, Ardiza. Oder hast du deiner Braut schon erzählt, in was für eine Familie *sie* einheiraten wird?«

Noár spannte sich an. Seine Stimme wurde so kalt wie Eis. »Sei lieber vorsichtig, was du als Nächstes sagst, Ifar.«

»Wieso? Hat sie nicht ein Recht zu erfahren, dass du es mit deiner Stiefmutter treibst, die nur zu schnipsen braucht, damit du wie ein verliebter Schoßhund angerannt kommst?«

Pash stellte sich Noár in den Weg, sonst hätte er sich direkt auf den Wolkenprinzen gestürzt.

»Er ist es nicht wert«, flüsterte ihm Pash zu.

Mich kümmerte es nicht, denn Ifars Worte fühlten sich an wie ein glühendes Eisen, das man mir in den Bauch gestoßen hatte. Sie riefen mir ins Gedächtnis, dass Noárs Herz vergeben war. Aber mehr als das, enthüllten sie eine Wahrheit, die mir die Kehle zuschnürte.

»Jetzt hat sich das Schoßhündchen wohl selbst ein Spielzeug zugelegt«, fuhr Ifar in seiner Rage fort.

»Noár, nicht!« Pash redete weiter beruhigend auf seinen Herren ein, doch das stachelte den Wolkenprinzen nur an.

»Willst du Fürstin Zima etwa eifersüchtig machen als Rache dafür, dass sie damals lieber deinen Vater geheiratet hat als dich?«

Pash schnalzte mit der Zunge. »Gut«, meinte er trocken. »Jetzt ist er fällig.« Mit irrem Blick und zwei Messern, von denen ich wirklich nicht wusste, woher er sie plötzlich hatte, rammte er Ifar seinen zotteligen Kopf in den Magen und warf ihn zu Boden. Die beiden überschlugen sich. Nox stieg auf die Hinterbeine und feuerte die Kämpfer mit lautem Gebrüll an. Davon angelockt traten immer mehr Zuschauer aus dem Goldenen Berg und beobachteten, wie Fäuste flogen und Blut floss, wobei schnell klar war, wer die Auseinandersetzung dominierte. Ifar mochte zwar gegen Noár verloren haben, doch Pash hatte gegen den Wolkenprinzen keine Chance. Das störte den rasenden Draufgänger jedoch wenig. Immer und immer wieder steckte er ein. Selbst als Ifar ihn gegen ein großes Tor schleuderte, das aussah, als gehörte es zu Stallungen, rappelte er sich erneut hoch und rannte mit wutverzerrter Miene ein weiteres Mal auf seinen Gegner zu.

»Pash!«, fegte Noárs energische Stimme über die Plattform.

Sofort hielt der Schattenkrieger inne. Seine Gesichtsmuskeln zuckten und ich hatte das Gefühl, in seinem aktuellen Irrsinn hätte er sich sogar im Alleingang mit einer ganzen Armee angelegt. Dennoch gehorchte er seinem Herrn, wenn auch mit sichtbarem Widerwillen.

Ifar beließ es dabei. Er drehte sich mit blutiger Schläfe zu mir um.

»Jetzt kennst du die Wahrheit, Amaia. Sei nicht so dumm wie die vielen Mädchen vor dir, die glaubten, das Herz des Schattenprinzen gewinnen zu können. Es gehört bereits einem machtgierigen Miststück und wenn du mich fragst, haben die beiden einander verdient.«

Während er davonstapfte, kehrte Pash zu uns zurück.

»Was wäre so schlimm daran gewesen, wenn ich ihn nur ein kleines bisschen aufgeschlitzt hätte, hm?«, warf er Noár vor.

»Du kannst keinen weiteren Ärger gebrauchen«, lautete die schlichte Antwort. Pash verdrehte die Augen gen Himmel und murmelte irgendwas von Spielverderbern auf Thronen. Ich hörte nicht hin, denn meine Gedanken drehten sich nur noch um eine Sache.

»Stimmt das, was er gesagt hat?«, fragte ich Noár mit gedämpfter Stimme. Ich wollte nicht, dass uns die anderen Leute hörten. Doch dem Schattenprinzen schien das egal zu sein. Mit flackerndem Blick breitete er seine Arme aus. Ein frostiges Lächeln legte sich über sein Gesicht.

»Willkommen in der Familie«, höhnte er.

In diesem Moment fühlte es sich an, als wäre die Welt stehen geblieben. Ich wartete darauf, dass der Moment verging, doch das geschah nicht. Keine Tränen, keine Enttäuschung, keine Wut. Es war, als hätte jemand den Schalter umgelegt, und alle Gefühle in mir ausgeknipst. Ich wandte mich ab und ging.

DER VERFLUCHTE SIEBTE TAG

Eine Eisdusche hätte nicht ernüchternder auf mich wirken können. Ich fühlte mich geheilt von meiner Sucht. Natürlich war ich nicht so dumm zu glauben, dass damit alles wieder gut war. Es war nur mein Stolz, der mir diese trügerische Stärke verlieh. Den Preis dafür würde ich irgendwann bezahlen müssen. Irgendwann, aber nicht jetzt.

Ich schob alle Gedanken an Noár und seine ungesunde Beziehung zu seiner Stiefmutter beiseite und konzentrierte mich darauf, über die Juwelensuche einen Ausweg aus der Verlobung zu finden.

Mit dieser Entscheidung hielt so etwas wie Alltag bei mir Einzug. Jeder Tag lief gleich ab. In der Früh wälzte ich Bücher und Karten, um mehr über Cassardim zu lernen.

Ich verstand jetzt, was Ordnung für Cassardim bedeutete und wie wichtig die heilige Pflicht war, sich um die Toten zu kümmern. Denn von ihnen kam die Energie, die Cassardim am Leben hielt. Es waren die Seelen, die im Schattenreich verglühten oder in der Silberfeste in ihrem Glück vergingen, die dem Reich die Kraft gaben, gegen das Chaos zu bestehen.

Und auch das Chaos begriff ich, soweit man es überhaupt begreifen konnte. Es war weder gut noch schlecht, sondern nur die andere Seite des Seins. Ohne das Chaos konnte die Ordnung nicht bestehen. Und wer die Ordnung brach, der lockte das Chaos an.

Ich erfuhr, dass die Völkersymbole uns eng mit unseren Reichen verbanden und warum der Kaiser seine Fürsten brauchte, um die Ordnung im Reich aufrechtzuerhalten. Für einen Willen allein war diese Aufgabe nicht zu bewältigen. Sie zehrte zu sehr aus, weswegen auch jede Kaiserherrschaft auf ein Millennium beschränkt war.

Je mehr ich las, desto mehr verstand ich, warum mein Großvater so scharf auf das Juwel der Macht war. Ohne es konnte er den Schein nicht länger aufrechterhalten. Auch die Barrieren, die Cassardim vom Chaos trennten, würden irgendwann fallen. Und wenn Cassardim fiel, stünde nichts mehr zwischen dem Chaos und der Menschenwelt. Fidrin lief die Zeit davon – uns allen lief die Zeit davon.

Nach meinen täglichen Bücherstunden brachte mich Kommandant Askan zu Lazar. Weder mein Großvater noch sein Seneschall ließen uns bei diesen Treffen aus den Augen. Ich spielte meine Rolle gut, erfand glaubhafte Erinnerungen aus meiner Kindheit und verschaffte mir so mehr Zeit. Zeit, die ich nutzte, um mich am Nachmittag mit dem Goldenen Berg auseinanderzusetzen. Erfolglos. Jede Begegnung zwischen mir und dem Goldklotz endete auf die gleich Art und Weise.

Drei Worte. UNWISSEND, UNWÜRDIG, LÜGNERIN.

Danach kam der obligatorische Stromschlag, der mich auf den Allerwertesten beförderte. Anschließend drückte ich mich mit diversen Ausreden vor Bällen und Banketten und nutzte die Abende, um meinen Willen zu trainieren. Ich schaffte es, meinen Finger zu heilen und eine Blume zum Blühen zu zwingen. Für das effektivste Training sorgten allerdings Noárs Brautgaben, die tagtäglich bei mir eintrudelten. Jede einzelne von ihnen schickte ich ungesehen zurück.

Ich vermisste Zoey. Seit der Kaiserprüfung hatte ich sie nicht mehr gesehen. Vermutlich bedeutete das, dass sie inzwischen ihren Weg durch die Niemandslande bestritten hatte und nun ein neues Leben lebte. Ich gönnte es ihr von Herzen, auch wenn ich eine Freundin gut gebrauchen könnte.

An Tag vier brachte Mistress Rhana Mariz mit und verkündete, dass sie und Keeza sich in Zukunft die Position meiner zweiten Zofe teilen würden. Allerdings war Mariz nicht mehr dieselbe. Sie wirkte verängstigt und redete kaum ein Wort. Ich hätte sie gerne gefragt, was geschehen war, aber Mistress Rhana ließ sie nie mit mir allein. Außerdem kannte ich die Antwort: Der Schattenprinz war geschehen. Zweifelsohne hatte Mariz Angst vor ihm.

An Tag sechs verlor der Kaiser seine Geduld. Er schlug mich mit der Rückseite seiner Hand ins Gesicht. Ich nahm es schweigend hin und nutzte meine geplatzte Lippe, um meine Willens-Heilkünste weiter voranzutreiben.

An Tag sieben stand plötzlich Rhome vor meiner Tür. Der blond gelockte General hob beschwichtigend die Hände.

»Tötet nicht den Boten!«, meinte er mit einem schiefen Grinsen.

Ich starrte ihn finster an, bis er schließlich die Augen verdrehte und seine Hände wieder fallen ließ.

»Prächtig!«, grummelte er. »Er ist also nicht der Einzige, der seinen Sinn für Humor verloren hat.«

Einer seiner Schattenkrieger reichte ihm eine rote Kiste. Sie sah genau aus wie jene, die ich in den letzten Tagen massenhaft zurückgeschickt hatte. Ich wollte dem General schon die Tür vor der Nase zuschlagen, als er mich mit einer energischen Geste stoppte.

»Bevor Ihr mich mit Eurem wohl gerechtfertigten Zorn überhäuft, lasst mich Euch noch etwas sagen.«

Er sah dabei so gequält aus, dass ich entschied, eine Ausnahme für ihn zu machen. Gegen Rhome hatte ich nichts. Im Gegenteil. Ich mochte ihn. Er hatte mich vor Noár gewarnt. Mehrfach.

Der General lächelte mich dankbar an und schien dann nach den richtigen Worten zu suchen.

»Es könnte sein«, begann er zögernd, »dass ich mich geirrt habe.«

Als Rhome sich nicht weiter erklärte, wurde ich ungeduldig.

»Womit?«, wollte ich wissen.

»Das genauer zu erläutern, steht mir unglücklicherweise nicht zu, aber ...« Er öffnete die Kiste und gab die Sicht frei auf eine einzelne rote Blüte, deren sternförmige Blätter von goldenen Adern durchzogen waren. Ich spürte, wie eine Welle an Emotionen sich ankündigte. Allen voran Wut über Noárs Dreistigkeit. Was glaubte er damit zu erreichen? Dass ich mich an meine Gefühle für ihn erinnerte? Dass ich so naiv wäre, den Blutstern für eine Entschuldigung zu halten? Dass ich ihm wieder und wieder auf den Leim ging und bereitwillig seine Geliebte spielen würde, nur damit er es der Frau heimzahlen konnte, der sein Herz gehörte? Dieser verlogene Feigling. Nicht einmal den Mut, mir höchstpersönlich ins Gesicht zu lügen, hatte er gehabt. Nein, er schickte Rhome vor, weil er wusste, dass ich ihn sowieso nicht angehört hätte. Ich ballte meine Hände zu Fäusten, bis mir meine Fingernägel in die Haut schnitten.

»Staub!«, zischte ich mit bebender Stimme und ließ den Blutstern mit meinem Willen in eine goldene Wolke zerbersten. Etwas zu zerstören, das von Noár am Leben gehalten wurde, bereitete mir eine ungeheure Befriedigung. Mein Blick fiel auf den erstaunten Rhome.

»Sagt es mir!«, befahl ich ihm schroff. »Wobei habt Ihr Euch geirrt?«

Seine Falkenaugen wurden schmal. Er keuchte unter meinem Willen auf und taumelte beinahe. Aber er behielt die Kontrolle und schaffte es, meinen Zwang abzuschütteln.

»Ihr werdet besser, Hoheit«, stellte er mit kühler Höflichkeit fest. Trotzdem konnte ich aus seinem Tonfall heraushören, dass er mir meinen Übergriff übel nahm. »Doch meine Treue und meine Loyalität kann niemand brechen. Nicht einmal eine Goldene Erbin.«

Damit ging er und ließ mich mit meinem Gefühlschaos allein.

Das war das erste Anzeichen dafür gewesen, dass an diesem verfluchten siebten Tag alles schief gehen sollte. Denn kurz darauf brachte mich Kommandant Askan nicht in das begrünte Atrium, sondern in den kaiserlichen Garten. Auf einer Parkbank unter einem Baum mit blassblauen Blättern saß mein Großvater. Von Lazar war weit und breit keine Spur zu sehen. Dafür hockte im Gras vor der Bank Moe, der ganz vertieft in seinen Zeichenblock war.

»Setz dich, Enkelin«, forderte mich Fidrin viel zu freundlich auf. »Der junge Waldprinz verzaubert den ganzen Hof mit seinem künstlerischen Talent. Da habe ich ihn gebeten, auch ein Porträt von mir anzufertigen.«

Moe sah auf und winkte mir unbekümmert zu.

Wie versteinert blieb ich neben dem Baum stehen und starrte auf die scheinbare Idylle, die mein Großvater mir präsentierte. Bilder von der blutüberströmten Fahra stiegen in meinem Kopf auf. Wenn mein Großvater mich durchschaut hatte, dann …

»Setz dich!«, sagte er erneut. Diesmal schwang ein gefährlicher Unterton in seiner Stimme mit.

Ich gehorchte, weil ich so fürchterliche Angst um Moe hatte, dass mir sogar Tränen in die Augen stiegen.

»Mir kam zu Ohren, dass du vor einigen Tagen einen Ausflug in die Unterstadt unternommen hast. Hat es dir gefallen?«, wollte Fidrin wissen, während sein Blick sich am Horizont verlor.

Ich nickte, weil ich es nicht fertigbrachte zu antworten. Fidrin lächelte kühl. »Dann hast du sicherlich auch gesehen, wie die Strafen für Verräter an der Krone aussehen?«

Wieder nickte ich. Meine Hände begannen zu zittern. Ich schob sie unter meine Röcke, damit mein Großvater es nicht mitbekam. Mit einem Seufzen riss er seinen Blick vom Horizont los und fixierte mich.

»Lazar und du – ihr belügt mich.« Keine Frage, nur eine Feststellung. »Meine Geduld neigt sich ihrem Ende zu. Ich gebe dir noch zwei Tage, um mir das Juwel zu beschaffen.«

Panik schnürte mir die Kehle ab.

»Aber ... ich weiß nicht, wo es ist«, flüsterte ich verzweifelt.

Das schien den Kaiser nicht zu interessieren. »Dann wirst du es herausfinden oder unser kleiner Künstler hier wird schon bald Fahras Platz einnehmen.«

Er winkte Kommandant Askan, der mich am Arm packte und aus dem Garten zerrte. Ich wollte nicht von Moe fort. Ich wollte meinen kleinen Bruder nicht mit diesem Monster alleine lassen.

»Ihr müsst euch beeilen, Hoheit«, zischte mir Askan ins Ohr. »Im Moment sind Lazar die Hände gebunden, aber wenn Ihr das Juwel habt, wird er dafür sorgen, dass Eure Geschwister in Sicherheit gebracht werden und Ihr den Thron besteigen könnt. Alle Vorkehrungen sind getroffen.«

Zurück in meinen Gemächern kamen alle Emotionen hoch, die ich so sorgsam unterdrückt hatte. Ich fegte die Bücher vom Tisch und brüllte meine Hilflosigkeit heraus. Endlich alleine schob ich meine Ärmel zurück und baute mich vor der goldenen Wand neben meinem Bett auf.

Wenn der Berg sich nicht bitten ließ, würde er sich eben meinem Willen beugen müssen! Ich legte meine Hände an die Wand und bündelte meinen Zorn.

»Sag mir, wo das Juwel ist!«

Die Antwort kam prompt.

Heftig.

Und schmerzhaft.

Als ich aus meiner Ohnmacht wieder aufwachte, tat mir jeder einzelne Knochen weh.

»Langsam gehst du mir wirklich auf die Nerven«, krächzte ich die goldene Decke an. Ich war am Ende mit meiner Geduld. »Okay, jetzt hör mir mal zu, du dämlicher Goldklotz! So wie ich das sehe, brauchst du meine Hilfe und nicht andersherum. Du hältst mich für unwürdig. Fein, dann lassen wir es sein. Ich hab kein Interesse daran, immer wieder von dir gegrillt zu werden.«

Das Bild eines blonden Jungen tauchte in meinem Geist auf. Es war Moe, wie er in den Gärten saß und malte. Offenbar war er gerade fertig geworden, denn er nahm seine Zeichnung und überreichte sie Fidrin, der noch immer auf der Bank saß. Als er sah, was mein Bruder zu Papier gebracht hatte, verzerrte sich sein Gesicht zu einer wütenden Fratze. Es war ein Porträt, aber in Moes Version des Kaisers hatte er keine Augen, sondern nur zwei bodenlose Abgründe, in denen das Chaos wirbelte. Mein Großvater steckte die Zeichnung zornig in Brand und schnappte sich meinen Bruder.

In diesem Moment blendete der Berg das Bild aus und ließ mich im Ungewissen.

»Was soll das?«, fauchte ich ihn an. »Willst *du* mich jetzt auch noch erpressen?!«

Keine Antwort.

Voller Sorge, Angst und Zorn sprang ich auf.

»Du kannst mich mal!«, blaffte ich und stapfte zur Tür. Moe war in Gefahr, und wenn der Berg nichts Besseres zu tun hatte, als mich zu quälen, würde ich meine Zeit nicht mehr an ihn verschwenden. Ich hatte keine Ahnung, was ich tun sollte, aber ich würde Moe nicht in Fidrins Fängen lassen.

Kurz bevor ich die Tür erreichte, knallte sie vor meiner Nase zu. Scheinbar hatte der Berg etwas dagegen, dass ich ging. Ich warf genervt meine Arme in die Luft.

»WAS willst du? Was soll ich tun?! Was zum Teufel ist dein Problem?!«

Plötzlich überrollte mich der Berg mit einer ganzen Flut von Eindrücken. Sie fühlten sich so intensiv an, als wären sie meine eigenen Erinnerungen. Das waren sie aber nicht. Ich sah meinen Großvater in einem Kerker stehen. Er schien noch gebrechlicher als sonst. Mit zitternden Fingern öffnete er die Tür zu einem fensterlosen Raum. Ein bläuliches Schimmern flackerte auf seinen Zügen. Das Licht kam von Seelen, die er dort gefangen hielt. Es mussten zehn oder fünfzehn sein, die sich ängstlich in den hinteren Ecken drängten. Zielstrebig ging Fidrin auf eine davon zu und griff in sie hinein. Die Seele schrie und verblasste, während ihre Energie in meinen Großvater hineinfloss. Ein immer helleres Strahlen umgab ihn. Hitze schlug mir entgegen. Ich bekam kaum noch Luft und spürte die Macht, die Fidrin freisetzte, als er die Existenz dieser unsterblichen Seele auslöschte. Ich spürte, wie die Schlechtigkeit seiner Tat mein Herz zerriss und ich spürte die Schmerzen des Goldenen Bergs, der hilflos dabei zusehen musste. Unendliche Qualen, die nicht dafür gemacht waren, von einem winzigen Bewusstsein wie meinem ertragen zu werden. Sie versenkten mich, fraßen mich von innen heraus auf, zerfetzten meinen Verstand und –

Mein Körper schaltete in den Notfallmodus und schickte mich

in eine weitere Ohnmacht. Ich bekam noch mit, wie meine Knie nachgaben, dann war alles schwarz.

Ein zögerliches Rütteln brachte mich zurück. Mariz' besorgtes Gesicht tauchte in meinem Blickfeld auf.

»Gnädiges Schicksal, geht es Euch gut, Hoheit? Was ist passiert?«

Das war eine hervorragende Frage. Ganz offensichtlich war der Berg meiner Aufforderung nachgekommen und hatte mir gezeigt, was sein Problem war. Ein Problem, das alle anderen nichtig erscheinen ließ.

»Keine Ahnung«, murmelte ich. Mühsam zog ich mich auf die Beine und torkelte zum nächstbesten Sessel. Dort setzte ich mich vorsichtig und rieb mir den brummenden Schädel. Draußen wurde es bereits dunkel, das hieß, ich musste eine ganze Weile bewusstlos gewesen sein.

»Ihr macht mir ziemliche Sorgen, wisst Ihr das? Ihr müsst wirklich besser auf Euch achtgeben. Hätte ich nicht kurz nach dem Kamin sehen wollen, hätte man Euch wahrscheinlich noch nicht so bald gefunden. Ihr könnt Euch meinen Schock vorstellen. Ganz besonders, weil …«

Sie unterbrach sich selbst und biss sich auf die Unterlippe. Ich sah sie misstrauisch an. »Weil was?«

»Ach nichts, Hoheit«, meinte sie leichthin und begann, sinnlos Gegenstände herumzuräumen. Sie war eine lausige Lügnerin.

»Mariz!«

Ein schuldbewusster Ausdruck legte sich auf ihr Gesicht. Sie sah so geknickt aus, dass sie mir fast schon wieder leidtat.

»Ich stehe doch in einer Lebensschuld bei Prinz Ardiza. Und er kann sehr ungehalten sein –«

»Hat er dir wehgetan?«, fiel ich ihr ins Wort.

»Nein, nein!«, beeilte sich Mariz zu widersprechen. »Er will nur jeden Tag von mir wissen, wie es Euch geht und was Ihr macht. Viel konnte ich ihm ohnehin nicht berichten, weil doch Mistress Rhana mich so streng überwacht. Aber neulich, als Ihr – Ihr wisst schon – als Kommandant Askan Euch mit einer blutigen Lippe zurückbrachte, da hab ich ihm davon erzählt. Und er ist ausgerastet. Er hat das halbe Zimmer in Schutt und Asche gelegt. Er wollte von mir wissen, wer das gewesen ist, nur konnte ich ihm nicht antworten, weil ich es ja selbst nicht wusste. Ich hatte so Angst, dass er mir etwas antun würde. Aber bitte, Ihr dürft mir nicht böse sein. Ich wollte Euch nicht hintergehen ... er ...«

Mariz flossen vor Verzweiflung dicke Tränen über die Wangen und ich konnte es ihr nicht verübeln. Ich wusste zu gut, wie einschüchternd Noár oft wirkte. Meistens. Eigentlich immer.

»Ich mach dir keine Vorwürfe«, beruhigte ich sie. »Du kannst nichts dafür.«

Schluchzend ging sie vor meinem Sessel in die Knie. »Das alles tut mir so leid, weil Ihr – na ja – weil Ihr keine Freundin mehr habt. Und gewissermaßen ist es ja auch meine Schuld, was mit dem Geistermädchen passiert ist. Ich habe mich verplappert und –«

Alarmiert setzte ich mich kerzengrade auf. »Was ist mit Zoey?«

»Ich ... ich hab sie vielleicht Meister Lazar gegenüber erwähnt. Und er hat sie ... in seine Dienste genommen«, gestand Mariz schuldbewusst.

Lazar hatte WAS?! Dieser miese Heuchler! Er konnte mir doch nicht meine Freundin klauen, nur weil er eine Geisterspionin brauchte. Millionen von Seelen schwirrten in Cassardim herum, wieso suchte er sich da nicht einfach eine eigene? Na, der konnte was erleben.

»Weißt du, wo sie jetzt ist?«, fragte ich Mariz schroff und

brachte meine Zofe damit erneut zum Weinen. Sie schüttelte aufgelöst den Kopf. »Nein, seit ein paar Tagen ist sie verschwunden.«

»Was meinst du mit verschwunden?«, hakte ich beunruhigt nach. »Ist sie vielleicht einfach nur abgehauen? Sie hat mir versprochen, in ihr neues Leben zu gehen.«

»Ich … glaube nicht. Lazar hat sie damit beauftragt, den Kaiser zu beschatten. Ich fürchte …«

Mariz stockte. Sie traute sich nicht es auszusprechen, aber auch so war klar, was sie mir sagen wollte: Mein Großvater hatte Zoey höchstwahrscheinlich beim Spionieren erwischt.

Oh Gott! Diese Vorstellung fühlte sich wie eine glühende Klinge in meinen Eingeweiden an. Besonders nach dem, was ich gerade gesehen hatte. Lebte sie noch? Oder hatte Fidrin auch sie …

Daran wollte ich gar nicht denken. Ich packte Mariz an den Schultern.

»Geh zu Lazar«, wies ich sie an. »Sag ihm, er soll meine Geschwister *sofort* aus dem Berg schaffen. Er weiß, was gemeint ist! Und versuch, dem Schattenprinzen eine Weile aus dem Weg zu gehen!«

Mariz schniefte noch einmal, aber sie erkannte an meinem Tonfall, wie wichtig dieser Auftrag war. Grimmig nickte sie und eilte davon.

Jetzt gab es kein Zurück mehr! Ich *musste* das Juwel finden und dem Treiben meines Großvaters ein für alle Mal ein Ende machen. Keine Ahnung, ob es an meinen cassardischen Genen lag oder den vielen Büchern, die ich gewälzt hatte, aber die Bilder, die der Berg mir gezeigt hatte, lösten eine so große Abscheu in mir aus, dass sich mir die Haare aufstellten. Alles in Cassardim war darauf ausgerichtet, die Toten vor dem Chaos zu beschützen.

Ganz gleich, was für Intrigen und machtpolitische Rangeleien im Spiel waren – wenn es um diese heiligen Pflichten ging, waren sich alle Cassarden einig.

Alle außer einem offenbar ...

Das war schlimmer als Verrat. Es war eine Todsünde.

Und wenn mein Großvater Zoey auch nur ein Haar gekrümmt hatte, dann würde ich ihn dafür langsam und qualvoll sterben lassen.

»Ich verstehe dich jetzt«, wandte ich mich erneut an den Berg. »Der Kaiser hat nicht nur die Gesetze gebrochen, sondern alles hintergangen, wofür Cassardim steht. Und du musstest dabei zusehen, musstest diesem Mann gehorchen – musst es noch immer, denn letztlich ist er der Kaiser.« Ich seufzte tief und betrachtete die goldenen Symbole auf meinen Handflächen. »Ich *will* dieses Juwel nicht. Ich will den Thron nicht. Ich will noch nicht einmal diese Kaisersymbole. Ich möchte nur meinen Großvater aufhalten. Für die, die ich liebe und für ein Reich, das ich gerade lieben lerne. Es scheint also, als hätten wir einen gemeinsamen Feind. Sag mir, was ich tun soll! Zeig mir einen Weg, und ich werde ihn gehen.«

Meine kleine Ansprache verklang und eine Weile geschah nichts. Doch dann stieg ganz langsam das Bild eines Kaisers in meinem Kopf auf. Er saß auf dem Thron und sah wie eine jüngere freundliche Version von Fidrin aus. Ich lächelte, weil ich in ihm meinen Vater wiedererkannte. Plötzlich veränderte sich das Bild. Die Haare und der Bart des Mannes wuchsen rasch. Er alterte vor meinen Augen. Er schrie. Er kämpfte gegen Chaoswirbel. Er verlor. Er gewann. Er schrie. Er rüttelte an den Gitterstäben einer Zelle. Und schließlich lag er mit eingefallenen Wangen und zitternden Gliedern am Boden. Ein gekrönter Schatten ragte über ihm empor. Es war Fidrin. »Du hättest mir meinen Thron nicht nehmen dürfen«, zischte er und schlug die Kerkertür zu. Danach war alles dunkel.

Ich atmete schwer. Es waren nur Erinnerungsfetzen, kurze Eindrücke – und doch nahmen sie mich so sehr mit, als hätte mir der Berg die Emotionen, die daran gebunden waren, gleich mitgeschickt.

»Warum zeigst du mir das?«, krächzte ich.

Wieder entstand ein Bild vor meinen Augen. Wieder lag mein Vater in einer Zelle. Wieder fiel ein Schatten auf ihn.

»Deine Tochter ist zurückgekehrt, Katair«, sagte Fidrins müde Stimme. »Sie ist genauso stur wie du. Und sie wird enden wie du.«

Großer Gott!

Wenn das eine Erinnerung war, dann ... dann ... lebte mein Vater noch. Hundert Jahre hatte er in diesem stinkenden Kerker verbringen müssen?!

Jetzt wusste ich auch, was der Berg mir hatte sagen wollen. Es gab jemanden, der den Thron statt meiner besteigen konnte. Jemanden, dem er sogar mehr zustand als Fidrin.

Ein neues Bild drängte sich in meinen Kopf. Es zeigte mich, wie ich das Juwel der Macht in die Hände meines ausgemergelten Vaters legte.

»Ja. Ja! Natürlich«, rief ich aufgeregt. Das war die Lösung, nach der ich so sehr gesucht hatte. »Kannst du mir zeigen, wo ich damals hingerannt bin, als mein Vater mir das Juwel gegeben hat?«

Dunkle Wirbel mit violetten und grünen Blitzen tauchten vor meinem inneren Auge auf.

»Das Chaos hat verhindert, dass du es sehen konntest?«, fragte ich enttäuscht.

Ein alter Bettler erschien, der finster nickte. Dann veränderte sich das Bild und ich sah eine schwangere Frau, die ihre Hände auf ihren Bauch legte.

»Ich kann es spüren«, flüsterte sie ihrem Mann zu.

Wieder verschwamm das Bild. Diesmal sah ich das begrünte Atrium mit dem Brunnen und den weißen Vögeln. Die jüngere Version von mir tollte hindurch und blieb vor einem Mosaik stehen, dass das Emblem von Cassardim darstellte. Verstohlen sah sie sich um, bevor sie mit ihren kleinen Fingern einen der Steine anhob. Darunter war ein Hohlraum, in dem ein paar goldene Murmeln lagen. Das Mädchen – also ich – nahm sie kichernd heraus und verschloss ihr Versteck wieder.

»Danke ...«, hauchte ich mit klopfendem Herzen.

Ein junger Spielmann erschien in meinen Gedanken und vollführte eine elegante Verbeugung. Abgelöst wurde er von einer alten Frau, die sagte: »Sei vorsichtig!«

Danach sah ich einen Jungen, der sich auf der Schulbank zu seinem Freund lehnte und flüsterte: »Ich kann dir nicht helfen, er würde es merken.«

Ich hatte verstanden. Ab hier war ich auf mich allein gestellt. Aber damit kam ich klar. Jetzt hatte ich zumindest ein Ziel.

THE SHOW MUST GO ON

Mit neuer Energie zog ich mir weiche Lederstiefel über und trat aus meinen Gemächern.

»Kommandant Askan, ich möchte nun doch gerne zum Bankett gehen. Würdet ihr mich dorthin bringen?«

Ich bemühte mich, mein klopfendes Herz zu verbergen, und gab mich reserviert aber höflich. Ich hatte die letzten Tage extrem schlechte Laune gehabt und musste versuchen, den Schein zu wahren.

Der Kommandant zog überrascht die Augenbrauen hoch, bevor er nickte. »Natürlich.«

Gefolgt von Askan setzte ich mich in Bewegung und wartete exakt so lange, bis wir uns außer Sichtweite der anderen Krieger befanden. Dann hielt ich an und drehte mich zu ihm um.

»Kommandant, ich werde ab hier alleine weitergehen. Ich habe noch etwas zu erledigen. Und auch wenn Ihr das für eine schlechte Idee haltet, fürchte ich, ich muss darauf bestehen.«

Askan sah mich schweigend an. In seinen Augen glänzte Sorge, aber nach einer Weile seufzte er. »Ich werde sagen, dass ich Euch auf der Kaiserterrasse abgesetzt habe. In einer Stunde hole ich Euch ab. Wenn Ihr bis dahin nicht dort seid, werde ich nach Euch suchen lassen.«

Damit verbeugte er sich und verschwand irgendwo in den Gängen.

Als er fort war, begann ich zu rennen. Der Goldene Berg konnte mir zwar offiziell nicht mehr helfen, aber er war zur

Gastfreundschaft verpflichtet. Das hieß, solange ich wusste, wohin ich wollte, würde er mich hinbringen, ohne dass es irgendjemandem auffiel. Zumindest hoffte ich das. Und tatsächlich erreichte ich das Atrium ohne Probleme.

Im spärlichen Licht einer einzelnen Laterne war es nicht ganz einfach, das richtige Mosaik und die richtige lose Kachel zu finden. Fieberhaft klopfte, zog, kratzte und zerrte ich an diversen Goldplatten. Da! Endlich gab eine nach. Dahinter ein dunkler Hohlraum. Es war ein merkwürdiges Gefühl zu wissen, dass ich schon einmal an genau dieser Stelle gestanden hatte. Ich erinnerte mich an nichts, aber dennoch kam es mir seltsam vertraut vor.

Vorsichtig griff ich hinein und fand ein kleines Bündel. Es war ein Stück angekohlter Vorhang, in dessen Mitte ich etwas Hartes fühlte. Mit rasendem Puls faltete ich den Stoff auf und ... atmete erleichtert aus.

Das Juwel der Macht. Die ganze Zeit über war es hier gewesen – keine fünf Schritte von der Bank entfernt, auf der ich mit Lazar gesessen hatte.

Es sah genau so aus, wie der Goldene Berg es mir gezeigt hatte. Unscheinbar. Kaum mehr als ein Klumpen Glas von der Größe einer Schachfigur. Trotzdem spürte ich die Energie, die davon ausging. Ich hätte gerne über die glatte Oberfläche gestrichen, um zu erfahren, wie es sich anfühlte. Doch irgendetwas riet mir davon ab, den Stein zu berühren.

Vielleicht war es Instinkt. Vielleicht aber auch das Bild von mir, wie ich das Juwel hielt und mich schreiend vor Schmerzen wand. Wer wusste das schon ...

Ein leises Geräusch ließ mich hochschrecken. Stille. Doch da war ganz eindeutig etwas gewesen. Schnell wickelte ich das Juwel wieder ein und stopfte es in den Schaft meiner Lederstiefel. Dann setzte ich die Mosaik-Kachel zurück an ihren Platz und lief zum Säulengang, über den ich hereingekommen war. Ich durfte jetzt keinen Fehler machen. Askan hatte gesagt, er würde mich am Bankett abholen. Also würde ich mich dort blicken lassen und anschließend zurück in meine Gemächer gehen. Von dort aus konnte ich dann einen neuen Plan schmieden, wie ich den Kerker finden sollte, in dem mein Vater festsaß.

Eine dunkle Gestalt schob sich mir in den Weg. Erschrocken stoppte ich, um nicht in sie hineinzurennen.

»Du schleichst wohl gerne in der Nacht herum«, zischte Baron Harràz, dessen Schädelknochen im Licht der Laterne dämonische Schatten über sein Gesicht warf.

In mir brach blanke Panik aus. Adrenalin pumpte durch meine Adern, während sich ein eisiger Knoten in meinem Bauch bildete. Doch irgendwie gelang es mir, nach außen die Kontrolle zu behalten. Ich richtete mich gerade auf und sah Harràz direkt in sein unheimliches Gesicht.

»Diese Vorliebe scheinen wir offensichtlich zu teilen«, erwiderte ich unfreundlich.

Der Seneschall machte einen Schritt auf mich zu. In seinen Augen glänzte der Wahnsinn. »Gib es mir!«

Oh nein! Er wusste es!

»Ich habe keine Ahnung, wovon Ihr redet.«

Mist! Nicht mal in *meinen* Ohren klang das überzeugend.

Der knochige Seneschall packte mich an den Schultern. Er wirkte fast schon verzweifelt. »Du sollst mir das Juwel geben! Ich weiß, dass du es hast!«

Er schüttelte mich so fest, dass mir die Zähne klapperten. Wie von allein reagierte mein Körper. Immer und immer wieder hatten Adam und Nick mich in ihrem Training dieselben dämlichen Bewegungsabläufe üben lassen. Jetzt kam mir das zugute. Ich trat Harràz, so fest ich konnte, auf den Fuß, rammte ihm mein Knie in den Magen und rannte los. Ohne Sinn und Verstand folgte ich den dunklen Gängen. Und Harràz folgte mir. Ich konnte seine Schritte und sein Schnaufen hören. Was sollte ich jetzt tun? Mein ursprünglicher Plan hatte sich soeben in Luft aufgelöst. Wenn der Seneschall wusste, dass ich das Juwel hatte, würde es mein Großvater auch bald erfahren. Nur Kommandant Askan konnte mir noch helfen. Hatte er nicht gesagt, Lazar hätte Vorkehrungen getroffen? Ich bog nach links ab und kam schlitternd zum Stehen, weil Harràz plötzlich *vor* mir stand. »Du kannst mir nicht entkommen. Ich habe mein ganzes Leben in diesem Berg verbracht!«

Kopflos drehte ich um und setzte meine Flucht fort. Aber egal, wo ich hinlief, Baron Harràz war schon da.

»Ein bisschen Hilfe wäre schön«, keuchte ich in Richtung der Goldwände. Ich verstand ja, dass der Berg sich nicht noch mehr gegen den Kaiser auflehnen konnte, aber musste er unbedingt seinem verfluchten Seneschall dabei helfen, mich zu fangen?

Auf einmal fiel ein Lichtstrahl in den dunklen Gang vor mir. Er kam von einem Türspalt. Keine Ahnung, ob das ein Tipp oder eine Falle war, aber mir gingen langsam die Optionen aus. Ich stürmte hindurch und fand mich unverhofft inmitten sich rekelnder Höflinge wieder. Vereinzelte Laternen beleuchteten flirtende und knutschende Paare, die so ineinander vertieft waren, dass sie mich nicht bemerkten. Ich drosselte mein Tempo und zwängte mich zwischen ihnen hindurch, bis ich erkannte, wo der Berg mich hingebracht hatte. Das hier waren die Bogengänge am Rande der Kaiserterrasse. Dort, wohin sich jene zurückzogen, die lieber etwas Privatsphäre genießen wollten. Na ja, Privatsphäre war hier relativ, aber für mich konnte das nur von Vorteil sein.

Ein heftiger Schmerz an den Haaren riss mich rückwärts.

Gleichzeitig legte sich eine eiskalte knochige Hand über meinen Mund. »Keinen Mucks, sonst bist du tot!«

Um seinen Worten Nachdruck zu verleihen, erklang ein leises metallisches Sirren. Dann spürte ich, wie sich etwas Spitzes in meinen Hals bohrte. Harràz zerrte mich mit sich in den Schatten an der Wand. »Du bist so ein lästiges Miststück!«, flüsterte er zwischen seinen keuchenden Atemzügen. Etwas klickte. Eine Tür öffnete sich, wo bis gerade keine Tür gewesen war. Ich wurde in den schummrigen Raum geschleudert, der dahinter lag. Das wenige Licht drang durch ein farbiges Fenster in der Decke. Ich hörte, wie Harràz die Tür verriegelte, und sah mich gehetzt nach einem Fluchtweg um. Der Raum war klein, jedoch üppig ausgestattet mit zwei Sofas voller Kissen, Spiegeln und ein paar Regalen. Das hier war ganz eindeutig so etwas wie ein verstecktes Liebesnest. Einen zweiten Ausgang entdeckte ich nicht.

»Gib mir das Juwel!«, forderte Harràz' dunkle Gestalt. In seiner Hand blitzte ein goldener Dolch.

Fieberhaft überschlug ich meine Möglichkeiten. Der Seneschall versperrte mir den Weg zur Tür, aber selbst wenn ich es bis dorthin schaffen würde, wäre ich tot, bevor ich sie entriegelt hätte. Nein, ich musste Harràz irgendwie ausschalten. Eine kleine Skulptur fiel mir ins Auge, die neben einem der Sofas stand. Sie wirkte massiv genug, um jemanden bewusstlos zu schlagen.

»Ich hab es nicht«, antwortete ich, während ich mich langsam in Richtung der Skulptur bewegte.

»Du lügst«, presste Harràz hervor und näherte sich mit wachsamen Schritten. »Gibt es mir! Und ich verspreche dir, ich werde deinen Großvater damit aufhalten.«

Fast hätte ich über seinen plumpen Überredungsversuch gelacht. Doch dann trat er in einen Lichtstrahl und ich erkannte, dass es ihm todernst damit war.

»Dein Großvater hat eine Grenze überschritten, weißt du. Er stört die Ordnung. Das Chaos wird ihn holen«, fuhr er mit seiner hitzigen Rede fort. Mit jedem Wort wurde er Furcht einflößender. Er begann zu klingen wie ein wahnhafter Sektenführer. »Nur ich kann Cassardim noch retten!«

»Ach, und wie?«, fragte ich, um ihn abzulenken, während ich mich Stück für Stück näher an die Skulptur schob.

Der Seneschall schenkte mir ein irres Grinsen. »Das Juwel wird mich zum Kaiser machen!«

Wow, damit war es offiziell: Ich Glückspilz war mit einem psychopathischen Irren in einem Raum eingesperrt.

Ohne Vorwarnung stürzte er sich auf mich. Ich schnappte mir die Skulptur und zielte mit ganzer Kraft auf seinen Schädel. Doch der knochige Mann war unerwartet schnell. Er duckte sich und schlug mir mit der Faust ins Gesicht. Schmerz explodierte an meinem Wangenknochen und die Skulptur glitt mir aus den Händen. Ich fiel auf etwas Weiches. Im nächsten Moment sauste Harràz' Klinge auf mich zu. Ich drehte mich zur Seite und hörte, wie das Metall dicht neben meinem Ohr durch die Kissen und Polster schnitt. Konfus stach er weiter auf das Sofa ein. Federn stoben auf. Beim vierten erfolglosen Versuch hängte ich mich mit vollem Gewicht an seinen Arm. Ich musste dafür sorgen, dass er die Klinge losließ, sonst landete er am Ende noch einen Glückstreffer. Und tatsächlich gab Harràz seinen Dolch auf, um mich mit beiden Händen zu packen.

»Wo hast du es versteckt?« Seine widerlichen Finger tasteten mich ab. Ich wehrte mich heftig. Stoff riss. Mein Ellbogen erwischte etwas Hartes. Harràz keuchte auf. Die Chance nutzte ich, um mich loszureißen und Richtung Tür zu sprinten, aber der Seneschall warf sich von hinten auf mich. Er bekam meine Knöchel zu fassen und brachte mich zu Fall. Ich trat ihm dafür ins Gesicht. Das verschaffte mir ein paar wertvolle Sekunden, in denen ich mich aufrappelte und versuchte, das Schloss an der Tür zu öffnen. Doch der alte Mann war zäh und mehr als hartnäckig. Er verkrallte sich in meinen Haaren und schmetterte mich erst gegen ein Bücherregal und dann gegen einen Spiegel, der klirrend zersplitterte und mir die Haut aufschnitt. Anschließend landete ich wieder auf dem Sofa, das durch die Wucht meines Aufpralls umkippte.

»Schluss mit den Spielchen«, röchelte Harràz über mir.

Seine Hände schlossen sich um meinen Hals und drückten zu. Ich strampelte, rang um Luft und mein Leben, aber nichts davon half. Schließlich trafen meine Finger etwas Kühles zwischen all den Kissen und Federn. Der Dolch. Ich riss ihn aus den Polstern und stieß ihn dem Seneschall ohne nachzudenken in die Seite. Knapp unter den Rippen. Genau so wie Noár es mir gezeigt hatte.

Harràz kreischte auf. Ein ungläubiger Ausdruck legte sich über sein sterbendes Gesicht. Mit letzter Kraft würgte er mich weiter, bevor seine Finger schlaff wurden und er über mir zusammenbrach.

Angewidert stemmte ich ihn von mir runter und flüchtete ans andere Ende des Zimmers. Dort sank ich an der Wand zu Boden und konzentrierte mich darauf zu atmen. Als sich der erste Schock gelegt hatte, überprüfte ich, ob das Juwel noch immer in meinem Stiefel steckte. Meine Augen füllten sich mit Tränen der Erleichterung. Es war noch da. Und ich hatte überlebt. Und niemand wusste von dem Juwel.

Allerdings wurde die Erleichterung schnell von einem neuen erschreckenden Gedanken abgelöst. Der winzige Raum schien plötzlich nicht mehr genug Luft für mich zu haben, egal wie viel ich davon in meine Lungen pumpte.

Ich hatte gerade den Seneschall von Cassardim umgebracht.

Den Vertrauten meines Großvaters. Wenn jemand die perfekte Gelegenheit suchte, um mich loszuwerden: Das war sie.

Den ersten Impuls, Harràz' Leiche einfach liegen zu lassen und abzuhauen, drängte ich mühsam zurück. Mein Kleid war zerrissen, meine Haut zerschnitten, und mein Wangenknochen pochte wie wild, also hatte ich wohl auch noch einen Bluterguss im Gesicht. So konnte ich mich auf gar keinen Fall da draußen blicken lassen, ohne Verdacht zu erregen. Theoretisch könnte ich versuchen, mich zu heilen, aber das brauchte Zeit und vor allem einen klaren Kopf. Für meine Lippe hatte ich damals bestimmt fünf Anläufe und genauso viele Stunden benötigt. Die Zeit hatte ich nicht. Bald schon würde Kommandant Askan nach mir suchen lassen. Und wenn man mich hier fand, würde ich Dinge erklären müssen, für die ich keine Erklärung liefern konnte. Außerdem würde der Kaiser sofort wissen, dass ich das Juwel gefunden hatte. Und dann wäre alles aus ...

Mir wurde schlecht. Ich brauchte Hilfe, und zwar schnell. Leider fiel mir nur einer ein, der kaltblütig genug war, ohne mit der Wimper zu zucken eine Leiche verschwinden zu lassen. Und dieser jemand hatte auch noch ein persönliches diabolisches Interesse daran, mir gefällig zu sein und dafür eine Gegenleistung zu fordern.

Beklommen starrte ich auf den schwarzen Ring an meinem Finger. Trotz allem, was Noár getan hatte, war ich nicht mutig genug gewesen, ihn abzunehmen. Er hatte gesagt, er würde es wissen und mich finden ...

Tja, da mir keine andere Wahl blieb, war es jetzt wohl an der Zeit, mich genau darauf zu verlassen.

Aber allein die Vorstellung, ihn um etwas zu bitten, löste eine neue Panikattacke in mir aus. Ich drängte sie zurück und zog mir kurzerhand den Ring vom Finger. Mit Baron Harràz war ich fertiggeworden, dann würde ich auch mit dem Schattenprinzen fertig werden.

Doch mit jeder Minute, die verstrich, ohne dass etwas passierte, wuchsen die Zweifel in mir. Zweifel, ob diese Entscheidung die richtige gewesen war. Zweifel, ob die Gegenleistung, die er fordern würde, es wert war. Zweifel, ob er überhaupt kommen würde. Irgendwann brachen die Geschehnisse des ganzen Tages über mir zusammen und meine Augen füllten sich erneut mit Tränen.

Das war genau der Moment, in dem ich das Klicken der Tür hörte. Ich hielt den Atem an.

»Hatte ich dich nicht gewarnt?«, fragte der Schattenprinz spöttisch.

Zwei Schritte. Dann Stille. Ich spürte, wie die Temperatur fiel und ich wusste, dass Noár mich in meiner dunklen Ecke entdeckt hatte. Schnell wischte ich mir die Tränen von den Wangen und stand auf. So oder so gab ich ein erbärmliches Bild ab, da konnte ich ihm wenigstens mit etwas Stolz entgegentreten. Ich hob den Kopf und zwang mich, die blutrot gekleidete Gestalt am Eingang anzusehen. Sofort bereute ich meine Entscheidung, denn die Wut in Noárs Blick traf mich mit der Wucht eines Eissturms. Ich schluckte schwer und versuchte, meine Stimme nicht allzu verheult klingen zu lassen. »Ich brauche deine Hilfe. Was verlangst du dafür?«

Noár setzte sich in Bewegung. Unter seinen schweren Stiefeln knirschten die Scherben des zerbrochenen Spiegels. Je näher er kam, desto bewusster wurde mir, dass ich halbnackt vor ihm stand. Verunsichert klammerte ich mich an die Reste meines Kleides und bemühte mich, so viel Haut wie möglich damit zu bedecken. Danach blieb mir nichts anderes übrig, als seinen prüfenden Blick über mich ergehen zu lassen. Er griff nach meinem Kinn und drehte es zur Seite, damit er sich meinen Wangenknochen ansehen konnte. Die sachte Berührung war mir unangenehm, also wich ich ihr aus. Noár bedrängte mich nicht weiter und ließ seine Hand fallen.

»Wer war das?«, erkundigte er sich kalt, bevor sich seine Lippen zu einem schmalen Strich zusammenpressten.

Ich brachte nur ein kleines Nicken in Richtung des umgefallenen Sofas zustande, das Harràz' Leiche verdeckte. Mit grimmiger Miene wandte Noár sich ab und schritt durch das Schlachtfeld, das der Seneschall und ich hinterlassen hatten. Mir war klar, dass ihm dabei kein Detail entging. Als er die Leiche entdeckte, stieß er einen leisen Pfiff aus. Dann hörte ich, wie er den Körper auf den Rücken wälzte und fluchte. Kurz darauf stand er wieder vor mir.

»Was ist passiert?«

Vielleicht bildete ich es mir ein, aber seine Stimme schien an Härte verloren zu haben. Trotzdem konnte und wollte ich ihm keine Antwort geben.

»Hilfst du mir, oder nicht?«, fuhr ich ihn matt an. Die Zeit lief mir davon. »Kommandant Askan wird bald nach mir suchen lassen.«

»Das tut er schon«, teile Noár mir mit. »Seine Krieger durchstreifen bereits die Terrasse.«

Diese Tatsache schien ihn nicht im Geringsten zu beunruhigen. Mich dagegen traf sie wie ein Tritt in den Magen. Ich hasste dieses Gefühl, keinen Ausweg zu haben. Ich hasste es, abhängig zu sein. So sehr, dass ich es am liebsten laut herausgebrüllt hätte.

Noár zog sanft an meinem Arm und öffnete die verkrampften Finger, die noch immer seinen Ring umschlossen.

»Also gut, Amaia. Hier mein Preis«, meinte er und nahm den Ring heraus. Fast schon beiläufig steckte er ihn mir wieder an.

»Ich helfe dir, wenn du mir die Wahrheit sagst. Die ganze! Und glaub mir, ich erkenne es, wenn du mich belügst.«

Wie betäubt hörte ich ihm zu. Ich hatte angenommen, seine Forderung würde anders und sehr viel beschämender für mich ausgehen. Andererseits konnte ich ihm nicht erzählen, was wirklich los war. Er würde dieses Wissen gnadenlos für sich nutzen. Wenn er mir das Juwel nicht sogar selbst abnahm und dem Kaiser übergab. Oder seiner Stiefmutter zum Valentinstag schenkte.

»Das – das würde zu lange dauern«, stammelte ich ausweichend, aber Noár blieb hartnäckig.

»Dann fass es zusammen!«

Von draußen drangen gedämpfte Rufe durch die dicken Wände des Zimmers. Offenbar war es gut isoliert worden für ... was auch immer hier sonst stattfand. Trotzdem erkannte ich Askans Stimme und sah Noár panisch an. Der rührte sich nicht vom Fleck. So ein verdammter Sturkopf!

Ich spielte mit dem Gedanken, es mit einer Lüge zu versuchen, aber ich ahnte, dass das keine gute Idee war. Sollte Noár mich tatsächlich durchschauen, konnte ich seine Hilfe vergessen und dann wäre ich geliefert. Allerdings konnte ich die Wahrheit so verpacken, dass er vielleicht das Wesentliche überhörte ...

»Fidrin bezieht seine Kraft aus den Seelen der Toten. Baron Harràz wollte das Juwel der Macht, um ihn zu stürzen und selbst den Thron zu besteigen. Dabei stand ich ihm wohl im Weg.«

Die schwarzen Augen des Schattenprinzen weiteten sich kaum merklich. Obwohl er nach außen weiterhin diese unerträglich kühle Fassade aufrechterhielt, konnte ich förmlich dabei zusehen, wie seine Gedanken sich überschlugen. Nach einer viel zu langen Weile, in der er geschwiegen hatte, stellte er eine einzige Frage. Eine Frage, die bewies, dass Noár sich in diesem Spiel der Halbwahrheiten bestens auskannte.

»Und du … hast das Juwel?«

Alle Alarmglocken schrillten gleichzeitig in meinem Kopf auf. »Nein!«

Noár verdrehte die Augen.

»Also ja«, seufzte er und stieß einen heftigen Fluch aus. Gleichzeitig rüttelte es an der Tür.

»Prinzessin Amaia?«, hörte ich Askans Stimme rufen. »Seid Ihr da drinnen?«

Noár schenkte mir einen unergründlichen Blick und ließ seinen Mantel von den Schultern gleiten. Achtlos warf er ihn aufs Sofa.

»Antworte ihm«, befahl er, während er sich in einer flüssigen Bewegung das Hemd über den Kopf zog.

Schockiert starrte ich Noár an. Was machte er da und warum wollte er, dass ich die Goldkrieger auf mich aufmerksam machte? Dann würden alle erfahren, was ich getan hatte …

War vielleicht genau das Noárs Absicht? Hatte er mir eine Falle gestellt? Oder spekulierte er darauf, dass ich den Mund hielt und er mit mir machen konnte, was er wollte?

Als er zielstrebig auf mich zukam, wich ich zurück vor der schieren Kraft, die sein Körper ausstrahlte. Ich hatte mich gegen Harràz nur mit Mühe verteidigen können. Beim Schattenprinzen hätte ich nicht den Hauch einer Chance.

»Ich hab gesagt, du sollst um Hilfe rufen!« Er drängte mich mit seinem nackten Oberkörper gegen das Bücherregal in meinem Rücken. Meine Bemühungen, ihn auf Abstand zu halten, ignorierte er völlig. Stattdessen presste er seine heißen Lippen auf meine Schultern und bedeckte sie mit fast schon brutalen Küssen. Ich versuchte, ihn von mir zu stoßen, doch Noár blieb unerbittlich. Er griff nach meinem Rock und schob ihn an meinen Oberschenkeln nach oben. In diesem Moment schaltete mein Verstand auf blanken Überlebensinstinkt. Verzweifelt schlug ich auf ihn ein, kratzte, schrie. Ich schrie, so laut ich konnte. Noár packte meine Handgelenke und erstickte meinen Hilferuf mit seinem Mund. Ich biss zu, bis ich Blut schmeckte. Der Schattenprinz gab einen zischenden Laut von sich, ließ aber keinen Moment von mir ab. Da ertönte plötzlich ein lautes Rumpeln, und ein heller Lichtschein fiel ins Zimmer.

»Was geht hier vor sich?«, fragte Askans entsetzte Stimme.

Goldkrieger hatten die Tür eingetreten und starrten entgeistert auf die Szenerie, die sich ihnen bot. Überall lagen Scherben, Federn aus den aufgeschlitzten Kissen und umgefallene Möbel. Und mittendrin stand ich in meinem zerrissenen Kleid und der Schattenprinz mit blutiger Lippe und Kratzspuren auf dem nackten Oberkörper.

Mir war sofort klar, was für eine Schlussfolgerung die Goldkrieger daraus ziehen mussten. Ein Eimer Eiswasser hätte nicht ernüchternder sein können als die Erkenntnis, was Noár da gerade getan hatte. Das alles war bloß ein Schauspiel gewesen! Er benutzte seinen schlechten Ruf, um mich hier rauszukriegen. Und um es noch glaubhafter zu machen, hatte er mich sogar dazu gebracht, ihn zu verletzen.

Die Tatsache, dass ich ihn endlich durchschaute, quittierte Noár mit einem amüsierten Zwinkern. Dann wurde seine Miene kalt und ausdruckslos. Ohne mich freizugeben, wandte er sich den Goldkriegern zu.

»Verschwindet!«, fuhr er sie an.

Kommandant Askan rührte sich nicht vom Fleck. Er sah eher so aus, als würde er sich direkt auf meinen vermeintlichen Peiniger stürzen wollen.

»Prinzessin Amaia, geht es euch gut?«, fragte er mit mühsam beherrschtem Zorn.

Noár lachte. »Natürlich geht es ihr gut. Wir haben uns nur ein wenig vergnügt.«

»Das sehe ich«, schnaubte Askan verächtlich.

»Wunderbar, dann schert euch fort und lasst mich allein mit meiner *Verlobten.*« Das letzte Wort betonte Noár so deutlich, als würde es alles rechtfertigen, was hier geschehen war. Doch Askan ließ sich davon nicht einschüchtern. Er begegnete dem Befehl des Schattenprinzen mit unterkühlter Entschlossenheit.

»Das werde ich nicht tun. Ich bringe Prinzessin Amaia jetzt in ihre Gemächer.«

Noár stieß ein Knurren aus und ließ mich so abrupt los, dass meine Beine fast unter mir nachgegeben hätten. Ohne sich an seiner Nacktheit zu stören, baute er sich vor dem schwer bewaffneten Kommandanten auf und durchbohrte ihn mit seinen Blicken. Und er spielte seine Rolle brillant. Hätte ich nicht genau gewusst, dass hinter dem Sofa die Leiche des Seneschalls lag, hätte ich ihm den skrupellosen Vergewaltiger ohne jeden Zweifel abgekauft.

»Du wagst es, mir zu widersprechen?«

»Bei allem Respekt, Hoheit. Ich diene der Goldenen Erbin, nicht Euch. Eine Tatsache, für die ich meinem Schicksal heute mehr denn je danke.«

Voller Bewunderung sah ich den alten Krieger an. Er hatte wirklich Schneid.

»Kommt, Prinzessin!« Askan streckte mir seine Hand entgegen und lächelte mich ermutigend an. Er bot mir einen Ausweg, eine Chance, die ich nur zu gerne ergriff. Mit so viel Würde, wie ich zusammenkratzen konnte, stemmte ich mich von der Wand ab. Allerdings schien Noár mit seiner Darbietung noch nicht fertig zu sein. Auf halber Strecke packte er mich am Arm.

»Du gehörst mir. Egal, wie sehr du dich wehrst«, raunte er gerade so laut, dass alle ihn hören konnten.

Für meine Antwort brauchte ich nicht viel schauspielerisches Talent. Ich war so oder so stinksauer. Er hätte mich nur einweihen zu brauchen, dann hätte ich ihm mit Freuden die Haut vom Fleisch gekratzt.

Ein selbstgefälliges Lächeln huschte über sein Gesicht, als wüsste er genau, was ich gerade dachte. Ich riss mich los und funkelte ihn wütend an.

»Träum weiter!«

Mit einem leisen Lachen wischte er sich das Blut von den Lippen und ließ seinen Blick über mein zerrissenes Kleid wandern. »Oh, das tue ich, ganz bestimmt sogar.«

Ich war sprachlos von seiner Dreistigkeit und völlig verwirrt, weil ich nicht mehr unterscheiden konnte, was an seinem Verhalten gespielt und was real war.

Askan trat an meine Seite. Eine stille Warnung an den Schattenprinzen, den Bogen nicht zu überspannen. Dann legte er mir seinen Umhang um die Schultern und führte mich durch die dicht gedrängten Schaulustigen nach draußen. Das hier würde sicherlich zum neusten Skandal werden und sich am Hof wie ein Lauffeuer verbreiten.

»Raus hier!«, erklang Noárs wütende Stimme irgendwo hinter mir. Ich musste mir ein Lächeln verkneifen. Er würde dafür sorgen, dass niemand die Leiche des Seneschalls entdeckte. Seine Methoden waren zwar äußerst fragwürdig und ich würde ihm bei nächster Gelegenheit dafür in die Weichteile treten, aber … er hatte sein Wort gehalten.

Ich befand mich auf dem Weg in meine Gemächer – mit dem Juwel der Macht, das noch immer in meinem Stiefel steckte.

Und niemand hatte Verdacht geschöpft.

DER TIEFE FALL IN DIE SCHATTEN

Was die Gerüchteküche betraf, sollte ich recht behalten. Als mich Askan in meinen Gemächern absetzte, erwarteten mich drei beunruhigte Zofen, die bereits vollständig im Bilde waren.

Während Mariz ihre Lebensschuld völlig vergaß und sich empört über den unverschämten Schattenprinzen ausließ, stand Keeza schweigend daneben. Sie hatte eine finstere Miene aufgesetzt und musterte meine Verletzungen aus ihren wunderschönen dunklen Augen.

»Prinz Ardiza hat das getan?«, erkundigte sie sich fassungslos. Ihre seidige Stimme, die mich sonst immer an geschmolzene Schokolade erinnerte, klang jetzt unnachgiebig. Sie sah aus, als würde sie Noár am liebsten höchstpersönlich erwürgen. Unter anderen Umständen wäre ich aufgesprungen, hätte laut ›Frauenpower!‹ gerufen und mich mit ihr verbündet. Aber mein schlechtes Gewissen plagte mich zu sehr. So wenig ich ihn leiden konnte, es war nicht fair, dass man Noár anlastete, was eigentlich Baron Harràz zu verantworten hatte.

»Ganz gleich, was der Schattenprinz getan hat, es geht euch nichts an!«, tadelte Mistress Rhana die beiden jüngeren Zofen und schob mich in Richtung des heißen Bades, das sie eingelassen hatte. »Er ist der zukünftige Gemahl Ihrer Hoheit. Das Einzige, das man ihm vorwerfen kann, ist seine mangelnde Diskretion.«

Wow ... Ich wusste schon, warum ich Rhana nicht mochte. Keine Ahnung, was schlimmer war. Männer, die einer Frau Gewalt antaten, oder Frauen, die diese Männer in Schutz nahmen.

Allerdings hatte ich gerade größere Probleme. Ich musste irgendwie aus meinen Sachen kommen, ohne dass die Zofen das Juwel entdeckten.

»Ich würde gerne allein sein«, verkündete ich und erntete dafür gleich dreifachen Protest aus den verschiedensten Gründen. Entschieden schmetterte ich alle Argumente ab und bestand auf meinem Wunsch.

Als sie endlich fort waren, lehnte ich mich erleichtert an die geschlossene Tür und versuchte mein klopfendes Herz zu beruhigen. Ich war eindeutig nicht gemacht für diese ganze Aufregung. Mir hatte es früher schon vollauf gereicht, meine Zieheltern ab und zu anzulügen, weil ich heimlich auf eine Party wollte. Ein Komplott gegen einen Kaiser, mit dem Risiko, dabei draufzugehen, war da ein ganz anderes Kaliber.

Ich zerrte mir die Stiefel von den Füßen, fasste hinein und erstarrte. Panisch drehte ich sie auf den Kopf. Nichts.

Das konnte doch nicht sein! Ich schüttelte Askans Umhang und die zerrissenen Falten meines Kleides aus. Dann kontrollierte ich ein weiteres Mal die Stiefel.

Das Juwel war weg!

Wie war das möglich?! Hatte ich es irgendwo verloren? Nach meinem Kampf mit Harràz war es ganz sicher noch in meinem Stiefel gewesen. Das hieß …

Noár!

Fieberhaft ging ich unser Aufeinandertreffen durch. Ich versuchte, mich an jeden Körperkontakt zu erinnern, aber es gab einige Sekunden, die ich einfach nicht rekonstruieren konnte, weil ich zu sehr damit beschäftigt gewesen war, ihm die Augen auszukratzen zu wollen. Da musste es passiert sein. Anders war das Ganze nicht zu erklären.

Dieser Scheißkerl hatte mich beklaut!

Na, der konnte sich auf was gefasst machen.

Zitternd vor Wut tauschte ich meine ramponierte Kleidung gegen eine schlichte schwarze Robe und machte mich auf den Weg zu Noár.

Kaum hatte ich meine Tür geöffnet, lief ich auch schon direkt in die Arme meines Großvaters, umgeben von einer Schar Goldkrieger.

»Wohin des Weges, Amaia?«, erkundigte er sich höhnisch. Er schien nicht im Mindesten überrascht zu sein, dass ich noch einmal das Zimmer verlassen wollte. Es wirkte eher so, als hätte er genau das erwartet.

»Ich ... ich wollte meinen Verlobten darüber in Kenntnis setzen, dass sein Verhalten mehr als unangebracht war«, improvisierte ich. Solange ich möglichst nah an der Wahrheit blieb, würde es wohl am glaubhaftesten klingen.

»Natürlich«, murmelte der Kaiser. Er schien mir kein Wort zu glauben.

Mit gemächlichen Schritten drängte er mich zurück in mein Zimmer. Die Goldkrieger folgten. Askan war nicht unter ihnen.

»Meinen Respekt übrigens für diesen gelungenen Ablenkungsversuch.«

Was?

Ich fühlte mich, als hätte mir jemand den Boden unter den Füßen weggezogen. Wusste mein Großvater Bescheid?! Hatte Noár mich doch verraten?

»Wirklich, Amaia! Du hast schnell gelernt, wie man das Spiel hier am Hof spielt. War es deine Idee oder die von Lazar?«

Was?!?!

Ich brachte keinen Ton heraus. Das alles ergab nicht den geringsten Sinn. Was hatte Lazar denn mit der Sache zu tun? Oder redete er vielleicht gar nicht vom Tod seines Seneschalls?

Fidrin hob die Hand, woraufhin seine Krieger die Tür hinter sich schlossen. Oh, verdammt. Das war gar nicht gut.

»Der Schattenprinz hat seine Eigenheiten, aber wenn man sie zu nutzen weiß, dann ist er ein brauchbares Werkzeug«, fuhr Fidrin fort. »Ihn in eines der Separees zu locken und ihn somit in diese eindeutige Lage zu bringen ...« Er schnalzte anerkennend mit der Zunge. »Ein besseres Alibi hättest du dir nicht verschaffen können, um zu vertuschen, was du und Lazar vorhattet.« Mein Großvater kam mir so nah, dass sich unsere Nasenspitzen fast berührten. »Aber euer Plan ist fehlgeschlagen. Die Flucht deiner geliebten ›Geschwister‹ ist misslungen.«

WAS?!?! Oh Gott. Nein! Jetzt ergab das langsam ein Bild. Mariz musste Lazar Bescheid gegeben haben. Und der hatte versucht, meine Geschwister aus dem Goldenen Berg zu bringen.

Fidrin kniff seine wässrigen Augen vorwurfsvoll zusammen.

»Gib es zu, du hast das Juwel gefunden und Lazar erpresst, damit er deine Geschwister befreit.« Er wirbelte zu seinen Kriegern herum. »Durchsucht alles!«

Wie vor den Kopf gestoßen sah ich dabei zu, wie die Männer sich ans Werk machten.

»Ich hab das Juwel nicht«, teilte ich meinem Großvater mit. Das war die Wahrheit – dank Noárs Unverfrorenheit und seinen flinken Fingern. Ich wollte mir gar nicht ausmalen, was passiert wäre, wenn sie es tatsächlich hier gefunden hätten.

Fidrin ließ mich nicht aus den Augen. Er genoss es, mich zu beobachten. Er genoss, mir das letzte Stückchen Zuhause zu nehmen. Er genoss seine Macht.

Vorhänge flogen, Vasen und Vitrinen zerbrachen, Polster und Kissen wurden aufgeschlitzt. Selbst vor meinem Kleiderschrank und dem Bett machten sie nicht halt. Als die Krieger endlich fertig waren, mussten sie jedoch bestätigen, dass es hier nichts zu finden gab. Da konnte ich es mir nicht verkneifen, meinen Großvater voller Genugtuung anzulächeln.

Fidrin packte mich brutal am Nacken und zog mich zu sich.

»Weißt du was?«, flüsterte er mir ins Ohr. Ich war starr vor Abscheu. »Ich denke, ich brauche das Juwel nicht mehr.«

Dann zwang er mich, ihm in die Augen zu sehen. Augen, in deren Tiefen plötzlich schwarze Abgründe zu wirbeln schienen. Wie auf Moes Zeichnung.

War das ...?

Mein Großvater ließ mich los, bevor ich sichergehen konnte, dass ich es mir nicht nur eingebildet hatte.

»Durchsucht auch sie. Und dann nehmt sie fest!«, befahl er.

Grobe Hände griffen nach mir. Als sie meinen Körper abtasteten, stiegen Wut und Verzweiflung in mir auf. »Hört sofort auf!«, forderte ich. Und tatsächlich beugten sich einige der Krieger meinem Willen. Die anderen begannen panisch zu werden. Jemand schrie, man sollte mich knebeln. Ein anderer war noch rabiater und schlug mir etwas Hartes über den Schädel. Ich taumelte. Alles drehte sich. Das Letzte, das ich hörte, war die Stimme des Kaisers.

»Ich klage meine Enkelin der Verschwörung und des Hochverrats an.«

Danach versank alles in bodenloser Schwärze.

Ein paar Mal wachte ich kurz auf. Zuerst sah ich den verschwommenen Rücken eines Goldkriegers. Dann die verrußte Decke eines dunklen Raums. Ich erinnerte mich auch an Gitterstäbe ... meine gefesselten Hände ... Noárs Ring. Es waren immer nur kurze Eindrücke, bevor ich erneut das Bewusstsein verlor.

Erst ein lautes Rumpeln brachte mich wieder vollständig in

die Gegenwart zurück. Ich wurde heftig durchgeschüttelt. Mein Kopf drohte vor Schmerzen zu explodieren und mein Mund war staubtrocken. Letzteres kam sehr wahrscheinlich von dem Knebel, den man mir zwischen die Lippen gezwängt hatte. Mühsam hob ich meine Augenlider und sah wieder Gitterstäbe. Aber die Welt dahinter schien sich zu bewegen. Ich brauchte ein paar Momente, um zu kapieren, dass ich mir das nicht nur einbildete. Offensichtlich lag ich auf einem fahrenden Karren, hinter dessen Gittern sich die engen Häuserschluchten der nächtlichen Unterstadt erhoben.

Adrenalin überschwemmte meinen Körper. Es drängte meine Kopfschmerzen in den Hintergrund, sodass nach und nach die Erinnerung zurückkehrte.

Ich versuchte, mich hinzusetzen. Mit meinem brummenden Schädel und den gefesselten Händen war das schwerer als erwartet. Ich musste mich an den Gitterstäben nach oben ziehen. Als ich es endlich geschafft hatte, blickte ich in zahllose aufgereihte Gesichter, die an mir vorüberzogen. Alte, junge, traurige, erboste. Alle sahen mir und der grausigen Prozession zu, die bewacht von Goldkriegern durch ihre Straßen rollte. Das konnte nur eines bedeuten: Fidrin hatte nicht lange gefackelt und mich tatsächlich des Hochverrats angeklagt!

Mein Herz begann mir gegen die Brust zu hämmern. Es fühlte sich an, als wollte es mir dringend etwas mitteilen. Als wäre es bereit für eine Flucht. Aber ich konnte nicht fliehen. Ich würde sterben. Heute. Das wusste ich plötzlich mit unumstößlicher Sicherheit.

Dann kam die Angst. Diesmal war sie keine reißende Bestie, die mich zerfetzen wollte. Nein, sie kroch leise in meine Gedanken wie Gift, das mich von innen heraus zerfraß.

Etwas stupste mich am Fuß. Ich fuhr herum und bemerkte,

dass ich mich nicht allein auf dem Karren befand. Mir gegenüber saß Lazar. Auch er war gefesselt und geknebelt. Trotzdem strahlten seine grauen Augen so viel Zuversicht und Sorglosigkeit aus, als würde er gerade in einer Hängematte auf den Bahamas liegen. Seinen Optimismus konnte ich nicht teilen. Ganz besonders nicht, als tiefe Trommeln ertönten und die Unterstadt zum Beben brachten. Es war ein unheilvolles Geräusch, das mir die Haare zu Berge stehen ließ. Im selben Moment bogen wir auf einen Platz ein, der mir nur allzu bekannt vorkam. Hier hatte Fahra tagelang um ihr Leben gerungen.

Die dicht gedrängte Menge teilte sich vor uns. Mit jedem Meter, den wir der goldenen Säule im Zentrum näher kamen, schien die Kleidung der Zuschauer hochwertiger zu werden. Die besten Plätze waren für die Edlen und Reichen reserviert. Unter ihnen entdeckte ich auch einige bekannte Gesichter. Meister Joto, Ifar, seine Mutter, die Waldfürsten, Mistress Rhana, Mariz, der Wüstenfürst und zuletzt Kommandant Askan, der mich mit unerträglichem Bedauern ansah.

Wir hielten an. Goldkrieger öffneten die Gitter und zerrten uns vom Karren. Alles, was dann geschah, nahm ich nur noch wie durch einen Schleier wahr. Mein Blick war auf die furchterregende Säule gerichtet, von der schwere Ketten baumelten. Sie warteten auf mich. Daneben stand der Kaiser mit seiner weißen Mähne. Auf seinem Kopf ruhte die Krone Cassardims und von seinen Schultern hing ein goldenes Gewand – prachtvoller als alles, was er je zuvor getragen hatte. Ein deutliches Signal an sein Volk. Heute war für ihn ein Festtag.

»Ihr wisst alle, wessen ich meine Enkelin beschuldige«, hallte seine Stimme durch das Innere des Berges.

Zustimmendes Gemurmel ging durch die Reihen der Zuschauer. Scheinbar hatte mein Großvater wirklich keine Zeit verloren, um die Nachricht zu verbreiten. Draußen war es noch immer Nacht. Oder war es das schon wieder? Wie lange hatte ich bewusstlos in den Kerkern gelegen?! Nach dem hohlen Gefühl in meinem Magen zu schließen, hatte ich schon seit Tagen nichts mehr gegessen.

»Prinzessin Amaia hat sich mit dem Verräter Lazar val Etor verbündet, um mich zu stürzen«, fuhr der Kaiser fort, während die Goldkrieger mich mit dem Rücken gegen die Säule pressten. »Mein eigen Fleisch und Blut! Als Großvater kann ich ihr verzeihen, denn dieser Mann hat ihr die Sinne vernebelt.« Er deutete mit ausgestrecktem Finger auf Lazar, den man vor mir auf die Knie zwang. »Aber als Kaiser darf ich ein solches Verhalten nicht hinnehmen. Deshalb verurteile ich sie zum Tode.«

Fidrins Selbstherrlichkeit ekelte mich an. Ich musste darum kämpfen, die Kontrolle über meine zitternden Glieder zu behalten. Diesen letzten Triumph wollte ich ihm nicht schenken. Ich würde nicht vor den Augen aller zusammenbrechen, würde nicht das schwache, naive, beeinflussbare Mädchen sein, das der Kaiser seinen Untertanen präsentieren wollte. Wenn das hier meine letzten Minuten waren, dann sollten alle sehen, dass ich dem Ende aufrecht und mit Überzeugung entgegenblickte.

Nur war das leichter gesagt als getan.

Gerade wollten die Goldkrieger mir die Ketten anlegen, als sich ein rot gekleideter Mann aus der Menge löste und ihnen Einhalt gebot. Im Licht der Feuer und Laternen glichen seine Haare poliertem Mahagoniholz – wie bei unserer ersten Begegnung. Damals hatte dieser Albtraum begonnen …

Noár erklomm die Stufen zu mir. Hoffnung keimte in mir auf. Würde er für mich Partei ergreifen, Einspruch erheben oder vielleicht sogar meine Freilassung fordern?

Doch der Schattenprinz tat nichts dergleichen. Er nahm sich

meine Hand und zog mir seinen Ring vom Finger. Danach ließ er seinen Blick ein letztes Mal über meinen Körper wandern und murmelte: »Was für eine Verschwendung.«

Das hämische Gelächter der Goldkrieger ging im Rauschen meiner Ohren unter. Es fühlte sich an, als hätte Noár den Todesstoß vorgezogen. Er hatte von mir bekommen, worum es ihm gegangen war. Das Juwel. Jetzt war ich in seinen Augen wertlos.

Ohne ein weiteres Wort wandte er sich ab und kehrte zum grimmig dreinblickenden Drokor zurück. Ein Platz in der ersten Reihe, um meinen Tod aus nächster Nähe mit anzusehen. Jetzt hinderte die Goldkrieger niemand mehr daran, die Seile um meine Handgelenke gegen die schweren Ketten zu tauschen, in denen schon so viele vor mir ihr Ende erlebt hatten. Das Metall fühlte sich eisig an, aber ich konnte mich nur noch auf den einen Krieger konzentrieren, der sich mit seinem Bogen vor mir aufbaute. Acht goldene Pfeile steckten in seinem Köcher.

Den ersten legte er gerade an, als plötzlich ein Raunen durch die Menge ging. Die Straßenlaternen begannen zu flackern. Nacheinander erloschen sie, bis nur noch ein paar wenige Fackeln die Unterstadt beleuchteten. Die Trommeln verstummten. In der darauffolgenden Stille konnte man deutlich das Geräusch ledriger Schwingen hören. Dann stieg mir der Geruch von verwesendem Fleisch in die Nase.

»Chokaal«, zischte Noár und zog sein Schwert. Drokor und Ifar taten es ihm gleich. Dann überschlugen sich die Ereignisse. Eine Massenpanik brach los, als ein dunkler Schatten herabstieß und seine Krallen in eine kreischende Frau bohrte. Die Zuschauer stoben auseinander. Einige fielen und konnten nur mit Mühe verhindern, niedergetrampelt zu werden. Immer mehr Chaoshunde stürzten sich auf das wehrlose Volk. Fauchen, Flattern, tiefes Grollen, Angstschreie und gebrüllte Befehle mischten sich mit dem schrecklichen Geräusch von zerreißendem Fleisch. Die Goldkrieger neben mir zogen nun ebenfalls ihre Waffen. Andere warfen sich mit Noár und Ifar in den Kampf gegen die Chaoshunde. Der Rest bildete einen Kreis um den Kaiser.

»Ihr wagt es, in meinen Berg zu kommen!«, rief Fidrin und hob seine Hände. »Verschwindet!« Auch seine Fürsten setzten ihren Willen ein, um dem Chaos Herr zu werden. Und tatsächlich hörte ich Winseln und Jaulen. Lange würde es nicht mehr dauern, bis sie die Situation unter Kontrolle gebracht hätten.

Unvermittelt brach einer der Goldkrieger neben mir zusammen. Ein Zweiter rang mit etwas und verlor – aber es war keine Chaoskreatur, sondern ein schwarz vermummter Mann. Nein, mehrere Männer. Sie bewegten sich völlig lautlos, während sie nacheinander alle Wachen ausschalteten. Einer von ihnen zerrte Lazar auf die Beine. Der andere durchtrennte mit einem mächtigen Hieb die Ketten, die mich an die goldene Säule banden. Danach packte er mich am Arm und zog mich mit sich. Ich hatte keine Ahnung, wie mir geschah, da stolperte ich auch schon durch das Gemetzel, das die Chaoshunde angerichtet hatten.

»Sie fliehen!«, schrie jemand hinter uns.

»*Faheen*!«, brüllte der Nächste. Daraufhin erhöhten die dunklen Gestalten ihr Tempo. Meine Beine gaben unter mir nach. Kommentarlos wurde ich über eine Schulter geworfen. Schwere Schritte und das Scheppern von Rüstungen verfolgten uns. Doch diese Männer, von denen ich nicht sagen konnte, ob sie meine Befreier oder Entführer waren, wussten genau, was sie taten. Koordiniert und ohne ein einziges Wort miteinander zu wechseln, liefen sie durch die Straßen und Gassen, wechselten die Richtung, versteckten sich in dunklen Hauseingängen, bis der Kampf gegen die Chaoshunde nur noch aus der Ferne zu erahnen war. Irgendwann wurde ich abgesetzt, in die Höhe gehoben und von einem zweiten Paar starker Arme auf ein Vordach gezogen. Der Mann, der mich getragen hatte, sprang leichtfüßig hinterher und weiter auf das eigentliche Dach des Hauses. Von dort aus streckte er mir die Hände entgegen. Wieder wurde ich hochgehoben und weitergereicht. Ich fühlte mich wie ein Sack Mehl, entführt von einer Truppe Ninjas. Völlig lautlos kamen uns die anderen hinterher. Plötzlich gab einer ein Handzeichen. Sofort wurde ich von meinem vermeintlichen Retter auf die kühlen Dachschindeln gedrückt. Er legte seinen Zeigefinger über den vermummten Mund und signalisierte mir, keinen Mucks zu machen. Ich mochte mich auch täuschen, aber ich glaubte, in seinen graugrünen Augen ein vergnügtes Funkeln zu entdecken. Fast so, als würde ihm diese ganze Aktion Spaß bereiten.

Laute Rufe lenkten meine Aufmerksamkeit auf die Straße unter uns.

»Sucht alles ab. Sie können nicht weit sein!«

Es waren Goldkrieger, die uns verfolgten. Sie klopften an Türen, befragten die Bewohner. Doch niemand hatte uns gesehen.

Obwohl sein Gesicht verhüllt war, konnte ich erkennen, dass der Mann neben mir grinste. Irgendetwas an ihm kam mir bekannt vor. Aber ich kam nicht dazu, weiter darüber nachzudenken, denn kurz darauf zog er mich wieder auf die Beine. Unser Fluchtweg schien an einer steilen Felswand zu enden. Zwischen dem Hausdach und der Wand klaffte ein Abgrund. Ohne Vorwarnung legte sich der Mann meine noch immer aneinandergeketteten Arme um den Hals, nahm Anlauf und sprang. Im Flug schob er mich auf seinen Rücken und fing die Wucht des Aufpralls mit seinem Körper ab. Ein Ruck ging durch uns beide, doch er schaffte es, sich an den Felsen festzukrallen, bevor wir in die Tiefe stürzten. Der Schmerz, der mir durch die Handgelenke und Schultern schoss, raubte mir den Atem. Ich biss fest auf meinen Knebel und konzentrierte mich darauf, nicht zu schreien, um unsere Verfolger nicht auf unsere Spur zu locken. Mehr konnte ich nicht machen, obwohl ich wusste, dass ich den Mann, an dessen Hals ich hing, mit meinem Gewicht gerade erwürgen musste.

Trotzdem schaffte er es, uns beide Stück für Stück die felsige Wand hochzuziehen. Als wir nach einer gefühlten Ewigkeit voller Herzrasen und Todesangst endlich so etwas wie einen Felsvorsprung erreichten, war ich am Ende mit den Nerven und hatte jedes Gefühl in meinen Armen verloren. Er dagegen befreite sich lachend von mir, sprang auf die Beine und signalisierte seinen Freunden mit einer in die Luft gereckten Faust, dass er sich selbst für den Besten hielt.

Wer auch immer dieser Kerl war, er schien eindeutig hart im Nehmen und außerdem vollkommen durchgeknallt zu sein.

Ich ließ meinen Kopf auf den Boden sinken und stöhnte vor Schmerzen auf, als das Blut in meinen Armen endlich wieder zu fließen begann. Lange verschnaufen konnte ich allerdings nicht, da mich der irre Evel Knievel zum Weitergehen drängte. Jetzt fiel mir auf, dass der Felsvorsprung eigentlich ein Rundgang war, der zu einem goldenen Bauwerk gehörte. Es schien eine Art Wachturm zu sein, von dem aus man große Teile der Unterstadt überblicken konnte. Das Innere des Turms war verlassen. Von hier führte ein Tunnel aus der Stadt hinaus. Mit jedem Schritt wurde es dunkler um uns herum. Eine kühle Brise wehte uns entgegen. Und zum ersten Mal erlaubte ich mir den Luxus, darüber nachzudenken, wohin mich diese Leute wohl bringen würden – und wer sie waren …

Ganz offensichtlich schienen sie dem Kaiser nicht wohlgesonnen zu sein. Das hieß aber nicht unbedingt, dass sie auf meiner Seite standen. Sie gehörten auch nicht zu Lazars Leuten, denn sie hatten ihn mitgenommen, ohne ihn von seinen Fesseln zu befreien. Andererseits könnte das natürlich nur eine Finte gewesen sein. Irgendwer hatte sie *Faheen* genannt. Gehörten sie wirklich zu den Gesetzlosen, die für den Tod meiner Zieheltern verantwortlich waren?

Unvermittelt stoppte mich der Mann.

»Wir warten hier auf die anderen«, sagte er mit gedämpfter Stimme. Irgendetwas in meiner Erinnerung regte sich. Er kam mir so bekannt vor. Nur woher, wollte mir beim besten Willen nicht einfallen.

Erschöpft ließ ich mich an der Tunnelwand zu Boden gleiten und versuchte mir den Knebel aus dem Mund zu ziehen. Erfolglos. Er war zu fest verknotet. Also schlang ich meine Arme um die Knie, um mir so wenigstens einen Rest meiner Körperwärme zu bewahren. Wäre ich ein bisschen besser bei Kräften gewesen, hätte ich mit dem Gedanken gespielt, den Typen auszutricksen und abzuhauen, solange seine Freunde noch nicht da waren. Aber ich wäre in meinem aktuellen Zustand keine drei Meter weit gekommen. Außerdem wusste ich nicht, wohin ich hätte fliehen können. Na ja ... was auch immer diese Typen mit mir vorhatten, umbringen wollten sie mich jedenfalls nicht – oder *noch* nicht. Das war schon mal ein gewaltiger Fortschritt zu der Situation vor einer halben Stunde.

Ich starrte meine Handgelenke an. Die Haut unter den Ketten war aufgeschürft und dunkel verfärbt. Plötzlich ging der verrückte Kerl vor mir in die Hocke. Seine graugrünen Augen musterten grimmig meine Verletzungen. Er seufzte und griff nach meinem Knebel.

»Lass ihn drin!«, ertönte es aus den Schatten. Seine Freunde hatten uns eingeholt. »Sie macht uns sonst nur Probleme. Ihr Wille ist stark.«

Ich runzelte die Stirn. Auch diese Stimme kam mir bekannt vor. Ganz besonders der spöttische Unterton darin ...

Der, der geredet hatte, verschwand im Tunnel vor uns. Der Dritte trieb Lazar vor sich her. Er war wie ich noch immer gefesselt und geknebelt. Ansonsten schien es ihm gut zu gehen. Sie stießen ihn neben mir auf den Boden.

Und dann ging das Warten los. Ich spürte, wie meine Augenlider mit jeder Minute schwerer wurden.

Irgendwann kehrte der mit dem spöttischen Unterton zurück und wechselte ein paar leise Worte mit dem Verrückten. Scheinbar war er der Anführer.

»Ist es so weit?«, wollte der Dritte wissen.

Verwirrt sah ich auf. Der Dritte war eine Frau mit einer samtigen Stimme.

Der Anführer nickte, woraufhin Lazar und ich auf die Beine gezerrt wurden. Es ging immer weiter den Tunnel entlang, bis der Berg direkt vor meinen Füßen endete. Hätte der Verrückte mich nicht festgehalten, wäre ich in einen tiefen Abgrund gestürzt.

»Nicht so voreilig, Prinzessin«, lachte er.

Ein kalter Wind fraß sich durch mein dünnes Kleid. Vor uns lag nichts als die pechschwarze Nacht.

»Ich kann es gar nicht erwarten, aus dieser Schlangengrube rauszukommen«, murmelte die Frau. Sie schob den Stoff runter, der ihr Gesicht verdeckt hatte, und atmete tief durch.

Fassungslos starrte ich sie an. Es war Keeza. Meine rotblonde Zofe.

»Geht nicht nur dir so, Schwesterherz«, meinte der Anführer. Auch er enthüllte sein Gesicht und machte meinen Schock damit komplett. Keezas scheinbarer Bruder war niemand geringerer als Rhome.

»Euch ist schon klar, dass ihr die ganze Überraschung versaut?«, brummte der Verrückte neben mir.

»Ach, halt den Mund, Pash! Du hättest die Kleine fast umgebracht«, fauchte Keeza.

Pash? Der Typ mit der halben Kuh, der sich kopflos mit Prinz Ifar geprügelt hatte?! Das erklärte einiges – aber noch lange nicht, wieso mich die Freunde des Schattenprinzen wie Ninjas verkleidet vor meiner Hinrichtung retteten. Und seit wann gehörte Keeza überhaupt zu Noárs Leuten?! Die Symbole des Schattenvolkes trug sie jedenfalls nicht ...

Mit einem Schnauben drehte Pash mich zu sich um. Auch er hatte inzwischen sein Gesicht enthüllt und sah mir nachdrücklich in die Augen. »Keeza übertreibt! Ich hatte zu jeder Zeit alles im Griff! Und jetzt ...« Er schob mir die gefesselten Hände an die Brust und tätschelte meine Schulter. »Nicht schreien und schön die Arme angelegt lassen!«

Zeitgleich mit seinem wilden Grinsen machte sich eine ungute Vorahnung in mir breit. Ich schüttelte noch mit dem Kopf, aber Pash gab mir einen kräftigen Schubs und stieß mich rückwärts vom Berg.

Jeder einzelne meiner Muskeln verkrampfte, als die Nacht an mir vorbeirauschte. Ich hörte nur das Flattern meines Kleides und meinen rasenden Herzschlag. Doch meine Angst wurde plötzlich von einem einsamen Gedanken überlagert: Ich hätte heute ohnehin sterben sollen, da war das hier eindeutig der schönere Tod.

Aber ich irrte mich.

Ich fiel in starke Arme. Ein Ruck ging durch meinen Körper und dann ... sah ich direkt in schwarze Augen voller Sterne.

DAS ENDE DER LÜGEN

Der Schattenprinz drückte mich fest an seine Brust, während Nox mit mächtigen Flügelschlägen unseren Sturzflug abfing.

»Atme«, hörte ich Noárs Stimme sagen. Erst da bemerkte ich, dass mein Körper so verkrampft war, dass meine Lungen überhaupt keine Chance hatten, sich mit Luft zu füllen. Leider gelang es mir nur mit mäßigem Erfolg, das zu ändern, denn wir schossen mit wahnwitziger Geschwindigkeit durch die Dunkelheit. Kalter Wind schlug mir entgegen. Die Lichter des Goldenen Bergs verschwammen in meinen tränenden Augen. Immer weiter und höher trug uns der Shendai in den Nachthimmel. Die Kraft seiner gewaltigen Schwingen spürte ich bis in die Knochen, aber sehen oder hören konnte ich ihn kaum. Die geflügelte Raubkatze schien vollkommen mit den Schatten um uns herum zu verschmelzen.

Behutsam ließ Noár mich ein Stück nach unten gleiten, bis ich seitlich zwischen seinen Beinen saß. Seinen linken Arm parkte er auf meinem Oberschenkel, während sein rechter Arm weiterhin meinen Rücken umspannte, damit ich nicht rückwärts von Nox purzeln konnte. Ich war froh, dass er mich nicht losließ, und trotzdem war mir das alles zu nah, zu eng, zu intim. Der Schattenprinz hatte mich bestohlen und vor nicht einmal einer Stunde gedemütigt und in den Tod geschickt, nur um mich dann von seinen Leuten befreien zu lassen. Das sollte mal einer verstehen! Oder war ihm vielleicht aufgefallen, dass er das Juwel ohne die Kaisersymbole nicht benutzen konnte? Brauchte er mich deshalb lebend?

Noár erwiderte meinen finsteren Blick mit einem schiefen Grinsen.

»Ich würde dir das ja gerne abnehmen«, meinte er und tippte sacht gegen meinen Knebel, »aber ich habe so das Gefühl, dass du mich gleich anschreien wirst, und wir sind noch nicht weit genug vom Kaiserhof weg, also ...« Er hob fragend seine Augenbrauen. »Versprichst du mir, brav zu bleiben?«

Sosehr ich seine Überheblichkeit hasste, ich hätte alles getan, um dieses Ding loszuwerden. Deshalb nickte ich. Kurz darauf blitzte ein Dolch in Noárs Hand. Er durchtrennte den Stoff und zupfte mir den Knebel vorsichtig aus meinen spröden Lippen. Schmerz zuckte durch meinen Kiefer, als ich ihn endlich wieder bewegen konnte. Mein Mund war staubtrocken und meine Zunge fühlte sich wie ein Fremdkörper an. Allerdings war das nichts im Vergleich zu dem brennenden Pochen an meinen Handgelenken, als Noár mich auch von den schweren Ketten befreite. Ich keuchte auf und presste mir die schmerzenden Hände an die Brust.

Noár bewegte sich. Inzwischen war der Goldene Berg so weit entfernt, dass das Licht nicht mehr ausreichte, um zu sehen, was genau er da trieb. Doch dann spürte ich den kühlen Rand einer Feldflasche an meinen Lippen.

»Trink«, wies Noár mich an.

Das brauchte er mir nicht zweimal sagen. Ich war so durstig, als hätte ich tagelang eine Wüste durchquert. Gierig nahm ich ein paar Schlucke von dem klaren Wasser, bevor ich selbst nach der Flasche griff und sie bis auf den letzten Tropfen leerte.

»Mei-ne ... Ge-schwis-ter?«, krächzte ich. Meine Stimmbänder waren es nicht mehr gewohnt, benutzt zu werden.

»Im Augenblick wird Fidrin ihnen nichts antun, weil er sie noch braucht«, meinte Noár und nahm mir die Feldflasche ab. Im selben Moment tauchten wir in dichten Nebel ein. Um uns herum stiegen Hunderte von Varras-Lichtern auf. Die Niemandslande. Erst jetzt wurde mir so richtig bewusst, was hier wirklich passierte. Noár brachte mich fort. Fort vom Kaiserhof, fort von meinem Großvater, fort von den Intrigen.

»Wa-rum ... tust du ... das?«

»Warum ich dich vor deiner Hinrichtung gerettet habe?«, lachte Noár leise. »Schon vergessen? Ich bin ein Profi-Held. Wo auch immer eine Prinzessin in Not ist, kann ich einfach nicht anders.«

Entgeistert starrte ich ihn an. Wollte er mich verarschen?! Ich erinnerte mich gut an das Gespräch in der Fährstadt, auf das er anspielte. Allerdings war seitdem viel Zeit vergangen und so vieles passiert.

Der Schattenprinz kümmerte sich nicht um meinen empörten Gesichtsausdruck. Stattdessen strich er mir fast schon zärtlich über meine geschundenen Handgelenke.

»Lässt du mich das heilen?«

Ich schnaubte. »Damit ich dir wieder irgendwas schuldig bin?! Vergiss es!«

Der matte Schein der vorbeirauschenden Varras-Lichter hüllte Noárs Züge in geheimnisvolle Schatten. In seinen Augen glänzte etwas, das ich beim besten Willen nicht zuordnen konnte. Er schien mir widersprechen zu wollen, doch dann seufzte er, griff um mich herum und wickelte mich fest in seinen Umhang. Ein wohliger Schauer jagte mir über die Haut. Keine Ahnung, woraus der Stoff gemacht war, aber er hielt den kalten Nachtwind mühelos draußen. Noárs Körperwärme tat ihr Übriges, sodass sich das stetige Zittern nach und nach legte, das mich seit dem Tunnel nicht mehr verlassen hatte. Gleichzeitig übermannte mich eine unendliche Erschöpfung. Alles in mir sehnte sich nach Schlaf.

Alles außer den nagenden Zweifeln, die mich davor warnten, dem Schattenprinzen zu vertrauen.

Noár veränderte seine Sitzposition, bis meine Knie über seinem Bein lagen und auch meine Füße unter seinem Umhang Platz fanden. Das machte alles nur noch schlimmer, denn jetzt fiel ich förmlich gegen seine Brust und saß so bequem, dass mir die Augen fast von alleine zufielen.

»Du bist mir überhaupt nichts schuldig, Amaia«, murmelte der Schattenprinz.

Ich runzelte die Stirn. Das klang nicht, als hätte er mit mir gesprochen. Abgesehen davon war ich mir nicht sicher, ob ich mir seine Stimme nicht nur eingebildet hatte.

Alles an diesem Mann verwirrte mich. Genau wie die unübersichtlichen Gefühle, die ich ihm gegenüber empfand. Wie gerne wollte ich mich einfach in die Geborgenheit fallen lassen, die seine Arme mir versprachen. Doch wann immer ich dieser Verlockung nachgegeben hatte, war mir anschließend die Rechnung präsentiert worden. Ich durfte nicht leichtsinnig werden. Ich musste meine Gedanken zusammenhalten und sehr, sehr vorsichtig sein.

»Wohin bringst du mich?«, erkundigte ich mich. Damit konnte ich zwei Fliegen mit einer Klappe schlagen. Das Gespräch würde mich von meiner Müdigkeit ablenken und ich konnte Informationen sammeln, die vielleicht für mein Überleben wichtig wären.

»An einen Ort, an dem du vorübergehend in Sicherheit bist«, sagte Noár. Seine samtige Stimme ließ seinen Brustkorb vibrieren, lullte mich ein und trieb mich tiefer in meine Müdigkeit. Trotzdem erkannte ich, wie vage seine Antwort war. Wo genau lag dieser Ort, an den er mich brachte? Was bedeutete ›vorübergehend‹? Und wer entschied, was dann mit mir geschehen würde? Ich wollte mich aufrichten, um ihm bei all diesen Fragen ins Gesicht zu sehen, aber Noár hielt mich mit sanftem Nachdruck fest. »Nein, du bist keine Gefangene, du kannst jederzeit gehen, wenn du es wünschst. Und bis dahin«, seufzte er, »schlage ich dir einen Waffenstillstand vor.«

Das klang zu schön, um wahr zu sein. Natürlich war mir klar, dass er damit genau das sagte, was ich hören wollte. Doch mein Verstand schaffte es nicht mehr, nach dem versteckten Haken in seinem Angebot zu suchen. Also schob ich meine Zweifel beiseite und beschloss, mich wieder mit ihm zu streiten, wenn ich die Kraft dafür hatte.

»Okay …«, flüsterte ich. Mit einem Waffenstillstand konnte ich mich anfreunden. Vorübergehend. Und bis dahin würde ich einfach versuchen, mir die Umgebung einzuprägen und mit meinen Erinnerungen an die Landkarten abzugleichen, die ich im Goldenen Berg studiert hatte. Aber trotz meiner festen Vorsätze fielen mir irgendwann die Augen zu. Ich sank gegen Noárs Schulter und schreckte sofort wieder hoch.

Als ich das dritte Mal zusammenzuckte und mir gähnend die Augen rieb, stieß der Schattenprinz ein tadelndes Geräusch aus.

»Du bist ein ganz schöner Dickkopf«, brummte er. »Schlaf endlich. Wir werden noch länger unterwegs sein.«

Ich riskierte einen Blick nach oben und sah, wie Noár grimmig in die Nacht starrte.

»Ich weiß, dass du mir nicht vertraust. Schließlich habe ich mein Bestes gegeben, um genau das zu erreichen.« Er fuhr sich mit einem resignierten Seufzen durch die Haare. »Aber wenn du mir schon nicht glauben willst, dass du nicht in Gefahr schwebst, dann vertrau Nox. Er würde nicht zulassen, dass ich dir etwas antue. Er mag dich.«

Irgendwo vor uns ertönte ein zustimmendes Maunzen und entlockte mir ein Lächeln. Vielleicht war es ja doch nicht so schlimm, für ein paar Minuten auszuruhen? Was auch immer der Morgen bringen würde, ich brauchte einen klaren Verstand, um damit fertigzuwerden.

Zögernd legte ich meinen Kopf an Noárs Brust und gestattete meinen Augen endlich, sich zu schließen. Mit der Entscheidung wich alle Anspannung aus meinem Körper. Beinahe sofort versetzten mich seine regelmäßigen Atemzüge in einen angenehmen Dämmerzustand.

»Wehe, du heilst mich heimlich«, murrte ich noch, bevor ich ganz eingeschlafen war. »Und ... lass deine Finger ... bei dir.«

Sein leises Lachen war das Letzte, das ich hörte, ehe ich in einen tiefen traumlosen Schlaf fiel.

Ich versuchte das sanfte Rütteln an meiner Schulter zu ignorieren. Schließlich lag ich superbequem zu einer Kugel zusammengerollt und war in eine weiche Decke gekuschelt. Mein Kopf ruhte auf einem warmen Kissen, das vielleicht ein bisschen zu hart, aber trotzdem sehr gemütlich war. Dummerweise hörte das Rütteln nicht auf, also öffnete ich meine Augen und starrte auf pechschwarzes Fell neben orangevioletten Wolken. Irritiert blinzelte ich ein paar Mal, weil das alles irgendwie nicht zusammenpassen wollte.

»Wir sind da«, erklang Noárs Stimme über mir. Der amüsierte Unterton darin katapultierte mich schlagartig aus meiner trägen Zufriedenheit. Ich spürte Flügelschläge. Wir waren noch immer in der Luft!

Schockiert fuhr ich hoch und verlor das Gleichgewicht. Sofort schlang Noár seinen Arm um meine Taille und hinderte mich daran, von Nox' Rücken zu rutschen.

»Immer schön langsam«, feixte er und zog mich an sich, bis

ich aufrecht vor ihm saß. Da wurde mir klar, wie ich die Nacht verbracht hatte. Zusammengerollt zwischen seinen Beinen, mit seinem Umhang als Decke und seinem Oberschenkel als Kopfkissen. Ich lief knallrot an. Oh Gott, wann und wie war das denn passiert?!

Aber ich konnte mich nicht länger mit meinem peinlichen Schlafverhalten auseinandersetzen, denn Nox legte die Flügel an und ließ sich in die Tiefe fallen – direkt auf die endlose Weite des Ewigen Flusses zu. Im letzten Moment bremste er seinen Sturzflug ab. Dadurch kamen wir dem ölig schimmernden Chaoswasser so nah, dass seine Schwingen fast darin eintauchten. Dann drehte er ab, schoss wieder in die Höhe und hielt auf eine schwarze Klippe zu.

Okay, jetzt war ich wach.

»Angeber!«, rief Noár lachend, woraufhin der Shendai ein zufriedenes Brüllen ausstieß und an einer Reihe von Höhlen vorbeiglitt, die mir in der dunklen Felswand noch gar nicht aufgefallen waren. Die größte davon wählte er sich aus und landete überraschend leichtfüßig auf dem Felsvorsprung davor. Es schien fast, als wäre der dazu geschaffen, um so mächtigen Kreaturen wie einem Shendai Platz zu bieten. Hier gab es sogar eine Tränke und einen Futtertrog.

Noár fackelte nicht lange und ließ sich mit mir von Nox' Rücken gleiten. Als wir unten waren, stellte er mich auf meinen noch leicht wackligen Beinen ab und löste die Riemen, mit denen Sattel und Gepäck befestigt gewesen waren. Befreit davon stieß Nox ein ohrenbetäubendes Brüllen aus, stürzte sich von den Felsen und segelte in die Dämmerung.

»Wohin will er?«, fragte ich ein wenig verunsichert, weil ich nun ganz allein mit dem Schattenprinzen war.

»Wir sind weit geflogen«, antwortete Noár und schulterte den seltsam geformten Sattel. »Er hat Hunger. Und nachdem du gerade niemanden aus Versehen umgebracht hast, dessen Leiche wir loswerden müssen, wird er sich sein Essen heute wohl selbst jagen.«

Mir klappte die Kinnlade herunter. Bitte was?!

»Du hast Baron Harràz an Nox verfüttert?«

Noár grinste mich fröhlich an. »Streng genommen war es Pash. Ich hätte ihn ja im Ewigen Fluss versenkt, aber er hielt das für eine Verschwendung.«

Während ich versuchte, das schreckliche Kopfkino wieder loszuwerden, marschierte der Schattenprinz in Richtung Höhle. Mich und das Gepäck ließ er einfach stehen.

»Komm«, rief er mir über die Schulter zu. »Ich will dir etwas zeigen.«

Das klang irgendwie unheilvoll, aber in Ermangelung einer Alternative trottete ich ihm über das dunkle Gestein hinterher. Das hier war eindeutig das Schattenreich. Die Hölle. Noárs Heimat. Ich wusste nur nicht, ob ich das gut oder schlecht finden sollte. Vor meinem Großvater war ich in diesem Teil Cassardims vermutlich sicher. Aber dafür hatte Noár hier das Sagen …

Plötzlich versperrte uns eine Wand den Weg. Sie bestand aus schwarzem Metall und buntem Glas und war kunstvoller verarbeitet als jedes Kirchenfenster, das ich jemals gesehen hatte. Noár warf den Sattel auf den Boden, öffnete eine riesige Tür und spazierte in die Dunkelheit.

Ich hörte, wie er etwas murmelte. Kurz darauf erhellten mehrere Laternen das Innere der Höhle. Das Glas der Eingangswand erwachte zum Leben und strahlte in wunderschönen Farben und Mustern. Dahinter lag ein voll ausgestatteter Speisesaal mit einem Kamin, langen Tischen, Bänken und Teppichen. Der Platz reichte für mindestens sechzig Personen.

»Wo sind wir hier?«, fragte ich fasziniert. Niemals hätte ich in dieser kargen, scharfkantigen Felsklippe einen solch gemütlichen Ort erwartet.

»Rim Valesh war mal der Stützpunkt einer Shendai-Staffel. Er wird heute kaum noch benutzt.«

Das war eine Militär-Basis? Ach du meine Güte, wie würde dann erst der Palast aussehen?!

»Die anderen sind auch bald hier«, meinte Noár und wanderte zum hinteren Teil des Speisesaals. Dort hing ein schwerer roter Vorhang, den er mit einer kräftigen Bewegung zur Seite schob. »Nox ist der Schnellste. Ich habe ihn vorausfliegen lassen, weil ich mir dachte, du hättest hierfür gern ein bisschen Extrazeit.«

Misstrauisch näherte ich mich dem dunklen Durchgang, der hinter dem Vorhang verborgen gewesen war. Ich glaubte zwar nicht, dass Noár vorhatte, ganz plötzlich über mich herzufallen – dazu hätte er in der Nacht mehr als eine Gelegenheit gehabt –, aber ich traute dem gefährlichen Lächeln dennoch nicht, das sich auf seinem Gesicht breitmachte.

Als ich an seiner Seite stand, entzündete der Schattenprinz mit einem knappen Befehl mehrere Feuer und Fackeln in der Dunkelheit vor uns. Ich schnappte überwältigt nach Luft. Hinter diesem unscheinbaren Vorhang lag eine gigantische Grotte mit Dutzenden Wasserbecken und Bassins auf verschiedenen Ebenen. Dampf stieg daraus auf, als würde all das von einer heißen Quelle gespeist werden. Wasserfälle plätscherten die Wände hinunter. Überall gab es Treppen, die alles miteinander verbanden, und die Feuer spiegelten sich so in den glatten Bruchstellen der schwarzen Felsen, dass es aussah, als würden die Wände in Flammen stehen.

Ein tiefes Seufzen ließ mich zu Noár gucken. Er lehnte mit verschränkten Armen am Eingang und beobachtete mich.

»Manch ein Mann würde töten, um von dir nur einmal so

angesehen zu werden«, stellte er mit einem anzüglichen Glitzern in den Augen fest.

Ich sah ihn verärgert an. Diesen Kommentar hätte er sich echt sparen können! Wieso musste dieser Kerl jeden noch so winzigen Lichtblick gleich wieder zunichtemachen?!

Doch anstatt sich von meinem bitterbösen Gesichtsausdruck einschüchtern zu lassen, schenkte Noár mir nun ein verschmitztes Grinsen. »Und da ist sie wieder, die unterkühlte Feindseligkeit, die ich so vermisst habe.«

»Ach wirklich?«, fauchte ich ihn an. »Dann ist das jetzt wohl eine Neuigkeit für dich. Diese unterkühlte Feindseligkeit bedeutet: Halt dich von mir fern!«

»Das hab ich versucht«, konterte er trocken. »Aber das ist gar nicht so einfach bei all den Schwierigkeiten, die du förmlich anzuziehen scheinst.«

»Wenn du mit Schwierigkeiten *dich* meinst, dann hast du vermutlich recht.« Der ganze Frust, der sich in den letzten Wochen in mir angestaut hatte, brach aus mir heraus. »Ohne dich wäre ich überhaupt nicht hier und nichts von alldem wäre passiert! Du sagst, du hättest versucht, dich von mir fernzuhalten?! Dann erklär mir mal bitte, wie es dazu kommen konnte, dass wir *verlobt* sind!«

Zornig stieß Noár sich von der Wand ab und kam auf mich zu. Das war's wohl mit dem Waffenstillstand.

»Wir sind nicht mehr verlobt, schon vergessen?« In seiner Hand tauchte ein kleiner schwarzer Ring mit einem einzelnen Rubin auf. »Ich habe die Anklage deines Großvaters benutzt, um dich freizugeben. Gern geschehen übrigens.«

Ungläubig starrte ich ihn an, aber Noár war noch nicht fertig mit mir.

»Mein Anrecht auf deine Hand habe ich nur geltend gemacht,

um dir so viel Schutz zu gewähren, wie mir möglich war. Zu einer Heirat hätte ich es so oder so nie kommen lassen.« Er drängte mich immer weiter gegen die Wand. Auf seinem Gesicht tobten so unterschiedliche Emotionen, dass ich zum ersten Mal wirklich befürchtete, er könnte die Kontrolle verlieren. »Du willst wissen, warum ich mich nicht von dir ferngehalten habe? Erinnerst du dich noch an den Pfeil aus der Fährstadt? In jener Nacht habe ich den Schützen verfolgt. Es war ein Wolkenkrieger.« Mit frostigem Blick schleuderte er mir die neuen Informationen entgegen und ließ keinen Zweifel daran, was aus dem Schützen geworden war. »Natürlich hatte ich damals keine Ahnung, warum Saphama ein Interesse daran haben sollte, ihre eigene Tochter umzubringen, aber ich wusste, dass Lazar mir etwas verschwiegen hat. Deshalb bin ich überhaupt erst am Kaiserhof aufgetaucht. Ich habe dich zum Tanz aufgefordert und an diesem Abend nicht aus den Augen gelassen, weil ich herausfinden wollte, was die Wolkenfürstin vorhat. Deshalb habe ich dich auch nach dem Angriff der Chaoshunde geheilt. Damit du diese Lebensschuld nicht bei Ifar hast. Sonst wärst du während des großen Rennens in der Loge von Saphama gesessen, die bereits die Diener bestochen hatte, um deinen Wein zu vergiften für den Fall, dass du die Chaoshunde überlebst.« Mit jedem Satz, mit jeder Enthüllung wurde sein Tonfall härter. Er schien genau zu wissen, in was für einen Abgrund er mich damit stürzte. »Als dann herauskam, dass Lazar uns allen eine Goldene Erbin vorenthalten hat, war ich stinksauer auf ihn. Er wusste, in was für eine Gefahr er dich bringt. Er wusste, dass die Fürsten sich blind vor Machtgier um deine Hand reißen würden. Und es war ihm egal. Lazar hat dich ihnen einfach schutzlos ausgeliefert. Wäre *ich* nicht gewesen, wärst du vermutlich schon jetzt mit Ifar verheiratet.«

Schockiert hatte ich Noár zugehört. Jedes Geheimnis, das er

lüftete, war ein Beweis mehr, wie blind und naiv ich durch diese ganze Geschichte gestolpert war. Und trotz all seiner Argumente wies Noárs Version gewaltige Lücken auf. Er hatte fein säuberlich alle Details ausgelassen, die das hübsche Bild des moralisch unantastbaren Retters ins Wanken bringen können.

»Und weil du diese lästige Verlobung schon am Hals hattest, hast du dir wohl gedacht: Warum dir dabei nicht wenigstens ein bisschen Spaß gönnen?«

»Ich habe eine Rolle zu erfüllen, Amaia«, sagte Noár matt und fuhr sich mit einem Seufzen durch die Haare. »Hätte ich nicht gehandelt, wie man es von mir erwartet, hätte ich nicht nur dich, sondern auch mein Volk in Gefahr gebracht.«

»Oh, du hast also nur an das Wohl deines Volkes gedacht, als du mich vor dem versammelten Hof mit Lust überschüttet hast? Als du mich im Garten verspottet hast, weil mein Wille dir nicht stark genug war? Als du ein Messer an deinem Hals nicht als ›Nein‹ akzeptiert hast, weil du es amüsanter fandest, mit meinen Gefühlen zu spielen?« Meine Stimme bebte. Vor Wut stiegen mir Tränen in die Augen. »Oder hast du das nur getan, damit du und deine Stiefmutter bei eurem nächsten Schäferstündchen etwas zum Lachen habt.«

Noárs Blick flackerte. Ich sah, dass meine Worte ihn bis ins Mark trafen. Gut so, denn diesmal war ich noch nicht fertig!

»Und dann, als ich dich trotz all dem um deine Hilfe gebeten habe, hast du …« Ich stockte vor Scham, aber ich wusste, dass ich jetzt nicht aufhören konnte. Also kratzte ich meinen Mut zusammen und sah ihm fest in die Augen. »Du hast mir für ein paar schreckliche Augenblicke das Gefühl gegeben, du würdest mich vergewaltigen. Ich weiß, was du damit bezwecken wolltest, aber … aber eine kleine Warnung wäre schön gewesen.«

Noár rührte sich nicht. Er starrte mich einfach nur an.

»Ich musste dich dazu kriegen, mich zu verletzen«, versuchte er sich zu rechtfertigen, wobei in seinem Tonfall mehr Reue als Trotz mitschwang. »Sonst wären Zweifel an dem Täuschungsmanöver aufgekommen – oder deiner Ehre. Beides konnte ich nicht riskieren.«

Enttäuscht und angewidert zugleich schüttelte ich den Kopf. »Und das hatte alles nichts damit zu tun, dass du mich bestehlen wolltest?«

Ich wusste nicht, was ich erwartet hatte. Vielleicht, dass er alles leugnete, oder mich mit seinem so typisch überheblichen Spott bedachte. Doch Noár tat etwas, mit dem ich wirklich nicht gerechnet hatte. Behutsam nahm er meine Hände und legte einen schwarzen Beutel hinein. Ich musste nicht hineinsehen, um zu wissen, was sich darin befand. Die Energie, die davon ausging, war deutlich genug.

»Hätte ich es nicht getan, wäre der Kaiser jetzt im Besitz des Juwels«, sagte er, »und nicht du.«

Dann schloss er meine Finger um den Beutel und ging.

DER ANFANG DER WAHRHEIT

Die heißen Quellen waren spektakulär, aber ich konnte mein Bad aus diversen Gründen nicht genießen. Zum einen versuchte ich, ständig in Reichweite des schwarzen Beutels zu bleiben, der neben dem Becken auf meiner Kleidung lag. Schließlich wollte ich mir das Juwel der Macht nicht noch einmal klauen lassen. Zum anderen sorgte das warme Wasser dafür, dass mein Kreislauf in den Keller sackte und die Erschöpfung mit voller Wucht zurückkehrte – Schwindelgefühle und unkontrolliertes Zittern inklusive. Auch die Kopfwunde, die mir Fidrins Soldaten beschert hatten, war wieder aufgebrochen. Ich bemühte mich wirklich, sie mit meinem Willen zu heilen, doch ich schaffte lediglich, dass die Blutung stoppte. Das heftige Pochen und die stechenden Schmerzen blieben.

Alles in allem ging es mir schlecht. Dazu kam, dass ich bis gerade eben nur eine geflohene Gefangene gewesen war. Jetzt – mit dem Juwel der Macht – lastete plötzlich die Verantwortung für ganz Cassardim auf meinen Schultern. Ich hatte dem Goldenen Berg versprochen, meinen Vater zu befreien, aber das schien von hier aus noch aussichtsloser als zuvor. Noár hatte gesagt, ich könnte gehen, wenn ich es wünschte. Allerdings musste er irgendwie vergessen haben zu erwähnen, dass ich Hunderte Meter über dem Ewigen Fluss in einer Höhle festsitzen würde.

Außerdem hatte ich mir während des Herflugs vorgenommen, mich unter gar keinen Umständen vom Schattenprinzen manipulieren zu lassen – egal, was er sagen oder tun würde. Und nun hatte er binnen kürzester Zeit meine Welt auf den Kopf gestellt. Schon wieder.

Jedes seiner Argumente klang plausibel und irgendwie ... glaubte ich ihm. Dummerweise wusste ich nur nicht, ob das so ratsam war.

Als ich aus dem Wasser wankte, fand ich neben dem Eingang saubere Kleidung. Es war ein langes schwarzes Unterkleid, das eher den Namen Negligé verdient hätte, weil der durchsichtige Stoff absolut nichts verbarg. Gott sei Dank lag daneben noch ein rotes Überkleid, das wie eine Mischung aus Wintermantel und Kimono aussah. Es war warm, weich und hatte den unschlagbaren Vorteil, dass ich keine Hilfe beim Anziehen brauchte – trotz zitternder Hände. Den Beutel mit dem Juwel verstaute ich hinter dem breiten Stoffgürtel. Schuhe gab es keine, wobei ich bei den ganzen Teppichen hier wohl auch keine brauchen würde.

So gewappnet tapste ich zu dem Vorhang, den Noár zugezogen hatte, um mir meine Privatsphäre zu gönnen. Dahinter hörte ich Stimmen, ein Gespräch, Lachen. Ich wollte nicht stören, also schlüpfte ich, so leise es ging, durch den schweren Stoff. Rhome, Pash, Keeza und Noár saßen an einem der langen Tische, plauderten miteinander und aßen. Im Kamin prasselte ein Feuer und in der Luft lag ein köstlicher Geruch, der mich daran erinnerte, dass ich seit Tagen nichts gegessen hatte. Obwohl ich kein Geräusch gemacht hatte, sah Noár sofort auf. In seinem Blick schwelten noch die Nachwehen unseres Streits.

Seine Freunde verstummten und drehten sich zu mir um.

Yay, Mittelpunkt ...

Ich gab mir größte Mühe, mir meine Schwäche nicht ansehen zu lassen. Ihr Mitleid brauchte ich nicht, sondern ihre Hilfe. Das war jedenfalls mein Fazit nach einer Stunde Grübelei im heißen Wasser: Ich würde Noár um Hilfe bitten. Und dafür sollte ich zumindest den Anschein erwecken, als würden mir nicht schon nach zwei Metern die Knie nachgeben.

Keeza war die Erste, die das unangenehme Schweigen brach.

»Das Kleid steht dir besser als mir«, meinte sie freundlich. »Komm, du musst hungrig sein.«

Sie füllte eine frische Schale mit einer Art Eintopf und stellte sie an den freien Platz neben Pash. Es kam mir komisch vor, mich in diese eingeschworene Runde zu setzen. Ich fühlte mich jetzt schon wie ein Fremdkörper. Aber mein Hunger siegte und so ließ ich mich möglichst unauffällig neben dem verrückten Schattenkrieger mit den wirren Haaren nieder. Der Eintopf stellte sich als dampfendes Ragout heraus. Mir lief das Wasser im Mund zusammen. Doch als ich nach dem Löffel griff und zu essen beginnen wollte, zitterten meine Finger so stark, dass ich zweifellos alles verschüttet hätte. Schnell legte ich den Löffel wieder ab und versteckte meine Hände unter dem Tisch, in der Hoffnung, dass es niemandem aufgefallen war. Aber so viel Glück hatte ich nicht. Rhomes goldbrauner Falkenblick musterte mich grimmig. Dann schnitt er eine Grimasse und sah Noár vorwurfsvoll an.

Der zuckte mit den Schultern und meinte: »Sie wollte nicht, dass ich sie heile.«

»Kein Wunder«, brummte Pash mit vollem Mund und kassierte dafür einen Tritt unter dem Tisch. Wahrscheinlich von Keeza, die ihm gegenübersaß.

Rhome verdrehte die Augen und hielt mir seine Hand hin.

»Ist es dir lieber, wenn ich es mache?«

Am Kopfende stellte Noár seinen Becher so energisch auf dem Tisch ab, dass ich zusammenzuckte. Der Schattenprinz starrte seinen blond gelockten General finster an, was der geflissentlich ignorierte, da er mich seinerseits finster anstarrte.

Keeza warf ihre Hände in die Luft. »Ihr habt wirklich keine Ahnung von Frauen, oder?«

»Mag sein«, mischte sich nun Pash ein. »Aber ich weiß, wo das eigentliche Problem liegt!« Er klaute mir meinen Löffel und hielt ihn demonstrativ in die Höhe. »Es sind immer die gesellschaftlichen Regeln, die uns die Scherereien bringen. Ohne sie ...« Er warf den Löffel in hohem Bogen hinter sich und präsentierte seine leeren Hände, wie bei einem Zaubertrick. »... ist die Welt in Ordnung!« Dann griff er sich seine Schale und setzte sie an seinen Mund, als wäre sie eine Teetasse.

Keeza schüttelte leidgeprüft den Kopf.

»Den hebst *du* wieder auf!«, stellte sie klar, woraufhin Pash irgendetwas Unverständliches maulte, als wäre er ein aufmüpfiger Teenager.

Aber dann legte Noár seinen Löffel ebenfalls beiseite und begann unter Pashs Jubelrufen direkt aus der Schale zu essen. Rhome fielen beinahe die Augen aus dem Kopf. Keeza dagegen nickte anerkennend und sammelte mit einem Schmunzeln das überflüssige Besteck ein. Damit war das Eis gebrochen. Pash referierte weiter darüber, wie unnötig höfische Etikette war, und verwickelte Rhome in eine hitzige Diskussion. Da nun nicht mehr alle Aufmerksamkeit auf mir lag, wagte ich einen neuen Versuch mit dem Ragout. Diesmal ohne Löffel und beidhändig. Und es klappte. Ich nahm es Pash noch immer übel, dass er mich vom Goldenen Berg geschubst hatte, aber mit der Löffel-Nummer war er auf dem besten Weg, es wiedergutzumachen.

Das Ragout schmeckte so großartig wie alles in Cassardim. Abgesehen davon spürte ich, dass mit jedem Bissen meine Kraft zurückkehrte. Sogar das nervige Zittern hörte nach einer Weile auf und irgendwann erwischte ich mich dabei, wie ich über einen von Keezas Kommentaren lachte. Nur Noár beteiligte sich nicht an der Unterhaltung. Hin und wieder warf er mir einen unergründlichen Blick zu, aber die meiste Zeit über betrachtete er die Flammen im Kamin.

Als ich meine zweite Schale Ragout verputzt hatte, wollte ich gerade den Mut aufbringen und die Schattenkrieger um Hilfe bei der Befreiung meines Vaters bitten. Doch da fiel ein dunkler Schatten über die Glaswand am Eingang.

»Wurde aber auch Zeit!«, murrte Rhome und erhob sich. Die anderen standen ebenfalls auf und gingen den Neuankömmlingen entgegen. Neugierig folgte ich ihnen.

Offensichtlich war draußen soeben ein Shendai gelandet, dessen Reiter nun die Höhle betraten. Es waren Drokor und Lazar.

Der ehemalige Seneschall sah erfrischt aus, hatte sich umgezogen und wirkte kein bisschen so, als wäre er nur knapp seiner Hinrichtung entkommen. Interessiert schaute er sich im Speisesaal um, bis er mich entdeckte.

»Amaia«, rief er und kam mir mit einem Lächeln und ausgebreiteten Armen entgegen. »Geht es dir gut?«

Ich fühlte, wie brodelnder Zorn in mir aufstieg. Wie konnte er, der für all das hier verantwortlich war, einfach reinschneien und mich ernsthaft fragen, ob es mir gut ging?! Er hatte meine Geschwister befreien sollen und es versaut. Deshalb wäre ich beinahe exekutiert worden. Deshalb saßen meine Geschwister noch immer im Goldenen Berg fest – in der Gewalt eines Wahnsinnigen. Ganz zu schweigen von Zoey, die er einfach instrumentalisiert hatte und sich nun einen Dreck darum kümmerte, was aus ihr geworden war. Aber *er* gab sich so gut gelaunt wie bei einer Dinnerparty.

Als er mich umarmen wollte, platzte mir der Kragen. Ich ballte meine Hand zur Faust und schlug ihm mitten ins Gesicht.

»Mir geht es nicht gut!«, zischte ich ihn an.

Auuutsch! Verdammt, das hatte ich mir anders vorgestellt! Wieso hatte mir keiner gesagt, dass das so wehtat?!

»Schöne Gerade, Prinzessin!«, johlte Pash im Hintergrund, während ich meine Hand ausschüttelte und versuchte, den Schock über mein Verhalten zu verdauen.

Lazar rieb sich das Kinn und bewegte vorsichtig seinen Kiefer hin und her. »Nun, das hab ich wohl verdient.«

»Du hättest weit mehr als das verdient«, meinte Noár trocken. Er lehnte mit verschränkten Armen am Kamin und schien sich über meinen Wutanfall bestens zu amüsieren.

Wunderbar, offensichtlich war ich mal wieder das Unterhaltungsprogramm!

Lazar schnalzte missbilligend mit der Zunge. »Ja, ich habe einen Fehler gemacht. Eine Tatsache, die nicht sehr häufig vorkommt«, gab er zu. »Ich habe unterschätzt, wie weit Kaiser Fidrin bereit war zu gehen. Er –«

»Wir wissen schon, dass er seine Kraft aus den Seelen zieht«, kam ihm Rhome zuvor, womit er den ehemaligen Seneschall doch tatsächlich verblüffte. Genau wie mich. Ich hätte nicht gedacht, dass Noár seinen Freunden so sehr vertraute, um dieses Wissen mit ihnen zu teilen.

»Das ist auch der einzige Grund, warum wir deinen verlogenen Gold-Hintern hierher mitgeschleift haben«, fügte Pash hinzu, während er sich auf einen Tisch hievte und anfing, mit den Beinen zu baumeln. Seine ganze Haltung wirkte kindlich gelangweilt, aber sein Blick war äußerst wach. So wach, dass ich zu zweifeln begann, ob seine Verrücktheit nicht vielleicht nur Show war.

Lazar bedachte den Schattenkrieger mit den wirren Haaren mit einer abschätzig hochgezogenen Augenbraue, bevor er sich direkt an Noár wandte.

»Ich fürchte, es ist mehr als das. Fidrin ist bereits mit dem Chaos infiziert.«

Damit sprach Lazar das aus, was ich seit meinem letzten Gespräch mit meinem Großvater befürchtet hatte. Allein dic Erinnerung an die dunklen Wirbel in seinen Augen jagte mir einen kalten Schauer über den Rücken. Allerdings wirkten weder Noár noch seine Freunde sehr bestürzt über diese Neuigkeit. Vielmehr schienen sie Lazar kein Wort zu glauben.

»Bin ich der Einzige, der gerade ein Déjà-vu hat?«, fragte Rhome spöttisch in die Runde.

»Nein, bist du nicht«, antwortete Drokor mit seiner tiefen volltönenden Stimme.

Mir war klar, dass sie von der Rebellion redeten, die damals nur deshalb ins Rollen gekommen war, weil man Kaiser Katair vorgeworfen hatte, vom Chaos besessen zu sein. Auch Lazar verstand die Anspielung und warf aufgebracht seine Arme in die Luft.

»Es ist nicht nur ein Gerücht wie damals. Ich habe selbst das Chaos in Fidrins Augen gesehen. Wir müssen ihn aufhalten, sonst richtet er uns alle zugrunde!«

Als sein erneuter Versuch, die Schattenkrieger aufzurütteln, ebenfalls fehlzuschlagen drohte, fühlte ich mich doch verpflichtet, Partei zu ergreifen. Nicht für Lazar, sondern für die Wahrheit.

»Ich habe es auch gesehen«, offenbarte ich leise.

Jetzt hatten wir die Aufmerksamkeit der Schattenkrieger – und ihr Fluchen.

»Gut, und wie sieht unser Plan aus?«, wollte Rhome wissen. »Fidrin stürzen und Amaia auf den Thron setzen? Nichts für ungut, aber sie hat keine Ahnung, wie sie den Goldenen Berg beherrschen oder die Barrieren aufrechterhalten soll. Das Chaos würde Cassardim in Stücke reißen.«

Ich wollte gerade die Katair-Bombe platzen lassen, doch Lazar ließ mich gar nicht erst zu Wort kommen.

»Sie wird es lernen müssen«, sagte er bestimmt und sah mich dann ermutigend an. »Und sie ist nicht allein mit dieser Aufgabe. Ich werde ihr dabei helfen.«

Erneut holte ich Luft, um zu erklären, dass all das überhaupt nicht nötig ist, aber diesmal unterbrach Noárs gehässiges Lachen meine Pläne. Er stieß sich vom Kamin ab und ging langsam auf Lazar zu.

»Dass du damit ganz nebenbei zum mächtigsten Mann in Cassardim wirst, ist natürlich nur reiner Zufall?«

Lazar ließ sich von dieser Unterstellung nicht einschüchtern. Im Gegenteil, er imitierte den zynischen Unterton des Schattenprinzen und hielt seinem Blick unerschrocken stand.

»Und das aus dem Mund des Mannes, der Amaia bei der ersten sich bietenden Gelegenheit als seinen Besitz gekennzeichnet hat?«

»Du weißt genau, warum ich das getan habe«, knurrte Noár.

»Nein, klär mich auf!«, forderte der ehemalige Seneschall mit einem bissigen Grinsen. »Sonst könnte ich vielleicht auf die Idee kommen, du wolltest deine Stiefmutter eifersüchtig machen.«

»Sprich nicht von Dingen, von denen du keine Ahnung hast!« In Noárs Stimme schwang so viel mühsam kontrollierte Wut mit, dass nicht nur ich Sorge hatte, er könnte Lazar gleich den Kopf abreißen. Auch Rhome und Keeza tauschten alarmierte Blicke aus.

Nur Lazar schien die Gefahr nicht zu bemerken, in der er schwebte, denn er provozierte Noár weiter.

»Jeder weiß, dass du der Schattenfürstin hörig bist, dass du es mit ihr hinter dem Rücken deines Vaters treibst, dass du ihr jeden Wunsch von den Lippen abliest, dass du für sie sogar deine Männer in den Tod geführt hast!«

»Lazar, es reicht!«, schaltete sich nun Drokor ein.

»Nein, es reicht nicht«, hielt der ehemalige Seneschall dagegen und richtete das Wort nun an Noárs Freunde. »Mit jeder Minute, die euer Prinz an Amaias Seite ist, bringt er sie mehr in Gefahr. Sagt mir, was wird er tun, wenn die Schattenfürstin Amaias Kopf von ihm verlangt?«

Seine Frage verhallte in der Höhle und das darauffolgende Schweigen sprach lauter, als jede Antwort es gekonnt hätte. Ich schluckte schwer. Würde Noár mich tatsächlich umbringen?

Angefacht von seinem Erfolg ging Lazar nun wieder auf den Schattenprinzen los.

»Du hast nicht den Willen, Zima zu widersprechen. Weil das Herz immer stärker ist als der Wille! Und dein Herz gehört ihr.«

Das war der Tropfen, der das Fass zum Überlaufen brachte. Noár bewegte sich so schnell, dass er alle damit überrumpelte. Er schmetterte Lazar rückwärts gegen die Höhlenwand und drückte ihm mit seinem Unterarm die Kehle zu.

»Das tut es nicht!«, presste er frostig hervor.

Ein Röcheln und Krächzen kam aus Lazars schmerzverzerrtem Mund. Ich brauchte ein paar Sekunden, um zu begreifen, dass er lachte. »Wem machst du ... hier etwas vor, Junge? Jeder, der euch ... in den letzten hundert Jahren gesehen hat ... weiß, dass ich recht habe.«

Die Temperatur in der Höhle sank spürbar, als Noár ein tiefes Grollen ausstieß.

»Dann irren sich alle. Genau wie ich mich geirrt habe.« Mit einem Ruck gab er Lazar frei. »Mein Herz hat *nie* Zima gehört.«

»Und woher ...« Lazar stützte sich auf den Knien ab und rang hustend nach Luft. »... nimmst du diese ... plötzliche Gewissheit?«

Der Schattenprinz senkte den Kopf. Er schwieg. Sein Gesicht wirkte wie erstarrt, aber in seinen dunklen Augen glänzte für ein paar endlose Sekunden so etwas wie Verletzlichkeit. Plötzlich machte sich Erkenntnis auf Lazars Zügen breit.

»Oh, wurmverseuchte Chimärenscheiße!«, fluchte der ehemalige Seneschall ungläubig. Seine verbale Entgleisung wollte so gar nicht zu seinen sonst so kultivierten Umgangsformen passen. Sein Blick zuckte in meine Richtung. Und auch die Aufmerksamkeit der anderen wanderte nach und nach zu mir.

Mein Herz setzte ein paar Schläge aus, bevor es holpernd und heftig wieder zu hämmern anfing. Rein logisch verstand ich, wovon hier alle ausgingen. Sie dachten ...

Sie dachten, Noár würde etwas für mich empfinden.

Doch glauben konnte ich das nicht. Das war zu viel für mich. Zu viel für mein Herz, das nie wieder heilen würde, wenn ich diese kleine Hoffnung zuließ. Zu viel für meinen Verstand, der nicht in der Lage war, all das unter einen Hut zu bringen. Meine Gedanken erlitten einen Kurzschluss und ich sagte das Erste, das mir einfiel.

»Katair lebt.«

Sofort veränderte sich die Spannung im Raum, als wäre aus einem tödlichen Spiel auf einmal tödlicher Ernst geworden. Jetzt sah mich sogar Noár an.

»Woher weißt du das?«, fragte er mich eindringlich.

»Der Goldene Berg hat es mir gezeigt.«

Lazar torkelte zu einer der Bänke und setzte sich.

»Katair war all die Jahre am Leben?« In seiner Stimme schwangen Selbstvorwürfe mit und zum ersten Mal hatte ich das Gefühl, den echten Lazar ohne seine Maske zu sehen – einen in die Jahre gekommenen Mann, der gerade erfuhr, dass all seine Bemühungen, seine Ränkespiele, seine Rachepläne vergeudete Zeit gewesen waren.

Auf einmal stand Noár vor mir. Jedes Gefühl war aus seinem Blick gewichen. Er hatte wieder in den Anführermodus geschaltet.

»Ahnt dein Großvater, dass du über Katair Bescheid weißt?«

Ich brachte keinen Ton heraus, also schüttelte ich nur den Kopf.

Pash sprang von dem Tisch, auf dem er gesessen hatte, und klatschte in die Hände. »Worauf warten wir dann noch? Lasst ihn uns befreien.«

Aber keiner der anderen rührte sich vom Fleck.

»Niemand kommt in die kaiserlichen Kerker, solange Fidrin im Berg ist«, bremste Keeza den übermütigen Schattenkrieger. »Man gelangt nur über seine Gemächer dort hinein. Und dieser Teil des Palastes ist noch immer fest unter seiner Kontrolle.«

»Dann müssen wir ihn eben aus seinem Berg herauslocken«, sagte Noár. Das war die logische Konsequenz, aber in seinen Worten schwang ein Unterton mit, der nur mir galt. Und ich verstand, was er da vorschlug. Meine Gedanken rasten. Ein Plan formte sich in meinem Kopf.

»Fidrin wird den Berg niemals verlassen«, brummte Rhome im Hintergrund. Ich griff in meinen Gürtel und holte den Beutel mit dem Juwel der Macht hervor. Dann öffnete ich ihn gerade so weit, dass alle sehen konnten, was darin war.

»Nicht einmal dafür?«

Pash stolperte vor Schreck rückwärts – fast so, als hätte ich ihm gerade einen giftigen Skorpion unter die Nase gehalten. »Gütiges Schicksal! Ist es das, was ich denke, dass es ist?!«

In den Gesichtern der anderen spiegelte sich eine ganze Bandbreite an Gefühlen von Erstaunen über Ehrfurcht bis hin zu drückender Beklommenheit. Keiner von ihnen machte Anstalten, näher als unbedingt nötig zu kommen. Keiner außer Lazar, der wie hypnotisiert auf mich zusteuerte. Er schien völlig weggetreten zu sein – wie ein tief Gläubiger, dem man plötzlich den Heiligen Gral präsentierte. Er hob seine Hände, erkundete die energiegeladene Aura des Steins. Und dann wirkte es, als wollte er danach greifen, doch Noár packte ihn am Kragen und schob ihn von mir weg. Schnell verschloss ich den Beutel und stopfte ihn hinter meinen Gürtel.

»Was ist, wenn ich meinem Großvater einen Austausch anbiete? Irgendwo außerhalb des Goldenen Berges? Das Juwel für meine Geschwister.«

Rhome wechselte einen fassungslosen Blick mit seiner Schwester. »Das ist so verrückt, dass es funktionieren könnte.«

»Kannst du das arrangieren?«, erkundigte sich der Schattenprinz bei Lazar. Der schien sich inzwischen von seiner Juwel-Besessenheit erholt zu haben und nickte.

»Gut«, sagte Noár. »Morgen früh. Auf der Nebelbrücke, sobald die Nebeltore geschlossen wurden.«

Jetzt gab es für die Strategen im Raum kein Halten mehr. Karten wurden ausgerollt, Pläne geschmiedet und Risiken diskutiert. Schließlich sollten meine Geschwister gerettet werden, ohne dass das Juwel tatsächlich in die Hände meines Großvaters fiel.

»Amaia wird bei der Übergabe dabei sein müssen«, stellte Rhome fest. »Sonst könnte Fidrin misstrauisch werden.«

»Ohne sie und ihre Kaisersymbole wird es schwierig werden, die Goldenen Kerker zu öffnen«, hielt Keeza dagegen.

Doch Lazar schüttelte energisch den Kopf. »Noárs Wille ist stark genug dafür.«

»Es wäre ohnehin besser, wenn er nicht mit Lazar oder Amaias Flucht aus der Unterstadt in Verbindung gebracht wird«, gab Rhome ihm recht. »Sollte etwas schieflaufen, muss er in der Lage sein, eine Beteiligung glaubhaft zu dementieren.«

Der Schattenprinz presste grimmig die Kiefer zusammen. Man sah ihm an, dass er seinem General widersprechen wollte, doch er tat es nicht.

Ein Räuspern ließ uns alle aufschauen. Es kam von Pash, der in einem Stuhl neben dem Kamin fläzte und sich ganz nebenbei über die Reste des Ragouts hermachte.

»Ich will euren tollen Plan ja nicht hinterfragen«, schmatzte er. »Aber das Mädchen ist eine Goldene Erbin. Und sie hat das Juwel der Macht. Wieso drücken wir ihr das Steinchen nicht in die Hand und lassen sie ihren Großvater plattmachen?«

»Nein!«, donnerten Noár und Lazar wie aus einem Mund.

Ihre Bestimmtheit überraschte uns alle. Genau wie die Tatsache, dass sich die beiden auf einmal einig zu sein schienen.

»Es hat einen guten Grund, warum das Juwel normalerweise im Zepter der Macht steckt«, fügte Lazar etwas gemäßigter hinzu. »Das Wissen aller Kaiser seit Anbeginn der Zeiten ist darin bewahrt. Für einen direkten Kontakt ist Amaia nicht stark genug. Noch nicht.«

Ich schluckte schwer und widerstand dem Drang, das Juwel schnellstmöglich von der Klippe zu schmeißen. Auch der Goldene Berg hatte mich schon davor gewarnt, es zu berühren und ich hatte wirklich nicht die geringste Lust, mich schreiend und winselnd vor Schmerz am Boden zu winden.

Pash warf mir einen seltsam nachdenklichen Blick zu. Es wirkte fast so, als spielte er mit dem Gedanken, Lazars Worte auf die Probe zu stellen. Aber dann zuckte er mit den Schultern, brummte »schade« und widmete sich wieder seinem Essen.

Mit einem Kopfschütteln erhob sich Lazar.

»Es ist noch viel zu tun. Ich werde dem Kaiser eine Nachricht zukommen lassen.« Seine ganze Haltung veränderte sich und plötzlich war er wieder der geschäftige Edelmann, dem ich vorher eine verpasst hatte. Charmant lächelnd spazierte er zum Ausgang und rief über die Schulter: »Wer fliegt mich?«

Die Schattenkrieger starrten ihm finster hinterher. Noár nickte Drokor zu, der dem Befehl seines Herrn widerspruchslos gehorchte und Lazar nach draußen folgte.

Nach kurzem Zögern sprang Noár auf und stapfte aus der Höhle. Ich hörte gedämpfte Stimmen. Er und Lazar stritten sich. Viel konnte ich nicht verstehen, aber ein paar Gesprächsfetzen drangen durch die Glaswand.

»Ich werde sie nicht mit dir allein lassen!«, knurrte Noár, woraufhin Lazar konterte: »Du weißt, dass ich mein Leben für sie geben würde!«

Dann kamen ein paar unverständliche Sätze und anschließend noch ein Wortwechsel, der sich mir im Kopf festsetzen sollte.

»Ich bin nicht der Richtige, um Katair zu befreien.« Bei Noárs Tonfall stellten sich mir alle Haare auf.

»Du bist genau der Richtige, Schattenprinz.«

Nicht springen ist auch keine Lösung

Als Drokors Shendai mit einem lauten Brüllen abgehoben hatte, wartete ich vergeblich darauf, dass Noár in den Speisesaal zurückkehrte. Aber anscheinend gab es keinen Grund dafür. Alle Entscheidungen waren getroffen, der Plan geschmiedet und nun hieß es warten auf Morgen.

Rhome und seine Schwester wichen meinen Blicken geflissentlich aus, während sie die Karten und das dreckige Geschirr aufräumten. Sie gingen nicht nur mir aus dem Weg, sondern auch dem einen Thema, das noch immer im Raum stand. Diese vage Andeutung, die meine Gefühlswelt einmal durch den Mixer gejagt hatte.

Irgendwann hielt ich es nicht mehr aus. Ich packte die Karte, die Noárs General gerade zusammenrollen wollte, und funkelte ihn verärgert an.

»Stimmt es?«

Rhome seufzte. Er wusste genau, wovon ich sprach.

»Es steht mir noch immer nicht zu, darüber zu reden«, entgegnete er. Dann bohrten sich seine Falkenaugen in meine. Die Härte darin schnürte mir die Kehle zu. »Aber sei dir einer Sache sicher: Noár ist wie ein Bruder für mich. Wenn du ihn ausnutzt oder verletzt, werde ich dich umbringen.«

Sprachlos starrte ich ihn an. Hätte er mir hier und jetzt ein Messer in den Bauch gerammt, wäre ich nicht überraschter gewesen. Und Rhome ließ keinen Zweifel daran, dass er seine Drohung ernst meinte.

Keeza kicherte im Hintergrund. »Meine Güte, Rhome. Sei nicht so melodramatisch!«

»Melodramatisch oder nicht, ich schließe mich seinen Worten an«, verkündete Pash von seinem Sitzplatz neben dem Kamin aus. Offensichtlich war er endlich satt und stocherte nun mit einem Stück Holz in seinen Zähnen herum, um die Reste des Ragouts herauszupulen. »Und Nox auch.«

Wow ... Ich fühlte mich, als wäre ich im falschen Film gelandet. Noár war hier nun wirklich nicht derjenige, den man beschützen musste. Schon gar nicht vor mir. Wo hatte ich ihn denn jemals ausgenutzt oder gar verletzt?! Es war genau andersherum.

Noár hatte gesagt, es wäre alles eine Rolle gewesen, die er hatte spielen müssen. Nur stimmte das nicht. Wieder und wieder war ich jede Begegnung mit ihm durchgegangen und trotz all seiner Argumente gab es so viele Ungereimtheiten. Mochte sein, dass ich noch nicht die ganze Wahrheit kannte, aber ich war mir einer Sache sicher: Wenn man jemanden gernhatte, wenn man vielleicht sogar verliebt war, dann behandelte man denjenigen nicht so, wie Noár es getan hatte.

Ich brauchte frische Luft. Andernfalls wäre ich Rhome oder Pash an die Gurgel gegangen. Entschlossen steuerte ich auf den Ausgang zu. Doch Keeza überholte mich und versperrte mir den Weg, indem sie mir ihre offenen Handflächen entgegenstreckte, als wollte sie mich beruhigen.

»Vergiss, was mein Bruder gesagt hat. Er ist manchmal ein unsensibler Volltrottel. Und Pash ist *immer* ein Volltrottel.« Sie ignorierte das trotzige Gemurmel hinter mir und schenkte mir ein schiefes Grinsen. Das verblasste jedoch schnell wieder und ließ eine grimmige Miene zurück. »Glaub mir, Amaia, keiner von uns heißt gut, wie Noár mit dir umgegangen ist.«

Diesmal kam kein Protest von den Schattenkriegern in meinem Rücken.

»Aber ihr erwartet von mir, dass ich es einfach so vergesse«, flüsterte ich, weil mir zu mehr die Kraft fehlte. Keeza schüttelte den Kopf.

»Nein«, meinte sie sanft. »Ich bitte dich nur darum, unserem Freund eine Chance zu geben.«

Mit einem Lächeln gab sie den Weg frei. Eine Antwort oder Reaktion wartete sie nicht ab.

Ich wankte benommen ins Freie und versuchte mein Gefühlschaos wegzuatmen. Keeza hatte mich gerade um etwas *gebeten*. Was das hier in Cassardim bedeutete, war mir inzwischen mehr als bewusst. Damit stand sie in meiner Schuld. War ihr Noár wirklich so viel wert?

Eine Chance – nicht für ihren Kronprinzen, sondern für einen Freund.

In mir rührten sich Trotz, Widerwille, Vernunft und allerlei weitere Stimmen, die mir eine Meinung aufdrängen wollten. Doch ich kannte mich gut genug, um zu wissen, dass ich nicht auf sie hören würde. Denn mein Herz war lauter als sie alle zusammen. Ich würde Keezas Bitte erfüllen. Ich konnte gar nicht anders. Aber nicht nur, weil es ihr Wunsch war. Nein, es war auch meiner …

Was hatte Lazar gesagt? *Das Herz war immer stärker als der Wille.* Genau so fühlte ich mich. Getrieben von etwas, das ich nicht kontrollieren konnte. Gleichzeitig überschwemmte mich Angst. Wie vor einem Bungeesprung, bei dem man nicht wusste, ob das Seil halten würde.

Ein schwarzer Schatten schoss über mich hinweg. Nox. Offensichtlich war er von der Jagd zurück. Er landete auf einem Felsvorsprung schräg über mir. Dazwischen lagen noch drei weitere Höhlen, die über in den Stein geschlagene Treppen verbunden waren. Dieser Stützpunkt war ein halbes Dorf und wahrlich eine Meisterleistung seiner Erbauer.

Vorsichtig wagte ich mich an den Rand der Klippe. Meine Haare tanzten im Wind. Unter mir erstreckte sich der Ewige Fluss und über mir türmten sich die orangegelben Wolkenberge, die mir mittlerweile so vertraut vorkamen wie der blaue Himmel der Menschenwelt. Es war seltsam, wie schnell ich mich an die bizarre Landschaft des Totenreichs gewöhnt hatte.

»Springen ist auch keine Lösung«, scherzte Rhome und stellte sich mit einem Grinsen neben mich. Sein Blick glitt über den Horizont.

Ich unterdrückte ein Seufzen. War ja klar gewesen, dass Keeza mir ihren Bruder hinterherschickte.

»Selbst wenn ich hätte springen wollen, glaube ich kaum, dass ich jemals unten angekommen wäre.« Diese Klippe war hoch genug, um jedem Shendai und Schattenkrieger ausreichend Zeit zu geben, mich und das Juwel zu retten – ob ich wollte oder nicht.

»Gut möglich.« Rhomes Grinsen wurde noch ein bisschen breiter. »So einfach entkommt man dem Schattenreich nun mal nicht.«

Ich wusste, dass er das im Spaß gesagt hatte. Dennoch lösten seine Worte und der Funken Wahrheit, der darin steckte, ein mulmiges Gefühl in mir aus.

»Weißt du, was mit der Shendai-Staffel geschehen ist, die hier stationiert war?«, erkundigte er sich unvermittelt.

Ich schüttelte den Kopf. Der abrupte Themenwechsel verwirrte mich, aber ich war trotzdem neugierig darauf, zu erfahren, warum dieser Ort leer stand.

»Vor einigen Jahrzehnten wurde die Lieblingszofe der Schattenfürstin von Chimären verschleppt. Die Chancen, dass sie noch lebte, lagen bei null. Trotzdem hat die Fürstin Noár überredet, seine Männer nach ihr suchen zu lassen.« Rhomes Tonfall ließ weder Zweifel daran, wie es die Schattenfürstin geschafft hatte, Noár zu ›überreden‹, noch was er davon hielt. Sein Gesichtsausdruck wurde hart und unergründlich.

»Das Chaos hat sie alle verschlungen und Noár selbst ist nur knapp mit dem Leben davongekommen. An seinen Selbstvorwürfen wäre er fast zerbrochen. Er war wütend. Auf sich. Auf Zima. Er mied die Schattenfeste, schloss sich wochenlang hier ein und schwor, sich nie wieder irgendjemandes Willen zu beugen.«

Oh Gott! Ich hatte schon geahnt, dass etwas Schreckliches passiert sein musste, aber diese Geschichte war auf so viele Arten grauenhaft, dass mir ein kalter Schauer über den Rücken lief.

»Natürlich wollte Zima nicht auf ihren Liebhaber verzichten. Sie hat ihm eine Nachricht zukommen lassen – eine unmissverständliche Einladung. Und trotz allem, was geschehen war, konnte Noár nicht widerstehen. Er ist der Einladung gefolgt. Wie jeder davor und jeder danach. Über hundert Jahre lang.«

Rhome wirkte nicht so, als hätte er Freude an seiner Erzählung. Vielmehr schwang Hass in seiner Stimme mit. Ein Gefühl, das ich gut nachvollziehen konnte. Wenn der Schattenprinz wirklich wie ein Bruder für ihn war, dann hatte er all die Zeit über zusehen müssen, wie Noár sich quälte.

»Deshalb also diese Drohung ...«, murmelte ich.

Der Schattengeneral nickte beiläufig und dann wurden seine Züge weicher. »Aber das ist nicht der Grund, warum ich dir diese Geschichte erzähle«, fuhr er fort. »Denn sie ist noch nicht zu Ende. Kürzlich hat Noár nämlich wieder eine Einladung von Zima erhalten. Sie hatte von eurer Verlobung erfahren und wollte wohl sichergehen, dass ihr Einfluss auf Noár nicht schwindet.«

Kürzlich?! Meine Fingernägel gruben sich in meine Handflächen. Ich wusste, dass ich weder Anlass noch Recht dazu hatte, aber ich spürte trotzdem Eifersucht in mir aufsteigen. Mein Herz erhob eigenmächtig Anspruch auf Noár, wollte ihn verteidigen, beschützen und ganz bestimmt nicht teilen ...

Rhomes Falkenblick musterte mich von der Seite. Ein zufriedenes Lächeln schlich sich in seine Mundwinkel, als hätte er genau diese Reaktion von mir erhofft.

»Noár hat keine Sekunde gezögert«, teilte er mir mit und sah mir dabei tief in die Augen. »Er hat den Brief verbrannt und dann ... ist er losgezogen, um dir einen Blutstern zu pflücken.«

Ich blinzelte. Einmal. Zweimal. Der Sinn seiner Worte sickerte nach und nach in meinen Verstand und entzündete dort einen winzigen Funken Hoffnung. Ich begriff jetzt, warum Rhome erst nicht mit mir hatte reden wollen und auch, warum er es nun dennoch getan hatte.

»Er ist ein guter Mann«, sagte der General noch, obwohl er sich bereits zum Gehen wandte. »Aber das Schattenreich hinterlässt Spuren in jedem, der hier aufwächst. Hier ist man entweder Jäger oder Beute. Noár darf keinen Zweifel an seiner Person zulassen, sich keine Schwäche erlauben, sonst würde alles, was ihm etwas wert ist, mit ihm untergehen.«

Mit dieser unheilvollen Aussage ließ Rhome mich stehen und spazierte zurück in Richtung Höhle.

»Ach, und Amaia?« Auf halbem Weg drehte er sich um und lief rückwärts weiter. »Ich werde mich nicht dafür entschuldigen, was ich dir vorher gesagt habe. Aber vielleicht hilft es dir zu erfahren, dass ich meinem Freund, der dort oben vor sich hin schmollt, eine ähnliche Warnung habe zukommen lassen.« Er deutete grinsend auf den Felsvorsprung, vor dem Nox saß. Dann verschwand er hinter der Glaswand und schloss die Tür.

Mein Blick wanderte nach oben. Minutenlang stand ich einfach nur da und dachte über Rhomes Geschichte nach. Hatte ich mich wirklich so sehr in Noár getäuscht?

Irgendwann setzten sich meine Beine wie von allein in Bewegung und sofort war die Panik wieder da. Ich fühlte mich ferngesteuert, wie unter Zwang, als würde mich ein unsichtbares Band zu Noár ziehen. Für einen Moment verdächtigte ich sogar Rhome, mich irgendwie manipuliert zu haben, aber den Gedanken verwarf ich schnell wieder. Ich wusste, dass es mein eigenes Herz war, das mich vorwärtstrieb.

Kaum betrat ich die schmale Treppe, riss ein heftiger Wind an mir. Es gab kein Geländer, also drückte ich mich eng an die schwarze Felswand. Mit jeder Stufe wurde die Steilklippe unter mir tiefer. Was für eine Ironie des Schicksals, mir mein persönliches Dilemma so bildlich vor Augen zu führen. Mir war sehr bewusst, dass ich an der Kante eines Abgrunds voller Zweifel, Angst und verletztem Stolz stand. Und zumindest was meine Gefühle betraf, würde ich mich fallen lassen müssen, denn Umkehren war keine Option. Ich wollte endlich Gewissheit. Ich brauchte Gewissheit. Schließlich konnte ich mich nicht in einen Kampf gegen meinen Großvater werfen, solange ich nicht wusste, an wessen Seite ich überhaupt kämpfte.

Der Aufstieg dauerte unerwartet lang und oben angekommen, war ich völlig aus der Puste. Nox hob seinen Kopf, als ich den Felsvorsprung betrat. Er lag zusammengerollt vor dem Eingang zu einer kleineren Höhle und schnüffelte in meine Richtung. Offenbar stellte ich keine Gefahr dar, denn er maunzte kurz und setzte dann seine Fellpflege fort.

So weit, so gut …

Langsam schob ich mich an dem Shendai und seinen Metallschwingen vorbei und landete schließlich vor einer ähnlichen

Glaswand wie beim Speisesaal. Vorsichtig klopfte ich gegen die bunte Glastür.

Keine Antwort. Ich klopfte noch einmal – diesmal entschiedener. Wieder nichts. »Noár?« Unsicher drückte ich die Tür auf. Sie war nicht abgeschlossen. Dahinter lag ein dunkler Gang, an dessen Ende Licht brannte.

»Noár?«, rief ich wieder, als sich auf einmal etwas um meinen Hals schlang und mir die Luft abschnitt. Es war aalglatt und wickelte sich immer fester um meine Kehle. Dutzende kleiner Nadelstiche brannten auf meiner Haut. Ich versuchte, mich davon zu befreien, aber auch um meine Arme wanden sich plötzlich diese seltsamen Ranken. Sie drückten immer weiter zu und pressten mir die Luft aus den Lungen. Gleichzeitig wurden meine Glieder taub. Das Blut dröhnte mir in den Ohren und helle Schlieren nahmen mir die Sicht.

»Zurück!«, donnerte eine feste Stimme.

Im nächsten Moment ließ der Druck nach und ich kippte gegen eine warme Wand. Endlich konnte ich wieder atmen, nur meine Muskeln fühlten sich an wie Zuckerwatte. Stehen war ein Ding der Unmöglichkeit. Glücklicherweise musste ich das gar nicht, denn die warme Wand hob mich fluchend hoch und trug mich dem Licht entgegen. Dann sackte ich auf etwas Weiches. Ein Sessel. Glaubte ich zumindest. Mühsam öffnete ich die Augen. Der Raum wankte. Erst ein paar Atemzüge später nahm der verschwommene Fleck vor mir Form an. Es war Noárs besorgtes Gesicht. Er fühlte nach meinem Puls.

»Was war *das* denn?«, krächzte ich noch immer benebelt.

»Eine Nachtranke. Wir benutzen sie, um uneingeladene Gäste fernzuhalten«, seufzte er und sah mich tadelnd an. »Das Schattenreich ist wirklich nicht der richtige Ort für Streifzüge, Kätzchen.«

Ich verdrehte die Augen und bereute es sofort wieder, weil mein Kopf zu platzen drohte.

»Vorsicht, ich hab eine tolle rechte Gerade«, murrte ich. Allerdings entlockte ich Noár damit nur ein leises Lachen.

»Im Moment würdest du mich nicht einmal treffen, wenn ich stillhalte«, stichelte er, während er fachmännisch meine Pupillen kontrollierte. Seinem Gesichtsausdruck nach war er mit dem Resultat seiner Untersuchung nicht zufrieden. »Warte hier!«

Er verschwand aus meinem Sichtfeld. Dann hörte ich ein entferntes Rascheln und Klappern. Ich wollte mich nach ihm umdrehen, stellte aber schnell fest, dass das keine gute Idee war. Das Gift dieser Nachtranke fühlte sich schlimmer an als ein Vollrausch und Kater gleichzeitig. Es war nur auszuhalten, solange ich mich nicht bewegte. Also nutzte ich Noárs Abwesenheit, um zumindest meinen Blick schweifen zu lassen. Ich saß tatsächlich auf einer Art Sessel. Er stand vor einem schweren Schreibtisch, über dem jemand ziemlich kunstfertig einen Shendai in den Felsen gemeißelt hatte. Das unaufdringliche Licht kam von milchigen Glaszylindern, die an den Wänden hingen. Der Rest des Raumes lag in meinem Rücken. Aber ich hörte ein Feuer prasseln und das sanfte Rauschen von Wasser. Ob es hier wohl auch eine heiße Quelle gab?

Auf dem Schreibtisch lagen ein Stapel Bücher und einige Unterlagen – und darauf eine Ledermappe, die mir bekannt vorkam. Es war Moes Zeichenmappe. Mein kleiner Bruder hatte offensichtlich seine Schulden bezahlt und dem Schattenprinzen einige seiner Bilder überlassen. Eines davon ragte ein Stück aus der Mappe hervor. Vorsichtig zupfte ich es heraus und runzelte überrascht die Stirn. Es zeigte mich, wie ich mit wehenden Locken nachdenklich auf die Klippen des Schattenreichs starrte. Ich erinnerte mich noch genau an diesen Moment auf Yons Barke, den Moe eingefangen hatte. Mir war nicht klar gewesen, dass ich so verloren gewirkt haben musste.

»Hätte ich damals gewusst, wer du bist, hätte ich dich nie an den Kaiserhof gebracht«, sagte Noárs Stimme hinter mir.

Er nahm mir behutsam die Zeichnung ab und legte sie zurück auf den Schreibtisch. Stattdessen drückte er mir einen Becher mit einer schleimigen Flüssigkeit in die Hand.

»Trink das!«, befahl er mir. »Es wird das Gift neutralisieren.«

Ich roch an dem Becher und musste sofort gegen einen heftigen Brechreiz ankämpfen. Das war widerwärtig!

Mit einem schadenfrohen Grinsen lehnte sich der Schattenprinz an den Schreibtisch und verschränkte seine schwarz gemusterten Arme vor der Brust. Vor der nackten Brust. Aus seinen nassen Haaren tropfte Wasser auf seine Schultern. Ganz offensichtlich hatte ich ihn mit meinem unbeabsichtigten Einbruch bei einem Bad gestört.

Verlegen zwang ich meinen Blick von seinen glänzenden Muskeln weg. Wenigstens war ihm genug Zeit geblieben, sich eine lockere schwarze Leinenhose überzuziehen. Andernfalls wäre das hier noch unangenehmer geworden, als es ohnehin schon war.

Noár funkelte mich amüsiert an. Er schien genau zu wissen, warum meine Wangen plötzlich hochrot wurden. Trotzdem nickte er in Richtung des Bechers.

»Entweder du trinkst das«, meinte er spöttisch, »oder du lässt mich dich heilen. Deine Entscheidung.«

Allem Anschein nach glaubte er, mich damit erpressen zu können, aber er konnte ja auch nicht wissen, warum ich hier war. Ohne noch einmal an der ekelhaften Flüssigkeit zu riechen, stellte ich den Becher auf den Schreibtisch und konterte Noárs provokanten Blick.

Er hob überrascht eine Braue und lachte. »Forderst du mich etwa heraus?«

Ja. Nein! Ich wusste es nicht.

»Rhome hat mir erzählt, warum dieser Ort verlassen ist«, sagte ich leise. Es kam mir falsch vor, ihm das vorzuenthalten. Ganz besonders, weil er genau so reagierte, wie ich es befürchtet hatte. Seine Miene verfinsterte sich. In seinen dunklen Augen funkelten Wut, Scham und eine Härte, die mich an meiner Taktik zweifeln ließen. Die Temperatur sank um mehrere Grade.

»Bist du deshalb hier?«, erkundigte er sich bitter. »Aus Mitleid?«

»Nein, ich ... ich wollte ...« Weil mir die Worte fehlten, stemmte ich mich aus dem Sessel und kämpfte eisern meinen Schwindel nieder. Es gelang mir nur zum Teil. Hätte Noár mich nicht an den Schultern gepackt, wäre ich einfach umgekippt. Aber ich riss mich zusammen und streckte ihm entschlossen meine Hände entgegen.

»Keine Lebensschuld oder sonst ein Haken?«

Gerne hätte ich meine Stimme überzeugter klingen lassen, doch ich brauchte meine ganze Kraft, um meine protestierenden Zweifel in Schach zu halten. Und so kam nur ein Flüstern heraus.

Noár sah erst meine Hände und dann mich verblüfft an. Ich hatte es tatsächlich geschafft, ihn aus der Fassung zu bringen. Er zögerte, versuchte, in meinem Gesicht zu lesen, warum ich so plötzlich meine Meinung geändert hatte. Schließlich atmete er tief durch und nickte.

»Du hast mein Wort.«

Bedächtig umfasste er meine Handgelenke. Unmittelbar spürte ich, wie der Schwindel nachließ. Diesmal war sein Wille kein schmerzhafter Sturm, der durch mich hindurchfegte. Es war eher ein sanftes Pulsieren, das langsam durch meinen Körper strömte und nach und nach jeden Schaden behob. Und dabei hatte er nicht einmal den Befehl dazu gegeben. Kein einziges Wort. Das war unglaublich! Ich wusste inzwischen, dass nur eine Handvoll Cassarden in der Lage waren, ihren Willen derart zu lenken.

»Ich muss mich bei dir entschuldigen.« Noárs Stimme strich so weich über meine Haut wie eine Liebkosung. »Du hattest recht. Ich bin zu weit gegangen. Weiter, als nötig gewesen wäre, um den Schein zu wahren. Aber ...« Er stockte, als würde er sich seine nächsten Worte genau überlegen wollen. »... noch nie hat jemand so ... intensiv auf meine Berührungen reagiert wie du.«

Wie um diese Aussage zu bestätigen, jagte ein heißer Schauer durch meinen Körper. Gleichzeitig verheilten die Schürfwunden an meinen Handgelenken und mein Kopfweh verblasste. Ich hatte es so lange mit mir herumgeschleppt, dass die plötzliche Schmerzfreiheit mich leise seufzen ließ. All das entging Noár nicht. Gebannt saugte er meine Reaktionen in sich auf.

»Dein Wille ist so stark«, fuhr er fort. »Du konntest Lazar *und* mir gleichzeitig widerstehen, und trotzdem hast du es einfach nicht geschafft, mich fortzuschicken.« Sein Blick wanderte zu meinen Lippen. Für einen Moment stockte sein Atem. Er schien um seine Beherrschung zu ringen. »Es war so offensichtlich, wie sehr du mich wolltest, dass ich ... schwach geworden bin – die Kontrolle verloren habe.«

Die Luft zwischen uns begann zu knistern. Dennoch regte sich ein letzter Rest Stolz in mir. Mir gefiel weder meine Durchschaubarkeit noch sein arroganter Anspruch darauf, die Wahrheit über mich und meine Gefühle zu kennen. Ganz gleich, ob er damit richtiglag oder nicht.

»Es war trotzdem nicht deine Entscheidung«, sagte ich. Kein Vorwurf, lediglich eine Feststellung. »Nur weil ich zu durcheinander für ein ›Nein‹ war, ist das noch lange kein ›Ja‹.«

Reue legte sich über Noárs Züge. »Ich weiß. Das wird nie wieder vorkommen.« Ganz langsam befreite er mich von seinen Händen und trat einen demonstrativen Schritt zurück. »Und ich bitte dich dafür um Verzeihung.«

Sich von mir fernzuhalten kostete ihn sichtlich Mühe, aber Noár schien mir um jeden Preis beweisen zu wollen, dass er sich kontrollieren konnte.

Die Verletzlichkeit in seinen Augen zerriss mir das Herz. Genau wie meine Sehnsucht nach seiner Berührung. Ich wollte seine Lippen endlich wieder auf meinen spüren. Doch bevor ich diesen Gedanken in all seiner Konsequenz zu Ende denken konnte, wandte sich der Schattenprinz ab und unterbrach für den Moment das brennende Verlangen, das uns zueinanderzog.

Er stellte eine Truhe aus schwarzem Metall auf seinen Schreibtisch und machte dann für mich Platz.

»Was ist das?«, fragte ich – dankbar für die Atempause, die er mir verschafft hatte.

»Kein Geschenk. Es verpflichtet dich zu nichts. Sieh es als Anfang einer Wiedergutmachung.«

Ich klappte den Deckel der Truhe auf und starrte fassungslos auf den Inhalt. Tränen stiegen mir in die Augen und ich rang nach Luft.

Es war mein alter Koffer. Er sah ein wenig demoliert aus. Das Schloss war aufgebrochen. Vielleicht ein Resultat des Überfalls, weil man irgendwelche Wertgegenstände darin vermutet hatte. Aber als ich ihn öffnete, befand sich jede einzelne meiner Erinnerungen noch an Ort und Stelle. Meine Lieblingsbücher, die Schneekugel, die Spieluhr, mein Stoffhase, die Fotos, meine alten Spitzenschuhe und das Notizbuch.

Sprachlos fuhr ich mit den Fingern über meinen ganz persönlichen Schatz. Wie war Noár da rangekommen? Woher hatte er überhaupt gewusst, was mir diese Dinge bedeuteten? Es fühlte sich an, als hätte er mir ein Stück meiner selbst zurückgegeben.

Mit einem Kloß im Hals sah ich ihn an. »Danke!«

Mehr brachte ich nicht heraus und dabei war es mir gleichgültig, ob ich mich damit wieder in Schwierigkeiten brachte oder mir irgendeine Schuld auflastete.

Noár lächelte. In seinen Augen lag so viel Zärtlichkeit, dass es mir den Atem verschlug.

»Von Herzen gerne«, antwortete er sanft. Er griff über meine Schulter, um die Truhe wieder zu schließen. »Das Schattenmetall hält das Chaos fern, aber in geschützten Räumen wie diesem kannst du sie gefahrlos öffnen.«

Unsere Hände streiften sich. Wie von alleine verschränkten sich unsere Finger miteinander und schickten ein sinnliches Prickeln meinen Arm hoch. Es war zutiefst beängstigend, wie offensichtlich unsere Körper aufeinander reagierten. Ich strich mit den Daumen über die schwarzen Muster auf seinem Handrücken. So oft hatte ich mich gefragt, wie sie sich wohl anfühlen mussten. Jetzt wusste ich es. Glatt und kühl, während die Haut dazwischen eine samtige Hitze ausstrahlte.

»Die anderen haben diese Symbole an den Händen nicht ...«, stellte ich fest, weil ich das Bedürfnis hatte, etwas zu sagen, das mich von meinen Gefühlen ablenkte. Und dieses Detail war mir schon bei seinem Duell mit Ifar aufgefallen.

»Die anderen sind auch keine Erben des Schattenthrons«, entgegnete Noár. In seinem Tonfall schwang nicht einmal ein Hauch von Stolz mit.

Ich folgte den schwarzen Linien über sein Handgelenk und seinen kräftigen Unterarm. Mein Blick war noch mutiger. Er wanderte über seine Schultern, die muskulöse Brust und blieb schließlich an den Mustern auf seinem Hals hängen. Ganz sachte legte ich meine Fingerspitzen darauf. Auch sie waren kühl und betonten die Formen und Konturen seiner Muskeln. Noárs Blick folgte jeder meiner Bewegungen. Sein Brustkorb hob und senkte sich gleichmäßig, obwohl ihm das Atmen immer schwerer zu fallen schien. Ich strich über sein Schlüsselbein bis zu seinem Solarplexus, wo die Symbole eine Spitze bildeten.

»Amaia ...«, murmelte er rau und schloss die Augen. »Deine Neugier in allen Ehren, aber im Moment ist es nicht sehr gut um meine Selbstbeherrschung bestellt.«

Erschrocken über meine Schamlosigkeit riss ich meine Hände von seiner Brust. Allerdings reichte das nicht. Denn als Noár seine Augen wieder öffnete, brannte darin ein Hunger, dem er kaum noch Herr werden konnte. Unsicher wich ich einen Schritt zurück. Aber nicht, weil ich mich vor Noár fürchtete, sondern weil ich das übermächtige Echo dieses Verlangens in mir aufkeimen spürte.

»Wenn du jetzt nicht gehst, werde ich dich küssen.«

Sein Versprechen löste eine neue Welle der Erregung in mir aus und es bedeutete mir viel, dass Noár mir diesmal eine Wahl ließ.

»Ich weiß«, sagte ich ruhig und rührte mich nicht vom Fleck.

Die Lampen in der Höhle begannen zu flackern. Einen Atemzug später stand Noár vor mir. Seine Hände legten sich an meine Taille, meinen Rücken, drängten mich an seinen festen Körper. Doch sein Mund verharrte ein Stück über meinem. Er löste sein Versprechen nicht ein. Noch nicht.

»Heute Morgen hast du gesagt, ich hätte mit deinen Gefühlen gespielt«, flüsterte er heiser. Ich konnte seinen Atem auf meiner Haut spüren. »Hast du ...« Er schob gequält seine Brauen zusammen und versuchte, diese unerträgliche Spannung zwischen uns zu ignorieren. »... hast du denn Gefühle für mich?«

Mit dieser Frage verwirrte er mich zutiefst. Er kannte die Antwort doch längst. War ich nicht immer ein offenes Buch für ihn gewesen? Trotzdem schien ihm das hier viel zu bedeuten. Sein Herz lag ausgebreitet vor mir. Er hatte um Verzeihung gebeten, mir sein wahres Gesicht gezeigt. Damit hatte er mir die Macht gegeben, ihn mit einem einzigen falschen Wort zu zerstören.

Liebevoll nahm ich sein Gesicht in meine Hände und zwang ihn, mich anzuschauen. Der sternenklare Nachthimmel in seinen Augen machte mir bewusst, wie blind ich gewesen war, den Mann dahinter nicht zu erkennen.

»Vom ersten Moment an«, antwortete ich mit fester Stimme und schenkte ihm ein kleines Lächeln. »Auch wenn du es mir nicht immer einfach gemacht hast.«

Noár starrte mich an. In seinem Blick schimmerte ein wahres Feuerwerk an Emotionen. Aus Verwundbarkeit wurde Bedauern, Ungläubigkeit, Sorge, Glück und schließlich Demut. Wir waren beide gesprungen. Und wir konnten es beide nicht fassen, dass wir uns gegenseitig aufgefangen hatten.

Quälend langsam überwand Noár die letzte Distanz zwischen uns und hauchte mir einen so zärtlichen Kuss auf, als würde ich aus Glas bestehen. Und ich ertrank an seinen Lippen. Meine Finger fuhren durch seine noch feuchten Haare, vergruben sich darin, luden ihn ein, seine Vorsicht aufzugeben. Ich wollte nicht, dass er sich zurückhielt. Ich würde nicht zerbrechen. Und Noár verstand. Sein Kuss wurde leidenschaftlicher, wilder, verzweifelter. Er drängte mich zurück, bis ich den Schreibtisch hinter mir spürte. Seine Arme spannten sich an. Ich verlor den Kontakt zum Boden und saß kurz darauf auf der schwarzen Steinplatte. Wie von allein schlangen sich meine Beine um Noárs Hüften, während er meine Oberschenkel packte und mich enger an sich zog. Ich rang vor Erregung nach Luft, aber er ließ mir keine Atempause. Sein Mund wanderte meinen Hals entlang und fand die empfindliche Stelle unter meinem Ohr.

»Noár …«, stöhnte ich unwillkürlich und krallte mich an seinen harten Schultern fest. Ich wusste nicht, ob ich mehr davon wollte oder weniger. Ich wusste überhaupt nichts mehr, denn seine Zunge trieb mich in den Wahnsinn.

Ich spürte, wie er den Gürtel an meinem Kleid öffnete. Der Beutel mit dem Juwel landete achtlos neben mir auf dem Schreibtisch. Was sollte auch groß passieren mit einem Shendai und einer Nachtranke, die uns bewachten? Niemand würde es hier hineinschaffen. Niemand würde uns stören. Dieser Gedanke ließ mich am ganzen Körper erbeben. Das und Noárs fordernde Hände, die inzwischen bis zum hauchzarten Stoff meines Unterkleides vorgedrungen waren. Ich hatte es da einfacher. Nichts hinderte mich daran, die Konturen seines Rückens zu erkunden. Ich konnte spüren, wie seine Muskeln unter der heißen Haut arbeiteten. Das Verlangen, ihn auch zu schmecken, war so übermächtig, dass ich meine Lippen auf Noárs Nacken presste. Er stieß ein kehliges Geräusch aus, das mich nur noch mehr anspornte weiterzumachen. Die kühlen Linien seiner Schattensymbole prickelten unter meinen Lippen. Ich konnte seinen Puls auf meiner Zunge spüren und mein Verlangen wurde so groß, dass es beinahe wehtat. Ich ließ meine Finger über seine Brust gleiten, über seine Bauchmuskeln – bis zu seinem Hosenbund. Aber Noár packte meine Hände und hielt mich auf.

»Nicht …« Seine Stimme war dunkel vor Lust. Mit geschlossenen Augen lehnte er seine Stirn an meine.

»Warum?«, hauchte ich. Mein Verstand war wie besessen von dem einen Gedanken an seine Nähe. Instinktiv bog ich mich ihm entgegen, versuchte, ihn zu einem weiteren Kuss zu verlocken, doch Noár wich vor mir zurück und flüchtete förmlich ans andere Ende der Höhle. Er sah mich nicht an, stand mit dem Rücken zu mir. Seine Arme hatte er im Nacken verschränkt und seine Muskeln waren zum Zerreißen gespannt.

»Ich kann nicht ... Ich kann dir das nicht antun. Ich habe deinem Ruf schon genug geschadet. Da muss ich dich nicht auch noch entehren. Du bist die Goldene Erbin. Deine Unberührtheit ist mehr wert als mein Leben.«

Entgeistert starrte ich ihn an. Darum ging es? Er machte sich sorgen um meine Ehrbarkeit?!

Ich versuchte, mein Lachen zu unterdrücken, aber es gelang mir nicht. Die Ironie dieser Situation war auch einfach zu komisch.

Noár drehte sich zu mir um und sah mich irritiert an.

»Tja, wie gut, dass ich keine Jungfrau mehr bin«, verkündete ich amüsiert.

Seine Reaktion war unbezahlbar. Mariz hatte mir erzählt, dass die Edlen in Cassardim viel Wert auf die Sittsamkeit ihrer Töchter legten. Selbst in den Augen meiner braven Zofe war das ziemlich antiquiert für ein Reich, in dem sogar die Verhütung per Willen funktionierte.

Ich sprang vom Schreibtisch und blitzte den Schattenprinzen herausfordernd an. »Keiner hat mir gesagt, dass ich die Prinzessin eines sagenumwobenen Totenreichs bin, in dem ganz offensichtlich Machos die Regeln machen.«

Ich ließ mir das Kleid von den Schultern gleiten, sodass ich nur noch in dem ziemlich durchsichtigen Negligé vor ihm stand. Noár atmete hörbar aus. Sein Blick wanderte an mir herunter und dann ... erschien ein gefährliches Lächeln auf seinem Gesicht.

»Ich weiß nicht, ob ich gerade erleichtert, schockiert oder eifersüchtig sein soll«, murmelte er, wobei er ganz eindeutig nicht bei der Sache zu sein schien.

Mit einem Schulterzucken spazierte ich an ihm vorbei – zu dem Teil der Höhle, den ich nicht kannte, dem Teil, in dem ich sein Schlafzimmer vermutete. Mein Kleid schleifte ich dabei ein Stück hinter mir her.

»Vielleicht scheut der legendäre Schattenprinz einfach nur den Vergleich?«, neckte ich ihn.

Ich kam keinen Schritt weiter, denn Noár schlang von hinten seine Arme um mich.

»Das hättest du nicht sagen sollen«, lachte er leise und begann an meinem Ohr zu knabbern. »Jetzt werde ich dich so lange meinen Namen rufen lassen, bis du dich an keinen anderen Mann mehr erinnern kannst.«

Er hielt mich fest an sich gepresst, während eine Hand tiefer wanderte und ich vor Lust aufstöhnte.

»Ich kann's kaum erwarten.«

DER RUF DES SCHICKSALS

Als ich die Augen öffnete, fühlte ich mich so gut wie schon lange nicht mehr. Nur mein Hals war ein bisschen rau, was vermutlich daran lag, dass Noár seine Drohung wahr gemacht hatte. Ich lächelte schläfrig. In Noárs Armen hatte ich mein Herz ein weiteres Mal verloren und dafür seines geschenkt bekommen. Als hätte es das Schicksal genau so für uns vorgesehen – als wären wir füreinander geschaffen worden …

In den Schatten neben dem Bett bewegte sich etwas. Noár. Er war bereits vollständig angezogen und schloss gerade die letzten Schnallen seines ledernen Brustpanzers. Er trug seine fingerlosen Handschuhe und war bis zum Kinn vermummt – nicht in seiner Uniform oder in irgendwelchen schicken roten Mänteln, sondern in schlichter schwarzer Montur. Wie damals in der Fährstadt. Nichts an ihm deutete mehr darauf hin, dass er der Schattenprinz war. Wobei es mir unbegreiflich schien, wie man ihn nicht wiedererkennen sollte an seiner Haltung, an den geschmeidigen Bewegungen und der Selbstsicherheit, die er ausstrahlte. Selbst wenn da nicht dieses göttliche Gesicht mit den atemberaubenden Augen und hochtalentierten Lippen gewesen wäre. Lippen, die sich gerade zu einem kleinen Grinsen teilten.

»Guten Morgen, Kätzchen«, murmelte er, ohne aufzusehen.

Überraschenderweise machte es mir nichts mehr aus, dass er mich so nannte. Ehrlich gesagt, fand ich inzwischen sogar Gefallen daran. Ich antwortete mit einem zufriedenen Laut, schob mich aus dem Bett und tapste noch ein wenig schlaftrunken zu ihm. Das warme Laken, in das ich gehüllt war, nahm ich einfach mit.

Noár hieß mich mit einem Kuss in seinen Armen willkommen. Sofort spürte ich wieder das Verlangen in mir aufsteigen, das wir so oft versucht hatten zu stillen, bis wir beide eingeschlafen waren.

Aber diesmal bremste mich Noár. Er löste sich von meinen Lippen und schob mich so weit zurück, dass er mich anschauen konnte.

»Glaub mir, ich würde nichts lieber tun, als dich den Rest der Nacht nicht mehr aus meinem Bett zu lassen.« Die goldenen Flecken in seinen Augen glänzten liebevoll. »Aber ich fürchte, wir müssen vorher noch einen Kaiser stürzen.«

Sein lockerer Tonfall täuschte nicht darüber hinweg, dass er angespannt und besorgt wirkte. Ich runzelte die Stirn. Den Rest der Nacht?! Wie spät war es?

»Wir haben noch einen langen Flug vor uns, deshalb brechen wir in einer halben Stunde auf. Lazar ist vorhin zurückgekehrt. Der Austausch findet wie geplant im Morgengrauen statt.«

Mit einem leisen Stöhnen ließ ich meine Stirn gegen Noárs Brust fallen. Die Zeit raste mir davon. Ich war nicht bereit – weder dazu, meinem Großvater entgegenzutreten, noch Noár alleine in den Goldenen Berg zurückkehren zu lassen, um Katair zu befreien. Mich beschlich das ungute Gefühl, dass das eigentlich meine Aufgabe sein sollte. Der Berg hatte mir das Juwel gegeben, damit ich es meinem Vater geben konnte. Und was tat ich stattdessen?! Ich riskierte es in einem aberwitzigen Plan.

Noár legte sein Kinn auf meinen Scheitel. Die Geborgenheit, die er mir schenkte, besänftigte meine innere Unruhe – doch nehmen konnte er sie mir nicht. Bis vor Kurzem hatte ich mich nur um meine Geschwister gesorgt und hätte Cassardim ohne zu

Zögern den Rücken zugewandt, wenn ich sie dadurch hätte retten können. Jetzt gab es da noch etwas anderes, für das es sich zu kämpfen lohnte.

»Ich warte unten auf dich«, seufzte Noár. Er küsste mich ein letztes Mal und ließ mich dann alleine, damit ich mich fertig machen konnte.

Eine halbe Stunde später fühlte ich mich – zumindest äußerlich – gut präpariert. Nach einem kurzen Bad in Noárs ganz privater heißer Quelle, hatte ich einen sauber gefalteten Stapel schwarzer Kleidung gefunden. Der Größe nach wieder eine Leihgabe von Keeza. Die ungewohnte Bewegungsfreiheit der Hosen fühlte sich großartig an. Ich lächelte. Viel zu lange war ich nur in Kleidern herumgelaufen. Meine Haare band ich mir zu einem festen Zopf zusammen. Dann stopfte ich den Beutel mit dem Juwel der Macht in die Innentasche meines Futters und trat in die Nacht hinaus.

Es war kalt und stockfinster. Von den endlosen Weiten des Ewigen Flusses ging zwar ein grünliches Glühen aus, aber das reichte längst nicht aus, um die Dunkelheit zurückzudrängen. Wenigstens hingen an der Klippe in regelmäßigen Abständen Laternen, die die steilen Treppen erahnen ließen. Leise knirschend schaukelten sie im Wind hin und her.

Ich wagte mich an den Abstieg. Auf dem Felsvorsprung der Haupthöhle breiteten gleich mehrere Shendai ihre Stahlschwingen aus. Als ich dort ankam, entdeckte ich fünf dunkle Gestalten zwischen ihnen. Es waren Noár und seine Leute. Jeder von ihnen hatte eine Hand auf die rechte Schulter seines Nebenmannes gelegt. Das Licht, das durch die Glaswand des Speisesaals auf die Szenerie fiel, tauchte alles in lange Schatten.

»Kein Zögern, keine Furcht, keine Reue«, sagte der Schattenprinz mit düsterer Stimme und sah seinen Freunden in die Augen.

»Bis in den Tod«, antworteten sie ernst. Es klang wie eine seltsame Art von Ritual.

Unsicher verharrte ich am Rand des Felsvorsprungs. Was hier gerade geschah, wirkte irgendwie intim und ich wollte nicht stören. Allerdings hatte ich nicht mit der feinen Nase der Shendai gerechnet. Einer von ihnen witterte mich und fuhr mit einem Fauchen herum. Als er sich zum Sprung duckte, presste ich mich erschrocken an die Felswand in meinem Rücken, aber ein markerschütterndes Brüllen ließ alles innehalten. Die größte der geflügelten Raubkatzen fletschte ihr pechschwarzes Gebiss und machte klar, wer das Alphatier war. Nox.

Mit einem Grollen zog sich der Shendai zurück, der mich zu seinem Mitternachtssnack auserkoren hatte. Trotzdem blieb ich wachsam, als ich mich an den mächtigen Raubkatzen vorbeiquetschte.

Die Schattenkrieger lösten ihren Kreis auf. Keezas Blick streifte mich voller Sorge, bevor sie kommentarlos zu ihrem Shendai marschierte. Drokor dagegen starrte erst mich und dann Noár vorwurfsvoll an.

»Gut geschlafen, Prinzessin?«, erkundigte sich Pash mit einem Grinsen und ließ seine Augenbrauen anzüglich auf und ab hüpfen. Auch Rhome gab sich wenig Mühe, sein Schmunzeln zu verbergen. Mir stieg das Blut in die Wangen. Wussten hier etwa alle Bescheid?!

Am Eingang zur Höhle rührte sich eine weitere Gestalt. Es war Lazar, der das Verhalten der Schattenkrieger und meine geröteten Wangen offensichtlich richtig interpretierte. Er stieß sich von der Wand ab und kam auf uns zu.

»Wie konntest du nur, Amaia?! Ist dir eigentlich klar, was –« Er lief in Pashs ausgestreckten Arm.

»Deine Meinung ist hier nicht von Belang, alter Mann.« Die

Warnung in seinem Tonfall war nicht zu überhören. Doch Lazar ließ sich nicht einschüchtern. Er wandte sich wütend an Noár.

»Es ist mir egal, wie vielen einfältigen Mädchen du die Unschuld raubst, Schattenprinz!« Das letzte Wort spie er aus, als wäre es eine Beleidigung. »Aber Amaia ist die Goldene Erbin. Bist du wirklich so gefühllos geworden, dass es dir egal ist, was du ihr damit angetan hast?«

Noár setzte ein frostiges Lächeln auf. »Die verbotenen Früchte sind nun einmal die süßesten«, spottete er. »Das solltest du doch am besten wissen, Lazar!«

Verwirrt verfolgte ich ihren Disput. Es war unglaublich, wie mühelos Noár zurück in die Rolle des skrupellosen Prinzen wechselte. Ich wäre selbst erschüttert von diesem Kommentar gewesen, hätte ich nicht genau gewusst, dass Noár mich damit nur in Schutz nahm. Schließlich ließ er Lazar in dem Glauben, meine Unschuld wäre einer Laune des Schattenprinzen zum Opfer gefallen.

Einen Moment später überraschte mich Noár erneut, denn er eroberte meinen Mund in einem so stürmischen Kuss, dass mir die Knie weich wurden. Eine perfekte Demonstration seiner Rücksichtslosigkeit – und meiner Willensschwäche.

Ich hörte Protest, Gerangel und dann Schritte. Irgendwann löste Noár seine Lippen von mir, behielt mich aber an seine Brust gedrückt, als wäre er nicht in der Lage loszulassen.

»Du fliegst mit Rhome«, raunte er mir ins Ohr. »Keeza und Pash werden ebenfalls auf dich achtgeben. Vertraue nur ihnen.«

Mir wurde die Kehle eng. Er stellte mir fast alle seine Leute an die Seite? Was würde dann aus ihm werden? Die kaiserlichen Gemächer waren sicherlich schwer bewacht.

»Solltest sie nicht eigentlich *dein* Leben schützen?«, fragte ich bekümmert. Noár seufzte und nahm mein Gesicht in seine

Hände. Seine schwarzen Augen glänzten gequält und doch voller Liebe.

»Genau das tun sie, Kätzchen.«

Bevor mir die Bedeutung seiner Worte richtig bewusst wurde, griff er an seinen Rücken und zog einen Dolch.

»Du weißt ja, wie man damit umgeht«, meinte er und schob mir die Klinge unter meinen Gürtel. »Zögere nicht.«

Danach stahl er sich noch einen sanften Kuss, schwang sich auf Nox' Schultern und verschwand ohne ein weiteres Wort in der Nacht. Ich wollte ihnen nachschauen, doch der Shendai war längst mit der Dunkelheit verschmolzen. Ein heftiger Stich fuhr mir durchs Herz und mich beschlich der schreckliche Gedanke, Noár vielleicht zum letzten Mal gesehen zu haben.

Nacheinander hoben nun auch die anderen Schattenkrieger ab und der Felsvorsprung leerte sich. Nur Noárs General wartete geduldig auf seinem Shendai, bis ich mich gesammelt hatte. Dann zog er mich hinter sich in den Sattel und kurz darauf rasten wir im Sturzflug von der Klippe. Panisch krallte ich mich an Rhome fest. Das war wie eine Achterbahn in völliger Dunkelheit. Ohne Sicherheitsgurt.

»Aber ja kein Fummeln!«, scherzte er, als sein Shendai in eine gemächlichere Flugart überging. »Es wäre meiner Gesundheit nicht sehr zuträglich, wenn Noár erfährt, dass mein unwiderstehlicher Charme dir den Kopf verdreht hat.«

Damit entlockte er mir ein Grinsen und schaffte es, die Anspannung und meine düsteren Gedanken zu durchbrechen.

»Ich fürchte, du überschätzt dich«, rief ich ihm über die Schulter zu und spürte, wie er lachte.

»Eher nicht«, lautete die trockene Antwort. »Allerdings muss man zu meiner Verteidigung sagen, dass so ziemlich jeder Mann schlechte Karten hat, wenn Noár ins Spiel kommt.«

Das glaubte ich gern. Wobei ich im Moment sicherlich die Falsche war, um das objektiv zu beurteilen. Selbst die Erwähnung von Noárs Namen führte dazu, dass sich dieses warme Kribbeln wieder in mir breitmachte. Es fühlte sich an wie die Schmetterlinge, von denen meine Menschenfreunde früher immer alle geredet hatten. Jetzt verstand ich es. Dazu kam die Sehnsucht, die unmittelbar an diese Schmetterlinge gebunden war. Und die Sorge um ihn. Und das Entsetzen darüber, wie unwichtig plötzlich alles andere zu sein schien. Und die Angst, dass ich nicht konzentriert genug sein würde, um meinen Großvater so lange abzulenken, dass Lazar meine Geschwister in Sicherheit bringen und Noár meinen Vater aus den Kerkern retten konnte. Als emotional stabil durfte man mich im Moment also nicht unbedingt bezeichnen …

»Wird er zurechtkommen?«, fragte ich Rhome, während die Schatten an uns vorbeirauschten.

»Noár?!«, lachte sein General, als hätte ich gerade etwas sehr Dummes gesagt. »Keine Sorge, Amaia. Er kann gut auf sich selbst aufpassen. Ehrlich gesagt mache ich mir eher um uns Gedanken. Ich spiele nicht gern den Köder. Vor allem nicht bei einem hinterlistigen Scheißkerl wie Fidrin.«

Mich fröstelte. »Na wunderbar, solltest du mir nicht eigentlich Mut machen?«

»Mut ist nicht das, was dir fehlt«, urteilte er nüchtern.

»Sondern?«

»Ein Ziel, Amaia.« Seine Stimme klang vollkommen ruhig. Darin schwang weder Tadel noch Abschätzigkeit mit. Er sprach einfach nur aus, was ich eigentlich schon seit einer ganzen Weile wusste. Und er fand noch deutlichere Worte.

»Wofür wirst du morgen früh kämpfen? Wofür würdest du sterben? Für Cassardim? Wohl eher nicht. Für deine Geschwister, die gar nicht deine Geschwister sind? Vielleicht. Aber was tust du, wenn Fidrin anbietet, ihnen und dir freies Geleit zurück in die Menschenwelt zu gewähren?«

Rhome traf mit beängstigender Präzision mitten ins Schwarze. Ich wusste nicht, was ich tun würde.

»Hast du mich deswegen in Noárs Arme getrieben? Damit ich einen Grund habe, zu bleiben und für seine Sache zu kämpfen?«, erkundigte ich mich leise.

Er seufzte tief. »Das ist genau das Problem, Amaia. Du würdest für Noár kämpfen. Für eine Sache, die nicht deine ist. Sie sollte es aber sein.« Er ließ seinen Shendai abdrehen und kurz darauf tauchten wir in dichte Nebelschwaden voller Varras-Lichter ein. »Du bist die Goldene Erbin und, viel wichtiger, du bist eine Cassardin. Auch wenn du dich nicht daran erinnerst, bist du mit der Verantwortung geboren worden, die Ordnung zu erhalten. Was denkst du, passiert, falls Cassardim fällt und das Chaos die Seelen der Toten verschlingt?«

Noch eine Frage, auf die ich keine Antwort hatte. Wahrscheinlich würde das Leben, so wie man es kannte, enden – hier und in der Menschenwelt.

Wir verloren an Höhe. Plötzlich bekamen die Dunstschleier einen seltsamen bläulichen Schimmer. Er hatte seinen Ursprung irgendwo unter uns. Vorsichtig wagte ich einen Blick an den Schwingen des Shendai vorbei und stellte fest, dass wir nur knapp über einem Strom von Geistern hinwegsegelten, die durch den dichten Nebel irrten. Einige von ihnen waren blasser als andere, aber aus allen entwichen die Erinnerungen wie Seifenblasen aus reinem Licht. Sie wirkten verloren, hilflos, und trotzdem … zuversichtlich.

»Sieh sie dir an. Jede Nacht aufs Neue werden die Nebeltore geöffnet und entlassen all diese Seelen in ein neues Leben. Ein Leben, das sie nicht hätten, wenn das Chaos sie vergiften würde.«

Mehr sagte Rhome nicht. Mehr musste er nicht sagen. Die Gesichter der unzähligen Toten und ihre grenzenlose Hoffnung sprachen für sich. Auch Zoey hätte diesen Weg beschreiten sollen. Ich konnte nur hoffen, dass es für sie noch nicht zu spät war.

Der Rest des Fluges mit Noárs General war lang, kalt und voller Gelegenheiten, all meine Beweggründe zu hinterfragen. Als es nach einer Ewigkeit endlich zu dämmern begann, hatte ich in tausende Seelen geblickt und verstand endgültig, was Rhome mir hatte mitteilen wollen.

Im langsam aufblühenden Tageslicht riss der Strom der Toten ab. Hinter den letzten Nachzüglern landeten wir auf einer breiten Holzbrücke, die ich nur zu gut kannte. Über sie hatte uns Noár in den Goldenen Berg gebracht. Der Nebel war hier nicht mehr so dicht wie auf unserem stundenlangen Flug durch die Niemandslande. Und obwohl ich ihn nicht sehen konnte, wusste ich, dass der Goldene Berg direkt vor uns lag.

Ich wusste es nicht nur, ich konnte ihn spüren.

Nachdem wir abgestiegen waren, verschwand Rhomes Shendai wieder und ließ uns mitten im grauen Nirgendwo zurück. Das war unglücklicherweise notwendig, denn die Schattenkrieger wollten inkognito bleiben. Deshalb trugen Rhome und die anderen auch eine ähnliche Kleidung, wie bei meiner Befreiung aus der Unterstadt. Schwarz, ohne Abzeichen oder Embleme. Nur Lazar, der uns flankiert von Keeza und Pash ein Stück entfernt erwartete, war in edles Gold gekleidet. Er wirkte gelassen, auch wenn ich ihm seinen Unmut über meine Nacht mit Noár noch immer ansehen konnte.

»Ihr kennt den Plan!«, sagte er und reichte mir eine goldene Schatulle. »Haltet euch daran und überlasst mir das reden.«

Ja, auch ich kannte den Plan, aber ich war mir nicht mehr so sicher, ob wir damit nicht ein zu großes Risiko eingingen. Mit einem mulmigen Gefühl holte ich das Juwel der Macht aus meiner Innentasche und schloss es in der Goldschatulle ein. Im besten Falle für eine sehr lange Zeit. Das war meine Aufgabe: Meinen Großvater daran zu hindern, das Juwel zu bekommen. Eine Schwäche oder einen Fehler durfte ich mir nicht erlauben.

Plötzlich erzitterte die Brücke unter uns. Es war nur ein leichtes Vibrieren, aber es wurde kontinuierlich stärker, als würde etwas Gewaltiges auf uns zusteuern.

Pash zog eine missmutige Grimasse. »Sollte er nicht alleine kommen?«

»Es war klar, dass er sich nicht daran halten wird«, meinte Lazar mit einem Schulterzucken. Noch immer zeigte er nicht die geringste Spur von Beunruhigung.

Rhome seufzte grimmig, bevor er seine Kapuze über den Kopf zog und das Gesicht verhüllte. Pash und Keeza taten es ihm gleich. Das Beben der Holzplanken wurde stärker.

»Wir könnten ein wenig Rückendeckung vertragen, Schwesterherz«, sagte Rhome steif. »Aber halte dich zurück, bis wir ganz sicher sein können.« Eine weitere Erklärung schien Keeza nicht zu benötigen. Sie nickte, nahm Anlauf und sprang vom Brückengeländer ab. Ihr Ziel war offensichtlich ein Wurzelgeflecht, das von einem der schwebenden Berge herunterhing. Sie kletterte daran in die Höhe und wurde schon nach wenigen Metern vom Nebel verschluckt.

Das Beben war nun so nah, dass ich einen Rhythmus darin erkennen konnte. Schritte. Entweder von etwas sehr Großem oder etwas sehr Zahlreichem. Wir richteten den Blick auf die grauen Schleier vor uns und das, was dahinter auf uns zukam. Ich spürte Nervosität in mir aufsteigen. Mit schweißnassen Händen klammerte ich mich an der Schatulle fest.

Eine unendliche lange Minute verstrich, ohne dass etwas geschah. Dann gab das diesige Grau in einiger Entfernung den Umriss eines Mannes frei. Mein Großvater war in strahlendes Gold gehüllt und schlenderte uns mit einem Lächeln entgegen, als wäre er gerade bei einem Sonntagsspaziergang. Hinter ihm erschienen fünf weitere Gestalten. Als ich sie erkannte, setzte mein Herz vor Erleichterung ein paar Schläge aus. Es waren meine Geschwister. Ihre Gesichter wirkten angespannt, aber abgesehen davon, dass sie gefesselt waren, schien es ihnen gut zu gehen.

Da hob Fidrin unvermittelt die Hand. Das kontinuierliche Beben erstarb, die Nebelschwaden brachen auf und gaben die Sicht frei auf ein ganzes Regiment Goldkrieger. Ihr Gleichschritt hatte die Brücke zum Erzittern gebracht.

Auf das Kommando ihres Kommandanten hin spannte die erste Reihe ihre Bögen und richtete ihre Pfeile auf die Rücken meiner Geschwister.

Erst als Rhome mich am Arm packte, bemerkte ich, dass ich drauf und dran gewesen war, loszustürmen.

»Entspann dich!«, flüsterte Noárs General, ohne seinen Blick von den Reihen unserer Gegner zu nehmen. »Fidrin will dich nur einschüchtern.«

Und damit hatte er auch Erfolg. »Es sind so viele!«

»Denk immer daran: Jeder Krieger, der hier ist, ist ein Krieger weniger, der Noár im Weg steht.«

Mühsam brachte ich mich wieder unter Kontrolle und konnte mich einer gewissen Bewunderung für Rhomes Besonnenheit nicht erwehren. Wie viele Schlachten musste er geschlagen haben, um angesichts einer solchen Übermacht einen kühlen Kopf bewahren zu können?

Jetzt trat Lazar vor und breitete seine Arme aus. Mit lauter Stimme überwand er die Distanz zwischen uns und dem Kaiser.

»Fidrin! Wie ich sehe, bist du in Sorge um deine Sicherheit«, spottete er. »Völlig unbegründet, wie ich dir versprechen kann. Wenn du uns die Fürstenkinder wohlbehalten auslieferst, lassen wir euch *alle* unbehelligt heimkehren.«

Pash kicherte über Lazars Provokation und ich begann mich zu fragen, wer von den beiden der Verrücktere war. Wir waren nur zu fünft und da drüben standen an die hundert Mann!

Trotz der Entfernung konnte ich meinen Großvater mit der Zunge schnalzen hören. »Wie immer bist du ein Maulheld mit großen Sprüchen, Lazar. Aber ich kenne dich gut genug, um zu wissen, wann mir eine Falle gestellt wird. Diese Krieger sind nur … eine Versicherung.«

So falsch lag Fidrin nicht einmal. Er erwartete eine Falle, aber er wusste nicht, dass er längst hineingetappt war. Wenn alles nach Plan lief, befand sich Noár bereits im Goldenen Berg.

»Du warst schon immer paranoid!«, höhnte Lazar. »Wir haben eine Vereinbarung, und ich werde mein Wort nicht brechen.«

»Oh, das werde ich auch nicht. Weder ich noch meine Männer werden den Fürstenkindern ein Haar krümmen, sobald ich das Juwel in meinen Händen halte.«

Lazar drehte sich zu mir um. Im gleichen Moment wurde aus seinem überheblichen Lächeln eine zutiefst alarmierte Miene. »Du bist dran, Amaia, aber sei vorsichtig. Er hat irgendetwas vor.«

Ich nickte beklommen und setzte mich in Bewegung. Auf der anderen Seite taten Fidrin und meine Geschwister es mir gleich. Die Goldkrieger rührten sich nicht vom Fleck. Trotzdem waren ihre Bögen noch immer gespannt. Ich konnte nur hoffen, dass keiner von ihnen nervöse Finger hatte.

Schritt um Schritt näherte ich mich meinem Großvater. Ich konzentrierte mich darauf, ihn nicht aus den Augen zu lassen, obwohl ich meinen Geschwistern zu gerne ein aufmunterndes Lächeln geschenkt hätte. Aber das musste warten. Im Moment würde ich erst einmal dafür sorgen, sie aus der Schusslinie zu kriegen.

In der Mitte angekommen, blieb Fidrin mit hinter dem Rücken verschränkten Armen stehen. Er lächelte mich gehässig an. In seinen wässrig grünen Augen war diesmal keine Spur von schwarzen Wirbeln zu erkennen. Trotzdem glaubte ich nicht, dass ich mich damals getäuscht hatte. Mein Großvater war längst außer Kontrolle. Andernfalls würde er sich hier nicht so kerzengerade und kraftvoll präsentieren können. Ich wollte gar nicht wissen, wie viele Seelen dafür ihre Existenz hatten aufgeben müssen.

»Du bist eine ziemliche Landplage geworden.«

»Muss in der Familie liegen«, konterte ich zuckersüß.

Auf meinen Sarkasmus reagierte mein Großvater erstaunlich gleichgültig. Er hatte offenbar nicht vor, sich von mir provozieren zu lassen. Stattdessen streckte er mir seine Hand entgegen. Sein Blick zuckte zu der Goldschatulle.

»Gib mir das Juwel!«

Ich wusste, dass er nicht nur riet, wo es sich befand. Seit das Juwel der Macht den Goldenen Berg verlassen hatte, strahlte es noch mehr Energie aus als zuvor. Fast so, als wäre es erwacht. Das war auch der Grund, warum wir meinem Großvater nicht einfach eine Fälschung unterjubeln konnten, wie Pash vorgeschlagen hatte.

»Erst wenn sie in Sicherheit sind«, meinte ich und nickte in Richtung meiner Geschwister.

Fidrin musterte mich süffisant. Ich verlangte nichts, was nicht der Abmachung entsprach, trotzdem schien der Kaiser misstrauisch zu sein.

»Also gut.« Mit einer unwirschen Handbewegung scheuchte er seine Geiseln fort. »Geht.«

Verunsichert sahen mich meine Geschwister an und wagten ein paar scheue Schritte. Ich bemühte mich, möglichst zuversichtlich zu wirken und zwinkerte ihnen zu. Dann verschwanden sie aus meinem Sichtfeld. Ich zählte die Sekunden. Mit jedem Meter, den sie ihrer Freiheit näher kamen, atmete ich etwas mehr auf.

Die ganze Zeit über fixierte mich mein Großvater. Und ich ihn. Ich spürte, wie sich meine Abneigung gegen ihn verfestigte, meine Furcht, mein Hass ...

All das hier hatte mit ihm begonnen. Das erkannte ich jetzt. Fälschlicherweise hatte ich erst Noár und dann Lazar beschuldigt, dabei lag die Antwort so viel näher. Fidrin war die Wurzel allen Übels. Er hatte versucht, meinen Vater und schließlich auch mich umzubringen. Bei meiner Mutter war es ihm gelungen. Er hatte mir meine Erinnerung und mein Zuhause genommen und jetzt, nachdem ich endlich heimgekehrt war, plante er, alles ins Chaos zu stürzen.

Ich staunte über die Erkenntnis, wie viele Weichen das Schicksal gestellt hatte, damit ich heute und hier meinem Großvater gegenübertreten konnte. Lazar, die Wolkenfürstin, Fahra, meine Geschwister, der Überfall, Zoey, die Prüfung, der Berg, das Juwel und ... Noár.

Immer wieder Noár.

Und da begriff ich, warum ich Fidrin ein Dorn im Auge war. Nicht wegen meiner Ansprüche auf den Thron oder meiner mangelnden Unterwürfigkeit – nein, er fürchtete mich, weil ich die Kugel im Lauf einer ziemlich großen Karma-Knarre darstellte – und das Schicksal hatte bereits den Finger am Abzug.

Hinter mir verstummten die Schritte meiner Geschwister. Dann herrschte Totenstille.

»Wir sind da«, rief Adams Stimme über die Nebelbrücke.

Der Kaiser verzog sein Gesicht zu einem verächtlichen Grinsen und gab seinen Bogenschützen das Zeichen, ihre Waffen zu senken.

»Zufrieden?«, fragte er und streckte mir erneut seine Hand hin. »Das Juwel!«

Eigentlich hätte ich panisch vor Angst sein sollen, aber ich fühlte nur eine tiefe Ruhe durch meine Adern strömen. Wenn ich genau da war, wo ich sein sollte, dann hatte ich auch genau die Fähigkeiten, die ich brauchte, um zu tun, was ich tun sollte.

Ich legte die Schatulle in seine Hand.

SCHERBEN BRINGEN UNGLÜCK

Die Augen des Kaisers glänzten gierig. Doch als er den Deckel öffnen wollte, gefror das wilde Grinsen auf seinen Zügen. Die Schatulle blieb verschlossen. Er versuchte es erneut. Nichts geschah. Wütend zerrte, zog und rüttelte er daran. Schließlich gab er der Schatulle sogar den Befehl, sich zu öffnen ... erfolglos. Weil ich es so *wollte*.

Voller Genugtuung spürte ich, wie der Wille meines Großvaters an meinem abprallte.

»Stimmt etwas nicht?«, erkundigte ich mich so laut, dass die Goldkrieger es ebenfalls mitbekamen.

Wenn sie schon mal da waren, konnte ich auch gleich ein paar Zweifel an der Kompetenz meines Großvaters säen. Lieber wäre mir zwar gewesen, aus der Reichweite der Bogenschützen zu fliehen, aber meine Aufgabe war noch nicht erfüllt. Ich musste beim Juwel bleiben.

Der Blick, den Fidrin mir zuwarf, war furchterregend.

»Öffne sie! Oder ich lasse dich erschießen.«

»Nein«, erwiderte ich ohne langes Überlegen. »Wenn du mich umbringst, kommst du gar nicht an das Juwel.«

»Glaubst du, ich habe nicht die Geduld, ein, zwei Jahrhunderte darauf zu warten, bis dein Wille verblasst ist?«

»Die Geduld vielleicht, aber nicht die Zeit«, erinnerte ich ihn, bevor ich meine Stimme wieder erhob und meine Augen auf die Reihen der kaiserlichen Krieger richtete. »Wissen deine Untertanen eigentlich, dass du deine Kraft aus den Seelen der Toten speist und das Chaos bereits einen Weg in deinen Verstand gefunden hat?«

Ein paar der Soldaten keuchten entsetzt auf, andere schüttelten abfällig den Kopf und wieder andere schnaubten entrüstet. Ein guter Schnitt, wenn man bedachte, dass die meisten von Fidrins getreuen Anhängern nicht besonders helle waren.

Mein Großvater lachte mich aus, spielte so meine Anschuldigungen vor seinen Männern herunter. Ich erkannte aber, dass er innerlich vor Zorn brodelte. Verständlicherweise. Eben hatte ich ihn nicht nur blamiert, sondern auch noch ein unbequemes Gerücht gestreut, das sehr bald die Runde machen würde. Genaugenommen schlug ich ihn also gerade mit seinen eigenen Waffen. Und es fühlte sich gut an.

Leider war dieses Gefühl nur von kurzer Dauer, denn Fidrins Radikalität wuchs offenbar genauso schnell, wie seine Zurechnungsfähigkeit abnahm.

»Tötet sie«, befahl er barsch.

Einer der Goldkrieger hob seinen Bogen. Im selben Moment zischte etwas durch die Luft und der Schütze sackte röchelnd in sich zusammen. In seiner Kehle steckte ein dunkler Pfeil.

Gerade als mir klar wurde, dass Keeza irgendwo da draußen war und auf mich aufpasste, schlang mir mein Großvater einen Arm um den Hals und zerrte mich als lebendigen Schutzschild vor sich.

»So ist das also, ihr wolltet mich nicht nur zum Narren halten, sondern auch umbringen!«

Schrittweise zog er mich mit sich zurück, näher an seine Krieger heran. Weitere Pfeile sausten durch die Luft. Diesmal stammten sie von Fidrins Leuten, die ziellos in die Nebel schossen.

»Aber ich habe auch eine kleine Überraschung für dich vorbereitet, Enkelin!« Er deutete an mir vorbei und lenkte meinen

Blick auf meine Geschwister. Sie standen hinter Lazar und den Schattenkriegern und wirkten ungewöhnlich unbeteiligt.

»Sieh genau hin!«

Ich hatte keine Ahnung, was mein Großvater meinte, bis Nick sich in Bewegung setzte. Er trat hinter den ahnungslosen Adam und mich beschlich eine schlimme Vorahnung. Ich wollte die anderen warnen, aber Fidrins runzlige Finger erstickten meinen Schrei. Im selben Moment packte Nick den Hals seines Bruders und drehte ihn mit einem kräftigen Ruck um neunzig Grad. Unmittelbar sackte Adam leblos in sich zusammen. Es war nur eine kleine unwesentliche Bewegung gewesen, doch ihre Auswirkung zerbrach meine Welt in ihre Einzelteile und der letzte Funken Hoffnung, dass alles wieder gut werden würde, erlosch. Ich brüllte, versuchte mich vergeblich aus dem Griff des Kaisers zu winden. Gleichzeitig stieg Nick ohne jede Gefühlsregung über Adams toten Körper hinweg und ging auf Annie los, während Jenny sich auf Moe stürzte.

»Sie werden nie aufhören, sich gegenseitig umbringen zu wollen«, kicherte mein Großvater mir ins Ohr.

Die Schattenkrieger hatten ihre Mühe, meine Geschwister zu bändigen. Pash fing Jenny ab, die sich wie eine Furie wehrte. Rhome war nicht so rücksichtsvoll und schlug Nick direkt k.o., nur um kurz darauf eine zappelnde Annie von Nicks bewusstlosem Körper wegzerren zu müssen.

»Ich könnte es natürlich rückgängig machen, wenn du tust, was ich sage«, fuhr Fidrin fort.

Da brannte mir eine Sicherung durch. Ich zog Noárs Dolch und stieß ihn meinem Großvater mit aller Kraft in den Oberschenkel. Er schrie. Für den Bruchteil einer Sekunde lockerte sich sein Griff. Ich schlüpfte heraus, entriss ihm die Goldschatulle und rannte.

Zu meinen klügsten Entscheidungen zählte das nicht, wie der

Pfeilhagel bewies, der mich verfolgte. Links und rechts pfiffen die goldenen Geschosse an mir vorbei und blieben in den Holzplanken der Nebelbrücke stecken. Ich erwartete jeden Moment, einen davon in meinem Rücken zu spüren, doch aus unerfindlichen Gründen hatte ich Glück. Zumindest, bis mir ein reißender Schmerz durchs linke Bein fuhr und mich stürzen ließ. Ein goldener Pfeil hatte meine Wade durchbohrt.

»Bringt mir das Miststück!«, hörte ich meinen Großvater kreischen. Die Nebelbrücke erzitterte erneut unter den schweren Tritten der Goldkrieger.

So viel zu meinem Glück! Jetzt war auch noch eine halbe Armee hinter mir her. Rhome und Pash überließen meine Geschwister Lazar und sprinteten ebenfalls los. Blieb nur die Frage, wer mich eher erreichen würde. Die Schmerzen ignorierend hievte ich mich auf mein rechtes Bein und versuchte weiterzuhumpeln. Ich war nicht schnell genug. Ein anderer Plan musste her. Aus meiner Verzweiflung heraus gab ich die Flucht auf. Meine Verfolger hatten mich ohnehin schon fast eingeholt. Ich drehte mich zu ihnen um und streckte ihnen eine Handfläche entgegen.

»Haaalt!«

Als hätte sich eine unsichtbare Wand nur wenige Meter von mir entfernt erhoben, kam die furchterregende Armee von goldgepanzerten Kriegern zum Stillstand. Ich wusste nicht genau, ob es an meinem Willen lag, dass sie gehorchten. Vielleicht waren sie auch einfach nur überrascht. Oder das Kaisersymbol auf meiner Hand ließen sie zögern. Jedenfalls überrannten sie mich nicht, sondern starrten mich verwundert an.

Schlitternd erreichten mich Rhome und Pash. Sie hatten ihre Schwerter gezogen und waren bereit, sich für mich in den Kampf zu stürzen. Aber dazu würde ich es nicht kommen lassen. Wegen mir sollte heute niemand mehr sterben müssen.

»Wir sind nicht eure Feinde!«, rief ich den Goldkriegern zu. »Fidrin ist derjenige, der alle hinters Licht führt!«

Die Gesichter der Männer blieben grimmig, doch ich spürte, wie sich mein Wille über sie legte. Nach und nach senkten sie die Waffen. Sie wirkten so unentschlossen, dass es fast schon skurril war. Als hätte man einem Haufen ferngesteuerter Roboter das Betriebssystem gerebootet.

»Netter Trick, Prinzessin«, kommentierte Pash mit gedämpfter Stimme. Trotzdem schien er dem Ganzen nicht zu trauen. Auch Rhome behielt seine angespannte Wachsamkeit bei. »Das wäre die perfekte Gelegenheit für einen geordneten Rückzug«, raunte er mir zu.

Ich schüttelte kaum merklich den Kopf. Wenn ich jetzt ging, wenn ich jetzt auch nur meine Hand herunternähme, würde ich meinen Einfluss auf die Goldkrieger verlieren. Das wusste ich mit unumstößlicher Sicherheit. Wir steckten also in einer Sackgasse und ich hatte nicht die geringste Ahnung, wie wir hier wieder rauskommen sollten.

Glücklicherweise wurde mir das Problem abgenommen und unglücklicherweise durch ein viel größeres ersetzt. Erneut fingen die Holzbretter unter meinen Füßen zu vibrieren an. Doch diesmal waren es keine Stiefel oder Männer, die die Nebelbrücke erzittern ließen. Es fühlte sich eher an, als würde das ganze Reich erbeben.

Unruhe ging durch die Reihen der Goldkrieger. Dann hörte ich die ersten Schreie und plötzlich erhob sich hinter ihnen eine mächtige Säule aus schwarzem Rauch – wie ein Tornado aus purem Chaos. Auf der Spitze thronte Fidrin. Der dunkle Chaosqualm floss durch ihn hindurch. Seine Haut war überzogen von Rissen, als könnte sie nicht mehr halten, was in ihm schwelte. In wilden Strähnen schlängelten sich seine weißen Haare um das gekrönte Haupt. Aber das Schrecklichste waren die bodenlosen Abgründe, die in seinen Augen wirbelten.

Er hatte endgültig die Kontrolle verloren.

»Niemand macht mir mein Reich streitig!«, rief er mit einer Stimme, die schrill und donnernd zugleich durch die Niemandslande hallte. Der Nebel zog sich zurück, als hätte er Angst vor Fidrin und dem, was kommen würde.

Riesige Tentakel lösten sich aus der Säule. Einige griffen nach den Goldkriegern und rissen sie mit sich empor. Andere schlugen krachend auf dem Ewigen Fluss auf und ließen dort neue Chaoswirbel entstehen. Kreaturen, die ich noch nie zuvor gesehen hatte, krochen daraus hervor. Manche sahen aus wie monströse Insekten mit ölig glänzenden Chitin-Panzern und gehörnten Eidechsenköpfen. Andere hatten struppiges Fell, Spinnenköpfe und Flügel so gewaltig wie ein Linienflugzeug. Um sie herum schossen ganze Schwärme von Chaoshunden durch die offenen Wirbel und verdunkelten den Himmel. Sofort war die Luft von dem Gestank nach Fäulnis und verwesendem Fleisch erfüllt.

Während ich wie betäubt auf die Szenerie starrte, handelten die Schattenkrieger an meiner Seite. Rhome zog eine zweite Klinge und machte sich bereit, unsere Flucht zu decken. Pash warf mich über seine Schulter und rannte los. Unterwegs riss er den Pfeil aus meiner Wade. Ich schrie vor Schmerz auf, doch in dem Durcheinander aus ledrigen Schwingen, blutigen Krallen und sterbenden Männern fiel das kaum auf. Mir wurde schlecht. Alles drehte sich, aber das Adrenalin hielt mich bei Bewusstsein. Ich hörte Flattern, Kreischen und Stahl, der durch Knochen und Schuppen glitt. Als Pash mich absetzte, war sofort Rhome an meiner Seite. Im selben Moment krachte ein Chaostentakel auf die Nebelbrücke – genau dort, wo wir vorhin noch gestanden hatten. Die Brücke zerbarst. Holz splitterte und Dutzende Goldkrieger fielen in den gähnenden Schlund, der sich auftat. Noárs General zog mich an sich und schützte mich mit seinem Körper vor den herumfliegenden Trümmern. Durch seine Arme hindurch sah ich, wie Keeza die bewusstlose Jenny zu Moe auf ihren Shendai zog. Eine weitere geflügelte Raubkatze landete und Pash tat das Gleiche mit Nick. Lazar schnappte sich Annie. Der dritte Shendai fegte über uns hinweg und pflückte zwei Chaoshunde aus der Luft, die sich mit gierig gefletschten Mäulern auf uns stürzen wollten. Auf einmal ertönte ein tiefes Grollen neben uns. Rhome ließ mich so abrupt los, dass ich auf die Knie fiel – direkt vor Adams leblosen Körper. Ich starrte in seine toten Augen und sie starrten durch mich hindurch. Die Endgültigkeit dieses Anblicks schnürte mir die Kehle zu. Adam würde nie wieder zurückkehren. Ich wusste, was er gesagt hätte, wenn er noch am Leben gewesen wäre: Dass nichts hiervon meine Schuld ist, dass ich weiterkämpfen und die anderen beschützen sollte – aber er war nicht mehr am Leben. Als hätte man seine Existenz einfach ausradiert. Seine fürsorglichen Blicke, seine tiefgründige Art, sein seltenes Lachen. Einfach weg. Eine Welle der Verzweiflung überrollte mich. Das alles *war* meine Schuld. Ich hatte sie alleingelassen.

»Konzentriere dich!«, verlangte Lazars feste Stimme. Sein Wille fegte durch mein Bewusstsein und klärte meine Gedanken. Er trat vor mich und nahm mir die Sicht auf meinen toten Bruder. In Händen hielt er ein blutiges Schwert und seine sonst so perfekte Frisur war durcheinandergeraten. »Fidrin reißt die Barrieren ein! Du musst ihn aufhalten!«

Ich sah auf die Goldschatulle, die ich noch immer umklammert hielt. Das Juwel der Macht pulsierte darin, als wollte es benutzt werden. Ich konnte es ganz deutlich spüren. Genau wie ich spürte, dass Cassardim nach mir rief. Nein, es schrie. Es litt.

Im Hintergrund hoben Keezas und Pashs Shendai ab. Mit etwas Glück konnten sie meine anderen Geschwister in Sicherheit bringen. Eine Sache weniger, um die ich mich kümmern musste.

»Zeit, zu verschwinden!«, verkündete Rhome rau. Auf seiner Brust klafften blutige Krallenspuren, von was auch immer er gerade umgebracht hatte. Er zog mich auf die Beine und drängte mich zu seinem Shendai, der eben landete.

Aber ich konnte nicht. Ich konnte die Hilferufe des Reichs nicht ignorieren. Ich konnte nicht ignorieren, dass ich meine Aufgabe kannte. Also hielt ich Rhome auf und sah ihm fest in die Augen.

»Ich werde nicht gehen.«

Der Schattengeneral schob entgeistert seine Brauen zusammen. Sein Blick zuckte von mir zu Lazar und dann zu der Schatulle in meinen Händen. Er verstand, was ich vorhatte, aber er war alles andere als glücklich darüber. »Das überlebst du nicht, Amaia.«

»Niemand hier wird überleben, wenn ich es nicht versuche!«, konterte ich. »Warst du es nicht, der mir etwas über meine Verantwortung gepredigt hat?«

Rhome stieß einen bitterbösen Fluch aus. »Ich sollte wirklich lernen, meinen Mund zu halten.«

Dann blickte er mir über die Schulter und fluchte gleich noch einmal. Ich fuhr herum und entdeckte eines der gehörnten Insektenmonster, das auf uns zukrabbelte. Es war so riesig, dass seine Spinnenbeine kaum auf der Brücke Platz fanden. Ich hasste Spinnen!

»Also gut, Goldene Erbin«, brummte Rhome finster und ließ sein Schwert in der Hand kreisen. »Was auch immer du glaubst, tun zu müssen, tu es schnell!«

Ich wollte protestieren, weil ich gedacht hatte, Rhome würde sich ebenfalls in Sicherheit bringen. Doch im selben Moment erhob sich sein Shendai und stürzte sich mit einem furchterregenden Brüllen auf die widerliche Albtraumkreatur. Genau wie Noárs General.

Großer Gott! Mit hektischen Fingern machte ich mich am Verschluss der Schatulle zu schaffen. Weil es mein eigener Wille war, der sie geschlossen gehalten hatte, klappte sie nun ohne Widerstand auf. Ein gleißendes Licht blendete mich. Das Juwel glühte so hell und heiß, dass von dem Beutel, in dem es sich befunden hatte, nur noch verkohlte Reste übrig waren. Ich zögerte.

»Nimm es!«, forderte Lazar mich auf. Er trat an meine Seite und legte mir eine Hand auf die Schulter. »Ich werde bei dir sein.«

Seine Stimme, sein ganzes Auftreten strahlte inmitten all des Chaos' so viel unerschütterliche Ruhe aus, dass seine Zuversicht auf mich überschwappte. Ich griff in die Schatulle und dann ...

... betrat ich eine Welt der Schmerzen.

Ich schrie.

Schrie, bis mir die Luft ausging. Es fühlte sich an, als würden all meine Nerven auseinandergerissen, wieder zusammengesetzt und anschließend erneut zerfetzt werden. Ich erfror und verbrannte. Ich erstickte und ertrank. Ich starb und wurde wiedergeboren.

Und dann kamen die Bilder. Mein Gehirn wurde mit so vielen Informationen gleichzeitig bombardiert, dass mein Verstand nichts davon begreifen konnte. Milliarden von Gesichtern, Orten, Ereignissen, Namen, Schriften, Stimmen, Emotionen ...

Und ich erkannte alle Gesichter. Ich befand mich an allen Orten. Ich durchlebte alle Ereignisse. Ich rief alle Namen. Ich las alle Schriften. Ich hörte alle Stimmen und ich fühlte alle Emotionen – gleichzeitig.

»Achte nicht darauf! Vergrabe das Wissen in dir! Vergiss es!«, drängte sich Lazars Befehl mir auf. Ich sträubte mich nicht gegen seinen Willen. Ich existierte gar nicht mehr. Ich war viele. Ich war alles. Ich war nichts.

Dann verschwanden die Bilder und ich wurde wieder Amaia, die vor Schmerzen keuchte. Ich spürte, dass der Wissensstrom nicht versiegt war, sondern nur umgeleitet wurde – in eine tiefe Ecke meines Unterbewusstseins. Eigens dafür hatte mein Verstand eine dunkle Kiste erschaffen, die sich hoffentlich nie wieder öffnen würde.

»So ist es gut!«, raunte Lazar mir zu. »Jetzt behebe den Schaden an den Barrieren, Amaia!«

»Wie?«, krächzte ich. Es glich ohnehin einem Wunder, dass ich noch nicht das Bewusstsein verloren hatte.

»Sieh hin!«

Wie von alleine öffneten sich meine Augen. Und zum ersten Mal erblickte ich Cassardim, wie es wirklich war.

Die Schmerzen verblassten und wurden von einer Klarheit ersetzt, die wunderschön und schrecklich zugleich war. Das Juwel zeigte mir das Totenreich, wie es sonst niemand zu Gesicht bekam. Die Nebelbrücke, der Goldene Berg, über mir die schwebenden Felsen und der wolkenbedeckte Himmel – alles war von einem glühenden Geflecht durchzogen – wie Lebensadern aus Licht. Selbst Lazar, Rhome, sein Shendai und die wenigen Goldkrieger, die noch lebten, gehörten zu diesem Gefüge der Ordnung. Auch ich. Alles war miteinander verbunden. Alles pulsierte. Alles war im Gleichgewicht.

Zumindest sollte es das sein. Doch jetzt fraß sich eine hässliche Schwärze durch dieses Meisterwerk der Natur. Jede Chaoskreatur, jeder Wirbel und jeder Tentakel waren dunkle Flecken, die sich wie eine Krankheit ausbreiteten. Ihren Ursprung hatten sie in einer einzelnen menschlichen Gestalt im Zentrum. Fidrin.

»Stell die Ordnung wieder her!«

Unter anderen Umständen hätte ich mich vielleicht über Lazars vage Aussage geärgert, aber in diesem Moment wusste ich, was ich zu tun hatte. Ich lehnte mich nicht länger gegen die Macht des Juwels auf, sondern ließ sie durch mich hindurchströmen. Es war Teil des Landes, so wie ich Teil des Landes war. Langsam wuchsen die zerrissenen Enden des glühenden Geflechts zusammen. Sie reckten sich einander entgegen, verbanden sich und knüpften so eine undurchdringbare Barriere.

»Es funktioniert«, hörte ich Rhome rufen. Er klang erschöpft, aber deshalb nicht weniger entschlossen. Als ich ihn jedoch ansah, erkannte ich, dass das Licht in ihm schwächer wurde. Er musste verletzt sein. Schwer.

»Bleib konzentriert, Amaia«, fordert Lazar. Er hatte mich wie versprochen nicht alleinegelassen. »Die Barrieren schließen sich. Jetzt musst du die Chimären und die Chaoshunde zurückschicken.«

Das konnte ich allerdings nicht mehr, denn die dunkle Gestalt, aus der noch immer das Chaos floss, kreischte auf und fasste mich mit all seiner Abscheulichkeit ins Auge. Einen Herzschlag später stand Fidrin auf der Nebelbrücke. Genau vor dem riesigen Loch, das darin klaffte. Einen weiteren Herzschlag später erhob er sich hinter Rhome.

»Vorsicht!«, schrie ich Noárs General panisch zu, doch er reagierte zu langsam. Fidrins dunkle Gestalt stieß ihm einen Dolch in den Rücken. Es war Noárs Dolch.

Wie Rhome fiel, sah ich nicht mehr, denn plötzlich nahm mir mein Großvater die Sicht. Fäulnis stieg mir in die Nase und sein Grinsen ließ mich erzittern.

»Hallo, Enkelin!«

Lazar zog mich hinter sich. Sein Schwert blitzte auf, aber mein Großvater fegte ihn mit einem einzigen Schlag beiseite. Begleitet von schaurigem Gelächter flog der ehemalige Seneschall durch die Luft und blieb ein Stück entfernt reglos liegen.

Dann fixierten mich wieder die beiden wirbelnden Abgründe, die früher einmal wässrig grüne Augen gewesen waren. Ich war gelähmt vor Entsetzen.

»Gib es mir!«, flüsterte Fidrin. Seine vergifteten Finger schlossen sich um meine Hände. Sie versuchten, mir das strahlende Licht zu entreißen, das ich umklammert hielt. Seine Berührung war abstoßend, verderbend, verpestend. Das Chaos wollte in mich hineinfließen, doch das Juwel beschützte mich. Nein, es beschützte *sich*.

»Niemals«, presste ich hervor.

Ich griff nach der Macht des Juwels und schleuderte sie meinem Großvater entgegen. Er lachte nur. Immer lauter, immer irrer.

Und da verstand ich, dass ich nichts gegen ihn bewirken konnte, weil Fidrin das Chaos freiwillig in sich eingelassen hatte. Kein Wille war gebrochen worden, keine Ordnung gestört ...

Immer zorniger zerrte mein Großvater an meinen Händen. Aber so, wie ich machtlos gegen ihn war, so vermochte er nichts gegen mich und das Juwel auszurichten.

Er fletschte die Zähne und gab einen markerschütternden Laut von sich, der sich für immer in meine Erinnerung brannte.

»Dann«, zischte er mir ins Gesicht, »soll es keiner haben.«

Mit einem Ruck drückte er seine Handballen und damit auch meine zusammen. Ich spürte, wie meine Knochen brachen, Sehnen rissen, wie das Chaos zwischen meine Finger hindurch sickerte, den Druck erhöhte und schließlich ... zersplitterte das Juwel.

»Jetzt kann mich niemand mehr aufhalten.«

KEINE GNADE

Cassardims Schreie hallten durch meinen Geist. Die Schmerzen in meinen zerquetschten Händen waren nur eine schwache Imitation der Qualen, die das Land erlitt. Ich wurde zurückgeschleudert in mein altes Ich. Das leuchtende Geflecht verblasste und alle Energie, die mich eben noch durchströmt hatte, versiegte mit einem Mal. Die plötzliche Schwäche traf mich mit so einer Wucht, dass mir schwarz vor Augen wurde. Doch so verlockend die erlösende Ohnmacht auch schien, ich durfte sie nicht zulassen.

»Und nun, meine liebe Enkelin«, wisperte Fidrin, »komm zu mir!« Aus den Rissen in seiner Haut strömte schwarzer Rauch und kroch meine Arme entlang, über meine Schultern bis zu meinem Hals und meinem Gesicht. Mit allem, was mir noch blieb, sträubte ich mich dagegen. So durfte es nicht enden. Nicht im Chaos. Nicht durch Fidrin.

»Lass. Mich. Los«, krächzte ich.

Der Kaiser lachte nur angesichts der mickrigen Überreste meines Willens. Ich schaffte es gerade so, das Chaos daran zu hindern, in mich hineinzufließen. Gegen den Kaiser selbst hatte ich keine Chance.

Da erklang ein metallisches Sirren.

»Du hast gehört, was sie gesagt hat, Fidrin!«

Eine Stimme wie ein einzelner Sonnenstrahl in einem nie endenden wollenden Sturm. Ich hatte nicht darauf gehofft, sie noch einmal zu hören, noch einmal ihre Wärme spüren zu können.

Mein Herz zog sich schmerzhaft zusammen, nur um mich dann mit neuer Kraft zu durchfluten.

Fidrin schleuderte mich auf den Boden und wirbelte zu Noár herum. Wie ein Rachegott stand der Schattenprinz mit gezogenem Schwert auf der Nebelbrücke. Die rötlichen Strähnen in seinen dunklen Haaren glichen einer unheilvollen Flamme. Doch das war nichts im Vergleich zu der tödlichen Glut in seinen Augen. Über seinem Kopf führte Nox eine ganze Armada an Shendai und silbernen Drachen in den Kampf gegen die Chaoshunde und Chimären.

»Prinz Ardiza!«, höhnte mein Großvater mit neuer Vorsicht in seinem Tonfall. »Immer an vorderster Front bei der Verteidigung Cassardims. Aber diesmal bist du zu spät.«

Noár lächelte kalt. »Die Barrieren sind intakt und dir fehlt die Kraft, sie erneut niederzureißen. Auch deine kleinen Haustiere werden schon bald Geschichte sein. Für mich sieht das so aus, als würdest du hier in der Falle sitzen.«

Aus Fidrins wütendem Knurren wurde plötzlich ein bizarres Kichern. »Meine Kraft wird zurückkehren, Schattenprinz. Und dann habt ihr weder ein Juwel noch eine Goldene Erbin, die euch retten kann.«

Er stürzte sich auf mich, aber Noár war schneller und riss meinen Großvater um, bevor er mich erreichen konnte. Kurz darauf waren beide in einen erbitterten Kampf verstrickt.

Jetzt begann mein Verstand wieder zu funktionieren. Ich wusste, dass ich wegmusste, damit ich Noár nicht in die Quere kam. Wenn jemand Fidrin besiegen konnte, dann der Schattenprinz – doch nicht, solange die Gefahr bestand, dass mein Großvater mich wieder als Geisel nahm. Also versuchte ich, mich hochzustemmen. Mit gebrochenen und blutigen Händen war das allerdings ein Ding der Unmöglichkeit. Sie zu heilen wollte mir aber nur mit mäßigem Erfolg gelingen. Zumindest schaffte ich es, die Brüche halbwegs zu richten. Den Rest würde das Adrenalin übernehmen müssen. Als ich mich schließlich auf die Beine zog, rieselten die Splitter des Juwels mit leisem Klirren zu Boden. Kummer machte sich in mir breit, doch ich hatte keine Zeit, mich damit auseinanderzusetzen. Ich humpelte los – über das grauenvolle Schlachtfeld voller zerfetzter Goldkrieger und toter Chaoskreaturen. Der Gestank war unerträglich. Als ich an dem ölverschmierten Spinnenkadaver vorbeikam, stockte ich.

Oh mein Gott! Rhome! Hektisch und mit schwindender Hoffnung suchte ich die Umgebung ab. Da fiel mein Blick auf einen *großen* schwer atmenden Körper mit blutgetränktem schwarzem Fell. Ein Shendai. Er war verletzt, aber er lebte. Hilflos hatte er sich zusammengekauert und einen seiner Flügel schützend über einer menschlichen Gestalt ausgebreitet, in deren Rücken ein Dolch steckte. Oh nein! So schnell ich konnte, schleppte ich mich zu dem Schattengeneral. Sein Shendai fauchte matt, als ich mich näherte, aber offensichtlich erkannte er mich wieder, denn er zog seinen Flügel zurück und ließ mich zu seinem Herrn.

»Rhome?« Ich biss die Zähne zusammen und schaffte es irgendwie, die Klinge aus seinem Rücken zu ziehen und ihn herumzurollen. Neben den blutigen Kratzspuren auf seiner Brust und der Stichwunde in seinem Rücken fand ich außerdem eine schlimme Kopfverletzung. Noch lebte er, aber er hatte kaum Puls.

»Nein, nein, nein, nein! Du darfst nicht sterben!« Rhome war wegen mir hiergeblieben. Er hatte mich nur beschützen wollen. Ich konnte nach Adam nicht noch jemanden verlieren, der mir am Herzen lag. Denn ja, ich hatte Rhome irgendwie lieb gewonnen. Und ich wusste, wie viel er Noár bedeutete. Ich wollte nicht daran schuld sein, dass er seinen besten Freund verlor.

»LEBE! Verdammt noch mal!« Alles, was ich an Willen aufzubringen vermochte, zwang ich seinem sterbenden Körper auf. Rhome verkrampfte sich unter meinen Händen. Er bog sein Rückgrat durch, keuchte, schrie, hustete, fluchte. Seine Wunden begannen sich zu schließen und plötzlich traf mich sein goldbrauner Falkenblick. Für einen Moment wirkte er desorientiert, dann sah er zum Himmel, zu Noár und seinem Shendai. Binnen Sekunden hatte er die Situation erfasst, setzte sich auf und musterte mich besorgt.

»Wo ist das Juwel?«

»Fidrin hat es zerstört.« Resigniert zeigte ich ihm meine blutigen Hände. Noch immer steckten Splitter darin.

Ich erwartete Entsetzen und Fassungslosigkeit, aber Rhome schnalzte nur mit der Zunge. »Hätte schlimmer kommen können.« Seine Augen wanderten zurück zum Himmel und sein Gesicht verfinsterte sich. »Wo wir gerade davon sprechen ...«

Über uns braute sich etwas zusammen. Die verbliebenen Chaoshunde und die geflügelten Chimären mit den Spinnenköpfen drehten ab und sammelten sich über unseren Köpfen.

»Entscheide dich, Schattenprinz«, hörte ich meinen Großvater rufen. Klebriges schwarzes Blut sickerte aus einer Wunde an der Stirn. Er hinkte, wirkte müde, aber er war noch lange nicht besiegt. »Entweder ich oder meine Enkelin.«

Wie auf Kommando stürzten sich die Chaoskreaturen vom Himmel. Instinktiv duckte ich mich, während sich Rhome sein Schwert schnappte und mit einem mächtigen Hieb den ersten Chokaal erlegte. Dann sprang er über mich und tötete einen weiteren. Es wurde dunkel um uns herum. Ich sah nur noch ledrige Schwingen. Das Kreischen, Fauchen und Gebrüll war so laut, dass mir die Ohren dröhnten. Der General gab sein Bestes, doch es waren einfach zu viele. Einer der Chaoshunde landete hinter mir. Er wurde von einem mächtigen Metallflügel zerteilt. Rhomes

Shendai mochte verletzt sein, aber sicher nicht wehrlos. Und für mich galt dasselbe. Ich ignorierte meine Verletzungen und griff mir den Dolch, den ich aus Rhomes Rücken gezogen hatte. Sollten diese Mistviecher ruhig kommen!

Einer davon wollte gerade mit seinen messerscharfen Krallen nach mir greifen. Ich drehte mich zur Seite und stieß ihm den Dolch in die Flanke. Der Chaoshund jaulte auf und krachte vor mir auf die Brücke. Allerdings war er noch nicht tot. Ich hatte ihn nur sehr wütend gemacht. Aus seinen furchterregenden, stetig wechselnden Augen starrte er mich an. Er knurrte. Ich packte meinen Dolch fester. Doch gerade, als er zum Sprung ansetzte, wurde ich von kräftigen Armen herumgewirbelt. Noárs dunkles Schwert blitzte auf und traf einen zweiten Chaoshund, der mich von hinten hatte angreifen wollen. In seinem Todeskampf taumelte er durch die Luft und prallte gegen den Chaoshund am Boden. Beide überschlugen sich und stürzten von der Nebelbrücke.

Noár zwinkerte mir zu. »Bleib hinter mir.«

Mehr sagte er nicht, bevor er mit beängstigender Präzision wieder an sein zerstörerisches Werk ging. Seine Bewegungen waren geschmeidig, seine Schritte zielsicher und seine Klinge todbringend. Rhome und er arbeiteten Hand in Hand. Keine der Chaoskreaturen kam auch nur näher als einen Meter an mich heran. Gerade als ich dachte, die Schwingen über uns würden sich lichten, entdeckte ich eine riesige geflügelte Chimäre, die im Sturzflug auf uns zuhielt. Ich wollte Noár warnen, aber plötzlich erklang ein gellender Kampfschrei. Eine winzige menschliche Gestalt flog durch die Luft. Sie wurde schnell größer. Ich sah Metall funkeln und erkannte einen Mann mit wirrem dunklen Haarschopf. Pash rammte dem Chaosmonster sein Schwert in die Seite und hielt sich daran fest, während ihn die Schwerkraft weiter nach unten zog. So schnitt er die Chimäre der Länge nach auf. Im richtigen Moment sprang er ab, köpfte unterwegs einen Chaoshund und landete in einem Regen aus Blut und anderen widerlichen Körperflüssigkeiten neben Rhome. Die Chimäre segelte knapp über unseren Köpfen hinweg, riss die noch übrigen Chaoshunde mit sich und stürzte mit einem gewaltigen Aufprall in den Ewigen Fluss.

Grinsend wischte sich Pash das Chimärenblut aus dem Gesicht. »Und *das* ist genau der Grund, warum ich so gerne bei Noár bin. Er zieht diese Art von einmaligen Gelegenheiten förmlich an!«, lachte er und steckte sein Schwert weg. Nun, da der Ansturm nachgelassen hatte und sich Shendai und Drachen um die noch vereinzelt herumfliegenden Chokaal kümmerten, konnten wir endlich wieder durchatmen – falls man das umgeben von zahllosen stinkenden Kadavern überhaupt so nennen konnte.

Auch Rhome senkte seine Klinge und bedachte Pash mit einem finsteren Blick. »Irgendwann wirst du bei einer deiner *einmaligen Gelegenheiten* draufgehen.«

»Schon möglich, aber es wäre ein spektakulärer Tod«, feixte Pash.

Noár kommentierte das Verhalten seines draufgängerischen Freundes nicht, doch er konnte sich ein Schmunzeln nicht verkneifen. Die drei Männer wirkten, als würden sie jeden Sonntagnachmittag eine derartige Schlacht schlagen und anschließend gemeinsam einen trinken gehen. So beeindruckend das war, ich konnte ihre Sorglosigkeit nicht teilen.

»Wo ist Fidrin?«, wollte ich wissen. Ja, Noár hatte mir gerade wieder das Leben gerettet, aber dafür war mein Großvater geflohen. Ein hoher Preis. Ein zu hoher Preis. Es war nur eine Frage der Zeit, bis all das hier von vorne losging. Nur hätten wir dann kein Juwel der Macht mehr, um die Barrieren zu schließen.

Trotzdem blieb Noár die Ruhe in Person. Er kam zu mir, strich mir sanft über die Wange und heilte unaufgefordert meine Verletzungen. Ich fühlte eine so unbändige Zuneigung, dass ich mich am liebsten in seine Arme gekuschelt hätte. Allerdings hielt mich der Gedanke an meinen Großvater davon ab. Das hier war kein Sieg – es war eher ein knappes Überleben.

»Ich will ja nicht undankbar sein«, murmelte ich, »aber warum hast du ihn entkommen lassen?«

Noár seufzte. »Erstens, weil du sonst getötet worden wärst und das ... wäre es nicht wert gewesen«, sagte er leise. In seiner Stimme lag eine Ernsthaftigkeit, die keine Zweifel zuließ. Dann schlich sich jedoch ein verschmitztes Lächeln auf seine Züge. »Und zweitens, weil ich genau weiß, wo er hinwill.«

Mir klappte der Mund auf, während Pash im Hintergrund johlte: »Was sag ich! Der Mann hat's einfach drauf!«

Aus Noárs Lächeln wurde ein breites Grinsen und ich boxte ihn dafür in die Schulter.

»Warum sagst du das nicht gleich?!«

Ohne mir darauf eine Antwort zu geben, zog er mich mit sich. »Komm, es wird Zeit, dass wir uns deinen Großvater vornehmen.«

Er führte mich über das Schlachtfeld, am Rand der Bresche entlang und dann weiter in Richtung des Goldenen Berges. Natürlich! Fidrin vermochte die Barrieren im Moment nicht niederzureißen, aber er konnte das Chaos im Herzen Cassardims entfesseln. Wenn er das Gericht der Toten und das Becken der Kaiserprüfung erreichte ... ich wollte gar nicht daran denken.

Je näher wir dem Goldenen Berg kamen, desto mehr versteifte sich Noár. Irgendwann drückte er sacht meine Hand, bevor er sie losließ. Ich wusste, dass er das tat, weil wir beobachtet wurden. Auf den Terrassen des Berges hatten sich allerlei Schaulustige versammelt. Im Moment jubelten sie Nox zu, der über der

Nebelbrücke seine Kreise zog. Aber irgendwann würden sie uns entdecken und dann sollten wir besser nicht nach dem verliebten Paar aussehen, das wir zweifelsohne waren.

Es dauerte nicht lange, da verstand ich, was Nox da trieb. Er kreiste nicht aus Eitelkeit über der Brücke, sondern behielt eine goldene Gestalt mit weißen Haaren im Auge, die sich mühsam voranschleppte. Mein Großvater hinkte, fiel, kroch, zog sich auf die Beine und humpelte weiter. Er war am Ende seiner Kräfte. Noár musste ihm im Kampf schlimmer zugesetzt haben, als angenommen. Kurz bevor er das Feld mit den Blutsternen erreichte, hatten wir Fidrin eingeholt. Doch er war so sehr darin vertieft, den Berg zu erreichen, dass er uns nicht bemerkte.

Noár hob sein Schwert. In seinen Augen blitzte eine furchterregende Kälte.

»Willst du es tun?«, fragte er mich. Ich wusste, was er meinte, und schluckte schwer. Es war eine Sache, jemanden aus Notwehr zu verletzen oder zu töten, aber das hier wäre eine Hinrichtung. Mord. Das konnte ich nicht.

»Darf ich? Darf ich?«, bettelte Pash, der wie ein aufgeregter Retriever um uns herumsprang.

Ich ignorierte ihn, weil ich im gleichen Moment ein tiefes Summen in meinen Knochen spürte. Es kam vom Goldenen Berg selbst. Er schien seine Macht zu sammeln, als wollte er sich gegen den drohenden Eindringling verteidigen. Ich lächelte. Der Berg würde nicht zulassen, dass Fidrin auch nur einen Fuß in sein Inneres setzte.

Noár, der mein Schweigen als Antwort deutete, trat vor, um dem Ganzen ein Ende zu machen. Ich packte ihn am Arm. »Warte!«

Die Schattenkrieger sahen mich verwundert an. Konnten sie die Energie nicht fühlen?!

»Das ist nicht der richtige Zeitpunkt für Gnade«, raunte Noár mir zu.

»Da gebe ich dir absolut recht«, erwiderte ich und richtete meinen Blick wieder auf meinen Großvater. Mit jedem Meter, den er zurücklegte, stürzte ich den Schattenprinzen tiefer in sein Dilemma. »Warte einfach ab.«

Und gerade, als Noárs Geduld sich dem Ende neigte, erklang das Geräusch von Abermillionen hauchzarter Flügeln. Es mischte sich mit dem Raunen der Cassarden auf dem Goldenen Berg. Die weißen Nebelfalter, die auf den Blutsternen lebten, erhoben sich zu einem wunderschönen Schwarm. Jetzt erst blickte Fidrin auf. In seinen Zügen spiegelte sich Entsetzen und schiere Fassungslosigkeit wider. Bei allem, was er getan hatte, hatte er offenbar noch immer angenommen, der Kaiser dieses Reiches zu sein.

Das war er aber nicht mehr.

»Cassardim wird ihn richten«, flüsterte ich.

Im gleichen Moment stürzte sich der Schwarm auf meinen Großvater. Die feinen Flügel der Falter entpuppten sich als rasiermesserscharfe Klingen, die mühelos durch Stoff, Haut und Fleisch schnitten. Fidrin hatte nicht die geringste Chance. Seine einsamen Todesschreie hallten über das Land, während alles den Atem anhielt.

»Ich weiß schon, warum ich Tiere lieber mag als Zweibeiner«, seufzte Pash fasziniert und kassierte dafür ein Schnauben von Rhome, obwohl der dem grausigen Schauspiel ebenfalls mit einer gewissen Ehrfurcht zusah.

»Euch natürlich ausgenommen«, ergänzte der wirre Schattenkrieger grinsend. Jetzt konnte auch ich mir ein Lächeln nicht mehr verkneifen. Solange er mich nicht gerade aus schwindelerregender Höhe auf einen Shendai schubste, hatte der Kerl tatsächlich Unterhaltungspotenzial.

Irgendwann löste sich der Schwarm auf. Nur einige wenige Falter blieben auf Fidrins Leiche zurück – wie ein lebendiges Totentuch. Es schien fast so, als wollten sie ihr grausiges Werk bedecken. Auch das tiefe Summen, das vom Goldenen Berg ausgegangen war, verstummte – nur um ersetzt zu werden vom aufgeregten Gemurmel unter den Zuschauern. Der Kaiser war tot und keiner von ihnen wusste, was nun geschehen würde.

Da schoben sich die mächtigen Tore zur Nebelbrücke auf. Aus den Schatten dahinter traten Drokor, Kommandant Askan, Meister Joto und etliche Goldkrieger. Angeführt wurden sie von einem großen hageren Mann mit struppigem grauen Bart. Er trug goldene Gewänder und bewegte sich trotz seiner offensichtlichen Erschöpfung so souverän, wie es nur ein Herrscher vermochte.

Sprachlos sah ich zu Noár. Der Schattenprinz lächelte mich an und wirkte äußerst selbstzufrieden.

»Dachtest du etwa, ich würde meinen Teil der Aufgabe nicht erfüllen?«, erkundigte er sich. »Übrigens soll ich dich lieb von deiner toten Menschenfreundin grüßen.«

»Zoey?!«, fragte ich mit großen Augen. »Geht es ihr gut?«

»Na ja, als wir sie befreit haben, hat sie mir gedroht, mich in alle Ewigkeiten als Poltergeist heimzusuchen, wenn ich dich nicht lebend zurückbringe.« Er zuckte amüsiert mit den Schultern und zauberte mir damit ein Grinsen aufs Gesicht. Das klang definitiv nach Zoey.

»Abgesehen davon hätten wir ohne ihre Hilfe Kaiser Katair nie so schnell gefunden.«

Wie aufs Stichwort brach ein unvergleichlicher Tumult auf den Terrassen des Goldenen Berges aus. Man hatte Katair erkannt. Aber der neue alte Kaiser wandte sich nicht an seine Untertanen, sondern trat an den toten Körper seines Vaters heran. Auf seinem verbitterten Gesicht stand nicht der Hauch einer Regung. Er packte Fidrins blutige Arme und zerrte die Leiche an den Rand der Nebelbrücke. Die übrigen Nebelfalter stoben auf und machten sich davon. Dann gab Katair dem Körper einen Tritt und versenkte ihn im Ewigen Fluss.

Wortlos kehrte mein Vater in den Goldenen Berg zurück, während ich versuchte, den kalten Schauer zu ignorieren, der mir über den Rücken kroch. Die Botschaft war klar.

Kein Begräbnis. Keine Vergebung. Keine Gnade.

SKANDALPOTENZIAL

Die Barke mit Adams Leichnam glitt geräuschlos durch die Fluten des Ewigen Flusses. Lodernde Flammen stiegen daraus empor und tanzten im Wind. Das war nicht nur eine fürstliche, sondern eine kaiserliche Bestattung – die höchste Ehre, die man meinem Bruder zuteilwerden lassen konnte.

Der gesamte Hof hatte sich auf der Goldenen Brücke versammelt. Ich stand an der Seite meines Vaters. Sein Erscheinungsbild hatte sich in den drei Tagen seit der Schlacht auf der Nebelbrücke komplett verändert. Der graue Bart war sauber gestutzt, die Haare geschnitten und seine Erschöpfung verschwunden. Den teilnahmslosen Blick hatte er allerdings behalten, wie ich gerade eben schmerzlich hatte erfahren dürfen. Zum ersten Mal war ich meinem Vater Auge in Auge gegenübergestanden. Zum ersten Mal hatte Lazar – Katairs alter und neuer Seneschall – mich ihm als seine Tochter vorgestellt, doch den Kaiser schien das nicht zu interessieren. Er hatte mich ohne jede Anteilnahme gemustert und anschließend sein Augenmerk wieder auf den Horizont gerichtet. Es wirkte fast so, als würde mich mein Vater nicht wiedererkennen. Oder ich war ihm einfach nur gleichgültig. Wie auch immer, sein Desinteresse fühlte sich wie eine öffentliche Ohrfeige an.

Ein Zupfen an meinen schwarzen Röcken lenkte mich ab. Unauffällig sah ich mich um und entdeckte Moe, der sich heimlich von seiner Familie weggeschlichen hatte, um bei mir zu sein. Ich lächelte und drückte ihn an mich. Meine anderen Geschwister waren ebenfalls anwesend. Man hatte ihnen die Augen verbunden, denn anders als bei Moe wirkte Fidrins Wille bei ihnen noch immer. Sobald sie sich sahen, konnte man sie nur mit Gewalt davon abhalten, sich gegenseitig an die Kehle zu gehen. Besonders Nick tat mir leid. Als man ihm von den Geschehnissen berichtet hatte, war er an seinen Selbstvorwürfen förmlich zerbrochen. Wäre Fidrin nicht tot, hätte ich ihn dafür noch einmal umgebracht.

»Vielleicht muss Adam jetzt nicht mehr traurig sein«, flüsterte mir Moe zu, der die brennende Barke nicht aus den Augen ließ. Als ich verstand, was mein kleiner Bruder meinte, brach der Damm, mit dem ich meine Tränen zurückgehalten hatte. Adam hatte in der Menschenwelt sein Herz verschenkt. Als Cassarde wäre er nie wieder in der Lage gewesen, sich zu verlieben. Vielleicht war der Tod tatsächlich das gnädigere Schicksal ...

Unweigerlich musste ich an Noár denken. Seit der Nebelbrücke hatten wir uns nicht mehr sehen, nicht miteinander reden oder unsere Geschichten abstimmen können. Ich kannte die offizielle Version, in der der Schattenprinz nach dem Bruch der Barrieren in den Kampf eingegriffen hatte. Daran würde ich mich halten, denn ich wusste nur zu gut, dass man unsere Gefühle gnadenlos gegen uns einsetzen würde.

Moe sah, dass ich weinte, und drückte meine Hand so fest, dass ich die winzigen Juwelensplitter spüren konnte, die noch immer in meiner Haut steckten. Sie taten nicht weh oder verliehen mir irgendwelche Superkräfte – vielmehr waren sie eine stetige Erinnerung daran, dass das Juwel ohne mich noch existieren würde. Einfacher war die Situation im Goldenen Berg dadurch nicht geworden.

Nachdem Adams Barke in den Nebeln verschwunden war, löste sich die Trauergesellschaft langsam auf. Auch Kaiser Katair wandte sich zum Gehen. Wie von mir erwartet folgte ich ihm gemeinsam mit Lazar. Doch da stellte sich uns eine weiß gekleidete Gestalt in den Weg. Es war Prinz Ifar.

»Eure Majestät. Mir ist bewusst, dass Ihr im Moment viele Sorgen habt. Eine davon würde ich euch gerne nehmen«, begann er in einem so einschleimenden Tonfall, dass ich nur mit Mühe meine Mimik unter Kontrolle halten konnte. »Nachdem Prinz Ardiza die Verlobung mit Eurer Tochter gelöst und damit auf seinen Anspruch verzichtet hat, mache ich nun meinerseits und in aller Demut mein Vorrecht auf ihre Hand wieder geltend.«

WIE BITTE?! Dieser Mistkerl besaß doch tatsächlich die Unverschämtheit, sogar die Trauerfeier meines Bruders zum Anlass zu nehmen, seine Machtspielchen voranzutreiben! Okay, das war's! Ich holte tief Luft, um ihn endlich in seine Schranken zu verweisen, aber da ertönte irgendwo hinter dem Wolkenprinzen ein frostiges Lachen.

»Wer sagt, dass ich auf meinen Anspruch verzichtet habe?«

Die fürstlichen Delegationen teilten sich und gaben dem Schattenprinzen den Weg frei. Er war also doch gekommen.

Es fiel mir unendlich schwer, ihn nicht verliebt anzustarren – besonders, weil ich wusste, was sich hinter seiner kühlen Fassade verbarg. Abgesehen davon war auch seine Fassade nicht zu verachten. Der dunkelrote Gehrock brachte seine körperlichen Vorzüge perfekt zur Geltung und seine Haltung strahlte eine solch natürliche Dominanz aus, dass mir die Knie weich wurden.

Mit eisernem Willen zwang ich meinen Blick von ihm fort. Im selben Moment drängte sich Fürstin Saphama in den Vordergrund. »Das ist doch lächerlich. Wir alle haben gesehen, mit welcher Freude Prinz Ardiza dem armen Mädchen seinen Verlobungsring entrissen hat.«

»Es war das, was Fidrin von mir verlangt hat. Sein Wille, nicht meiner. Nach seinem Verrat bleibt mein Anspruch entsprechend unserer Gesetze also bestehen. Stimmt Ihr mir zu, Meister Joto?«

Hektisch drängte sich der Zeremonienmeister durch die Reihen der Edlen nach vorne, verbeugte sich tief und bestätigte: »Unser Gesetz ist diesbezüglich in der Tat eindeutig.« Er schien nicht sehr glücklich damit zu sein, ausgerechnet dem Schattenprinzen recht geben zu müssen. Und auch unter den Fürsten machte sich Unmut breit.

»Er stand auf keinen Fall unter Zwang. Nicht Ardiza. Er hat es freiwillig getan!« Die Aussage der Wolkenfürstin bot genügend Zündstoff, um für Schwierigkeiten zu sorgen. Dafür war sie zu dicht an der Wahrheit und gleichzeitig meilenweit davon entfernt.

»Bezichtigt Ihr mich etwa der Lüge, Fürstin Saphama?« Die unterschwellige Drohung in Noárs Stimme war nicht zu überhören. Seine dunklen Augen blitzten herausfordernd. Er schien zu hoffen, dass Saphama den Fehler machte, diese Frage zu bejahen – während die Wolkenfürstin so wirkte, als würde sie das tatsächlich auch tun wollen.

Grund genug für Lazar, einzuschreiten, bevor die Situation in aller Öffentlichkeit eskalieren konnte. »Eure Hoheiten, es wäre besser, dieses Thema zu einem anderen Zeitpunkt zu diskutieren. Lasst –«

»Nein«, fiel Prinz Ifar dem Seneschall ins Wort, »denn es geht hier um die Tochter unseres hochgeschätzten Kaisers. Ich werde nicht länger dulden, dass der Schattenprinz ihrem Ruf weiteren Schaden zufügt.«

Aus heiterem Himmel ließ Moe meine Hand los und baute sich vor Ifar auf. Ich hatte ihn noch nie so … extrovertiert erlebt. Und wütend. Seine kleinen Hände waren zu Fäusten geballt, während er Prinz Ifar unverwandt ansah.

»Schlechter Verlierer«, murmelte er gerade so laut, dass die

Umstehenden es hören konnten. Gelächter brach aus und als Moe auffiel, dass er plötzlich im Mittelpunkt stand, flüchtete er mit hochrotem Kopf in die Arme seiner Mutter.

Ohne zu Zögern nahm Noár dessen frei gewordene Position ein und nutzte die Vorlage meines kleinen Bruders.

»Du siehst, Ifar. Dein Zartgefühl kauft dir niemand ab. Akzeptiere deine Niederlage und hör endlich auf, dich lächerlich zu machen.«

Ich war zutiefst beeindruckt – von Moes Mut und davon, wie effektiv Noár seine Wortwahl und sein Verhalten als Mittel zum Zweck einsetzte, um alle zu blenden. Und es funktionierte. Ifar stand kurz davor, die Beherrschung zu verlieren. Er sah seinen Plan scheitern und griff zu einem letzten Argument.

»Zählt die Meinung der Goldenen Erbin denn gar nicht? Wieso fragen wir nicht Amaia, wen von uns beiden sie als Gemahl bevorzugen würde?«

Ha! Jetzt auf einmal?! Zweifellos dachte Ifar, ich würde den Schattenprinzen nach all seinen Übergriffen so sehr verabscheuen, dass mir egal wäre, wen ich heiraten müsste, solange es nur nicht Noár war. Zu seinem Pech lag er falsch. Aber genau das brachte mich in eine unangenehme Zwickmühle. Wie sollte ich mich für Noár entscheiden, ohne unsere Liebe gleichzeitig zur Zielscheibe zu machen?

»Ich halte das für eine großartige Idee«, mischte sich nun Moes Mutter ein, der natürlich nicht entgangen war, wie viel ich ihrem kleinen Sohn bedeutete. »Lasst uns die Meinung der Prinzessin zumindest hören.« Ermutigend zwinkerte mir die Waldfürstin zu – als würde sie mir mit der Chance, den Schattenprinzen loszuwerden, einen großen Gefallen tun.

Jetzt traf mich die gesammelte Aufmerksamkeit. Auf Ifars Zügen lag Triumph, auf Katairs Gleichgültigkeit, auf Lazars

Besorgnis, und Noár ... Noár durchbohrte mich mit einem so eiskalten Blick, dass es mich fröstelte. Es war eine unmissverständliche Warnung, sehr vorsichtig mit der Wahrheit zu sein.

Meine Gedanken überschlugen sich. Es widerstrebte mir, mich an diesem falschen Spiel aus Lügen und Intrigen zu beteiligen, doch wenn ich nur so erreichen konnte, was mir am Herzen lag, dann sollte es so sein. Ich war es leid, benutzt und herumgeschoben zu werden. Und nun, da ich endlich die Regeln begriffen hatte, würde sich so mancher hier warm anziehen müssen.

Ich hob den Kopf, trat ein paar Schritte vor und ... lieferte die Show meines Lebens ab.

»Mein Großvater hat die Ordnung, die Gesetze und seine Pflicht missachtet. Wozu das geführt hat, haben wir alle gesehen«, sagte ich bestimmt. »Diesen Weg möchte ich nicht einschlagen. Deshalb werde ich mich meinem Schicksal fügen – ganz gleich, was es mich kosten wird.« Zum großen Finale sah ich jedem der Fürsten in die Augen, um meinen Worten besonderen Nachdruck zu verleihen. Sie alle sollten wissen, dass ich nicht mehr das unsichere Mädchen war, das man als Geisel an den Kaiserhof gebracht hatte. Ich war die Goldene Erbin.

Bäm! Meine schauspielerische Darbietung schlug ein wie eine Bombe. Und dabei hatte ich mit keinem Wort gelogen oder meine Gefühle für Noár offenbart.

Auf den Gesichtern der Fürsten spiegelten sich Anerkennung und Mitgefühl. Nur der Wolkenprinz konnte nicht glauben, was er da hörte. Dass Noár meine Entscheidung mit einem selbstgefälligen Lachen kommentierte, brachte das Fass zum Überlaufen.

»Das kannst du nicht ernst meinen«, knurrte Ifar und packte mich grob am Arm. »Hat Ardiza dich gezwungen, das zu sagen?«

Der Schattenprinz trat an meine Seite. Er wirkte weiterhin gelassen, aber in seinen schwarzen Augen glänzten wilde Besitzansprüche. Auch Ifar schien das zu bemerken, denn er zog seine Hand so schnell zurück, als hätte er sich verbrannt.

»Antworte ihm ruhig, Amaia!«, sagte Noár gefährlich leise und begann, mich zu umrunden. »Habe ich dich gezwungen, das zu sagen?« Sein Atem streifte meinen Nacken und schickte mir eine Gänsehaut über den Rücken, während seine Fingerspitzen sanft über die Stelle an meinem Arm strichen, die Ifar eben noch so rüde misshandelt hatte. »Oder sehnst du dich vielleicht nur danach, dass ich einlöse, worauf du schon einen kleinen Vorgeschmack bekommen hast?«

Oh verdammt! Er spielte seine Rolle als Widerling wirklich gut. Mir war bewusst, dass diese Provokation vor allem Ifar galt. Trotzdem wurde ich das Gefühl nicht los, dass in seinen Worten auch eine ganz private Anspielung für mich steckte. Ich wusste beim besten Willen nicht, ob ich ihm eine scheuern oder die Kleider vom Leib reißen sollte.

Mit so viel Empörung, wie ich vortäuschen konnte, wirbelte ich herum und stieß Noár von mir. »Ich akzeptiere mein Schicksal, nicht deine Respektlosigkeit. Merk dir das!«

Wow. Ich hatte wohl meine Kraft unterschätzt, denn beinahe wäre der Schattenprinz ungebremst in die Delegation der Fährstadt geflogen. In letzter Sekunde fing er sich ab und funkelte mich kampflustig an. »Glaub mir, ich werde dir so viel Respekt erweisen, dass du gar nicht mehr weißt, wohin damit.«

Herrgott noch mal! Wieso klang alles aus seinem Mund so anzüglich?!

»Seht Ihr, wovon ich spreche?«, wandte sich Ifar nun erbost an den Kaiser. »Das könnt Ihr doch nicht zulassen wollen. Sie ist Eure Tochter!«

»Sie ist *nicht* meine Tochter. Meine Tochter hat nie gelebt«, zischte Katair. Seine Stimme zu hören löste bei mir eine Gänsehaut aus. Seine Worte jedoch sorgten für eine Welle der Fassungslosigkeit bei allen Anwesenden. Lazar reagierte schnell. Er schenkte den Fürsten ein entschuldigendes Lächeln, bevor er die Schulter des Kaisers tätschelte. »Majestät, vielleicht solltet Ihr –«

»Sie ist nicht meine Tochter!«, donnerte Katair erneut und richtete sich zu seiner vollen Größe auf. Diesmal hatten ihn auch wirklich alle gehört. Schritt um Schritt kam er auf mich zu. Seine jadegrünen Augen erinnerten mich plötzlich viel zu sehr an Fidrin.

»Ihr müsst Euch irren, Majestät«, versuchte es Lazar ein weiteres Mal. »Sie hat die Kaisersymbole …«

Katairs Kopf schnellte zu seinem Seneschall. Er wirkte erstaunt, verwirrt, verängstigt.

»Die Kaisersym–?« Dann stürmte er auf mich zu und nahm meine Hände. »Das kann nicht sein!« Aufgelöst strich er über meine goldgemusterten Handflächen. »Sie hat es mir doch gesagt. Sie hat gelacht. Sie hat mich verhöhnt.« Er griff sich an den Kopf und kniff die Augen zusammen, als hätte er schreckliche Kopfschmerzen. Fast schon apathisch wiegte er sich vor und zurück. »SIE HAT ES GESAGT! Das Mädchen ist nicht meine Tochter. Nur eine Lügnerin! Nicht meine Tochter! Lügnerin! LÜGNERIN!«

Hals über Kopf stürzte er sich auf mich. Das Gesicht hatte er zu einer wahnsinnigen Fratze verzerrt. Es war nur Noár und Ifar zu verdanken, dass Katair mich nicht mitten auf der Goldenen Brücke erwürgte. Während der Wolkenprinz den Kaiser von mir herunterzerrte, schob Noár mich hinter sich und schirmte mich vor weiteren Angriffen ab.

Doch so überraschend Katairs Attacke gekommen war, so schnell klang seine Wut wieder ab. Er brach wie ein Häufchen Elend in sich zusammen und weinte bitterlich.

Goldkrieger eilten auf Lazars Wink herbei und brachten den

Kaiser fort. Andere drängten die Schaulustigen zurück. Der Seneschall dagegen wandte sich an die sprachlosen Fürsten. »Seine Majestät ist verwirrt. Es sind die Folgen seiner Zeit im Kerker. Er wird sich wieder erholen.«

»Wann?«, fragte der Nebelfürst mit gedämpfter Stimme. »Wir brauchen *jetzt* einen starken Kaiser. Es wird nicht lange dauern, bis alle erfahren, dass das Juwel zerstört ist.«

Lazar hob besänftigend die Hände und gab sich demütig. »Gewährt ihm nur ein paar Tage. Bis dahin werde ich dafür sorgen, dass die Regierungsgeschäfte weiterlaufen.«

Noch immer schirmte mich Noárs breiter Rücken vom Geschehen ab. Das hatte mir die Gelegenheit verschafft, meinen rasenden Puls zu beruhigen. Jetzt hörte ich, wie der Schattenprinz leise schnaubte. Ich brauchte ein paar Atemzüge, um zu kapieren, wem das Geräusch galt. Aber dann fiel es mir wie Schuppen von den Augen. Lazar mimte den Retter, den Fels in der Brandung, doch er war genau da, wo er sein wollte. An der Macht.

Das reichte mir. Ich musste hier weg, bevor ich noch etwas Falsches sagte!

Während der Seneschall und die Fürsten weiter über Cassardims politische Lage diskutierten, marschierten ich und meine schlechte Laune zurück zum Goldenen Berg.

Als ich das große Tor passiert hatte, tauchte plötzlich eine bläuliche Gestalt neben mir auf. Es war seltsam, Zoey in aller Öffentlichkeit zu sehen. Aber daran würde ich mich wohl gewöhnen müssen, immerhin hatte Lazar sie für ihre Mithilfe bei der Aufdeckung von Fidrins Gräueltaten belobigt und ihr freigestellt, so lange in Cassardim zu bleiben, wie sie es wünschte.

»Nichts für ungut, aber dein Vater hat ziemlich einen an der Klatsche«, raunte sie mir zu und seufzte. »So was in der Art hatte ich schon befürchtet, als wir ihn in dem Kerker gefunden haben.«

»Glaubst du, Lazar wird seinen Zustand ausnutzen?«, erkundigte ich mich matt. Ich hatte nicht die geringste Lust, gleich wieder in die nächste Krise zu schlittern.

Aber meine beste Freundin war ein weiteres Mal meine Rettung – wie in den letzten drei Tagen, in denen sie meine Launen wegen des Juwels, Adams Tod und Noárs Abwesenheit über sich hatte ergehen lassen müssen. Sie wischte mit ihrer unvergleichlichen Art meine Bedenken einfach beiseite. »Näh! Unser Lazarilein ist zwar ein bisschen zwielichtig, trotzdem hat der Mann Prinzipien. Und er hat was für dich übrig. Papamäßig – nicht auf die ekelhafte Art.« Dann sprang sie vor mich und lief ein Stück rückwärts weiter, um mich verschwörerisch anzugucken. »Aber falls du möchtest, schnüffel ich ein wenig rum und krieg raus, was er plant.«

Das war ein verlockender Vorschlag, wenn da nicht meine Gewissenbisse gewesen wären. »Bist du dir sicher?« Ich wollte nicht, dass Zoey sich schon wieder für mich in Gefahr begab. Andererseits wäre es gut zu wissen, was unser neuer Seneschall vorhatte.

»Musst du das wirklich erst fragen? Wozu hab ich diesen erstklassigen Geisterkörper, wenn ich ihn nicht nutze?«, kicherte Zoey und war schon im Gemäuer des Bergs verschwunden. Grinsend lief ich weiter durch die Gänge und bedankte mich still bei meinem Schicksal, dass es mir eine Freundin wie Zoey an die Seite gestellt hatte.

Da ich so in Gedanken versunken war, hatte ich drei Kreuzungen später die Orientierung verloren. Meine Erfahrung mit einsamen Streifzügen durch den Goldenen Berg beschränkte sich auf ein einziges Mal und das war nicht gerade erfreulich ausgegangen. Seufzend sah ich den Berg an.

»Wäre nett, wenn du mich in mein Zimmer bringen könntest.«

Beinahe sofort verschoben sich die Gänge vor mir und eine

Tür zu meiner Rechten ging auf. Lächelnd folgte ich der Richtungsangabe und stand kurz darauf in einem winzigen Zimmer voller Besen, Eimer und sonstigen Putzutensilien.

»Sehr witzig!«, fauchte ich den Berg an und bekam als Antwort das Bild eines verbitterten Mannes zu sehen, der beleidigt die Arme vor der Brust verschränkt hatte.

Ich warf meine Hände in die Luft. »Tu nicht so! Ich kann nichts dafür, dass Fidrin das Juwel zerstört hat.«

Diesmal erwiderte der Berg nichts. Also stapfte ich aus der Besenkammer und suchte auf eigene Faust weiter nach dem Weg in meine neuen Gemächer – oder wahlweise nach irgendjemandem, der mir weiterhelfen konnte. Keines von beidem fand ich und ich verdächtigte den Berg, daran nicht ganz unschuldig zu sein. Einem gefühlten Kilometer später gab ich auf.

»Wenn du mich nicht sofort dahin bringst, wo ich hinwill, dann werde ich dich in Zukunft Egon nennen«, murrte ich unleidig. Kurz darauf tauchte in meinem Kopf die angewiderte Grimasse eines Mädchens auf, das gerade etwas ziemlich Ekelhaftes gegessen hatte. Ich zuckte grinsend mit den Schultern. »Du hast es in der Hand!«

Wieder änderten sich die Gänge. Diesmal sah es schon eher nach dem Trakt aus, in dem die Wohnräume der Edlen lagen. Eine Tür öffnete sich und tatsächlich befanden sich dahinter Räumlichkeiten, die wie meine Gemächer aussahen.

Nur *waren* es nicht meine Gemächer. Diese hier hatten einen anderen Schnitt und außerdem eine lange Fensterfront, von der aus man einen atemberaubenden Blick auf das Trockene Meer hatte.

Bockig sah ich zur Decke. »Okay, das war's, Egon!«

Der Berg zeigte mir eine lachende Zuschauermenge und ich war kurz davor, gegen die nächstbeste Wand zu treten.

»Das macht dir echt Spaß, oder?«

Jetzt sah ich einen vorwitzigen Jungen, der grinsend nickte.

»Was macht mir Spaß?«, fragte eine tiefe Stimme am Eingang. Ich fuhr herum und entdeckte Noár, der mich verwundert musterte. Wie kam er denn so plötzlich hierher?

»Bist du mir gefolgt?«

Der Schattenprinz schob irritiert eine seiner Brauen in die Höhe. »Nein, ich bin auf direktem Weg in meine Gemächer gegangen.«

»Das sind deine Gemächer?!«, platzte es aus mir heraus, bevor ich rot anlief und den Berg mit einem finsteren Blick bedachte. »Oh Egon, das wirst du mir büßen!«

Vor meinem inneren Auge erschien das Bild eines Angeklagten, der bei Gericht seine Unschuld beteuerte – dicht gefolgt von mir, die unleidig vom Berg verlangte, dass er mich dorthin bringen sollte, wo ich hinwollte.

Ta-daa! Ganz toll! Jetzt verarschte mich sogar schon ein vorwitziger Goldklumpen. Ich verdrehte die Augen und spielte erneut mit dem Gedanken, Egon einen heftigen Tritt zu verpassen.

»Du nennst den Berg Egon?« Noár hatte die Arme vor der Brust verschränkt und betrachtete mich belustigt. »Und er hat dich hergebracht?«

»Scheint so«, brummte ich. Mein griesgrämiger Gesichtsausdruck brachte Noár endgültig zum Lachen.

»Wenn das so ist«, meinte er und schloss die Tür hinter sich, »fange ich vielleicht ja doch an, *Egon* zu mögen.«

Einen Moment später schlang er seine Arme um mich und drängte mich rückwärts, bis wir gemeinsam über die Lehne eines Sofas kippten. Ich quietschte leise auf, aber Noár sorgte dafür, dass ich sicher auf seiner Brust landete.

»Nur für mein Verständnis«, fragte er verschmitzt und zupfte an einer meiner Locken, »wenn ich dich jetzt küsse, zählt das als Respektlosigkeit? Oder gehört das zu dem Teil, in dem du dich deinem Schicksal fügst?«

War ja klar, dass er mich mit meiner dramatischen Rede aufziehen musste. Aber sein Necken war so liebevoll und in seinem Blick glänzte so viel Stolz, dass ich lächeln musste.

»Na ja, ich wusste einfach, dass dein Ego es nicht verkraften würde, wenn ich mich für Ifar entscheide«, stichelte ich zurück und erwartete eigentlich einen von Noárs schlagfertigen Kontern. Doch stattdessen wurde Noár ganz plötzlich ernst.

»Nicht nur mein Ego«, sagte er und strich mir zärtlich über die Wange. Dieses Geständnis brachte tief in mir etwas zum Klingen. Ich fühlte mich angekommen, geborgen, beschützt, begehrt, wertvoll ...

Er rollte mich herum, sodass er sich neben mir aufstützen konnte. »Ich hätte ihn dir gerne unter anderen Umständen zurückgegeben«, sagte er leise und legte den Verlobungsring mit dem einzelnen roten Rubin in meine Hand. »Er gehört dir. Ganz gleich, wie du dich entscheidest.« Sacht schloss er meine Finger darum und hauchte einen sanften Kuss auf meine Hand. »Ich will nicht, dass du dich zu irgendetwas gedrängt fühlst. Selbst wenn du mich nicht heiratest, finden wir sicher eine Lösung, um dir die anderen Prinzen vom Hals zu halten.«

Mir stockte der Atem. Noár hatte nicht bloß einen Ring in meine Hände gelegt, sondern sein Herz. Wieder einmal.

»Und wenn ich keine andere Lösung will?«

Eine ganze Weile schien sich der Schattenprinz voller Unglauben und Hoffnung in meinem Blick zu verlieren, doch dann seufzte er schwer. »Überleg es dir gut, Kätzchen. Ein Teil meiner Welt zu werden, wird dich in große Gefahr bringen.«

Die Verletzlichkeit in seinen Zügen machte mir die Entscheidung umso einfacher.

»So wie ich das sehe«, sagte ich mit einem feinen Lächeln, »bin ich so oder so in Gefahr. Da bin ich es lieber an deiner Seite.« Ohne zu zögern nahm ich seinen Ring und steckte ihn mir demonstrativ an den Finger. Damit schien ich Noár von einer Last zu befreien, die unmittelbar darauf von einer anderen ersetzt wurde. Sein schwarzer Blick zuckte zur Fensterfront und verlor sich irgendwo in den Weiten des Trockenen Meers.

»Meine Familie wird versuchen, dich zu töten.«

So etwas hatte ich bereits geahnt. Und obwohl ich Noár ansehen konnte, dass er wild entschlossen war, mich zu beschützen, wirkte er gleichzeitig irgendwie verloren und unendlich einsam. Ich pikste ihm spielerisch in die Seite, um ihn von seiner Niedergeschlagenheit abzulenken.

»Hast du mal *meine* Familie gesehen?!«, fragte ich mit einer resignierten Grimasse. »Mein Vater hatte gerade einen öffentlichen Nervenzusammenbruch, weil mein Großvater ihn hundert Jahre lang in seinem Kerker gefangen gehalten hat, also na ja …« Ich zuckte mit den Schultern. »… ich hoffe einfach, diese Art von Wahnsinn ist nicht erblich.«

Und tatsächlich zauberte ich damit wieder eines dieser unglaublichen Lächeln auf Noárs Gesicht, das mich selbst in der tiefsten Nacht mit Sonnenlicht fluten würde. Allerdings blieb die Sorge in seinen wunderschönen Augen, denn er hatte unter all meiner Ironie natürlich herausgehört, wie sehr mich meine eigene familiäre Situation belastete.

»Nimm dir nicht so zu Herzen, was Katair gesagt hat.«

Ich schluckte und versuchte, das Thema nicht an mich heranzulassen. »Ich komm schon klar. Immerhin hat er viel durchmachen müssen.«

»Du auch, Kätzchen«, erinnerte mich Noár.

Mit diesen schlichten drei Worten schaffte er, meinen emotionalen Zustand gefährlich ins Wanken zu bringen. Ich wäre gerne stärker gewesen, doch offenbar war ich das nicht.

»Was passiert, wenn er weiterhin behauptet, ich wäre nicht seine Tochter?«, fragte ich und sprach damit aus, was mich seit dem Vorfall auf der Goldenen Brücke beschäftigte. »Werde ich dann wieder des Hochverrats angeklagt?«

Noár seufzte und lehnte seinen Kopf an die Rückenlehne. »Das ist nicht sehr wahrscheinlich, immerhin trägst du die Kaisersymbole«, sagte er. Dann nahm er meine Hand und verflocht seine Finger mit meinen. Ein kleines Schmunzeln erschien auf seinen Lippen. »Außerdem müsste jeder, der meiner Verlobten ein Leid zufügen will, sich erst mit mir anlegen.«

»Du würdest mich dann trotzdem heiraten wollen?!« Ich biss mir auf die Zunge. Die Frage war mir herausgerutscht, bevor ich es verhindern konnte, und ich war mir nicht sicher, ob ich die Antwort verkraften würde. Ich wollte Noárs Motive bestimmt nicht anzweifeln, aber er war trotzdem noch der Kronprinz der Schattenfeste und ich glaubte kaum, dass er – trotz des vorherrschenden Chauvinismus – einfach tun konnte, was er wollte.

Um meine Unsicherheit zu überspielen, fing ich an, an seinem Kragen herumzuzupfen.

Noár beobachtete mich und meine Verlegenheit amüsiert. »Ich würde es *müssen*«, neckte er und setzte eine übertrieben schicksalsergebene Miene auf. »Immerhin stehe ich in einer Lebensschuld bei dir.«

»WAS?!«

Er zuckte grinsend mit den Schultern. »Du hast meinem General das Leben gerettet. Und da ich mir keinen neuen General suchen möchte, musste ich dafür sorgen, dass er unbehelligt von solchen Verpflichtungen seiner Aufgabe nachkommen kann. Deshalb habe ich die Schuld für ihn übernommen.«

Völlig baff blinzelte ich ein paar Mal. Dann musste ich mich aufsetzen, um diese Nachricht zu verarbeiten. So etwas Lächerliches hatte ich noch nie gehört! Ohne Rhome wäre ich da draußen schon nach fünf Minuten draufgegangen. Da war es doch das Mindeste, dass ich versucht hatte, ihn zu heilen.

»Ich hab es nicht getan, um dafür etwas zu bekommen«, stellte ich unbehaglich fest.

»Das ist in Cassardim nicht von Belang«, lautete die trockene Antwort.

Mann! Diese Regeln hier machten mich wirklich fertig. Es war eine himmelschreiende Ungerechtigkeit, dass Rhome, Noár und die anderen verpflichtet waren, mich als Goldene Erbin zu beschützen, während ich sie im entgegengesetzten Fall in eine lebenslange Schuld trieb.

»Hey, Kätzchen.« Noárs sanfte Stimme riss mich aus meinen missmutigen Gedanken. Er stemmte sich hoch und legte von hinten seine Arme um mich. »Diese Lebensschuld ändert gar nichts. Ich würde dir auch so alles geben, was du von mir verlangst.«

Er zog mich enger an sich und hauchte mir einen Kuss auf den Nacken. Der Schauer, der mir daraufhin durch den Körper jagte, hatte nichts mehr mit der Beklemmung zu tun, die die Unumstößlichkeit seiner letzten Worte in mir ausgelöst hatte. Mir entwich ein leises Stöhnen.

»Aber wenn dir wohler dabei ist«, lachte er und schob meine Locken zur Seite, damit er sein verheerendes Werk fortsetzen konnte, »dann lege einen Preis fest und wir schaffen die Sache aus der Welt.«

Wieder trafen seine Lippen meinen Hals und fegten meine Gedanken leer. Ich sollte einen Preis festlegen? Wie um Himmels willen, wenn es im Moment nur eine Sache gab, die ich von ihm wollte?

»Allerdings«, raunte er mir ins Ohr, als wüsste er genau, was ich dachte, »sollte es dem Leben eines Schattengenerals angemessen sein – es sei denn natürlich, du willst Rhome beleidigen.«

Ohne von mir abzulassen, veränderte er seine Position, sodass er mich herumdrehen und auf seinen Schoß ziehen konnte. Bei den vielen Stofflagen meines Kleides war das ein ziemliches Kunststück. Dann löste er seine Lippen und ließ mich in seinen Sternenaugen versinken.

»Also?«, erkundigte er sich schelmisch.

Ich wollte ihn gerade schimpfen, dass der Goldene Berg für derartige Interaktionen sicher nicht der richtige Ort war – schließlich hatte ich keine Lust, Egon an meinem Liebesleben teilhaben zu lassen, doch da kam mir eine Idee. Und sie gefiel mir immer besser, je länger ich darüber nachdachte.

»Ich möchte gern ...«, begann ich schüchtern, weil ich spürte, wie mir das Blut in die Wangen stieg. Es war mir noch nie leichtgefallen, einen Wunsch zu äußern. »Ich möchte, dass du mich für ein paar Tage vom Kaiserhof fortbringst.« Weit weg. Und ich kannte auch schon den perfekten Ort dafür. Zum Beispiel eine entlegene Höhle am anderen Ende des Reiches ...

Ganz langsam teilten sich seine Lippen zu einem gefährlichen Grinsen. »Ich soll die Goldene Erbin entführen? Nur wenige Tage nachdem Cassardim beinahe untergegangen wäre?!«, erkundigte er sich belustigt.

So wie er das formulierte, klang es tatsächlich nach einer viel riskanteren Aktion, als ich angenommen hatte. Trotzdem würde ich jetzt keinen Rückzieher mehr machen.

Ich ließ meine Finger über seine Brust wandern und lächelte ihn frech an. »Es sei denn natürlich, das ist zu viel verlangt. Immerhin würdest du damit zweifellos einen Skandal auslösen.«

Noár lachte leise. »Wie gut, dass ich etwas für Skandale übrighabe.«

GLOSSAR

DIE VIER BRÜCKEN

Die Goldene Brücke – führt über den Ewigen Fluss
Die Nebelbrücke – führt weitverzweigt durch die Niemandslande
Die Sandbrücke – führt über das Trockene Meer zur schwarzen Treppe
Die Tannbrücke – führt durch den Wandernden Wald zur Silbernen Treppe

DIE ACHT REICHE

Der Goldene Berg – Bauwerk aus Gold im Zentrum Cassardims
Die Silberfeste – erbaut auf den Wolkenbergen, Reich der Belohnung
Die Schattenfeste – erbaut auf den Schattenbergen, Reich der Bestrafung
Das Trockene Meer – Ozean aus Sand, der sich wie Wasser verhält
Der Ewige Fluss – öliger Strom aus Chaos, glüht nachts grünlich
Der Wandernde Wald – Reich aus Wurzeln und Bäumen, in steter Bewegung
Die Tanzenden Nebel – umgeben Cassardim, können Erinnerungen entziehen
Die Niemandslande – Reich aus schwebenden Bergen und Felsen inmitten von Nebel

DIE VÖLKER CASSARDIMS

DAS GOLDENE VOLK

HEIMAT: Der Goldene Berg
AUFGABE: Das Totengericht
FARBE: Gold
BEKANNT FÜR: Schmuckschmieden, Archive, Honig, Süßspeisen
SYMBOL: goldene Ornamente auf der Stirn
HERRSCHERSYMBOLE: Ornamente auf den Handflächen

DAS FÄHRVOLK

HEIMAT: Der Ewige Fluss
AUFGABE: Übersetzen der Seelen zur Goldenen Brücke
FARBE: Ocker
BEKANNT FÜR: Korbflechtarbeiten, Räucherfleisch, Seife
SYMBOL: Ornamente aus Brauneisenstein auf den Wangenknochen
HERRSCHERSYMBOLE: Ornamente an den inneren Handgelenken

DIE NEBELREITER

HEIMAT: Die Tanzenden Nebel/Menschenwelt
AUFGABE: Geleit der Seelen durch die Nebel
FARBE: Violett
BEKANNT FÜR: Seide, Glas, Käse
SYMBOL: Linien und Ornamente aus Bronze am Kinn
HERRSCHERSYMBOLE: Ornamente an der Wirbelsäule

DAS WALDVOLK

HEIMAT: Der Wandernde Wald
AUFGABE: Überführung der erlösten Seelen in die Silberfeste
FARBE: Grün
BEKANNT FÜR: Schnitzereien, Langbögen, Früchte
SYMBOL: Ornamente aus Bernstein am seitlichen Schädel
HERRSCHERSYMBOLE: Ornamentringe um die Handgelenke

DAS WÜSTENVOLK

HEIMAT: Das Trockene Meer
AUFGABE: Überführung der verurteilten Seelen in die Schattenfeste
FARBE: Beige
BEKANNT FÜR: Tabak, Webereien, Brot
SYMBOL: Streifen aus Tonerde über Augen und Nasenrücken
HERRSCHERSYMBOLE: Ornamente auf den Oberarmen

DAS WOLKENVOLK

HEIMAT: Die Silberfeste
AUFGABE: Belohnung der Seelen, Schutz der Barrieren
FARBE: Weiß
BEKANNT FÜR: Waffenschmieden, Wolkensilber, Salz, Instrumente
SYMBOL: silberne Ornamente über den Augenbrauen
HERRSCHERSYMBOLE: Zwei Sterne auf der Brust

DAS SCHATTENVOLK

HEIMAT: Die Schattenfeste
AUFGABE: Bestrafung der Seelen, Schutz der Barrieren
FARBE: Rot
BEKANNT FÜR: Waffenschmieden, Schattenmetall, Öl, Heilkräuter
SYMBOL: Ornamente aus Obsidian an Hals und Schlüsselbeinen
HERRSCHERSYMBOLE: Ornamente auf Handrücken und Unterarmen

DIE FELSENLÄUFER

HEIMAT: Die Niemandslande
AUFGABE: Schutz der Seelen auf dem Weg in ihre neuen Leben
FARBE: Blau
BEKANNT FÜR: Varras-Wein, Lederwaren, Shryn-Kristalle
SYMBOL: Eisenfächer an Schläfen
HERRSCHERSYMBOL: Ornamente an den Fingerspitzen

PERSONEN

DIE FÜRSTLICHEN GEISELN

Adam – Prinz Toradam von den Tanzenden Nebeln
Nick – Nicuna vom Trockenen Meer
Jenny – Jenara von den Niemandslanden
Annie – Lovanna vom Ewigen Fluss
Moe – Zamo vom Wandernden Wald
Maia – Amaia von der Silberfeste

IM GOLDENEN BERG

Fidrin – Kaiser von Cassardim
Katair – Fidrins Sohn
Baron Harràz – Seneschall von Kaiser Fidrin
Askan – Goldkrieger, Kommandant des fünften Regiments
Lazar – Lazar val Etor, ehemaliger Seneschall von Kaiser Katair
Joto – Zeremonienmeister im Goldenen Palast
Mariz – Kammerzofe von Amaia
Nana Plombis – Haushofmeisterin im Goldenen Palast
Rhana – Kammerfrau der Goldenen Erbin
Keeza – Kammerzofe der Goldenen Erbin, Rhomes Schwester
Alo und Tront – Goldkrieger

FÜRSTLICHE DELEGATIONEN

Samtar – Fürst des Trockenen Meers, Nicks Vater
Zima – Fürstin der Schattenfeste, Noárs Geliebte
Onode – Fürst der Niemandslande, Jennys Vater
Saphama – Fürstin der Silberfeste, Amaias Mutter
Ifar – Kronprinz der Silberfeste, Heerführer der Wolkenarmee, Amaias Bruder
Fahra– Hofdame der Silberfeste
Noár – Kronprinz Ardiza Noár val Shaell von der Schattenfeste, Heerführer der dunklen Armee
Rhome – General Lerhome val Aavis, Noárs rechte Hand
Drokor – Lord Drokor val Fash, Noárs schweigsamer Schatten
Pash – Graf Sepash val Paskes, Noárs Freund
Nox – Noárs Shendai

NIEDERE CASSARDEN

Sabo – Faheen, Anführer des Überfalls auf Amaias Familie
Warden – Nebelreiter
Yon – Fährmann auf dem Ewigen Fluss

MENSCHEN

Leon Hendrickson – Amaias erster Freund
Zoey – Amaias beste Freundin
Schwester Agnes – Krankenschwester

NAMEN, ORTE UND BEGRIFFE

Chimäre – riesenhafte Chaoskreaturen mit Merkmalen verschiedener Tiere
Chokaal (Chaoshund) – hyänenartige Chaoskreatur, groß wie ein Bär
Damatih-Tee – wach machendes Gebräu
Nachtranke – Pflanze aus dem Schattenreich, die Eindringlinge abwehrt
Nebelfalter – Schmetterlinge mit scharfen, goldverzierten Flügeln, beschützen das Nebeltor
Rim Valesh – ehemaliger Stützpunkt einer Shendaistaffel
Shendai – geflügelte, schwarze Raubkatzen mit messerscharfen Schwingen
Unterstadt – Wohnort der niederen Mitglieder des Goldenen Volks
Varras – Erinnerungen der Toten, Basis eines berauschenden Getränks

DANK

Ich möchte mich zuallererst aus ganzem Herzen bei euch bedanken, liebe Leser! Ihr seid der Grund, aus dem ich schreibe. Eure Begeisterungsfähigkeit, eure Unterstützung und die Bereitschaft, euch auf meine Geschichten einzulassen, lassen mein kleines Autorenherz vor Freude hüpfen. Ich danke euch auch für euer Feedback – egal, ob bei den Lesungen, Signierstunden, über die Homepage, Facebook oder Instagram. Dieser Austausch bedeutet mir unglaublich viel (also traut euch)! Danke, dass es euch gibt und danke für jede einzelne Empfehlung!

Man sagt, das »zweite Mal« wäre immer das schwerste. Dem kann ich nur zustimmen. Dementsprechend war ich zu Beginn der Schreibphase sehr angespannt. Es war mein allerliebster Wunschbruder Flomo, alias Florian Stierstorfer, der mir vom ersten bis zum letzten Kapitel mit Rat und Tat und Pizza und Kaffee über diese Nervosität hinweggeholfen hat. Weder als Testleser noch als Mensch ist er aus meinem Leben wegzudenken.

Noch so ein Lieblingsmensch ist Melanie Renz, die trotz Schlafmangels durch frische Mamischaft immer für mich da war und sich durch das komplette Manuskript gewühlt hat.

Auch Verena Schulze von Lieblingsleseplatz.de und ihre bezaubernde Tochter Emma waren eine große Hilfe. Ich danke euch von Herzen für die Mühe, die ihr euch mit mir macht.

Und ganz WICHTIG: Larissa Rupp, meine unglaublich liebe und einzigartige Lektorin, die mich stets geduldig rundumbetreut hat, auch wenn ich ihr damit manchmal Kopfschmerzen bereitet haben muss. Fühle dich bedankt und gedrückt!

Und natürlich geht auch ein riesiges Dankeschön an Silke Kramer und das gesamte Team des Thienemann-Esslinger-Verlags für euren Glauben an mich!

Last but not least: Danke, Rob, dass du das Leben an meiner Seite wagst. Ich liebe dich.

Dippel, Julia
Cassardim – Jenseits der Goldenen Brücke
ISBN 978 3 522 50645 8

Umschlaggestaltung: Carolin Liepins
unter Verwendung von Bildern von shutterstock.com
Vor- und Nachsatz: Julia Dippel
Innentypografie: Kadja Gericke
Reproduktion: DIGIZWO GbR, Stuttgart
Druck und Bindung: GGP Media GmbH, Pößneck

FSC
www.fsc.org
MIX
Papier aus verantwortungsvollen Quellen
FSC® C014496

CASS
Rim Valesh
Die
Die Schattenfeste
Das Trockene Meer
Untere Fährstadt
Die Tanzenden Nebel